YI

RAN

YI

NAN

FANG

张燕玲　张萍——主编

依然忆南方

《南方文坛》年度优秀论文奖文集

2010—2016

GUANGXI NORMAL UNIVERSITY PRESS
广西师范大学出版社
·桂林·

图书在版编目（CIP）数据

依然忆南方：《南方文坛》年度优秀论文奖文集：2010—2016 / 张燕玲，张萍主编. —桂林：广西师范大学出版社，2016.11

ISBN 978-7-5495-8960-9

Ⅰ. ①依… Ⅱ. ①张…②张… Ⅲ. ①现代文学－文学研究－中国－文集②当代文学－文学研究－中国－文集 Ⅳ. ①I206.6-53

中国版本图书馆 CIP 数据核字（2016）第 258778 号

广西师范大学出版社出版发行

（广西桂林市中华路 22 号 邮政编码：541001
网址：http://www.bbtpress.com）

出版人：张艺兵

全国新华书店经销

桂林漓江印刷厂印刷

（广西桂林市西清路 9 号 邮政编码：541001）

开本：787 mm ×1 092 mm 1/16

印张：31.75 字数：700 千字

2016 年 11 月第 1 版 2016 年 11 月第 1 次印刷

定价：72.00 元

目录

2010 年度

2011 年度

2012 年度

2010年度

评 委:陈建功 李敬泽 吴义勤 贺绍俊 张燕玲

↑李建军

↑金 理

↑杨晓帆

↑施战军

↑孟繁华

↑刘川鄂

获奖词：

在乡土文学论述泛滥的背景下，作者敏锐地发现了其中因思维惯性所造成的偏见，独辟蹊径地从“乡土小说”与“乡村小说”的概念入手，富有创造性地论述了“中国式乡村小说”的发生、发展及其特殊的审美内涵与精神内涵，精准的文本细读、强烈的问题意识与沉实思辨的批评语势，共生了本文的深度与才情。

论中国式的乡村小说的生成

施战军

与乡村相关的小说，在称谓上是最为莫衷一是的了。根据互联网上最通行的搜索引擎“百度”在2010年5月19日的显示，按照相关网页数量可知这些提法的集中程度，依次有“乡村小说”（一千七百八十万条）、“乡土小说”（六百八十一万条）、“农村题材小说”（近一百七十四万条）等。几个权威的中文专业数据库中也是这样的次序。但此文题目叫作“论中国式的乡村小说的生成”，并不是因为“乡村小说”通用程度最高，而主要是出于“视界融合”与“正本清源”的考虑，其针对性则体现为两点：

第一，“乡村小说”的说法更显得朴素自然。乡村是实在的，不是梦，本应是无辜的，本不需要强加额外的浪漫。它只能抱定本土的农民的生活逻辑而一再接受着历史和时代的不断试错，它本身没有主体排斥意味，近代以来，只是它无可逃脱地变成了从文化与文学的“启蒙”到政治与运动的“革命”和“建设”的意识形态实验场。像“中国式的乡村小说”就是呈现这一实在的乡村的自在形态和遭遇的小说。

第二，长期以来文学创作界和研究界对“乡土文学”和“乡土小说”的理解过于宽泛，应该廓清其中“梦”与“非梦”的界限。而笔者所理解的“乡土小说”则属于“中国式的城市文学”①。

“乡土文学”与“乡村小说”

所谓“乡土文学（乡土小说）”，是以较为显明的先验的情感态度和意识立场来表现乡村，而与乡村实际的自在生活本相尤其是本然性的现时乡村文化形态不甚相关的文学（小说）创作，乡村并非彼时在场。

如果再细分的话,大致有两种“乡土小说”类型:一种是完全站在乡村之外或超越于乡村之上批判和俯视乡村,视乡村为落后愚蒙麻木的非人性之所,五四启蒙时期的“乡土小说”的特色就在于此,可称之为“启蒙乡土小说”;另一种也由来已久,并在近年来备受推崇,主要是以乡村想象之安宁美善来反衬城市现状之惶然丑恶[②]、以民间的经验/超验世界来抗衡主流的现代/现实世界的创作,是“乡土文学”成就最突出的部分,它虽然主要选择“乡村”作为表现对象和想象空间,但它的主体精神的实质是对城市文明的厌弃和批判,不妨暂定名为“精神乡土小说”。这后一种即所谓“精神乡土小说”的创作者,面对与梦想异质的强势文化形态的挤压,以自觉的人文意义上的“乡土魅性”的烛光,照亮想象的故乡的精神“小庙”,其实是为了映出城市文明的匆忙追随“历史进步”的阴影。以乡土精神来反衬、反对和抗击城市文明的情绪理念,也无疑是“城市文化”的产物。因此这两种“乡土小说”,它的创作主体的立场都不在实际的乡村,而是在能够检验乡村“不幸”“不争”的现代城市文明标准持有者一方,和以“乡下人”“地之子”自居的城市居民自身。乡土文学中的“乡村形象”,是被看、被想、被梦到的甚至是从活体上被解剖剥离开来的想象之物,它来自城中人对故乡的诗意化的精神归宿想象或者先验的“哀怒”情绪、“救助”倾向,表达的是一种主观性的情感和理念,应该是“城市文学”的一部分;而作为乡土文学主力的“乡土小说”,也就应该是“城市小说”的一个组成部分。

从20世纪国外的情况看,与乡村有关的较早的名作也有类似的分别。举例来说,1917年,丹麦作家彭托皮丹成为欧洲最先获得诺贝尔文学奖的“乡村小说”作家,在19世纪和20世纪之交,他以丰盛的大自然意象、浓郁的乡间文化的气息和多侧面呈现当时丹麦乡村的社会生活的作品,赢得了世界性的声誉;三年后,诺贝尔文学奖再次青睐北欧,授给了以“里程碑式的作品”《大地的果实》而胜出的挪威作家哈姆生。哈姆生的鲜明态度是,乡村生活的原始文化和城市工业文明势同水火。这部小说以乡村英雄的极端的言行,极力反抗现代进程,标榜其实已经面临崩溃的农耕生活。过于专注地把持着强劲的敌对立场的哈姆生,使他的作品在丰富性上略显单薄。20世纪90年代以来中国的张炜、李佩甫等人的一部分长篇小说,在文化立场和情绪表露上与此颇为近似。在笔者看来,西方最杰出的乡村小说家,是与彭托皮丹、哈姆生两位作家同时代但是并没有获得诺贝尔奖的托马斯·哈代。《绿荫树下》《远离尘嚣》《还乡》《德伯家的苔丝》等名作告诉我们,乡村小说作家须具备多重至少是双重的体察乡村的心灵之眼:一方面“具有哈代特色的长篇小说是根据口述(或吟唱)那样的故事构思的,至少不是根据文学故事的要求构思,它是传统的民谣或口头故事,以现代散文的形式扩大而成的”[③],从而使他成为英国传统乡村文化的遗腹子,是古老的人文信仰的秉承者和乡间习俗的深爱者;另一方面又不是单面的留恋和死守,他以深藏的悲剧痛感做了一个传统魅性文化消亡的见证者,也以并不刻意隐匿的情节人物和氛围呈现了一个象征着清新、纯洁、天然的人情味“文化原型”,更鲜明的成就是哈代写出了这个“文化原型”被现代文明所污染、撕裂、侵蚀和扼杀的真切的世情。

无论古代还是现代,“乡村”一直是备受关注的文学对象。中国古代的知识分子大致上对乡村是怀有情义的,它可以用来作为人生和仕学之途上命有所托的避难之所,它是多数叙述者的实际上的和精神上的“原乡”。据赵园研究,这情分里还有一种“微妙的亏负感”,这“可能要一直追溯到耕、学分离,士以‘学’、以求仕为事的时期。或许在当时,‘不耕而食’、居住城镇以至高踞庙堂,在潜意识中就仿佛遗弃。事实上,士在其自身漫长的历史上,一直在寻求补赎:由发愿解民倒悬、救民水火,到诉诸文学的悯农、伤农”[④]。“乡土叙事”与“乡土抒情”在古代诗歌中尤其发达,粗翻一遍文学史书就能明显见到,从《诗经》开始,到汉唐宋元明清的多种诗词曲甚至小令都不乏“农事”诗和“悯农”诗经典作品。

“乡村小说”为现代以前的中国文学史所稀有,这也许和文学史上的“小说”本身就被士大夫阶层的“小看”并由此带来的它在正统文学评价体系中的尴尬地位有关,同时也可能和人们的阅读趣味尤其是写作者对乡村切实体验的缺乏有一定关系,而且可以想见,即便写出来,也极有可能是一些“乡土小说”。传统小说靠情节性的故事取胜,跟城市市井生活、官场世情小说的热闹传奇相比,传统乡村文化的相对稳定和生活的规矩无奇构成了秩序化的情境,而秩序化的情境很难产生小说,即便有口头白话相传的鬼狐故事也和乡村的生活世态关涉不大。当然历史不能假设,文学史更不可随意猜想,在相关史料未见确凿的情况下,我们只能说,乡村小说的匮乏,即便在古代小说繁盛的明清时期也是一个事实。

五四新知识分子的乡村情感已经少有甚至刻意规避了这种“亏负”式的感恩,转为对乡民的“哀其不幸,怒其不争”,对乡民态度的变化使乡土文学诞生了特定的新内涵,对乡村既割舍不了亲缘又怀着居高临下的不满甚至傲慢感,形成最初的乡土小说的一种显在的改造意志,后来它微妙地延伸到乡村小说里并蜕变发展成为一种政治性的意识形态,驱使作家在“教育农民”和将农民作为服务对象并“接受贫下中农教育”之间图存。伴随着中国现代小说的生成,与历史运动相纠缠的乡村小说不仅被看重,而且渐渐膨大为体态最发达的小说类型。

这里有怎样的奥秘?是哪些强有力的因素和机缘催生了这种增长?

从特定的意义上说,中国式的乡村小说,是现代中国文学史上与意识形态关系捆绑得最紧的小说类型,而且也是最能体现中国传统文化特质及其生态的小说类型。它在现代历史语境中的生成、存活和嬗变也就显得极其复杂。

“启蒙乡土小说”与“乡村小说”的内在关联

仅就鲁迅之于现代初期乡村写作的影响上来看,与其说鲁迅以《呐喊》中的若干篇什标举起了“乡土文学”的旗帜,莫如说,是鲁迅开启了将乡村进行“他者”化的文学之门。为“立人”而“启蒙”的文学理念的目的性,和“国民性”的早期发现者梁启超要建构“小说与群治”的化约关系有着内在的一致性。强国抱负、新民企望,在进化论思维定式影响下文学的工具化设定和历史社会医生的身份自认,必然将最难以“西化”的愚弱的乡民作为启蒙和批判对象,伴随着乡民被新文化启蒙者低矮化、抽象化和漫画化,“乡村”本身的实际样态也就自然被“他者”化处理了。现代“启蒙乡土小说”作家在写作的时候也都不再是乡村中人,他们面对的乡民有一个共同的名字叫“国民”。他们选取的是对一个“他者共同体”的态度。在揭疤式的启蒙性的主体意图掌控制导之下,“他者”之群就基本上被取消了自为的发言权和行为权,即便有乡民的说话和动作,也是在代所有“国民”展现其可悲的蒙昧与可笑的自欺。

启蒙思想,其历史意义和社会价值是应该得到充分认定的,应该看到,它是五四一代以鲁迅为代表的精英知识分子的意识形态,无疑也是鲁迅精神和五四精神的核心部分。但是这一思想实践在“启蒙乡土小说”中,村民就被符号化为“国民”,于是这个麻木愚钝的“他者”被取消了自言权,真正乡村身份的人物的言行似乎都是作为愚顽的把柄和病根的证据。目的和倾向已定,乡民的实在生活和心思就被空心化和遮蔽掉了,启蒙者揭示“国民”的精神病相的主体性远远大于对乡民实际生活状况的关切。就像《药》那样,主要表达对先驱的血被“愚弱的国民”用作药引的悲愤,而对羸弱害病者生命苦痛和生活挣扎的情感理解显然让位于前者那种情绪了,至少是被掩饰和冲淡了。如果说“国民”对为国牺牲的“先驱”是“漠然”的,那么,新文化启蒙者对乡民的生活甘苦以及他们自身对环境命运的感觉好像也不是不“漠然”视之的。虽然《祝福》里面有多处礼俗风习的描写,但是作家是为了摆出“吃人”的道具,烘托“吃人”的气氛,说明祥林嫂“被吃”的必然性,总之是为了揭示那些滋养和纵容了“国民劣根性”的礼俗风习的“吃人”本质,而乡村本身的文化和日子是“非人”的、没有意义可言的,因为它处在消极的不“觉醒”状态,组成了可怕的“无主名无意识的杀人团”[5],是“立人”的最大障碍,对之只能悲哀失望甚至厌恶和彻底批判。

从事实效果上看,对“国民”化的乡民进行“首在立人”的“启蒙乡土小说”,最显要的作用,是标明和引领新知识分子去建立新的文化立场和意识形态,是启蒙思想本身的工具,并未能对乡村和村民发生实际影响,而且启蒙的意识立场决定,这样的小说所表现的乡村生活不可能让它具备任何积极的正义性。所以是“他者”化的文学。

或许我们还有一些别的维度可以讨论,在这里,我们仅仅看看在意识形态性的凸显上,中国式的乡村小说的主流部分和“启蒙乡土小说”就有着奇特的相近性。

“启蒙乡土小说”和主流现实主义“乡村小说”的联系在于,都以“意识形态”化的叙事彰显立场。区别则在于对实在的乡村生活的参与程度不同,而且意识形态的出处和作家的主体精神有很大差异。“启蒙乡土小说”确实影响了一代又一代现代知识者对中国乡村社会的看法,而对乡村的改造基本上是失效的,是知识分子对乡村挥舞空拳的手势,与其说它的目的和结果是“改造国民灵魂”,莫如说是自主建构现代知识分子的新文化意识形态;而乡村小说特别是它的主流部分对意识形态的落实及对中国乡村的实际参与程度之深是显而易见的,它所承载的意识形态基本上来自“上层建筑”而不完全是或者说基本上不是创作主体的“原创”。但是对于文学艺术来说,启蒙的绝对论思维和将文学工具化、将乡村的自在与实在状态“他者”化,这一定势对后世的影响也不可低估。它也为乡村小说的意识形态表现方式开了文学的先河。这种凌驾于客体之上的表现方式,为引领文学方向和制导文学道路的大人物所用。在社会历史的意识形态集约于"革命"和"建设"的历程中,一种负荷着越来越重的意识形态的乡村小说,逐渐成为共和国文学从生发之初算起至今六十余年来正宗的"方向"和"道路",它以巨大无比的"正义性"和乡村的历史行为产生了"及物"关系,它作为国家文学的"正典"被赋予了更加伟大崇高的使命,一步步被推送到了"大他者"化的境地。

出生于中欧的斯洛文尼亚学者齐泽克是拉康的"他者"理论的深度阐释者和出色发挥者。虽然他抽绎出的理论更适用于对当下后现代性生活的哲学思考,但他的意识形态理论的生成很可能和他出生的国家曾经实行过的社会制度有关,所以对我们来说可以意会之处颇多,也对我们研究因为"主流"而最为显赫的"中国式的乡村小说"很有启示。他和拉康相似,并不对"大他者"的定义进行明晰的界定。我们只要联系其对于"意识形态幻象"/"真实界"等元素的诠释例证,就可以意会出饶有深味的言外之意。在笔者的"中国式的"理解(也许就是误读)里,这个以往在"启蒙时期"的"他者",只是一般的个体或者某个群体意识形态的代言之物,在这种情况下,"他者"作为客体的内部保留着自己的客观原貌;随着这个小"他者"被主体加重影响,也在不断膨胀,虽然原貌还有所保留,但是已经无法自证或者不会具有自证的意识,只能承受更加严重的工具化的叠加,变成了和主体合一的相对于"真实界"来说的"大他者",它受控捆绑已经不甚自知,并可能乐得从属于"意识形态的崇高客体"⑥。"乡村"被启蒙意识形态"小说"化,是小说被"他者"化的初期状态;"乡村小说"被主导性的意识形态主流化的过程里,乡村小说则被"大他者"化,成为主流性的、中国式的"现实主义"文学的方向。

赵树理及其以前,乡村小说基本上就是循着这样的路径过来的,但是乡村的自为意识并没有完全消失。到了柳青及其后,史诗的建构得以完型,"方向"变成了"道路",这条路完全按照从城市发出的指令铺设,它在理论来源和实践步骤上,几乎更像是"城市文学"了。

参照或者说参悟齐泽克的有些"言他"性质的例证(比如对"拜物"的剖析),联系中国乡村和乡村小说的实际情况,我们还是可以获得新的观察维度的。将这种关于"大他者"的理论部分地借鉴过来,试验于对乡村小说的遭遇的中国式的分析,我们会发现,其实,是谁制造了"物"而且是可拜必拜之"物",这是最关键的问题。乡村这个庞然大"物",具有"大他者"附体的承受基础,乡民的求生致富愿望和"最广大的人民群众的根本利益"相洽,于是乡村不仅是传统人文文化的藏身之地,更是现代中国革命和斗争胜利者的"正史"的"根据地"。作为"正典"的生成地,乡村以文学方式被主导性的意识形态进行的历史化的模塑,必然要将按照"大他者"的定向,生成史诗性的乡村小说,尤其是长篇小说。于是,乡村小说与中国现实主义文学的合一并晋身于主流化的历程就不难理解。

现代历史区别于古代农耕社会的一个重要特点,就是"现代"的力量的"变动"也打破了乡村社会的"安宁"。1916年杜亚泉在论说东西方文化"动的文明"和"静的文明"⑦的时候,中国已经处在"动"的情势里,"现代"的目的,不仅仅是要以现代社会取代传统社会，更是要以新的民族国家建立为指归。这在主流乡村小说里能够真切地感觉得到。除非有像“京派”部分作家那样，以特立独行的文化心态将偏远故乡的过去时作为某种梦想寄托的创作，不然我们很难读到“不知有汉，无论魏晋”的“超稳定”乡村形象。

中国式的乡村小说的范型要素

还是要从鲁迅说起。鲁迅是复杂的，这复杂也体现在他为数不多的小说创作中。他既有乡土小说，如《祝福》《阿 Q 正传》《故乡》；又有乡村小说，如《社戏》——鲁迅的这个作品，没有他的乡土小说里那种为我们所熟悉的文化和人格偏见。《社戏》自然地流贯着活脱脱的生活实景，很可能和主要人物尚未长大为“国民”有关系，孩子是深受进化论影响的五四启蒙者的寄望所在，对“后起新人”的爱，是鲁迅“反抗绝望”的动力之一，“觉醒的人，此后应将这天性的爱，更加扩张，更加醇化；用无我的爱，自己牺牲于后起新人”，我们从这篇小说中，确实看到了“孩子的世界，与成人截然不同”[⑧]。也许还是沾了少年儿童的光，应该视为“旧文化”的乡村风俗戏和应该作为“吃人”征象的乡村景物，都在那个迷人的夜晚充盈着绰约起伏的动感，附带着一抹欢悦的亮色。

20 世纪 20 年代中前期追随鲁迅的青年“乡土作家”在其初期创作里，曾受鲁迅的新文化启蒙思想态度影响很深。但是很快，《社戏》客观上所启动的对于乡俗生活的描写，被这一茬作家中的一些人进行了更加真切的细化生发。以彭家煌的湘中乡村小说为例，一方面有启蒙乡土小说，以现代文明的立场冷峻批判乡村社会的陋习，跟鲁迅的文化批判立场并无二致；另一方面又分明情不自禁地表现出了对乡村生活的依依深情。甚至在同一篇小说中并存着矛盾的两方面。现代理智和乡村情感就这样缠绕在一块，而且作品读来的感觉也是乡村情感更有由衷的真气，比如《喜期》，愤怒于包办婚姻的旧风习阻挠和断送人的幸福、谴责军阀混战的乱世，更多的却是对儿时自由美好纯洁朦胧的爱情的念念不忘，小说用乡间的人情美和安宁祥和的氛围，仿佛提示人们，这和谐之美的所在才是人类可以安居的地方，它被打破也不是乡村文化自身的原因。《陈四爹的牛》粗看起来酷肖鲁迅风格，有分析批判的锋芒，里面的人物猪三哈有阿 Q 的影子，但是我们基本上看不到嘲讽和虚妄，满是对弱者的理解和怜悯。被茅盾视为标志着彭家煌的独特风格“已经很圆熟”的小说是《怂恿》，茅盾对这篇小说“态度是纯客观的”问题这一点特别地加以指出，但他对作品给予了非常高的评价：“在这几乎称得是中篇的《怂恿》内，他写出纯朴善良而无知的一对夫妇夹在‘土财主’和‘破靴党’之间，怎样被播弄而串出了一出悲喜剧。浓郁的‘地方色彩’，活泼的带着土音的对话，紧张的‘动作’，多样的‘人物’，错综的故事的发展——都使得这一篇小说成为那时期最好的农民小说之一。”[⑨]这种被茅盾称为“农民小说”的创作倾向，在蹇先艾、台静农等人那里也有出色的体现。鲁迅之后这些被学界多少有些大而化之地称为“乡土文学”的作品，其中有相当一部分属于初创期的“乡村小说”，虽然存在“对当面的现实还没有确定的理解”的近于“纯客观”特点，但是“地方色彩”，以及小说艺术必需的对话、动作、人物、情节结构等这些较为齐备的小说质素，在一定程度上,使他们的作品展现了中国式的乡村小说的文化和现实路向;也许正是和态度的"纯客观"有关系,被新文化运动和"启蒙乡土小说"所"祛魅"的人文文化,在这些初期乡村小说里,蕴藏着对之"返魅"的动势。

中国式的乡村小说的生成,简单地说,就是从这时所发生的嬗变中起始的。茅盾如上所论的这种谋求既朝向"当面的现实",又具有"地方色彩",而且以"更繁杂的人物和动作"综合了多种艺术功能的乡村小说,几乎确立了中国式的乡村小说的艺术标准。如果说彭家煌等人20世纪20年代的《怂恿》等作品实现了初步构型,那么,30年代一般被视为写"丰收成灾"的佳作,如茅盾的《春蚕》和叶紫的《丰收》,则标志着这种生成的基本完型。它的理论建设者还是茅盾。在对《丰收》的评论里,茅盾注意到了"描写点"的"广阔",他说这部作品"展开了农事的全场面"[⑩]。有学者颇为透辟地指出:"'农事的全场面'显然不只是一般意义上的田间劳作,而是有着传统文化意蕴的经济民俗事象。"[⑪]这里面饱含着中国乡村现代嬗变的因素,"传统文化意蕴"与"经济民俗事象",就是中国式的乡村小说范型的基本构件。

我们也可以从后来的乡村小说发展中看到这一标准的自觉不自觉的应验存在。只是,由于《丰收》这一类作品在主体自我的理念设置上更趋于"阶级"意识,为乡村小说的主流化提供了初期的果实。在强大的"现代性"和"历史进步"夹缝中,人文魅性不失时机地体现在中国式的乡村小说之中。

所以,"中国式的乡村小说",也只能在较为客观地描写乡村实在生活之中呈现自在的民风礼俗。也就是说,乡村小说这个最能体现传统人文魅性的部分,也不可能有过高的人文纯度了。但是人文魅性分明活泼地杂糅于乡村的"农事"和"日子"里。

史诗性、主流化及此种乡村小说的剩余魅性空间:以赵树理为例

如果仅仅是"大他者"在说话,那么小说就没有政策和政策落实动员的宣讲来得直接。关键问题是,小说自有它的"魅性"所在,"魅性"在被作家喜欢、"使用"与被意识形态默许、"利用"之间,要达成时代性的妥协和默契。史诗化的乡村小说就在这样的情形下,选择生成的样式并余留属于小说的"魅性"空间和不断调换它的书写者的。

这个"大他者"化的身份,从几乎不约而同地叙写"丰收成灾"开始初试和自觉迎纳,到体验"土改"获得准入,到描摹农业合作化运动定型。每个时期都有和都需要有"样板"作家和代表作。历史以时代翻新的形式前进,作为社会主义文学列车的乡村小说,到了一个大站可能就要更换火车头。这样,一串名单就基本上按时序摆在了眼前:赵树理、丁玲、周立波、柳青、李準、浩然……因为与新中国成立后的主流历史思潮的新走向和新走法都有了明显的不合时宜,赵树理就成了最先被调度下来的那辆车头。赵树理的起落是尤其具有代表性的。

《小二黑结婚》写作和出版于延安文艺座谈会(1942年5月)之后不久,1943年春完稿于太行山区,经彭德怀助推,9月于华北新华书店首印,扉页印着彭德怀的题词,定性为

“不多见”的“从群众调查研究中写出来的通俗故事”,这部被当地知识分子出身的干部讥为“低级的通俗故事”甚至“海派”的小册子,出版后却极受欢迎,不仅书畅销,数以百计的地方戏团还用不同的戏种将这故事搬上舞台久演不衰,至少,作为新文学作品,它的乡村读者数量之大是空前的。毛泽东《在延安文艺座谈会上的讲话》(以下简称《讲话》)正式发表于 1943 年 10 月 19 日《解放日报》,1943 年 10 月《李有才板话》出版,这时候赵树理已经成了解放区家喻户晓的人物;1946 年长篇小说《李家庄的变迁》在华北新华书店首版发行之后,仅这一年就有六家出版了此书。但是对赵树理乡村小说的意识形态定性到了 1946 年下半年才初步开始,那时候在《讲话》精神鼓舞下的新作品收获并不是很让人乐观,也许是等得时间够久了,而赵树理虽然没有写出以阶级分析见长和能够作为“打击敌人、消灭敌人的有力的武器”[12]的作品,但是他的影响巨大的畅销作品恰好符合《讲话》要求的服务方向和“人民群众喜闻乐见”的形式。1946 年 7 月,周扬发表《论赵树理的创作》,无论是创作还是实际年龄都还算年轻的赵树理,被高调评价为“一位在成名之前已经相当成熟了的作家,一位具有新颖独创的大众风格的人民艺术家”。这还不算,周扬以政治和文艺双重权威的话语强调:“他的成功不是偶然的。正是他实践毛泽东同志的文艺方向的结果。赵树理同志的作品是文学创作上的一个重要收获,是毛泽东文艺思想在创作实践的一个胜利。”[13]周扬的评价有拔高号召的意味,我们也能从字里行间感受到寻求延安文学榜样的焦虑,连赵树理本人也未敢贸然表态他的《小二黑结婚》对《讲话》的作品“实践”性,但是这评价也奠定了两人长久的文学友情和政治关系。当时文学界的大人物接连高度定性评说,郭沫若激情四溢地一连用了五个“新”、一个“都”来作表扬:“有新的天地,新的人物,新的意义,新的作风,新的文化,谁读了我相信都会感着兴趣的。”[14]茅盾在 1946 年 9 月发表的文章给了《李有才板话》这样的评价:“无疑的,这是标志了向大众化的前进的一步,这也是标志了进向民族形式的一步。”[15]到了 11 月他又著文认为《李家庄的变迁》是“走向民族形式的一个里程碑”[16],这样的有明确具体指向的评价不失茅盾作为小说创作和批评大家的水准,他看到的不全是“政治先进”也不是无边界的“新”,而是赵树理小说最突出的特征——“大众化”和“民族形式”。到了 1947 年 7 月 25 日至 8 月 10 日边区文联召开座谈会,负责人陈荒煤作了专题发言,题目为“向赵树理方向迈进”,确立了“赵树理方向”,并认为是实践毛泽东文艺思想的具体方向[17]。于是,赵树理成了延安文艺的榜样和标志。可是,我们仔细阅读赵树理的乡村小说,就会发现,在赵树理的作品里,既不能体现毛泽东在 1933 年 10 月为纠正土改偏向而作的《怎样分析阶级》中所表述的鲜明的阶级立场,更没有主要写活两个当时的形势最需要塑造的对立阶级——地主和贫农。虽然乡村经验富足,但是缺少政策研究和活用的主动性,这一点上他就显然不如丁玲和周立波。所以,尽管赵树理还写出了一些脍炙人口的作品,他的民间文学艺术主流观,在“方向”上终于显出了暧昧,终于随着合作化到全面铺开的人民公社化运动,“赵树理方向”旋即成了过去时。

被边缘化了的赵树理,被逐出意识形态崇高客体之场,失宠于“大他者”要求的重新洗牌,这也使得赵树理整体上作为“中国式的乡村小说”大家,较为牢固地嵌入了文学史。他在迎合时事并一度被封为“方向”之外,坚持文学的民间传统的艺术立场和普通村民的认识立场,给在“大他者”之神笼罩下的乡村小说留下了不可多得的剩余空间。

赵树理在《生活·主题·人物·语言》一文中说:“中国小说是从民间来的,要照顾这一点。各种各样的艺术,都有两套传统,一是民间传统,一是外国传统……根子不要拉断了。中国的民族传统应当保留、继承和发扬,不能拿外国的东西来代替本国的东西。每个民族的文化都必须在原来的基础上发展起来。”他认定有些东西是难以随着制度和时代的变化而变化的,“即使到了公社化,糊涂涂也一定仍是糊涂涂,常有理也一定仍是常有理,他们都有自己与众不同的性格”[18],这就是他写“中间人物”的理据。

“文革”时期,赵树理写过一篇具有自查性质并有些自我辩解味道的文章。在这篇题为“回忆历史认识自己”的文中,除了政治上的表态和个人工作履历的说明,尚有很多值得注意之处。他继续强调他的民间文艺传统正宗说:“中国现有的文学艺术有三个传统:一是中国古代士大夫阶级的传统,旧诗赋、文言文、国画、古琴等是。二是‘五四’以来的文化界传统,新诗、新小说、话剧、油画、钢琴等是。三是民间传统,民歌、鼓词、评书、地方戏曲等是。”他执拗地不同意第二种“无形中已把它定为正统”,他坚决地认为应“以民间传统为主……民间传统有很多使他们相形见绌的部分……总之,老的真正的民间艺术传统形式事实上已经消灭了,而掌握了文化的学生所学来的那点脱离老一代群众的东西,又不足以补充其缺。我在这方面的错误,就在于不甘心失败,不承认事实。事实上,我多年所提倡要继承的东西已经因无人响应而归于消灭了”[19]。赵树理的创作观在20世纪60年代初“政策调整”影响下有过一段“回光返照”般的焕发期:1962年8月大连农村题材会上,“中间人物论”得到热烈支持,赵树理当仁不让地成为主角,康濯在发言中盛赞他是写农村的“铁笔”“圣手”[20],此评语后来广为流传,这是对赵树理继被定为“方向”多年之后所获得的最高评价。“中间人物论”和毛泽东在1962年9月八届十中全会上提出的“千万不要忘记阶级斗争”的口号的提出,时间只差一个月。赵树理很快就被“祛魅”了,1964年5月之后被剥夺了作品出版发表权,1970年9月病逝于太原,1978年10月才得以恢复名誉。《回忆历史认识自己》是一个二重性的生命即将被迫走到了尽头、努力践行民族民间表现形式的“乡村小说”大家所发出的绝响。

综观赵树理对中国式的乡村小说的整体性构建完成的贡献,主要是两大方面:

其一,他写活了“中间人物”,尤以写乡村成年女性见长,和后来他人笔下渐趋生硬的男性农民英雄书写有着很明显的区别,在一定程度上免遭了“大他者”化的非文学改写。赵树理的创作虽然有时政痕迹,但通过这些生动传神的“中间人物”使得乡村的人生观、生活观富于古老的“魅性”趣味。

其二,虽然赵树理谈到民间文学艺术传统的时候,总是集中于民间戏曲曲艺及“语言”问题,绝口不谈民间趣味和生命态度等“人文性内容”,而且他把乡村的这些内容置换为“农民群众生活”这样一种说法,但实际上我们在仅仅读到那些活灵活现的人物名字的时候，我们内心的人文感应也会油然而生。他的每一个小说都是使用民间文艺表现手法来展现新的意识形态下乡间的反应，从来没有脱离这个反应的原地：家庭、家族和乡里乡亲的风俗社会。在这样的人文氛围里，特别是在对恋爱婚姻习俗的描写中，杂糅了他智慧而纯朴的民间之爱。

可以说，在“乡村小说”史诗性、主流化写作的大道尚未笔直地畅通之前，赵树理不失天真和执拗地为中国式的乡村小说在“大他者”的地盘上，以自己的本心，力拓出来了一块让人文魅性存活的剩余空间。它虽然在以后的二十多年越来越逼仄，但是始终没有彻底失守，草蛇灰线，伏脉千里，即使到了浩然的《金光大道》里也能找到它的蛛丝马迹。

从赵树理的创作这里，以最简略的方式瞻前顾后一下，我们就会发现，乡村婚恋小说体现了不同时代的典型魅性特征。人文魅性在乡村小说里的绵延，在这些以婚恋为观照对象的为数不少的作品中，有着生动实在的表现。从早期乡村小说台静农的《拜堂》、王鲁彦的《菊英的出嫁》到赵树理的《小二黑结婚》《登记》和周立波的《山那边人家》再到新时期张弦的《被爱情遗忘的角落》、刘绍棠的《蛾眉》等等，魅性的因素往往伸出意识形态的外壳，给这些小说带来了不那么容易快速朽灭的生命光辉。

婚恋程式和心迹最能体现具有人文魅性传统的乡村“世情”，也最能集中地呈表乡村生趣，于是不仅仅是风俗上的描写让我们感到亲切，它还能让我们欣慰于作家创作心态上的自信，这些作品在历史功利性之外的深长的文学意绪，甚至可以让我们看到中国式的乡村小说生成的生命基质，以及相互体恤并自我调节的民族文化心理图景。

然而，中国式的乡村小说至赵树理等人的创作达至整体构建之后，延伸至今则有了明显的异变。20 世纪 90 年代及其之后的创作情状，让我们感知，乡村婚恋小说渐趋稀缺，更多的是叙写在生存与城市诱引下乡村文明溃败的观照，作品切近于目下的乡村的实际情形几乎一律是：世情已变，生趣式微。于是像林白的《妇女闲聊录》、李洱的《石榴树上结樱桃》、贾平凹的《秦腔》等作品则呈显出与赵树理们迥异的乡村小说的意趣和手法。我们对现时的乡村到底是否深悉知情？在迹近灰颓的生命视阈之下，中国式的乡村小说发展的可能性是进一步得到了艺术的激活还是愈加陷入了精神自囿，是该放到文学史与创作现场交互的维度上予以深究的时候了。

【注释】

①施战军：《论中国式的城市文学的生成》，载《文艺研究》2006 年第 1 期。

②沈从文曾经有过这样的评价：“你们是城市中人。城市中人生活太匆忙，太杂乱，耳朵眼睛接触声音光色过分疲劳，加之多睡眠不足，营养不足，虽俨然事事神经异常尖锐敏感，其实除了色欲意识和个人得失以外，别的感觉官能都有点麻木不仁。”语见沈从文《习作选集代序》，载《沈从文选集》（第 5 卷），231 页，四川人民出版社 1983 年版。

③［美］D.戴维森：《哈代小说的传统基础》，见陈焘宇编《哈代创作论集》，126 页，中国社会科学出版社 1992 年版。

④赵园:《地之子》,17页,北京十月文艺出版社1993年版。

⑤鲁迅:《我之节烈观》,载1918年8月15日《新青年》第5卷第2号。

⑥[斯洛文尼亚]斯拉沃热·齐泽克:《意识形态的崇高客体》,见译者前言及散见于书中的大量论述,季广茂译,中央编译出版社2002年版。

⑦伧父:《静的文明与动的文明》,载《东方杂志》第13卷第10号。

⑧鲁迅:《我们怎样做父亲》,载1919年11月《新青年》月刊第6卷第6号。

⑨茅盾:《中国新文学大系·小说一集·导言》,良友图书印刷公司1935年版。

⑩茅盾:《几种纯文艺的刊物》,载1933年9月1日《文学》第1卷第3期。

⑪丁帆:《中国乡土小说史》,66页,北京大学出版社2007年版。

⑫《毛泽东选集》(第3卷),850页,人民出版社1953年版。

⑬周扬:《论赵树理的创作》,载《解放日报》1946年8月26日。

⑭郭沫若:《〈板话〉及其他》,载《文汇报》1946年8月16日。

⑮茅盾:《关于〈李有才板话〉》,载《群众》第12卷第10期,1946年9月出版。

⑯茅盾:《论赵树理的小说》,载《文萃》第2卷第10期,1946年12月出版。

⑰陈荒煤:《向赵树理的方向迈进》,载《人民日报》1947年8月10日。

⑱《赵树理文集》(第4卷),286—287页,人民文学出版社2005年版。

⑲《赵树理文集》(第4卷),357—358页,人民文学出版社2005年版。

⑳黄修己:《赵树理年谱》,见《赵树理研究资料》,600页,北岳文艺出版社1985年版。

(原载《南方文坛》2010年第4期)

获奖词：

从严家炎关于现代文学诞生的新立论入手，在对《黄衫客传奇》的细致阐释中，指出现代文学从诞生起就内含着世界性的因素，并对世界性与民族性在现当代文学发展中的相互关联与相互制约问题，进行了令人信服的揭示，有效地回应了当下理论界对中国文学世界性的关注，不失为一篇视野开阔、立论高远、庄严畅扬的用心之作。

民族传统与“文学的世界性”

——以陈季同的《黄衫客传奇》为例

孟繁华

中国当代文学的焦虑是周期性的。但是，类似文学与政治的关系、文学观念与形式、文学与性别、文学与市场、通俗文学与严肃文学、文学与人文精神、“纯文学”、“底层写作”等，这些问题都很重要，但大都是阶段性的。这些问题只在不同的时段因尖锐而突出出来。大概只有“中国文学与世界”的关系，成为一个永久性的问题。它就像一个挥之不去的隐痛，切近的焦虑一旦缓解，首先显露出的总会是这个问题。因此它不时会被提起。那么，这究竟是一个什么样的问题、什么样的心理？抑或说中国当代文学的创作者或批评家为什么总是对这个问题津津乐道或锲而不舍？我们究竟应该如何理解这一问题？

一、“世界的文学”提出

2010 年 4 月，高等教育出版社出版了严家炎先生主编的《二十世纪中国文学史》（上册）。这部著作的出版，改写了中国现代文学发生的历史年限：“像过去那样，现代文学史就从五四文学革命写起，如今的学者恐怕已多不赞成。相当多的学者认为：中国的现代文学史或二十世纪文学史，应该从戊戌变法也就是十九世纪末年写起。但实际上，这些年陆续发现的一些史料证明，现代文学的源头，似乎还应该从戊戌变法向前推进十年，即从十九世纪八十年代末、九十年代初算起。”①这里，严家炎先生从三个方面做了论证：第一方面，五四倡导白话文学所依据的“言文合一”，早在黄遵宪 1887 年定稿的《日本国志》中就已提出，它比胡适的《文学改良刍议》《建设的文学革命论》等同类论述，足足早了三十年。

在《日本国志》卷三十三的《学术志二》文学条中,黄遵宪以“外史氏”的口吻说:“盖语言与文字离,则通文者少;语言与文字合,则通文者多,其势然也。”因此,早于胡适、陈独秀三十年前,黄遵宪就预言了口语若成为书面语就会让“农工商贾妇女幼稚皆能通文字之用”的局面。这一思想的提出,显然是黄遵宪参照了文艺复兴后的西欧各国——他们在建立现代民族国家的过程中,为改变古拉丁文所造成的言文分离状态,以各自的民族语言为基础,实现了书面语与口头语的统一。因此“言文合一”的思想如果没有“世界性”的参照,也是不可想象的。晚清出使法国的陈季同,不仅是一个出色的外交家,同时也是一个成就非凡的作家。他曾用法文写了八本书,有长篇小说、剧本、学术著作、小品随笔以及《聊斋》译文。这些著作不仅销路很好,而且还被译成意大利文、英文、德文等出版。这八本著作有四本与小说和戏剧有关。在他的观念里,小说和剧本已经具有文学的正统地位。更重要的是,陈季同用非常法国式的叙述,在1890年发表了长篇小说《黄衫客传奇》,成为中国作家创作的第一部具有现代意义的小说作品。他更早出版的学术作品《中国人的戏剧》,在中西两类戏剧的比较中准确阐述了中国戏剧的特点:“作者认为中国戏剧是大众化的平民艺术,不是西方那种达官显贵附庸风雅的艺术。在表现方式上,中国戏剧是‘虚化’的,能给观众以极大的幻想空间,西方戏剧则较为写实。在布景上,中国戏剧非常简单,甚至没有固定的剧场,西方戏剧布景则尽力追求真实,舞台相当豪华,剧院规模很大。作者的分析触及中西戏剧中一些较本质的问题,议论切中肯綮,相当精当。”回到国内后,他创作了话剧剧本《英勇的爱》,虽然也是用法文创作的,但无疑是出自中国作家的最早的一部话剧;不但在法国和欧洲产生了影响,而且这些创作都足以改写中国现代文学的发生和标志性作品的确认。

第二方面,在严先生看来,陈季同的更大贡献,还在于他在19世纪八九十年代,就已经形成或接受了“世界的文学”这样的观念。在陈季同看来:首先该责怪的是中国的“妄自尊大,自命为独一无二的文学之邦”,不求进步,老是对小说戏曲这些很有生命力的文学品种“鄙夷不屑”。其次,陈季同也谴责西方一些文学家的不公平,他们没有读过几本好的中国文学作品,甚至连中文都不太懂,就对中国文学说三道四,轻率粗暴地否定,真要“活活把你气死”,这同样是一种傲慢、偏见加无知。陈季同在这里进行了双重的反抗:既反抗西方某些人那种看不起中国文学、认为中国除了诗就没有文学的偏见,也反抗中国士大夫历来鄙视小说戏曲、认为它们“不登大雅之堂”的陈腐观念。他提醒中国同行们一定要看到大时代在一日千里地飞速发展,一定要追踪“世界的文学”,参加到“世界的文学”中去,要“提倡大规模的翻译”,而且是双向的翻译:“不但他们的名作要多译进来,我们的重要作品,也须全译出去”,这样才能真正去除隔膜和避免误会,才能取得进步。正是在陈季同的传授和指点下,曾朴在后来的二三十年中才先后译出了五十多部法国文学作品,成为郁达夫所说的“中国新旧文学交替时代的这一道大桥梁”(郁达夫:《记曾孟朴先生》)。事实上,当《红楼梦》经过著名翻译家李治华和他的法国夫人雅歌再加上法国汉学家安德烈·铎尔孟三个人合作翻译了整整二十七年(1954—1981)终于译成法文,我们才真正体会到陈季同这篇谈话意义的深刻和正确。可以说,陈季同作为先驱者,参与了文学上的维新运动,并为五四新文学的发展预先扫清了道路。

第三方面,严先生认为:就是当时标志性的文学作品也是可以指认的:继陈季同1890年在法国出版第一部现代意义上的中篇小说《黄衫客传奇》之后,1892年,韩邦庆(1856—1894)的《海上花列传》也开始在上海《申报》附出的刊物《海上奇书》上连载。《海上花列传》可以说是首部有规模地反映上海这样现代都市生活的作品。如果说《黄衫客传奇》借助新颖的小说结构、成功的心理刻画、亲切鲜活的风俗描绘与神秘的梦幻氛围,构织了一出感人的浪漫主义爱情悲剧,那么《海上花列传》则以逼真鲜明的都市人物、"穿插藏闪"的多头叙事与灵动传神的吴语对白,凸现了"平淡而自然"(鲁迅语)的写实主义特色。它们各自显示了现代意义上的成就,同属晚清小说中的上乘作品。它的意义确实属于现代。

严家炎先生分别从理论主张、国际交流、创作成就三种角度,考察了中国现代文学起点时的状况。可以归结起来说,甲午前夕的文学已经形成了这样三座标志性的界碑:一是文学理论上提出了以白话(俗语)取代文言的重要主张;二是伴随着小说戏剧由边缘向中心移位,创作上出现了一些比较优秀的、真正具有现代意义的作品;三是开始了与"世界文学"的双向交流,既将外国的好作品翻译介绍进来,也将中国的好作品向西方推介出去。这就意味着,当时的倡导人本身已经开始具有世界性的眼光②。严先生虽然论证的是中国现代文学的发生、起点或标志性的作家作品,但在这些论述中也不经意地透露了,就在中国现代文学发生的同时,"世界性的文学"观念也同时出现了。这与从晚清开始,中国的"天下"观变为"世界"观是同构发生的。但可以肯定地说,如果没有像陈季同这样对西方文学世界有如此广泛了解的文学家,如果没有对西方现代性有如此深刻认识的杰出人物,中国文学的现代性肯定要滞后三十年,也就是胡适和陈独秀的时代。

二、《黄衫客传奇》:"民族的""世界的"双重性

陈季同的《黄衫客传奇》1890年在法国以法文发表③。这部作品以唐代传奇蒋防的《霍小玉传》为基础,讲述了李益与小玉的爱情悲剧。《霍小玉传》是唐传奇的名篇,原作中的李益是一个"生门族清华,少有才思,丽词佳句,时谓无双,先达丈人,翕然推伏"的青年才俊,但他"思得佳偶,博求名妓,久而未谐"。经媒婆介绍与"资质秾艳,一生未见,高情逸态,事事过人,音乐诗书,无不通解"的女子小玉一见钟情。小玉对未来丈夫选择的标准是"不邀财货,但慕风流",所以选择了李益,只因倾慕他的才气。她自知自己的身份,所以她对李益说:"妾本倡家,自知非匹。今以色爱,托其仁贤。但虑一旦色衰,恩移情替,使女萝无托,秋扇见捐。极欢之际,不觉悲至。"李益却说:"平生志愿,今日获从。粉骨碎身,誓不相舍。夫人何发此言?请以素缣,著之盟约。""玉因收泪,命侍儿樱桃,褰幄执烛,授生笔砚。玉管弦之暇,雅好诗书,筐箱笔砚,皆王家之旧物。遂取绣囊,出越姬乌丝栏素缣三尺以授生。生素多才思,援笔成章,引谕山河,指诚日月,句句恳切,闻之动人。"小玉自知自己的出身难以与李益相配,也不想让李益受到誓约的束缚,所以她只要李益陪

她八年,她便满足了。两人就这样相处了两年,也曾如胶似漆,也曾海誓山盟。后李益因为书判拔萃登科,被授予郑县主簿的官职,从此没了消息。因此成了一个“虚词诡说,日日不同”的负心郎。

在中国传统的叙事文学中,“痴心女子负心郎”几乎是一个元叙事,一直到明清白话小说大都如此。但是,在《黄衫客传奇》中,陈季同并没有按照中国传统文学的叙事模式处理李益与小玉的关系。在陈季同那里,李益虽然也有性格缺欠,他的表兄就说:“你有想压倒天朝男儿的雄心壮志,但你又会为了一个穷人而两手空空。当你想当一个恶棍的时候,你又忍不住要去行善。”李益的矛盾性格已经露出了讲述故事时代“知识分子”的某种品性。他犹豫不决,但善良诚恳。李益也自知门户差异,因此“很快就给母亲写了信,说明自己的计划,请求她的同意。在用心写的信中,他首先描摹了未婚妻的美貌,接着又讲了他从郑夫人这里受到的母亲般的接待;最后,他又充满感情地表示了他的孝顺和敬爱之心。读到这封温情的杰作,小玉的母亲感动得落了泪”。一方面是恳请母亲的同意,另一方面也敢于承担责任。当与小玉有了鱼水之欢被郑夫人发现后,小玉揽过说自己有罪,“不检点”的是她;这时的李益表现了一个男人应有的担当:“不,夫人!小玉是无辜的。现在我感到罪孽深重,不知道怎么做才能求得您的谅解。我只有一个借口:我太爱您的女儿了,不能没有她在身旁。我向您保证,我并不是故意这样的,我是身不由己做下蠢事,并不是有意背叛您的信任。”尽管李益敢于担当并信誓旦旦,但母亲的来信还是不啻当头棒喝:“我既不追求财富,也不攀附权贵,我爱你胜过爱自己,为了让你满意,我会赞同你向往的一切事情。但这一次,你对我的要求几乎是不可能的。事实上,你想娶的姑娘的门第我们不能接受。也许她有王室血统,但是她母亲只是一个侍妾,出身卑贱。”李母不能接受小玉的重要原因,是门第和名分。当李益回到家乡时,等待他的是另一套中国传统式的家族宗法制度的制裁和阻拦。其间李益受到的折磨可想而知。他二十三岁便发疯而死了。

这是一个典型的爱情悲剧。但是,陈季同在处理这个爱情悲剧的时候,有两点特别值得注意:一是它的题材是非常“中国化”的,它的基本素材是中国独具的。它的人物,特别是李母的形象以及门第观念、家族宗法制度、惩治不肖子孙、阻止爱情自由的方式等,只能出自中国传统文化;但是,在具体写作和处理上,又是非常法国化或西方化的。从对李益与小玉的情爱关系、场景、情感和表达方式的描述中,我们很容易识别出西方十八九世纪一些爱情小说的处理方式。特别是心理描写。中国传统文学与现代文学除了观念的差别、言文差别,在具体写法上最大的差异,就是古典文学虽然是全知视角,但只重外部描写,写人状物莫不如此;现代文学除了对外部景物、形态的描写,对人的内心和心理描述,是非常注重的。

《黄衫客传奇》对人心理的出色描绘,严家炎先生在为《黄衫客传奇》中译本写的序言中有非常精到的分析;另一方面,《黄衫客传奇》在风情风物的描绘上,是典型的中国场景。对南京城(这里有一个重大失误是,既然是唐大历年间,都城就不是南京而是长安)整体的描摹是:

从山冈乡下俯瞰，城市及其周边美不胜收。江水壮阔而宁静，犹如一条巨大的蓝色缎带，镶嵌在绿毯般的田畴之间。

在广阔的水面中，浮起一座小岛。金山耸立其上，山间垂柳掩映，好似一只巨大而青翠的花篮。

岛上环境清幽，略无人间喧嚣。远处时而会传来悠扬的梵呗，钟声夹杂其中，那是山脚寺庙里的僧人在念经礼佛。

小岛对岸，屋宇鳞次，飞檐冲天，是一处花园环绕、重楼复壁的建筑，其主体是以琉璃塔闻名的大报恩寺。

走进房间则是：

四周饰以帘幕，上面绣有中国神话传说中的场景。其中有开天的盘古，被龙、凤、灵龟、麒麟这些忠诚的伴侣簇拥着；远处，是为人类建造茅屋的有巢氏，还有中国的普罗米修斯——燧人氏。他将天火带给臣民，臣民感激得说不出话来。另还有各种形制的扇面，以那个时代著名人物的画像或诗人的题咏装饰，布满了墙面。

类似的典型中国场景以及风情风物随处可见。在这一点上说，《黄衫客传奇》的内容毫无疑问是“中国”的。1890 年的法国《图书年鉴》曾发表评论说：“这是一本既充满想象力，又具有独特文学色彩的小说。通过阅读这本书，我们会以为自己来到了中国。作者以一种清晰而富于想象力的方式描绘了他的同胞的生活习俗。”④但是，在表现方法上，它无疑又是现代的。爱情悲剧的浪漫性、人物塑造的方法、结构以及许多具体表达方式，都有西方现代小说影响的痕迹。正是在这个意义上我们说，中国现代文学在发生时就有“民族”“世界”的双重性，或者说，也正是因为有这双重性质，《黄衫客传奇》才在西方世界好评如潮。法国《图书年鉴》称：“通过几部非常值得称道的论述中国风俗的著作，陈季同将军已经名闻遐迩。”这些评价已经说明了中国现代文学发端之际的“世界性”影响。因此，晚清至五四时代，中国文学已经找到了自己的方向。这个方向就是在保持民族文化独特性的同时，以开放的眼光吸收世界所有的先进文化。这种吸收不是全盘照搬，它是在坚持民族文化主体性的基础上的吸收和学习。也只有这样，民族文化才有了“世界性”通约的可能。这一点，在陈季同的时代已经证明了。除了他的《黄衫客传奇》获得承认和好评之外，陈季同的演讲也达到了同样的效果。他在巴黎曾不止一次地操流利的法语作学术演讲，倾倒了许多法国听众。罗曼·罗兰在 1889 年 2 月 18 日的日记中写道：

在索邦大学的阶梯教室里，在阿里昂斯法语学校的课堂上，一位中国将军——陈季同在讲演。他身着紫袍，高雅地端坐椅上，年轻饱满的面庞充溢着幸福。他声音洪亮、低沉而清晰。他的演讲妙趣横生，非常之法国化，却更具中国味，这是一个高等人和高级种族在讲演。透过那些微笑和恭维话，我感受到的却是一颗轻蔑之心：他自觉高于我们，将法国公众视作孩童……他说，他所做的一切，都是在努力缩小地球两端的差距，缩小世上两个最文明的民族间的差距……着迷的听众，被他的花言巧语所蛊惑，报之以疯狂的掌声。⑤

这里罗曼·罗兰的“非常之法国化，却更具中国味”已经道出了“民族的”与“世界的”关系。也正因为如此，才有了“这是一个高等人和高等种族在演讲”的赞誉。当然这里的问题远要复杂得多。除了民族的独特性和与他者交流的通约性，相互熟悉和了解更为重要。

这也就是当年陈季同先生看到的“重重隔膜”和“误会”，正是中国文学不为西方理解或曲解的根本原因。因此，《黄衫客传奇》既是中国的又是现代的，在人的心理、情感、自我理解、自我认同的这样的内部空间，获得了鲜明的形象、语言、观念和理论。正是从《黄衫客传奇》开始——中国现代文学的发端，中国文学就找到了正确的方向。在这个意义上，“中国”不仅仅是一个现代民族国家，它同时也是一个“历史时间”概念。或者说，从先秦开始，特别是晚清以降，“中国”的形象正是在不断变化中被塑造出来。就像传统是不断发展变化、不断被丰富的一样。

三、“世界性”的重提和承认的政治

20 世纪 80 年代，改革开放成为时代的主旋律。与西方世界隔绝多年的国门再度洞开，看到西方也看到了我们自己。因此，赶超西方成为那个时代国人的一种潜意识或内驱力：

> 这时候“走向世界”就成为文学界的一个时髦话题，这个语词里隐含着时代的焦虑与渴望：所谓“走向”，即意味着中国至今尚未走进“世界”，尚未成为世界的一个成员，那么，是什么样的“世界”既排除了中国又制约着中国呢？（与此相伴的是当时的流行语“落后要挨打”“开除球籍”等，都反映了类似的时代情绪。）显然，在现代化的全球性语境里，中国与世界的关系成为一种时间性的同向差距，中外文学关系相应地趋向于这种诠释：中国的现代文学是在世界文学思潮的影响下形成的，中国文学惟有在对世界文学样板的模仿与追求中，才能产生世界性的意义。虽然在影响研究中也注意到民族性的关系，但所谓“愈是民族的愈具有世界性”的格言，使用的仍然是“世界”的标准，潜藏其背后的依然是被“世界”承认的渴望⑥。

承认是一种政治，是一种文学的“国际通行证”。“让中国文学走向世界”的吁求，一方面是希望得到强势国家——西方的承认，不是要求得到诸如柬埔寨、肯尼亚、汤加、津巴布韦这些第三世界国家的承认。要求承认，是因为感到了不平等，是因为感到了压迫、压抑的不自在。因此也是一种对文学尊严的诉求。在过去的一百多年里，我们曾遭受过西方的奴役，因此有一种普遍的“悲情”。这种“悲情”在一定的时候会以相反的形式出现。特别是新世纪以来，中国国民经济的快速发展和综合国力的不断强大，构成了“世界性”和“走向世界”情感要求的物质基础。我们经常看到的口号是：“中国走向世界”“奥运走向世界”“中国企业走向世界”“中国品牌走向世界”“中国文化走向世界”等；孔子学院的不断建立，“文化输出”理论的不断高涨，“21 世纪是中国的世纪”的提出等，都与国民经济发展状况有关。但是，经济 GDP 与文化 GDP 并不是一回事。有学者认为，在中国文化走向世界的背后，其实隐藏着一连串更为深层的问题，那就是中国文化走向世界，到底是为了向世界解释中国发展的意图，还是树立另一个和西方相抗衡的主流文化？还是参与塑造一个更为公平、和谐的东西方文化秩序？这些看似抽象的问题，在未来中国发展的过程中，必将越来越多地呈现在人们面前⑦。

《读书》杂志曾发表过美国学者凯瑟林·弗德瑞关于罗马尼亚农业问题的文章。在她文章的描述中，解集体化和私有化的过程，使罗马尼亚的农业整个破产了。在分土地的过程中，土地贬值了，出现了一个食利者社会。罗马尼亚认为改变这一现状没有别的办法，最好的办法就是让欧盟把我们接纳进去，让 IMF、世界银行统统进来，除此之外没有别的前途⑧。这个描述意味着罗马尼亚经济的困境和问题。但是，这并没有影响 2009 年诺贝尔文学奖授予了罗马尼亚出身的赫塔·穆勒。当然，这时的穆勒已经不是罗马尼亚人了。但罗马尼亚的文化记忆于她来说是重要的。赫塔·穆勒获奖是因为"其写作具有诗歌的精练和散文的平实，描绘了一幅底层社会的众生相"。赫塔·穆勒的英文版小说《我所拥有的我都带着》出版于 2009 年 8 月。"书中主人公依然是位被放逐至劳动营的 17 岁男孩。然而，这种对自我经历的描述，在穆勒的笔下，既不是回忆录或自传，也不是对现实生活的直接再现，而是感觉的自我虚构。"而瑞典文学院常任秘书彼得·恩格隆德则指出，穆勒创作"一方面具有独特的语言风格，另一方面则真实地讲述了生活于极权之下人的状态"⑨。这个事例也说明，文学的"世界性"与民族国家的经济状况并不构成直接关系。这是事情的一个方面。另一个问题是，世界根本就不存在一个"公平""公正"的文学评价标准。即便是诺贝尔文学奖，瑞典文学院院士杰尔·伊斯普马克也说：诺贝尔文学奖不是生活在真空里，它不可能不打上政治的烙印。事实上，诺贝尔文学奖的上空一直笼罩着一层挥之不去的政治阴云。

对世界性问题的回应，同样是以中国本土的问题以及与中国文化传统相关作为出发点的。它是中国的"问题"，同时也是世界问题的一部分。就中国当下文学的状况而言，"民族的"与"世界的"在今天已经难以做出剥离。文化融合的历史使文学的发展呈现出的是，更加关注人类普遍、共同的事务，特别是生存状态和精神事务。另一方面我们也必须看到，80 年代之后，中国文学界对包括世界文学在内的文学经典，有一个再确认的过程，曾经被否定的世界文学经典重新被认同。80 年代初期，世界文学名著被读者狂热购买的场景今天仍然历历在目。无论是作为一种文学知识，还是作为一种重要的文学遗产，世界文学显然潜移默化地也深刻地影响了中国三十年来的文学创作。这种情况在中国主流文学的创作中，看得更清楚。美国小说家马克·吐温对家乡密西西比河乡村生活的描摹，意大利小说家维尔加对故乡西西里岛乡村底层生活的叙述，福克纳对美国南方风情画般的描绘，以及俄罗斯小说家屠格涅夫、契诃夫、托尔斯泰等对俄罗斯广阔的草原、森林和乡村生活的由衷赞美，以及拉美"爆炸文学"对古老的民族传统和神秘地域的神奇记载等，都给当代中国作家以启示或灵感。莫言说："从八十年代开始，翻译过的外国西方作品对我们这个年纪的一代作家产生的影响是无法估量的，如果一个五十岁左右的作家，说他的创作没受任何外国作家的影响,我认为他的说法是不诚实的。我个人的创作在八十年代中期到九十年代中期这十年当中,是受到了西方作家的巨大的影响的,甚至说没有他们这种作品外来的刺激,也不可能激活我的故乡小说,看起来我在写小说,但是外界的刺激让我产生丰富联想的是外国作家的作品。”⑩“魔幻现实主义对我的小说产生的影响非常巨大,我们这一代作家谁说他没有受到过马尔克斯的影响?我的小说在86、87、88年这几年里面,甚至可以说明显是对马尔克斯小说的模仿。”⑪批评家朱大可在揭示这一现象的同时,也措辞严厉地批评说:“‘马尔克斯语法’对中国文学的渗透,却是一个无可否认的事实。长期以来,马尔克斯扮演了中国作家的话语导师,他对中国当代文学的影响,超过了包括博尔赫斯在内的所有外国作家。其中莫言的‘高密魔幻小说’,强烈彰显着马尔克斯的风格印记。但只有少数人才愿意承认‘马尔克斯语法’与自身书写的亲密关系。对于许多中国作家而言,马尔克斯不仅是无法逾越的障碍,而且是不可告人的秘密。”⑫还有,学院批评家在评论中国作家作品的时候,也总是不经意地将其置于世界文学的背景下作出评价。这种意识和眼光不是刻意作出的,它本身就是批评的“世界性”意识的反映和表达。如果是这样的话,我们是不是可以认为,文学与“世界”的关系已经内化为我们的思维方式的一部分,或者说,现在任何一部小说,从结构、语言、情节展开、人物塑造等技术层面上,作家即便没有刻意模仿哪位西方作家,但西方文学的影像已经无意识地存在了。但它的前提是“中国”的本土的文学传统已经先于西方文学影像存在了。就像获得高度赞誉的陈季同,即便再有法国浪漫派的姿态,但在文化的“内部空间”不能祛除的还是“霍小玉”的皮囊。

【注释】

①严家炎:《二十世纪中国文学史》(上册),7页,高等教育出版社2010年4月版。

②上述观点和文字是对严家炎主编的《二十世纪中国文学史》(上册)第一章《甲午前夕的文学》之第一节《中国现代文学的发端及其标志》的部分转述。我参加了该书当代部分的编写,不仅认为严先生的这一观点改写了20世纪中国文学的发生、起点和标志性的作家作品,同时阐明了中国现代文学一发生就与“世界性”密切相关。

③陈季同:《黄衫客传奇》,李华川译,人民文学出版社2010年6月版。

④陈季同:《黄衫客传奇》附录一,118页,李华川译,人民文学出版社2010年6月版。

⑤《罗曼·罗兰高师日记》,孟华译。见孟华为李华川著《晚清一个外交官的文化历程》一书所写的《前言》,北京大学出版社2004年8月版。转引自严家炎:《二十世纪中国文学史》(上册),9—10页,高等教育出版社2010年4月版。

⑥陈思和:《20世纪中外文学关系研究中的“世界性因素”的几点思考》,载《中国现代文学》第20期。

⑦《中国崛起:中国文化如何走向世界?》,凤凰网 http://Phtv.ifeng.com/program/zhtfl/200812/1219_1687_930400_1.shtml。

⑧汪晖:《别求新声——汪晖访谈录》,71页,北京大学出版社2009年3月版。

⑨《我所拥有的我都带着》,http://baike.baidu.com/view/2873618.htm。

⑩⑪《著名作家莫言做客新浪网访谈实录》,http://book. Sina. com. cn/4lpao/2003－08－06/3/113818。

⑫朱大可:《马尔克斯的噩梦》,载《中国图书评论》2007 年第 6 期。

(原载《南方文坛》2010 年第 6 期)

获奖词：

本文是一篇极具问题意识的学术论文。作者从文学与批评现场的敏锐发现出发，质疑与辨析了知识界“泛民间化”的“说理策略”以及创作界“圣民间化”的偏识与误植等问题，建设性地提出了文学面对民间文化资源需要进行“除渣”与“去蔽”的工作，不失为一种清醒而有深意的见解，显示了作者的学术洞见和批评功力。

“除渣”与“去蔽”

——关于文学与民间记忆的思考

刘川鄂

民间记忆可以丰富历史，但不能取代历史民间与民间记忆，已成为近十来年文化、文学界的热门话题。陈思和在20世纪90年代中期提出的“民间”概念[①]，提供了文学史研究的新视角，在学术界影响很大。“民间”概念的出现和受追捧，体现了90年代以来启蒙话语受挫后知识分子寻找新的话语权和话语方式的努力。虽有泛滥之势，但似乎有学术层面上“去政治化”的功效。

但文化界和文学界的“民间热”情形要复杂得多。当下中国经济腾飞，国人自我感觉超级膨胀。部分文化人越来越注重本土化，越来越强调地域性、民族性。有人鼓吹汉文化的伟大复兴，有人宣扬21世纪是中国的世纪。众多文化名人签发文化复兴宣言，有些文教管理机构和学界人士发倡议编教材要中小学生尊孔读经。“民俗、民间文化热”“非物质文化遗产热”等，也有这样的背景支撑。也正是在复兴中国文化浪潮的背景下，文坛兴起汉语写作热、方言写作热、地域写作热和“中国经验”热，包括诗歌界闹得沸沸扬扬的“民间”写作、“民间”诗刊。由于当下中国的经济奇迹使得部分国人急于从文化上证明自己，便出现了把文化等同于传统文化，把传统文化混同于民间文化的倾向。所谓“民间”立场、“民间”精神，俨然成为一种不证自明的文化“真理”与畅通无阻的艺术评判标准。

我同意陈思和关于20世纪以来中国文化三大格局的划分，即“国家权力支持的政治意识形态、知识分子为主体的外来文化形态和保存于中国民间社会的民间文化形态”[②]，它们相互独立又不断变动。90年代民间理论的最初倡导者们立意并不是要取消知识分子的启蒙立场,而是要知识精英放弃话语霸权改为对话姿态。但我认为,中国启蒙话语空间始终狭小,从未"霸权"过。官方文化利用民间文化排斥精英文化倒是普遍情形。民间文化在许多时候与官方权力话语结成同盟,其中还保留了大量旧文化残渣。

作为一场以精神价值重建代替直接的社会改造的五四运动新文化运动,五四启蒙思想家对中国传统文化的总体价值进行了多方面审视,其中也必然包含对民间文化的审视。民间文化中保守和落后的一面在李大钊、鲁迅等笔下受到淋漓尽致的批判,这种批判在今天仍然是有力量的。"审父"的新传统薪火相传,仅文学领域而言,无论是 30 年代文艺大众化讨论,还是 40 年代工农兵文艺运动;无论是"十七年文学"的红色经典热,还是新时期的寻根文学潮;无论是前半个世纪的"张恨水热",还是后半个世纪的"金庸热"……当然还有世纪转型期的"民间热"。表面上看,"民间"始终处于潮流状态,但其间或隐含或彰显的对"精英价值"的贬抑倾向、"反智情结",一直受到知识界的质疑。其"泛民间化"和"圣民间化"所导致的负面影响也一直为知识界所警惕。

在世纪转型期仍然坚持启蒙立场的论者看来,走向民间和认同大众,不论这种认同最终指向的是以传统农村文化形式为主体的民间俗文化还是商业模式制造出来的都市大众文化,都不可避免地会使知识分子的独立精神和批判性受到伤害。在任何时代和任何社会条件下,知识分子在彻底融入"民间"之后便会失去自身的立场。完全认同"民间"的结果只能是知识分子自我人格的"侏儒化"③。在前现代、现代、后现代三重实境和语境交织的当今中国,许多陈旧观念和传统文化依然扭曲着自由人性,以"民间"的名义否定启蒙、否定知识分子自身价值在现实中危害甚大。

近年来,关于民间记忆的论著也成热点。有人写作《野史记:200 年来中国的一些民间记忆碎片》在网上发布。陕西合阳县农民侯永禄,仅有初中文化程度,坚持写了近六十年的日记以《农民日记》为名出版。很多媒体从体制、军事、经济、外交等方面总结 1949—2009 年这段历史。比如《南都周刊》选择用私人生活史的视角管窥时代的变迁,以"小我"观"大我",志在留存某些属于民间的历史和记忆;一本题为"共和国记忆 60 年:编年纪事"的书,有感于中国历史常常缺乏小人物出镜,正书有余,侧记不足,后人在了解历史时缺乏最基本的参照,也使历史缺少了很多应有的生趣④,专门选取记忆深处的那些民间往事,也不失为"民间记忆"的参照文本。在新时期以来的历史总结中,也有不少鲜活的民间记忆论著。《1978—2008 民间记忆》从春节联欢晚会、高考试题到《少林寺》,关注人民群众关注的热点,关注这三十年的歌曲、民谣、小说、影视、诗歌中具有代表性的重大事件和社会现象,更关注民间视野中呈现出的国家重大政治、经济、文化和国际关系事件⑤;同样写近三十年,《新京报》打破多数报刊营造喜庆气氛的应景式报道模式,通过"民间"视野反映大事件,解读了改革开放三十年的风雨征程⑥。尽管这些论著都无一例外地避开了某些敏感的政治话题,但他们关于当代中国的民间记忆,丰富多彩、鲜活生动,已构成后人了解现当代中国人、中国社会的珍贵文本。

民间记忆相对于官方记忆而言。显然,这些民间记忆文本,具有不同于官方记忆的文本价值和超文本价值。当然,二者的关系错综复杂,在此不遑多论。至少有一点可以肯定:重提并强化民间记忆,是中国公民生活空间扩大、言论自由度提高的体现。

我认为,记忆是一种泛历史,除了官方和民间记忆,还应有史家记忆,即现代历史学家客观理性的记忆。不同的民族文化传统从一开始便在史学上打下了自己的烙印,最早的古希腊史事的编写者为民间诗人,古埃及文献的记录者是祭司。中国古代史官都是政府的重要官员,史官文化的重要特点就是官修,"这一具有强烈政治色彩的面貌为中国古代史学所独有"⑦。史官文化是官方文化,中国史学发达,但中国的历史往往是"欺骗历史"。与此相关,证明本王朝的合法性的方式是通过修史证明前王朝的非法性,充满了有意无意的误释和过度阐释,大量民间记忆被遮蔽,留存的则被改造和合流。从"史官"到"史家",剥离其依附性,独立客观记载和阐述历史,是历史的巨大进步。史家记忆是现代民主制度建设的成果,也是现代社会分工细密化的产物。美国学者费正清领衔的《剑桥中华民国史》《剑桥中华人民共和国史》,和中国学者许纪霖、陈达凯合著的《中国现代化史》等著作,尽可能以客观、中性的史家立场阐述近现代中国历史,其价值是官方记忆和民间记忆不可取代的。不能用民间这个大箩筐把知识精英和所有大众都装在一块。

民间传说、民俗是民间记忆的载体,它扎根于社会生活,以心口相传的形式绵延至今,反映了普通民众在历史长河中不断发展变化的生产生活情境以及蕴含在其中的精神与情感。比如,远古祖先经历过的天地大冲撞在民间留下的不灭印记,许多同类故事在众多民族、众多地域(包括亚洲其他国家,以及欧洲、美洲等地)都普遍地流传着,而且有些故事与在我国流传的故事还有着惊人的相似性;例如多日并出、射日射月、再造日月、洪水泛滥等故事,与流传在亚洲其他国家和欧洲、美洲等地的古代神话、民间故事、童话故事如出一辙⑧。显然,这些故事有浓烈的浪漫主义色彩,但也带有蒙昧时代的印痕。作家的创作不是形象科普读物,但无论如何也不宜对愚昧迷信唱赞歌。再如,充斥时下中国荧屏中的韩剧,经常出现胎梦的场景,这也是民间记忆在现代的传承方式之一,是韩国文化的一个侧影。深受儒家"不孝有三,无后为大"文化的浸淫,香火的延续也成为韩国民众头等人生大事,这自然深埋每个人的心底,转化为一种心理诉求。这种心理诉求必须通过各种途径得到释放和安慰,胎梦就是其中重要的方式之一。人们通过胎梦,仿佛得到了上大的一个允诺,从此可以放心地等待属于自己的孩子,这种心理暗示的效用是巨大的。这样的心理暗示无疑能给人巨大的安慰,从而使其成为一种顺其自然的思维方式,久而久之便成了为韩国民众所信服的社会信仰之一。民族的心理构成有着古今的贯通性,而梦作为预示性的先见被韩国民众广泛接受并传承至今⑨。

民间习俗和民间传说化作的民间记忆,成为民间文化价值观,普遍存在善恶报应观、侠客崇拜和清官崇拜、穷人聪明富人愚蠢的精神胜利法、神秘风水观和各种反科学的禁忌、忠孝节义价值观等。它蕴含的独立、自由、理性、民主等现代价值观是极为有限的,自五四以来就遭到知识者的批判,今日民间文化的提倡者不能不正视,不能不应对。

民间记忆可以丰富历史,但不能取代历史,更不可以取代史家记忆。仅就历史记载而言，民间记忆是鲜活的，充满了原生态的质朴，但也可能是狭窄的、有害的。有渣滓，知识分子要“除渣”；有蒙蔽，知识分子要“去蔽”。

作家不承担打捞民间记忆的任务

民间说唱艺术，曾经是小说的基础。民间记忆是中国当代文学的重要资源，很多优秀作品都从民间记忆中获取灵感，并赋予民间记忆以鲜活的生命，让民间记忆重生。如世界上最长的英雄史诗《格萨尔王传》之于阿来的小说《格萨尔王》，汉民族神话叙事史诗《黑暗传》之于刘醒龙的《圣天门口》，有关汉剧的传说故事之于方方的《水在时间之下》，等等。

张炜一直醉心在“民间世界”里，他说：“我以前说过：文学一旦走进民间、化入民间、自民间而来，就会变得伟大而自由。……一个神思深邃的天才极有可能走进民间。从此他就被囊括和同化，也被消融。当他重新从民间走出时，就会是一个纯粹的代表者：只发出那样一种浑然的和声，只操着那样一种特殊的语言。他强大得不可思议，自信得不可思议，也质朴流畅得不可思议。后一代人会把他视为不朽者，就像他依附的那片土地山脉，那个永恒的群体。他不再是他自己，而仅是民间滋养的一个代表者和传达员，是他们发声的器官。”[⑩]自称“作为老百姓的写作”的莫言也被认为是具有真诚而朴素的民间写作立场的作家。他努力拨开官方记忆对民间的某些遮蔽，夸饰民间社会中自由自在、生生不息的生命精神，力图勾连民间精神与当代人格的相通之处。《檀香刑》显示了莫言在民间文学上的自觉求索。在《檀香刑》的“后记”中莫言很坦率地说：“在小说这种原本是民间的俗语渐渐地成为庙堂里的雅言的今天，在对西方文学的借鉴压倒了对民间文学的继承的今天，《檀香刑》大概是一本不合时宜的书。”他说，他的创作是一次有意识的“大踏步撤退”，只是“撤退得还不够到位”。《檀香刑》引入“猫腔”的韵律及调子，便是一种独创。

可见，民间和民间记忆是他们创作的重要精神资源。但即使是重要的，也不是唯一的。如果不加甄别，就会审美失范。《檀香刑》从头到尾对酷刑的描写，特别是赵甲五百刀凌迟处死刺杀袁世凯的钱雄飞的描写，长达二十页。如此着墨渲染酷刑，宣扬君主专制制度的残酷，对暴力美学的过度欣赏，与他对民间记忆的盲信相关。《檀香刑》显现了莫言和中国某些作家在思想能力上的缺陷和在精神向度上的偏差，迷失于“古代”而放弃了“现代”，混迹于“民间”而放弃了“审视”。正如有论者所指出的那样：“为老百姓的写作”和“作为老百姓的写作”，是有区别的。“作为老百姓的写作”指向庙堂的威权和象牙塔的清高，其低姿态是有意义的。但是作家从来都是知识分子，即使是自觉地将自己定位于民间，也并不能否认和忘记自己的知识分子身份。在心理上将自己放在一个和老百姓平等的位置上，并不是说他可以忘记自己作为一个知识分子的职责。批判和消解作家以往的精神贵族心态，也并不是要放弃文学在提升民族文化和民族精神方面所具有的功能。如果忘记这一点，在“民间写作”的旗号之下，就可能掩盖着一场精神的大逃亡[⑪]。

作家不是人类学家、民俗学家，不承担打捞民间记忆的任务。民间记忆丰富了文学的题材和想象力,但伟大文学之伟大与是否表现民间和民间记忆并无必然关系。事实上,很多作品即使是民间题材作品也并非一味认同民间记忆,某些指涉民间记忆的文学倒是对民间和民间记忆有所审视和提升的。在这方面韩少功是个自觉的清醒者。

韩少功通过《爸爸爸》,解剖古老、封闭近乎原始状态的文化惰性,明显地表现了对传统文化持否定批判的态度。在民间记忆里他们是刑天的后裔,但"鸡头寨"却是个愚昧落后的所在。显然,韩少功在这里不是迎合,而是否定了民间记忆。带着思想审视民间、挖掘民间记忆中的人文含量,是韩少功超于莫言之处,也体现了审视民间与"圣民间化"之区别。《马桥词典》集录了湖南汨罗市马桥人一百一十五个日常用词,糅合了文化人类学、语言社会学、思想随笔、经典小说等诸种写作方式,表现了儒家文化如何融入民间惯常的思维方式扭曲人性,道家文化如何进入民间生活方式并强化为民间记忆形成了保守的人生。在对马桥的民间记忆的解构中,在对每个词语的文化审视中,揭示民间在历史发展中的负面影响。《马桥词典》"每个故事中都浸透着韩少功特有的沉思风格"。"作品处处展示出叙述者对哲学、社会学、历史学的沉思。""马桥人的语言反映出他们独特的思维方式与生活方式。毫无疑问,这本书是一部杰作。""贯穿作品始终的是作者对当地方言在官方语言影响下所发生变迁的分析。……这本书充盈着丰富的时代精神和深刻的批判内涵。"[12]从这部作品所获得的国际声誉来看,其成就很大程度上是作者俯瞰民间、审视民间而非仰视民间的结果。

如果说"泛民间化"是某些知识界人士的"说理策略",那么"圣民间化"则是创作界的一种偏识和误植,值得辨析。跟很多"民间热"的反对者一样,我不同意把知识分子的岗位置换到"民间",降为"民间记忆"的打捞者和赞美者。因为民间也是鱼龙混杂的,民间记忆中也有污泥浊水,民间文化形态中所蕴含的独立与自由是极为有限的。虽然很多作家、知识分子来自民间,但他已部分地从民间分离。源于民间、高于民间,此乃作家之为作家、知识分子之为知识分子的原因。不由分说地"倒向"民间,既不能救人,也迷失了自己。作为知识分子、作为知识分子一员的作家,不能在摆脱了官方记忆图说者的角色后,又盲目地在民间记忆中乞灵丹妙药。

对民间记忆的审视与提升

一味认同民间和民间记忆,写野史、写世情民俗、写民间秘史、写风俗展览,缺乏审美价值评判,是当下创作界"民间热"及与之相关的"方言写作热""地域写作热""中国经验热"存在的带倾向性的问题。可见,当下中国作家面对民间记忆,确有审视与提升的必要。

恐怕当代中国很少有作家能认识到,我国的每一处地域文化和民间记忆都有它的限制,都有其负面性。中国是一个后发现代化国家,在我们的汉语里包括方言里,在我们各民族各地域里,在我们的民间记忆里,有不少与现代文明和人类普适性价值不相兼容、不可通约的愚昧落后的东西,是我们必须正视的。一个有着三千年太监制度的民族、一个让女人缠足九百余年的民族、一个强行让男人蓄辫子二百多年的民族,它有很多反人性、反人类的文化毒瘤,有很多负面的中国经验和民间记忆。越强化它,越夸耀它,就可能越病态。

比如:"孝文化"是中国传统文化的特产,早已入选了经典的孝顺教科书而家喻户晓成为生生不息的民间记忆。虽经新文化运动打伐多年,但在90年代以来的国学热中复苏,很多省市以弘扬"孝文化"为文化强省(市)之重头戏,一时大有孝文化泛滥之势。孝本是指未成年人和青壮成年人对已衰老的成年人的尊敬和奉养,这作为一种对弱势人的关怀是无可厚非的。但它作为一种强制性的等级化的道德律令,是在一种不平等的身份和心态中进行的,它往往以下一代的牺牲为代价,因此它与现代意义上的人道关怀不可同日而语,也不利于现代个体人格、公民意识的培养。孔子说:孝悌也者,其为仁之本。弟子曾参说:夫孝为放之四海皆准之理也。正是这几句格言让中国男人跪了几千年,低头了几千年。也由于这几句"政治学原理"培育了千万个政治白痴。"孝"这种古代文化资源,明显带有负面价值,不可能进行现代性转换。对于《孝经》这样一部把孝分为天子之孝、诸侯之孝、御大夫之孝、士之孝、庶人之孝的书,居然有人还主张让小学一年级学生诵读学习,成为世世代代的民间记忆。

中国人以"孝"为人伦之本,以"忠"为君臣之本。"忠"是一种绝对地无条件的服从,是愚忠。它不是建立在对真理、信仰的忠诚基础上的上下级关系,更没有平等互爱的先决条件,因此它与现代意义上的诚信、忠诚不可化约;民间对三国英雄的"忠义"故事津津乐道,视为男人之男子汉气度的典范。民间充斥着忠义名义下的侠义精神、江湖豪气故事,它明显不利于理性精神的培养和现代法治制度的建立。至于中国古代的贞节观念,更是对作为人类另一半的妇女的绝大不公,扭曲人格、漠视快乐、没有平等,更危及生命。在自古及今的民间故事中、在美景传说中、在旅游文化的宣扬中,类似的褒扬汗牛充栋、不绝于耳。打"孝文化"牌、不加分辨地弘扬"忠义""侠义"文化,完全是历史的倒退,是对现代文明的无知。我们应该以理性的眼光、现代的价值观去正视它、反思它,不留情面地解剖它,挖出它的毒瘤。

在作家与民间关系上,鲁迅仍然是当代作家的榜样。鲁迅认为"刚健、清新"的某些民间文学作品"会给旧文学一种新力量"⑬。他对绍兴民间记忆中"无常"与"女吊"两个鲜活的鬼形象的喜爱,体现了他与"下等人"生命意识接通的底层情怀,和对权力体系的彻底反对的反抗意识,与先驱者的启蒙理性和反封建向度相契合。而他对"女吊"的喜爱则体现了"精神界之战士"的反抗精神和独特的生命哲学⑭。民间文化是鲁迅对封建正统文化进行评判的镜子,但也是他批判的对象。《狂人日记》直陈包括"吃人"的民间记忆中的礼教和家族制度的弊害,《祝福》中揭示了"捐门槛"的民间记忆如何更深地导致了祥林嫂的悲剧,《阿Q正传》中未庄老百姓把"自由党"记忆为"柿油党"有着无比丰富的历史含量和痛彻的批判。散文集《朝花夕拾》中对构成民间重要记忆的《二十四孝图》的批驳淋漓尽致,在诸多杂文中对民间负面文化的批判也是鲁迅的显著特色。他启示后来者,对民间记忆,要理性地甄别、清醒地审视、自觉地提升、坚定地超越。

1930年,闻一多把刚落成的武汉大学新址由“罗家山”和“落驾山”改名为诗情画意的珞珈山,这一改,否定了民间文化的世俗色彩,去除了代表皇权文化的专制意味(民间记忆中也有大量皇权文化印痕),对于我们今天如何面对民间社会和民间记忆仍有启迪意义。对那些早已化为民间群体意识的与现代文明格格不入的民间记忆,21世纪的中国作家应保持清醒的警惕。当代作家、知识分子当学鲁迅、闻一多,你的使命不是打捞,而是审视;不是认同,而是冒犯。

【注释】

①陈思和:《民间的沉浮——对抗战到文革文学史的一个尝试性解释》,载《上海文学》1994年第1期;《民间的还原——文革后文学史某种走向的解释》,载《文艺争鸣》1994年第1期。

②陈思和:《民间的沉浮——对抗战到文革文学史的一个尝试性解释》,载《上海文学》1994年第1期。

③参见网络论文《民间与知识分子:一场论争折射出的思想中国(一)》,出处不详。

④孟云剑、杨东晓、胡腾:《共和国记忆60年:编年纪事》,中信出版社2009年版。

⑤陈煜编:《1978—2008民间记忆》,中央文献出版社2008年版。

⑥该报道结集成六卷本的《日志中国》丛书,中国民主法制出版社2008年版。

⑦冯天瑜:《中国古文化的奥秘》,324页,湖北人民出版社1986年版。

⑧王红旗、孙晓琴:《经典图读山海经》,上海辞书出版社2003年版。

⑨吉黎霞:《民间记忆的现代传承方式——以韩剧胎梦为例》,载《电影评介》2007年第21期。

⑩张炜:《写作是迎送时光的方式》,载《济南时报》2007年6月15日。

⑪陈离:《是“民间叙事”,还是精神逃亡?——从莫言的长篇小说〈檀香刑〉说起》,载《江西师范大学学报》2003年第3期。

⑫何也:《韩少功〈马桥词典〉在西方引起关注》,载《羊城晚报》2004年3月6日。

⑬鲁迅:《门外文谈》,见《鲁迅全集》第6卷,95页,人民文学出版社1981年版。

⑭刘希:《压抑,释放和狂欢——鲁迅民间记忆中“鬼世界”和“死后想象”》,载《作家》2007年第12期。

(原载《南方文坛》2010年第1期)

获奖词：

李建军的批评写作，大多贯穿着他面对商业化世俗化的现代社会所葆有的难能可贵的警觉和批判意识，由本文可见一斑。作者一以贯之地站在人道主义的精神立场，根据对《大秦帝国》的文本细读，对历史题材影视与文学作品中人文立场的缺失和基本是非的颠倒进行了辨析与批评，犀利中肯，率真雅正，雄辩清朗，体现了批评家的勇气、职责和对当下历史叙事整体把握的出色能力，难能可贵。

怎可如此颂秦皇

——从《大秦帝国》看当下历史叙事的危机

李建军

在所有的拜物教中，最低级的，莫过于非理性的拜权教；在所有糟糕的影视作品和历史小说里，最粗俗的，莫过于赞美暴君的那种。因为，权力是用来为人们服务的，而不是让大家顶礼膜拜的，一旦它成了崇拜的对象，那事情就一定很不妙，可怕的灾难将接踵而至；暴君的故事呢，当然是可以讲述的，但叙事的姿态应该像《史记》和果戈理那样高贵而勇敢，而不能像欧阳修编撰《五代史》那样，每见皇帝，"皆冠以圣"，原因很简单——只有无情地嘲笑暴君，暴政造成的罪恶才能被清算，人民的尊严才能得到捍卫，正义的旗帜才能升到应有的高度。

最近十多年，中国影视圈和文学界的一些人，对历史题材很感兴趣，或耗费巨资，拍了大量"某某王朝"的影视，或费力劳神，写了不少"某某大帝"的小说。然而，令人失望的是，这些热衷历史叙事的人，似乎缺乏基本的历史感和批判意识。他们习惯于凭着任性的想象，以虚假而夸张的方式戏说历史，甚至怀着无限的崇敬和向往美化封建帝王，美化落后的生活方式。

叙写历史题材，首先要尊重历史，也就是说，要克服任意的主观性，要避免用想当然的方式臆造和歪曲历史。例如，在中国的有着几千年历史的前现代阶段，占据主宰地位的意识形态是封建的"王权主义"文化，百代相承的则是所谓"专制政体"。自晚清开始的文化启蒙和社会改良，都将批判的锋芒指向这种落后的制度模式。梁启超的《拟讨专制政体檄》，就强烈地表达了中国现代启蒙知识分子对它的厌恶和否定态度："专制政体者，我辈之公敌也,大仇也!有专制则无我辈,有我辈则无专制。我不愿与之共立,我宁愿与之偕亡。……使我数千年历史以脓血充塞者谁乎?专制政体也。使我数万里土地为虎狼窟穴者谁乎?专制政体也。使我数百兆人民向地狱过活者谁也?专制政体也。"[①]事实上,将中国的落后归因于落后的专制政体,这是当时及后来的有识之士的共识。一个作家和艺术家,如果对专制主义也有着同样的了解和认知,就不会糊里糊涂地把低级的前现代文明,当作高级的现代文明,当作所谓"高端文明",更不会把秦始皇这样的封建皇帝,美化成一个理想远大的现代政治家。

然而,我们时代的小说家和艺术家,既没有这种最起码的历史感,也不愿意尊重和接受那些最基本的常识。有的人对专制暴君秦始皇感情深厚,无限崇拜。他们为他辩护,为他大作翻案文章,颇有不将他包装成乔治·华盛顿不肯罢休的架势。与嬴政有关的电视剧,似乎就很不少,拍得如何,没有看过,无法判断,但属于赞美一流的,想来大概不会没有吧。电影《英雄》,倒是看了,当时的感觉,真是别扭极了。张艺谋一反过去人们的批判态度,大拍嬴政的"御马",立志要把他塑造成一个胸怀宽广、忧患元元的大英雄。在《英雄》的完全虚构的叙事里,这位暴君所做的一切,都不是为了自己,而是为了"天下"。张艺谋就这样将阴险的欺诈、残忍的杀戮、疯狂的掳夺、恐怖的专制,一股脑儿转化成了匡救天下的丰功伟绩,不费吹灰之力,就让那些与秦始皇不共戴天的刺客,放弃了复仇的志向和决心,五体投地地拜倒在"英雄"的脚下。张艺谋的电影无原则地崇拜并赞美强权,把最终的胜利和成功,当作判断是非的唯一标准,体现了这样一种市侩主义和功利主义的历史观:历史主要是由英明的皇帝一个人创造的,成功者便是正义者和真理的拥有者。正像潘旭澜先生在《什么〈英雄〉》一文中所指出的那样:"《英雄》告诉观众,谁越能打天下,越能兼并他国,谁就是超级英雄,就应该统治'天下'百姓、占有天下土地和财富,无论他的兼并过程是怎样的,无论他兼并后干了些什么。"[②]那些像张艺谋一样盲目崇拜和歌颂嬴政的人,完全无视这样一些悲惨的事实——秦始皇多次发动血腥的战争,屠杀了数以百万计的中国人民;也看不到秦政权暴虐无度的严重后果——失去人性底线的大规模杀戮,把无边的绝望和怀疑,把无爱的冷漠和仇恨,深深地植入了中国人的内心,从而严重地荼毒了中国人的精神世界,极大地降低了中国人的道德水准,形成了中国人的奴性人格和势利心态。关于这些灾难性后果,梁启超的分析极为深刻[③]。

电影如此,小说如何呢?

手头就有一部长达十一卷、多达五百万字的长篇小说《大秦帝国》[④]。最近,我花了十多天的时间,较为细致地读了一遍,所得的印象和结论是:它所存在的问题与张艺谋的《英雄》一样严重,一样令人吃惊。

我先得抱怨一句:这部小说写得实在太长了,水分实在太大了!《史记》叙写的是上下三千年的事情,不过用了五十二万字,《大秦帝国》写的是仅仅一百五十六年间(公元前362年—公元前206年)的事情,怎么就用了比司马迁多出十倍的篇幅?要知道,一部小说的价值,主要取决于它的美感强度和思想深度,而不是取决于它的数量和长度。所以,缺乏思想的冗长与缺乏趣味的芜杂，就是小说作者应该努力避免的，因为，这不仅意味着作者的低能，而且意味着对读者的时间和精力的浪费。我们时代的小说家在颠覆司马迁的“历史观”之前，或者试图超越他之前，先应该把他删繁就简的高超本领学到手，把他妙不可言的叙事能力学到手，把他的“文辞烂然，甚可观也”的语言技巧学到手。现在的一些所谓“历史小说”的概括力、文学性和可读性，实在是太差了。

《大秦帝国》的作者孙皓晖先生很有学问，对战国和秦汉那段历史，也很有研究，提出了一些很有想法的观点。他说：“《大秦帝国》的终极目标，就是想要为国家与民族争取文明话语权。”⑤抱负不可谓不雄伟，目标不可谓不远大，但是，这显然误解了小说的功能，也高估了小说家的力量——利用小说“为国家与民族争取文明话语权”，就像“利用小说反党”一样，都是不可思议的“野心”，因为，用《史记》里的现成话来说，这无异于“驱群羊而攻猛虎，虎之与羊不格明矣”。他写小说，陈义甚高，在理念的开掘上，孜孜矻矻，用力尤勤，但是，作者似乎把小说当成了面对公众的讲坛，直接站出来宣扬自己的观点的时候实在太多了。他对情节的剪裁和结构，也未经营妥当，这使得各卷之间的块状并置结构显得松散而拖沓。粗线条的叙事和勾勒太多，而大含细入的描写太少，因此，与秦国的兴衰有关的大事件虽然都写到了，但是，描写不够传神有味，人物不够饱满鲜明，情节不够引人入胜。

然而，这部小说最严重的问题，还不在艺术形式上，也不在它的冗长沉闷，而在历史观念和价值理念上。一部历史小说当然应该尽量给人们提供新鲜的思想和价值观，但是，不能为了出新出奇，而不顾事实，而无视几千年来人们已经形成的共识。因为，我们的稳定的历史感和可靠的现实感，全都要靠这些常识和共识来支撑。如果否定这些共识，就会发生严重的价值认同危机，就会导致文化价值体系的混乱，我们就有可能成为是非不分、黑白颠倒的虚无主义者和相对主义者。

譬如，秦始皇那段血腥、恐怖的统治，就是早已有了证据确凿、不可移易的定论的。秦政权之所以祚薄命短，二世而亡，原因固然复杂，但最高领袖嬴政无疑应该承担最主要的责任。作为国家命运的绝对主宰者，他“仁义不施”，“怀贪鄙之心，行自奋之智，不信功臣，不亲士民，废王道，立私权，禁文书而酷刑法，先诈力而后仁义，以暴虐为天下始”（贾谊《过秦论》）；或者，像那些与他同时代的人们所说的那样，他“天性刚戾自用”，“少恩而虎狼心”（《史记·秦始皇本纪》）。他钳制言论，焚书坑儒；赋敛无度，强取豪夺；矜武任力，“罪人以族”，大行车裂镬烹等骇人听闻的野蛮刑罚，甚至出现了像贾谊在《过秦论》中所写的悲惨情景：“蒙罪者众，刑戮相望于道，而天下苦之。”总之，在这个人人自危的时代，几乎所有人都生活在恐惧中，就连韩非这样的高级知识分子和商鞅、李斯这样的高级领导人，都没有逃脱被毒死、车裂或腰斩的命运。这无疑是一个人民的自由感最少、幸福指数最低的朝代——人们没有言论的自由，没有迁徙和行动的自由，没有选择生活方式的自由，活得动辄得咎、战战兢兢，简直是悲惨极了，不幸极了。所以，秦始皇的罪恶，在性质上，接近汉娜·阿伦特所说的“绝对罪恶”——它包含着“反常的恶意”（perverted illwill），总是在消极的意义上“改变人性”[⑥]。

正因为秦国的暴政害得民不聊生，搞得“天下熬然若焦”，所以，司马迁才对斩木为兵、揭竿而起的陈胜给予极高的评价，不仅将他放在孔子之后列入“世家”，而且，还将他反抗“暴秦”的业绩，等同于汤武革命和《春秋》之作：“桀、纣失其道，而汤武作；周失其道，而《春秋》作；秦失其政，而陈涉发迹。诸侯作难，风气云蒸，卒亡秦族。天下之端，自涉发难。”(《史记·太史公自序》)评价是非常高的，也是充满历史感和道义感的。而司马迁之所以于《秦本纪》之外，另作《秦始皇本纪》，推原其意，殆在深入揭示秦朝败亡之由，总结暴政的毁灭带给人们的教训，正像清代学者汤谐在《史记半解》中所说的那样：“作《秦皇纪》，便高古卓劲，笔力纯是先秦，其叙事虽极综核而作意森然，于兴作征戍两端，最为详悉，盖尤恶其残民以逞自取灭亡也。秦以智力并兼天下，志得意满，自谓功高前代，把持万世而有余，于是灭古乱常，淫昏贪戾之政，杂然并作。许多罪过本只一个病根，然就事论之，则民为邦本，而残民尤速亡之道，此史公所以特加详写而得切著明此理，为千秋炯戒也。”[⑦]

司马迁对秦朝“暴政”和人民“抗暴”的基本评价，不仅成为中国人民千百年来的“基本共识”，而且还是中国人民认识暴政和反抗暴政的重要的思想资源。在批评秦朝暴政甚至自己时代的“今上”的时候，司马迁坚定地站在人道主义和“人民伦理”的立场，刚直不阿、秉笔直书、爱恨分明、绝不宽假——古往今来，能做到这一点的人，实在是太少了。他的《史记》，大语叫叫、大道低回、炳炳麟麟、千古不磨，受到历代知识分子的喜爱和推崇，既为中国的历史写作提供了的伟大范式，也为文学叙事提供了无尽的道义力量和经验资源。

然而，对司马迁的《史记》，《大秦帝国》的作者却很是不满，视之为“陈腐的史学定式”。他崇尚战国和秦朝的“强势生存”哲学，而贬低司马迁的以民为本的人道主义：“司马迁没有以文明史称量历史人物的高端文明理念，而只有狭隘的生命至上意识。”[⑧]在他看来，为了实现“伟大”的目标，生命的“牺牲”是在所不惜的。所以，针对《史记·蒙恬列传》批评统治者“固轻百姓力”的“太史公曰”，他以近乎谴责的口吻批评道：“当历史需要一个民族为创建并保卫伟大的文明而做出一定牺牲时，司马迁看到的，不是这种牺牲对民族文明的强势生存意义，而是仅仅站在哀怜牺牲的角度，轻飘飘挥洒自己的慈悲，冷冰冰颠倒文明的功罪。虽然，没有必要指责司马迁之论有拥戴秦二世杀戮之嫌。但是，司马迁这种心无民族生存大义而仅仅关注残酷牺牲的史论，却实在给中国人的历史观留下了阴暗的种子。这种苍白的仁慈，绝不等同于以承认牺牲为基础的人道主义情怀。设若我们果真如司马迁之仁慈史论，将一切必要的牺牲都看作挥霍民力，都看作阿意兴功，而终止一切族群自强的追求，猝遇强敌整个民族安能不陷入灭顶之灾？在后来的中国历史上，尤其是在近百年的历史上，我们这个民族卖国汉奸辈出，其规模之大令世界瞠目，其说辞则无不是体恤生命减少牺牲等等共荣论。……战国与秦帝国的强势生存大仁不仁，司马迁等去之何远！”(第六部，第144页)

在这段议论中,黑格尔式的"国家主义"学说和尼采式的"强力意志"哲学的影子,昭然可见。作者信从的是以"国家"和"民族"为饰物的极端功利主义的历史观。用虚拟的正当"目的"为无所不用其极的"手段"进行辩护,把人当作实现某种权力意志的工具和踏脚石,正是这种历史观的一个特点。为了抽象的"自强的追求",或者,准确地说,为了外在的胜利和成功,人的尊严、幸福甚至生命,都可以被牺牲掉。这种把缥缈的乌托邦"目的"置于具体的人之上的"轻飘飘"的"史论",这种拿有血有肉的人当作无生命之物的"冷冰冰"的历史观,自古以来就很流行。司马迁能够站在真正人道主义的立场,谴责对于生命的冷酷的"挥霍",实在是很伟大、很了不起的。对于人的生命的惜护,对于人的不幸境遇的同情,就意味着对人的"不可剥夺"的基本权利的尊重与捍卫。列奥·斯特劳斯将这些包括生命、自由和追求幸福在内的权利称作"自然权利",而"拒斥自然权利注定是要导致灾难性的后果。很明显,那被很多人,甚至是被最起劲地反对自然权利论的某些人视作灾难性的后果,的确是导因于当代人对自然权利的排斥"⑨。在列奥·斯特劳斯看来,对自然权利的无知,必然导致可怕的疯狂和虚无主义:"我们对于我们据以作出选择的最终原则,对于它们是否健全一无所知;我们的最终原则除却我们任性而盲目的喜好之外本无别的根据可言。我们落到了这样的地位:在小事上理智而冷静,在面对大事时却像个疯子在赌博;我们零售的是理智,批发的是疯狂。……当代对自然权利论的排斥导向了虚无主义——不,它就等同于虚无主义。"⑩

司马迁的《史记》之所以伟大,不仅是因为它表现出无畏的正义感和批判精神,而且还在于它懂得尊重人的包括生命在内的那些"自然权利",懂得仁爱的价值与同情的意义。正像阮芝生所评价的那样:《史记》的特质,"就在于它是'百王大法',不明白这点,就不算对《史记》有深知。司马迁不是一般的历史家,他有一副热心肠;他对现世绝望却又对与己死后无关的后世怀抱急切的热望;他有许多从千百年历史经验中归纳、提炼出来的肺腑之言要告诉世人,希望中国、人类将来能走上一条康庄大道。不明白这点,也不算对司马迁有深知"⑪。与司马迁的这种博大的人道主义精神比起来,那种冷酷无情的"功利主义"真是"去之何远"! 近世学者何炳松说:"自司马迁创纪传体之历史而后,不仅吾国之所谓正史永奉此体为正宗,即吾国其他各种史裁如方志、传纪、史表等,亦莫不脱胎于《史记》。司马迁之得以千古,诚非无因。"⑫其实,更为宝贵的,是司马迁的著作中所表现出来的伦理精神——一种同情弱者和失败者的博大的人道情怀,一种敢于批判暴政的嫉恶如仇的道德勇气。

对自己的愎而不通、狠而不逊的轻率之论可能引致的后果,孙皓晖先生显然是清楚的,所以,他说自己"是做好了最充分精神准备的——长期不被社会理解,惨遭全面误读,我个人也因此'身败名裂'"。有这样的预知能力,也属难能可贵,但是,为什么要知其不可为而为之呢? 为不可为之事造成的"个人"的荣辱得失,倒还在其次,更大的问题是,它所宣达的错谬的历史观和可疑的文化理念,会瓦解人们用来判断是非和善恶的标准,会给人们认识历史真相和建设现代性文明设置不必要的障碍,而这,才是应该引起我们注意的。

《大秦帝国》的作者在否定司马迁的历史观的同时,还通过否定西方的“原生文明”来美化“秦帝国开创的中国原生文明”。他说:“当许多人在西方文明面前底气不足时,当我们的民族文明被各种因素稀释搅和得乱七八糟时,我们淡忘了大秦帝国,淡忘了那个伟大的时代,淡忘了向伟大的原生文明寻求‘凤凰涅槃’的再生动力。”在他看来,我们的“原生文明”远比西方的“原生文明”更优秀,也“更加灿烂,更加伟大”:“与中国春秋时代大体同步的古希腊文明,温和脆弱娇嫩。虽然开放得多彩多姿,却缺乏一种强悍的张力与坚韧的抵抗力。……大秦帝国则不然。她既创造了博大精深的文明体系,又具有强悍的生命张力与极其坚韧的抵抗力。”(第一部,上卷,第 5 页)

当自己的“文明”在“西方文明”面前“底气不足”的时候,我们的许多心理脆弱、目光短浅的“民族主义者”,往往会乞灵于古人,就会从“我们的祖先比你阔多了”的炫耀中,寻求虚幻的心理安慰和心理满足。当然,我们的祖上,的确有值得骄傲的“文明”,但留下的消极的遗产,也沉重如山。事实上,判断一种文明是否“伟大”,不是看它是否“强悍”,是否具有战无不胜的进攻性,而是看它是否具有人性和包容性;不是看它听起来有多么“宏大”,而是看它是否能让人民免受伤害,是否能把对人的价值的尊重、对人的基本权利的保护,落到实处,譬如,能让每一个人自由地表达自己的意愿甚至不满,而不至于受到威胁甚至迫害。另外,一种文明,倘若轻易就被“各种因素稀释搅和得乱七八糟”,那说明它本来就不怎么“强悍”,本来就缺乏“坚韧的抵抗力”,而它的被“淡忘”,实在是理固宜然,势有必至——如果还有人希望从这样的“文明”里寻求“‘凤凰涅槃’的再生动力”,那实在与泥中寻鸟、火中求鱼无异。

由于选择了一种别样的“史论”,由于对“文明”有着异乎寻常的理解,由于对“西方文明”抱着一种狭隘的排斥态度,所以,《大秦帝国》的作者所能选择的,就只能是反其道而行之,把《史记》所批判和否定的某些历史人物,都颠倒过来写,具体地说,就是美化那些应该批判的历史人物,例如暴君秦始皇。

当代小说家丑化历史人物的时候也有,但更多的时候,是根据自己时代的需要,无限地拔高历史人物和美化历史人物,常常一厢情愿地将自己时代的思想和价值观强加给人物,从而将“古人”写成“今人”,将“庸人”写成“伟人”,从而将“历史”随意团捏成自己所需要的那个样子。姚雪垠的《李自成》为什么失败?原因就在于他把一个农民起义头领,几乎写成了传说中的“革命领袖”。文学最怕的就是“假”和“空”,而随意拔高历史人物,其后果必然是令人反感的“假大空”。

《大秦帝国》也存在把秦始皇无限美化和拔高的问题。在第五部《铁血文明》(下)的第十二章里,秦始皇“岁末大宴群臣”,李斯和冯去疾准备给秦始皇操持四十岁寿诞盛典,所有的大臣都准备好了“贺岁诗章”,然而,秦始皇却对这种小事毫无兴趣。他关心的是“天下”和“文明再造”:“……若论天下一统,夏商周三代也是一统,并非我秦独能耳。至大功业何在?在文明立治,在盘整天下,在使我华夏族群再造再生,以焕发勃勃生机!

……朕今日要说:华夏积弊久矣!诸侯耽于陈腐王道,流于一隅自安,全无天下承担,全无华夏之念!"(第819—820页)这还是那个我们熟悉的秦始皇吗?或者说,这还是那个真实的秦始皇吗?让一个生活在两千多年前的人,让一个将一家一姓的利益看得至高无上的人,口口声声地将"天下承担"和"华夏族群"挂在嘴上,这是不是有些太不靠谱了?这是不是与张艺谋的《英雄》一样,有把秦始皇美化成"世界主义者"和"国际主义领袖"的嫌疑?

其实,追本溯源,这种对秦始皇的美化,不过是几千年来皇权崇拜意识的当代复活。自古以来,虽然也有对昏君、暴主的斥责与批判,少数思想家还提出了"无君"论,例如,清代伟大的启蒙思想家黄宗羲在《原君》里,就尖锐地批评"今之为人君者",并得出了这样一个石破天惊的结论:"为天下之大害者,君而已矣!向使无君,人各得自私也,各得自利也。呜呼!岂设君之道固如是乎?"[13]清代的另一个更具现代意识的启蒙思想家唐甄,曾写了《鲜君篇》《抑尊篇》和《室语篇》等启蒙之作,痛陈君主专制政体之弊害,并向深受蒙骗的世人揭示了这样一个真相:"自秦以来,凡为帝王者皆贼也。……杀人者众手,实天子为之大手。天下既定,非攻非战,百姓死于兵与因兵而死者十五六。暴骨未收,哭声未绝,目皆未干,于是乃服衮冕,乘法驾,坐前殿,受朝贺,高宫室,广苑囿,以贵其妻妾,以肥其子孙,彼诚何心而忍享之?"[14]但是,如此态度决绝地批判君主和专制的人,实在是太少了,千百年来,数人而已。而更多的,则是"万岁不离口"的"尊君派"。几乎所有影响较大的学派都是"尊君"的。他们"把中华传统思想文化的最高理念都献给了帝王。每种思想文化都有一套纲纽性的概念集中体现了真、善、美以及更超越的精神。在中华思想文化里,表达超人和本根、本体的概念,如神、上帝、天、地、乾坤、日月、阴阳、五行、四时等;表达理智的,如聪、明、睿、智、英、谟、理、文、武等;表达道德的,如仁、义、德、惠、慈、爱、亲、宽、恭、让、谦、休等;还有一些包含了上述诸种含义,如天、圣、道、理等,这些纲纽性概念都献给了帝王,或成了帝王的品性与功能。……总之,与造物主相匹,是人间的救世主,自然帝王也就居于思想文化的顶点"[15]。这说明,在漫长的时间里,我们完全是以一种非理性的态度来崇拜帝王——正是通过这种异化性生的崇拜,我们将自己与被崇拜者,都置于被羞辱甚至被伤害的境地。

《大秦帝国》的作者显然还没有摆脱"尊君"的旧意识和老习惯。他没有认识到盲目的"崇拜"与理性的"尊崇"之间的差别,没有学会如何以理性的态度对待暴君。保罗·伍德拉夫说:"对暴君表示尊重不是行尊崇之德,而是显软弱卑医之态。对于暴君最为尊崇的回应就是去嘲弄他。"[16]因为,尊崇应该是一种超越性的精神现象,应该指向那些更伟大的事物和价值,所以,"尊崇的对象是某种提醒我们意识到人类自身局限的东西。我们对上帝、对自然、对诸如公正和真理这样的理想表示尊崇"[17]。一般来讲,一个作者如果不知道如何正确地对待帝王,那么,他就有可能完全不知道如何对待那些权力较小的人和没有权力的人,在进行文学叙事的时候,就有可能以一种贬低和歧视的方式来描写普通人,借以衬托帝王的英明和伟大。例如,《大秦帝国》在以无限敬仰和崇拜的态度美化意欲"文明立治”的秦始皇的同时,就对前来祝寿的大臣进行了极为简单的矮化甚至丑化描写。作者这样夸张地写道:“大臣们人人噙着泪光,深深地沉浸在被震撼之后的感动之中。李斯红了脸,第一个将贺寿诗章揉成了一团,丢进了燎炉。素来饱学多识、议论纵横的博士们也脸红了,纷纷将揉成一团的颂诗辞章丢进了燎炉。一时之间,大殿下的二十余座燎炉火光四起、火焰飞动,依旧没有一个人说话。大臣们羞愧者,并非那些颂辞诗章为皇帝贺寿,而是那些颂辞诗章所赞颂者,无一不将‘海内一统’作为至高无上的功业,而皇帝却以为至大功业并非一统,而在深彻盘整华夏,在文明再造,在河山重整,在天下太平。此等超迈古今的目光,此等博弈历史的襟怀,使大臣们心悦诚服又汗颜不止……”在这里,分明徘徊着“个人迷信”的幽灵——只有那个掌握着绝对权力的人是“超迈古今”的,至于其他人,则无论在道德上,还是智慧上,都要低他一等,都显得愚蠢而可笑,都必须为自己的目光短浅而“羞愧”。如此美化一个暴君,除了说明我们对于灾难和苦难的健忘,还反映出知识在权力面前的由来已久的自卑感,反映出知识分子在面对政治学问题的时候常见的“幼稚病”。根据政治学上的常识,“愈是将国家的权力无保留地交付给一个君主,这个君主就愈不享有自己的权利,而其他国民的情况就愈是不幸”[18]。所以,我们不应该美化任何一个君主,即使他真是一位“超迈古今”的有理想的仁君,我们也要随时警惕他的堕落和异化,要通过有效的方式制衡他,以免他由于极度的偏执而疯狂地为非作歹,从而给社会造成巨大的人道灾难,给全体人民带来无法疗治的肉体痛苦和精神伤害。

秦始皇的“焚书坑儒”,钳制言论,开了以言治罪的恶例。从秦朝开始的“文字狱”,严重地压抑了中国人的个性发展和创造热情,这是一个不争的事实。但是,《大秦帝国》的作者偏要颠覆这样的历史事实,偏要为秦始皇开脱:“列位看官留意,秦政禁议论很是明确:禁止以古非今的攻讦言论,而不是禁止一切人议论一切国事。以始皇帝君臣之为政锤炼,决然不至于愚蠢到不许民众开口说话的地步。”此处的美妙说辞,完全是小说家自己的臆测之论,真实的情况是,千百年来,“不许民众开口说话”,正是一个普遍的事实,而不独秦代为然。这与统治者是否“愚蠢”无关,而与他们所选择的制度模式有关,与他们对人民的自由和权利的尊重程度有关。换句话说,秦代以及后来“法家”的所谓“法治”都是君权基础上的人治,具有极大的任意性和不稳定性,与建立在人权基础之上的现代法治,是性质完全不同的两回事。所以,梁启超才说:“耗矣哀哉,吾中国建国数千年,而立法之业,曾无一人留意者也。……遂使吾中华数千年,国为无法之国,民为无法之民。”[19]由于认识不到这一点,所以,《大秦帝国》的作者,就看不到秦始皇在公元前 212 年秋天坑杀四百六十七名知识分子的野蛮性与不合法性,他虽然也说“这是整个人类文明史上最大的惨案”,但是,他还是要替秦始皇文过饰非:“尽管它在当时有着最充分的政治上的合理性,然经过漫漫岁月的种种堆积之后,这一惨案却仅仅以摧残文明的野蛮面目,久远地留在了中国人的记忆之中。嬴政皇帝的历史铜像在焚书的烟雾与坑儒的黄土中,变得光怪陆离恍若恶魔了。”(第五部,第 944 页)如果一个人具备最起码的文明素质和文明理念,那么,他就应该承认并接受这样一个底线伦理:任何时候,任何情况下,都不能因为言论而迫害人,更不可以因此而杀人,即使“有着最充分的政治上的合理性”,也是不能允许的。难道秦始皇以坑杀的方式屠戮表达意见的人,还不是“恶魔”吗?还需要“经过漫漫岁月的种种堆积”吗?岁月不会使罪恶变成功德,所以,即使再过一万年,秦始皇也难逃世人的唾骂和谴责。

然而,作者还有更“光怪陆离”的议论呢。他先是煞有介事地替秦始皇杜撰了一个所谓《大秦始皇坑儒诏》,让这个暴君对自己坑杀儒生的行为振振有词地进行辩护,让他如此虚张声势而又颟顸横暴地自我标榜:“朕不私天下,亦不容任何人行私天下之封建诸侯制;尔等若欲复辟,尽可鼓噪骚动,朕必以万钧雷霆扫灭丑类,使尔等身名俱裂。谓予不信,尔等拭目以待!大秦始皇帝三十五年秋。”这种类似“文革”时代“大字报”式的话语风格,我们并不陌生。其中“朕不私天下”的表白,虽疑似“毫不利己”的高尚境界,但是,这种假模假式的鬼话,谁会相信?他做皇帝的时候,后宫美女多达一万二千人;他命徐福带三千名童男童女远出东海为自己寻求延年仙药;他调动三十多万人,耗时十二年,替自己建阿房宫;他动用三十多万劳力,耗时三十年,为自己造骊山大墓,为了不泄露秘密,竟将几万劳工及几千宫女全部殉葬——这些,不是“私天下”是什么?谁敢说秦始皇之搞“郡县制”的目的,不正是为了更有效地将“天下”据为己有呢?不是为了他嬴氏家族的皇权“二世三世至于万世,传之无穷”呢?

不过,最令我吃惊的,还不是作者代“大秦始皇帝”草拟的这份为杀人辩护的“坑儒诏”,而是作者自己的态度。他完全不顾小说伦理的规范制约,竟然赤膊上阵,借“人们”之口,替秦始皇骂起了那些被虐杀者:“人们从来没有听过一位帝王如此说话,更从来没有见过一位帝王如此公然地宣示坑杀之正当合理。可是,平心而论,皇帝说得不对么?儒家做得好么?一个被皇帝如此器重的学派,不好好为国家出力,却做出了那么多乌七八糟的事情,也确实不是个好东西!”(第五部,第 944 页)这真是错勘贤愚、不识好歹!跟这样的受虐狂似的“人们”,你还有什么话好说?

说到这里,我很想问《大秦帝国》的作者这样一句话:你到底把谁看作主体和根本?是“天下”和“人民”,还是暴君嬴政?

我还想问这位作者另外一个问题:你写作的文化指向到底是建构一种更现代的文明,还是想让人们怀着虚幻的乡愁,回到暗无天日的“大秦帝国”?

事实上,《大秦帝国》已经给我们提供了部分答案。

在这部小说的第六部《帝国烽烟》的《祭秦论》中,作者完全站在“大秦帝国”的立场,替它反驳“暴秦说”——在他看来,这完全是一个“历史谎言”,是被秦国所灭的六国的试图复辟的贵族们强加的诬蔑之辞。他几乎逐一反驳了自两汉以至明清历代批评秦国“暴政”的代表性观点。他把秦国的灭亡归因于二十个“偶然性”(第六部,第 419—420 页)。他不知道,这样的“偶然性”包含的正是在劫难逃的必然性。是的,失败和毁灭是秦朝所选择的制度无可逭逃的宿命。因为,这个制度把一切权力,都交给了“滑贼任威”的皇帝。正像徐复观先生在《两汉思想史》“典型专制政体的成立”一章中所指出的那样:“这套官制机构的总发动机,不在官制的自身,而实操之于皇帝一人之手。皇帝一念之差,及其见闻知识的限制,便可使整个机构的活动为之狂乱。而在尊无与上、富无与敌的环境中,不可能教养出一个好皇帝。所以在一人专制之下,天下的'治'都是偶然的,'乱'倒是当然的。"[20]

《大秦帝国》在为秦始皇的暴政辩护时所表现出的固执和任性,简直到了匪夷所思的程度。它怀着莫名其妙的心思,揣度"人民"的态度,认为"人民"虽然不堪其苦,却愿意"容忍"秦始皇的贪婪的掠夺、无度的挥霍和暴戾的折磨:"就历史事实说,始皇帝以战止战而统一天下,民众无疑是真诚地欢迎、真心地景仰。……历经春秋战国数百年锤炼的天下臣民,不可能没有分辨力,不可能不真诚地景仰这个巍巍然崛起的新帝国。唯其如此,天下臣民容忍了相对繁重的劳役,容忍了相对繁重的赋税,也容忍了种种庞大工程中夹杂的与民生无关的奢华工程,如拆毁六国都城而在咸阳北阪写放重建。甚或,也容忍了勤政奋发的始皇帝任用方士求仙采药而求长生不老的个人奢靡与盛大铺陈。归根结底,人民是博大、明达而通达的。事实上,人民在期待着始皇帝政权的自我校正。毕竟,面对秦始皇这样一个不世出的伟大君主,人民宁可相信他是愿意宽政待民,且能够自我校正的。"(第六部,第426页)

这实在是一篇逻辑混乱、违情悖理的辩护词。

我见过为暴政百般辩护的,但没见过这样辩护的。

我见过歌颂暴君到狂热程度的,但没见过如此狂热的。

我不知道,作者从何处得知两千二百多年前"民众"对暴秦的"真诚"和"真心";也不晓得,他凭什么说"天下臣民"愿意"容忍"那些让他们苦不堪言的"劳役""赋税",甚至"容忍"那些"与民生无关的奢华工程"和秦始皇的"个人奢靡与盛大铺陈"。但是,根据常识推断,他们是不愿意"容忍"的。杜牧在《阿房宫赋》里说得好:"嗟乎!一人之心,千万人之心也。秦爱纷奢,人亦念其家。奈何取之尽锱铢,用之如泥沙!"除非是天生的受虐狂,除非受暴力的胁迫,否则,没有人愿意"容忍"这样的压迫和剥削、羞辱与欺凌。所以,根据火热冰寒的常识,在对待暴政的态度上,两千多年前的"天下臣民",与今天的"现代公民",其实是没有两样的,他们也许一样"是博大、明达而通达的",但是,他们绝不会傻到这样的地步:已经生活在地狱一样的世界了,却仍然没有绝望,仍然对秦始皇这样的暴君存着幻想,仍然相信他是"伟大"的。事实上,他们根本就不相信他是什么"不世出的伟大君主",也不会相信"他是愿意宽政待民,且能够自我校正的"。正因为不相信,所以,他们才发出了"王侯将相,宁有种乎"的质疑;才在面临"今亡亦死,举大计亦死,等死,死国可乎"(《史记·陈涉世家》)的艰难抉择的时候,挺身而出,冒着万死一生的危险,造了"不世出的伟大君主"的反,从而以最决绝最有力的方式,表达了对"大秦帝国"的极度失望和决不"容忍"。

《汉书·董仲舒传》记载了董仲舒对秦始皇暴政的尖锐批判:"自古以来,未尝有以乱济乱,大败天下之民如秦者也!其遗毒余烈,至今未灭,使习俗薄恶,人民嚚顽,抵冒殊扞,孰烂如此之甚也!”在董仲舒看来,秦始皇的蚕食天下,根本不是什么“以战止战”,而是“以乱济乱”,遗患无穷。针对这样的观点,《大秦帝国》的作者在《祭秦论》中这样质疑道:董仲舒“将这种破坏整个文明结构与社会伦理的罪责,转嫁于素来注重建设而法度整肃的秦文明时代,事实上是不客观的,是经不起质疑的,其学术道德的低劣亦实在令人齿冷。此等理念的背后潜藏着什么样的居心,不值得后人问一句么?”

《史记》里说“古之君子交绝,不出恶声”。张守节《正义》:“言君子之人,交绝不说己长而谈彼短。”这种“不出恶声”的风度,在与他人——无论他是今人还是古人——进行对话的时候,更为需要。在我看来,对一个两千多年前的杰出思想家,如此义愤填膺地詈以谰谩之语,似乎大可不必。问题可以讨论,但动辄以“低劣”来评价别人的“学术道德”,动辄以深挖别人的“居心”来贬低对方的人格,这实在跟作者试图建立的“高端文明”搭不上界,倒是让人看到了“焚书坑儒”的“遗毒余烈”,甚至感觉到了“文革”时代的肃杀之气,难道不是么?

是的,我们必须摆脱几千年来形成的沉重因袭,彻底放弃那种狂妄自负、冷酷无情、好斗成性、躁而难宁的前现代生存方式,彻底走出那种所有人无条件地为一个人而活着、为一个人作牺牲的蒙昧状态,从而建构一种更为健全、更尊重人的高级形态的现代文明,建构一种每个人都能安全而自由地生活的现代型社会。回望迢远而坎坷的来路,无疑能警示我们少走弯路、不蹈覆辙,确助于我们选择和调整前行的方向。所以,中国人一贯强调借古观今、鉴往知来,希望在了解历史真相的同时,寻求有助于当下生活变革的经验资源。近年来,历史小说的兴盛,大概与我们的这种文化心理和现实需求有些关系。

然而,有的历史小说作家,无论在洞察历史和发现真相方面,还是在敢对权力说真话的批判精神方面,都不如司马迁这样的古人,更不具备梁启超、严复等晚清一代和鲁迅、胡适等五四一代知识分子的启蒙自觉。他们不遗余力地为封建皇帝树碑立传,为专制暴君大唱赞歌,缺乏最基本的批判勇气和思想深度,缺乏现代意义上的文化理想和启蒙精神,典型地表征着当代作家人文素质的低下,也严重地显示出了当下历史叙事的困境和危机。

那么,如何摆脱当下的困境呢?

这依赖于外部环境的改善和作家素质的全面提高,因而,不是一个朝夕之间就可以解决的问题。

但是,对一个历史小说的写作者来讲,在展开小说叙事之前,首先要有对生命的爱意和对真理的敬畏感,要懂得“尊重”二字的意义:要尊重生命,尊重真理,尊重历史,尊重人们几千年来形成的那些共识。

因为,只有具备了这个基本的前提,历史小说的写作才不至于失去人道主义的精神基础和追求真理的价值指向,而小说家自己才有可能避免成为价值混乱时代的迷失者,才有可能避免沦为柏杨在《中国人史纲》中反复批判的“摇尾系统”的一分子。

【注释】

①⑲李兴华、吴嘉勋编:《梁启超选集》,380、297页,上海人民出版社1984年版。

②潘旭澜:《什么〈英雄〉》,载《南方文坛》2003年第4期,见《潘旭澜文选》(上卷),422页,香港文学出版社2006年版。

③梁启超认为“战乱”必生“六种恶性”:侥幸性、残忍性、倾轧性、狡伪性、凉薄性、苟且性,外加“两种恶性”:恐怖性与浮动性。见李兴华、吴嘉勋编《梁启超选集》,252—253页,上海人民出版社1984年版。

④孙浩晖:《大秦帝国》,河南文艺出版社2010年1月修订再版;下引此书只在引文后注明页码。

⑤《天地纵横铁笔鸿篇》,载《文学报》2010年2月25日。

⑥[德]汉娜·阿伦特:《极权主义的起源》,572—573页,林骧华译,生活·读书·新知三联书店2008年版。

⑦⑫杨燕起、陈可青、赖长扬编:《历代名家评〈史记〉》,342、291—292页,北京师范大学出版社1986年版。

⑧孙浩晖:《精神本位与历史文学创作的深度化》,载《文学报》2010年2月25日。

⑨⑩万俊人、梁晓杰编:《正义二十讲》,288、289页,天津人民出版社2008年版。

⑪阮芝生:《〈史记〉的特质》,见施丁、廉敏编选的《史记研究》(上),94页,中国大百科全书出版社2009年版。

⑬⑭刘世南、刘松来:《清文选》,25、127页,人民文学版社2006年版。

⑮刘泽华:《中国政治思想史集》(第一卷),4页,人民出版社2008年版。

⑯⑰[美]保罗·伍德拉夫:《尊崇:一种被遗忘的美德》,4、76页,林斌、马红旗译,商务印书馆2007年版。

⑱[荷兰]斯宾诺莎:《政治论》,49页,冯炳昆译,商务印书馆2003年版。

⑳李维武编:《徐复观文集》(第五卷),66页,湖北人民出版社2002年版。

2010年3月10日,北京平西府

(原载《南方文坛》2010年第3期)

获奖词：

本文立论新颖，作者从“医生”与“病人”的角度，讨论两种话语模式在中国文学现代化之路的变迁，以及如何确立一种理想状态的病患关系，并以此探究鲁迅对自我主体的塑造，有很好的历史意义和当代参照的意义。作者从一个全新的角度揭示文学的内在奥秘，富有启发性；又由精微的感受，抵达理论的高标，显示了“80后”青年学者开阔明晰的学术视野与独特沉实的学术潜质。

反躬自省的“医生”与拒绝被动的“病人”

——从这个角度讨论文学中的医疗与卫生话语

金　理

本文尝试通过“卫生的现代性”在中国的兴起来讨论文学家如何在修辞、隐喻的意义上借用种种医疗与卫生话语；以及这些借用中遮蔽的内容、凝固而成的“内外有别”的病理学逻辑；最后以一种理想状态中的病患关系的确立，来探究鲁迅对自我主体的塑造，以及这份资源在今天所提供的意义。

1.“卫生的现代性”

“医学救国论”在近代的张扬始于维新派思想家。梁启超力倡改良医学的重要性：“不求保种之道，则无以存中国，保种之道有二：一曰学以保其心灵，二曰医以保其躯壳。”[①]医学话语的兴起，不仅在实际意义上要求医治国人的疾病维护其身体健康，同时从身体过渡到国体，从保身保种过渡到救国救民，指向对百疴缠身的中国施以“新方”：“若引旧法以治近世，是执旧方以医变症，药既不对，病必加危。五十年来讲求国是者，既审症之未真，故言战言和，亦施药之未当，否则笃守不药，坐待弱亡，用致割地、偿款，病日危重，至此伤寒存里，病入厥阴。……如不讲明病证，尽易旧方，垂危之人，岂堪再误？”[②]

“自鸦片战争以后，门户洞开，节节失败，受着重重外力的压迫，于是我们才觉悟到我们的民族是有病的，也都在寻找治病的药方，求得一条自救的出路。”[③]五四新文化运动中虽然存有一个著名的“弃医从文”的故事，但鲁迅只是在梁启超“保其心灵”与“保其身躯”的并列式中更强调前者（“改变精神”）的优先，五四时代对文学的社会功用、作家的社会角色的界定等等,无不从医学话语中借用修辞术[④]。五四启蒙者和维新思想家一样,都将社会、国家、种族看作一个病态的有机体,等待施以"回春之术"。

近代医学从属于"先进"的自然科学知识,同时在修辞的意义上又被视为启蒙的生动喻象,二者叠加更彰显出医学与卫生话语的权势地位。1921 年,周瘦鹃在《礼拜六》上发表短篇小说《父子》[⑤],描写一个青年学生输血挽救遇车祸的父亲,不幸"总血管破裂"而亡。借今人的话而言,这个故事在五四后的氛围中可能堆砌着多重"政治不正确":年轻的"子"(小说中称作"新派的学生")杀身成仁去殉那古旧的"父",家庭革命的时代中高唱"非孝声中还有一个孝子在着",再加上现代医学知识的缺乏。随后郑振铎的批判文章《思想的反流》[⑥]正围绕着这几点展开。更妙的是,对文学研究会并无好感的郭沫若此时也拍马赶到,面对共同的敌人"《礼拜六》那一类的文丐"而在致郑振铎的信中表示"愿尽力声援",郭沫若在日本学过医,更有理由义正词严地嘲笑周瘦鹃对于输血法"没有充分的知识","我敬告周先生,不要那么惹人笑话了吧"[⑦]。在新派眼中,封建旧道德和医学常识的隔膜正是"一家眷属"[⑧],都被视为落后、愚昧、"反流"的代表,由此也见出"卫生的现代性"在当时具有的权势。

"卫生的现代性"与身体的国家化趋势相伴随。甲午战败之后,知识精英将焦点从自上而下的制度改革转移到普通民众身上,民众的身体开始被塑造为富国强兵的工具和政治动员的手段。"其人皆为病夫,其国安得不为病国也?"(《新民说》),在以梁启超为代表的新民话语中,新民之身体建构被视为解决国难的根本之道。接下来的五四运动尽管高举启蒙大旗,但身体的解放基本上服务于国家的富强。根据学者的研究,进入 19 世纪之后,身体的国家化趋势大致奠定,在国民党政府形式上统一全国之后,这一趋势得到进一步发展。但国民党政权始终无法实现政治与民众身体的有效整合(比如失败的新生活运动)。直到共产党通过延安整风和土地改革才找到途径[⑨]。20 世纪 40 年代中期有一篇题为《卫生组长》[⑩]的小说,主人公"我"是村里的卫生组长,这是一个"很落后的村子,卫生一点也不讲。村子里到处都是牲口粪,满年四季不打扫,人们天天都不洗手,不洗脸,吃着不干净的东西。婆姨养娃娃,就跑到牲口圈里去养。什么时候得了病,就请神官马脚来治。人人都是封建迷信脑袋,就像榆木疙瘩一样,三斧子五斧子劈不开"。小说前半部分描写卫生组长在"卫生一点也不讲"的环境中的种种无奈与尴尬,突然一天"我婆姨"得病,昏迷,说胡话,母亲和丈母娘不顾"我"的反对将巫神请到家中,就在此时,"延安医院里的医生"从区里赶来,结果当然手到病除,"这样大家都信了医生",巫神也接受了批评和改造。现代医学战胜了"封建迷信",在叙事者讲述的这一医疗事件中,伴随着卫生进驻原先"落后的村子",延安政权也渗透到民间世界,控制了乡村个体。由此我们也可以把这个故事理解为现代国家政权与种种前现代的方式争夺对农民身体的医疗/治理的权力,后者在竞争中不堪一击,延安政权则找到了有效方式将国家权力与广大民众的身体联结起来。在上述对卫生和身体的关注背后,是国家对个人的征用和驯服。

2."弃医从文"故事的一种别解

整个20世纪,医疗与卫生成为中国精英想象现代的工具性话语。"卫生"在现代意义上被理解,内含了福柯所谓"生命权力"的意味,它是一系列技术,借此,国家着手对身体和生命的管理、统制;卫生把中央政府、科学家、医生、警察、教育和人民健康联结成一个整体,共同努力去保护民族的身体。这种观念将个人卫生同民族卫生联系在一起,"个人接受国家的规驯体制而后使自己的行为符合国家的目标"。通过上述语言的想象,卫生变成了"卫生的现代性"⑪。杨念群指出,中国现代历史上若干"貌似纯医疗现象的改变",都可"看作现代国家政治日益规训个体生活节奏和生命体验的一个过程"⑫。医疗卫生政策与制度安排成为国家加强社会控制的正当借口。上引《卫生组长》正显现出个体的健康、死亡和日常生活已被编织进国家整体的现代化规划中。小说中"延安医院里的医生"迅速战胜乡间巫神迷信,似乎预示了这一编织过程的彻底。但实际情形可能并不完全如此。1932年,天津地方报端刊出一篇带有社会小说性质的短文⑬:夏季傍晚,两名警察敲开市民赵七爷的家,声称"为整理公共卫生起见,每一家发一把苍蝇拍,扑灭苍蝇,以免时疫的蔓延"。当赵七爷接过拍子后,警察向其索要大洋一角,前者表示为难,后者以"竟敢破坏公共卫生"为由,威胁赵七爷"到局子里坐坐",终于迫使赵七爷交出作为一天生活费的一角大洋。在这篇短文中,由国家权力主导的卫生运动和民间世界中的生活方式及观念不可避免发生了抵牾、冲突。

"卫生的现代性"指向这样一种现代化方案:社会组织是一个装备了优良引擎和零部件的机器,个人是其中的齿轮或螺丝钉,在技术和工程性的规划下,巨大的社会机器按照日益完善的逻辑自行运作起来……由此对照鲁迅的选择就显得复杂了,他当然也内在于以疗治为总体喻象的社会启蒙,但"弃医从文"又意味着在上述以"卫生的现代性"为代表的技术方案之外的可能性。鲁迅心意中的现代主体,既继承了启蒙思想中进步、公正、社会关怀等价值("国人之自觉至");又汲取了西方浪漫传统的流风以克服理性主义的"偏至",为审美情愫所滋养而"精神发扬"("国民皆诗,亦具诗人之具",用诗歌的"顾瞻百昌,审谛万物"来涵养"灵觉",理性自觉的主体复又将审善感情作为自我发展的媒介)。这不是工具理性压服下的被动物("精神窒塞""躯壳虽存,灵觉且失"),而是能发挥内在潜能("内曜")、自觉自主的历史能动者⑭。

这是我对鲁迅弃医从文故事的一种别解,依据的并不是《呐喊·自序》提供的幻灯片事件,而主要着眼于医疗卫生话语和文学气质所生发的不同的现代想象,以及鲁迅对二者路径的选择(揆诸鲁迅的文字尤其是早年论文,这番别解或中其心意)。黄子平先生在《病的隐喻与文学生产》一文中讨论鲁迅弃医从文的故事和丁玲小说《在医院中》,同样依据了上述思路,"在这里,'文学'和'医学'的对立首先不是由于'改变'国民的精神为第一要著,而是由于人物的性格和气质"⑮。鲁迅的故事是在技术性的现代化方案之外发现了文学自我,而丁玲笔下的陆萍则是文学自我在机械化、公式化的医院境遇——我们知道按照福柯的理解,医院与现代学校、监狱一样,是以集中、控制为主要特征的社会机构——

中“被治愈”。

3.“内外有别”的病理学逻辑

这是30年代刘呐鸥的小说《礼仪和卫生》[16]:主人公启明——他是以维护女权而闻名的律师,如名字所示,一个开启民智的知识精英——正从外滩走入中国人城区。在“近黄浦滩的街上”布满了“柔软的阳光”,“一个Blonde满胸抱着郁金香从花店出来”;接着他转入华界,“只隔两三条的街路好像跨过了一个大洋一样风景都变换了”,弄堂里“含着奇臭”,“不曾受过日光的恩惠的店门内又吐出一种令人发冷抖得阴森森的气味。油脂、汗汁和尘埃的混合液由鼻腔直通人们的肺腑。健康是远逃了的”。这是一幅诡异的图景:刘呐鸥笔下的知识精英显然自觉认同积弱话语(即中国是不健康的、有缺陷的),但其自身却不在积弱者之中,至少,“我”是处于病人/积弱者与“卫生现代性”的中间地带,并且正在日渐脱离病弱的群体而朝向现代性移动。启明在华界和租界间的踱步显示出耐人寻味的象征性。这是一种分离逻辑[17],精英自恃拥有科学的卫生知识和健康的身体状况而将自己脱离与不卫生的大众和落后的中国的联系。而据罗芙芸对通商口岸的研究[18],刘呐鸥故事中的分离策略并非小说家虚构或特例。但讽刺的是,启明却离不开华界的妓女,刘呐鸥似乎在质疑将自身与不洁的中国区隔开来的可行性,兴许更可怕而启明自身不愿承认也并没意识到的是,他的卫生习惯是可疑的,他可能就是一个带菌者。

40年代,延安的文艺工作者们同样谨守着内外有别的分立逻辑:“我们”的躯体应该是健康和卫生的,细菌和疾病来自外部的侵入。黄子平先生精辟地论述道:丁玲、王实味等杂文作者其实“也和他们的论敌一样,严格区分着‘里面’和‘外面’,强调‘疾病’的‘外来性’,是因了跟‘旧中国’的连结而沾染的”[19]。其实与启明们相比,延安的杂文家们已经意识到自身也有可能被感染,但《毛泽东在延安文艺座谈会上的讲话》决定了手术刀指向的方位,其“立论的基本逻辑就建基于这‘内’与‘外’的二项分立之上。你是‘内人’,你就必然歌颂‘内面’的光明。你是‘外人’,你才会暴露我们‘内面’的黑暗。二者必居其一。暴露‘内面’的黑暗者其作品未必伟大,歌颂‘外面’的光明者其作品必定渺小。二者必居其一”。这些都显示出一种“社会卫生学”的逻辑:“疾病或身体的痛苦都视为外物的侵入所致,维护身体界限的和谐不使外物进入,就成为重要的价值所在。”[20]

内外有别的病理学逻辑还延续到了1949年后。1952年冬,美国人在朝鲜战争中使用细菌战的消息登上了全中国报纸头版,政府舆论随即号召掀起“爱国卫生运动”,这一运动是为了应对真实的卫生危机还是政府精心组织的对社会各阶层的动员,不是本文追究的任务;重要的是,“爱国卫生运动产生于这样一个时刻,此时,中国共产党将细菌描绘成外国敌人而不是中国人固有的积弱形象的一部分。在这一时刻,为了使中国实现主权和现代性而必须战胜的敌人,是来自外部而不是内部的”[21]。延安时期的“外”,主要指涉“旧中国”“旧社会”“根深蒂固的封建恶习”,而在此时,“外”聚焦于西方,先前刘呐鸥小说中卫生与秩序的象征,此刻却将肮脏的细菌刺入了中国的边界。可见,“内”与“外”的具体所指会随着时代变迁而更换，但内外有别的二项分立依然不变。此运动在当时的文学界及文艺作品中均留下了印迹，比如全国文联曾发文严正抗议美国侵略军进行细菌战的罪行[22]，而《解放军文艺》也很快刊登出一组《战士快板诗》：“杜鲁门，发了疯，指挥苍蝇、老鼠来进攻，个个满身带细菌，想靠毒虫救他的命。”[23]冯雪峰在一篇文章中严厉驳斥了西方媒体关于瘟疫来自中国“内部传染病”的言论，以此捍卫身体内部的“纯洁”[24]。

30年代上海都会中知识精英的卫生意识，40年代延安文艺中含藏的“社会卫生学”，以及50年代爱国卫生运动中的全民动员，其实都共享着这一病理学逻辑。该逻辑最忌讳类似“物必自腐而后虫生之”“苍蝇不叮无缝之蛋”的说法。在新中国成立后的“三反”运动高潮中，《文艺报》上曾刊出《毒菌的话》一文，专门反驳上述说法：“盗魁是你们；贪污分子不过是你们的俘虏和爪牙，但已经和你们成一伙了……”[25]贪污来自资产阶级投放的毒菌，被感染的“分子”已经不是“我们”的成员，而是“你们一伙”。我们/你们以及身体的界限受到极端重视，内部的混淆不清和困境都被怀疑或指证为来自外部，同时必须注意清除被感染的内奸以御外敌，即通过把被“毒菌”所腐化的不良部分（“已经和你们成一伙”）排挤出去以维护内部机体的纯洁、均质和卫生。

胡适曾痛惜国人“医药不讲究，公共卫生不讲究”，甚至将疾病视作中国今日必须铲除的“五大仇敌”之一[26]。在他看来，“一个‘讳疾而忌医’的时代”里，“人人专会责人而不肯责己”，当此时刻，“反省的态度，责己的态度”显得弥足珍贵。比如，与上述内外有别的医案提供的乐观图景不同，鲁迅的逻辑充满了焦虑和绝望。他自然是一位诊断国民性的医者，但从不自认为通体清洁，反倒在“抉心自食”中自陈“中些庄周韩非的毒”[27]。与此相伴随的，是对“疗效”的质疑，在“绝无窗户而万难破毁”的“铁屋子”里唤醒几个人，究竟何用……鲁迅的逻辑诚然不像内外有别的病理学那样泾渭分明、简捷乐观，但是至少，讳疾忌医决不能导向健康，“人必须自己承认有病，方才肯延医服药”[28]。

随着中国“和平崛起”及国人自信心的增强，五四新文化人的批判意识似乎越来越得不到今人理解。对民族和自我的诊断以及其中内含的反躬自省的思维，是否已经毫无意义？其实，如果一种文化传统禁不住人丝毫“触碰”，那大概已如同博物馆中的展品一般，逐渐退出现实生活；相反，对传统文化的批评，本身可能就是一种文化力量的显现，在“抉心自食”的自我诊断中未始不含茹着文化自主、创新的可能与生机。

4.“主动参与”的病人

鲁迅在承担医疗任务与对“疗效”的怀疑之间有着深刻矛盾，但即便被此矛盾所纠缠，依然隐忍着绝望而尝试种种沟通现实的践行。早年所确立的自觉自主的能动者，稳固地延续了其终身。这是作为医生而言。

如上一节所述，鲁迅在医生的角色认同中又有着一层“中毒”的自省，也就是说他深知自己也是一个“病人”，于是“时时解剖别人，然而更多的是更无情面地解剖我自己”[29]。这未必不成全着鲁迅的文学。从作家主体这一方来说，用文学来疗治人心赋予了其在道德和知识上的高人一等,作家拥有救治大众的能力与权力,鲁迅当然也内在于以疗治为总体喻象的社会启蒙,写了不少表达“哀其不幸,怒其不争”的小说,这样的小说背后有着一双敏感而深沉的医生的眼睛。鲁迅自然是一位诊断国民性的医者,但同时他又从不自视高洁,这使得鲁迅一方面“更无情面地解剖我自己”,另一方面在消解医生意识的同时往往沉浸到原先被其他者化的民间世界中。无论是《社戏》《朝花夕拾》中的若干篇什,抑或早年论文中对“气禀未失之农人”及其情感寄托与精神想象(参见《破恶声论》)的辩护,无不见出鲁迅对民间世界中“小传统”及乡村伦理的精细观察与理解。他是疗治人心的医生,但从不自外于病人的疾痛凉热;甚至说,正因为他时时有同为病人的自觉,故而能体贴民众的隐痛疑难。

一体并置着医生/病人的双重身份,此时,他如何应对医患关系?

“西方医史的研究已说明现代医学的出现伴同着医生和病人之间权力关系的大逆转。根据朱森(N.D.Jewson)之经典研究,19 世纪以来现代医学的兴起完全改造了传统的医病关系(doctor-patient relationship)。19 世纪之前,病人对己身病情与治疗方式,有相当大的自主空间。为了使尊贵的病家满意,医生必须使用日常生活的语言来解释病情与预后”,而当“实验室医学”建立起来之后,“即便对一个充满爱心的医生而言,他/她的专业训练也将迫使他/她将注意力集中在人以外的病症、数据与检验报告上。……而医师日益专门化的术语更完全脱离了病人日常生活的世界。这些结构性的因素,使得现代医院中虽然病人摩肩擦踵,但自主的、完整的人却消失在这个医学宇宙之中”。医生在试管里、在显微镜下、在现代检测设备的形象里,关注的是血液、尿液、分子等形态性质的东西,作为整体的、活的人的形象几乎消失,“一个全新的、被动的现代‘病患’(patient)诞生了:他/她对自己的病情完全无能为力,唯一能做的等待与忍耐”[30]。在美国心理学家萨斯(Sasi)和荷伦德(Helonde)对医患关系(技术方面)基本模式的分类中,有一例“主动—被动型”,如昏迷、休克、严重损伤及精神病、接受催眠治疗的病人,他们已失去思维或表达意见的能力,在这种医患关系中,医生完全是主动的,其权威不会受到怀疑;病人则完全被动,不会提出任何异议,完全听命于医生的安排。但专家研究及临床实践证明,“此型医患关系往往不仅影响疗效,而且使许多差错难以避免”。现代医疗心理学主张“共同参与型医患关系”,即医患平等,相互尊重,彼此影响,双方的积极性都得到发挥;比较理想的是病人参与治疗活动,“不能只让病人唯医生之命是从。病人要主动参与,向医生说明自己的感知和体验”,“而且对诊断和治疗都有所了解”,“和医生一起商讨疾病的处理和预后”[31]。

这是 1945 年的延安,在赵文节的《肉体治疗和精神治疗——一个医生讲的故事》[32]中,主人公二流子王四,“吃喝嫖赌,敲诈偷骗,样样都来”,被送进医院,通过医生肉体和精神的双重治疗之后,王四转变成健康的新式农民。这个故事处理的问题之一是在新的环境下如何理解阿 Q。在启蒙叙事中,大众是等待疗救的病人;到了延安小说中,如何平衡“工农兵”先进的阶级觉悟和其精神危机之间可能存在的不平衡?赵文节的这个关于“治疗”的故事,依然挪用了内外有别的逻辑来解决问题:他将病因归结于外部环境(不但叙事者交代:“旧社会给他染下一身坏习气”,医生也判断说:“你做了二流子,这也不能完全怪你。这是旧社会的罪恶!”),即王四的内在本质(阶级本性)是健康的,病源来自外部环境(罪恶的旧社会)的侵蚀;只要进入了新社会,尘埃拂去,疾病自愈、本质自显。我们不禁有如下追问:何以旧社会有那么多同样受苦却本分为人的劳动者?难道新社会就完全杜绝了二流子?在延安的医院中,“新社会把鬼变成人”的故事经常上演,“王四们”转变前是无恶不作的二流子,转变后是前途光明的新农民,唯独这一转变过程是如此轻而易举地实现,因为这本就跟个人没有太大关系了。一个“服从、被动、无声”[33]的病人,遭遇到来自外部的救治,刹那间“脱胎换骨”,在这一幅治疗图景中——借伯林的话说——暗藏着历史决定论的阴影:“使人的行为实际上如此这般的那些原因,大多数是超出个体的控制范围的”,比如阶级、种族、文化、历史、理性、时代精神等,“把所发生的事情的最终责任,推到这些‘非人的’‘超人的’‘高于个人的’实体或‘力量’的行动或行为上了,而这些实体或力量,便等同于人的历史”。[34]这是决定论压服下的被动物,而非鲁迅“弃医从文”所选择的自觉自主的历史能动者。那位被人视作对《毛泽东在延安文艺座谈会上的讲话》提供的医疗方案心存不敬的鲁迅弟子也曾直言:“人的力量是历史发展的一要素,客观的必然是通过人的努力而实现的。……只看到所谓客观的必然,轻视或忽视人的努力这一重要要素,那还是机械的看法,不能正确地把握到活生生的有血有肉的‘现实’的。”[35]

鲁迅对自身的“病”有深刻的自觉,由此通过“此时此地”的“挣扎”、一点一滴的“自做工夫”[36],来重塑自我,同时,对于那种“得了一种仙丹,忽然脱胎换骨”[37]式的“治愈”,鲁迅也时时表示怀疑;而“王四”们的病根被归咎于外部决定论,在他们身上反而看不到丝毫“自做工夫”的实践,从根本上说,这种“转变”仅仅来自外部的救济与给予。但伯林认为“所有形式的决定论”中都暗藏了对“个人责任观念”和“选择自由”的消除,“他/她对自己的病情完全无能为力”,病因来自外部感染,治疗来自外部施予。

5.反躬自省的医生与拒绝被动的病人

医生“挟医自重”,在病人面前权威、不平等关系的树立,正可隐喻着知识分子在大众面前的启蒙角色。但鲁迅对启蒙的理解,拒绝了“挟医自重”的医生和“唯医生之命是从”的病人。他身为疗救“国民性”的“医生”又自我诊断为“中毒”的“病人”。当他作为医生时,可能并不满意于那些“服从、被动、无声”[38]的病人,我甚至想鲁迅心意中理想的治疗活动,应当试图唤起病人的自救能力与自我康复能力(参照上文所引“共同参与型医患关系”,病人主动参与治疗过程,发挥积极性,近似于“久病成良医”),其实近代史上张扬医学改良的先驱梁启超,早就判断过“凡一国之存亡,必由其国民之自存自亡,而非他国能存之能亡之也”[39]。而当鲁迅处于病人地位时,他不为医生的权威所压服,而是“主动参与治疗活动”。对角色的这番理解,恰可沟通鲁迅之于东亚启蒙的意义。在破除自我健康的幻想后,病夫需要来自西方的药物和治疗,但这个治疗过程不是被动的,不是“他/她对自己的病情完全无能为力,唯一能做的等待与忍耐”。所谓“自做工夫”、对医生的权威有一种

"抵抗",绝非拒绝治疗,而是拒绝"唯医生之命是从",拒绝被动的"等待与忍耐",转而通过"抵抗"来提取出自我救治的能力;"面对自由、平等以及一切资产阶级道德的输入,鲁迅进行了抵抗。他的抵抗,是抵抗把它们作为权威从外部的强行塞入。他把问题看透了,那就是把新道德带进没有基础的前近代社会,只会导致新道德发生前近代的变形,不仅不会成为解放人的动力,相反只会转化为有利于压制者的手段。……总而言之,他并不相信从外部被赋予的救济"[40]。这样的康复才是真正的康复,诚如杨念群所言:"如何克服'东亚病夫'的自卑感,并同时达致最终的民族自觉,也许是中国近代以来最重要的主题。"[41]

延安的"社会卫生学"生产出许多直接涉及人身体的比喻和"驱邪清污"的治疗仪式:"抢救运动""脱胎换骨""挖心""洗澡""脱了裤子割尾巴""武斗只触及皮肉、文斗才触及灵魂"……"在无数这样的'驱邪'场面中,'不干净'的人站在中间,'最干净'的人们被发动起来围在四周"[42],先前在卫生意识上自命高人一筹的"启明"们困在中央接受治疗。这一倒转的图景的产生,自有知识分子无法左右的外部原因;但若自我检讨,就不得不感慨知识分子主观战斗精神的消歇。如果我们考虑一下反躬自省的"医生"与拒绝被动的"病人"的反题,可能会有这样的感悟:原先轻浮自得的医生在遭遇挫折之后,极易于转向唯命是从的病人,继而完全信服身外权威对自身疾病的诊断分析,希望获得一揽子"根本解决"的治疗方案,最终虔诚地接受施予自己身上的种种治疗仪式。

"根本解决"中隐藏着一种神学般的信仰——对抽象的符号与理论原则的信仰以及试图用这一符号、原则来整体性地、一次性地涵盖、解决问题的信仰。"根本解决"意味着治疗活动的终结,接下来只是严格遵守医嘱按时吃药,无须任何个人的参与。《毛泽东在延安文艺座谈会上的讲话》就好比一个强力而不容置疑的医方,"根本解决"的出台为先前漫无涯际的荒原指明了方向,至此,知识分子的跋涉终于到了尽头,而精神磨难与艰苦卓绝的继续奋斗已然变得毫无意义。然而,主动参与的病人并不"唯医生之命是从",这不是拒绝治疗,而是拒绝脱离具体诊断与医疗现场之外的"根本解决"方案;鲁迅不相信"得了一种仙丹,忽然脱胎换骨"式的"治愈",也不相信"根本解决"所允诺的"黄金世界""止于至善",这也不是轻率地消解终极实在,而是"反求诸身",将生命的意义拉回当下之"行",如"过客"一般。

鲁迅是这样一个现代主体:他不是将手术刀只指向他人的、自视高洁的疗救者,他朝向外部环境与内面自我作两线抗战;但是无情的自我解剖并未导致自我否定,他不肯轻易让渡、交付诊断权,不肯像"服从、被动、无声"的病人那样躺到手术台上,"唯一能做的等待与忍耐";在不迷信任何"根本解决"的同时,坚持"自做工夫"。这是一个具有丰富维度和多种可能性的空间,似乎并置着种种悖论,但鲁迅断然拒绝停滞在任一极点,而尝试在极限间的流动状态中生成自我,一个经由双重主体意识——反躬自省的"医生"与拒绝被动的"病人"——所淬炼而成的自我。

【注释】

①梁启超:《医学善会序》,见《中国近代史资料丛刊戊戌变法(四)》,451 页,上海人民出版社 1957 年版。

②康有为:《上清帝第四书》,见谢遐龄编选:《康有为文选》,317 页,上海远东出版社 1997 年版。

③李景汉:《民族特性与民族卫生·序》,见潘光旦的《民族特性与民族卫生》,1 页,商务印书馆 1937 年版。

④中国古代医学是古典宇宙系统的延伸,在天人合一的模型下,二者有不少同构点(气、阴阳、五行等)。同时,医学语言的普泛化,促成专业以外人士每每喜好"言医"。早在《庄子》《孟子》《淮南子》等著作中就有不少借用医学论说来发挥政治或思想理论的例子。医学话语特殊的修辞性在近现代得以延续,或者说,读书人用古典的修辞方式构筑了现代性的关怀。

⑤周瘦鹃:《父子》,载《礼拜六》第 110 期,1921 年 5 月 21 日,见范伯群编的《哀情巨子周瘦鹃代表作》,江苏文艺出版社 1996 年版。

⑥西谛:《思想的反流》,载《文学旬刊》第 4 号,1921 年 6 月 10 日,见王智毅编的《周瘦鹃研究资料》,天津人民出版社 1993 年版。

⑦郭沫若:《致郑西谛先生信》,载《文学旬刊》第 6 号,1921 年 6 月 30 日,见王智毅编的《周瘦鹃研究资料》,天津人民出版社 1993 年版。

⑧陈独秀所谓"旧文学,旧政治,旧伦理,本是一家眷属固不得去此而取彼"。陈独秀:《答易宗夔》,见《陈独秀著作选》第 1 卷,408 页,上海人民出版社 1993 年版。

⑨应星:《身体政治与现代性问题》,见杨念群、黄兴涛、毛丹主编的《新史学》,中国人民大学出版社 2003 年版。

⑩葛洛:《卫生组长》,载《解放日报》1945 年 5 月 12 日,见《中国新文学大系(1937—1949)·短篇小说卷三》,上海文艺出版社 1990 年版。

⑪罗芙芸:《卫生的现代性:中国通商口岸卫生与疾病的含义》,18、22、146、318 页,向磊译,江苏人民出版社 2007 年版。根据罗芙芸考证,1875 年,日本学者长与专斋借用《庄子》中"卫生"一词来翻译源于西方的意思:政府对其人民的健康提供广泛的供给和监控。"这个词既结合了个人的行为,但又首要强调国家的角色"。尽管"卫生"是基于中国已有词汇的创造,但与原义已有很大差异,当它在 20 世纪被借鉴引入中国后,已是一个被明治时期的日本翻译和包装起来的新语汇。这一"卫生"的现代意义和导出的制度安排,"在 1900 年后的中国变得极为重要"。

⑫㊶杨念群:《如何从"医疗史"的视角理解现代政治?》,见余新忠主编的《清以来的疾病、医疗和卫生》,52、46 页,生活·读书·新知三联书店 2009 年版。

⑬都智民:《苍蝇拍》,载《大公报》1932 年 7 月 10 日。转引自朱慧颖的《民国时期的卫生运动初探——以天津为例》,见《清以来的疾病、医疗和卫生》,370 页,生活·读书·新知三联书店 2009 年版。

⑭鲁迅:《文化偏至论》《摩罗诗力说》《破恶声论》,见《鲁迅全集》第 1、第 8 卷,人民文学出版社 2005 年版。

⑮黄子平:《病的隐喻与文学生产——丁玲的〈在医院中〉及其他》,见王晓明主编的《批评空间的开创》,320 页,东方出版中心 1998 年版。

⑯刘呐鸥:《礼仪和卫生》,见《都市风景线》,浙江文艺出版社2004年版。

⑰这一分离战略使得中国知识分子努力把自己想象成卓越的全球世界主义中平等的参与者。至于这一战略的功效及其遮蔽的内容,可参见史书美的《现代的诱惑:书写半殖民地中国的现代主义(1917—1937)》,何恬译,江苏人民出版社2007年版。

⑱参见罗芙芸《卫生的现代性:中国通商口岸卫生与疾病的含义》第八章,向磊译,江苏人民出版社2007年版。

⑲王实味:“我们甚至尽一切力量拖曳着旧中国底代表者同我们一路走向光明。可是在拖曳的过程中,旧中国底肮脏污秽也就沾染了我们自己,散布细菌,传染疾病。”见王实味《野百合花》,载《解放日报》1942年3月13、23日。丁玲:“中国所有的几千年来的根深蒂固的封建恶习,是不容易铲除的,而所谓进步的地方,又非从天而降,它与中国的旧社会是相连结着的。”见丁玲《我们需要杂文》,载《解放日报》1941年12月23日。

⑳黄子平:《病的隐喻与文学生产——丁玲的〈在医院中〉及其他》,见王晓明主编的《批评空间的开创》,327、328页,东方出版中心1998年版。

㉑罗芙芸:《卫生的现代性:中国通商口岸卫生与疾病的含义》,315页,江苏人民出版社2007年版。

㉒见《文艺报》1952年3月10日相关报道。

㉓邵康:《打老鼠也是消灭“侵略兵”》、戈春生:《杜鲁门搬“救兵”》,载《解放军文艺》1952年7月号。

㉔冯雪峰:《越涂抹越显明的罪证》,载《文艺报》1952年3月25日。

㉕俞密:《毒菌的话》,载《文艺报》1952年2月25日。

㉖胡适:《我们走哪条路?》,见《胡适文存》第4卷,307、308页,黄山书社1996年版。

㉗鲁迅:《写在〈坟〉后面》,见《鲁迅全集》第1卷,301页,人民文学出版社2005年版。

㉘胡适:《〈官场现形记〉序》,见《胡适文存》第3卷,393页,黄山书社1996年版。

㉙鲁迅:《写在〈坟〉后面》,见《鲁迅全集》第1卷,300页,人民文学出版社2005年版。

㉚雷祥麟:《负责任的医生与有信仰的病人》,见李建民主编的《生命与医疗》(台湾学者中国史研究论丛),486、487页,中国大百科全书出版社2005年版。

㉛霍仲厚主编:《医生心理学》,51—64页,上海医科大学出版社1990年版。

㉜赵文节:《肉体治疗和精神治疗——一个医生讲的故事》,载《解放日报》1945年2月17日,见《延安文艺丛书·小说卷》(下),湖南文艺出版社1987年版。

㉝㊳雷祥麟:《负责任的医生与有信仰的病人》,见李建民主编《生命与医疗》(台湾学者中国史研究论丛),500页,中国大百科全书出版社2005年版。

㉞[英]以赛亚·伯林(Isaiah Berlin):《历史的不可避免性》,见《自由论》,108、109、128页,胡传胜译,译林出版社2003年版。

㉟胡风:《粉饰、歪曲,铁一般的事实》,见《胡风全集》第5卷,128页,湖北人民出版社1999年版。

㊱鲁迅:《“立此存照”三》,见《鲁迅全集》第6卷,649页,人民文学出版社2005年版。

㊲鲁迅:《庆祝沪宁克复的那一边》,见《鲁迅全集》第8卷,198页,人民文学出版社2005年版。

㊴梁启超:《论中国人种之将来》,见王德峰编选的《梁启超文选》,11 页,上海远东出版社 1995 年版。

㊵[日]竹内好:《作为思想家的鲁迅》,见《近代的超克》,148 页,李冬木、赵京华、孙歌译,生活·读书·新知三联书店 2005 年版。

㊷黄子平:《病的隐喻与文学生产——丁玲的〈在医院中〉及其他》,见王晓明主编的《批评空间的开创》,332 页,东方出版中心 1998 年版。

(原载《南方文坛》2010 年第 3 期)

获奖词：

年轻学子杨晓帆以阿城在《棋王》后不断修改自我形象为个案，通过敏锐绵实的辨析、严谨朴素的论述，讨论了文学经典的成因，即作家的自我认同并非一成不变，文学批评会重塑这种认同，而且文学批评不仅指认经典，同时也限定了对于"经典"的理解方式，并由此沉淀为文学史共识。本文文风平实，文思开阔，显现了作者深思好学的学术品质，令人期待。

知青小说如何"寻根"

——《棋王》的经典化与寻根文学的剥离式批评

杨晓帆

阿城的《棋王》发表于《上海文学》1984 年第 7 期，在如今通行的文学史著作中，它被视为寻根文学的代表作，其经典性则被诠释为"以对传统文化精神的自觉认同而呈现出一种文化的人格魅力"[①]，然而事实上，《棋王》的最初发表并非一帆风顺。《北京文学》以"写了知青生活的阴暗面"为由退稿，《上海文学》虽然发表，却要求阿城修改原本不太积极的结尾，还有说法称"据说《上海文学》告阿城，小说写得不坏但肯定不能得奖"[②]。与后来批评家们自信满满地用"道家美学""民族文化"等词赞赏《棋王》不同，延续了编辑的谨慎与保守，集中于 1984 年末、在《棋王》发表后迅速跟进的几篇批评文章中，新时期以来的知青题材小说仍被作为评价《棋王》的重要参照，批评家仍力图尝试在既有文学成规的约束下论证《棋王》的政治正确性。

1985 年 3 月 21 日，后来同样被追认为"寻根文学"源头的汪曾祺在《光明日报》上发表了《人之所以为人——读〈棋王〉笔记》，他首先肯定的就是《棋王》作为知青小说的价值。在汪曾祺看来，阿城的贡献在于他写出了知青在经历那段特殊历史后，"老老实实地面对人生，在中国诚实地生活"的共同心态，比起老一代，"他们是清醒的现实主义者""较少教条主义""这一代没有被生活打倒""是一些悲壮的乐观主义者"。汪曾祺说，正因为《棋王》为我们传达了这样一个可喜的信息，它才赢得了广大读者，在青年的心灵中产生共鸣，"他的信心和笔力来自党的十一届三中全会以后中国生活的现实。十一届三中全会救了中国，救了一代青年人，也救了现实主义"[③]。尽管不排除汪文有其与主流政治话语间磨合的特殊生存策略,但他竭力从另类知青王一生身上发掘出了一种在"吃"中乐天知命,又能在"棋"中倾力一搏、为社会主义新人所需的精神气质,确实也道出了《棋王》作为知青文学继续生成意义的合法性与可能性。然而有意思的是,这个并不寻根的结论并没有进入文学史,反倒是汪曾祺的这句话——"《棋王》写的是什么?我以为写的就是关于吃和下棋的故事"[④],被后来带有"寻根"意图的批评积极引用。在同年一篇总结 1984 年小说成就的文章中,批评重点已经转移为小说"道可道,非常道"的文化深意,批评家带着不容置疑的口吻说:"首先,把《棋王》列入知青文学是不得要领的。这部作品的主旨之一,是在树与藤、水与月一般缠绕、交映的现实世界(生道)和艺术世界(棋道)之间,借棋王的'瘦小黑魂'抒发深沉的历史感。第二,《棋王》迟早要收入教科书,它测试批评、鉴赏者的智商,同时又指点人们以别致的构思、凝练的文字和冷峻的笔法去创造博大精深的意境。"[⑤]

随着上述结论成为后来文学史教材表述的基本方向,《棋王》被重新命名为"寻根"意义上的经典,而这段批评前史——即从有"问题"的知青题材写作,到为知青文学锦上添花的作品,俨然已被当作一次愚笨的误读被遗忘,但它也留下了并非不证自明的疑点:作为"寻根文学"的文化特质是被批评家从原作中发现的,还是被移入的?带有寻根意识的批评又是如何将汪曾祺认为尚有话可说的"作为知青文学的《棋王》"剥离出去的?"经典化产生在一个累积形成的模式里,包括了文本、它的阅读、读者、文学史、批评、出版手段(例如,书籍销量、图书馆使用等)、政治等等。"[⑥]如果说《棋王》被经典化为今天形态的过程是由寻根批评最终完成的,那么如何认识这种批评的性质与根本意图?它如何与作家对话,它与作品的差异性何在?只有解决这些问题,才能重新打开《棋王》的意义。

一、从"小说"到"传奇":告别现实主义

1984 年 7 月 16 日,阿城的父亲钟惦棐在给批评家仲呈祥的信中迫不及待地力荐刚刚发表的《棋王》:"这种文学,不是一阵风能吹跑的,作为处女作,起点是好的,文学要注意题材的开拓,不能'一条路走到黑',《霍元甲》《白发魔女》就是钻了这个空子。"[⑦]按照文坛前辈亲授的批评路径,仲呈祥很快发表了《棋王》专论,并将钟惦棐有些模糊的"题材开拓说"具体化为"同类题材的表现角度也要开拓"。无论是阿城本人的知青经历,还是小说中开篇类似"四点零八分的北京"的送别场景,都使批评家自然启动已有的知识储备将《棋王》首先放入到新时期以来知青题材的写作序列中:阿城的贡献在于他对知青生活的独特描写,"既不像孔捷生那样,先写'伤痕',再写'追求',从《在小河那边》走到《南方的岸》;也不像叶辛那样,重在展示当代青年从浩劫之初的狂热到'九一三'事件前的消沉、从消沉到在现实的启迪下学会思考、从思考到投身于'振兴中华'的时代洪流;更不像王安忆那样,用《本次列车终点》把笔触延伸到知识青年回城后的就业生活,深沉地喊出找寻人生'终点'的课题……他就是他,在驾驭自己所熟悉的题材上,另辟蹊径,以奇制胜"[⑧]。

有趣的是,当仲呈祥将这一“奇特的切入角度”集中表述为王一生的传奇经历时,他似乎意识到了钟惦棐提及武侠小说一语可能存在的潜台词:将《棋王》的价值突兀地与《霍元甲》《白发魔女》的大卖联系起来,这其中固然有眼见通俗文学勃兴挤压高雅文学的切肤之痛,但也多少流露出了钟惦棐在阅读《棋王》时的独特体验,即《棋王》可能具备了与后者相似的与传统现实主义文学有别的某种“奇文”特征,有可能在已有题材划分之外独创一格。阐释难度随之而来,前述那段被仲呈祥引为参照的知青文学简史,是通过将知青题材写作编排进新时期以来从“伤痕”到“反思”的文学思潮演进后描述出来的,如果说“伤痕”“反思”文学是在“回收十七年”的意义上延续社会主义现实主义的传统,那么当批评家使用这套表述圈定了评价《棋王》不能完全绕开的知青文学边界时,就必须小心注意不让它的“奇”胀破现实主义的文学成规。于是,仲呈祥努力在批评结论中维持一种平衡状态,既突出《棋王》相较其他知青小说的异质性用以说明其文学史价值,又不忘从小说的三个基本构成——人物塑造、情节和背景上突出《棋王》与其他知青题材小说相同的写实性与时代性:小说中车站送别、农场劳动等典型场景被特别拣选出来用以说明小说之于知青上山下乡运动这一真实历史事件的认识价值,而“棋呆子”那看似纯属虚构的奇人奇事也被特意解释为“荒诞的年代怪事太多”,因而具备了历史合理性。

这种论述策略同样出现在其他将《棋王》作为知青小说来考察的早期批评中。臻海特别强调《棋王》对历史的真实再现,认为它在文艺界热衷形式创新的时尚中,以实绩使人“坚信现实主义不仅没有过时,而且正是实现艺术创新的一条切实途径”[⑨]。王蒙虽然指出《棋王》不再将知青上山下乡这个事件作为小说的叙述中心,却也并非要将对人物故事的理解剥离出知青文学的历史依赖性:他指出作为下层知青出身的王一生形象,对于以往仅仅从出身中上层人家视角将上山下乡“看得如此之可怕或如此之伟大壮烈”的历史认识,是一个“发人深省的补充或者匡正”;另外,王蒙还以“下棋毕竟是下棋,谈不上‘重大题材’”为由指摘阿城的局限性,认为王一生信条中下棋首先为了追求自娱“却也存在着消极的东西”[⑩],这些观点都可见出其批评标准中的现实主义倾向。正如杨庆祥所说:“‘现实主义’在中国当代文学的历史语境中绝不是简单的一种文学(艺术)创作手法,而更是一种历史信念和国家想象,在其背后隐藏的是再造大众(新人观)、构建信念(理想主义)、改造社会(批判现实主义)、走向‘美丽新世界’(浪漫主义)的历史意识和发展理念。”[⑪]因此,当批评家略显别扭地用强调细节真实的方式弥合《棋王》的破格之处,并努力将其纳入“知青文学”范畴来考量时,他们实际上为《棋王》赋予了双重使命:在尝试为80年代中期已经丧失活力的知青文学寻找新型写作模式的同时,以知青文学为载体重新激活现实主义文学正逐渐衰弱的历史能量。由此可见,无论是仲呈祥将作者意图归纳为通过王一生“褒扬了逆境中锤炼出的正直、自尊的人格”[⑫],还是王蒙认为《棋王》“突出了人是自己的主人,人不会仅仅是被历史的狂风吹来卷去的沙砾的思想,表现了一种新的强力”[⑬],批评意图都是要深化原本就内在于现实主义文学成规的知青文学的反思题旨:一方面发掘阿城作为知青历史撰写者可能提供的新的历史面向与亲历者的反身思考,另一方面又尝试在外延更大的青年题材写作范围内,再造一个能够适应并参与到当下现代化工程中去的知识青年形象,以知青文学为载体去实践现实主义文学服务于国家意识形态询唤的主体建构功能。

韦勒克曾用“小说”和“传奇”区分散文叙述体小说的两个血统:“小说是现实主义的,传奇则是诗的或史诗的,或应称之为‘神话的’。……小说由非虚构性的叙述形式即书信、日记、回忆录或传记以及编年纪事或历史等一脉发展而来,因此可以说它是从文献资料中发展出来的,从文体风格上看,它强调有代表性的细节,强调狭义的模仿。另一方面,传奇却是史诗和中世纪浪漫传奇的延续体,它无视细节的逼真,致力于进入更高的现实和更深的心理之中。”[14]参照韦勒克的观点,如果说《棋王》在与知青文学若即若离的关系中兼具“小说”与“传奇”的素质,那么围绕《棋王》形成的第一轮批评正是从“小说”的意义上去理解它的,而后来的批评恰恰选择放大作为“传奇”的《棋王》。1985 年阿城小说集《棋王》由作家出版社出版,季红真的“序”集中体现了这种批评重心的转移:“他对细节的写实极少满足社会层次上的典型概括,而更倾向于对现实的超越,达到对世界人生整体的哲学了悟。这是他的创作个性,我们因此而难于以写实文学的一般规律去阐释评价他的作品。”[15]

从“小说”到“传奇”,杭州会议无疑是一个重要的历史转折点。在最早由《上海文学》编发的会议纪要中,《棋王》成为会上提倡文学“当代性”的范本,“作者通过一个底层青年在‘大革文化命’那个疯狂年代对中国传统文化的痴迷,表现了作者自己对中国传统文化精华的重新发现与重新认识,而这种发现与认识正是今天我们搞经济改革与对外开放的立足点之一”[16]。这段简短的表述较之此前的批评明显出现了两点变化:首先,以“追求文化”与“反文化”勾勒人物与时代语境间的冲突,实际上是以对“文革”的文化反思替代政治反思去理解作为小说重要背景的知青运动史;其次,批评对作者创作意图的归纳也不再局限于知青题材层面的时代记录,而是更倾向于考察作者在超历史层面对民族传统这一深层文化心理结构的主题性思考。批评一旦摆脱现实主义文学成规的约束,原本需要以写实性或时代性纠偏的王一生那多少有些不务正业的知青生活,自然迅速剥离开知青文学依赖于特定人群与特殊历史阶段的评价系统,在韦勒克所谓“更高的现实和更深的心理”层面获得新的意义。

1985 年后关于《棋王》的大量批评正具体实践了上述观点。随着寻根意识的渗透,王一生作为城市底层出身的知青身份渐渐模糊,他的社会属性或阶级属性变得无关紧要。当秉承现实主义文学成规的批评家力图从知青在“文革”中的特殊经历来解释王一生的性格行为、从历史学或政治学角度发现其现实意义时,寻根批评中的王一生更接近于一个没有个性的符号:“《棋王》中的王一生,是传统民族精神的造形”[17],“他几乎没有个人意义上的历史,而是完全负着民族的历史”[18]。随着主语的消失,“吃”或“下棋”的行为也摆脱了知青集体记忆的共时性束缚,反而在一套以“文化寻根”为理论预设的关于五四与“文革”的历时性表述中获得了超现实的象征意义:阿城对王一生令人心酸的吃相的描写,不仅是以饮食之道讽刺“十年内乱既提倡苦行僧式的生活又压抑人们的文化情感的畸形政治”,更呈现出“作者对人类物质生活与精神世界内在扭结的深刻洞察与理解”[19];阿城写棋道之兴衰,暗示了自五四新文化运动以后,强调“天人合一”“儒释道内在一统”的传统精神在西方文化冲击下的衰弱,而王一生受捡破纸老头启蒙自觉承担起弘扬中华棋道的责任,恰恰接续起了失落于民间的文化血脉[20]。

阿城多年之后曾用略带嘲笑的口吻评价这拨《棋王》批评:“话大得不得了,‘中华之道’。我倒担心缺根弦儿的读者,当时的口号正是‘振兴中华’,赢球儿就游行,失球儿就闹事,可说到底体育是什么呢? 是娱乐。爱因斯坦说民族主义就像天花,总要出的。我看民族主义虽然像天花,但总出就不像天花了。”[21]从阿城的反感中我们的确可以看到作品不能承受的批评之重,然而有意思的是,上述这些判断恰恰与当年阿城也亲历倡导的寻根文学主张共享着同一套表述方式。正如洪子诚所说,寻根文学首先不是从文学角度,而是“从当时忙于界定范畴的‘文化’的角度去立论”[22],当阿城、韩少功们以及后来专门围绕寻根文学的讨论文章中不言文学,大谈“文化”“民族性格”等概念时,他们难道不是“话大得不得了”吗? 因此,回到上述批评文本,再去辨析批评家针对王一生故事做出的不同版本的文化阐释或者评价孰优孰劣都意义不大,值得追问的反倒是他们为何要采取这样一种表述方式来讨论《棋王》?

不难看出,一种结构主义的文学新思维正潜入批评。“结构主义是对常识的有意冒犯,它拒绝这篇小说的‘明显’意义,却试图去分离出其中表面上隐而不彰的某些深层结构。它不从其表面价值理解本文,却将其‘换’成一种完全不同的对象。”[23]在这种“正确”的理论眼光下,阿城笔下那些并未完全脱离知青文学痕迹的素材自然丧失了再解读的价值,因为他们是显而易见的。人物身上明确的身份或社会角色也不重要,因为“人物只是作为文本结构中的一个功能单位——在结构主义看来主要是以‘行动者’的身份存在并获得意义”[24]。而对于小说中明确的时代烙印更无须再在政治或社会学的意义上去理解,因为批评家“在文学中发现了一个具有历史自身的全部跨度和集合结构的‘替代的’历史”[25]。从某种意义上说,迈向寻根的《棋王》批评其实是一种主题先行的批评,正如季红真的序题为《宇宙·自然·生命·人——阿城笔下的“故事”》,打引号的“故事”已经先天判决了原来批评中题材决定论的失效,因为不管王一生身上是否真实体现了知青群体分享的共同经验,不管此后阿城写的是《树王》《孩子王》还是别的王,这些故事在批评家眼中其实都将只是基于同一主题的一组变化。

因此,当我们今天似乎亦步亦趋地追随这些批评试图把握住一个对《棋王》主题的终极解释时,恰恰落入了批评的圈套。事实上,主题是什么并不重要,它更像是一个功能性的装置,被用以结构一种新的批评范式,将作为知青文学的《棋王》剥离出去,而只有在《棋王》的批评实践中实现这种剥离后,才能使有关“什么是文学”的知识迅速脱离社会主义现实主义文学成规的控制与影响。由此可见,当批评家将批评意图在“中/西”二元对立框架中解释为以“《棋王》的中国作风和中国气派”去矫正那些“靠西方小说生中国小说”盲从现代派的青年作者，解释为以民族文化传统的自觉去真正实现与世界文学的平等对话时——这两点恰恰也是寻根文学倡导者此时宣称的立意所在[26]——《棋王》迈向寻根的途径反而暴露出这样一个事实：随着作为知青文学的《棋王》被批评剥离出去后一同消失的，其实是现实主义文学资源与小说题材所蕴含的隶属于社会主义实践的当代史记忆。同理，当作家与批评家合力生产出一套“寻根”知识时，“寻根”的根本焦虑恐怕并非仅仅来自西方强势话语中本土经验的匮乏，相反，它的最直接动因是“除根”，正如程光炜所说，“‘剥离式’研究是要脱离左翼文化所垄断的沉重历史，让中国社会真正与‘走向世界’的历史大趋势完成最后的接轨”[27]，在我看来，这句话或许才真正道出了寻根文学的发生学秘密。

二、被阿城遗忘的“阿城”：修改作者形象

关于批评为何在 1985 年后倾向于从“文化寻根”的意义上对《棋王》进行重命名，除了探讨批评家知识谱系的重构外，还应注意批评中作者形象的变化。与 1984 年末尚在知青文学范畴内讨论《棋王》的批评相比，除了有意剥离《棋王》在题材层面的写实性意义，在迈向寻根定位的批评中，如何认识阿城的作者形象，开始成为能否正确解读《棋王》的重要前提：

> 我听说过一则阿城的轶事：一次阿城出外，回来后发现小屋被偷，失钱一千多。但他到其父处诉说时，竟然像讲别人的事情，自己超然于外，还说很可怜那个小偷——他只知道偷钱，而那部更值钱的旧版《金瓶梅》却只是翻了翻，见里边没存折，又放了回去……。从这件事情上我们可以看到，阿城的生活态度和性格是独特的；而他又能把自己这种个性映射在作品之中，所以，这就决定了他的小说的独特个性和风格。《棋王》发表时，人们曾为它的冷峻所惊异。知识青年上山下乡，其中有多少离愁别绪曾被许多浓墨渲染过。但是，阿城似乎对这类情绪缺少兴趣，这就使他一扫别人的情调，写出了自己的境界。列车就要启动了，“车厢里靠站台一面的窗子已经挤满各校的知青，都探出身去说笑哭泣”，而“我”却平静自如；别人都把这一离别当成“风萧萧兮易水寒”，而“我”却认为“此去的地方按月有二十几元工资，我便很向往”，甚至担心“每月二十几元，一个人如何用完？”王一生比“我”还要超然物外，他满有兴致地找“我”下棋，对眼前的情境视而不见。在这种情调和人物性格的描写中，体现出阿城对世态人生的庄谐并作的理解。[28]

在这位批评家看来，只有先从类似的阿城轶事中认识作家其人，即阿城遭窃后那种淡泊名利、任真自适的道家之风，才能理解他为何能写出“我”或“王一生”这两个另类知青形象。虽然知人论世的批评方法与此前的批评并无差别，但是我们可以想象，对没有强烈寻根意识的批评家来说，作者形象其实并不是个需要在哲学精神高度予以透彻剖析的问题，他们显然会更直接地想到要从阿城的知青身份与知青经验出发去解读作品：作为 1957 年就被批为“大右派”的钟惦棐之子，本来就是“多余人”的特殊身份使他不可能有

“红卫兵—知青”在历史震荡中命运突转时的感怀流涕。他先到山西插队,后因听闻内蒙古有“风吹草低见牛羊”的景色,便以写生为名靠关系转到内蒙古,之后又到云南生产建设兵团农场——小说中“我”之所以为了按月二十几元的工资“争了要去”,无奈中多少带有阿城的自传色彩;而“王一生”的反应在王蒙看来也有其现实原因:“出身于中上层人家,才把上山下乡看得如此之重,看得如此之可怕或如此之伟大壮烈。其实广大农民家庭的子弟,包括其中上过学的子弟,是不会也无法这样看的。”[29]由此可见,在最早跟进《棋王》的批评家看来,与通常知青题材小说中的人物相比,“我”与“王一生”在车站一幕的“超然物外”,其实根源于特殊家庭出身的他们在整个知青群体中的边缘位置。因此,让人疑惑的问题就出现了,为什么后来的批评家偏偏要忽略这种更显而易见也值得继续追问的解释,去舍近求远地认识另一个不仅仅拥有知青身份的阿城呢?这个新的作者形象又来源于何处?

要解答批评中作者形象变化的原因,及其对批评结论的影响,首先要对“作者形象”的概念有所界定。不同于静态的、本质化的“作者”概念,我使用“作者形象”一词是为了强调其后天制作的痕迹:一方面,作者本人可以通过一系列文学创作或理论实践去塑造与改变批评家视野中的作者形象,从而影响到批评家阐释作品的路径;另一方面,批评家也可以通过文本分析、作家评传等方式反过来巩固与再生产有关这种作者形象的权威知识,并将其直接作为阐释作品的依据。

我们先来看看阿城本人在《棋王》发表后对自我形象的改写。阿城关于《棋王》最早的创作自述其实出现在致仲呈祥的一封信中:

> 《棋王》里有我的哲学,即普遍认为很苦的知青生活,在生活水准低下的贫民阶层知青看来,也许是物质上升了一级呢!另外就是普通人的“英雄”行为常常是历史的缩影。那些普通人在一种被迫的情况下,焕发出一定光彩。之后,普通人又复归为普通人,并且常常被自己有过的作为所惊吓。因此,从个人来说,常常是从零开始,复归为零,而历史由此便进一步。这种历史观与社会观未知成立否?还望指点。中国历来要解决“吃”这个首要问题,衣食足,方知荣辱,我也力图在《棋王》中铺上一层这个基础。以上都是设想,以小说形式渗透出来,我仍认为不算太成功。大家说好,增强信心,但今后的路还要自己走,倒不如把《棋王》忘了好。[30]

这段自述指出了阿城在构思《棋王》时的三点设计:第一点显然佐证了王蒙的判断,《棋王》的创作起点,是要从此前常被忽视的知青的不同出身阶层出发,去反思以往知青文学所塑造的“一代人”的苦难记忆。第二点可以看作对“十七年”文学成规要求写“最能体现无产阶级革命理想”的“新英雄人物”的反拨,呼应新时期“告别革命”的国家意识形态回到普通人的日常生活叙事,这实际上延伸了第一点对知青文学写作中英雄主义、理想主义情结的怀疑。第三点关于“吃”,有些突兀却也给后来的批评留下了最大的阐释空间。非常有趣的是,这三点的顺序在阿城此后公开发表的创作自述中被完全颠倒过来。1984 年第 6 期《中篇小说选刊》(双月刊,单月 1 日出版,即 11 月,“杭州会议”之前)全文转载《棋王》,后附阿城的创作谈《一些话》,原本排在最后的"吃"被大力渲染占据了开篇位置,甚至被叙述成《棋王》的创作源起。阿城说:"《棋王》可能很有趣。一个普通人的故事能有趣,很不容易。我于是冒了一个想法,怀一种俗念,即赚些稿费,买烟来吸。……等我写多了,用那稿费搞一个冰棍基金会,让孩子们在伏天都能吃一点凉东西,消一身细汗。"[31]阿城后来在很多场合都喜欢"躲避崇高",宣称自己写作的功利性,这种坦白是否真实并不重要,值得注意的是,阿城的知青经验在这篇由五段文字构成的创作谈里只被保留在结尾处一个容易被遗忘的角落,次序的调整很可能潜移默化地改变文学批评进入《棋王》的通道。"入世近俗,不耻于言饮食男女,在这些人类基本的生命活动中,体察芸芸众生的甘苦,探索历史沉实的脉搏,也汲取着普遍人生的营养",当批评家在《棋王》中读出阿城的这种人生态度时,他们更愿意将它抽象地归因于一种"博大的人道精神与现代人的生存意识"的有机结合,或者"承袭了中国古代静察默观的审美态度"[32]。这种判断不仅没有考虑阿城返城后的现实生存焦虑及他渴望重返北京文化阶层遭遇挫败后的对抗情绪[33],更遗忘了造成这种人生观的根本历史诱因——"知青上山下乡运动是一种特殊情况下的扭曲现象,它使有的人狂妄,有的人消沉,有的人投机,有的人安静。除了极少数人,多是一有机会便努力离开所在之地。我当然未能免俗。但那一段生活毕竟使我开始老老实实地面对人生,在中国诚实地生活。"[34]阿城的这段自我反省不仅成为后来批评的盲点,也再没有出现在他此后的创作谈中,与前述发生在批评中的剥离相似,他似乎有意要将自己从出道时的知青作家身份中剥离出来。

"杭州会议"后,"文化"成为阿城口中的高频词,给本来仅仅以知青身份为主要标识的作者形象附着了更多新的信息。1985 年 4 月 22 日《文汇报》刊登"83—84 年全国中篇小说奖获奖作家感言",阿城在题为《话不在多》的短论里自谦道:"以我陋见,《棋王》尚未入流,因其还未完全浸入笔者所感知的中国文化,仍属于半文化小说。若使中国小说能与世界文化对话,非要能浸出丰厚的中国文化。"[35]与之前的《一些话》相比,《棋王》的真正创作意图已经变成了尽力展示自己对中国文化的理解,而小说所包含的文化信息量也成为他判断其成功与否的标准。在 1985 年第 4 期《中篇小说选刊》上的《又是一些话》中,阿城更直接声明"创作谈多属妄言",指出包括"去年承贵刊转载《棋王》写过'一些话'"只是"写些题外话,小心翼翼地兜圈子",仿佛是要提醒批评家忘了自己从前对《棋王》的解说,重新从"文化"上去定位作品。在这篇"伪创作谈"里,阿城显然有了更大的野心,面对掌握裁判权的批评家,与其发表创作自述仅供参考,不如直接从根本上质疑现存文学体制所规范的"文学"本质及其意义评价系统:"艺术所能显现的,即人类的心态。人类的心态何以形成?我认为是文化积淀的结果","中国的小说,若想与世界文化进行对话,非能体现自己的文化不可,光有社会主题的深刻是远远不够的","不关联文化的文学,文字而已,社会学材料而已"[36]。1985 年 7 月 6 日《文艺报》发表了阿城《文化制约人类》一文,观点几乎就是《又是一些话》的重复,但已完全脱去了"创作谈"的形式束缚,不仅摆出了认为五四以虚无主义态度造成民族文化断裂这一极易引起争论的话题,更明确推荐韩少功

《文学的根》一文,将汪曾祺、贾平凹、李杭育等列为自己所谓文化小说的典范。同期《文艺报》"理论动态"栏目编发了《他们在寻根》,阿城俨然已被定位为"注意民族情感的独特表达和民间口语的运用"的寻根作家。

新的作者形象很快成为批评家的共识。虞金星曾敏锐地发现,寻根文学与80年代其他文学思潮相比的特殊之处,在于"它是由参与'寻根文学'实践的创作者们而非专事理论工作的批评家首先进行理论上的倡导与阐发"[37]。在我看来,这无疑具有抢注"商标"成功的效果,随着"寻根文学"在1985年成为文艺界集中关注的焦点,批评家要对其进行任何评价与讨论都不可能绕过作家自己的诗学主张去直接面对他们的作品。于是,一组奇怪的颠倒随之而来,在这一阶段的种种"阿城小说论"中,批评家开始花更多篇幅介绍阿城就"文化"与小说之关系发表的理论见解,批评对象不再是原作意义上的作品,而是阿城有意"'浸入中国文化'的试验"[38],批评结论也不再是解答作品独特的审美价值或社会价值,而是对阿城所谓"文化"究竟为何物的破解。在这样的批评思路中,《棋王》的写作时间自然被模糊,它仿佛成为阿城在明确了寻根意图后的创作成果,"《棋王》的出现,呼应了当时文学界刚刚自觉起来的'寻根'意识,并促使其成为一股创作和理论几乎同时成熟的强劲的文学思潮"[39]。批评家并没有意识到,他们实际上是带着与"这一个"阿城对话的印象去阅读"另一个"阿城早已创作在先的作品,他们因而也不可能意识到"被阿城遗忘的阿城"之于《棋王》的意义。

在1985年后关于阿城的多篇作家小传、人物专访中,作为寻根作家的阿城形象被添加了更多真实可感的细节:一方面,他是沉迷于民间文化与庄禅哲学的"痴人"。他的家夜不闭户,任何人进出必然被一地的"碎坛子破瓦罐烂空的牛头虫蛀的鹿角还有女人洗澡的油画"[40]震到,"房前有一小块似小院般的空旷,很像打坐念经晨扫的圣地"[41],"听阿城说话,就是像参禅,而我们又都缺乏慧根,只感到有光明透来,却觉悟不得"[42],"1986年,阿城在聊天时已喜欢竖起一根手指移来移去的动作"[43]。另一方面,他又是不耻于谈饮食男女、为生计奔波的手艺人。赵玫细致地描绘了阿城的用心于"吃","从极洋的沙发背后的一个极土的水缸里舀水煮面,又用一只极大的蓝花海碗盛了,俨然一个行家。煮熟的面条重重叠叠,盈于碗上且冒着热气,阿城便径自蹲在极洋的沙发上,吃将起来,且吃得专注,旁若无人"[44]。在这些描述中我们可以发现,"这一个"阿城已经完全被洗去了知青一代的历史烙印。我们不能据此说阿城是为了获取更高的文学地位"装神弄鬼",但这种形象的确满足了寻根文学热潮中人们在文化感上的想象。

正如开头引文所示,当批评家将《棋王》作为寻根小说来分析时,他们对"王一生"形象的认识越来越趋同于"这一个"阿城,他们愿意相信《棋王》是这个对禅宗有很高修为的阿城考问读者的一道公案,只有接近阿城,才能悟出他笔下的深意。在后来的批评或文学史叙述中,阿城形象与王一生形象的同构被认为是不证自明的,当我们在此基础上去认识寻根作家阿城及其代表作《棋王》时,其实已经不自觉地继承了80年代批评的选择性记忆。我们并没有意识到,批评中的作者形象是被重新塑造的,正是它最终促成了寻根批评对作为知青小说的《棋王》的剥离。

三、作为知青小说的《棋王》:文学思潮与身份重建

在前面的论述中,我反复用到“剥离”一词,意图是要说明在《棋王》被经典化为“寻根”小说之前,无论是当时的批评家还是阿城本人都没有强烈的文化寻根意识,阿城的写作缘起是基于他对自己一段知青经历的人生体悟,而批评家也是在知青文学的范畴内思考它对知青运动史的历史认识,并力图发现它对于如何重建新时期改革语境中知青主体位置的正面意义,只不过这种思考还没有深入下去,就被“寻根文学”的讨论阻断了。指出这一点,并不是要完全否定批评将《棋王》读作“寻根文学”的价值,也不是要将《棋王》简单判定为一篇标准的知青小说。不可否认,《棋王》的确有它溢出传统知青小说写作及现实主义文学成规的部分,因此,值得追问的是,当阿城采取这套另类表述方式去书写自己的知青记忆时,它与以往知青文学对一代人历史经验的态度有何不同?只有在文本分析中重新发现《棋王》之于知青文学的意义,才能进一步思考将《棋王》追认为“寻根”小说的过程中批评存在的问题。

阿城在明确其“文化小说”的主张后常发表一些对于当时文学批评的看法,他一面肯定“好批评也是一种创作”,“不应该用我的小说去要求批评”,一面又认为“他们在说自己的话”,没有真正读懂他的作品:“《棋王》发表以后的评论,我多多少少看过一些,几乎都没有提到第一人称‘我’……《棋王》里其实是两个世界,王一生是一个客观世界,我们不知道王一生在想什么,我们只知道他在说什么,在怎么动作,对于一些外物的反映,至于他在想什么,就是作者自己都不知道,怎么体会呢?另外一个就是我,‘我’就是一个主观世界,所以这里面是一个客观世界跟主观世界的参照,小说结尾的时候我想这两个世界都完成了。”“王一生和叙事者是两个元,最后这个主观叙事者‘我’,他是悟到了。他已经进入一个新的状态了。”[45]虽然阿城有意要将自己的小说描绘为禅宗公案,因而没有解释“我”与“王一生”在小说中的具体意义,但这段有些拗口的表白,确实也提示我们去注意《棋王》中这个带有复调性质的结构设置。

阿城曾在自述中强调:“普遍认为很苦的知青生活,在生活水准低下的贫民阶层知青看来,也许是物质上升了一级呢!”[46]阿城在小说一开场就借王一生之口明确了这种特殊视角的存在,当“我”质疑王一生面对知青离别场景的无动于衷时,王一生说:“你哪儿知道我们这些人是怎么回事?你们这些人好日子过惯了,世上不明白的事儿多着呢!”由于出身差异决定的不同生活态度,很快在“我”与“王一生”关于“吃”的几次对话中体现出来:“吃”对于王一生来说是第一位的,他的信条是“人要知足,顿顿饱就是福”,知青生活有钱有粮因而“不错”;而“我”却耻于谈论自己因饥饿腐蚀理想的过去,抱怨知青生活没书、没电、没电影、闷得无聊,认为“人吃饭,不但是肚子的需要,而且是一种精神需要”。有意思的是,如果说“我”一开始还试图通过讲述杰克·伦敦的《热爱生命》去启蒙“王一生”,更看重对生命崇高意义的追索,那么随着故事的发展,“我”反而开始认同王一生的

人生哲学,“不做俗人,哪儿会知道这般乐趣?家破人亡,平了头每日荷锄,却自有真人生在里面,识到了,即是幸,即是福。衣食是本,自有人类,就是每日在忙这个”[47]。在我看来,阿城在叙述“我”对“王一生”从不理解到认同的过程中,实际上也记录下了他自己对于知青经历的态度转变。如果说此前的知青文学主要还是以“我”的叙事视角试图为知青上山下乡运动中那段青春虚度寻找意义,关心的是如何肯定知青一代的自我价值,那么阿城显然开始倾向于从“王一生”的平民子弟视角,去质疑前者对同一历史经验的自恋式描述,用王一生们必须将关心生计问题摆在第一位的知青生活的凡俗性,去消解前者主要试图为知青史赋予的或英雄化或苦难化的历史想象。可以说,《棋王》之于知青文学的意义正在于此。阿城在原本具有同一性的知青文学话语内部区分出了“我”与“王一生”的不同视角,这实际上暴露出此前知青文学叙述很少反思“谁在讲述”这一问题时可能存在的话语失衡,有可能推进知青文学历史反思的深度。阿城曾在全国第四次作代会上遇到让他极佩服的作家贾平凹,并请他对刚刚发表的《棋王》提提意见,贾平凹说:“知青的日子好过。他们没有什么负担,家里父母记挂,社会上人们同情,还有回城的希望与退路。生活是苦一些,但农民不是祖祖辈辈这么苦么?”[48]贾平凹的读后感将知青话语外部的农民视角呈现出来,其实正延续了阿城创作《棋王》的最初意图,即重新打开已被知青文学写作定型化了的知青史的复杂性与多面性。从这个意义上说,《棋王》的写作的确是“非知青化”的,正如阿城自己所说,在听了贾平凹一席话后“更坚定了我写人生而不是写知青的想法”,但这并不意味着可以将《棋王》从知青历史中剥离出来去理解,因为即使是后来被批评家大力渲染的阿城入世近俗的文化寻根意识,它最初也源起于作为知青作家的阿城对如何认识知青一代历史经验做出的具体回应。

然而正如我在前文中所述,接受了寻根正典意识的批评家恰恰忽略了这一点。之所以会出现阿城所说的无视小说中双重视角的批评盲点,正是因为他们有意要将作为知青文学的《棋王》及其写实性内容剥离出去。当他们着力从文化象征层面以儒道精神诠释王一生的“生道”“棋道”时,他们自然不会再从历史真实层面去比较小说中的其他人物,从他们虽共享知青身份却存在着出身差异的情节设置上追问造成这种人生态度的根本原因。虽然许多批评家都曾指出《棋王》与以往知青文学不同之处在于一种“局外人”式的平淡叙述:“‘文化大革命’中惊心动魄的冤案,家破人亡,求生艰难的惨痛,竟被这般‘无动于衷’地写出”,对一代人“乱离生活”,如“知青们离别时的伤痛,到农场后清汤寡水清苦的生活,‘常常累翻’的劳动,精神生活的贫乏无聊”,也“不作任何渲染、夸张和不表露激动与愤激的叙述态度”,但他们不再愿意花力气在知青文学范畴内解释这种叙述风格的生成机制与文学史价值,而是直接将这种叙述风格归因于阿城对中国传统文化中道家思想的领悟,“在乱世中崇尚淡泊,身处俗世,反而能‘出淤泥而不染’;在消极中体现积极,面对浊世而达到超越的境地”[49]。

最为吊诡的是,在这种剥离式批评中,“我”与“王一生”的等级关系被颠倒过来。如果说作为知青作家的阿城通过寄居于“我”的视角,在对王一生所代表的民间话语的认同中破除了知青一代的知识分子话语权威与历史主体想象,以"老老实实地生活"接受自己在历史进程中的平凡位置,暂时缓解了"文革"创伤与返城后"多余人"体验导致的意义焦虑;那么在后来"文化寻根"的理论倡导中,他又借助对这种世俗生活之文化价值的阐发与命名,进入精英知识生产的中心圈层,重新获得了讲述历史的权力。在王晓明看来,这种悖论可能一开始就隐藏在阿城的创作中,"单单肯定王一生们的平凡普通是远远不够的,他更要进一步从这平凡普通中发掘出真正的深奥和卓拔。就像是一个好胜心极强的小孩子,他非要证明自己最富于教养不可……似乎有两个阿城,一个是力求朴素,一五一十地讲述那些貌似平淡的故事,另一个却面露骄色。刚刚描绘出一个生动的场面,立刻就矜持地刹住话头,只莫测高深地竖起一个手指"[50]。正如我在前面的分析中所示,后一个阿城很快将前一个阿城遗忘了,他不再愿意将《棋王》单纯地当作他知青生活记忆的诚实记录,而是像其他寻根批评家对《棋王》的阐发路径一样,竭力在"王一生"身上发掘一个文化传统。问题是,不管这个被寻回的传统是被五四与"文革"以"现代"为名中断的民族文化,还是被"十七年"社会主义实践与"工农兵文艺"破坏的"世俗之眼"[51],被追认为寻根文学经典的《棋王》都已经不再具备叩问真实历史的能力。

通过批评重心的转移与作者形象的修改,无论是寻根文学思潮还是阿城本人,都完成了一次"华丽"的蜕变:一方面,与《棋王》的经典化过程相似,许多后来被追认的寻根文学代表作其实都有一个居于知青小说题材移动期内的写作前史,但寻根批评却以告别现实主义为名,抹去了它们与此前隶属于伤痕、反思等文学思潮的知青文学写作的内在联系,以表面的断裂将寻根文学置于思潮演进的高峰;另一方面,正是借助于寻根文学思潮制造的文坛变局,像阿城一样,其他寻根作家也在理论倡导与创作实践的来回穿梭中实现了身份转换。知青文学本质上隶属于"青年文学",正如对《棋王》第一轮批评中的现实主义成规所示,它怎么写,直接牵涉到国家对青年一代的意识形态规训,然而早在 1983 年左右,因为返城就业等问题,知青写作中暧昧不明的情绪表达就已经无法应对主流批评的期待了。因此,"寻根作家"之名,实际上使得知青作家从以代际或集体记忆辨识的知青群体中区分出来,从"被教育者"成为拥有较高艺术修养的"文化启蒙者"。就像甘阳在《八十年代文化意识》里所说,"八十年代堪称是最后的'文化人时代',其中的主体是知青一代中的文化人"[52],"寻根"在某种意义上使他们获得了知青一代中的绝对先进性与正当性,使他们不再需要面对文学写作上应当承担的历史包袱。

事实上,许多研究者都逐渐意识到寻根文学的真正书写主体是知青一代作家,像韩少功、郑万隆等人都曾有过一段知青小说的写作前史。在贺桂梅看来,知青文学始终面对的写作焦虑是"这一代人在如何被纳入新时期社会秩序这一问题上存在的主体认同困境":作为曾经的"革命接班人",他们有着强烈的主体意识,但"红卫兵"身份的历史原罪与"接受贫下中农再教育"的那段青春"虚度",又使他们无法在主流秩序中获得相应的主体位置,返城后的"多余人"生活更加剧了他们为知青历史经验寻找一种合法表述的迫切需要。"寻根"因而"成为一次打破也是重建主体的象征行为",他们通过对诗意"乡村生活"

或其中“永恒的民族生存状态”的发现和书写,“为知青一代人构筑了一种超越性的精神归属”[53]。然而问题在于,我们从寻根批评对《棋王》的经典化追认中可以发现,这种新的主体重建其实是以遗忘真实的知青历史经验为前提的,抽象的文化想象在为他们实现文学体制变革走向世界与文学现代化的同时,可能也阻断了他们对作为知青运动发生地的广大农村的客观认识,使他们不再尝试去反思自己曾亲历的那段作为中国社会主义革命实践一部分的当代史记忆。正如程光炜所说:“寻根小说的历史是虚幻的穷乡僻壤和原始边地……这些‘历史’即使有所指涉,但都不关涉或在历史中的人们最深刻难耐的痛苦。也就是说,新时期文学发展到这里已经将主人公与当代史的血缘纽带人为地剪断了。”[54]

我想最后借用贺照田的一段话来概括本文力图完成的工作:“很多人在处理原本内在于我们历史和现实的真问题时,习惯上把其只在某一观念架构中或某一理论、知识脉络中定位,结果,很快这一真问题就被封闭于一理论和知识氛围中,被脱历史脉络和脱现实情境了。这样原本鲜活的问题,就变得抽象和封闭,不再具备向历史和现实直接开放的能力。”[55]在我看来,《棋王》被批评经典化为寻根小说就是这样一个“脱历史化”的过程,因此,只有重新激活被批评剥离出去的知青文学的历史记忆,才能再次打开被固化的《棋王》的意义。

【注释】

①陈思和:《中国当代文学史教程》,282 页,复旦大学出版社 2003 年版。

②⑦仲呈祥:《钟氏父子素描——记钟惦棐与阿城》,载《青年作家》1987 年第 4 期。

③④汪曾祺:《人之所以为人——读〈棋王〉笔记》,载《光明日报》1985 年 3 月 21 日。

⑤夏刚:《潮汐的骚动——1984 年中篇小说巡礼》,载《当代作家评论》1985 年第 3 期。

⑥[加]斯蒂文·托托西:《文化研究的合法化》,44 页,北京大学出版社 1997 年版。

⑧⑫仲呈祥:《棋王》,载《当代文坛》1984 年第 9 期。

⑨臻海:《正因写实,转为新鲜——读〈棋王〉随感》,载《作品与争鸣》1984 年第 12 期。

⑩⑬㉙王蒙:《且说〈棋王〉》,载《文艺报》1984 年第 10 期。

⑪杨庆祥:《〈新星〉与“体制内”改革叙事——兼及对“改革文学”的反思》,载《南方文坛》2008 年第 5 期。

⑭[美]勒内·韦勒克:《文学理论》,252—253 页,江苏教育出版社 2005 年版。

⑮㉜季红真:《宇宙·自然·生命·人——阿城笔下的“故事”》,见《文明与愚昧的冲突》,136、137 页,浙江文艺出版社 1986 年版。

⑯《青年作家与评论家的对话》,载《上海文学》1985 年第 2 期。

⑰辛晓征:《读阿城小说散论》,载《当代作家评论》1985 年第 5 期。

⑱⑳郭银星:《阿城小说初论》,载《当代作家评论》1985 年第 5 期。

⑲李运抟:《饮食后面的心灵——略谈阿城小说中描写人之饮食的意蕴》,载《小说评论》1985 年第 6 期。

㉑阿城:《闲话闲说——中国世俗与中国传统》,29 页,作家出版社 1998 年版。

㉒洪子诚:《作家姿态与自我意识》,34 页,北京大学出版社 2001 年版。

㉓㉕[英]伊格尔顿:《二十世纪西方文学理论》,101—102 页,陕西师范大学出版社 1986 年版。

㉔南帆主编:《文学理论新读本》,68 页,浙江文艺出版社 2002 年版。

㉖我们今天对寻根文学发生学的定位其实并没有跳出寻根文学作家、批评家在当时关于“寻根”意图的说明,即贺桂梅所概括的:“在这一思潮倡导者的自我表述中,‘寻根’是在对西方现代派文学甚至中国现代化进程的某种疑虑或批判意识下发生的。它尝试通过对民族文化传统的重构,来重新确立中国的主体位置,并形成了某种或可称为文化民族主义的新表述。”参见贺桂梅:《“叠印着(古代与现代)两个中国”:1980 年代“寻根”思潮重读》,载《上海文学》2010 年第 3 期。

㉗程光炜:《孙犁‘复活’所牵涉到的文学史问题》,见《文学史的兴起》,68 页,河南大学出版社 2009 年版。

㉘罗强烈:《关于阿城小说的三点思考》,载《文艺研究》1985 年第 6 期。

㉚仲呈祥在 80 年代撰写了多篇阿城传记,其中曾多次摘录《棋王》发表后他与钟氏父子往来的几封书信。1984 年 7 月 21 日钟惦棐致仲呈祥信中提及对阿城的家训,望他在《棋王》发表后“千万不要成为‘文学新贵’。‘新贵’也是自绝于文学之路。要求他还像过去一样,一个破挂包,夜宿车站长凳”。仲呈祥称自己谨遵师命很快将这段话转寄阿城,“不到一周”阿城就回信自述了《棋王》的创作意图,并称“《现代作家》上将有我一篇《卧铺》,届时请指点”。《卧铺》发表于《现代作家》1984 年第 11 期,由此可以推断这封信大约写于 8 月到 11 月间。参见仲呈祥:《阿城之谜》,载《现代作家》1985 年第 6 期;《钟氏父子素描——记钟惦棐与阿城》,载《青年作家》1987 年第 4 期;《阿城印象记略》,载《人物》1989 年第 3 期。

㉛㉞㊻㊽阿城:《一些话》,载《中篇小说选刊》1984 年第 6 期。

㉝王晓明:《不相信的和不愿意相信的——关于三位“寻根”派作家的创作》,载《文学评论》1988 年第 4 期。阿城在云南插队时由范曾推荐回城,并在《世界图书》以工代干,当时月薪仅三十元。

㉟阿城:《话不在多》,载《文汇报》1985 年 4 月 22 日。

㊱阿城:《又是一些话》,载《中篇小说选刊》1985 年第 4 期。

㊲虞金星:《“创作谈”:作为“寻根文学”批评源头之一——兼论“寻根文学”缘起中的裂隙》,未刊稿。

㊳滕固:《阿城的半文化小说》,载《批评家》1985 年第 1 期。

㊴郭银星:《〈棋王〉和〈孩子王〉》,载《文艺评论》1986 年第 4 期。

㊵范小天:《牛眼鹅眼看阿城》,载《青春》1987 年第 5 期。

㊶㊹赵玫:《瞧,这个阿城》,载《文学自由谈》1987 年第 4 期。

㊷王安忆:《寻根二十年忆》,载《上海文学》2006 年第 8 期。

㊸朱伟:《接近阿城》,见《作家笔记及其他》,64 页,江苏人民出版社 2006 年版。

㊺施叔青:《与棋王作者阿城的对话》,载《文艺理论研究》1987 年第 2 期。

㊼在小说的发表版本中,这段话之后还有一句:“可困在其中,终于还不太像人。”阿城曾因编辑意见修改过结尾,对比李陀回忆中《棋王》的原版结尾,这句有些光明的尾巴显然是后来添加上去的。

㊾孟繁华、程光炜:《中国当代文学发展史》(第 2 版),265—266 页,中国人民大学出版社 2008

年版。

㊿王晓明:《不相信的和不愿意相信的——关于三位“寻根”派作家的创作》,载《文学评论》1988年第4期。

51阿城在1985年后的许多访谈或文集中对文化传统的解释,基本就是这两点:一是被五四激进反传统主义破坏的传统民族文化,二是有别于“十七年”工农兵气的民间世俗文化。

52甘阳编:《八十年代文化意识》,4页,上海人民出版社2006年版。

53贺桂梅:《“叠印着(古代与现代)两个中国”:1980年代“寻根”思潮重读》,载《上海文学》2010年第3期。

54程光炜:《新时期文学的“起源性”问题》,载《当代作家评论》2010年第3期。

55贺照田:《制约中国大陆学术思想界的几个问题》,载《当代中国的知识感觉与观念感觉》,9、13页,广西师范大学出版社2006年版。

(原载《南方文坛》2010年第6期)

《南方文坛》2011年度
论文颁奖会暨校园文学座谈会
《NANFANG W

《南方文坛》2011年度优秀论文颁奖会暨校园文学座谈会
《NANFANG WENTAN》2011 NIAN DU YOUXIU LUNWEN BANJIANGHUI JI XIAOYUAN WENXUE ZUOTANHUI
2011 1
青年专号
南方文坛
2011 2
南方文坛
2011 3
南方文坛
2011 4
南方文坛
2011 5
南方文坛
2011 6
南方文坛
中国・南宁
2011年11月

2011 年度

评　委:王彬彬　李敬泽　吴义勤　张燕玲　陈建功　孟繁华　阎晶明

↑洪子诚

↑郜元宝

↑张新颖

↑梁　鸿

↑邵燕君

↑黄　平

获奖词：

一直以大量的阅读、深入的透析，寻找并梳理新世纪错综复杂的文学脉象，使邵燕君成为当下文学批评家之翘楚。本文同样以翔实的资料、鞭辟入里的分析，大胆预言网络文学的未来，并洞见其研究的问题。显示了对这一领域研究难题的突破与创见，呈现出对此研究切实可行的“态度和方法”，视角新颖，富有学术深度和启示意义。

面对网络文学：学院派的态度和方法

邵燕君

中国网络文学的强势发展已经到了不仅打破了主流文坛的一统格局，也逼得学术界不得不正视的时候了。笔者甚至大胆地预言，如照此势头发展下去，十年之后，中国当代文学的主流很可能将是网络文学。

之所以做出如此大胆的预言，不仅因为全球化网络时代的到来不可逆转——包括文学艺术在内的人类文明必须面对印刷文明以来的千年未有之变局，也因为中国网络文学发展的独具特色——正如伴随社会主义文化体制建立起来的作协—文学期刊和专业作家的文学机制目前基本已为全世界独有一样，中国网络文学的兴旺蓬勃也是风景这边独好，而这两者之间有着必然的联系。一方面，由于体制的原因，中国的畅销书机制和动漫产业远不如欧美日韩成熟发达，使得大众文化消费者一股脑地涌向网络文学，而网络文化政策管理的相对宽松，也使各种“出位”的内容可以在这里存身，尤其对本身就属于“网络一代”又在价值观上倾向“非主流”的“80后”“90后”群体具有吸引力。另一方面，伴随社会结构的转型，曾在1950—1970年代以独特方式成功运转、在1980年代焕发巨大生机的主流文学生产机制，进入到新世纪以后，逐渐暴露出严重危机。文学不是在经济社会被正常地边缘化了，而是在一个丧失活力的延续性体制中不正常地圈子化了。无论是作家队伍还是读者队伍都出现了严重的老龄化倾向，缺乏可持续性发展的新陈代谢能力。与此同时，网络文学在十几年的发展中已经自生自发出一套写作—分享—评论一体化的生产机制，这套生产机制在资本和新媒体双重爆发力的作用下，正在高速铺设其基础架构，不但建立起一支无论在数量上还是在覆盖规模上都足与当年“专业—业余”作家队伍匹敌的百万写手大军[①],还利用"粉丝经济"[②]重建了读者与文学的亲密关系。更值得注意的是,这些年来,网络文学完全是在自己打造的营盘上发展起来的,不仅由于是网络这种新媒介形式的出现使得新文学生产机制的生成有了依托可能,也是由于网络作者和读者在文学资源、美学标准和师徒传承等方面都与主流文坛失去了关系,这个断裂是全方位的。也就是说,主流文学对网络文学的失控不仅是体制上的脱钩,也是文化领导权上的丧失。这是我们今天必须正视的。

反思精英标准　理解网络文学

网络文学如此坐大,却一直未得学术界正眼相看。在不少学者看来,网络文学貌似新鲜,实则俗旧——尤其是"全盘类型化"以后,其通俗文学属性几成铁板一块,而且其中一些类型让人明显感觉到黑幕小说、鸳鸯蝴蝶派的气息。这些当年被新文学压下去的旧文类,再兴盛似乎也如沉渣泛起,不足为论。

学术界这种评价所依据的标准无疑是自五四新文学运动建立起来的精英文学标准(或称严肃文学标准),现代学科体系和教育体系的建立也与之共生。在学院派内部,这套精英评价体系几乎是不证自明的。今天,面对网络文学的冲击,我们却需要对其前提进行反思。

正如王德威等人近年对从晚清到五四的文学研究显示的,五四新文学传统的确立与当时"德先生""赛先生"的引进直接相关,背后是对启蒙主义弘扬的科学精神的崇拜。"文以载道"的士大夫传统和"感时忧国"的现实驱动,使五四前辈们化繁为简,弃宽择窄,放弃了自己曾经尝试过的多种文类,选择写实主义为唯一正统[③]。后来现实主义更与马克思主义相结合,在新中国文学体制中被定于一尊。在这里,笔者不想讨论前辈们选择的功过是非,只想说,无论在"现代文学 30 年"、当代文学"一体化"的 20 世纪 50—70 年代,还是 80 年代的新时期,现实主义手法都成功地实现了其文学功能和被要求的意识形态功能。而其成功的基础恰在于,当时的社会都坐落在一套明确完整的理想价值体系里(尽管各时期的蓝本不同)。因为,现实主义文学的核心功能是"客观真实地反映世界"。何为"客观真实"? 如何"透过现象看本质"? 必须有一套社会整体"上下认同"的"镜与灯"。这"灯"里不仅有乌托邦图景,还要有一套可执行的替代性制度,因此才不但能教育民众认识世界,还能切实地鼓舞人民改造世界:富国强兵、建设"新中国"、与世界接轨——现实主义文学在各个历史时期产生的巨大社会动员力和凝聚力,是文学精英和政治精英们确认其严肃文学的价值,并以此贬斥消遣性的通俗文学的资本。

现实主义文学在实现意识形态整合功能的同时,对于个体读者而言,也具有巨大的精神抚慰功能。它使每一个孤独的个体在一个文学的整体世界里获得了定位、归属,尤其是在各个历史时期都特别受普通读者欢迎的"成长小说",它向每一个底层青年许诺,只要勤奋上进,就能在现实社会中以合法(或至少是合情合理)的方式出人头地。这种功能直到 20 世纪 80 年代都有效地发挥着作用,其中最成功的作品是路遥的《平凡的世界》(1986

年)[④]。然而,现实主义的路在路遥这里既是顶点也是转折点。90 年代以后,随着世界格局和中国社会结构发生的重大变迁,支持现实主义的价值系统遭受重创,无论是启蒙主义还是共产主义,甚至中国民间价值观都遭到深层质疑。于是,现实主义向“新写实”转向,“冷也好热也好活着就好”,“为了活着而活着”的福贵和用一张贫嘴打造幸福生活的张大民成为“精神胜利”的平民楷模。到了 2005 年余华出版《兄弟》的时候,代表“时代精神”的是“成功的恶人”李光头,而代表道德良心的宋钢则是在物质和精神上都沦为可怜可笑的乞丐。这其中重要的转型作品是阎真的《沧浪之水》(2003 年),小说沉痛无奈地书写了坚守“君子之风”和“人道主义”的知识分子池大为在现实“操作主义”面前放弃、屈服的必然性,唯其沉痛无奈,更反证了现实法则的不可抗拒。此后的现实主义写作就彻底进入了“狼图腾”的时代,不过“丛林法则”和“坏蛋逻辑”毕竟与和谐社会的主旋律违背,所以,主要在商业文学和网络文学领域大行其道。“主流作家”则退入“纯文学”倡导的“个人化写作”,包括一些号称“时代大书”的鸿篇巨制,本质上也是“小时代”的“小叙事”。这种价值模糊、趣味中庸的“小叙事”实际上是当代“主流文学”的创作主流,加之“专业作家”体制让不少著名作家居于云端,使得“主流文学”虽然仍以“现实主义”为主导原则,但已在各个向度上日益丧失了反映现实的功能。

更深层地反映现实主义困境的是“底层文学”遭遇的困境。2004 年前后兴起的“底层文学”是当代文学自 20 世纪 80 年代中期进入象牙塔以来第一次大规模地转向社会重大现实问题,曾被寄望为“现实主义的复兴”,但却在爆发不久后就陷入困境。根本原因是,这些揭露现实苦难的作品背后没有一套批判现实的价值系统。作家们只能站在朴素的人道主义立场同情“底层”的苦难,却只能哭喊不能呐喊,因为在一个“阶级”被“阶层”取代的时代,无法论证其抗争的合法性。价值系统的缺失不但限制了作品的思想性,也内在伤害了作品的美学效果和快感机制——由于作家在思想上没底气,无法塑造出具有英雄色彩的主人公,现实主义作品中那种最令人期待的高潮情节,也总是推进一半就泄了气[⑤]。于是,再苦难的现实描写都不能形成悲剧感,既不能鼓舞人心,也不能抚慰人心。

就在现实主义写作陷入死胡同的时候,出人意料的,网络文学从另一边绕了过来。大众文化的一个基本功能就是满足主流文化空缺的匮乏。这些匮乏有些是主流价值观排斥压抑的,有些则是主流文化弱化后空缺的。以往我们对网络文学的关注点主要在前者——不错,那些被新文学压抑的旧文类重新成为文学超市的基础货架,被严肃文学鄙夷的消遣娱乐功能被当作基本的商业道德[⑥]。但真正构成今日网络文学发展核心动力并且可能孕育新变的则是后者——尤其在网络文学中新生的也是最居“王道主流”的文类,如玄幻、穿越、耽美等,它们在很大程度上满足的正是当今社会特别缺失的主流价值观。比如,就像西方玄幻小说的兴起,是为了满足启蒙理性杀死上帝之后,人们生活目的意义匮乏一样,中国的玄幻小说也在满足着有关共产主义的宏大叙事解体后,个人的世界归属和终极意义的匮乏;耽美小说[⑦]是在传统言情模式在现代社会受阻之后,“换种说法说爱你”,继续满足人们对纯爱的匮乏;那些回到汉唐宋明的“历史穿越”小说,是在一个梦想

"大国崛起"又普遍"去政治化"的时代,满足公民公开讨论各种制度变革可能的政治参与性的匮乏;就连那些似乎只专注于"打怪升级"的"小白文",也在满足着在学校—家庭—补习班中规规矩矩长大的男孩儿们青春热血的匮乏。这些匮乏,应该说正是属于"80 后""90 后"的"网络一代"特别拥有的。相比他们,前辈们都多多少少在自己现实生活结构中获得了满足,在那一切曾经坚固的东西都烟消云散之后,他们还可以从 20 世纪下载信仰和激情,这些正是今天包括红色"谍战片"在内的"主旋律"影视剧的主要精神资源,而没有这样生活经历和文艺记忆的"网络一代",干脆自己创造。

我并不是想美化网络文学,但认为,如果要理解网络文学,必须先破除一个误区:所谓欲望,就一定是低级欲望;所谓匮乏,就一定是无聊的匮乏。网络文学中自然有很多是赤裸裸地满足读者低级庸俗甚至畸形变态的欲望的,但不是全部。事实上,一种类型发展得越成熟,越受资深粉丝追捧的作品,越具有较高的精神和文学品质。有些欲望和匮乏不仅是正当的,甚至是高尚的,是弱肉强食的现实法则不能包容的欲望,是小康社会的平庸生活不能满足的匮乏。比如,网络文学里有一个特别流行的词叫"有爱",指的是作者对写作本身、对其笔下的人物"有爱",作品里人物之间"有爱",粉丝对作品中的人物"有爱",与作者之间"有爱",等等。因此,网络文学生产所依赖的"粉丝经济",也有研究者称之为"有爱的经济学"[8]。"有爱"这样的概念,在当代文学创作中已经多少年不存在了?自从现实主义写作遭遇困境,同时大量写实作家东施效颦地模仿现代派写作之后,真善美的价值系统就在文学中分离了。当我们责备"网络一代"过于现实功利、缺乏理想激情和崇高美感的时候,有没有反思过是谁把这样一个精神荒芜的世界留给他们的[9]?

也只有在平等尊重的前提下,我们才能从积极的角度理解网络文学的两个重要概念:"爽"和"YY"[10]。"爽"是网络文学发展最基本的动力,"YY"是最基本的手法,但也一直受到精英体系最严厉的批判,认为这是一种对现实的逃避和自我麻醉沉溺。这里确实凸显了两种文学观的根本对立。从本质上说,通俗文学是追求"快感"的,严肃文学是追求"痛感"的。虽然双方都明白"不痛不快"的道理(网络小说的"爽"里也包含"虐"),但目的和手段的定位是不同的。严肃文学以挖掘痛感为目的,因为痛会引起疗救的注意,从而达到改造世界的根本目的。而恰恰是这个"改造世界"的前提是网络小说的作者和读者不认同的。所以,他们也不会在一个"严肃—通俗"的序列里接受自己的次等地位和精英的指导批评。在他们看来,既然"铁屋子"无法打破,打破后也无路可走,为什么不能在白日梦里"YY"一下,让自己"爽"一点?这个"白日梦"并不像琼瑶类的传统通俗小说那样天生带有"弱智"色彩,而可能是清醒者的自我麻醉。高级阶段的"白日梦"可以带有乌托邦的色彩,但又不等同于现实主义文学中作为"灯塔"的乌托邦,而是个可以与现实社会并存互动的"异托邦"——在这里现实主义可能产生新的变种,我姑且称之为"异托邦"里的"新现实主义"。

“异托邦”里的“新现实主义”

王德威不久前在将刘欣慈的科幻小说《三体》放到晚清以来的文学史中解读时,借助福柯20世纪60年代提出的“异托邦”概念,分析科幻小说在当下社会中的意识形态功能,其理论和方法对以类型小说为主体的网络文学研究有着直接的启发性和参照性[11]。

按照王德威的归纳,“异托邦”(heterotopias)指的是我们在现实社会各种机制的规划下,或者是在现实社会成员的思想和想象的触动之下,所形成的一种想象性社会。它和乌托邦(utopia)的区别在于,它不是一个理想的、遥远的、虚构的空间,而是有社会实践的、此时此地的、人我交互的可能。“异托邦指的是执政者、社会投资者或者权力当局所规划出的一种空间。在这个空间里,所谓正常人的社会里面所不愿意看到的、需要重新整理、需要治疗、需要训练的这些因素、成员、分子,被放在一个特定的空间里。因为有了这个空间的存在,它反而投射出我们社会所谓‘正常性’的存在。”“异托邦”可以是监狱、医院、学校、军队,也可以是博物馆、商场、主题公园。当然,也可以是科幻小说。王德威借助“异托邦”的概念想强调的是:“科幻文学作为一种文类,带给我们乌托邦、恶托邦的一些想象空间。还有,这种文类存在于我们的文学场域里面,它本身的存在就是一种异托邦的开始。它不断刺激、搅扰着我们:什么是幻想,什么是现实,什么是经典或正典以内的文学,什么是次文类或正典以外的文学,不断让我们有新的思考方式。”

“异托邦”的概念确实为网络文学的研究打开了一扇理论窗口。其实,网络小说的各种类型,尤其是那些超离现实的幻想类型都和科幻小说一样,是一种“异托邦”。如果说现实主义创作遭遇困境的根本原因在于从现实逻辑到通往乌托邦想象的道路受阻,那些超离现实的幻想小说则可以通过打造一个“第二世界”[12]使受阻的愿望得以实现。相对于现实主义小说作者,幻想类小说作者拥有一个最大的特权,就是在其营造的“第二世界”里,自己可以成为立法者。但是这个立法者并不像上帝那样具有绝对的权力,特别在“高度幻想的幻想文学”(high fantasy)[13]里,“第二世界”内部必须有严密的逻辑体系,而其逻辑法则必须以现实世界的逻辑法则和读者的愿望为参照,否则就不可能产生真实感和满足感。网络小说一直被诟病为装神弄鬼、脱离现实,其实,越是在架空、穿越、玄幻的“第二世界”,越需要强大的“现实相关性”作为读者的精神着陆点。营造一个可以在现实中存在、互动的“异托邦”,这正是网络小说介入现实的方式。所以,对网络小说的研究,最重要的不是分析他们虚构了一个怎样的世界,而是这个虚构的世界投射了他们对现实的怎样认识,以及他们讲述这种认识的方法。

经由这个路径,我们可以从一个更具开放性的文学史视野纳入网络文学的研究,甚至可以内怀精英目光为网络文学分级定位。如何区分一部类型小说是普通的大众通俗作品还是有着精英引导性的经典作品?用网络语言说,如何区分“大神之作”和“大师之作”?关键就要看作者在其创建的“第二世界”里如何立法。一般的作者其实只能复制现实逻辑,然后修改某些参数,让读者“爽一把”。比如,在一个“狼吃羊”的社会里,让一个个平时为羊的读者跟随被赋予“超能力”的“猪脚”(网络语,即主角)一路嚣张,随心所欲。但这样的“爽”只能给读者带来暂时的满足感，却进一步强化了“羊只能被狼吃”的现实逻辑。只能复制现实逻辑的作者技法再高也仅仅是“大神”级的。而“大师”不仅是“大神”技巧的集大成者，更是真正的“立法者”——在参照现实逻辑打造一个高度仿真的“第二世界”之后，通过一系列的文学手段让读者在信服认同中完成对现实逻辑的颠覆，于是，正义匡扶，大快人心——这就是金庸大师曾经达到的境界。要达到这样的境界，不仅需要文学功力，更需要精神情怀。从某种意义上说，那些经营“第二世界”的“大师作者”和西方理论界“六月风暴”后退回书斋的“大师学者”之间有异曲同工之处，都是在不能颠覆现实秩序之后颠覆文字秩序。不过，通俗文学界的“大师”是“大众的大师”，“大师”的诞生不是天才降生，而是读者孕生。也就是说，“大师时代”的来临，意味着配得上“大师”的读者群形成了。

中国网络文学发展十余年来基本处于“大神阶段”，但非常令人惊喜的是，最近一两年，开始出现有大师品相的作品。我这里特别推介猫腻的《间客》，这部 2010 年起点中文网男生频道推选的年度作品（2011 年连载完）在网络文学发展史上具有标志性意义。小说在玄幻的背景下讲述了一个小人物许乐的成长故事，经过一系列的奇遇和磨难，主人公不但人生大放异彩，而且始终保持着道德的纯洁和内心的完整。相比作者 2008 年走红的《庆余年》，《间客》在思想境界上有着质的飞跃，主人公不再为了自己和亲人的利益不择手段，而是始终在人类终极关怀的意义上听从着道德良心的要求。由于主人公身处的背景有着极强的现实相关性和前沿性（那个虚构的联邦很像中国人想象中的美国，而且是金融危机之后寡头政治浮出水面的美国），因此，作者可以在一个很高的起点上讨论诸如个人自由与国家责任、联邦精神与家族利益、神圣目的与卑劣手段、绝对正义与局部妥协之间的悖论问题。小说的调子恢宏而明朗——在各种权力和隐形权力、规则和潜规则复杂博弈的背景下，以主人公明朗乐观的性格、简单率性的行为方式（通常是直接暴力）和光辉灿烂的人生结局笃定地告诉读者：“内心纯洁的人前途无限”。于是，“小人物”的一腔不平之气得以舒张，人们心中的“道德律”终于又得平安地落回“头顶星空”的照耀之下（康德的那句名言被列为小说的卷首语）。这位被称为“老猫”的年轻作者虽然并不是当前网络文学中最火的作家，但在精英粉丝中深受拥戴。从《庆余年》到《间客》，作品境界的提升并不只是作者个人的飞跃[14]，而是显示着从 2008 年奥运会前的高歌猛进到地震雪灾、金融危机之后的国民整体心理转向。在大灾难大危机之后重新考虑生命的意义，重新树立对人类基本价值观的信仰至少成为一部分人的精神趋向。

在目前的网络文学中，像《间客》这样的作品尚属凤毛麟角，甚至可称“孤本”，但却是特别值得精英批评者关注的写作倾向。从中我们可以尝试总结出几个“异托邦”中的“新现实主义”的核心要素。第一，它不是客观真实地反映现实，但却要精确深刻地把握现实逻辑，并将读者的深层欲望和价值关怀折射进小说创造的“第二世界”。第二，作为“高度幻想的幻想文学”，“第二世界”自身需有严密的逻辑系统，这个系统是在参照现实逻辑的基础上“重新立法”，重塑具有超越性、引导性的价值观。第三，现实逻辑和想象力逻辑相互渗透,为满足读者"爽"的目的,允许"YY"[15]。

通过建构一个"第二世界"并在其中重新"立法","异托邦"中的"新现实主义"突破了传统现实主义的价值观困境。许乐是一个如孙少平一样的从底层走出的大好青年,但在池大为那里无论如何也跨不过去的"坎儿",他轻易就跨过去了。因为,作者在赋予他强大的道德系统的同时,更为他配备了超强的神秘能力系统。他可以把所有级别的李光头打倒在地,从而使宋钢成为欢乐英雄。于是我们看到,在现实主义小说中受到阻遏的美感快感通道得以疏通,在酣畅淋漓的叙述中,"大写的人"重登神坛。意识形态整合功能也得到替代性修复——当然是在"异托邦"的意义上——没有人会以许乐同志为榜样,所有那些许乐在小说中"不忍"的,都是我们在现实生活中必须忍的。小说提供了一套不同的价值系统,里面有了敬仰、爱和温暖,但仍旧是一副麻醉剂。高级的"爽"能让人更好地"忍",所以,这样的"异托邦"不但是可以与现实社会并存的,甚至是被需要的,因为它既是反抗的,又是安全的。

"异托邦"的"新现实主义"在网络文学出现确实搅扰了我们的文学秩序,让我们不得不重新思考,什么是正统的,什么是非正统的?什么是严肃的雅文学,什么是消遣的俗文学?它们之间的界限如何划定?对于这些问题的探讨势必不局限于网络文学研究领域,而是整个当代文学研究不能回避的。

创建网络批评独立话语

从"文化研究"到"文学研究"

只有在反思精英标准、理解网络文学的基础上,我们才可能真正进入网络文学的研究。目前的网络文学研究存在着几种有问题的倾向。一种是盲目西化,照搬西方的"超文本"理论,偏于抽象化和观念化,与中国的实际情况不搭界。另一种是精英本位,以一种本质化的"文学性"来要求网络文学,结论必然是其缺乏艺术性和精神深度。从文化研究的角度,尤其在理论资源的援引和立场上,也存在着几种类似的问题倾向。一种是对后现代理论的简单套用;一种是对法兰克福学派大众文化批判立场的惯性继承;还有一种是,过于简单地肯定文学的娱乐性和逃避现实的特征,某种意义上是大众文化批评的颠倒。所谓提问的问题和提问的方式影响着答案,这样的研究基本是外在于网络文学的,不可能挖掘出其潜力。

为了突破目前的研究困境,需要探索一条新的理论与实践相结合的路径。针对这个问题,2011 年 6 月北大中文系韩国留学生崔宰溶博士答辩通过的博士论文《网络文学研究的困境与突破——网络文学的土著理论与网络性》[16]提出的一些观点非常具有启发性。特别是他深入阐发的"介入分析"的方法对于当下的研究有很强的可操作性。

"介入分析"的概念是美国学者亨利 · 詹金斯(Henry Jenkins)提出的,这与其说是概念,不如说是一种研究态度和文化实践,即更积极地接近和参与文化研究对象的态度。研究者是以"学者粉(aca-fan)"的身份自命的,在研究文章中不仅大量引用一次性资料(粉丝们自己写的文章),还直接参与有关讨论。"学者粉"们的工作,实际是在学院派的学术理论和精英粉丝的"土著理论"之间架一座桥梁,彼此对话和翻译。学术理论会给网络文学的享受者提供更加准确犀利的语言。反过来,网络文学的享受者会给学术研究者提供更加贴实的洞察力和我们经常缺乏的"局内人知识"(insider knowledge)。对话双方的地位是平等的,但从哪里做起很重要,在这个问题上,笔者也特别赞同崔宰溶博士的观点,要从精英粉丝的"土著理论"开始。原因是,在目前的学术理论并没有一种贴合网络文学实际情况的前提下,从理论出发的研究会陷入封闭性循环——研究者只看到他们想看到的。而从"土著理论"的概念切入,则可以从内部去把握其现实。崔博士设计的"善循环"是:首先,理论研究者向网络文学的实践者,特别是精英粉丝们学习,倾听他们几乎是本能地使用着的"土著理论",然后,将它们加工(或翻译)成严密的学术语言和学术理论,最后,将这个辩证的学术理论还给网络文学。

在这个过程中,我们必须创建出一套专门针对网络文学研究的批评话语系统。如果我们将一套传统文学的学术术语和概念直接植入网络文学的研究中,自己写来得心应手,却不能被网络读者接受,结果很可能是自说自话,不能融入网络文学生态。崔宰溶博士在他的论文中也谈到,学院学者必须警惕一种文化殖民的倾向,他还举了一个非常生动的比喻:学者们应该首先把自己当成一个外地人,而不是殖民者。面对难懂陌生的语言,首先是学会,然后是翻译。这样的翻译、整合中必然有许多保留和创新,然后形成一种独立的网络文学批评语言系统。这套批评话语应该是既能在世界范围内与前沿学者对话,也能在网络文学内部与作者和粉丝对话。

目前的网络文学研究大都采取文化研究的方法。文化研究固然是特别适合于网络文学研究的方法,但时至今日,我以为该到了我们进入"文学研究",打"阵地战"的时候了[17]。从中国网络文学的实际创作情况出发,那些在传统文学领域已嫌过时的研究方法,在这里未必不适用。比如,面对靠"大神"支撑的各大网站,在罗兰·巴特的意义上讨论"作者已死"意思不大,同样,网络文学也绝不是什么碎片化的、零散化的,而是充满了各种结构完整的"宏大叙事"。如果搬出"主题分析""人物分析"等传统的十八般武艺,再加上一定的文化研究的视野来开垦这片学术荒地,一定能颇有斩获。其实,这也正是草根的"精英粉丝"们自发自觉的研究路数。而学院研究者的进入可以带进文学史的坐标系和文学理论的资源,可以在对比中考察什么是变了的,什么是没变的,什么是有意味的新变。

事实上,一旦进入网络文学研究,我们不可能墨守成规,一定会根据研究对象的变化而自然地(或要求自己自觉地)调整研究方法。比如对网络文学的一个重要特征"网络性"的认识。不同于纸媒文学的写作—发表—阅读—评论方式,网络文学的生产—分享是一种几乎同时发生的集体活动——每一部热门的网络小说在它连载一两年的时间里,都会有大量的铁杆粉丝日夜跟随。粉丝是作者的衣食父母,也是诤友兄弟。他们的指手画脚时时考验着作家的智力和定力,也给予其及时的启迪刺激。网络作家之所以能够长期保持如此"非人"的更新速度,不仅是迫于压力,也是因为很多时候处于激情的创作状态。

而相比金庸时代的报刊连载,网上的交流空间更像古代的说书场。一部吸引了众多精英粉丝跟帖的小说是集体智慧的结晶,作者像是总执笔人。想想中国绝大多数古典名著的诞生方式,这未必不是诞生伟大的中国小说的特色道路。这样的"作品研究"就需要加上跟帖、"同人"[18]创作等,而在这样的意义上讨论"作者已死"也才更具有中国特色的理论意义。

以上的研究态度和方法,需要我们在具体的研究实践中探索其有效性。从一个更长远的角度看,这套批评话语系统的建立不但对网络文学研究有效,也将促进中国学术界原创批评理论的建设。百年以来,中国文学从创作到批评都是跟随西方亦步亦趋,而网络文学的兴盛局面目前确实中国一家独有。这逼迫我们必须在理论上自力更生,也提醒我们该是中国理论界为世界文学理论的建设做出贡献的时候了。

最后,回到文章开头笔者的大胆预言。我之所以认为照目前的态势发展下去,十年之后,中国当代文学的主流很可能将是网络文学,并不是出于媒介崇拜,而是认为这里有活的文学机制和新的文学样式。我也不认为在网络时代精英就必然要被"去"掉、"化"掉,相反,越是在资本横行、大众狂欢的时代,越需要建立精英标准,而这正是学院派的义务。或者可以说,这是网络时代对当代文学研究的从业者提出的新要求。在我个人的文学理念里,良好的文学生态是一个塔尖和塔座互认互动的金字塔。如果以大众文学为主体的网络文学已经不认号称"纯文学"的"主流文学"的领导地位了,精英的塔尖有没有可能从它自身生长出来?这就需要学院派能够介入性地影响粉丝们的"辨别力"和"区隔"[19],将自己认为的优秀作品和优秀元素提取出来,在点击率、月票和网站排行榜之外,重建一套具有精英指向的评价标准体系。要想让这套标准体系真正产生影响力,它必须得是重建的——和创建新文学理念和地基的五四前辈们不同,我们身处的金字塔尖已经悬空。所以,先要走出来,进入人家的地盘,再寻找工具和方法。

【注释】

①据中国作家协会专门负责与文学网站联系并追踪观察网络文学多年的马季先生的调查研究,"现在全国大约有一万家的文学网站和社区,从事各种形式网络写作的人有千万以上,排除了重复注册等因素,经常写作、有签约的作者大概有100万,其中一万到两万人能从中获得经济收益,3000到5000人从事专职写作。专职写作的这部分人收入稳定,月收入少则一两千,多则10万元以上,甚至有个别月收入20万元以上的网络作家。整体来看,专职作者的分布呈梭形,两头小,中间大,月收入三五千的最多"。他还特别强调:"我们能注意到,传统写作者大部分居住在一线、二线城市,而网络写作者分布极其广泛,很多在小县城,甚至边远山区。"《网络写作:意义超越任何一次文学革命——访中国作协网络文学专家马季》,载《中国社会科学报》2011年1月25日。

②"粉丝经济"是约翰·费克斯在粉丝文化研究奠基性论文《粉都的文化经济》(收入陶东风主编《粉丝文化读本》,北京大学出版社2009年2月版)中提出的概念,他认为生产力和参与性是粉丝的基本特征之一。粉丝的生产力不只局限于新的文本生产,还参与到原始文本的建构之中。以后的粉丝文化研究者也倾向认为,"粉丝经济"最大的特点是生产—消费一体化,粉丝既是"过度的消

费者”，又是积极的意义生产者，于是产生了一个新词：粉丝“产消者”（prosumer，由 producer 和 consumer 两个单词缩合而成）。

③王德威：《被压抑的现代性》，见《想像中国的方法：历史·小说·叙事》，3-19 页，生活·读书·新知三联书店 1998 年版。

④路遥不但塑造了孙少平这样出身乡土、心存高远的“当代英雄”，而且提供了一套“黄金信仰”：勤劳能致富，好人有好报。这套源于民间价值的信仰因为小说恰好创作于 20 世纪 80 年代中期农村土地承包的“黄金时期”，因而有了制度基础，加上路遥以命相抵的真诚和大量精雕细琢的细节描写，成功打造了一个高度逼真的梦想世界。该书是新时期以来在民间流传最广最久的文学作品，甚至是唯一对网络作家有深切影响的作品，后文推介的《间客》后记中作者称“我最爱《平凡的世界》”，是其学习的两大样板之一。

⑤曹征路的中篇《那儿》（2004 年）或许可称唯一的例外，小说的美学成功恰恰建立在特殊的题材和视角上，使小说具有了明确的价值支撑和批判指向。而在其长篇《问苍茫》（2008 年）里，由于面对的问题更加复杂，同样出现了由于思想困境造成的美学内伤。参见笔者《从现实主义文学到“新左翼文学”》，载《南方文坛》2009 年第 2 期。

⑥颇有代表性的是网络作家南派三叔主编的小说杂志《超好看》（2011 年 8 月创刊，磨铁图书有限公司出品，青海人民出版社出版），其宣传口号赫然是“凡是不以好看为目的的小说就是耍流氓，做最好看的小说月刊”！据称首印 50 万册第二天即断货。郭敬明主编销量稳定在 50 万册左右的《最小说》，韩寒主编的《独唱团》、安妮宝贝主编的《大方》首期销量都超过 100 万，这从另一方面反证，主流文学期刊读者流失的主要原因不在媒介革命而在机制危机。见《南派三叔〈超好看〉出版 畅销作家当主编成趋势》，载《法制晚报》2011 年 8 月 9 日。

⑦“耽美”一词最早是出现在日本近代文学中，为反对“自然主义”文学而呈现的另一种文学写作风格，日文发音“TANBI”，本义为“唯美、浪漫”之意，耽美即沉溺于美，一切可以给读者一种纯粹美享受的东西都是耽美的题材，BL（Boy's Love，即男男之爱）只是属于耽美的一部分。但就目前而言，我们提及耽美 99%指的是与 BL 相关的文化现象，“耽美”也就被引申为代指男性之间不涉及繁殖的恋爱感情。这种感情是“女性向”的，不仅作者和受众基本是女性，而且对立于传统文学的男性视点，纯粹从女性的审美出发，一切写作的目的都是为了满足女性的心理、生理需求。中国网络文学中的耽美文学深受日本动漫影响，但也形成了自己的风格。有关耽美文学的发展流变、快感机制和接受心理分析，可参阅吴迪《一入耽美深似海——我的个人“耽美·同人”史》，载《网络文学评论》2011 年创刊号，花城出版社出版。

⑧这个概念是参加我在北京大学开设的网络文学研讨课的林品（中文系在读博士生）提出来的，主要观点是：在 Web2.0 时代，一方面，网友们可以利用便捷的“转发”“分享”机制，急剧放大那些令他们感到“有爱”的网络文学作品的传播效应；另一方面，作为“粉丝”的网友们也会出于对某些既有作品或素材“有爱”，无偿地花费巨大的心力，去创作大量的“同人”或“同类型”作品，极大地丰富了网络文学的样貌，极大地增长了网络文学的产量。可以说，“有爱”，既是网络文学最重要的传播动力，也是网络文学最重要的生产动因；而这些网友自发的、无偿的“分享”与“创作”，又是诸多网站增加点击率、获取流量、提升经济效益的重要源泉。

⑨这是在一次我和学生们的深入讨论中，一位“80 后”女生在课下邮件中提出的质问，当时看

到,震动不已。

⑩"爽"和"YY"的含义都很复杂,需要从上下文的语境中理解。简略来说,"爽"不是单纯的好看,而是一种让读者在不动脑子的前提下极大满足阅读欲望的超强快感,包括畅快感、成就感、优越感,等等。"YY"即汉语"意淫"的拼音首字母,发音为"歪歪"。此语源于曹雪芹的《红楼梦》,意指在不通过身体接触的前提下,视觉所见后通过幻想达到心理极大满足的行为。网络用语中的"YY"不一定和性有关,泛指一切放纵幻想的白日梦。更多的含义可参考百度百科的介绍。

⑪王德威先生于2011年5月17日在北京大学做了题为《乌托邦,恶托邦,异托邦——从鲁迅到刘慈欣》的演讲,演讲稿见《文艺报》2011年6月3日、6月22日、7月11日分三期连载。

⑫"第二世界"的概念最早是由《魔戒》的作者托尔金提出来的,相对于"第一世界"即神创造的现实世界。在这里,人代替了神,用神赋予的想象力创造了一个新的世界。

⑬幻想文学分为"低度幻想的幻想文学"(low fantasy)和"高度幻想的幻想文学"(high fantasy)。前者虽然能够拥有较为宏大或者新奇的世界观,但却会呈现出一种混乱的姿态,缺乏内在的联系。后者内部则呈现出高度而严密的内在一致性,能给人带来真实般的感受。前者虽然也有成功之作,但成熟之作和经典之作基本是后者。

⑭在《间客》之前,猫腻曾著有《朱雀记》和《庆余年》。其中《朱雀记》获得2007年新浪原创文学奖玄幻类金奖。他曾用马甲号"北洋鼠"写过《映秀十年事》,汶川地震后慨叹"映秀十年事,生者庆余年"。

⑮庄庸在论文《中国网络文学十年的"关键点"》(《网络文学评论》2011年创刊号)中详细界定、辨析了网络文学中的"新现实主义""伪现实主义"的概念及其与传统现实主义的区别。庄庸博士多年观察研究网络文学,颇多洞见发人深省,可称目前网络文学研究界非常难得的"草根学者"。无论对于我本人的研究转向还是对北大网络文学课程的建设,庄博士都给予了极重要的帮助支持,在此深表感谢。有关《间客》的解读及其中蕴含的"新现实主义"要素特征,我们曾深入讨论,彼此多有激发。由于具体表述不同,公开发表时间又相近,相约不互相引用。

⑯韩国学者崔宰溶博士的这篇论文对于当下中国网络文学的研究有特别及时的指导意义,作为中国研究者,对此深表感谢。同时,崔博士在论文中对笔者在论文《传统文学生产机制的危机和新型机制的生成》(载《文艺争鸣》2009年第12期)表现出的对法兰克福精英立场的惯性继承有中肯批评,促成本人研究态度的转向,也特表感谢。

⑰当然,这立即会涉及一系列纠结的概念,比如,在"作者已死"的概念已经狙击传统作者研究多年之后,如何研究"网络写手"意义上的作者?在"超文本"的网络时代,如何界定"作品"?作品(work)与文本(text)、超文本(hyper-text)的关系是什么?这些问题确实需要一些学者进行理论上的廓清,但与此同时,我主张研究者不妨就以传统的作家作品研究的方法进入,先做起来再说。

⑱"同人"创作指的是粉丝们根据原有文本进行的自发创作,至少创作时具有非商业性。

⑲辨别力(discrimination)与区隔(distinction)也是约翰·费克斯提出的粉丝的基本特征之一。粉丝会非常敏锐地区分作者,推崇某些人,排斥某些人,在一个等级体系中将他们排序,这对于粉丝是非常重要的。参见约翰·费克斯《粉都的文化经济》。

(原载《南方文坛》2011年第6期)

获奖词：

本文以沈从文传统的新立论入手，分别从通、续、连、接的别样角度，讨论沈从文传统在《活着》《秦腔》《天香》三部长篇小说中的回响。尤其作者不止于对作家作品的关系描述，而是对当代中国小说创作中的倾向性问题进行了总结和判断，独特而有见地。精准的文本细读、沉静的思辨评析与深切的敏感描述，显示了一个优秀批评家良好的素质与才情。

中国当代文学中沈从文传统的回响

——《活着》《秦腔》《天香》和这个传统的不同部分的对话

张新颖

一、沈从文传统在当代

要说沈从文的文学对当代创作的影响，首先一定会想到汪曾祺，这对师生的传承赓续，不仅是20世纪中国文学史上难得的佳话，其间脉络的显隐曲折、气象的同异通变，意蕴深厚意味深长，尚待穿过泛泛之论，做深入扎实的探究。这里不谈。

还会想到的是，自20世纪80年代沈从文被重新“发现”以来，一些作家怀着惊奇和敬仰，有意识地临摹揣摩，这其中，还包括通过有意识地学汪曾祺而于无意中触到一点点沈从文的，说起来也可以举出一些例子。不过这里出现一个悖论，就是有意识地去学，未必学得好；毋庸讳言，得其形者多有，得其神者罕见。这里也不谈。

如果眼光略微偏出一点文学，偏到与文学关系密切的电影，可以确证地说，侯孝贤受沈从文影响不可谓小，这一点他本人也多次谈起过；台湾的侯孝贤影响到大陆的贾樟柯，贾樟柯不仅受侯孝贤电影的影响，而且由侯孝贤的电影追到沈从文的文学，从中获得的教益不是枝枝节节，而是事关艺术创作的基本性原则[①]。这一条曲折的路径，描述出来山重水复，柳暗花明。这里也不谈。

这么说来，你就不能不承认有这么一个沈从文的传统在。说有，不仅是说曾经有，更是说，今天还有。沈从文的文学传统不能说多么强大，更谈不上显赫，但历经劫难而不死，还活在今天，活在当下的文学身上，也就不能不感叹它生命力的顽强和持久。这个生命力,还不仅仅是说它自身的生命力,更是说它具有生育、滋养的能力,施之于别的生命。

这篇文章要讨论的三部长篇小说,是20世纪90年代迄于今日的文学创作中极具代表性的作品,按照时间顺序,最早的《活着》(1992年)已经有20年的历史,《秦腔》(2005年)出现在新世纪第一个十年当中,《天香》(2011年)则刚刚问世不久。这三位作家,余华、贾平凹、王安忆,在当代文学中的重要性和影响力自然无须多说;需要说的是,他们三位未必都愿意自己的作品和沈从文的传统扯上关系,事实上也是,他们确实未必有意识地向这个传统致敬,却意外地回应了这个传统、激活了这个传统。有意思的地方也恰恰在这里,不自觉的、不刻意的,甚至是无意识的关联、契合、参与,反倒更能说明问题的意义。这里我不怎么关心"事实性"的联系,虽然这三位不同程度地谈过沈从文,但我不想去做这方面的考辨,即使从未提起也没有多大关系;我更感兴趣的是思想和作品的互相认证。

在此顺便提及,阿来在2005年到2008年出版的三册六卷长篇小说《空山》,本来也应该放在这篇文章里一并讨论,《空山》和沈从文文学之间对话关系的密切性,不遑多让;但考虑到涉及的问题多而且深,在有限的篇幅内难以尽言,所以留待以后专文详述。

二、活着,命运,历史以及如何叙述

《活着》写的是一个叫福贵的人一生的故事,一个普通的中国人在20世纪的几十年中的苦难。说到这里自然还远远不够,不论是在20世纪中国人的经验中,还是在这个世纪的中国文学书写里,苦难触目即是。这部作品有什么大不一样?

在1993年写的中文版自序里,余华说:"写作过程让我明白,人是为活着本身而活着的,而不是为了活着之外的任何事物所活着。我感到自己写下了高尚的作品。"[②]1996年韩文版自序重复了前一句话。余华解释了作为一个词语的"活着"和作为一部作品的《活着》:"作为一个词语,'活着'在我们中国的语言里充满了力量,它的力量不是来自喊叫,也不是来自进攻,而是忍受,去忍受生命赋予我们的责任,去忍受现实给予我们的幸福和苦难、无聊和平庸。作为一部作品,《活着》讲述了一个人和他的命运之间的友情,这是最为感人的友情,因为他们互相感激,同时也互相仇恨;他们谁也无法抛弃对方,同时谁也没有理由抱怨对方。他们活着时一起走在尘土飞扬的道路上,死去时又一起化作雨水和泥土。"[③]

这里至少有两点需要特别提出来讨论:一是人活着是为了活着本身;二是人和命运之间的关系。

现代中国文学发生之始,即以"人的文学"的理论倡导来反对旧文学,实践新文学。新文学对"人"的发现,又是与现代中国的文化启蒙紧密纠缠在一起的。"人"的发现,一方面是肯定人自身所内含的欲望、要求、权利;另一方面则是探求和确立人生存的"意义"。也就是说,人为什么活着,成了一个问题。为了解决这个问题,就要找到并且去实践活着的"意义"。这个问题在某些极端的情形下,甚至发展出这样严厉的判断:没有"意义"的生命是没有价值的,是不值得过的。

但是极少有人去追问,这个"意义"是生命自身从内而外产生出来的,还是由外而内强加给一个生命的?更简单一点说,这个"意义"是内在于生命本身的,还是生命之外的某种东西?

不用说,在启蒙的新文化和新文学的审视眼光下,那些蒙昧的民众的生命"意义",是值得怀疑的。他们好像不知道他们为什么活着,应该怎样活着。新文学作家自觉为启蒙的角色,在他们的"人的文学"中,先觉者、已经完成启蒙或正在接受启蒙过程中的人、蒙昧的人,似乎处在不同的文化等级序列中。特别是蒙昧的人,他们占大多数,他们的状况构成了中国社会文化的基本状况。而这个基本状况是要被新文化改变甚至改造的,蒙昧的民众也就成为文学的文化批判、启蒙、救治的对象,蒙昧的生命等待着被唤醒之后赋予"意义"。

按照这样一个大的文化思路和文学叙事模式来套,沈从文湘西题材作品里的人物,大多处在"意义"匮乏的、被启蒙的位置。奇异的是沈从文没有跟从这个模式。他似乎颠倒了启蒙和被启蒙的关系,他的作品的叙述者,和作品中的人物比较起来,并没有处在优越的位置上,相反这个叙述者却常常从那些愚夫愚妇身上受到"感动"和"教育"。而沈从文作品的叙述者,常常又是与作者统一的,或者就是同一个人。从这个对比来看沈从文的文学,或许我们可以理解沈从文私下里的自负。什么自负呢?1934 年初他在回故乡的路上,给妻子写信说:

> 这种河街我见得太多了,它告我许多知识,我大部提到水上的文章,是从河街认识人物的。我爱这种地方、这些人物。他们生活的单纯,使我永远有点忧郁。我同他们那么"熟"——一个中国人对他们发生特别兴味,我以为我可以算第一位!……我多爱他们,五四以来用他们作对象我还是唯一的一人![④]

五四以来以普通民众为对象来写作,沈从文当然不是"唯一的一人",也不是"第一位",但沈从文之所以要这样说,是因为那种"特别兴味",是因为他们出现在文学中的"样子":当这些人出现在沈从文笔下的时候,他们不是作为愚昧落后中国的代表和象征而无言地承受着"现代性"的批判,他们是以未经"现代"洗礼的面貌,呈现着他们自然自在的生活和人性。这种自然自在的生活和人性,不需要外在的"意义"加以评判。

特别有意思的是,即使在沈从文身上,有时也会产生疑惑。还以他那次返乡之行为例,1934 年 1 月 18 日,他看着自己所乘小船上的水手,想:"这人为什么而活下去?他想不想过为什么活下去这件事?"继而又想,"我这十天来所见到的人,似乎皆并不想起这种事情的。城市中读书人也似乎不大想到过。可是,一个人不想到这一点,还能好好生存下去,很希奇的。三三,一切生存皆为了生存,必有所爱方可生存下去。多数人爱点钱,爱吃点好东西,皆可以从从容容活下去的。这种多数人真是为生而生的。但少数人呢,却看得远一点,为民族为人类而生。这种少数人常常为一个民族的代表,生命放光,为的是他会凝聚精力使生命放光!我们皆应当莫自弃,也应当得把自己凝聚起来!"[⑤]多数人不追问生命的意义而活着,少数人因为自觉而为民族的代表,使生命放光,这是典型的五四新文化的思维和眼光。

戏剧性的是,当天下午,沈从文就否定了自己中午时候的疑问。这个时候的沈从文,站在船上看水,也仿佛照见了本真的自己:

> 我们平时不是读历史吗?一本历史书除了告我们些另一时代最笨的人相斫相杀以外有些什么?但真的历史却是一条河。从那日夜长流千古不变的水里石头和砂子,腐了的草木,破烂的船板,使我触着平时我们所疏忽了若干年代若干人类的哀乐!我看到小小渔船,载了它的黑色鸬鹚向下流缓缓划去,看到石滩上拉船人的姿势,我皆异常感动且异常爱他们。我先前一时不还提到过这些人可怜的生,无所为的生吗?不,三三,我错了。这些人不需要我们来可怜,我们应当来尊敬来爱。他们那么庄严忠实的生,却在自然上各担负自己那分命运,为自己,为儿女而活下去。不管怎么样活,却从不逃避为了活而应有的一切努力。他们在他们那分习惯生活里、命运里,也依然是哭、笑、吃、喝,对于寒暑的来临,更感觉到这四时交递的严重。三三,我不知为什么,我感动得很!我希望活得长一点,同时把生活完全发展到我自己这份工作上来。我会用我自己的力量,为所谓人生,解释得比任何人皆庄严些与透入些![⑥]

当余华说"我感到自己写下了高尚的作品"的时候,他触到了与沈从文把那些水手的生存和生命表述为"那么庄严忠实的生"时相通的朴素感情。福贵和湘西的水手其实是一样的人,不追问活着之外的"意义"而活着,忠实于活着本身而使生存和生命自显庄严。

余华敢用"高尚"这样的词,像沈从文敢用"庄严忠实"一样,都指向了这种普通人的生存和命运之间的关系。余华说的是"去忍受生命赋予我们的责任","和命运之间的友情";沈从文说的是"在自然上各担负自己那分命运","从不逃避为了活而应有的一切努力"。对于活着来说,命运即是责任。而在坦然承受命运的生存中,福贵和湘西的愚夫愚妇一样显示出了力量和尊严,因为承担即是力量,承担即是尊严。正是这样的与命运之间的关系,才让我们感受到了温暖——那种动荡里的、苦难里的温暖,那种平凡里的、人伦里的温暖,最终都融合成为文学的温暖。

他们活得狭隘吗?余华说:"我知道福贵的一生窄如手掌,可是我不知道是否也宽若大地?"[⑦]而沈从文则以"真的历史"的彻悟,来解释这些普通人的生死哀乐。在这个地方,他们再次相遇。

福贵的一生穿过了20世纪中国的几个重大历史时期,我们根据重大的历史事件为这些时期的命名早就变成了历史书写和文学叙述中的日常词语,这些命名的词语被反复、大量地使用,以至于这些词语似乎就可以代替它们所指称的历史。细心的读者也许会注意到,《活着》极少使用这样的专用历史名词,即使使用(如"人民公社""文化大革命")也是把它当成叙述的元素,在叙述中和其他元素交织并用,并不以为它们比其他的元素更能指称历史的实际,更不要说代替对于历史的描述。简洁地说,余华对通常所谓历史、历史分期、历史书写并不感兴趣,他心思所系,是一个普通人怎么样活过了、熬过了几十年。而在沈从文看来,恰恰是普通人的生存和命运,才构成"真的历史",在通常的历史书写之外的普通人的哭、笑、吃、喝,远比英雄将相之类的大人物、王朝更迭之类的大事件,更能代表久远恒常的传统和存在。如果说余华和沈从文都写了历史,他们写的都是通常的历史书写之外的人的历史。这也正是文学应该承担的责任。如果说文学比历史更真实,也正可以从这一点上来理解。

关于《活着》,还有一个重要的问题,即它的叙述。曾经有意大利的中学生问余华:为什么《活着》讲的是生活而不是幸存?生活和幸存之间轻微的分界在哪里?余华回答说:"《活着》中的福贵虽然历经苦难,但是他是在讲述自己的故事。我用的是第一人称的叙述,福贵的叙述不需要别人的看法,只需要他自己的感受,所以他讲述的是生活。如果用第三人称来叙述,如果有了旁人的看法,那么福贵在读者的眼中就会是一个苦难中的幸存者。"⑧也就是说,如果福贵的故事由一个福贵之外的叙述者来讲,那么就会有这个外在的叙述者的眼光、立场和评判。如前所述,五四以来的新文学里的普通民众,通常是由一个外在的叙述者来塑造的,这个叙述者又通常是"高于"、优越于他所叙述的人物,他打量着甚至是审视着他笔下的芸芸众生。余华用第一人称的叙述避开了这种外在的眼光。看起来人称的选择不过是个技巧的问题,其实却决定了作品的核心品质,决定了对生存、命运的基本态度。作家在写作时不一定有如此清晰、明确的意识,但一个优秀作家在写作过程中出现的极其细微的敏感,却可能强烈地暗示着某些重要甚至是核心的东西。所以,当我看到余华在《活着》问世 15 年之后,还记忆犹新地谈起当初写作过程中的苦恼及其解决方式时,我想,这还真不仅仅是个叙述人称转换的技术问题。这段话出现在麦田纪念版自序中:"最初的时候我是用旁观者的角度来写作福贵的一生,可是困难重重,我的写作难以为继;有一天我突然从第一人称的角度出发,让福贵出来讲述自己的生活,于是奇迹出现了,同样的构思,用第三人称的方式写作时无法前进,用第一人称的方式写作后竟然没有任何阻挡,我十分顺利地写完了《活着》。"⑨

对余华意义非同一般的人称问题,在沈从文那里不是问题,沈从文用第三人称,但他的第三人称叙述者基本上认同他笔下的人物,不取外在的审视的角度。在这一点上,他们以不同的方式走到了相同的地方。

三、个人的实感经验,乡土衰败的趋势,没有写出来的部分

沈从文的创作在抗战爆发前后发生了明显的变化,从 30 年代中后期到 40 年代结束,这个阶段的沈从文苦恼重重,他的感受、思想、创作与混乱的现实粘连纠结得厉害,深陷迷茫痛苦而不能自拔。其间创作的长篇小说《长河》,写的还是湘西乡土,可那已经是一个变动扭曲的"边城",一个风雨欲来、即将失落的"边城"。

如果我把 90 年代作为贾平凹创作的分界点的话,我的意思主要是指,在此之前的贾平凹固然已经树立起非常独特的个人风格,独特的取径、观察、感受、表达使他在 80 年代的文学中卓然成家,但我还是要说,这种独特性仍然分享了那个时代共同的情绪、观念、思想和渴望。这不是批评,在那个"共名""共鸣"的时代,差不多每个人都在分享着时代强

烈的节奏和恢宏的旋律。自90年代起,贾平凹大变,变的核心脉络是,他从一个时代潮流、理念的分享者的位置上抽身而出,携一己微弱之躯,独往社会颓坏的大苦闷中而去。于是有惊世骇俗的《废都》,在新世纪又有悲怀不已的《秦腔》和不堪回首却终必直面暴虐血腥的《古炉》。在这个时候再谈贾平凹的独特性和个人风格,与前期已经是不同的概念,放弃了共享的基础,个人更是个人;另一方面,这个更加个人化的个人却更深入、更细致、更尖锐也更痛切地探触到了时代和社会的内部区域,也就是说,更加个人化的个人反而更加时代化和社会化,与时代和社会的关系更加密不可分,时代和社会无从言说的苦闷和痛苦,要借着这个个人的表达,略微得以疏泄。

这里讨论的《秦腔》,写的是贾平凹的故乡,一个小说里叫清风街实际原型是棣花街的村镇。写的是两个世纪之交大约一年时间里的家长里短、鸡毛蒜皮、悲欢生死,呈现出来的却是90年代以来当代乡土社会衰败、崩溃的大趋势。这个由盛而衰的乡土变化趋势,在贾平凹那里,是有些始料未及的。他在后记里回忆起曾经有过的另一番景象和日子:“一九七九年到一九八九年的十年里,故乡的消息总是让我振奋”,“那些年是乡亲们最快活的岁月,他们在重新分来的土地上精心务弄,冬天的月夜下,常常还有人在地里忙活,田堰上放着旱烟匣子和收音机,收音机里声嘶力竭地吼秦腔。”[⑩]此一时期贾平凹的作品,也呼应着这种清新的、明朗的、向上的气息。但是好景不长,棣花街很快就“度过了它短暂的欣欣向荣岁月。这里没有矿藏,没有工业,有限的土地在极度地发挥了它的潜力后,粮食产量不再提高,而化肥、农药、种子以及各种各样的税费迅速上涨,农村又成了一切社会压力的泄洪池。体制对治理发生了松弛,旧的东西稀里哗啦地没了,像泼去的水,新的东西迟迟没再来,来了也抓不住,四面八方的风方向不定地吹,农民是一群鸡,羽毛翻皱,脚步趔趄,无所适从,他们无法再守住土地,他们一步一步从土地上出走,虽然他们是土命,把树和草拔起来又抖净了根须上的土栽在哪儿都是难活”。人老的老,死的死,外出的外出,竟至于“死了人都熬煎抬不到坟里去”。“我站在街巷的石碌子碾盘前,想,难道棣花街上我的亲人、熟人就这么很快地要消失吗?这条老街很快就要消失吗?土地也从此要消失吗?真的是在城市化,而农村能真正地消失吗?如果消失不了,那又该怎么办呢?”他能做的,不过是以一本书,“为故乡树起一块碑子”[⑪]。

这样复杂的心路和伤痛的情感,沈从文在三四十年代已经经历过。他在《边城》还未写完的时候返回家乡探望病重的母亲,这是他离乡十几年后第一次回乡,所闻所见已经不是他记忆、想象里的风貌,不是他正在写作的《边城》的景象。所以他在《〈边城〉题记》的末尾,预告似的说:“将在另外一个作品里,来提到二十年来的内战,使一些首当其冲的农民,性格灵魂被大力所压,失去了原来的朴质,勤俭,和平,正直的型范以后,成了一个什么样子的新东西。他们受横征暴敛以及鸦片烟的毒害,变成了如何穷困与懒惰!我将把这个民族为历史所带走向一个不可知的命运中前进时,一些小人物在变动中的忧患,与由于营养不足所产生的‘活下去’以及‘怎样活下去’的观念和欲望,来作朴素的叙述。”[⑫]抗战全面爆发后,南下途中,沈从文再次返乡,短暂的家乡生活,促生了《长河》。

《长河》酝酿已久，写作起来却不顺利。1938 年在昆明开始动笔时，只是一个中篇的构思，写作过程中发现这个篇幅容纳不了变动时代的历史含量，就打算写成多卷本的长篇，曾经预计 30 万字。但直到 1945 年出版之时，只完成了第一卷。沈从文带着对变动中的历史的悲哀来写现实的故乡，曾有身心几近崩溃的时候，如鲠在喉，不吐不快，却又欲言又止，不忍之心时时作痛。虽然沈从文最终不忍把故乡命运的结局写出来，但这个命运的趋势已经昭然在目，无边的威胁和危险正一步一步地围拢而来。尽管压抑着，沈从文也不能不产生后来贾平凹那样的疑问：故乡就要消失了吗？他借作品中少女夭夭和老水手的对话，含蓄却是肯定了这种趋势的不可挽回。夭夭说："好看的都应当长远存在。"老水手叹气道："依我看，好看的总不会长久。"[13]

《长河》是一首故乡的挽歌，沈从文不忍唱完；贾平凹比沈从文心硬，他走过沈从文走过的路，又继续往前走，直到为故乡树起一块碑，碑上刻画得密密麻麻，仔仔细细。

读《秦腔》而想到《长河》，并非是我个人的任意联系，也不是出于某种偏爱的附会。陈思和在《试论〈秦腔〉的现实主义艺术》一文中已经有所提示，挑明"贾平凹从某种意义上说是沈从文的重复和延续"[14]；王德威在论述《古炉》时也勾勒了贾平凹从早期到如今的一种变化：逸出汪曾祺、孙犁所示范的脉络，"从沈从文中期沉郁顿挫的转折点上找寻对话资源。这样的选择不仅是形式的再创造，也再一次重现当年沈从文面对以及叙述历史的两难"[15]。王德威说的是《古炉》，其实也适用于《秦腔》。要以我的感受来说，《秦腔》呼应了《长河》写出来的部分和虽然未写但已经呼之欲出的部分；《古炉》则干脆从《长河》停住的地方继续往下写，呼应的是《长河》没有写出来的部分。

虽然说《秦腔》已经是事无巨细，千言万语，但对乡土的衰败仍然有没说出、说不出的东西，没说出、说不出的东西不是无，而是有，用批评家李敬泽的话来说是"巨大的沉默的层面"。这个沉默层也可以对应于沈从文在《长河》里没说出、说不出、不忍说的东西。《长河》这部没有完成的作品的沉重分量，是由它写出的部分和没有写出的部分共同构成的。

《秦腔》的写法是流水账式的，叙述是网状的，交错着、纠缠着推进，不是一目了然的线性的情节发展结构。它模仿了日常生活发生的形式，拉杂，绵密，头绪多，似断还连。"这样的叙述，本身便抗拒着对之进行简单的情节抽绎与概括。"[16]同时也抗拒着理念性的归纳、分析和升华。这样的叙述是压低的，压低在饱满的实感经验之中，匍匐着前行，绝不是昂首阔步，也绝不轻易地让它高出实感经验去构思情节的发展和冲突、塑造人物的性格和形象、获取理念的把握和总结。没有这些常见的小说所努力追求的东西，有的是实感经验。我重复使用实感经验这个词，是想强调《秦腔》的质地中最根本的因素；不仅如此，我还认为，中年以后的贾平凹的创作，其中重要的作品《废都》《秦腔》《古炉》，都是以实感经验为核心，以实感经验排斥理论、观念、社会主流思潮而做的切身的个人叙述[17]。

黄永玉谈《长河》，说的是一个湘西人读懂了文字背后作家心思的话："我让《长河》深深地吸引住的是从文表叔文体中酝酿着新的变格。他排除精挑细选的人物和情节。他写小说不再光是为了有教养的外省人和文字、文体行家甚至他聪明的学生了。他发现这是他与故乡父老子弟秉烛夜谈的第一本知心的书。”[18]《秦腔》亦可如是观。倘若从那一堆鸡零狗碎的“泼烦日子”的长篇叙述里还不能深切体会作家的心思,那就再读读更加朴素的《秦腔》后记,看看蕴藏在实感经验中的感受是如何诉之于言,又如何不能诉之于言。

四、物的通观,文学和历史的通感,“抽象的抒情”

沈从文的文学创作因历史的巨大转折戛然而止,他的后半生以文物研究另辟安身立命的领域,成就了另一番事业。通常的述说把沈从文的一生断然分成了两半,有其道理,也有其不见不明之处。在这里我要说的一点是,沈从文的文物研究和他的文学创作其实相通。

沈从文强调他研究的是物质文化史,他强调他的物质文化史关注的是千百年来普通人民在日常生活中的劳动和创造,他钟情的是与百姓日用密切相关的工艺器物。不妨简单罗列一下他的一些专门性研究:玉工艺、陶瓷、漆器及螺钿工艺、狮子艺术、唐宋铜镜、扇子应用进展、中国丝绸图案、织绣染缬与服饰、《红楼梦》衣物、龙凤艺术、马的艺术和装备,等等;当然还有《中国古代服饰研究》这一代表性巨著。你看他感兴趣的东西,和他的文学书写兴发的对象,在性质上是统一的、通联的。这还只是一层意思。

另一层意思,沈从文长年累月在历史博物馆灰扑扑的库房中转悠,很多人以为是和“无生命”的东西打交道,枯燥无味;其实每一件文物,都保存着丰富的信息,打开这些信息,就有可能会看到生动活泼的生命之态。汪曾祺曾说:“他后来‘改行’搞文物研究,乐此不疲,每日孜孜,一坐下去就是十几个小时,也跟这点诗人气质有关。他搞的那些东西,陶瓷、漆器、丝绸、服饰,都是‘物’,但是他看到的是人,人的聪明,人的创造,人的艺术爱美心和坚持不懈的劳动。他说起这些东西时那样兴奋激动,赞叹不已,样子真是非常天真。他搞的文物工作,我真想给它起一个名字,叫作‘抒情考古学’。”[19]也就是说,物通人,从物看到了人,从林林总总的“杂文物”里看到了普通平凡的人,通于他的文学里的人。

还有一层意思,关于历史。文物和文物,不是一个个孤立的东西,它们各自保存的信息打开之后能够连接、交流、沟通、融会,最终汇合成历史文化的长河,显现人类劳动、智慧和创造能量的生生不息。工艺器物所构成的物质文化史,正是由一代又一代普普通通的无名者相接相续而成。而在沈从文看来,这样的历史,才是“真的历史”。前面我引述了沈从文1934年在家乡河流上感悟历史的一段文字,那种文学化的表述,那样的眼光和思路,到后半生竟然落实到了对于物的实证研究中。

沈从文的文物研究与此前的文学创作自有其贯通的脉络,实打实的学术研究背后,蕴蓄着强烈的“抽象的抒情”冲动:缘“物”抒情,文心犹在。

明白了这一点之后,我把王安忆的《天香》看成是与沈从文的文物研究的基本精神进行对话的作品,应该就不会显得特别突兀了。

《天香》的中心是物,以上海的顾绣为原型的“天香园绣”。一物之微,何以支撑一部长篇的体量？这就得看对物的选择，对物表、物性、物理的认识，对物的创造者和创造行为的理解和想象，对物自身的发展历史和物的历史所关联的社会、时代的气象的把握，尤有甚者，对一物之兴关乎天地造化的感知。

此前我曾写《一物之通，生机处处》[20]专文讨论《天香》，提出“天香园绣”的几个“通”所连接、结合的几个层次。

一是自身的上下通。“天香园绣”本质上是工艺品，能上能下。向上是艺术，发展到极处是罕见天才的至高的艺术；向下是实用、日用，与百姓生活相连，与民间生计相关。这样的上下通，就连接起不同层面的世界。还不仅如此，“天香园绣”起自民间，经过闺阁向上提升精进，达到出神入化、天下绝品的境地，又从至高的精尖处回落，流出天香园，流向轰轰烈烈的世俗民间，回到民间，完成了一个循环，更把自身的命运推向广阔的生机之中。

二是通性格人心。天工开物，假借人手，所以物中有人，有人的性格、遭遇、修养、技巧、慧心、神思。这些因素综合外化，变成有形的物。“天香园绣”的里外通，连接起与各种人事、各色人生的关系。“天香园绣”的历史，也即三代女性创造它的历史，同时也是三代女性的寂寞心史，一物之产生、发展和流变，积聚、融通了多少生命的丰富信息。

还有一通，是与时势通，与“气数”通，与历史的大逻辑通。“顾绣”产生于晚明，王安忆说，“一旦去了解，却发现那个时代里，样样件件都似乎是为这故事准备的。比如，《天工开物》就是在明代完成的，这可说是一个象征性的事件，象征人对生产技术的认识与掌握已进步到自觉的阶段，这又帮助我理解‘顾绣’这一件出品里的含义”[21]。这不过是“样样件件”的一例，凡此种种，浑成大势与“气数”，“天香园绣”也是顺了、应了、通了这样的大势和“气数”。“天香园绣”能逆申家的衰势而兴，不只是闺阁中几个女性的个人才艺和能力，也与这个“更大的气数”——“天香园”外头那种“从四面八方合拢而来”的时势与历史的伟力——息息相关。放长放宽视界，就能清楚地看到，这“气数”和伟力，把一个几近荒蛮之地造就成了一个繁华鼎沸的上海。

“天香园绣”的历史，也就是沈从文所投身其中的物质文化史的一支一脉，沈从文以这样的蕴藏着普通人生命信息的历史为他心目中“真的历史”，庄敬深切地叙述这种历史如长河般不止不息的悠久流程；相通的感受和理解，同样支持着王安忆写出“天香园绣”自身的曲折、力量和生机，“天香园”颓败了又何妨，就是明朝灭亡了又如何。一家一族、一朝一姓，有时而尽；而“另外一些生死两寂寞的人”，以文字、以工艺、以器物保留下来的东西，却成了“联接历史沟通人我的工具。因之历史如相连续，为时空所阻隔的感情，千载之下百世之后还如相晤对”[22]。《天香》最后写到清康熙六年，蕙兰绣幔中出品一幅绣字，“字字如莲，莲开遍地”[23]。

“莲开遍地”，深蕴，阔大，生机盎然，以此收尾，既是收，也是放，收得住，又放得开，而境界全出。但其来路，也即历史，却是从无到有，一步一步走来，步步上出，见出有情生命的庄严。

王安忆也许无意，但读者不妨有心，来看看“莲”这个词，怎么从物象变成意象，又怎么从普通的意象变成托境界而出的中心意象。小说开篇写造园,园成之时,已过栽莲季节,年轻的柯海荒唐使性,从四方车载人拉,造出“一夜莲花”的奇闻;这样的莲花,不过就是莲花而已;柯海的父亲夜宴宾客,先自制蜡烛,烛内嵌入花蕊,放置在荷花芯子里,点亮莲池内一朵朵荷花,立时香云缭绕,是为“香云海”。“香云海”似乎比“一夜莲花”上品,但其实还是柯海妻子小绸说得透彻,不过是靠银子堆砌。略去中间多处写莲的地方不述,小说末卷,蕙兰丧夫之后,绣素不绣艳,于是绣字,绣的是开“天香园绣”绣画新境的婶婶希昭所临董其昌行书《昼锦堂记》。《昼锦堂记》是欧阳修的名文,书法名家笔墨相就,代不乏人,董其昌行书是其中之一。蕙兰绣希昭临的字,“那数百个字,每一字有多少笔,每一笔又需多少针,每一针在其中只可说是沧海一粟。蕙兰却觉着一股喜悦,好像无尽的岁月都变成有形,可一日一日收进怀中,于是,满心踏实”[24]。后来蕙兰设帐授徒,渐成规矩,每学成后,便绣数字,代代相接,终绣成全文。488 字“字字如莲”的“莲”就是意象,以意生象,以象达意。但我还要说,紧接着的“莲开遍地”的“莲”是更上一层的意象,“字字如莲”还有“字”和“莲”的对应,“莲开遍地”的“莲”却是有这个对应而又大大超出了这个对应,升华幻化,充盈弥散,而又凝聚结晶一般的实实在在。30 多万字的行文连绵透迤,至此而止,告成大功。

所以,如《董其昌行书昼锦堂记屏》这样的绣品,是时日所积、人文所化、有情所寄等等综合多种因素逐渐形成,这当中包含了多少内容,需要历史研究,也同样需要文学想象去发现,去阐明,去体会于心、形之于文。

《中国古代服饰研究》以实物图像为依据,按照时间顺序叙述探讨服饰的历史。在引言中,沈从文有意无意以文学来说他的学术著作:“总的看来虽具有一个长篇小说的规模,内容却近似风格不一、分章叙事的散文。”[25]这还不仅仅泄露了沈从文对文学始终不能忘情,更表明,历史学者和文学家,学术研究和文学叙述,本来也并非壁垒森严,截然分明。

王安忆的作品不是关于“顾绣”的考古学著作,而是叙述“天香园绣”的虚构性小说,但虚构以实有打底,王安忆自然要做足实打实的历史功课。古典文学学者赵昌平撰文谈《天香》,说:“因着古籍整理的训练,我粗粗留意了一下小说的资料来源,估计所涉旧籍不下三百之数。除作为一般修养的四部要籍外,尤可瞩目的是:由宋及明多种野史杂史,人怪科农各式笔记专著,文房针绣诸多专史谱录,府县山寺种种地方志乘,至于诗话词话,书史画史,花木虫鱼,清言清供,则处处可见;而于正史,常人不会留意的专志,如地理、河渠,选举、职官,乃至食货、五行,都有涉猎。”[26]没有这种长时间(王安忆从留意“顾绣”到写出《天香》,其间三十年)的工夫,仅凭虚构的才情,要进入历史,难乎其难。

但我更要说,虚实相生,生生不已,才是《天香》。“天香园绣”有所本而不死于其所本,王安忆创造性地赋予了它活的生命和一个生命必然要经历的时空过程,起承转合,终有大成。

写这部作品的王安忆和研究物质文化史的沈从文,在取径、感知、方法诸多方面有大的相通。王安忆不喜欢“新文艺腔”的“抒情”方式和做派,但“天香园绣”的通性格人心、关时运气数、法天地造化，何尝不是沈从文心目中的“抽象的抒情”；赵昌平推崇这部小说的“史感”和“诗境”，也正是沈从文心目中“抽象的抒情”的应有之义。

五、回响：小叩小鸣，大叩大鸣

当代创作和沈从文传统的呼应、对话，无论自觉还是不自觉，已经渐显气象。丝毫不用担心这个传统会妨碍今日作家的创造才能的充分发挥，即以上面所论余华、贾平凹、王安忆而言，他们作品的各自独特的品质朗然在目，当然不可能以沈从文的传统来解释其全部的特征；但各自的创造性也并不妨碍这些作品与沈从文传统的通、续、连、接，甚至也并不妨碍它们就是这个传统绵延流传的一部分，为这个传统继往开来增添新的活力。

沈从文无法读到这些他身后出现的作品，但他坚信他自己的文学的生命力会延续到将来。60 多年前，他曾经和年少的儿子谈起 14 年前出版的《湘行散记》，他说：“这书里有些文章很年青，到你成大人时，它还像很年青！”[27]时间证明了他的自信并非虚妄。他用“年青”这个词来说自己的作品，而且过了很长时间还“很年青”，已然知道它们会在未来继续存在，并且散发能量。岁月没有磨灭、摧毁它们，经过考验、淘洗，反而更显示出内蕴丰厚的品质，传统也就形成。倘若有人有意无意间触碰到这个传统，就会发出回响。这回响的大小，取决于现在和未来的方式与力量：小叩则小鸣，大叩则大鸣。

2011 年 7 月 12 日

【注释】

①贾樟柯：《侯导，孝贤》，见《大方》第 1 期，十月文艺出版社 2011 年版。

②③余华：《〈活着〉中文版自序》，见《活着》，3、4 页，上海文艺出版社 2004 年版。

④沈从文：《湘行书简 · 河街想象》，见《沈从文全集》，第 11 卷，132—133 页，北岳文艺出版社 2002 年版。

⑤沈从文：《湘行书简 · 横石和九溪》，见《沈从文全集》，第 11 卷，184—185 页，北岳文艺出版社 2002 年版。

⑥沈从文：《湘行书简 · 历史是一条河》，见《沈从文全集》，第 11 卷，188 页，北岳文艺出版社 2002 年版。

⑦⑧余华：《〈活着〉日文版自序》，见《活着》，9、6 页，上海文艺出版社 2004 年版。

⑨余华：《〈活着〉新版自序》，见《活着》，2 页，台北麦田出版社 2007 年版。

⑩⑪贾平凹：《〈秦腔〉后记》，见《秦腔》，560、561、562、563 页，作家出版社 2005 年版。

⑫沈从文：《〈边城〉题记》，见《沈从文全集》，第 8 卷，59 页，北岳文艺出版社 2002 年版。

⑬沈从文：《长河 · 社戏》，见《沈从文全集》，第 10 卷，169 页，北岳文艺出版社 2002 年版。

⑭陈思和：《试论〈秦腔〉的现实主义艺术》，见《当代小说阅读五种》，92 页，复旦大学出版社 2010 年版。

⑮王德威：《暴力叙事与抒情风格》，载《南方文坛》2011 年第 4 期。

⑯刘志荣：《缓慢的流水，惶恐的挽歌》，载《文学评论》2006 年第 2 期。

⑰关于实感经验与文学的关系，这里不做论述，可以参见张新颖、刘志荣:《实感经验与文学形式》，复旦大学出版社2011年版。

⑱黄永玉:《这一些忧郁的碎屑》，见《沈从文印象》，孙冰编，203页，学林出版社1997年版。

⑲汪曾祺:《沈从文的寂寞》，《晚翠文谈新编》，191页，生活·读书·新知三联书店2002年版。

⑳张新颖:《一物之通，生机处处》，载《当代作家评论》2011年第4期。

㉑王安忆、钟红明:《访问〈天香〉》，载《上海文学》2011年第3期。

㉒沈从文:《致张兆和》(1952年1月24日)，见《沈从文全集》，第19卷，312页，北岳文艺出版社2002年版。

㉓㉔王安忆:《天香》，407、327页，人民文学出版社2011年版。

㉕沈从文:《〈中国古代服饰研究〉引言》，见《中国古代服饰研究》，10页，上海书店出版社2002年版。

㉖赵昌平:《天香·史感·诗境》，载《文汇报》"笔会"版，2011年5月3日。

㉗沈从文:《致张兆和》(1948年7月30日)，见《沈从文全集》，第18卷，505页，北岳文艺出版社2002年版。

(原载《南方文坛》2011年第6期)

获奖词：

本文是一篇立论高远而平实畅达的用心之作。作者从当代文学批评界史实的人与事切入，进行了深切而中肯的分析评判与道德追问，其思考的力度令人赞叹，所提出的批评家的“道德问题”，更是一个自我省察的问题，谈论的是历史，却直抵现实。文章老辣，深刻尖锐，通达平正，对当今批评界极具启示与警示意义，弥足珍贵。

“当代”批评家的道德问题

洪子诚

从周扬的“两面派”谈起

“文革”期间正式或非正式的出版物上，刊登有大量的文艺批判文章。今天看来，有点“学术含量”、还值得一读的，由姚文元署名的《评反革命两面派周扬》[①]是少数几篇之一。所以说“署名”，是因为自1965年11月发表《评新编历史剧〈海瑞罢官〉》开始，署名姚文元的许多文章，包括《评“三家村”》等，应该都是上海的写作班子支持下的产物。“文革”期间，中宣部被毛泽东点名为“阎王殿”，说要“打倒阎王，解放小鬼”。虽然周扬从未当过这个意识形态管制部门的部长（长时间由陆定一任部长），却是这个机构的实权人物；所以，对“阎王殿”的批判，周扬自然首当其冲。

现在，物换星移，大概不会有许多人再纠缠文章中的论述逻辑，不再太介意里面的种种暴力性语言。在这样的情况下，其中提供的资料线索，某些分析，还是能让我们获益；至少是可以见识这个时期文艺界争斗的主要问题，它们的理论依据，以及冲突展开的方式[②]。比如，今天重读这篇文章，一个突出的印象是，在当年“你死我活”的政治斗争中，“道德审查”显然占据着重要的位置。读过之后，可能对正确路线与反动路线、革命与反革命分歧的实质不甚了了，但对诸如“阴一面，阳一面”“当面一套，背后一套”“用的是马克思主义词句，贩的是修正主义黑货”“掩盖真相”“顺风转向”等的道德劣迹的描述，印象更为深刻。作者可能意识到，比较起理论分析来，道德指控更具有“毁灭性”的力量。因此，论证周扬是“反动路线”的代表人物，却将落脚点放置在“两面派”这样的“道德”恶名上。

这种情况,其实不始自"文革",20世纪50年代或更早时间就已存在。只要翻检"当代"(1950—1970)的文艺批判资料,就可以频繁遇到诸如"虚伪""露出原形""暴露真面目""剥去伪装""揭开骗局"等语词。设想那些对当代史情状不太了解的读者,很容易就会有这样的错觉,以为"十七年"中作家、批评家大多心理阴暗、道德水准低下,存在着普遍性的人格问题[③]。1955年批判胡风,他就被加上"反革命两面派"的称号,说胡风及其"一伙",是"以伪装出现的反革命分子",在向"中国共产党和党所领导的文艺战线猖狂进攻"时,"采用两面派手法"[④]。1957年"反右派"运动,不少右派分子也都获得这样的罪名。陈涌受到的指责之一,是他"学得了胡风的诡辩术":"声东击西,口是心非"。说他1955年写文章批判胡风,1956年却是胡风的共鸣者[⑤]。这指的是他发表在《人民文学》上的《为文学艺术的现实主义而斗争的鲁迅》。在这篇长文里,他和胡风一样,强调的是"现实主义"的"真实性",并不认为需要在现实主义头顶戴上"社会主义"的帽子。"右派分子"秦兆阳的罪名,也是"不老实","公开一套,暗里一套"。说他用真名字写论文、小说,"口口声声讲社会主义",用笔名(何直、鉴余)写论文(《现实主义——广阔的道路》)、小说(《沉默》),却反对社会主义精神;以编者(《人民文学》副主编)的身份修改王蒙的小说(《组织部来了个年轻人》),加强了小说的消极因素,又以批评家的身份批评王蒙,指责的正是他所修改的地方[⑥]。他的"不老实"的另一证明,也是1955年写文章批判胡风,可刚过一年,又宣扬了胡风的文艺思想[⑦]。在20世纪50年代,对冯雪峰、徐懋庸、黄药眠、钟惦棐、萧乾等的批判,也都突出构造他们的"伪装革命""披着马克思主义外衣"、见风转向的"两面派"形象。1958《文艺报》对王实味、丁玲、艾青、罗烽等的"再批判",编者按语也特别在他们的道德面目上着墨,称他们40年代在延安写的《野百合花》等"奇文","奇就奇在以革命者的姿态写反革命的文章"[⑧]。后来"文革"期间对邓拓、吴晗的攻击,也如出一辙。

"当代"这样的关注点,和相应的论述方式的产生,原因其实复杂。从"大"的方面看,20世纪社会主义运动内部,在意识形态和权力问题上,始终存在区分真假、正伪、正统异端的激烈冲突。中国"当代"推动的又是一种"泛道德化"的政治实践。而对于许多革命作家、批评家来说,他们普遍持有对文学的道德承担的信仰。他们大多有掌握"客观真理",并为捍卫这一"真理"奋斗的激情。不管是坚守的秉持,还是自我构建的幻觉,至少从表面、从姿态看,都在亟亟扮演着分辨真伪的道德主义者的角色。在涉及与辨明"真相"和"真理"的道德问题上,他们的言辞表情常常峻烈、庄严而凌厉。"潜意识"中也明白如何能激发读者(听众)的或同情或愤恨的情绪。

1957年批判丁玲的时候,涉及她30年代所谓自首变节的旧案。批判会上的发言有这样的话:

……她只记得自己是一个女人,根本忘记了自己是一个左翼作家,更忘记了自己是一个共产党员。冯达养病时丁(玲)对他的照顾是很好的,据说在他的床前经常都有鲜花。同志们大概都看过伏契克[⑨]这出戏……当那个革命者在监狱中看见那个过去的爱人现在的叛徒时，她给了他一个多么响亮的耳光。我还记得，丁玲同志曾经写过信给吴雪同志称赞他扮演的伏契克，我不知道丁玲同志看到这个场面，她心里有什么感想。丁玲今天还口口声声说她是有25年党龄的党员，难道她在南京与叛徒特务同居的三年，也能算是共产党员吗？[10]

在这样的追问面前，你会容易认同这样的结论：这是一个“极其虚伪，极其狡诈，又极其阴狠的两面派的典型”：“因为她曾经对党不忠诚，而且后来隐瞒这种不忠诚，因此，她就可以继续不忠诚，而且迫不得已要继续不忠诚，因为她只好用后来的很多不忠诚来掩盖过去的不忠诚。”[11]这种“真相”揭露和道德审查所产生的冲击力，在批判运动中常常起到“杀手锏”的效果；这已经为众多的事件所证明。例子之一就是上面说到的1957年6月至9月中国作协党组扩大会上对丁玲的“不忠诚”的揭发，还有在同一会上对陈企霞与柳溪“隐私”关系的揭发，对冯雪峰1936年在上海“勾结胡风，蒙蔽鲁迅，分裂左翼文艺界”的揭发[12]。8月14日的事先精密准备的揭发冯雪峰30年代在上海“蒙蔽鲁迅”的长篇发言，是这次长达三个多月的会议的“最震动会场”（冯雪峰语）[13]的“爆炸事件”（许广平语）[14]。冯雪峰曾是鲁迅、许广平的“老朋友”，却“蒙蔽、欺骗”鲁迅，这一事实的揭发让会场上的许广平十分激动，“哭泣着”站起来当面痛斥冯雪峰“是一个大骗子”。不过，到了1966年周扬、夏衍等沦落为“文艺黑线头目”之后，许广平的关于“欺骗鲁迅，损害鲁迅”的愤怒，便也部分投向周扬、夏衍他们的身上[15]。

道德与权力的关系

作为一种道德尺度，和“两面派”相对立的真实、真诚等自然不是无足轻重；无论是从个体行为品格，还是从社会关系的维系上看，都是如此。但在回顾“当代”文艺史时，我们见到的一个事实是，那些义正词严的道德捍卫者和指控者，他们使用的也可能是不那么“诚实”，甚至也可以说也是类乎“两面派”的手法。譬如，丁玲的历史问题在她去延安之后已有结论，却在没有提供新的证据的情况下，坐实她的叛变自首，然后滥情地施以“不忠诚”的指斥。在对丁玲的批判中，还采用了以作家的思想言行来解释她所写的人物，又以对人物的阐释反过来构造作家形象的循环论证：先说丁玲是个人主义者、变节分子和反党分子，然后说她笔下的莎菲（《莎菲女士的日记》、贞贞（《我在霞村的时候》）、陆萍（《在医院中》）也同样极端个人主义、变节和反党，接着又将这些人物与其创造者画上等号，来进一步落实丁玲的罪名，得出“丁玲、莎菲、陆萍其实是一个有着残酷天性的女人的三个不同名字”的结论[16]。

又譬如，周扬等明明没有看过鲁迅答徐懋庸信原稿，却说已经到鲁迅博物馆看过，信誓旦旦地说这封信是冯雪峰笔迹，鲁迅只改了四个字，用来证明冯雪峰操刀代笔，蒙蔽鲁迅。明明对冯雪峰的批判，是一开始就精心策划的行为——召开过多次会议，商讨批判内容、步骤、方法，布置有重磅炸弹效果的发言，组织30年代左翼文学界人士当场表态呼应——可是在和冯雪峰谈话时，却说“斗争丁玲，不斗争你，群众是不服的”；“批判胡风时,没有批判你,党外党内都有人有意见”;本来准备做总结了,“但中央认为还没有斗争透”;总之,斗争冯雪峰似乎是迫不得已,非他们所愿。再譬如,1962 年 8 月的大连会议,会议之前邵荃麟与周扬、林默涵、刘白羽等多次商议,获得一致意见,周扬还在会上作长篇讲话,完全肯定邵荃麟他们的看法。但是,在 1964 年中宣部和中国作协展开的批判中,一切“罪过”全都归咎于邵荃麟,邵就成为政治风暴将至的“替罪羊”[17]。当然,在后来周扬等成为“两面派”的时候,新崛起的批判者(江青、姚文元)采用的,也是断章取义、任意编排、引申发挥的“不诚实”的方法。而“文革”过后,当年“真理化身”的姚文元,也同样获得“两面派”“披上革命外衣”的评语[18]。指控者与受辱者位置的互换,是当代史的奇观。当受辱者被推上“不老实”“两面派”的审判台的时候,指控者自然获得了道德优势,一旦他们的权力地位失去,立于“道德制高点”上的就是另一些人。“两面派”的道德恶名,原由周扬等加诸丁玲、冯雪峰头上,不久就落到他们自身。而当初大义凛然的姚文元,也没有逃脱这样的命运。历史的吊诡,也许可以用“悲喜剧”来描述,但用一个俗语可能更为恰当:剃人头者头也被人剃。

这样来说发生在当代文艺界的这些事情,并不是要把水搅浑,将历史视作一笔糊涂账,以为人和事没有正误、美丑、善恶之分,那被锁定在“历史链条”上的“零件”(参与者)的思想品格没有高低、贵贱之别,而在于让我们能廓清“当代”政治生活中权力与道德的关系的实质。这也就如有学者在分析历史某个时期的权力与道德关系时指出的:在两者无法分辨的时代,“道德唯有在权力的强制之中并且在实体化之形式下始能存在,而权力也是作为道德权威体系之一始能显现其本身的社会意义”[19]。

文学批评家特里林在《诚与真》一书中,讨论了“真诚”的起源所涉及的社会环境问题。他指出,这个问题只有在个人的“社会流动性”明显增强之后才会出现。因而,“一旦研究真诚问题,我们就要涉及公共意见甚至政治考虑”。在“真诚”的评价标准上,他认为至少涉及这样的问题:进行评价的人是否真诚;一个社会所宣称的准绳与其实际形态相对应程度;一个社会培育或败坏其公民的真诚的程度。——这些,都与社会环境、社会政治体制紧密相关[20]。从上面引述的事例可以看到,在“当代”,当道德评价成为政治斗争场域的重要工具的时候,办法之一是尽量掩盖道德问题产生的社会环境因素,将它孤立化,将它与社会体制状况分离,看作是对纯粹的个人品格的追问,并以此建构那种道德至上的、绝对主义的评价趋向。而这种道德至上的绝对主义,其实正是产生于个体“自由”空间狭小的,“一体化”的社会里。这种“一体化”,不仅是意识形态统制上,而且是权力与道德关系上的。

1957 年“反右”运动前,徐中玉在《文艺报》的文章中说到“当代”有这样一种人,他们:

> 当教条主义还很吃香的时候,他的文章里不仅充满了教条,也积极支持过各色各样的别人的教条主义;当粗暴批评还被当作“原则性强”来看的时候,他不但写过许多粗暴之至的文章,并且也曾实际鼓励了这种敌我不分的风气。……接着情况变了,

教条主义终于被揭露为马列主义的大敌,敌我不分的粗暴批评终于被斥为严重的错误,人们大概就会这样想,这种人现在总应该检查一下,坦白那么几句了吧,然而不然,他却又在大写其痛骂教条主义和粗暴批评的文章了。真所谓摇身一变,仿佛他过去什么文章、什么话、什么事都不曾写过说过做过一样。[21]

没有原则的转向、见机行事,自然遭人嫌弃。但是,这种现象如果普遍产生,却不能仅从个体品质上得到解释。费孝通在他有名的文章《知识分子的早春天气》[22]中就委婉指出,知识分子对于"百家争鸣"的号召所表现的矛盾、犹豫、摇摆,重要原因是对权力可能深藏的谋略、圈套的担心。这里,费孝通关注了与道德相关的心理现象、行为的社会根源。换句话说,不少"不真诚"的,或"两面派"的道德现象,不论是强者基于地位权力的觊觎争夺,还是弱者迫于压力,为保护自己而选择心口不一,都存在着应该深入考察的"一个社会所宣称的准绳与其实际形态相对应的程度",和"一个社会培育或败坏其公民之真诚的程度"的空间。从已经发生的事情和我们的生活经验看,在某种社会环境中,有时个人连"置身事外"的"边缘化"也不能自由选择,在这样的时候追究他的"真诚",确是有点过分。1955 年,中国作协在内部秘密批判丁玲、陈企霞"反党小集团"的时候,据黄秋耘的叙述,不得不参加会议的陈翔鹤就有这样的感叹:

在某一次谈心中,他(陈翔鹤)凄然有感地对我说:"你不是很喜欢嵇康么?嵇康说得好:'欲寡其过,谤议沸腾,性不伤物,频致怨憎。'……你本来并不想卷入政治漩涡,不想介入人与人之间的那些无原则纠纷里面,也不想干预什么国家大事,只想一辈子与人无患,与世无争,找一门学问或者文艺下一点功夫,但这是不可能的,结果还是'谤议沸腾','频遭怨憎'。"[23]

人对自己生命处理上的无奈,在陈翔鹤 60 年代初写的短篇《陶渊明写"挽歌"》《广陵散》中有所流露。就是说,在一个"言论的强迫统一"的社会里,"优秀的人注定只能沉默,大多数人则学会讲两种语言:一种在他们自己的四壁里的本来的语言,以及一种不是本来的,在公共领域里所说的语言"[24]。不追问社会情境、制度,不解析权力的性质和运作方式,只严苛地纠缠个人道德,只能说是轻重不分。从这里可以提出的问题是:为什么"道德"拥有"超凡权力"的规范性力量?为什么它具有"终极评价"的地位?谁有资格、权力做出道德评价?审查者在指控他人的道德问题时,是否便证明他的"道德纯正"而可以使用任何(包括"非道德")的手段?后面这个问题,涉及"目的"和"手段"的关系。50 年代斯大林事件之后,美国作家法斯特宣布脱离共产党,中国文艺界对他展开批判。巴金在他的文章里就触及了令自由知识分子苦恼的这个问题[25]。"目的"的崇高自然可以抵消在手段上的"不道德",不过,从"当代"文艺史看,当年标榜的正义、崇高目的(捍卫"正确文艺路线";还原"历史真相";等等),许多都未能经得起检验。退一步说,即使承认目的的崇高性,这样的忧虑也不能完全消弭:"以太过无情的手段促进的人性理想,有变成其相反物的危险:自由,变成以自由为名而行压迫;平等,变成以维护平等为名而久居不去的新寡头体制;公道,变成要打破一切不妥协,人类爱则变成怨恨所有反对以残暴手段达成人类爱之人。”[26]

也是在1957年,施蛰存在《才与德》[27]的文章中说:“任人以德,现在恐怕不很妥当,因为我们在最近二十年中,经过好几次大变革,可以说是一个离乱之世,有德之人,实在太少。‘老子打过游击’,只能算是‘功’,不能算是‘德’。有功则酬以利禄,何必以位?”这看起来是“士”对“君主”谏言的现代版本,目的当在争取“知识分子”的“话语权”。不过,里面似乎也透露了对“当代”“道德主义”趋向的警惕。这种“道德主义”是在承担推进“一体化”思想政治体制的功能,是在促使这样的现象产生:一边是绝对的纯洁正义,另一边则完全是欺骗和邪恶——端看谁掌握着权力而进行这种二元的道德分配。

“真诚”上的迷思

与“伪装”“两面派”相对立的,是真实、真诚的道德操守。“真诚”在这里有两个方面的含义。一是意味着人的内心与外表的一致,言和行的统一;另一则是指情感、态度、观念“一贯”的坚守。言行表里的一致,时间前后上的一致,在传统的道德生活中,已经成为不须论证的准则。这涉及作为“整体”的人的统一性问题,无疑是值得崇敬,也是需要维护的;它也是有良知的个人回顾自身而感到心安的保证。

不过,是否可以将人的思想、情感、主张的摇摆、更易,不问情况地当作应该受到指责的道德问题来对待?“始终”“一贯”如何如何,是否是值得钦羡的品质,那是要看具体情况才能判断的。而表里、前后的矛盾、更易、不一致是否就需要非议,也不能离开具体条件。抛开严重的政治问题不论,仅从学术上而言,也是如此。一位学者说,有的人以为50岁时写的东西,应该和二三十岁时写的保持一致,“我尊重这样的观点,但……我觉得这种观点很令人压抑”;二三十岁的那个年轻人虽然为我所喜欢,“他和我是好友,但我们是不同的”[28]。“一贯”不变的“自我”是可能的吗?

秦兆阳、周扬、何其芳等在五六十年代不同时间、不同场合的观点、主张,的确有许多变化,有的也确实前后矛盾。姚文元文章中列举的事实,许多并非捏造。产生这种现象的原因是多方面的。有压力下的权宜,有权力、地位的考虑(其中有的就可以称为“机会主义”的东西),有恐惧,但是,也有不少是面对复杂问题时的摇摆和对问题深入探求时的“挣扎”。这一点,在“泛政治化”的社会文化环境中,总是轻易归到道德问题然后给予政治裁决,少有人耐心体察其中的苦衷。倒是那些不以先导立场去看待事物的学者,能够有体谅的理解。还在周扬、何其芳等受到姚文元的“两面派”指控的1967年,日本共产党员的左翼批评家丸山升便写了文章,为周扬、何其芳辩护。他批评了这种将复杂的、有着多重层面的问题当作政治、道德问题处理的粗暴做法。针对何其芳1962年《战斗的胜利的二十年》[29]文章中表现的思想,表述方式存在的矛盾,观点中出现的裂痕,丸山升认为,“我并不把这当成了隐藏真实想法的修辞,或者外表伪装和真实想法的矛盾的产物”,“在我看来,是作为文艺界一名指导者的何其芳所直面的问题的困难和沉重,让他步履蹒跚的”。他指出,这个沉重的难题,根源于中国文化根深蒂固的“双重性格和不均等性”:一方面,是巨大而厚重的传统文化，另一方面则是广大人口的文盲和文化落后的状况。丸山升说，不是将这一问题认真研究，探求解决的方向、理论，而是确立某种“先导”主张，把另一侧放置在敌对的位置上，这只是改变了力量对比，而问题并没有获得解决。[30]

秦兆阳的“不老实”，周扬的“两面派”，自然与地位、权力等有关，但不可否认的是，其中也有着为探求事物真相而出现的犹豫、矛盾和分裂。像他们面对的那些问题，如文学与政治，作家主体性与“党性”，歌颂的现实主义与批判的现实主义，人性论与阶级论，政策制定、执行者与文学爱好者，精英文学与大众文学……处理这些问题，不大可能坚持某种一成不变的“始终”和“一贯”。“当代”批评家在这样的环境中遇到的难题，他们做出的复杂反应，是需要离开简单的道德判断然后才能理解的。

桑塔格在《乔治·卢卡奇的文学批评》这篇文章中，谈到卢卡奇在匈牙利的处境，说他具有一种“能使自己在个人和政治两方面幸存下去的巨大才能——这就是说，对众多不同的人意味着众多东西的那种才能”，其中之一是那种被称为“内部的放逐”的东西，这“明显地见于他对所要撰述的主题的选择”。桑塔格说：“卢卡奇最全神贯注的作家是歌德、巴尔扎克、司各特和托尔斯泰。由于他的年纪以及他所拥有的共产主义文化准则出现前形成的一种感受力”，他能够“通过从现代（从精神上）移民出去而保护自己。惟一得到他无保留的赞许的现代作家，是那些基本上延续着十九世纪小说传统的作家——曼、高尔斯华绥、高尔基以及罗歇·马丁·杜伽尔”[31]。这种“在个人和政治”两方面保护自己的表现，在当代中国批评家中也普遍存在，也表现为各种各样的形态。不同的是，在50—70年代，我们这里可以容许“内部”放逐、移民的空间相较而言更加窄小，而限制、减缩可供“边缘性移民”空间的办法，就是使用这种道德评价的手段。

人们不正是通过正视自己内在的矛盾分裂，通过激化或协调“自我”与环境之间的龃龉，在“抵抗”中取得情感上和认知上的深化吗？因此，特里林的《诚与真》在谈及歌德的《少年维特之烦恼》时说，

> 每个欧洲人都知道，维特的衣着是深蓝色的外套，黄色的马甲和靴子，许多人都模仿这种打扮。歌德痛苦地说，维特就是穿着这身衣服自杀的。最终甚至到他失败的时候，维特仍坚定不移地保持一个真实的、单一的自我形象。毁灭他的恰恰是这种固执。他是一个分裂的意识，却顽固地执着于单纯的、诚实的灵魂。[32]

将这种“整体性”的“一贯”绝对化，从个人说，可能是为了维护在他人心目中的形象；从社会体制上，着眼的却是达到排斥“异端”，不承认“选择”的合理性目的。在这样的环境中，对“老实”“真诚”的绝对化强调，就有可能成为可疑的道德棍棒。而不少作家、批评家，也转而对自己身上的分裂、矛盾，或者不愿承认，或者意识到了，也怀着不安、羞愧的罪感加以掩盖。他们想努力维护一个让他心安的无裂痕的“自我”。但是，“自我”如果拒绝（事实上也不大可能）这种变化和分裂，就是强调对“外部”的，和内化于“内部”的权力的服从。从当代文学批评实践看，倒是分裂、变易、不统一，有可能摆脱各种有形无形的制约，承认在变化中选择的合理。这样，也就意味着发现、创造的活力，意味着对抗的可能，

包括抵抗内在的“顺从”。

并非多余的话

写到这里,还有两点意思需要补充,相信它们不是多余的话。

诗人牛汉有题为《为冯雪峰辩诬》的文章,说到1957年年底冯雪峰撰写《鲁迅全集》第6卷中《答徐懋庸并关于抗日统一战线问题》的注释。鲁迅这篇文章对30年代的周扬、夏衍等“拉大旗作为虎皮,包着自己,去吓唬别人;小不如意,就倚势(!)定人罪名而且重得可怕的横暴者”的描述,显然让周扬等长久不安,如鲠在喉;这对确立他们“正确路线”代表,维护、扩张他们获得的权力肯定造成尴尬。因此,借着冯雪峰的被打倒,便以威胁利诱手段,要冯雪峰“承担责任”撰写这篇文章的注释,为周扬他们“洗冤辩白”。冯雪峰难以抗拒,便起草了初稿。周扬他们对这个初稿并不满意,1957年11月的某天,在林默涵办公室,对注释作了改写。由周扬口述,林默涵当场修改,周扬又改了一次。稿子送出后,林默涵还给当时《鲁迅全集》编辑室负责人王士菁两次去信,称“鲁迅答徐懋庸文,经与周扬、荃麟同志商量,作了一些修改,请再斟酌”。这些情况,在1966年“文革”发生之后已陆续披露——既写在当时批判周扬的文章里,也写在冯雪峰的检讨材料中——它们已经不是秘密[33]。

因此,读到诗人牛汉文章里的这段文字,顿时会让人惊诧而失语。牛汉写道:80年代初在北京召开的第二次冯雪峰学术研讨会上:

> 几个发言者对雪峰在三十年代与鲁迅的革命情谊作了热情的赞扬。坐在会场的林默涵举手插话:“我提个问题,请解答。冯雪峰是《鲁迅全集》的主持人和定稿人,在《答徐懋庸并关于抗日统一战线问题》的注释中,作了歪曲事实的说明,辱没了鲁迅。这则注释是冯雪峰写的,这难道是对鲁迅友情的忠诚表现吗?请大家研讨。”(凭记忆追记,大意不错)会场上顿时哑默无声。这时,我站起来大声说:“我能解答这个问题。”……我说:“这个问题我以为不应由默涵同志提出,默涵同志应该是能够解答这个疑问的当事者,至少是熟知内情的人……”[34]

由是,要补充的第一点是,虽说不应将“道德”问题与社会环境剥离,但也不应将一切推到外部环境,认为个人无须担责。也不必做什么忏悔吧,至少是有那么一点不安和愧疚,哪怕是沉默静思也好。一个浅显的道理是,所处的境遇也许相似,但人与人之间确有不同。我们也不应该将这种高下的差异轻易抹平。

补充的另一点意思是,如今,我们在谈论“真诚”这类问题的时候,是否也产生了类乎特里林在20世纪70年代做《诚与真》的演讲时那样的感叹?

> “真诚”一词昔日所有的尊荣如今已丧失殆尽,我们今天听到这个词时,会有一种恍若隔世的古怪感觉。如果我们说真诚,我们可能会不太自在或含讥带讽。[35]

这个现象的产生究竟意味着什么?是普遍性的精神衰退的“时代现象”,还是意味着“新世纪”发展上取得的进步?真的不得而知。

【注释】

①载《红旗》杂志1967年第1期。

②在“文革”初年，北京文化系统的“革命造反派”，曾花很大力气搜集、编纂有关周扬的修正主义材料。如由“首都革命文艺造反总部、文化部机关延安造反总团、首都出版系统革命造反委员会、北京大学文化革命委员会”共同成立的“资料组”编印的《周扬在文化艺术方面的反革命修正主义言论汇编》等。

③这在反思“十七年”和“文革”知识分子表现的80年代，这种认识具有相当普遍性，觉得这30年中，有许多的两面派、告密者，更有无数的见风使舵的软骨头。其实，和现在“知识人”的道德状况相比较，当年的情况并不那么不堪。

④见《关于胡风反革命集团的材料》序言和按语，人民出版社1955年版。

⑤以群：《谈陈涌的“真实”论》，载《文艺报》1958年第11期。

⑥对秦兆阳修改王蒙小说加强“消极”因素，又写文章（《达到的和没有达到的》，载《文艺学习》1957年第3期）批评王蒙小说的“消极”因素——这是事实。秦兆阳在1957年4、5月中国作协书记处召开的期刊工作会议上也做了检讨。

⑦上面对秦兆阳的这些批判文字，引自言直（张光年）的《应当老实些》（《文艺报》1958年第2期，收入张光年《文艺辩论集》，作家出版社1958年版），林默涵的《现实主义还是修正主义？》（《人民日报》1958年5月3日）等文。

⑧《文艺报》1958年第2期。

⑨伏契克（1903—1943）是捷克斯洛伐克作家，文学评论家，捷共党员。1942年因叛徒出卖被捕入狱，在狱中秘密写作的《绞刑架下的报告》，曾被翻译成80多种文字，在50年代中国也有强烈影响。话剧《尤利乌斯·伏契克》为苏联作家布里亚科夫斯基所著（原名为《布拉格永远是我们的》，中译改名为《尤利乌斯·伏契克》）。50年代，中国多个剧团排演，其中以中国青年艺术剧院的演出最有名。该剧院院长吴雪饰演伏契克。

⑩这些话，以及“极其虚伪，极其狡诈，又极其阴狠的两面派的典型”的断语，为林默涵在批判会上发言，见《文艺报》1957年第20号报导：《文艺界正在进行一场大辩论》。

⑪1957年8月14日中国作协党组扩大会上夏衍发言。见中国作协1957年9月内部编印的《对丁、陈反党集团的批判》，109页。

⑫1957年8月14日中国作协党组扩大会上夏衍发言。这个发言当年没有公开发表。见中国作协1957年9月内部编印的《对丁、陈反党集团的批判》，109页。

⑬冯雪峰1966年8月写的材料：《有关1957年周扬为“国防文学”翻案和〈鲁迅全集〉中一条注释的材料》。

⑭⑮许广平：《不许周扬攻击污蔑鲁迅》，载《红旗》1966年第12期。

⑯上面对丁玲作品批评的引文，见张光年《莎菲女士在延安——谈丁玲的小说〈在医院中〉》、张天翼《关于莎菲女士》、王燎荧《丁玲的小说〈在医院中〉的反动性质》、华夫《丁玲的“复仇的女神”——评〈我在霞村的时候〉》等。这些批判文章，均收入《再批判》一书（《文艺报》编辑部编，作家出版社1958年版）。

⑰自然，1964年对邵荃麟“写中间人物”等的批判，直接来自毛泽东关于文艺界两个批示的严重

压力。另外,邵荃麟1963年公开抵制、批评上海柯庆施"写十三年"的主张,也让上海的"激进派"极为恼怒,而推动这一批判的进行。

⑱参见叶永烈《四人帮全传之三·姚文元传》中对姚文元"发迹"过程的叙述,时代文艺出版社1993年版。

⑲[日]丸山真男:《现代政治的思想与行动——兼论日本军国主义》,375页,台北联经出版事业公司1984年版。

⑳㉜㉟[美]特里林:《诚与真——诺顿演讲集·1969—1970年》,刘佳林译,29、51、8页,江苏教育出版社2006年。

㉑徐中玉:《有种好像永远都是正确的人》,载《文艺报》1957年第8号。在"反右"运动中,徐中玉成为右派,这篇文章也是"罪证"之一。

㉒载《人民日报》1957年3月24日。

㉓黄秋耘:《风雨年华》,171页,人民文学出版社1988年版。

㉔[德]卡尔·洛维特:《一九三三——一个犹太哲学家的德国回忆》,区立远译,61页,台北行人出版社2009年版。

㉕巴金在《法斯特的悲剧》(载《文艺报》1958年第8期)中讨论法斯特对革命的"背叛"时,谈及自由知识分子面对现代革命时经常遇到的"目的"与"手段"关系的难题。他引了美国杰弗逊的话("人类为了夺回他们久已丧失的自由所作的努力,竟然不能免掉暴力,错误,以至罪行,这是不幸的。但是我们为手段悲哭的时候,我们同时也为目的祈祷")之后说,"这个问题在一百几十年前已经解释明白了,可是法斯特却没有明白"。不过,"文革"之后,《随想录》中的巴金也发现他自己也"没有明白";他"倒退"到法斯特的那个立场上了。

㉖[英]以赛亚·伯林:《俄国思想家》,彭淮栋译,354页,译林出版社2001年版。

㉗载《文汇报》1957年6月5日。

㉘[美]宇文所安:《他山的石头记·自序》,见《他山的石头记》,1—2页,江苏人民出版社2003年版。

㉙载《文学评论》1962年第3期。

㉚[日]丸山升:《中国的文学评论与文学政策》,该文写于1972年,中文译文收入《鲁迅·革命·历史——丸山升现代中国文学论集》,北京大学出版社2005年版。

㉛[美]桑塔格:《反对阐释》,程巍译,98页,上海译文出版社2003年版。

㉝最早公开披露这一事件的情况的,是1966年《红旗》第9期阮铭、阮若瑛批判周扬的文章《周扬颠倒历史的一支暗箭》。冯雪峰1966年8月8日写的《有关1957年周扬为"国防文学"翻案和〈鲁迅全集〉中一条注释的材料》(当时没有公开),也详细谈到事情经过。

㉞牛汉:《空旷在远方》,275页,时代文艺出版社2005年。

(原载《南方文坛》2011年第5期)

获奖词：

这部长篇学术随笔极具问题意识。作者从文学内部的敏锐发现出发，质疑与辨析了十一个当下重要的文学现象，重申了“语言”的重要性，并对现代汉语的表达方式发表了不无新意的见解。尤其作者以散文笔调描述深厚的学理，论述精妙，笔法细腻，行文干净。这种由博返约、化玄远为日常、极高明而道中庸的“郜氏文体”和话语形式，必将以其长期对批评文体有胆有识的“革命”，而影响弥深。

《时文琐谈》十一则

郜元宝

闲居无事，静极思动，“开机”作汗漫谈。或谓当今思想文化界，“保守主义”“新左派”“自由主义”将三分天下，自省本无资格归入任何一派，也不懂构思弄笔，缘何非要严分门户。仰观三派或三派以外之崇论宏议，不才识小，唯于文字细节多所留意，间或俯察其动机私心耳。

“文”之为词，义训甚多，姑取“汉字”“文章”“文学”三义。又“时文”者，八股也，这里只取其时间概念，即当下“汉字”“文章”与“文学”也。

我非文学家，也不专攻语言文字，每有所感，辄喜议论；鲁鱼亥豕，在所难免；郢书燕说，读者谅之。

之一：中国语言没有问题

最近南京大学教授王彬彬揭发清华大学教授汪晖抄袭，弄得沸反盈天，后者不出一声，由“粉丝”们代庖辩解，此一奇也。出来辩护的几个“汪粉”，研究领域学术话语皆与汪晖迥异，而多年来离开汪晖不能思想的铁杆粉丝们却三缄其口，此二奇也。双方至今纠缠于是否抄袭，不肯触及学术思想本身，此三奇也。

还有一奇。王彬彬原本从汪晖语言发难，这一炮没有打响。与抄袭相比，语言不通似乎不在话下。有人咕哝说，汪晖思想那么重要，抄一点情有可原，文法错误更何足挂齿。这使我想起一百多年前马修·阿诺德挑剔美国第十八任总统格兰特的语法错误，马克·吐温也用类似的方式辩解过，他说总统文法不通却唤醒了美国，“而另一张嘴即使能吐出成千上万吨第一流、反复校对过、坚硬古板的语法”（据世界图书出版公司 2000 年版《美国演说名篇》,译文略有修改),又有何益?这真是搅局,说文法好贡献就大,固然荒谬,但也不能说贡献大就可以不管文法啊。幸亏美国人不信吐温鬼话,否则美国英语岂不糟糕?

汪晖是否抄袭,其思想是否重要,总有希望说清楚,但如果结论是语言不重要,那这场“争论”不仅要留下遗憾,恐怕还有负面效果。如此轻视语言,虽只见于学术界,却隐含着一个普遍观念:目前在中国讲究语言纯属多余。

这种“语言问题之取消”,与绵延一个多世纪的“语言问题之建立”,反差也太强烈。曾几何时,汉语与中国紧密相连,若非汪晖专攻的“现代性”的首要问题,至少也是核心问题之一,否则为何那么多人热心参与、争论不休?章太炎定汉字为国粹而被攻击为保守落后,吴稚晖主张以外文代“汉文”而被骂为跳梁小丑,但说汉字是“愚民政策的利器”“劳苦大众身上的一个结核”,“汉字不灭,中国必亡”的,又是太炎弟子鲁迅与钱玄同。胡适以白话代文言,掀起一场名副其实的革命,“文学的国语—国语的文学”由此开展,现代民族国家由此揭幕。20世纪30年代周作人把汉字当作本国文化终将再生的最后希望,40年代毛泽东把是否熟悉群众语言当作文艺家是否愿意为工农兵服务的试金石,50年代陈梦家因反对简化汉字而被打成右派终以陨颠,80年代“语言转向”“语言是存在的家”由哲学命题普及为稍有文化者的口头禅,90年代白话文运动之反思再起波澜,以至韩国学者全炯俊认为这是21世纪唯有中国才会产生的“向帝国的欲望”。2004年至今,超越传统“来学/往教”与现代“拿来/送去”之争,立足境内的对外汉语教学突然升级为向境外拓展的两百多所孔子学院,此举在不同地区的不同反应绝非一个“汉语热”所能说清。汉语之争的硝烟远未散去,学术界突然如此轻视语言问题,究竟为何?

有人说,学者们自知母语不过关,要“护短”,所以不敢谈。也许吧。但晚清至20世纪90年代,不正因为痛感母语出了问题,才有“语言问题之建立”吗?

情况可能恰恰相反。有人不谈语言,因为在他们看来语言已不成问题。这并非说他们都以语言大师自居,而是说他们觉得语言好不能给中国带来什么,语言不好也不会令中国损失什么。中国目前有许多比语言更重要的问题,语言在昔日的重要性已经失去,再计较语言,便是捡了芝麻丢了西瓜。

语言重要不重要?“语言问题之建立”和“语言问题之取消”孰是孰非?走进这种二元对立的怪圈很容易迷失。关键在于如何看待人和语言的关系。若视语言为身外之物,当然不重要;若视语言为中国问题的唯一镜像,重要性不言而喻。

果真有“元语言”或海德格尔所谓“星际语言”,“语言问题之取消”至少可以在国际交往中率先实现,但这要等新的巴别塔建成再说。如果中国问题能和语言分开,我也愿意举双手赞成“语言问题之取消”,但是请看:号称为底层寻求公正的学者,文章只有和他们定期互访的西方同行才能看懂;顾彬说中国作家外语不好母语也不好,普遍认为这个德国人疯了;竹内好说鲁迅“从不抽象思维”,胡风说鲁迅“思想本身的那些概念词句几乎无影无踪”,爱拿鲁迅说事者却只会玩弄概念;有些话应告诉中国人却只告诉外国人,而有些话应告诉外国人却隔山打虎只告诉中国人;中学生会写烂熟流丽之文却不懂普通信件格式;礼仪之邦无敬语系统,关系学发达的国度常有称谓的困惑;当且仅当公民赴境外旅游时才由政府部门提醒勿大声喧哗;恋人絮语比重要讲话还玄妙;产品说明书比处方"密电码"更难破译;敏感词早已不敏感而网络上仍被敏感地注明为非常敏感;国粹级浮言涨墨令人艰于呼吸,但除了继续生产,通国之人别无良策……

中国问题只能投射为中国特色的语言问题,中国特色的语言问题却表现为好像中国语言没有问题。

之二:心里的尺

上面提到马克·吐温的那篇讲演叫《格兰特将军的语法》,除了用格兰特对美国的巨大贡献来回护其语法错误(后者被形容为太阳黑点),吐温还翻箱倒柜找出一本《现代英语文学:其瑕疵与错误》,据说该书捉到莎士比亚、弥尔顿、兰姆、司各特等二十多位名人的语言错误,并宣布挑剔格兰特语法错误的阿诺德本人的文章也有两处严重的语法错误和多处不规范现象。他又说,衡量一部巨著的标准不在语法而在风格与内容。辩护可谓周全,但他最后也并没有否认格兰特的语法错误。

无独有偶,汪晖的辩护者也说现代汉语随意松散,所谓用词不当和语法错误顶多属于个人风格问题,并无是非对错。言下之意,有人语言不过关,责任在现代汉语,与运用现代汉语的人无关。这可比吐温进了一步,不仅为崇拜的学者开脱,更大发慈悲,解除一切现代汉语使用者的后顾之忧。从今往后,大家尽管随意挥洒,反正有现代汉语兜着。

看来偶尔争论一下还是有好处,否则哪有机会听到这样可爱的想法,知道我们这里也能弄出吐温式的幽默?

现代汉语,又是口语,又是方言,又是四面八方的外来语,又是死而不僵的文言,加上聪明人一刻不停的创造,岂有不松散之理。但松散不等于随意,更不意味着可以胡来,因为看似松散的任何一种语言因素都其来有自,按照一定路线进入现代汉语共同体,结成一定关系,遵循共同规则。就像上海这块巴掌大的地方,每天车流量惊人,车主的年龄、性别、学历、职业、地位、心情和驾驶经验无一相同,车辆的型号、品牌、新旧、价格、性能、状态,无一相同,非常"松散"了吧?但都由交通法规管着,乱中有序,谁也不敢"随意"。

比喻总是蹩脚,语言毕竟不同于车辆交通,语言运用者比车辆驾驶者有更大的自由度和创造发挥的空间,语言规则也比交通法规更灵活,更隐形。大概正是这种巨大的自由度和灵活隐形的规则,让人产生"随意"的错觉吧,但语言运用的难度、奥妙和乐趣也因此显露。那些创造力强的人受到的诱惑与挑战更大,他不仅要掌握一般的语言规则,还要揣摩高难度动作的隐含规则,这样才能驾轻就熟,履险如夷。语言规则客观存在,但并不全写在语言学书中,而是写在可沟通的语言经验的共同体中,比如古书中许多看似奇怪的用法,一经王引之俞樾这些大师说破,读者便能心知其妙,不会将语言的妙用以及约定俗成的习非成是现象,跟一个时代的语言共同体通不过的明显错误混为一谈。

现代汉语也有类似的道理,用鲁迅的话讲,就是"心里的尺":

> 他并非“之乎者也”,因为用的是新的形和新的色;而又不是“Yes”“No”,因为他究竟是中国人。所以,用密达尺来量,是不对的,但也不能用什么汉朝的虑傂尺或清朝的营造尺,因为他又已经是现今的人。我想,必须用存在于现今想要参与世界上的事业的中国人的心里的尺来量,这才懂得他的艺术。(《而已集·当陶元庆君的绘画展览时》)

鲁迅说的是画家陶元庆,也涉及白话文,赞同与否没关系,重要的是每一个运用语言的人心里都得有一把尺,否则就等于不晓得任何交通规则便驾车上路了。

之三:说“的”字

吕叔湘先生认为不必区分“的”(作定语)、“地”(作状语),理由是意义明显,不致误会,况且读音又一样。他主张用“地”处一律用“的”,《红楼梦》《儒林外史》早这么用了,并无麻烦,倒是“五四”以后因翻译外国文学的关系,“的”“地”分用,不仅小学生,就是大作家(如茅盾、老舍、赵树理)也常常闹不清(吕著《语文杂记》)。

解决了“的”“地”之争后(其实并未解决,现在还是“的”“地”分用),吕先生又发现另一问题:“在说到数量的增减的时候,常常会出现不应当出现的‘的’字,把正确的数量搞成错误的数量。”他举这样的例子:“只要肥胖不超过标准体重的25%,则死亡率不会上升;只有体重超过标准体重的35%—40%,才会提高死亡率。”实际上无论超过标准体重的25%、35%或40%,都离标准体重甚远,何至于肥胖或死亡?这都是“的”字作祟,不该用“的”的地方用了“的”。吕先生谈这个问题的杂记叫《驱之不去的“的”》,说明“的”“地”之争虽迄无定论,而使用“的”的场所明显超过“地”,且有被误用、滥用的可能。

现代汉语中“的”字的含义和功能太多,用错或用得不当的机会,相对也就高于含义功能较为单一的“地”字。20世纪60年代朱德熙先生《说“的”》一文引起广泛讨论,吕叔湘先生认为当时那样细分“的”字,可能是模仿西方语法学过了头,但他指出,用不用“的”,“在大多数场合不取决于语法(尽管有‘的’与否是两种结构),而取决于修辞”,属于“语言节律的问题”,这就在讨论“的”的语法时又引入了修辞问题,可见运用“的”字的规则仍然不在少数,还是值得细分的。有这么多规则管着,误用、滥用的机会自然就多了,岂止“说到数量的增减的时候”!

且不说60年代朱德熙等先生对“的”字的辨析是否过细,就是表示修饰限定的“的”字,使用频率之高,也十分惊人,好像真如某些人所说,现代汉语天然松散,必须借助包括“的”字在内的纯粹起语法功能的词语,方能勉强维持。

但另一种可能是恰恰相反:正因为无视或不善于利用现代汉语固有的语法优势,而乞灵于不必要的“的”字,才造成臃肿、拖沓、松散。例子太多,不必细举,笔者这篇小文,“的”字就“驱之不去”。吕叔湘先生上面那句话,“在说到数量的增减的时候”,“的”字也不少,改为“说到数量增减”,应该也行。

“五四”以后多用“的”字,既是模仿西语所有格,也是学习口语的结果。是否用“的”,

一度乃赞成白话文与否的标志。胡适率先垂范,许多著作标题都堂而皇之嵌上“的”字。1921 年张静庐(当时还不是大出版家)为迎合潮流,收集反对白话文的章太炎 1910 年在日本发表的几篇讲演的白话记录稿,作为太炎也曾做过白话文的证据,并说它们“可以做白话文的模仿”。张静庐给这本小册子起的名字就叫《章太炎的白话文》。流风所及,诚如章士钊所批评的,“以适之为大帝,绩溪为上京,遂乃一味于《胡氏文存》中求文章义法,于《尝试集》中求诗歌律令,目无旁骛,笔不暂停,以致酿成今日的底他它吗呢吧咧之文变”。(《评新文化运动》)在章士钊看来,和“底他它吗呢吧咧”一样,“的”字流行,乃是胡适做了白话“大帝”以后才发生的“文变”。

也有不用或少用“的”字的。鲁迅书名,绝无“的”字,这或许属于瞿秋白批评的“文言本位”,但个性凸显,容易记牢,也是好处。时文虽的的满篇,但也有例外。“中国特色社会主义”而非“中国特色的社会主义”,不用“的”,开始念起来可能有点不顺,很快也就习惯了。不知道这中间有没有考虑到吕叔湘先生所谓“语言节律的问题”,也不知道这一表述,用不用“的”,语感上有无细微差别,但至少说明,看似万能胶的“的”字,偶尔不用,也没多大关系。类似的例子还可举出不少,像“无锡特产酱香排骨”,“杭州特色糕点”,“绍兴特色臭豆腐”,“老城隍庙特色五香豆”。

“的”字也可活用。郭沫若、冰心、徐志摩、艾青、穆旦的诗,若无“的”字,简直无法造成胡适所谓“自然音节”以寄寓情感。有时候,无“的”不成文,也不成诗。鲁迅书名固无“的”字,但杂文、小说、散文的标题并不拒绝,行文更不回避。岂止不回避,有时还大用特用,仿佛要竭力为这个“驱之不去”的字眼正名:

> 我敢将唾沫吐在生长在旧的道德和新的不道德里,借了新艺术的名发挥其本来的旧的不道德的少年的脸上!(《集外集拾遗补编·看了魏建功君的〈不敢盲从〉以后的几句声明》)
>
> 正唯其皮不白,鼻不高而偏要‘的呵吗呢’,并且一句里用许多的‘的’字,这才是为世诟病的今日的中国的我辈。(《而已集·当陶元庆君的绘画展览时》)

鲁迅在《祝中俄文字之交》中还有这样的句子:“因为从那里面,看见了被压迫者的善良的灵魂,的辛酸,的挣扎”,赵元任说这“除了作为‘的’使形容词、动词名词化的例子而外,还表现了鲁迅对于粘着语素‘的’字努力取得自由的一种感觉——不但是后头自由(这已经实现了),并且前头也要自由(这据我所知,还是唯一的例子)”。(《汉语口语语法》)

将“的”字用到这境界,又何惧“的底他它吗呢吧咧之文变”?

之四:新文学家的古文字情结

从秦汉到晚清,文人多兼治语言文字之学。新文学家犹存古风,钱玄同是音韵学家,胡适留美时就开始研究《诗经》“言”字,陈独秀辛亥革命前就发表关于《说文解字》的论文,并开始关注甲骨文,20 世纪 30 年代入狱后仍坚持字学研究,一直到死。有人反对陈做北大文科学长,蔡元培却力挺这位“小学”大家。其他如鲁迅、周作人、郭沫若、闻一多、陈梦家、骆宾基等,或一边创作一边研究古文字,或干脆放弃文学,专心钻研甲骨文金文。刘半农去英法学习实验语音学,但兴趣广泛,《古史辩》就有他谈古文字的文章。

新文学家治秦篆以前古文字,各有所图,或研究古代社会与思想文化(陈独秀、郭沫若、闻一多、陈梦家、刘半农),或欲以此维持中国文学发展的延续性,都已超出传统“小学”与乾嘉诸老范围。鲁迅三十年如一日辛勤收集金石、考古、甲骨文方面的图书,并不只是为撰写《汉字变迁史》,也有文学上的考虑。《汉文学史纲要》首章“自文字至文章”,把中国文学奠基于文字,已透露其中消息。蔡元培序《鲁迅全集》,说鲁迅天才在于“用字之准确”,讲得很到位。周作人也说鲁迅有“文字上的洁癖”。胡适、郭沫若反对“读经”,理由是经书上许多字连王国维都不识,普通国民怎么读?古人云“读书必先识字”,文学创作亦然。章太炎说宋以后不讲“小学”,乱搅乱用,“文辞”便不能感人。想想当下教授学者文理不通,作家诗人粗鄙不文,几百万或上亿大片中大牌名角口吐别字,章太炎这种复古主义的激言也就并不怎么刺耳。去年国内热炒台湾作家张大春的书《认得几个字》,不知炒作者们怎样自省这个问题。

强调汉字的重要,是现代作家和学者的共识。木山英雄研究周作人,发现汉字是沉浸在失败论情绪中的周氏最后一道心理防线,他认为周在承认失败后尚能坚持虚妄的抵抗,唯一凭借就是汉字。冯至30年代在德国写信给杨晦,说再也别提20年代那些诗了,诗是他的耻辱,是在不懂汉字时写的,以后要多认识汉字。这种与汉字睽隔已久的忏悔之情,“五四”以后相当普遍。新文学家的古文字情结大概就是这样种下来的。

“五四”一代受西方冲击,一度对母语失去自信,钱玄同(吴稚晖更早)都曾主张用世界语或德、法、英语代替汉语。胡适也说只有拼音化才是文学革命最后的胜利。左翼文人在拼音代替汉字的信仰上与右翼并无二致,鲁迅就附和过“汉字不灭,中国必亡”的话(据说为钱玄同发明)。更有人推翻传统“六书”说,认为古人造字之初也为记音,一个汉字一个声符,只因方言太杂,新字孳乳太多,古今音变太繁,不得不倚重形符义符,拼音文字的本相遂被遮盖;汉字拼音化并非舶来品,古已有之,恢复原貌而已。

但新文学家很快对汉字又亲近起来,他们不只拿白话代文言,还探索文言退位后白话该怎么写。对“字”的强调起于文学革命后不久,并非否定文学革命,乃是一种新的醒觉。这是他们留给后来的一笔隐形遗产。之所以隐形,因为没有太多人注意,对日后文化也没起太大作用,但不能因此就一再被忽视。

时文琐谈,却说到新文学家、“小学”与古文字,但愿没有离题太远。

之五:消失的文人

文人势弱,自古皆然。在秦被活埋,在汉帽子做了溺器,魏晋乱世,若不烂醉如泥,中毒致残,难逃杀身之祸,洎乎明朝,更有剥皮的酷刑。所谓“倡优蓄之”“清谈误国”“文人无行”“文字狱”以及直书去势、直谏诛族,无一非文人专利。而“文人不文”,何代蔑有,鱼目混珠，真伪莫辨，纵有光耀冲破黯淡，几千年平均下来，仍觉其少，不嫌其多。

但也不必因此唱清儒的反调，说一为文人便甚足观，赶紧官孥供养，防其冻馁。也不必标榜自己就是最后的硕果，存亡继绝，在乎一身。作此妄想，已堕魔道，与文人不相干了。

所谓文人，大概不同于粗通文墨小有所成便原地踏步装神弄鬼乘时而起见势扒分的“作家”，也非稗贩之余沽名钓誉兼做假先知的“学者”。后两类繁殖极快，社会上也以他们为楷模，其实不然。文人至少不诈不伪，智商近于中人，能作婉转从容通达独立有时粗直但并不愚呆之谈话，落到下风也不图穷匕见，或像“周董”，装神弄鬼，加快语速，压倒对手。再高一点，则是修辞立诚而能娱人，谈言微中而启人以思，动人以情。这里的“人”只是“有人”，非“所有人”，故文人离不开圈子，当不起“公共知识分子”的美名。文人固有所执，但以“说出”为止；一涉行动，易失本色。他关心时势不让于人，却未必以时势关心他为条件。文辞风格一旦养成，便不易为时势所染，反而若有距离，如古之文人，不写乱离之象。他固有所知，更知其无知，不敢僭越，以国师自居。最近好几位一直恪守本分的读书种子突然发急，纷纷以国师自居，实在奇怪。文人变国师，荣登杏坛，岸然曰利国利天下，教训黔首，献策庙堂，岂能再与迷惘者同迷惘，与哀哭者同哀哭？他将只有高人之理，再无常人之情，而后者才是文人唯一依靠。

“今索诸中国，为精神界之战士者安在？有作至诚之声，致吾人于善美刚健者乎？有作温煦之声，援吾人出于荒寒者乎？家国荒矣，而赋最末哀歌，以诉天下贻后人之耶利米，且未之有也。”这是青年鲁迅的呼吁。其实，他并不坚持非得有战士不可，有至诚之声、温煦之声甚至“最末哀歌”，也很可贵，——但都“未之有也”。这似乎也是当下写照。

20 世纪 90 年代中期，有人曾说现代文学没啥了不起，顶多教人相骂。这污蔑倒也歪打正着，揭示了现代文人的特色，就是凡有发言，皆以私心认可为准，并随时准备赤条条站出来担负言责，很少一推干净，或标榜公允、稳妥。现代文人还不是“真的人”，但已经够真心的了。真心者狭路相逢，或爱，或骂，都很自然。不像现在，没有骂詈，不闻心声洋溢，一片扰攘，其实寂寞。前不久有学者振振有词，说古代文学几千年一个专业，现代文学三十年也一个专业，太不合理，后者应并入前者，三言两语，打发过去算了。这种论调后来听过几回，渐渐也就麻木。古之文人略识一二，但还是觉得他们的现代同行更可亲近。每一回想，真是令人不觉神往。鲁迅之深沉热烈，郭沫若之佻仿易感，郁达夫之全无遮拦，周作人之冲和淡定，胡适之之宽宏任事，徐志摩之天真恺切，巴金之激越充沛，老舍之本色平易，曹禺之高才练达，沈从文之乡野文静，赵树理之质朴滋润，艾青之气壮情长，孙犁之温婉秀挺，张爱玲之华丽尖新，钱锺书之智锐才宽，一如其作品，各各显示鲜明个性，不容混淆。对古人他们并不特别恭敬，但没有他们的“创造性转换”（林毓生语），许多古书古字，今人别想读懂，又何谈“存亡继绝”？现代文人跻身古人行列，并不逊色。妄分轩轾，委实无谓。

俱往矣，古之文人早已绝迹，现代文人也基本消失，或正在消失。

消失的何止肉身,也是一种写作方式,一种人生态度。现代文人和许多古人一样,不加伪饰,语语有我,作品就是自传。考其人格,在上可为导师,为民族魂,至少也是一个响当当的性情中人。当下文学的特点却是涂饰太厚,语语无我,徒做空言或各种滥调的新八股,一旦授之以权,诱之以利,不知姓甚名谁矣。或谓当代有大作,无大师,语虽不经,却也透出一点消息。文人的消失,主要是文人的自我的消失。

其实无论消失的是肉身,还是别的什么,都不足惜。优胜劣汰,合乎常轨。但见鄙夷文人而又偷一点皮毛来附庸风雅榨取文人剩余价值的现象,暴发户中间很是普遍,莫非文人消失后,魂魄即转附公仆、学阀、商贾、明星之流?不免齿冷,作文以辩之。

之六:语词的流行和存放

朋友小聚,偶尔谈到某热播连续剧,有人戏称之为“中产阶级堕落宝典”,当场被一位淑女善意提醒:“您可别成九斤老太啊!”于是哄堂大笑。

话题很快切换,我却不禁暗自浮想联翩起来。哄笑之由,并非座中一客被誉为“九斤老太”,乃因说者自居时髦,却一本正经吐出一个很“落伍”的词,这就多少也有点幽默。

“九斤老太”,鲁迅小说《风波》里一笔带过的人物,与阿Q、祥林嫂、闰土、假洋鬼子、孔乙己一道,一度成为货真价实的流行语,但如今已不甚流行,虽然比谌容《人到中年》里的“马列主义老太太”名气更响,较之也曾奔赴鲁迅笔底、永远保鲜的国骂,可就短命多了。

新词迭出,表征社会进步。比如“发扬”什么,自幼用惯,曾几何时已被“弘扬”取代。上下一心,咸与“弘扬”,“发扬”就黯然失色;有些场合改作“发扬”,反而不够庄重。从红色年代过来的人都熟悉“光辉”一词,当时只觉臻乎其极,无以复加,孰料又有“辉煌”取而代之,百尺竿头,更进一步。盛大场面若无“再造辉煌”“共创辉煌”予以描写、烘托,似乎缺了什么。相当长一段历史时期,“感情”单独使用很可能变成“敏感词”。小说中写不写感情,写到什么程度,主体是谁,悠悠万事,唯此为大,现在不也被风光无限的“情怀”代替了吗?话筒在手,舍“情怀”而就“感情”,恐怕通不过。还有“文化意识”换作“人文精神”,“安居乐业”换作“诗意的栖居”,“杰出人物”换作“一道亮丽的风景”,“下岗”换作“待岗”(似已不用),电脑代替毛笔铅笔圆珠笔钢笔的“写作”偏说是“书写”。刚刚还“轻轻的一个吻,已经打动我的心”,一声令下,全改“感动”,连先进模范也成了“感动某某年的几大人物”。“难忘的一刻”已深入人心,忽然升级为“视觉盛宴”乃至“视听饕餮的盛宴”。“表现”刚冲破“再现”的封锁扬眉吐气,很快就被铺天盖地的“演绎”收编,演艺界的凡事“演绎”几乎等于万能胶性质的“搞”。“呈现”较之“出现”已然踵事增华,不料还有“巨献”黄雀在后。“隆重推出”够隆重了,更有“盛大登场”“倾情上演”,真是鲜花着锦,烈火烹油。许多人一起走路曾被冠以“事件”“风波”,乃至陷入命名的尴尬,换成“群体性事件”,则别开生面,境界全出。“四化”“小康”何其辉煌,但几十年下来,乔治·奥威尔所谓“新说法”如雨后春笋,更新之速,唯房屋拆建道路翻修可以媲美。再用旧词,若非

“白头宫女在，闲坐说玄宗”，也只能是“谁爱风流高格调，共怜时世俭梳妆”了。

但语言发展并非一味舍旧图新，也有推陈出新。末世论相信一切所言最后都要被审判，语词一旦造出，就不会废弃，至多存放在人所未识的永恒里，一朝激活，照样流行。据说英语最不济，任何新事物都得铸造个性化新名词，海量增加，因此难学。不像汉语，几个常用字稍加组合，就应变无穷，如“扫黄”“打非”“外资”“低保”“社保基金”“发改委”“社精办”“五个一”“电脑”“博客”“上网”“灌水”“环保”“全球化”“脑残”“伪娘”“水军”“五毛党”……对旧词或旧用法，或疏离，或回归，或仿造，脱胎换骨，点石成金，似新实旧，可旧可新。

成语与器物无关，系乎文化心理，稳定性更大。许多从《尚书》《诗经》开始就雷打不动，绝无废弃（存放）之虞。《尚书·禹贡》述尧至暮年有“南巡”，“共工”“驩兜”“三苗”“鲧”，恰为“四罪”。尧死，百姓“如丧考妣”。舜之德政，“百兽率舞”。《诗·蒸民》有“小心翼翼”“明哲保身”“爱莫能助”，《小雅》有“万寿无疆”，《关雎》有“窈窕淑女，君子好逑”……沿用至今，不绝如缕。

奥威尔说过，“和语言滥用现象搏斗往往皆显得多愁善感古趣盎然”（《政治与英语》）。说“搏斗”有些夸张了，放手滥用，也翻不出语言之网。许多簇新语词其实只不过是旧词重新包装而已，比如当今“网络红人”漫天飞舞的那些诨名绰号，不都是“多愁善感古趣盎然”吗？语言的惰性令一切创造事先变得陈旧。张世禄先生曾以《诗经·君子于役》为例说明汉语里许多“基本词”，“经过千百代保存下来而没有加以变化”。（《汉语历史上的词汇变化》）“活在当下”、陶醉于词语爆炸的绚丽光芒、好像天天在做仓颉的人，大概不会承认，但这恰恰也是马列经典作家的语言信念：“基本词汇是基本上完全保存下来的，并且使用为语言的词汇的基础……把千百年积累起来的基本词汇消灭掉了，又不可能在很短期间内创造新的基本词汇，那就会使语言瘫痪，使人们完全丧失相互交际的可能。”（斯大林《马克思主义与语言学问题》）究竟人“说”语言，还是语言“说”人，真的很难讲。

算不得“基本词”的“九斤老太”是否也会咸鱼翻身，重新流行呢？要打赌，或许可以稳操胜券。

之七：请脱稿

口才得自先天，也有赖于后天历练。孔门四科，德行、言语、政事、文学，“言语”列第二，可见受重视的程度。孔子还说“不学诗，无以言”，过去认为这句话是提倡学习《诗经》，但孔子恐怕更看重“言”，学诗只是手段。“言”，“言语”，都是指“口才”，而标准在于“修辞立其诚”。不诚无物，“巧言令色”而已。但“立诚”只能在“言”中实现，闭口不言，沉默寡言，笨嘴拙舌，并非“诚”的必然表现。《围城》中那个惜言如金却尽说谎话的韩学愈就是一例。尽管孔子“讷于言”“谨言慎行”，但他对口才还是取积极态度，这和庄子将老子的“大辩若讷”发展为“大辩不言”，显然不同。

苏格拉底无书，而辩才无碍。刘季高先生认为中国古人也特重“谈论”，不尚著述。

郭绍虞尝谓先秦"骈语"是楚辞汉赋以及骈文的基础。魏晋骈文发达,清谈之风也同时盛行。重视口才的传统,一开始似乎就被某些肉食者弄坏了,尤其纵横家滥用在前,禅宗和尚弄玄在后,渐为儒者所不齿,本来发达的说话艺术遂不断衰微,唯在民间自然生灭。上流社会专营文字,唇舌之功委诸下愚,饱学之士遇见村姑村夫,往往言语上先败下阵来,著名的刘三姐传说就是最好的例子。

但也并不绝对,《红楼梦》里贾政和清客们固然言语无味,薛蟠之流"精致的调皮"也难登大雅之堂。有德未必有言,有言未必有德。我们的文明主要写在纸上,日常说话,则多有不及。维特根斯坦说西方许多哲学问题扯不清楚,主要因为哲学家们用语不当。日常生活中许多纷争和麻烦,从家庭矛盾到国际纠葛,言辞之罪,又岂在少乎?

20 世纪 80 年代中期,先师蒋孔阳先生邀李泽厚来复旦讲学,那时李先生声望正隆,拟讲三次,首场放在第三教学楼,因听众太多,移到"二教"大教室,架不住美学爱好者蜂拥而至,最后只好挪到相辉堂。但大家很快发现李先生口才实在欠佳,即使狂热的崇拜者也很失望。第二讲听众人数锐减,换到"二教"原来那间教室,第三场则回到原来安排第一场的那间。三讲过后,走在校园里的李先生似已沦为常人,少有问津者矣。他当然照旧迈着逍遥步,旁若无人。口才再差,也是《美的历程》的作者! 换个人,恐怕就难为情了。

李泽厚先生后来没有再见,那次也许不在状态,据说一般场合,他要算反应敏捷的,那又自当别论。总之学问好,口才未必佳;学问不好,口才未必不佳。王熙凤不会题咏、作对、制灯谜,只会点戏,"文学"肯定不行,若论"言语",荣宁二府却首屈一指。她抱怨佣人没几个会说话,"必定把一句话拉长了,作两三截儿,咬文嚼字,拿着腔儿,哼哼唧唧的,急的我冒火"。她将宝玉丫鬟小红挖过去使唤,就是看重小红"口角剪断"。凤姐培养干部,重"语"而轻"文"。

吕叔湘先生认为中国很早就有重"文"轻"语"的传统,原因是"言文分离"。孔子讲究"雅言",奈何全国无"正言"(标准语),大家各说方言,只靠书写维持交流,历代考试制度又只重文辞而不顾口表,想不重文轻语也不行。"五四"以后大力完善"国语",推广"普通话",但实际语文教学依旧"半身不遂"(吕叔湘语)。吕先生还认为,重文轻语,不但使学生不会说话,也不会作文。白话文以"写话"为原则,说不好,岂能写得好? 人是言谈的动物,平常作文机会毕竟不多,却时刻都有说话的必要,所以不会作文事小,不会说话事大。

一个直接的后果,就是开会念稿子,几乎成了中国特色。偶尔有人脱稿,大家都会捏一把汗。稿子在语言无法施其技的场合才派上用场,能够和需要面对面说话,却躺在稿子上哼哼唧唧,无异于只要文字而放弃语言。稿子本是帮助说话,"帮助"变成"代替",就适得其反了。当然有时确实也需要照本宣科。重要报告和文件,须听领导或专人逐字逐句读出,感受有声的存在,印象才深。但这并非因为"文"重要,恰恰说明许多场合,离开"语","文"的权威便无法彰显。"宣旨"也是如此,爱看"清宫戏"的人应该知道这一点。

过去西方青少年进 Grammar School(文法学校),并非只学语法,而是学整个语言和语言里的道理。现在他们中小学生还三天两头练 representation(报告)、debate(辩论)、

speech(演说)、mock trial(模拟庭审),长大后碰到正式发言就不大会怯场(有的中学生还能在媒体定期发表时政演说)。周作人说中国无欧洲基于演讲术的修辞学,大致不差(《看云集·修辞学序》)。近代以来西风东渐,国人多爱演说,但真有演说术的不多。梁启超凌云健笔,风靡一世,光绪帝硬是听不懂他的粤语官话。马叙伦回忆章太炎演讲,同为浙人,只能听懂“要革命,必须革命,不可不革命”之类散句,值得称道的还是国学大师的“身体写作”:不走两侧台阶而偏以矮小之身从前台爬上,讲完又从原处爬下,边讲边提裤子,因腰带不知用什么东西随便一系,时刻防止滑落(《石屋余渖》)。

有话好好说,是前人未竟之业。从娃娃抓起是治本,但也要治标,比如请面对公众说话的人率先垂范,脱稿直说,或用稿子做“话本”,尽量恢复语言的原貌。否则,我们还活在“无声的中国”,只低头念字,听不到真实的说话的声音。

不念稿子不敢开口的局面一定要改。“修辞立诚”,是更上层楼的事,中西方异地则同,无待多言。

之八:“必也正名乎?”

1822 年马礼逊编辑第一部英汉词典,其《英吉利国字语小引》谓“英文有二十六字母……”,周振鹤教授认为这是“英文”一词最早出处。马礼逊译 English language 为“英吉利国话”,译 Chinese language 为“中国的话”“汉话”,当时“英语”“汉语”二词尚未发明。1855 年何紫庭序《华英通语》:“吾友子卿……恒虑华言英语,不异北辙南辕”,才有“英语”一词,至 1862 年唐廷枢出版《英语集全》,俨然已是正式术语(《“英语”与“英文”的首创权》)。

周君推测马礼逊造“英文”一词是从称满文为“清文”获得灵感,20 世纪 40 年代周作人也说“汉文”乃与“满文”对应而生,“至于汉字则是新名词”(《十堂笔谈》)。其实“汉文”很早就有,南朝梁僧佑《出三藏记集》谈到佛经翻译时说,“或善胡义而不了汉旨,或明汉文而不晓胡意”,但这里的“汉”指“汉朝”。与佛经翻译相关的还有“汉言”“秦语”“秦言”“晋言”“唐言”,分别指汉朝、后秦、晋与唐朝的言语。北朝鲜卑统治者称北方居民为“汉人”“汉儿”,语言为“汉语”,始有民族和民族语言之义,但也不等于今天中华民族共同语的“汉语”(说见李一氓《试释汉族》)。1998 年韩国发现的元代古本《老乞大》所谓“汉儿言语”,指蒙元时汉蒙混合语,明朝以后逐渐消失。现代意义上的“汉语”“汉字”和“英语”“英文”一样都是“语言接触”的结果,并得力于晚清民族主义意识勃兴,周作人讲得不错,但他未指出现代意义上“汉文”“汉字”“汉语”三词的具体由来。我见闻狭窄,不知有无这方面的系统考证。

像汉语、中文、汉字(1949 年前一度定名为“国字”)、国语、国文、普通话、华语、华文这些常用概念的源流异同,国内不讲究无甚大碍,但在好像要“拿来”“送去”并行的今天,“送去”的对象难免疑惑,猝然问起,肩负“送去”使命的人要给出满意解答,殆非易事。

目前“对外汉语专业”因“全球汉语热”而走红,“中国国家汉语国际推广领导小组”下设办公室(简称“汉办”)声名远播,“送去”的是“汉语”,英文为 Chinese 或 Chinese Language,这都没问题。但 Chinese 或 Chinese Language 何以不叫“中国话”而叫“汉语”(比如赵元任说他的 A Grammar of Spoken Chinese 中文名应叫《中国话的文法》,吕叔湘却坚持译为《汉语口语语法》)。落实到文字为何叫“中文”而非“汉文”(至少辛亥前还只有“汉文”,比如上世纪初章太炎、吴稚晖围绕“废除汉文”的争论)。国内大多数“中文系”的全称为何叫“中国语言文学系”或“汉语言文学系”。外派的究竟是“汉语教师”还是“中文教师”。前者只教外国人说中国话而后者专教他们写中文吗?“国语”“国文”只是台湾地区共同语和书面语吗?为何钱玄同、黎锦熙、罗常培等认为“国语运动”从清初刘继庄就开始了,胡适“国语的文学—文学的国语”也不提当时民国?今日之“华”并非只是过去“华夏”“华族”“华夷”之“华”,“中华民族”“中华人民共和国”也有一个“华”字,外人对中国的某些行为仍被称为“来华”“访华”“侵华”“援华”,而“排华”“反华”“亲华”之“华”,既指本土中国,也包括海外华人。既如此,华语、华文是否只用来称呼海外华人的语言文字和文学?“海外(世界)华文文学”的主体不是既有“老华侨”也有“新移民”吗?周有光先生说:“‘国语’和‘普通话’这两个名词原来都是‘通名’,不是‘专名’……只有‘华语’这个名称有‘专指性’,一听就知道专指‘全世界华人的共同语’,可以跟‘英语’‘法语’‘日语’等名词并立使用。把中华民族的共同语定名为‘华语’,似乎比较合适。”(《关于“大众普通话”问题》)他还预言:“全世界华人可能在 21 世纪之末普及华夏共同语华语。”(《21 世纪的华语和华文》)这个说法的可接受性究竟怎样?

2000 年版《辞海》“普通话”定义说:“近几百年来,由于白话文学和‘官话’的传播,其(按指普通话)规范逐渐明确,影响日益扩大……建国后,普通话得到迅速的推广和发展。”似乎暗示普通话早于“官话”和“白话文学”,何时得名,何时开始推广,也很含糊。“普通话”最早可能见于 1902 年吴汝纶与日本人的一次谈话,1904 年留日学生“演说联系会”简章也有该词,1906 年朱文熊《江苏新字母》称“各省通行之话”为“普通话”,这都可能从日语“标准语”而来,30 年代瞿秋白也说过“现代普通话的新中国文,应当是习惯上中国各地方共同使用的”——但直到 1955 年 10 月召开“全国文字改革会议”和“现代汉语规范问题学术会议”,同年 10 月 26 日《人民日报》发表《为促进汉字改革、推广普通话、实现汉语规范化而努力》,次年 2 月 6 日周恩来发布《国务院关于推广普通话的指示》,才有正式定义和开始推广的确切时间。写入《宪法》,则是 1982 年。这些《辞海》不交代,易生误解。

“普通话”尚且如此,上述名称普通内容未必普通的概念更可想而知。40 年代吕叔湘先生有感于“国语”“国文”两词辨析不易,说“名词的繁杂,和涵义的分歧,是很不幸的事情……希望慢慢的能澄清起来”(《文言和白话》)。现在看来他当年的愿望并未完全实现。孔子说“必也正名乎?”今天“正名”之事或许还不至于“必”,但依据历史脉络来“释名”,无论推广常识还是解决积累下来的学术难题,倒是值得认真对待。倘有相对公认的结论,印成小册子,“送去”之时,也就有备无患了。

之九：汉语四“后”

世界各地汉语写作因文化传承与社会环境不同而显出差异，又因文化交流人员往来而相互连带。汉语日益世界化，但世界终究只有一个汉语。

20 世纪 80 年代后，内地文学复兴，汉语问题也日益成为文化讨论的焦点，其中“后革命”论述框架颇具统摄力，即认为总趋势是走出过去革命话语的单一空间。说是多元，但看作者队伍，延安一辈（如韦君宜）很少，从王蒙那代算起，大多执笔于革命胜利后，一开始就落入“后革命”空间，他们的从 80 年代逐渐成熟起来的话语策略，严格讲来应是“后后革命”。但无论多少个“后”叠在一起，归结起来还是“后”，称为“后革命”，也并无不妥。

“后”非否定。革命话语作为语言资源，恰恰因为“后”，这才进入当下，就像当年黯然逊让的文言文很快在白话里找到新土壤。“十七年”和“文革”的“后革命”写作是现代“革命文学”的延伸，“后后革命”写作则要面对“革命文学”与“后革命”写作（“红色经典”）的双重遗产（无论其策略是公开“告别”还是隐秘继承）。

“五四”后不久，新汉语便开始经历革命化熏陶。1949 年后运动频繁，更使汉语充分政治化。有人认为当下语言荒疏渊源于此，其实不然。研究语言，先要面对历史情境，不必急于作价值评判。革命话语对 20—30 年代多样化语言道路似有一种收缩，但实际情况复杂。拿学术语言来说，何其芳做中国社科院文学所所长时强调写文章要通顺，以至有“何其芳体”。一些领导人文章也很漂亮。此外，恐怕不能把“鲁语”等同于革命话语，也不能将革命话语等同于“姚文元体”。至于毛体和赵树理体，并非简单否定 20—30 年代汉语。有谁像毛那样旗帜鲜明主张作家须学习工农兵语言？有谁像赵树理那样真把民间语言用活并和现代汉语共通语融为一体？红色政治是历史必然，而汉语中某些明显迂腐的东西也正是在这个阶段被洗刷。台湾作家学者的语言保留不少古趣，但有时也够陈腐。倒是海峡这边，经过伤害也好扭曲也好洗礼也好，更见芜杂鲜活。

王德威从“后遗民”角度剖析台湾文学，也很有趣。“后遗民”首先针对明清两代遗民而言，顾及乙卯割台（1895）之后遗民、殖民、移民混杂的局面，迁延至 1949 年以后再度孤悬海外的处境，共通点是对汉语传统近乎图腾的迷恋，这和内地经过“五四”和革命话语而辅以遗产继承的脉络，差别很大（王德威《后遗民写作》，台北麦田出版公司 2007）。

当然不能涵盖全局。陈映真、陈若曦等就更接近“后革命”写作，尚未割断与现代文学血肉联系的白先勇、於梨华等至少在语文上并无“后遗民”气，倒是与“革命”和“后革命”相距遥远的朱天文、朱天心等，常像破落户子弟当街晾晒祖宗衣物那样醉心于“文字炼金术”。比起师爷辈的胡兰成、木心，朱氏姐妹主要是生硬嫁接古汉语与白话文，比如将单音节词尽量不落痕迹地双音节化，杂入文中，显得含华佩实、古风盎然。这种既缺口语支持又乏深厚学殖的书房操作，稍有不慎，满盘皆输。

据说 70 年代末赵元任回北京，曾抱怨当时口语受报刊书面语影响而缺少生活气息。反过来，文字/文学终究属于语言衍生物，语言又受制于方言构成与幅员总量。这方面，活的语言资源有限的“后遗民写作”，前景恐难和语言资源丰富的“后革命写作”相比，虽然善于利用这一资源的内地作家目前也并不多。

香港作为海峡两岸文化中介,叠印两岸语言气象,“后革命”“后遗民”在此弹丸之地都有大量声气相通者。但香港汉语写作因官方英语长期存在,又显出特殊性。

出生香港、母语为广东话、从小父母督促写中文、长大接受西化教育而供职美国大学的周蕾,不无愤慨地称她在英语/母语夹缝中的中文是一种“离散书写”(writing diaspora)(周蕾《写在家国之外》,牛津大学出版社1995),“老外”怀疑来自香港的她中文欠正宗,一些据她说中文还不如她的同胞也说她汉语不行,她写中文缺乏(也无须)背景倚恃,只能在挥之不去的语言压迫下诉求于本身谱系也很混乱的普世价值,因此这种“离散写作”是“写在家国之外”。

“家国之外”云云,凸显个体存在,质疑语言归属。个体不可让渡,使用何种语言不重要。

对汉语抱这种超然心态,已经是“后汉语”的境界了。

但果真有毫无语言归属的个体语言或语言个体吗?世界语梦想破灭之后,还有超越民族—国家语言归属、单纯指向个体的话语吗?不必怀疑这种语言体验的真实性,但也要看它在香港乃至海外究竟有多大典型意义。

海峡两岸与港澳、东南亚及世界各地都有中文(华文)写作,一本同源,而容貌有别。所谓“两岸四地汉语”,范围太大,论者每感无从下手。上述三“后”,着眼于写作者的语言姿态,虽是局部切入,却也能帮助读者想象整体联系。

还有一个“后‘现代’”,但并非一般所谓“后现代”。“后‘现代’”之“现代”,特指中国的现代时期,而一般在中国讲“后现代”者,对中国的“现代”往往不甚了解,因此也很难真正“后”起来。中国的“现代”是一个至今仍在起作用的“小传统”,对此倘无充分释读,自难洞悉“后革命”“后遗民”“后汉语”的底蕴。上述三“后”对于“后‘现代’”,似乎都用力不够。

四“后”并观,庶几其可乎?

之十:南北语言不同论

讲当代中国语言状况,一般都会说,随着普通话的推广,各地方言纷纷退缩,虽然不至于消失,但基本成为辅助性的低位语言。语言学家还会提到,当代作家方言身份日益模糊,写作中采用方言的人已经越来越少。

这些都没错,但南北语言的显著差异,似乎少有议及者。

不妨分语言和文学两方面讲。语言上,北方人普通话水平普遍高于南方,但若论普通话能力提高的幅度,则北不如南。北方方言接近普通话,允许“北人”学习普通话时乡音无改,以“北”(北方话)代“普”(普通话)。“北人”说话字正腔圆,不一定是标准普通话,但“南人”震于其浓郁的北方味,以为那就是标准普通话了。我有个山东朋友,转来上海教书,山东口音就是脱不去。普通话与南方方言距离较远,要求“南人”尽改乡音,学说普通话，大学里打南方乡谈的教师或学生基本看不到。

在文学（包括一般书面语写作）上，所谓方言身份模糊，主要指南方各方言区作家，用方言写作的北方作家仍有不少。对比上海作家王安忆和陕西作家贾平凹，这一点不言而喻。赵元任说标准语（普通话）也是一种方言。在北方方言被确立为标准语之初，完全可以这么讲，但确立为标准语之后越久，它和标准语的距离就越来越大，因为标准语须不断吸纳外来语、方言和古代以及现代以来共通书面语的滋养，不会停留在北方方言的起跑线上。从语言构成上讲，自古以来汉语共通语都是“南腔北调”，现代又加上“中西合璧”，口语如此，书面语更不例外。“北人”如果因为普通话基础是北方方言，就依赖这个天然的优势，故步自封，则无论说普通话还是写现代白话文、创作现代汉语文学，都会落后于奋起直追的“南人”。

国语/普通话之间的这种南北差异，影响中国现当代文学最醒目的一点，就是本来应该成为“国语的文学—文学的国语”之中坚的北方作家，因为自身方言的便利，以及历史上共通书面语与本地方言的天然贴近，反倒倾向于方言文学，成就最高的老舍、赵树理两位，也未能尽心竭力创造“南腔北调兼中西合璧”的现代白话书面语。加上 20 世纪 40 年代以后延安方面的大力提倡，不仅来自北方的作家（当代有贾平凹、李锐、莫言、张炜等）纷纷归回方言世界，少数南方作家也放弃“五四”确立的现代白话书面语传统，转向方言写作（如吸收粤方言的《虾球传》作者黄谷柳和后来吸收湘方言的周立波）。主要以北方方言为根底的乡土/方言文学，因此长期占据现当代中国文学主流。这个势头在 20 世纪 50 年代大力推广普通话之初有所遏制，但直到 20 世纪 90 年代新都市文学崛起，在从小接受普通话教育的新一代作家身上才有所改变。相反，在国语—普通话运动中原本处于被改造被压抑地位的南方作家，却自觉依靠千百年来成熟的共通语（通语—官话）写作传统，同时借助这个群体所处地域在近代以来日益显著的经济文化优势，成为“五四”以来“文学的国语—国语的文学”的中坚，确立并不断壮大“南腔北调兼中西合璧”的超越方言的更宽阔更深厚更灵活的现代白话书面语传统。

1913 年民国政府教育部召集各省代表开“读音统一会”，1919 年在此基础上出版首部《国音词典》，1926 年“数人会”议定“国语罗马字拼音法式”，1932 年《国音常用字汇》出版……现代国语运动确立北方方言为民族共通语的基础方言的过程中，许多关键人物（吴稚晖、钱玄同、鲁迅、周作人、黎锦熙、刘半农、赵元任）都来自南方，足见南方知识分子对元明以来“官话”和北方方言的认同。认同的结果，是为数众多、在现代文化建设上明显占据主导地位的南方作家不得不模糊乃至大量放弃自身方言资源，成为在方言上无所属的作家群，他们自觉地学习和创造中西合璧、南腔北调、超乎方言差异的现代中国共通书面语，既接续了几千年来汉语文学书面语传统，也为现代中国文学书面语留下一笔宝贵遗产。为现代普通话书面语作出更大贡献的不是北方作家群，而是南方作家群。

如果北方作家群以方言为根基的书面语写作强调“群众路线”和“人民性”的政治正确性，强调民族性、地域性文化特色须借原汁原味的方言土语才能获得充分表现，那么南方作家群超方言的书面语写作则强调文学语言最终须脱离方言羁绊,脱离方言羁绊的书面语既可表现纯方言写作无法表现的世界性因素,也可通过用共通语"翻译"方言的办法,表现北方作家群所追求的地域文化精神。

将小说人物的方言"翻译"为普通话,在现代文学中很普遍。鲁迅几乎一律让闰土、祥林嫂、阿Q、魏连殳、吕纬甫、涓生、孔乙己、华老栓、假洋鬼子等讲古今杂糅中西合璧南腔北调的"国语"。郁达夫《春风沉醉的晚上》写女工陈二妹问男主人公:"你天天在这里看的是什么书?"作者特地用括号注明:"(她操的是柔和的苏州音,听了这一种声音以后的感觉,是怎么也写不出来的,所以我只能把她的言语译成普通的白话。)"《围城》除少数例外,即使交代人物说的是方言,也将方言"译成普通的白话",但《围城》的南方文化特色并不因此稍减。鲁迅、郁达夫、钱锺书小说人物的"国语""普通的白话"可以南腔北调,中西合璧,古今杂糅,但就是不实录方言土语。这是向着共通书面语挺进的努力。40年代,主张民族形式的理论家向林冰抱怨路翎小说人物"缺少一般的土语","没有大众的语言",胡风却赞同路翎的观点:"工农劳动者,他们的内心里面是有着各种各样的知识语言,不土语的……他们是闷在心里用这思想的,而且有时也说出来的。"路翎甚至认为人民群众只说土语,乃是"精神奴役创伤"之外的"语言奴役创伤",这是提倡方言写作的人想不到的。

南北作家两种不同的语言策略在现当代文学中发挥各不相同的作用,高下优劣,难以遽断。当前,方言无所属的青年作家越来越多,超方言/都市写作似乎越来越有可能继方言/乡土写作之后,成为新世纪中国文学的主流。这是新的"言文分家"呢,还是现代汉语共通语正跨越传统的方言分区而走向融合,由此造成一种超越传统方言差异的方言身份日益模糊的共通语文学?

这个问题,需要语言学家和文学研究者一起来回答。

之十一:中国作家的外语和母语

德国汉学家顾彬说中国当代文学是垃圾,理由之一是当代作家大多不懂外语,而不懂外语也不能真懂母语。

笼统地评价当代作家的"外语"和"母语",并以此衡量其创作,似乎不像懂行的汉学家应该说的话。确实有许多现代作家外语好,成就也高,如周氏兄弟、郭沫若、巴金、徐志摩、钱锺书、张爱玲、穆旦等,但也有精通外语的半吊子作家胡适、陈源、林语堂、梁实秋,还有外语不怎么好的重要作家丁玲、沈从文、赵树理、萧红、路翎、孙犁、汪曾祺,可见外语并非衡量一切的标准。将来或许有更多中国作家可以用外语写作,谁敢保证一定优秀?不是已经有许多人在国外用英语写作并频频引起英语世界的轰动吗?顾彬不妨去看看那些临时用外语包装起来大肆兜售的"中国记忆""中国经验"究竟怎样。

晚清译事大开,王国维说是继汉唐翻译佛经之后又一盛事,这还满足不了当时的西学热情,严复就主张国人应越过译文,直接读西书。"五四"到1949年,外语学习蔚然成风,乃是不争的事实,但后来外语教学环境变了,“运输精神的粮食的航路”(鲁迅)几乎断绝,吃饱肚子都成问题,遑论其他。指责大多数生于那个年代的当代作家不通外语,是忘了基本的历史条件。

20 世纪 80 年代以后,不少作家想学外语,可惜过了年龄。为弄文学而学外语,与为数理化而学外语,难易不可以道理计。尽管如此,他们谈起外国文学来还是眉飞色舞,马原、格非、余华、王安忆、孙甘露等都有外国文学方面的专文专著。外语差的当代中国作家对世界文学的认同远远超过许多中文不错的汉学家对中国当代文学的亲近。

对中国作家来说,怎样才算母语好?这得先弄清楚中国作家的母语的具体构成。同是右派作家,王蒙、高晓声、张贤亮的语言就不一样;同是寻根作家,贾平凹、韩少功的语言也很不同;同是先锋作家,余华语言比较朴实,孙甘露则极端欧化;痞子文学代表王朔与曾被诬为流氓作家的代表朱文的语言构成也两样;王安忆、铁凝都是知青族女作家,前者偶用沪语,后者杂用北方方言,味道不同。“现代汉语”容纳了太多语言要素,很难立一个抽象的标准来衡量同用“母语”写作的中国作家。这并非说我们没有评判当代作家的语言标准,而是说应该体贴他们的语言环境的复杂性,看他们在复杂的语言环境中各自成就了怎样的语言艺术。操纵火车要用操纵火车的标准,驾驶轮船要用驾驶轮船的标准,不能用驾驶轮船或古人骑驴的标准评判火车操纵者的水平,同样也不能不顾语言环境的差异而将杜甫、鲁迅的语言艺术标准强加给当代作家,正如不能用歌德、席勒的语言成就要求当代德国作家。

从语言上攻击中国文学,晚清以来一直是我们中国人自己的强项。《新青年》集团从根本上否定了到那时为止所有中国主流作家的语言。顾彬像宣布地理大发现一样指出中国作家外语不行母语也糟,但胡适、陈独秀、鲁迅、钱玄同、瞿秋白、胡愈之等干脆说汉语言文字本身就不行,不仅不行,还是没有生命的“死文字”“鬼话文”,遗毒深广,罪恶滔天,因此“汉字不灭,中国必亡”,甚至主张变外语为母语(吴稚晖、钱玄同),比顾彬“杀根”多了。当时的设想如果实现,中国作家直接用世界语、德语、法语、英语写作,不仅外语这块阿 Q 头上明摆着的癞疮疤可以一劳永逸地洗净,也不存在母语的隐痛,但这样一来,汉学家以及他们的中国同行也就彻底砸了饭碗。

用“外语不好”或“母语也差”论断中国当代文学,并未找准病根。若不能体贴现代汉语的复杂身世及其背后的复杂生存,则语言问题,还是慎谈为妙。

2010 年 5—7 月记于南溟流寓

(原载《南方文坛》2011 年第 2 期)

获奖词：

如何学术？如何批评？本文从语文学和人文主义角度讨论了文学批评的问题，强调文学批评的人文主义性质，不仅对技术化的批评是一种抵抗，更对当下文学批评的风气具有匡正意义，而且对青年学者自身的学养与情感的培育富有建设性。文章引论结合，论述明晰，深入扎实，显示了作者的学术洞见和批评责任感。

回到语文学：文学批评的人文主义态度

梁　鸿

一、重回语文学

美籍阿拉伯裔学者萨义德在《人文主义与民主批评》一书中阐述文学批评"回到语文学"的重要性，"一种真正的语文学阅读是积极的，它包括进入早已发生在言词内部的语言的进程，并且使我们面前的任何文本中可能隐藏着的，或不完整的，或被遮蔽的，或被歪曲的东西泄露出来。那么，从这种语言观看来，言词不是被动的标记和记号，谦逊地代替一种更高层次的现实；相反，它们是构成现实本身必不可少的一部分"[①]。依据《语言与语言学词典》，"语文学(philology)专门用来指根据文学作品和书面文献的研究所进行的历史语言分析。广义的语文学有时包括文学和文化研究"[②]。索绪尔《普通语言学教程》认为，语文学是语言学作为一门学科发展的一个中间阶段，它以语言研究为对象，但却并不是唯一重点，"语文学首先要确定、解释和评注各种文献；这头一项任务还引导它去从事文学史、风俗和制度等的研究，到处运用它自己的方法，即考订"[③]。语文学重点关注语言中的文学、历史、文化等信息，因此常被称之为"人文学科"，而现代语言学(linguistics)则被称为"自然科学"。在中国学术界，语文学时期主要指一直延续到晚清时期的训诂学，着重于注释古代典籍，晚清以后才开始现代意义的语言学研究。很显然，在萨义德这里，"语文学"既指对"语言"进行训诂，即考证、解释语言的生成，但更多地指向对语言背后所蕴含的历史内容进行分析，"语言是凭社会成员间通过的一种契约而存在，它能够反映一个民族的风俗习惯、政治史"，在此意义上，语言必然能够映照出一个民族历史的生成、情感的变迁、经验的积淀和政治制度的逻辑，等等。

在欧美的语言学发展史上，起初是亚里士多德的逻辑主义传统，认为语言依赖并从属于逻辑思维。自近代以来开始形成人文主义传统，关注语言（主要是语义）与文化、思维的关系。17 世纪卢梭在《论语言的起源》中认为，“通过典型事例考察并展示一个民族的性格、生活方式、意趣是如何影响他们的语言的，将提出一种真正的哲学问题”[4]。通过考察语音（voix）的变化，他发现，“随着需要的增加、人事的复杂、知识的传播，语言的特性亦在变化”[5]。18 世纪人文主义语言学的重要代表赫尔德提出，“语言是民族的镜子”，认为语言不只是思维的工具，而且是思维的形式和仓库，在语言中沉积一代代人的经验和知识。实质上他已经萌生了民族语言形成一种世界形象的新观点[6]。而《新科学》的著者维柯认为，语言产生及变迁本身就是人类社会生活变迁的标志，由此，他提出话语的比喻理论，认为语言就是对世界的一种幻象和比喻认知。

萨义德认为，重回语文学，就是重回人文主义，通过对语言的溯源重新回到历史生成之初，去寻找那言词背后的“历史生成”，“人文主义是努力运用一个人的语言才能，以便理解、重新解释、掌握我们历史上的语言文字成果，乃至其他语言和其他历史上的成果。以我对于它在今天的适用性的理解，人文主义不是一种用来巩固和确认‘我们’一直知道和感受到的东西的方式，而毋宁是一种质问、颠覆和重新塑形的途径，针对那些作为商品化的、包装了的、未经争辩的、不加辨别地予以合法化的确定的事实呈现给我们的那么多东西，包括在‘经典作品’的大红标题下聚集起来的那些名著中所包含的东西”[7]。

如果回顾萨义德的学术史，《东方学》《文化与帝国主义》《知识分子论》《最后的天空之后》等著作，就会发现，他所强调的“语文学”和“人文主义”具有特别的含义，即从自我身份和文本所涉及的自身语言传统出发，对身处的世界、文本和文化进行交互性的分析。他特别强调学者的自我身份——对他自己而言，是“西方和阿拉伯-伊斯兰传统”混合状态——对学术思考的影响。这里的“人文主义”并非指普遍意义的人道主义关怀，而是指一个学者以语文学为切入口，在对文本语言的词源学分析基础上，使语言回到所附着的和所涉及的社会语境、民族历史中，最终对自身所处时代的种种事实进行质疑、批判和敞开。正是以此立场，他写出《人文主义与民主批评》《东方学》和《文化与帝国主义》等论著。他把“东方”看作“西方”的“他者”的建构[8]，并敏锐地发现加缪作品中所隐藏着的具有超稳定结构的“法国形象”，它表现在加缪对阿尔及利亚土地上阿拉伯人的空缺描述中，阿拉伯人只是一个模糊的结构和没有主体性的符号存在[9]。

我感兴趣的是萨义德对文学批评通向“人文主义”的独特界定：语言和自我身份。前者是通往人文主义的方法与途径，后者是论者的情感起点和理性起点。“从字面上讲，语文学就是对言词（words）的热爱，但是作为一种训练，它在所有重要文化传统——包括构成我自己成长环境的西方和阿拉伯-伊斯兰传统——的各个阶段，都获得了一种准科学的知性和精神的声望。……所有这一切包含着赋予语言的一种细致的学术关注，认为语言在其自身之内承载着它确实可以或者实际上并未承载的知识。”[10]对于文学批评者而言，重回语文学首先意味着重新把目光投向语言、词语和文本本身，从对语言的持续关注和追索中发现文学内部所透露出的幽深的时间和空间,这不只是因为语言可以发掘历史,而是因为“构成民族的正是语言”,“语言就是一种历史文献”[11]。重回语言和言词,意味着重新进入语言所产生的民族历史与时间之中,在对语言的探索中寻找历史。在此过程中,语言所蕴含的深远信息慢慢浮出地表,它的氛围、流转,它的对抗、妥协,它的转喻、象征,等等。探讨语言的生成过程和使用方式,也即重新回到历史源头,去寻找被遮蔽在时间深处的真相。这也是一种批判主义的学术态度。

对语言的探询逐渐指向自我的历史生成和现实存在。学者对自我身份的强调固然可能会带来思维的褊狭和某些盲点,但对那些致力于思考与自身相关的社会、政治、文化的学者来说,这应该是一个基本的前提。否则,就无法找到思考的原点和启动点,更无法穿过迷雾一样弥散在自身周围的现象去寻找最核心的问题。鲁迅在对国民性、传统性等所有问题的思考中都是从“我”出发,首先基于对“我”的追问和怀疑,因为“我”也是这一历史构成的一部分,梁漱溟、王国维一代的学者都具有这样的自我感和历史感。萨义德究其一生思考自己与阿拉伯传统、美国文化之间的关系,一个失去家园的阿拉伯人,一个在美国精英文化中拥有地位的人,一个伊斯兰传统中长大但却是基督教徒的人,等等,这多重身份和多重文化的矛盾既是他生存的真实状况,也是他思考世界的起点。德籍犹太裔哲学家汉娜·阿伦特并不回避自己的犹太人身份,而是以此出发,思考二战以来欧洲现代政治制度的种种问题,这一出发点反而使她的认知具有独特的启发性和穿透力。日本当代思想史学者子安宣邦在《东亚论——日本现代思想批判》序言中第一句话便这样说:“从我们自身的体验中去追寻,何谓20世纪的‘近代’、何谓‘亚洲’乃至‘日本’?这是我作为思想史学者的使命。”[12]以追究“自我形象的生成”起始,这是子安宣邦思考近代日本的生成的基本经验起点和伦理起点。

一种真正的人文主义态度是从自身——“民族”和“自我”的双重自身——的经验、体验和伦理感出发,从内部的历史与原点出发,去发现其与外部世界的关系。在这里,重回语文学也许是最基本的方法,对语言的考察正是把被遮蔽的历史不断敞开并和当代不断对话的过程。

从本质意义上讲,文学即对语言的重新使用,它以修辞手段使语言的历史性和现实性产生对话和歧义,“赋予文学的特性是,它邀请读者进入与言词之间的对话关系,而这种关系之强烈程度在别的任何地方都是不可能的”。“对话”,即发现,使语言超出它固定化的含义,陌生化、复杂化、矛盾化,因为文学“比其他任何艺术或表达形式都更多地解释了,对于日常生活行为中每个人都在分享、每个人都在使用的东西,此外,对于在其自身及其词汇和语法之中,极其微妙然而也可以觉察地包含着一个社会管理其社会、政治和经济之统治思想的东西……”[13]对文学语言的重新释义,也是从中发现被遮蔽的思想,发现民族历史与之相关的社会历史、政治经济运行方式的过程。

对文学文本语言、词语的追问,可能是文学批评最基本的起点,同时,也是最具乡愁性和人文主义的起点。

二、文学作为“公共想象”的本质

重回语文学，并非意味着回到新批评的系统中，也并非仅仅提倡关注词语所具有的象征意味和审美能量，进而关注文学性的产生及其通道。恰恰相反，而是试图以文学语言本身所携带的历史信息和现实冲突为基础，让文学重回公共空间之中，重新与民族的政治史和思想史处于积极的对话之中。

重提文学在公共生活中的作用，一方面是因为文学想象能够为一个民族的公共生活和公共精神创造、想象新的空间，这是文学所具有的人文主义性的最大体现；另一方面，也因为在当代中国乃至于世界发展史上，在政治学、经济学和公共管理领域，科学主义和技术主义越来越强大，而公共生活和公共领域却在日渐萎缩，这直接导致民众公共精神的减弱和丧失。文学与政治、经济相反，后者致力于使社会秩序化、标准化，增强其可控制性，尽可能使其“简化”，而文学则要充分展示社会生活及人类内在的复杂性和被压抑性——丰盈的、含混的、痛苦的，同时又活生生的存在。还有一个非常重要的原因是，自 20 世纪 80 年代以后，中国当代文学的写作者和批评者们似乎很少愿意再提文学的“公共性”和“公共想象”作用，很少提文学对政治的影响。经过政治意识形态对中国还尚未发育成熟的“公共生活”和“公共精神”的强劲洗礼之后，经过当代系列文学思潮对“文学性”的反复窄化之后（虽然这一“窄化”倾向有非常复杂的文学上和政治上的原因），在作家对“知识分子”身份自动放弃之后，文学所蕴含的“公共想象”的含义似乎变得暧昧不清，并被驱除到它的本质属性之外了。在这一过程中，当代文学批评是文学思潮的命名者和推动者，但却缺乏对文学“公共性”的澄清意识与总体思考。

昆德拉在阅读《包法利夫人》时不禁发出这样的感叹，“判断一个时代的精神不能仅仅根据其思想和理论概念，而不考虑其艺术，特别是小说。19 世纪发明了蒸汽机，黑格尔也坚信他已经掌握了宇宙历史的绝对精神。但是，福楼拜却发现了愚昧……在一个如此推崇科学思想的世纪中，这是最伟大的发现”[14]。一部优秀的作品除了提供一种新的美学风格、想象世界之外，它还应该包括对当代社会的积极反应，甚至包括某种鲜明的政治态度，对整个社会生活、现实存在和具体事件的反应，文学从来不可能排除其“政治性”（广义）的属性。科学为了实用，哲学倾心于总体原则，而文学却致力于把人心的混沌、复杂和文明发展的另一面给展示出来，它告诉人们“世界并非如此”，在此，文学发挥了它的公共想象能力，让民众产生新的思想维度，质疑、批判，或重新思考文明、制度的种种。卡夫卡的《城堡》让我们感受到现代官僚制度的可怕及对生命的压抑，加缪的《局外人》让我们看到现代生活的人的“异化”，它们都展示了文学想象在现代社会、公共想象中的重要位置。福楼拜，包括狄更斯、雨果等人的写作时期正是资本主义文明在欧洲的上升时期，科学、技术、理性成为时代的最高原则，但是，文学却颠覆了这一基本的想象，它让我们发现了这一原则的“愚昧”和“可怕”，从某种意义上，也动摇了这一时代的总体精神原则。美国诗人惠特曼认为，诗人是“复杂事物的仲裁人”，是“他的时代和国家的平衡器”。他的强大想象力“看出永恒就在男人和女人身上”，而“不把男人和女人看得虚幻或卑微（dreams or dots)”。对此,美国当代学者努斯鲍姆认为,“惠特曼对公共诗歌的呼唤,在这个时代仍然和当时一样恰当。在今天的政治生活中,我们常常缺乏能力去把彼此看成完整的人,而不仅仅把彼此看成‘虚幻或卑微’的人。由于极端信赖技术化的方式,尤其是信赖用源自经济学的功利主义来为人类行为建立模型,助长了那些对同情心的拒绝”[15]。

公共生活、公共领域和公共精神的逐渐萎缩是与18世纪欧洲工业文明大规模的发展相伴生的存在。早在1749年,卢梭就在《论科学与艺术》中认为科学已经损害了人类的道德。整个19世纪和20世纪,如维柯、斯宾格勒、尼采、雅斯贝斯、阿尔都塞等人,无论什么派别的哲学家和各科学者,他们对“技术”都持基本的反思立场。如雅斯贝斯对“技术实用主义”特别反对,“相关的知识可以通过对与这种知识有关的方法的实用性研究来获得,而这种知识则可以作为结果而被简化为最简单的形式。……每个个人仅仅在一种事情上是专家,他的才能范围通常极为狭窄,并不表现他的真实存在,也未将他带入与那个超越一切的整体的关联中去,而后者乃是一种经过修养的意识之统一体”[16]。每个人只与自己相关,而没有把人类作为“整体的关联”,从而缺乏公共精神,这也正是汉娜·阿伦特在考察“耶路撒冷的艾希曼”时所思考的起点。作为纳粹党一个普通的看守,他是一个正常的人,他所有的残杀行为都只是因为他要“遵守命令”,他把这一职责看作最高原则,阿伦特把这一现象称之为“庸人之恶”。她认为,现代社会缺乏公共领域,每个人只考察自己的技术职责,技术理性成为最高的标准,而不去关注信仰和道德,不关注自己作为一个人和人类“整体的关联”,这恰恰反映了现代性的危机。在《极权主义的起源》中,她通过分析犹太民族的历史和西方现代性的发展传达了自己的观点,认为极权主义的根源在于现代性危机——公共领域的衰落,每个人处于“隔绝”与“孤单”的存在状态,丧失了“生活之共同世界”感。阿伦特没有把纳粹事件看作历史的异常事件或者偶然事件,而是把它视为西方现代性之阴暗底层的“巨大事件”,一直存在于现代性之中的矛盾特性直接导致了人文主义和启蒙思想的崩溃。因此,如何重建公共生活和公共领域,如何重新恢复人的“整体的关联”意识,这是现代社会所面临的一个重要课题。

在这一过程中,文学以其巨大的想象力和丰富性扮演了“抵抗”和“揭露”的角色,“各种社会因素未被政治历史或经济历史所解释,潜藏在事件的表面之下,历史学家从未观察到,唯有诗人或小说家才以更深刻的激情力量将它们记录下来”[17]。无论是欧洲——包括中国——的中世纪、近代社会还是现代社会,都有文学审查制度和对文人的迫害(如英国著名的D.H.劳伦斯的《查泰莱夫人的情人》案),毫无疑问,一个很大的原因就是文学所具有的争议性和颠覆性。它能够激发人们对社会、生活和人性的新的理解,能够提供对社会、人心的新的想象。努斯鲍姆把文学想象在公共生活中的这一作用称之为“诗性正义”,这是“一种建构在文学和情感基础上的正义和司法标准”,“文学是政治经济学的敌人:一项无所不包的致力于将所有人类生活的复杂性都囊括在‘表格形式’中的科学工程。文学在它的结构和表达方式中表达了一种与政治经济学文本包含的世界观不同的生命感受;而且,伴随着这种生命感受,文学塑造了在某种意义上颠覆科学理性标准的想象与期望"[18]。

对于20世纪的中国而言,在走向现代性的过程中,就"公共生活和公共领域"这一论题而言,它所呈现的问题与欧洲社会有着很大的差别。封建帝制的中国缺乏"公民"的存在,所以,几乎没有具有现代性意义的"公共生活"和"公共领域",但是在儒家文化氛围内,民间生活却自有一套文化传统维持着基本的道德信仰,这是每个民族之人的原型结构,也具有某种公约性,有论者把它称之为"以家族为本位的儒学式公共空间"[19]。帝制推翻、民族战争、内战、改革开放,中国进入对欧洲文明的模仿期和复制期——通过启蒙导入科学和民主意识,通过科学和技术的发展,逐渐从农业文明走向工业文明,并建构公民社会,但也逐渐陷入科学主义和技术主义的怪圈。中国原型意义的文化结构被打破,尤其是改革开放以后,新的政治制度和经济制度对"自我价值"这一概念的设想主要集中在金钱与自我层面,所有的人都变成了"一个人",公共生活、公共领域看似扩大,实则消失,因为整个社会和生活在其中的人逐渐丧失了"整体的关联"意识。

在这一过程中,现代文学家们一直以有意识的姿态"介入"到对公共生活和公共精神的建构中。鲁迅的"批判国民性"、郁达夫的"性启蒙"、周作人的"人的文学"等创作理论在很大程度上为我们想象新的中国人生和中国生活提供了基本起点。无一例外的是,他们的批判性想象都是建构在对语文学的热切关注上。鲁迅的《朝花夕拾》《故事新编》以及很多杂文都是在对中国古代的诗、小说、画、道德、礼俗的充分研究和理解基础上进行的,他解释"二十四孝图",分析民间戏中的"女吊""无常",戏谑"老子""孔子"等等,所有的书写都不是为了"确证"或再次确立权威,而是通过重新塑形,而达到萨义德所言的"颠覆、质疑和批判"的目的。它们与政治意识形态保持着一种警惕态度,并且致力于挖掘生命、人心的复杂存在。对于中国当代文学而言,它还面临着怎么样"介入"和怎样理解"介入"的问题。20世纪50至70年代文学对政治的"绝对服从"使得文学对公共的想象陷入了单向度的误区,但即使如此,我们也可以从《不能走那条路》《三里湾》《山乡巨变》等作品中察觉到它们背后的游移性和自生性。而在80年代以来的文学作品中,我们更可以充分感受到文学"公共想象"能力的强化和弱化,它们一直处于此消彼长之中。

当代文学批评对于文学的"公共想象"能力一直没有较为自觉的理论意识,在谈到这一方面时,总是把"公共想象""公共性"等同于文本的"政治性"和"现实主义性",这是一种窄化理解。文学的"公共想象"当然包含它对政治制度在民族生活中的理解力和想象力,包含对人性、人生、情感与文明、文化的新的阐释与想象,包含它在多大程度上开启民众的思考能力和批判精神,但同时,也包含更为具体的如关于人、阶级、国家方面的争论,关于法律、经济等方面制度的设置方面的"想象",它对某一制度的可能的"参与性",等等。所以,从操作意义上讲,关注、分析文学的"公共想象"和"公共性"作用甚至是一种跨学科的尝试,正如努斯鲍姆从经济学角度分析狄更斯《艰难时世》对以功利主义为出发点的现代经济学的批判与讽刺,"狄更斯的《艰难时世》包含了一幅关于科学政治经济学和科学政治想象的标准图景。很显然,它提出这种标准是将其作为尖锐的讽刺对象",她认为《艰难时世》给人们发出了一种警示,“如果经济学的政策制定不承认每一个人类内心道德生活的复杂性,不承认它的抗争和奋斗,它复杂的情感,它为理解而付出的努力和恐惧,如果经济学的政策制定不能把一个人的生命和机器区分开来,那么我们就应该对它管理一个国家的人民的主张提出质疑”[20]。由此,努斯鲍姆认为,文学想象是公共理性的一部分,应该成为司法和公共政策制定的潜在裁判之一,这正是她所谓的“诗性正义”的基本精神核心。对于文学批评而言,这既是一种跨学科的,但又是人本主义和人文主义的分析,同时,也让我们意识到文学批评可能达到的方向,即对文学所具有的“公共想象”能力的多向度的分析。

三、作为方法的乡愁

把“乡愁”作为文学批评的一种方法论上的术语,具有很大的风险。因为这一词语包含着过多感性的成分,伤感、追忆、美化、怜悯,等等,都是“乡愁”的基本内容,很难从方法论上加以把握。而在中国特殊的现代化发展语境中,“乡愁”还有着某种保守主义的指向,因为这里的“乡”不只是普遍意义的“故乡”,而且还是非常具体的“乡村”“乡土”和“传统”。把“乡愁”作为一种方法,意味着在思维方式上背向现代性发展的方向,这一“背向”会带来单向度思维的可能性,会形成二元对立式的态势。这是作为方法论的“乡愁”所具有的本源缺乏,具有消极意义。但是,这些“消极”因素却恰恰是我所想作为“积极”意义来使用的。

日本学者竹内好提出“作为方法的亚洲”给学术界带来很大的启发性,子安宣邦依此提出“作为方法的日本”和“作为方法的江户”,即把“亚洲”“日本”“江户”作为一种生成性的存在而不是本源存在,去考察这一存在的意义的起源、流变,以此来考察近代亚洲的生成和日本的生成。在中国文学研究界,程光炜提出“作为方法的八十年代”[21],把“八十年代”去神话化和去精英化,以此重新探索20世纪80年代文学和文化的生成。这里面,既有福柯的知识考古学的方法,譬如“溯源论”和“结论关系论”,也有卡尔·曼海姆的知识社会学的方法,“在对某一时期或某一特定的社会阶层的思想进行分析时,所关注的不仅是盛行一时的思想和思维方式,还有这种思想产生的整个社会背景”[22]。

那么,“作为方法的乡愁”,这一提法是否成立?“乡愁”不是一种实体存在,也没有具体的时间和空间限定,它是自古以来产生于任何离家怀乡之人的头脑的情感。但是,如果把这一概念限定于自现代社会诞生工业文明发展以来,它就有了某种实在的含义。在这里,“乡愁”不只是一种超越于时空的情感存在,同时也是现代性发展过程中的一个产物。所谓“乡愁”是在现代性发展观照下的“乡愁”,只有在现代性的视野下,才能考察它所代表的时间维度和心灵指向的深层原因,“乡愁”才有作为方法论的可能性。因此,“乡愁”既是一种具体的精神指向,也是一种“方法”。

“乡愁”是与现代性相对应的产物。它不是一种终极价值,而是一种思维的起源。现代性是向前的,属于未来,是人类社会发展的必然性,“是过渡、短暂、偶然,就是艺术的一半,另一半是永恒和不变"[23]。而"乡愁"则是回望性的,是属于"永恒和不变"的那一半。柄谷行人从勒南(Ernest Renan)的文章《什么是民族?》中得出一个颇为有趣的结论,"勒南表示,民族并非根植于'种族、语言、物质利益、宗教亲近感、地理或军事的必要性'中的任何一项。他认为民族根植于所共有的光荣与悲哀,其中特别是悲哀的'感情'。换句话说,这意味着民族的存在基于同情(sympathy)或怜悯(compassion)。不用说这是历史性的东西,表现在浪漫派的'美学'中。这并非为西洋所仅有,本居宣长也是以'物哀'这一共感为出发点的。假如美学是指'感情'优越于知识、道德而为最基本的东西的话,那么,本质上民族就是'美学'的"[24]。换言之,如果说民族是以"美学"的方式而生成,共同的光荣、悲哀、愤怒,那么,包含在这一"美学"中的情感、乡愁、自我则应该是我们思考民族存在时的基本起点。

把"乡愁"作为方法,意味着以此出发,把自己置身于民族生活之流中,去感受民族生活的种种。对于文学批评者来说,则是要以此感受文学中所透露出的情感信息。"乡愁"包含着对词语的回忆,它是我们以人文主义态度进入语言之时的基本态度。以此,我们思考鲁迅的《祝福》。"祝福"既是人与人之间通常意义的互相祝愿,但同时,它也是中国乡村传统中特殊的礼俗仪式,在这一礼俗仪式中,包含着中国人的生命观、幸福观和存在感。因此,当祥林嫂被拒绝碰触祭祀的物品时,她整个人被击垮了,因为她被看作"不被祝福的不祥之人",不被"祝福",意味着不配存在,不配作为一个人而生活。鲁迅以一种充满"乡愁"的情感书写"祝福",他对祥林嫂并不是简单的"否定"或"怜悯",而是意识到"祝福"背后深刻的文化属性及这一属性对个体生命的巨大影响。他对"祝福"这一礼俗既有批判、否定,但同时也意识到它是与天、地、人同在的,每一个中国人都会深受影响,包括作者自己都在那"鞭炮、雪花"的拥抱中变得"懒散而且舒适",就像一个深深的中国梦。这也正是《祝福》中那弥漫整个文本刻骨的哀愁所在。

鲁迅一代知识分子的"乡愁"中包含着启蒙的现代性的目光,它也是民族自我发现之前提。在这一现代性视野下的"乡愁"中,他不只发现了记忆之故乡和现实之故乡自然风景之不同,发现了"村庄""乡土""国民性"与"民族文化结构",更重要的是,他发现了"人"的生活之源和精神之规约。但是,鲁迅一代所处的语境是西方现代性观念进入封建帝制的中国之初,"现代性"以绝对的积极因素存在于中国的思想文化和政治经济空间中,在这其中,"乡愁"常常是作为"现代性"对立面出现的,是被批判的对象。一个世纪以后,除去其中自然的"怀乡"因素,"乡愁"几乎被固定为如前所述的具有保守主义倾向的、反现代性潮流的情绪。

但是,以今天的社会现实和文明发展方向来看,我们却恰恰需要重新反思这一"保守主义倾向"和"反现代性情绪"。因为"现代性"已经成为布满中国生活各个缝隙的事物,尤其是改革开放以来,它以激进的和强势的推进力瓦解了中国社会结构的方方面面,它的"消极"因素开始慢慢呈现出来,"保守主义"和"反现代性情绪"将会起到一个反向的阻碍作用。

在这一情形下,重返“乡愁”,其实也是重新思考“乡”在中国生活中的独特意义。“乡”既是广义的“乡”,你我的家乡,某一个村庄,某一个小城,我们的民族,也是实际的乡村、大地、山川、河流、树林、花草,还是中国独特的文化意义上的“乡”,乡土、农业文明、亚洲文化、东方生活等等。我们要思考的是:这一“乡”内部有怎样的生活样态,这些样态哪些应该属于“永恒和不变的那一半”,哪些则是属于“不停变化着的过渡的未来的那一半”。而在当代的中国,“乡”逐渐只剩下政治经济学层面的乡村,而文化、道德和“家”的层面的乡村正在丧失,“永恒和不变的那一半”正在被摧毁、扭曲或彻底消失。

重回“乡愁”,其实也是以“同情之心”——“同一之心”和“同一之情”——回到民族生活的内部,它与人最基本的情感、道德与生命感受相联系,它是观察世界的起点和终点,尤其是,它也应该是当代社会各个制度层面发展的起点与终点。只有充满“同情之心”,才能够正确处理“乡”和“乡村”的问题。我以为,这种以“乡愁”为起源的思维与以理性和经济主义为起源的思维成为对照,去重新审视当代社会的发展,后者通常是以工业社会的功利标准计算乡村存在的。1749年,有一项奖金颁给论述艺术与科学对于改善公众道德的作用的最佳论文。卢梭应征撰文,声言科学已经损害了道德。这样,他便开创了从此一直盯着进步鼓吹者们不放的批判[25]。把“乡愁”作为一种方法论,考察当代政治实践和文明发展的趋向,也是试图达到对“进步鼓吹者的批判”。

以“乡愁”为视角,还包括重新思考人与自然的关系。农业文明那种天人合一的生活方式和思维形式逐渐为工业文明的科学思维所代替,每一个人生活在一种类似于唯物的清明和新的混沌之中,晨昏日落,风雨雷电,山川河流,都只被看作为可征服的事物而轻蔑处之。老子所思考的天之“道”,康德在仰望星空时所产生的“敬畏”之心越来越少,人与自然的关系在不断疏离,而四时、农业、耕种、农业文明越来越成为要被遗忘的或注定要消失的事物。当以“乡愁”的视野来审视这些变化时,就会发现,人在越来越远离诗性思维,远离与自身存在之地的亲密关系和互相之间的感知能力。

以“乡愁”为起点,要求写作者和批评者关注自我的身份及自我身份的历史之规定,这和“重回语文学”的内在逻辑是一致的,有重建中国生活的意图在里面,也有以此思维来突破西方霸权包围的意图。它要求一个批评者在面对文学文本的时候,是自下而上、自内向外的视野,摆脱纯粹理论的指引和导向,回到中国生活内部,重新思考文本所涉及的生活、情感。既然每个人都生活在历史与传统中,即生活在民族的过去、现在和未来之中,那么,当我们在面对文学时,就必须思考那些涉及我们的过去、现在和未来的修辞和情感,以此来思考我们的来路和我们的去处。这正是本文所谓文学批评的人文主义态度的基本表征。

【注释】

①⑦⑩[美]爱德华·W.萨义德:《人文主义与民主批评》,朱生坚译,69、33、67—68页,新星出版社2006年版。

②[英]R.R.K.哈德曼、F.C.斯托克:《语言与语言学词典》,黄长著等译,256 页,上海辞书出版社 1981 年版。

③[瑞士]索绪尔:《普通语言学教程》,18 页,商务印书馆 2010 年版。

④⑤[法]卢梭:《论语言的起源》,洪涛译,133、25 页,上海人民出版社 2003 年版。

⑥参见徐志民:《欧美语义学导论》,239—241 页,复旦大学出版社 2008 年版。

⑧[美]爱德华·W.萨义德:《东方学》。尽管后来的学者从多个角度批判萨义德这种后殖民主义的分析方法,但《东方学》对理解世界文明冲突和文化冲突的起源确有启发性。

⑨"具有讽刺意味的是,无论加缪在他的小说或叙述性作品中讲述故事,法国在阿尔及利亚的存在或者被表现为超出叙述之外,一种不受时间与诠释所限制的形象(如娅宁);或被表现为唯一值得作为历史加以叙述的历史。"萨义德:《文化与帝国主义》,255 页,生活·读书·新知三联书店 2003 年版。法国在加缪的小说中被视为超稳定结构,是终极的正确。从中国的当代文化结构中,西方文化也是一个超稳定结构,在对待传统文化和自身民族性格时,作家所表现出来的非主体性和模糊化的倾向都使得"西方"成为萨义德所言的"一种不受时间与诠释所限制的形象",是一种元结构和判断自身存在的基本依据。

⑪[瑞士]索绪尔:《普通语言学教程》,43、312 页,商务印书馆 2010 年版。

⑫[日]子安宣邦:《东亚论——日本现代思想批判》,1 页,吉林人民出版社 2011 年版。

⑬查理·鲍里尔语,转引自爱德华·W.萨义德《人文主义与民主批评》,70 页,新星出版社 2006 年版。

⑭[捷克]米兰·昆德拉:《耶路撒冷讲话:小说与欧洲》,见《小说的艺术》,163 页,作家出版社 1992 年版。

⑮⑱⑳[美]玛莎·努斯鲍姆:《诗性正义:文学想象与公共生活》,3、12、43-44 页,北京大学出版社 2010 年版。

⑯㉕[德]卡尔·雅斯贝斯:《时代的精神状况》,85、4 页,上海译文出版社 2005 年版。

⑰[德]汉娜·阿伦特:《极权主义的起源》,138 页,生活·读书·新知三联书店 2008 年版。

⑲金观涛、刘青峰:《观念史研究:中国现代重要政治术语的形成》,43—44 页,法律出版社 2009 年版。

㉑程光炜:《文学讲稿:"八十年代"作为方法》,北京大学出版社 2009 年版。

㉒[美]路易斯·沃思:《意识形态与乌托邦·序》,21 页,商务印书馆 2000 年版。

㉓[法]波德莱尔:《现代性》,见《波德莱尔美学论文选》,郭宏安译,485 页,人民文学出版社 1987 年版。

㉔[日]柄谷行人:《日本现代文学的发生》,赵京华译,201 页,生活·读书·新知三联书店 2003 年版。

(原载《南方文坛》2011 年第 5 期)

获奖词：

黄平以文学的眼光、批评的方法，对"80后"文学现象进行了深入的论述。特别是对韩寒、郭敬明的比较分析，不是作为社会热点切入，而是对其创作进行令人信服的分析比较，较有新意，颇具洞察力。显示了"80后"青年学者开阔明晰的学术视野、敏感思辨的批评语势与认真沉实的学术潜质。

"大时代"与"小时代"

——韩寒、郭敬明与"80后"写作

黄　平

一、"小时代"的"孩子"

> 我是一个在感到寂寞的时候就会仰望天空的小孩，望着那个大太阳，望着那个大月亮，望到脖子酸痛，望到眼中噙满泪水。这是真的，好孩子不说假话。而我笔下的那些东西，那些看上去像是开放在水中的幻觉一样的东西，它们也是真的。①

这是郭敬明标志性的段落，"仰望天空的小孩"②。对于文学持有严肃期待的读者，面对这样的文字往往感到尴尬。这一矫情到近乎滑稽的姿态——郭敬明还特别指出应以"45度角"来仰望——确立了郭敬明的写作策略、对象与美学风格。理解郭敬明，"孩子"是一个关键词，在他的作品中频繁出现，比如，"一个永远也不肯长大的孩子也许永远值得原谅"③，"但我是个任性的孩子，从小就是"④，"而我是个很寂寞的孩子"⑤，"像个受了伤的委屈的孩子"⑥，"我真的原谅这个哀伤的孩子了"⑦。这是一位高度自恋、急于倾诉的作家，似乎内心郁积着无尽的忧伤，"我是个会在阴天里仰望天空的好孩子，我真的是个好孩子"⑧。

长期以来，郭敬明式的写作，被指认为"青春文学"，"80后"写作被视为孩子们的游戏，被视为青春期的文学综合征。坦率地讲，这是一个不加推敲、流于印象主义的批评，郭敬明的作品，远远比所谓"青春文学"要复杂，这里的"复杂"不是纯粹美学意义上的，而是牵扯到"80后"写作与历史语境的隐秘关联。

郭敬明的写作,对应着“90 年代”特殊的历史语境——尽管“90 年代”努力将自己叙述为“普遍性”——个人与历史脱钩。这不仅仅是基于历史变故或政治规划,更是基于“市场”在 90 年代的兴起,无数以“私有”为核心的“我”,构成这一中国特色的“市场经济”得以建构的前提,这在经济学上被称为“产权明晰”“理性人”等等。换句话说,这个不断被放大的“我”,是“市场”最本质性的产品。正是在这个意义上,“90 年代”的传奇,是一代“新人”的自传,郭敬明在“还有一个月我就十八岁了”的时候就敏锐地发现了这一点,“每个人的成长在自己心里都是惊天动地的事儿”[9]。由于与历史脱钩,“惊天动地的事儿”,只能发生在“个人”的内部。

从这一视野出发,“80 后”一代,既是大历史的孤儿,又是市场经济的自然人。郭敬明精明地迎合了这一点,“我的小说是写给年轻人看的”[10]。在他的作品中,“年轻人”被不断暗示为“孩子”,“孩子”的状态很好,成人的世界则令人不安。这里的“孩子”,和生理年龄无关,而是指涉着对于历史责任的拒绝,以“忧伤”为核心,郭敬明不断夸大、强化、鼓励——同时限定——“孩子”的内心体验,并且赋予这一切以合法性。“90 年代”的“孩子”,找到了自己的文学代言人;或者说,“90 年代”,找到了自己的文学代言人。郭敬明的写作,作为个人化写作最极端也是最深刻的产物,在个人化写作的尽头,暴露出高度的政治性:试图以所谓“忧伤”填充青春的社会性,定义何为“青春”。这是当之无愧的政治性写作,尽管以似乎与政治全然无关的形式出现[11]。

“90 年代”的“孩子”,决定了郭敬明的文体:华丽、戏剧性、高度饱和的情感。这可谓是“内容”与“形式”的辩证法,笔者且引几例:

我也曾走过那一段雷禁般的区域。

像是随时都会被脚下突如其来的爆炸,撕裂成光线里浮游的尘屑。[12]

寂静的尘埃星河,涌动的宇宙极光,爆炸的太阳黑子轻轻地扫过眼睑,瞳孔变得发烫。

胸腔里那颗轻轻跳动的小小红色星球,突然像是几百万年前的地球一样,进入了白茫茫的冰河世纪。[13]

他想,这就是我的爱

她冷静地朝远处走去,渐渐地离开了自己的世界。

他张开嘴大哭。

冷风像是水银一样倒灌进温热的胸腔里,一瞬间攥紧心脏。

这才是悲剧的最强音节——

弥漫在整个空旷天地间的,低沉提琴的巨大悲鸣。[14]

熟悉郭敬明作品的读者会发现,郭敬明很喜欢用“宇宙”“星球”“世界”“世纪”这类大词,以极大的比喻,写极小的情感,凭借这种巨大的张力,不断强化“我”的重要性,其作品的核心是一个高度自恋的“自我”,无限膨胀,世界不过是围绕“自我”旋转的幻象——这正是郭敬明文体的“魅力”与“秘密”。

更为重要的是,从《爱与痛的边缘》《左手倒影右手年华》《1995—2005 夏至未至》《悲伤逆流成河》过渡到《小时代 1.0 折纸时代》《小时代 2.0 虚铜时代》,一切似乎"合乎自然","孩子"被"市场"所捕获,这个忧伤的"孩子",成长为消费的主体。在《小时代》系列中,顾里、南湘、唐宛如和林萧(叙述人"我"),上海大学同一宿舍的四个女孩子,过着超现实主义的校园生活,享受着"流星花园"式的爱情,顾源、席城、卫海、简溪这些男友们各方面都类似日本动漫美少年。她们或他们(当年"忧伤"的孩子)的日常生活与情感体验,几乎完全被资本所赋形,小说中充斥着无数的"时尚品牌",诚如主人公顾里所表示的,"没有物质的爱情只是虚弱的幌子"[15]。笔者就此逐页整理了一份《小时代》的时尚生活指南:Hermes 店里的黑色 Birkin 包与茶壶、Prada 桃红色手包、LV 男包、Tod's 男鞋、Vertu 手机、《Vogue》杂志、Channel 发带与 NO.5 香水、MUJI 饭盒、Burberry 西装、Nina Ricci 连衣裙、奔驰 S500、Armani 沙发、Anna Sui 唇彩、Adamo 电脑,等等。甚至于,当顾里与顾源这对青年恋人爆发争吵的时刻,这个文学史上的常见场景,在《小时代》中极具"特色":

顾里转过头来,冲顾源吼:"你脚上那双 D&G 的靴子,是我给你买的!"[16]

笔者将《小时代》系列视为郭敬明迄今为止的代表作,这自然不是"好"作品,但却是"重要"的作品。夸张地讲,郭敬明写下"小时代"这个书名的时候,他已经写完了整部小说,这是一个极其重要的命名,还没有谁对于一直延伸到当下的"90 年代"有如此精准的命名。"90 年代"的孩子,正是"小时代"的孩子;而且难得的是,在《小时代》系列中,以往隐匿在"忧伤的孩子"背后的"90 年代",在作品中也悄然出场,这就是《小时代》中特殊的人物——"上海",所谓国际大都会,未来的世界金融中心,郭敬明笔下的资本之城。《小时代》系列真正的主角是"上海",这是献给"上海"的金色赞美诗,无论是《小时代》第一部还是第二部,郭敬明都是以对于"上海"的无限夸张的赞美开始:

这是《小时代 1.0 折纸时代》的第一页:

翻开最新一期的《人物与时代》,封面的选题是《上海与香港,谁是未来的经济中心》——北京早就被甩出去两百米的距离了,更不要说经济疯狂衰败的台北。

每一天都有无数的人涌入这个飞快旋转的城市——带着他们的宏伟蓝图,或者肥皂泡的白日梦想;每一天,也有无数的人离开这个生硬冷漠的摩天大楼组成的森林——留下他们的眼泪。[17]

这是《小时代 2.0 虚铜时代》的第一页:

所以陆家嘴依然流光溢彩,物欲纵横。环球金融中心每天耸立在云层里,寂寞地发光发亮,勾魂夺魄。只等着身边那幢"上海中心"可以早日拔地而起,以解除它独孤求败的寂寞。"上海中心"围起来的那圈工地上,打桩的声音日复一日地响彻这个小小的陆家嘴江湾,像是上海生命力异常顽强的心跳声,但听久了,也凭空多出一种苍凉的悲壮感来。[18]

这是一座作为"幻城"的上海,上海内部的多元与异质性——比如工人新村,比如市民的石库门,比如中产阶级今天所面对的"高房价"——被金茂大厦、环球金融中心、恒隆广场所抹平,“上海”变成了“资本”与“时尚”的上海,变成了一个历史完全被架空、可以与纽约、伦敦、东京彼此置换的上海[19]。为《小时代》辩护的学者也承认这一点,“上海虽然有其具体性的呈现,但这里的背景其实是一个全球性的抽象。这里的商品都是在全球移动之中的‘全球商品’,这里的本地的生活其实也是抽掉了本地性的人生”[20]。吊诡的是,这种高度“抽象”的写作,反而落实了“个人与历史脱钩”的具体性,无论承认与否,郭敬明是这个抽象时代真正的“主流”作家,他的作品展现了这个时代的“时代精神”。

故而,郭敬明的作品如此畅销,多年来占据文学类排行榜第一位[21],毫不意外[22]。这也是郭敬明最自负的地方,他将“销量”视为“对一个作家最大的肯定”[23]。很多学者仅仅由于“销量”而将郭敬明看作琼瑶、金庸一脉下来的商业写作,这是一个似是而非的误会。和以往所谓通俗作家相比,郭敬明的写作,非常有力地介入到当下“新人”的生产。在文学史的脉络中,郭敬明自己恐怕都没有觉察到,他的写法不无怪诞地弥合了“抒情”与“资本”的冲突,这是“浪漫主义”兴起数百年来一直无法解决的问题。然而,和田园梦想的感伤、革命理想的激情不同,郭敬明的作品,是一种最卑下的浪漫主义,在资本的黄金竖琴下无限献媚。在网络上,网友调侃郭敬明是“女作家”,称呼其为“四姑娘”“郭四娘”,其根源正基于此。这里的“男”“女”,不再是生理性的,而是一种写作的态度,一种人生的态度。

二、“大时代”的文化游击战

在2009年年末的一次访谈中,当记者问到与郭敬明的不同之处,韩寒给出了一个机智的回答,“我觉得我和他男女有别”[24]。与出生于1983年6月6日的郭敬明相比,出生于1982年9月23日的韩寒,对于“上海”的理解完全不同。饶有意味的是,郭敬明努力地抹去四川小城出身的印记,不断地扮演着“上海人”;韩寒出生于上海,反而在各个场合对家乡冷嘲热讽,在“世博年”,他近乎恶搞地提出,“城市,让生活更糟糕”。在所谓文学边缘化的时代,这个戏谑、调侃的高中辍学青年,这个以赛车手为职业的业余作家,像这个戏剧性的时代一个戏剧性的神话:他的博客点击率,在笔者写作本文时,已经超过4.5亿人次。2009年,他被包括《南方周末》《新世纪周刊》等多家媒体选为“年度人物”;2010年,他被《时代周刊》选为“全球最具影响力一百人”,被《外交政策》选为“全球百大思想家”。《纽约时报》有评论认为,“这位年轻人可能是目前在世的最受关注的作家”[25]。

和郭敬明相比,韩寒展示了“80后”写作另一种可能性。在韩寒戏谑、尖刻的追问中,郭敬明营造的“幻城”烟消云散,逐渐展现出冰冷的真相——“80后”一代依然生活在历史之中。如果说,郭敬明的写作是“小时代”写作,那么韩寒的写作则是对抗“小时代”的“大时代”写作,通过对于一系列热点新闻事件(“真实”的现实生活)反讽式的解读,重新建立历史与个人的关联,自由、公正等一系列“大词”,以及在“90年代”的范畴里被视为妨害“日常生活”的政治言说,在韩寒的杂文中被再次激活。对于“80后”一代,韩寒的写作提醒了一点,个人的体验与命运,终究和具体的历史情境相关——而这是郭敬明高度抽象化的写作所努力抹去的。

不过,仅仅在“大时代”写作的意义上理解韩寒,依然流于表面化。抨击时弊的杂文,每天有无数篇在各种报纸杂志尤其网络上发表,时评作家乃至于公共知识分子非常之多,为什么独独韩寒有这样的影响力?一方面,近乎老生常谈的是,韩寒的杂文写作发表在博客上(目前能查到的韩寒第一篇博文发表于2006年11月14日),网络(不仅仅是便捷、免费,更意味着一种新的生活方式)的影响力远远超过纸媒,而且韩寒的读者群和网民群体高度重合,“截至2009年12月底,中国青少年网民1.95亿,普及率高达54.5%,远高于整体网民28.9%的水平”[26]。面对社会阶层愈发“凝固”的现状,青年群体对于“腐败”等问题有极大的敏感与愤怒,韩寒的博客充当了这一群体的代言人。诚如韩寒在访谈中谈到的,“我觉得是因为大家都需要找一个出口,所以我的关注度可能就高了”[27]。

另一方面,在博客这种新媒体属性之外,笔者觉得更关键的是,韩寒提供了一种新的“形式”来回应作为“内容”的当下中国。很多研究者将这种文体归于“油滑”,认为在美学上格调不高。不必征引巴赫金、艾柯[28]等学者的不同看法,且回到当下中国的语境中来理解——“80后”是在“80年代”历史终结后开始写作的,这一点非常重要。韩寒式的“大时代”写作,是“大时代”终结之后的“大时代”写作,以往回应“大时代”的艺术形式,比如充满悲剧意味的“呐喊”,已然被历史所摧毁,我们所面对的不过是伟大的遗骸。韩寒有意或无意地体悟到这一点,“大时代”终结之后的“大时代”写作,是一场文化游击战,不再是“子夜”时分的“呐喊”,而是历史尽头的“故事新编”,在囚笼般的历史内部——这是王小波作品中的核心意象——的戏仿、消解与颠覆。其实又何止韩寒,不限于文学,“90年代”以来的有重大影响力的作品,比如周星驰电影[29]、王小波小说、《大史记》系列、《一个馒头引发的血案》《网瘾战争》等,莫不如此。至少从“90年代”以来,一种抵抗性的新文艺思潮正在兴起,影响巨大,却长期缺乏必要的研究或命名,笔者在此姑且称其为“戏谑美学”,和我们所熟知的五四以来感时忧国、涕泪飘零的悲剧传统相对应。且容笔者下个大胆的断言,在当下中国,真正革命性的艺术形式,不是悲剧,而是喜剧[30]。

在一个确定性可疑的世界里,以不确定的方式游弋,韩寒的杂文写作,正是一场属于这个时代的文化游击战。这里的“游击”,不仅仅是比喻意义上的,更是游击的本义,在没有找到自己“根据地”情况下的游荡、回击。他的每一篇杂文,其精彩之处,都需要与戏谑的对象互文理解,这类似鲁迅曾经设想过的“速朽”的写作,不能也不屑留下“完美”的艺术形式供后世赏鉴。而且,在这场文化游击战中,由于父辈甚或祖辈们的文化乌托邦纷纷溃败,无家可归又不放弃抵抗——拒绝被吸纳到“幻城”之中——的“80后”一代,注定是孤独的抵抗,这是真正历史性的“一个人的战争”。

从这个角度重新理解韩寒的作品,以往散乱、破碎的诸多细部,在这一整体性的框架中全然不同。以往的看法,是认为韩寒杂文很好,但不会写小说。郭敬明就持这种论调,在2010年底的一次访谈中,他谈到:“他(指韩寒,笔者注)应该谈不上写小说吧,他应该更好的是他的一些杂文或者散文的这些思想的言论的这些东西,我觉得那是很棒的,但是真正小说除了这种东西,一两句经典的,我觉得更多的还是叙述技巧、对故事的驾驭能力、塑造了人物,像你说你提到他的小说,你能想起哪个经典的人物吗?"[31]有趣的是,这里郭敬明所秉持的文学观,和主流文学界很相似,叙述、故事、人物。以这些大学教科书式的标准来要求,韩寒的小说更像是关于同一个主角的一篇篇杂文的连缀,一种特殊的"杂文小说",韩寒塑造的人物也确实没有生活实感,故事场景更是高度寓言化,比如污染后变得巨大的动物(《他的国》)等等。然而,不是从预设的标准来衡量韩寒,而是从韩寒自身的文化游击战的写作策略来理解,韩寒的小说,提供了一种新的小说形式、新的美学风格、新的"大时代写作"。在韩寒这里,所谓"真实"的人物与故事是可疑的——郭敬明恰恰证明了教科书式的标准最终走向了"幻城",剧烈转型中的当代中国,无法为"故事"与"人物"提供一种确定性。

因此,韩寒的文学世界中,主人公只能到处游荡,不断地和世界的碎片相遇,并且对这一切予以讥讽。在《一座城池》中,小说第一页,"火车慢慢停下,这又是一个全新的地方",以为自己是"逃犯"的"我"和健叔在陌生的大地上逃亡;在《光荣日》中,一群青年自动放逐到远方,整部小说是一个疯狂的白日梦,"到了毕业分配的时候,这些人主动放弃了分配,跟随大麦来到了孔雀镇。一共七个人。大家坐着火车,摇摇晃晃,穿过一座山,再穿过一座山"[32];在《他的国》中,小说结尾怪诞而动人,有一种王小波式的诗意:依靠着最后一个变异的大动物萤火虫的照亮,左小龙在大雾中开着摩托离开故乡亭林镇,幻想沿着318国道穿越中国。在韩寒最新的作品《1988——我要和这个世界谈谈》中,则更为彻底地将故事场景放置在318国道,"我"从上海到西藏,横贯东西,穿越整片广袤的中国。诚如小说第一句话,"空气越来越差,我必须上路了",这条象征性的318国道,是韩寒的朝圣之路,小说中"丁丁哥哥"告诉"我"的一句话意味深长,"你懂的越多,你就越像这个世界的孤儿"。在这场"文化游击战"中,主角注定是一个孤独的个人,一个无家可归的远游者[33]。

然而,韩寒的致命之处也在这里。众所周知,梁文道等学者赞誉韩寒为"当代鲁迅",这种说法在多家报刊和网络上很受支持。在笔者看来,尽管韩寒的《熄火猜想》《北京长期单双号限行之后》等和鲁迅的《拟豫言——一九二九年出现的琐事》等十分神似,尽管韩寒的杂文就影响力而言最为接近鲁迅,但是,鲁迅要比韩寒复杂、深刻得多——当然,考虑到韩寒还不到30岁,这种比较对韩寒并不公平。韩寒笔下游荡的"个人",不像鲁迅那么决绝,那么黑暗沉重,因冰冷彻骨的绝望而感人至深。究其缘由,"游击"着的韩寒,模模糊糊地有自己的价值谱系,他是以近似"自由主义"的立场来建构这个"个人":

> 后来他又发短信问我,那么换句话说,你这个人的观点和言论符合了西方人的价值观,你觉得是么?
>
> 我回消息说,难道不符合中国人的价值观么?
>
> 我相信地球人和外星人也许价值观不一样,但是西方人和东方人,除了生活习惯不一样以外,价值观应该是差不多的,为何一定要争呢。[34]

这段对话对理解韩寒十分重要,节选自韩寒获悉入选《时代周刊》提名后的一篇著名的博文《散文一篇》。这是韩寒一贯的思想立场,“我不认为一个东西可以被称作‘东化的’或‘西化的’……这里只有一个标准——是否适合人类”[35]。韩寒信仰的这种“普世价值观”,有值得尊重的现实指向,但老实说过于简单。这里有一个深刻的悖论,韩寒未必自知:如果说他的杂文精彩地破却“东方”各种价值观的幻觉,暴露了以往似乎自然而然的“常识”背后的政治经济关系,但为何却迷恋“西方”的“常识”,莫非“历史”真的就此终结? 和鲁迅“横站”的思想立场相比,韩寒还过于软弱,“价值观应该是差不多的”这种结论明显非历史化。

在韩寒主编的《独唱团》中,立场和韩寒相似的作者,这个问题暴露得更为明显。有作者竟然通过比较中国和西方的“国骂”,上纲上线地指出中国的“国骂”古老、不现代,蔑视个人价值:

> 比较起来,英文这种直接攻击对手的脏话,我比较容易接受。而中文这样连累对手的母亲和祖宗,只是为了变成对方的长辈,我觉得很“原始部落”,很无视“每个人都是独立自主的个人”的原则。[36]

这种比较荒诞不经,矫情造作,带有一种可笑的傲慢。无可讳言,包括韩寒对于“东方/西方”的理解在内,不过是一种通俗化的“自由主义”论述。为韩寒辩护的学者如周筱赟在《韩寒是不是当代的鲁迅?》中坚持认为,“常识”当然存在,韩寒就是一个例子,“韩寒的思想是天生的”,“深刻的思想不一定要通过阅读大量书籍获得,而可以天然产生”,“人的本性就是自由主义的”[37]。这是另一座需要破却的“幻城”,人的本性是自由的,但未必是自由主义的。毫无疑问,自由主义提供了诸多宝贵的思想启示,但任何一种理论都同样值得警惕将自己视为“常识”与“真理”。

如果不正视这一点,不必考虑其他原因,韩寒的写作恐怕也难以持久,他的博客会更新得越来越慢,直到退出历史舞台。鲁迅孤绝彻底、无所依傍的思想态度,让“速朽”的杂文变得不朽,而韩寒所凭借的通俗化的自由主义思想资源,将迅速耗尽他的想象。毕竟,他的想象,就其根本而言,是“历史的终结”的想象,就此自由主义已经提供了一个完整的故事——因其过于完整反而更像是一个神话。当“在路上”的韩寒停下来的那一刻,韩寒就不再是韩寒,而是另一个郭敬明。[38]

三、“80后”写作的可能性

无论韩寒、郭敬明抑或他人,“80后”写作绝非脱离时代,而是和历史密切关联。而且,不需笔者多言,以往对于“青春文学”的所有“幻觉”,最终不是被这一篇或下一篇文章所打破,“大时代”的中国,终将因过于庞大、剧烈而无法隐藏。

很少写博客的郭敬明,曾发表过一篇富于症候性的博文,他的原意应是展示自己的销量,贴出了2010年第一个月的图书排行榜前三名:《小时代2.0》《失落的密符》《蜗居》。和以往一样,郭敬明每次都排在第一名[39];第二位则是悬疑推理这类西方最成熟的类型文学,且搁置不论;饶有意味的是第三位:《蜗居》。郭敬明在博文中还特意强调,“不要误会，蜗居写得很棒，我爱六六老师”[40]。

这份排行榜，包含着内部的颠覆性因素。和《小时代》类似，《蜗居》在文学上同样不好，但同样非常重要——《蜗居》不是“80后”写的，但是写给“80后”的，和《小时代》相比，作者给出了另一个“上海故事”。海藻的故事，和顾里的故事，在“上海”同时发生。向权贵出卖身体与情感换取房子的海藻，在LV和动漫美少年般的男友间享受青春的顾里，她们都生活在上海，她们都生活在此刻的中国。

“80后”写作，归根结底是关于“中国梦”的叙述。这不仅仅是“青春文学”范畴、也不仅仅是“文学”范畴所能涵盖的，“80后”写作的可能性，在于“中国梦”的可能性。郭敬明的写作，在最终的指向上，正是要落实“90年代”的“中国梦”，他就此提供了一系列“典型人物”和“典型环境”：有车有房，名校名企，大都会，英俊爱人，充满“时尚”的中产阶级生活。

然而，世界是平的，世界更是斜的。郭敬明的“中国梦”，充满着细密的裂隙，《小时代2.0虚铜时代》中，有一段很“突兀”：

> 两个街角的拐弯，顾里搞得头昏脑胀。宫洺此刻仿佛有点儿清醒了过来，他终于会说话了，虽然他只会说那么一句：“千万别吐在车上，这车是我爸的！”——由此可见，这句话绝对来自他理性的最深处的恐惧，也许就算他整个人已经昏迷了，他依然会在昏迷中高喊：“这车是我爸的！”[41]

当然，清醒过来的郭敬明，和清醒过来的宫洺一样，一定会抹平文本深处这些黑暗的罅隙，哪怕主人公之一南湘，母亲吸毒，没钱交学费，在夜店里兼职陪客人喝酒——这倒是一个“底层文学”的题材——生活方式上依然认同豪门千金顾里，只不过穿的是便宜一些的品牌（小说中提到有H&M等）。在郭敬明笔下，南湘的痛苦，不是来自“底层”，而是和席城、卫海的爱恨纠缠。这里的阶级差异十分淡化，同一个世界，同一个梦想，上海这座资本之城，似乎只是让生活更加美好。

然而，“这车是我爸的”（在笔者写作本文同时，“我爸是李刚”事件爆发），《小时代》的孩子们享有的一切，来自家庭的继承，她们没有一个人是经典意义上的“劳动者”。在顾里的故事之外，海藻的故事讲明白了这一点，以就业、房价等为代表，对于“80后”一代，“‘改革’开始变得像混凝土一样凝固，既得利益像遗产一样在家族内部承袭。实现梦想对于一部分青年如此轻松，对于另一部分青年却过于艰难”[42]。

针锋相对，韩寒通过“富士康跳楼事件”，讲了一个他看到的“中国梦”，这篇博文的题目叫《青春》：

> 你看很少有论坛上有现役的富士康员工向大家讲述关于自己员工跳楼的故事和自己的生活，因为他们都没有这个时间甚至能力。外面的灯红酒绿和他们一点关系都没有，连对爱情的憧憬都没有，这个世界上没有第三者，现实是最大的第三者，也许唯独在跳楼的时候，他们的人生价值才有所体现，那就是被当作一个生命被提起和记起。……在未来的十年里，这些年轻人都是无解的，多么可悲的事情，本该在心中的

热血,它涂在地上。[43]

如何"学术",怎样"文学",终究避不开血污与绝望的现实生活。

真正的文学的力量,或基于此,这次不是从"铁屋子",而是从"幻城"中让"小时代"的孩子们醒来。被分割的亿万个"个人",由此重建一种关联的可能性,这或激活一个已然高度程式化的修辞,"团结就是力量"。"小时代"的团结,至多是《夏至未至》青葱校园式的,或《小时代》女生寝室式的小共同体,这种小共同体最终的体验是"无聊",一种和历史脱钩的不及物的生活,必然反映在心理上的悬空之感,无法克服问题,只能延缓虚无。相对应地,如果说"十七年文学"或是"80年代"更好地表达了"中国经验"的话,不在于作家的写作能力,而在于彼时有一个相对稳定的共同体,维系着一个普遍的共识。当这个"共同体"遭遇危机的时刻,无论是"文革"还是"90年代","文学"对于"经验"的处理都感到吃力,而流于高度地形式化,比如样板戏,比如先锋文学。

值得期待的是,历史终究没有终结,历史将再度敞开。重建共同体的那一刻,就是现实主义归来的那一刻,对于现实主义无论有多少种定义,其最关键之处在于,现实主义是共同体的文学。那一刻"戏谑美学"的历史使命终将结束,中国将有能力重新讲述"正剧",讲述光荣与梦想,庄严与崇高。

【注释】

①郭敬明:《一个仰望天空的小孩》,见《爱与痛的边缘》,3页,东方出版中心2008年第4版。

②而且往往是郭敬明所强调的以"45度角"仰望天空,以一个标准到矫情的仰视动作,凸显这一姿势浓重的自我怜惜。这个姿态被部分网友调侃为郭敬明的"标准动作"。有意思的是,韩寒曾在小说《一座城池》(万卷出版公司2008年版,28页)中恶搞这一场景:"当'迎接光辉岁月'唱起的时候,健叔不禁以四十五度角仰望天空,泪流满面。"

③郭敬明:《四维读书之写在前面》,见《爱与痛的边缘》,93页,东方出版中心2008年第4版。

④郭敬明:《七天》,见《爱与痛的边缘》,146页,东方出版中心2008年第4版。

⑤郭敬明:《三个人》,见《爱与痛的边缘》,146页,东方出版中心2008年第4版。

⑥郭敬明:《水中的蓝色鸢尾——读安妮宝贝》,见《爱与痛的边缘》,96—97页,东方出版中心2008年第4版。

⑦郭敬明:《永远哀伤的孩子——读〈彼得·潘〉》,见《爱与痛的边缘》,122页,东方出版中心2008年第4版。

⑧郭敬明:《阴天》,见《爱与痛的边缘》,195页,东方出版中心2008年第4版。

⑨郭敬明:《后记》,见《爱与痛的边缘》,234页,东方出版中心2008年第4版。

⑩郭敬明:《消失的天堂时光》,见《爱与痛的边缘》,77页,东方出版中心2008年第4版。

⑪当代中国文学与文化的吊诡之处正在于此,表面看来高度政治性的作品,比如主旋律电视剧,反而抽空了政治性,变成一个空洞的仪式。

⑫郭敬明:《悲伤逆流成河》,97页,长江文艺出版社2007年第1版。

⑬⑱郭敬明:《小时代2.0虚铜时代》,139、10页,长江文艺出版社2010年第1版。

⑭⑮⑯⑰郭敬明:《小时代 1.0 折纸时代》,70、68、67、4 页,长江文艺出版社 2008 年第 1 版。

⑲罗岗在《作为“社会主义城市”的“上海”与空间的再生产》一文中对此有详尽分析,该文见王晓明、蔡翔、雷启立编:《热风学术》(第四辑),上海人民出版社 2010 年版。

⑳张颐武:《郭敬明的〈小时代〉:给“小时代”一个形象》,张颐武新浪博客,2010 年 3 月 13 日。

㉑“开卷图书市场研究所 2003、2004 年图书市场的调查表明,以‘80 后’为主体的青春文学占有整个文学图书市场份额的 10%,而现代和当代的作家作品合起来,也仅占有 10%。这就是说,在当下的图书市场上,‘爸爸辈’‘爷爷辈’们联手才能与‘80 后’打一个平手。”参见吴琪:《畅销书历史:精英落幕》,载《三联生活周刊》2006 年第 28 期。这是七八年前的调查,现在恐怕差距更大。笔者补充一个堪为典型的例子,《小时代 2.0 虚铜时代》上市七天销售 120 万册;“纯文学”作家中应该是最有市场号召力的张爱玲,《小团圆》半年销售 70 万册。

㉒此外,郭敬明在类型小说的一些技法上确实比较出色,比如对于悬疑气氛的把握,由于是连载小说,他的章节每每以这样的方式结尾:“高中时,我们把她逼得跳楼自杀的那个女的……她还活着……”(《小时代 1.0 折纸时代》,150 页)。

㉓邱致理:《郭敬明:我没有韩寒说的那么低龄》,载《南都娱乐周刊》2010 年第 27 期。

㉔㉟参见《南都周刊特别报道:公民韩寒》,载《南都周刊》第 364 期,2009 年 10 月 30 日。

㉕ANDREW JACOBS:《韩寒——写博客挑战体制的赛车手》,载《纽约时报》2010 年 3 月 12 日。该文由 Rita Lee 译成中文,发表于 http://timeweekly.blog.tianya.cn/。

㉖参见《中国青少年网民近 2 亿》,载《联合早报》2010 年 4 月 27 日。

㉗参见《韩寒入选〈时代〉影响力榜自称就是乡下孩子》,《新京报》2010 年 5 月 21 日。

㉘在艾柯伟大的作品《玫瑰之名》中,作者极富隐喻色彩地指出,这个世界真正恐惧的,是亚里士多德散佚的《诗学》第二卷——《论喜剧》。

㉙韩寒博客的背景音乐,用的是对于“80 后”一代堪称“圣经”的电影《大话西游》经典主题曲——《一生所爱》。

㉚这点和晚年的鲁迅相似,似乎是解释鲁迅先生转而写作杂文与《故事新编》的一种可能性。经历了“呐喊”的失败,“笑”比五四所推崇的斩钉截铁的确定性更为有力。如果“戏谑美学”的谱系得到认可,鲁迅先生——和“感时忧国”的传统相似——依然是源头,值得细加追溯。

㉛参见《娱乐现场》2010 年 11 月 14 日对于郭敬明的独家采访:《郭敬明批韩寒不会写小说》,http://www.qiyi.com/zongyi/20101115/n125086.html。

㉜韩寒:《光荣日》,15 页,万卷出版公司 2009 年版。

㉝了解文学史的读者,恐怕都会想起杰克·凯鲁亚克,想起《在路上》。

㉞韩寒:《散文一篇》,见韩寒博客,http://blog.sina.com.cn/s/blog-4701280b0100ht1x.html,2010 年 4 月 7 日。

㊱蔡康永:《脏话到底脏在哪儿》,载《独唱团》2010 年第 1 期。

㊲周筱赟:《韩寒是不是当代的鲁迅?》,载《明报》2009 年 11 月 16 日。

㊳韩寒在多次访谈中谈到“人民”很“愚蠢”。笔者觉得这一点值得警惕,“公民”对于“人民”的鄙夷,涉及谁是“人类”的博弈。谈论这一点在当下中国似乎为时尚早,过于奢侈,但这终究不是进化论意义上的时间序列,而是同时在中国发生。

㊴在笔者写作本文同时,《新京报》等报刊发布2010年畅销书排行榜,《小时代2.0虚铜时代》再获年度冠军,续写郭敬明的销量神话。

㊵郭敬明:《献给丹布朗和〈蜗居〉……(同时公布一个记录)》,见郭敬明博客,http://blog.sina.com.cn/s/blog_46d7df020100g7i0.html,2010年2月5日。

㊶郭敬明:《小时代2.0虚铜时代》,205页,长江文艺出版社2010年第1版。

㊷参见笔者拙文:《〈蜗居〉、新人与中国梦》,修订稿发于《探索与争鸣》2010年第8期。

㊸韩寒:《青春》,见韩寒博客,http://blog.sina.com.cn/s/blog_4701280b0100iy7s.html,2010年5月28日。

(原载《南方文坛》2011年第3期)

《南方文壇》2012年度优秀论文颁奖会
《NANFANG WENTAN》2012 NIAN DU YOUXIU LUNWEN BANJIANGHUI

《南方文壇》2012年度优秀论文颁奖会
《NANFANG WENTAN》2012 NIAN DU YOUXIU LUNWEN BANJIANGHUI
2012 1 南方 文坛
2012 2 南方 文坛
2012 3 南方 文坛
2012 4 南方 文坛
2012 5 南方 文坛
2012 6 南方 文坛
《南方文坛》杂志社 主办
2012年11月 中国·桂林

2012年度

评　委:王彬彬　李敬泽　吴义勤　陈建功　张燕玲　施战军　程光炜

↑郜元宝

↑张　莉

↑邵燕君

↑李仰智

↑刘志荣

↑李美皆

获奖词：

以直面文学现场著称的青年批评家邵燕君，从新文学传统的视角讨论网络文学的革命性以及对主流文学重建的意义，强调了网络文学对“新文学”资源的拒绝，耐人寻味。本文立论或有偏颇处，但其独到的视角，深入扎实的论述，显示了她突破定见的勇气和建构新论的能力，颇具学术意义。

网络时代：新文学传统的断裂与“主流文学”的重建

邵燕君

如今，网络文学的发展强势已是有目共睹[①]。如果说在新世纪的第一个十年间，网络文学对“主流文坛”的冲击还局限在文坛内部，经过被称为“网络文学改编元年”的2011年，随着《宫》《步步惊心》《后宫·甄嬛传》等一部部穿越剧、宫斗剧的热播，电影《失恋三十三天》（改编于豆瓣“直播帖”）的席卷，“网外之民”也身不由己地“被网络化”，文学网站开始取代文学期刊，成为影视改编基地。一位颇具洞见的新媒体研究者更提出，随着2012年城镇人口首超农村人口、“两基”（基本普及九年义务教育和基本扫除青壮年文盲）的历史性完成，“主流文艺”将进入“新文艺，新时代”——“新中国”以来，以“工农群众”为核心受众的“人民的文艺”将转换为以城镇网民为核心受众的“网民的文艺”[②]。网络不再是年轻的“网络一代”自娱自乐的亚文化区域，而将成为国家“主流文艺”的“主阵地”。

从文学内部而言，更需关注的是，随着文学期刊的边缘化和纸质出版的夕阳化，网络测评系统越来越被传统体系所借重。不但网上红了的作品容易被出版，甚至一些出版社准备出版的作品，也会被先放到网上试试。如此一来，网络文学的内部标准，从“写什么”到“怎么写”，都会折射进传统体系。似乎不用多少争辩争夺的过程，网络文学从“自成一统”到“暗接正统”已经“自然”发生。数年前就有大型文学网站的“掌门级”人物宣称，网络文学已经是“准主流文学”[③]，几年来的众多举措也都显示了其向“主流化”方向“挺进”的努力[④]。那么，到底何谓“主流文学”？原来居于“主流”地位的文学如何突然变成了“传统文学”？其“主流”地位是如何失落的？面对文学媒介的“千年之变”、文学价值体系的“百年之变”和文学制度转型的“五十年之变”，“主流文学”如何在各方争锋中重新进行定位调整和力量整合？是否可能重建一个“精英”“草根”良性互动的“文学金字塔”？这些都是不容回避的严峻问题。

何谓"主流"?

正当"主流文学"突然遭逢"谁将入主"挑战的当口,一本名为《主流——谁将打赢全球文化战争》[⑤]的书也在流行。这本由法国记者马特尔撰写、2010 年出版的畅销书重点不在理论的探讨,而是通过大量采访,对美国、日本、韩国、印度等具有国际影响力的文化产业进行了深入报道,其关注点在于"全球文化战争"——美国电影如何在好莱坞、华尔街、美国国会和中情局的共同作用下成为世界主流文化?迪士尼、索尼等国际文化资本如何以并购等方式占领各国市场?日本如何通过漫画、流行音乐等实现其"重返亚洲"的战略?印度如何通过与好莱坞结盟来抗衡中国?伊朗如何成为各国媒体争夺的目标?非洲如何成为欧、美、中、印、巴等共同争夺的市场?总之,文化战争将怎样重塑新的地缘政治?谁将赢得全球文化战争的胜利?耐人寻味的是,这本全方位报道全球文化战争的书虽然几次遗憾地谈到中国的文化保护壁垒政策,却没有正面谈到中国的文化产业,或许暗示了"崛起"的中国并不是一个拥有价值观输出能力的文化大国,而是各种流行文艺的被输出国。

在大量实证考察的基础上,马特尔在书中提出的观点是:主流是由多数人共同享有的一种思想方式和文化方式。主流文化是一种大众文化,也是流行文化,是一个国家的"软实力"。在序言中,作者引用"软实力"概念的发明者、美国克林顿时期国防部副部长约瑟夫·奈的话说,"软实力,是一种吸引力,而非强权","软实力"需要通过价值观来产生影响,而负载这种价值观的正是大众流行文化。

仔细解读一下这里的"主流"概念,可以发现它背后有四个关键词:大众、资本、精英、权力。大众流行文化居于最表一层,背后是政治、经济、文化各路力量。在资本的运作下,精英通过流行文化打造大众的"幻象空间",将权力关系植入大众的情感—欲望结构。高明的"软实力"岂止是吸引力,甚至可以是媚惑力,"软"到几乎隐去一切"规训""引导"痕迹,发乎于"人性本能",止乎于"普世价值",才具有真正强大的实力。

这个"主流文化"的概念与法兰克福学派所批判的作为"社会水泥"的"文化工业"并无本质差别,差别在于精英的占位上。"主流文学"里精英的占位不是外在的批判者,而是内在的建构者。这也并非屈服或权宜之计。自 20 世纪 50 年代以后,文化精英对大众文化的态度已经发生转向。以罗兰·巴特《神话学》为前导的解构主义理论、以英国伯明翰中心为重镇的文化研究理论都对法兰克福学派和利维斯主义的保守精英主义立场进行了颠覆,大众文化被认为是"积极的过程和实践"。美国大众文化理论家约翰·费克斯更主张"理解大众文化"[⑥],在他开创的粉丝文化研究中,提出生产力和参与性是粉丝的基本特征之一。粉丝的生产力不只局限于新的文本生产,还参与到原始文本的建构之中[⑦]。以后的粉丝文化研究者也倾向认为,"粉丝经济"最大的特点是生产—消费一体化,粉丝既是"过度的消费者",又是积极的意义生产者,于是产生了一个新词粉丝"产消者"(Prosumer,由 Producer 和 Comsumer 两个单词缩合而成)。亨利·詹金斯等学者还主张以“学者粉(Aca-fan)”[⑧]的身份进行“介入分析”(Intervention Analysis)[⑨]。在法兰克福学派猛烈抨击大众文化半个世纪之后,大众文化不但天下滔滔而且反客为主,并在各国政府力量的支持下成为“主流文化”。今天,再延续法兰克福学派的批判立场已经意义不大,特别是文化研究在 20 世纪 70 年代发生“葛兰西转向”之后,外在于大众文化的消极批判态度远不如积极地介入更有建设性。葛兰西提出的“文化领导权”(Cultural Hegemony)理论的核心要点是,统治阶级的文化要占据“文化领导权”,其前提是能在不同程度上容纳对抗阶级的文化和价值,为其提供空间。这样,大众文化就成为阶级对抗和谈判的场所了。此后布尔迪厄提出的“文学场”理论更指出,“文学场”是一个政治力量、经济力量和文学力量相互斗争的“场域”,各方为了取得自身的合法性,为了控制这个场的“特殊利润”处于不断的斗争之中[⑩]。今天,我们谈论“主流文学”,首先要建立的一个观念是,它不是一个固定的概念,而是一个斗争、谈判的场所,精英力量只有进入这个“场”,并且确实占有相应资本,才有说话的资格。

在全球“主流文化”模式参照下,中国当下“文学场”的格局确实独具特色。一方面,新中国成立以来建立起来的一整套文学体制和管理体制仍然完整存在并且有效运转,但以文学期刊的“边缘化”和“老龄化”为标志,“体制内”文学已经越来越“圈子化”,从而失去了大众读者[⑪];另一方面,在资本运作下进入集团化的网络文学已经建立起日益成熟的大众文学生产机制,不但拥有了数以亿计的庞大读者群,也建立起一支百万作者大军,然而,必须小心翼翼地接受体制管理,寻求体制接纳。在二者之间,以学院派为代表的文学批评精英力量多年来与五四新文学传统脉络下的“严肃文学”“纯文学”共生,对骤然坐大的网络文学大都怀有法兰克福学派倾向的拒绝态度,在一个“草根狂欢”的时代,与网络文学的关系基本是互不买账、各说各话。以中国国情来看,这样一种“文学场”格局,尤其是体制与资本两种力量的对峙和博弈将会在很长一段时间内存在,而精英文学的强大传统也不会在短期内衰退。在这个意义上,笔者认为,中国“主流文学”的定义未必依照资本主义体系的“国际惯例”。我们的“主流文学”未必是拥有最大众读者的,但必须是对最大众读者有引导力的,也就是说,决定其“主流”地位的不是读者的占有量,而是是否拥有“文化领导权”。“主流文学”可以是对“大众文学”有“文化领导权”的“精英文学”,也可以是获得了“文化领导权”的、为“精英文学”留下足够空间的“大众文学”。

谁居“主流”?

按照这一概念,一直以来以“主流文学”自居的“体制内”文学确实已经难当其实。根本原因还不是其失去了大众读者,而是对于体制外“另起炉灶”生长起来的大众文学(网络文学之外还有畅销书以及以畅销书机制为依托的“青春文学”),无论在文学标准、文学资源还是文学传承上都失去了引导力。而拥有大众的网络文学可以称作“主流文学”吗?恐怕也不能。不是因为网络文学还没有完全被“体制”接纳、认可,而是它未能承担起负载中国社会“主流价值观”的责任——或许这是一个过于苛刻的要求,因为对于转型期的中国来说,“主流价值观”本身尚处于模糊状态。然而,对于一种借助新媒介优势快速成长的大众文学,网络文学如能在自身发展中充分调动互联网的民众参与力量,积极参与转型期中国“主流价值观”的打造和传播,则更能为“荣登大宝”积累经验。毕竟,“主流”的概念里不是只有大众和资本,还有精英和权力,这个权力并不完全是显性的体制权力,更是靠精英力量运作的隐性的“文化领导权”。可惜,目前以商业化为主导的网络文学更关注娱乐功能,对于参与打造“主流价值观”的使命并未显示出积极的承担意识。

2009 年初盛大文学 CEO 侯小强(此时盛大文学刚刚组建不久,号称“网络文学航空母舰”[12])在对“主流文学”发出挑战,提出“网络文学走过十年之路,成为准主流文学”时,他的主要依据是,网络文学是“主流的网络读者的选择”,“被读者认同的文学才是主流”[13]。这种说法并不陌生。事实上,自 20 世纪 80 年代中后期文学进入“市场化”转型阶段以来,不断有从“纯文学”阵营走向市场的作家或改版期刊都持此说,以“读者喜欢”“好看”这样似乎无需证明的笼统判断论证自身的合法性[14]。这实际上显示了在混乱的转型期,文坛对于“主流文学”的定位和功能、“主流文学”与“大众流行文学”以及“纯文学”的关系等一系列理论问题认识都比较模糊,乃至失语。读者到底为什么会喜欢?“好看”的要素是什么?事实上,大众从来都不是白纸一张,没有一种天然存在的、“本质化”的“大众口味”,他们的“天生口味”都是被喂养出来的,是被古今中外各种流行文艺打造出来的。一个国家如果不能生产出可以满足本国大众精神和娱乐需求的“当代主流文艺”,他们的“空胃”就会成为各方神圣安营扎寨的“黑屋子”[15]。没有新的,就吃旧的,没有自家的,就吃别家的。

如果我们考察一下当下中国网络文学中的主要类型,就可以摸索到其主要文化资源。这资源大致可以分为三类。一类是中国传统文化资源,既有被五四新文学传统指定为经典的雅文学,如四大名著,以及偏于这一脉络的现当代作家,如张爱玲、白先勇;也有被当年的新文学压抑下去的种种“旧文类”,仙侠鬼怪,蝴蝶鸳鸯,官场黑幕,以及这一脉络的当代港台武侠言情小说。这些构成了玄幻、穿越、武侠、官场、都市、言情等类型的主要资源。第二类是美国好莱坞大片、网游以及包括科幻、奇幻(Fantasy)在内的欧美类型文学,特别是科幻文学关于未来宇宙的推演设定和《指环王》《哈利·波特》等奇幻文学打造的魔法世界,构成了以“九州系列”为代表的中国奇幻小说(以纸版为主)和以“小白文”[16]为代表的网络玄幻小说想象力的来源之一。第三类是日本动漫,尤其是其中的耽美文化[17],是“耽美文”“同人文”[18]的直接来源。当然,网络文学的各种类型,特别是其中最具有中国本土和时代特色的新类型,如玄幻、穿越、盗墓等,都是综合以上各文化资源的再创造。

盘点中国网络文学的文化资源,我们不难发现一个触目惊心的事实,在古今中外的文化传统中,单单是五四以来确立的新文学传统被绕过去了,而新文学传统正是一向居于“主流文坛”的与“正统文学”一脉相承的传统。为什么被“主流的网民”选择的大众文学单单绕过了这一最主流的传统?这一大师辈出、感动了几代中国人、有力地参与了中国现代国家建构的伟大传统,这些年来一直被国家文艺管理制度、文学生产体制、学院体制和中小学教育体制置于垄断性的保护地位,居然被不见硝烟地暗度陈仓,这一切是如何发生的?这是我们讨论建构“主流文学”之前必须审查反思的。

新文学传统是如何被“绕过去”的?

以今日“网络大众”的“自然选择”而反观,五四新文化运动建立起来的新文学传统有三个突出的面向:以启蒙价值为基础的精英化,以西方文学为师的现代化,以及延续千年的印刷文明的文字化。洋派的新文学一直存在着“民族化”“大众化”的障碍,文字的艺术也一直受到影像艺术的冲击,而在网络时代,新文学传统在这三个方面都遇到了更致命的挑战。

第一,是启蒙价值的解体。

五四新文学的建立得力于欧洲启蒙主义的引进,“新时期文学”的崛起与80年代“新启蒙运动”共生。而网络时代则是一个“后启蒙”(the Post-enlightenment)的时代,这未必与网络直接相关,也不是中国单独的状态,而是“冷战”结束后东西方共处的人类“普遍处境”,这就是齐泽克在《意识形态的崇高客体》一书中揭示的“启蒙主义的绝境”:今日的意识形态,尤其是极权主义的意识形态不再需要任何谎言和借口,“保证规则畅通无阻的不是它的真理价值(truth-value),而是简单的超意识形态的(extra-ideological)暴力和对好处的承诺”[19]。这显然走向了启蒙理性的反面,因为启蒙主义假定人的理性和理想可以战胜一切卑污。为什么一切变得如此明目张胆?根本原因就在于人类已经没有“另类选择”。2011年10月9日齐泽克在“占领华尔街”的街头演讲中,也活生生地向我们演示了大洋彼岸的抗议者们“梦醒之后无路可走”的彷徨:“我们知道我们不要什么。但是我们要什么呢?怎样的社会组织方式可以代替资本主义?怎样的新领导者是我们需要的?记住:问题不在于腐败或贪婪。问题在于推动我们放弃的这个体系。”[20]

“启蒙的绝境”抽掉了现实主义文学的价值基石,其“严肃性”的价值也必然遭到质疑。当年五四先贤之所以弃宽择窄从多种文类中选择现实主义为唯一正统,正是因为现实主义文学具有“认识世界、改造世界”的功能。但如果世界是不可改造的,“睁了眼看”又有何意义?意义系统的危机不但使现实主义文学本身遭困,使其曾具有的“主流文学”功能大大降低,也使其对消遣性文学的压抑力量逐渐瓦解。面对来自精英系统“娱乐至死”的批评,网络文学一方不以为然,并且堂而皇之地宣称“YY无罪,做梦有理”[21]。在他们看来,既然“铁屋子”无法打破,打破后也无路可走,为什么不能在白日梦里“YY”一下,让自己“爽”[22]一点?“网络一代”本来就流行“轻阅读”,在文学资源的选择上,自然会避开面目端肃的鲁郭茅巴老曹,选择轻舞飞扬的蝴蝶鸳鸯;避开相对陌生的西方样式,选择骨子里熟惯的中国笔法。

第二,85—95“独孤一代”的横空出世。

“网络一代”是“读图一代”,也是“独孤一代”。这不仅指他们大都是独生子女,更是指他们在文化上也像是孤儿,是"喝狼奶长大"的一代。以前,人们经常用"80 后""90 后"称呼"网络一代"[23]。而从网络文化的角度考察,更准确的概念是"85—95 一代",因为这是受日本 ACG 文化(Animation 动画、Comic 漫画、Game 游戏)影响的第一代人[24],深受耽美文化浸润,具有浓郁的"宅腐"[25]特征。"宅男"和"腐女"是构成目前网络读者的两大重要"族群"。他们也是美国好莱坞大片、英美日韩剧以及《指环王》《哈利·波特》、"吸血鬼系列"等这些超级国际流行文艺的铁杆粉丝。

我们经常说现在"三年就是一代",决定"一代人"和"一代人"之间的代沟是什么？就是要看他们是什么流行文化喂养大的。如果我们把学校推荐给中小学生的阅读书目和他们私下里流传的作品做一个对比参照,会发现两者几乎不搭界。学校推荐书目上的是喂养"亲一代"长大的经典,对于"子一代"来说,它们基本是一种文学知识。而让他们尖叫不已的东西,对于父母而言,可能是完全陌生的。在这里,我们不能不承认"先进媒介"的覆盖力,尤其对于自从识字以后时间就被学校和补习班分割殆尽的中国小孩而言,ACG 文化才是他们一心奔向的乳娘。这个乳娘喂养的不仅是艺术审美观,同时也是世界观、人生观、价值观。一方面,我们不能不警觉地看到,由于这些年中国"主流文艺"的弱势,"网络一代"的三观塑造深受他国流行文艺的影响[26]。另一方面,我们又不得不清醒地看到,这些流行文艺不仅满足着"网络一代"的感官需要,同时也满足着"独孤一代"的心灵需要——科幻作品是在启蒙理性杀死上帝后,对宇宙秩序和终极意义的重新设定;《指环王》《哈利·波特》等奇幻作品借助前基督教的凯尔特文化,在奥斯维辛之后重论善恶的主题,并最终让正义战胜邪恶;"耽美文"和"吸血鬼系列"在 20 世纪 60 年代"性解放"引发"性泛滥"导致"爱无能"之后,通过重设性别或人鬼的禁忌,再度讲述爱情的神话。这些文化都是在西方启蒙运动之后兴起、流行的,属于"后启蒙"文化,它们是对启蒙理性的反拨、反动或补充,属于正统文化之外的民间文化、被压抑的边缘文化、被抵抗的亚文化。当启蒙理想打造的现实乌托邦遭到质疑后,流行文艺借助"后启蒙"文化在"第二世界"里建造"异托邦"[27],用最时尚的方式重唱"古老谣曲"的母题,重新给人带来信心和安慰。如果说,喂养"亲一代"长大的是五四先贤从启蒙文化脉络引进的正统文学,喂养"子一代"长大的就是"后启蒙"脉络的大众流行文艺,双方的"代沟"隔膜不仅在媒介鸿沟上,也在文化渊源的错位上。而在一个"后启蒙"的时代,一种不包含"后启蒙"文化的文艺很难对时代命题作出有力的回应,很难成为名副其实的"主流文艺"。

第三,消费社会大众文艺机制欠缺。

尽管面临"启蒙的绝境"和"媒介革命"的双重挑战,但这毕竟是人类的"普遍处境"。居于正统已近百年的新文学传统在网络时代突被悬置,原因还是应该在中国当代文学机制内部找。显而易见的事实是,网络是全球的,而网络文学却是中国风景独好,流行文艺高度发达的欧美日韩,网络文学的发展都没有中国兴旺蓬勃。反过来说,中国网络文学的过度发展,正反映了中国的流行文艺机制的欠发达。网络文学的出现终于使亿万流行文化消费者有了一个本土基地。

然而,顺着这一思路,我们容易忽略的是,中国流行文化生产机制的欠发达,正是新中国成立以来建立的社会主义文化制度设计的结果。在那套文化制度里,今日四处觅食、正被资本瞄准的消费大众,原本应该是被社会主义文化教育的人民群众,被培养的"业余作家",之后是被启蒙文化引导的读者,乃至"文学青年"。换句话说,今日在消费文化层面暴露出如此大的空位,正是主流文坛整合能力失效的表征,那套曾在20世纪50—70年代以独特方式成功运转、在80年代焕发巨大生机的"主流文学"生产机制,未能伴随中国社会90年代以来向消费社会的转型而完成自身转型,未能及时建立起一个适应消费社会的、具有中国特色的"主流文学"机制,以致逐渐丧失了对大众文学的"文化领导权",也中断了新文学建立以来一直致力的"大众化"方向的努力。

应该说,欧化的新文学在大众接受方面一直力不从心,虽然新文学取得了正统地位,但旧文学只是被压抑下去了,在普通读者间一直有着更广大的市场(最典型的例子就是鲁迅在母亲面前败给张恨水)。新文学真正取得"压倒性胜利"是在新中国建立以后,其"压倒性"并不仅在于政策上的压制取缔,更在于艺术上的吸收转化。特别是经由赵树理等"人民艺术家"的卓越努力,以及包括"样板戏"在内的"革命文艺"的创造性实践,将"旧文学"中有生命力的要素"批判地吸收"进革命文学,成为内化其叙述模式和快感模式的"潜在结构"。新时期初期,文学没有雅俗之分的困惑,"伤痕文学""改革文学""知青文学"的主题是全民共同关注的,依托的现实主义手法(此时还遗留着一定的"工农兵文艺"模式),经过多年普及也是读者熟悉的。直到接近80年代中期"寻根文学""现代派文学""先锋文学"相继兴起,新时期的"文学共同体"才开始解体。一方面是"主流文学"越来越"雅",一方面是金庸琼瑶等港台通俗文学大举进军。与此同时,城市体制改革起步,文学期刊"断奶政策"出台,整个社会开始向消费形态转型。

应该说,这是一个十分关键的时期,以往靠社会主义文学体制支撑的文坛大一统格局将要被打破,进入政治、经济、文学各种力量相互博弈的"文学场"。"主流文学"的主导地位不能再只依靠制度力量在权力秩序中建立,而是在相当程度上要借助"文化领导权"的整合力量。以今日的"后见之明","主流文学"此时应该以积极主动的态度面对文学的分化和转型,大力建设中国本土的通俗作家队伍和通俗文学生产机制,并重新调整自身的导向定位,从以往的"严肃文学""纯文学"移向更有涵盖性和笼统性的"精英文学"——尽管在"启蒙的神话"破灭以后,重建精英价值的"文化领导权"存在着悖论式的难题,毕竟,"严肃文学"和"纯文学"还存有巨大的"剩余能量",这能量不仅在作家队伍里,也在读者的普遍期待中。如果"主流文学"能够平衡内部格局中传统和创新的力量,以"纯文学"为旗帜打造高雅的"小众文学",以现实主义为导引,建设严肃的"大众文学",或许这个以精英为导向的"主流文学"还是有可能建立起来。

可惜,此时"主流文坛"对"变局"的理解只在"市场化的冲击"和"通俗文学的侵袭"的层面,其反应基本是消极被动的。以"回到文学自身"为口号躲进象牙塔,名为坚守,实为退守。对于新时期以后开始创办并在读者间产生越来越大影响的各种带有通俗文学性质的报刊，如武侠类的《今古奇观》、侦探类的《啄木鸟》、民间故事类的《故事会》、小小说刊物，以及伴随打工浪潮孕育而生的各种打工文学杂志，都未予以充分重视。即使关注，也是按“纯文学”标准要求其提升“文学性”，其结果反而是使读者大量流失。这种消极的态度在变局发生之初尚有可理解之处，长期的延续则与“纯文学”意识形态下膨胀的傲慢心态有关。这正是我们要深入反思的。

“纯文学”意识形态的负面影响

我们说今日文坛的“正统”与五四新文学传统一脉相承，主要是指其面向现代化的精英性，在不同的历史时期，这种精英性可能表现为文化精英性、政治精英性或文学精英性。虽然，现实主义一直是“法定”的主导原则，但这些年来实际居于文坛主位的并不是现实主义文学，而是作为“先锋文学”后裔的“纯文学”，“文学性”代替“严肃性”成为镇山法宝。被网络文学视为挑战对象的“传统文学”也主要指“纯文学”，而不是指传统的现实主义文学[28]。

这悄悄的位移发端于1985年“先锋文学”运动发起的“形式变革”。那场以“回到文学自身”为口号的文学运动其实有着明确的意识形态挑战指向，倡导者以西方现代主义文学样式为基本参照，试图从纯粹形式的角度，挑战现实主义的定于一尊，从而把文学从“文以载道”的工具乃至政治宣传的工具的地位上解放出来，确立文学的自足价值。这场文学运动并不是“反启蒙”的，而是80年代“新启蒙运动”的一部分。然而这场旁敲侧击式的“革命”并没有如一些倡导者预期的那样，从形式变革进入意识形态抗争，反而以“非政治”的姿态在“告别革命”的语境下落入了80年代真正居于主流的“新启蒙意识形态”。正如贺桂梅在《新启蒙知识档案——80年代中国文化研究》一书中指出的，“回归文学自身”的“纯文学”本身是一种意识形态，从80年代的“非政治化的政治”，到90年代的“去政治化的政治”，其背后的理论支撑也从80年代强调审美世界不但自身自律自足并且可以作为“现实世界样板”的“诗化哲学”，转为90年代适合自由市场主体意识的专业主义[29]。在此过程中，“纯文学”也失去了其反抗政治体制的张力关系，卸去了先锋的爪牙，十分无害地寄身于作协体制之内。

如果从文学史的进程来看，“先锋文学”运动的发起有其历史必然，它所进行的“叙述革命”和“语言革命”的探索也对汉语写作的发展有突破性推进。然而，由此衍生的“纯文学”意识形态则对这些年来“主流文学”的发展产生了相当大的负面影响，这些负面影响今日从文坛多重变局的视角观察尤为明显。

首先，导致文坛格局内部失衡，自伤其根。

“先锋运动”本是一场由“新潮编辑”“新潮评论家”发起、由初出茅庐的青年作家打头的激进形式实验，如果不是“纯文学”意识形态的催化，再怎么炫目，也不会在两三年内发展到席卷整个文坛的主流。而当时的文坛却是“整体向西”，在求异求变的大势所趋下，敢于坚持走现实主义老路的作家，即使像路遥这样的大作家，即使他拿出《平凡的世界》

这样的后来被时间证明的经典之作(基本也可以说是唯一对网络文学产生深入影响的“新时期文学”经典[30]),在当时也备受冷落压抑。而构成新时期中国作家主体队伍的正是像路遥这样出身乡土、自学成才、在价值观和审美观乃至情感结构上都相当传统的现实主义作家。面对“纯文学”大潮的席卷,他们要么赶鸭子上架,要么甘于边缘寂寞。正值文学“失去轰动效应”的当口,这一刀又从内部伤了文学的根。现实主义写作从此元气大伤,不但削弱了“主流文学”的整体实力,也加速了文学期刊与读者亲密关系的解体、“专业—业余”作家培养体制的解体。

其次,未建立起“小众文学”平台,“新文青”自立门户。

虽然在“纯文学”理念的召唤下,“主流文学”主动抛下大众而奔向小众,但始终未能凝聚培养起一个以高雅文学为旨趣的小众群体,更没有在市场化转型中,凭借“大社”“名刊”的权威声望和各种资源积累建立起一个小众市场,从而在网络时代完成“华丽转身”。这一点可以从“80后”“90后”中的新一代“文青”自立门户得到反证——郭敬明、韩寒、张悦然、笛安等“80后”作家在被主流文坛接纳后不久,都纷纷在畅销书机制的运作下创办文学杂志[31],且大都以“纯文学”为旗帜;2005年创办的豆瓣网几年内汇集数千万用户,被称为“全国文青基地”,2011年底推出的“豆瓣阅读”更开始直接建立中短篇小说的下载收费平台,被称为“网络时代的‘纯文学’移民”[32]。这场绕过文学期刊的网络内“移民”有可能从内部撬开“主流文坛”,吸纳“纯文学”队伍中的有生力量,打破目前网络文学“类型化”一统天下的格局,实现网络文学内部的分化分层。这一切都说明当代青年中不是没有“文学青年”,而是这些“文学青年”不再凝聚在主流文学期刊周围,不再与前辈作家(包括“纯文学”作家)有师承关系。这固然有体制方面的多重原因,也与“纯文学”理念的片面性有关。如果当年的“先锋运动”不刻意割裂文学形式和内容的关系,那些生吞活剥来的西方现代派、后现代派技巧,尽管当时是超前的,但随着中国急速的现代化进程,早晚要落地生根,与本土经验打通。西方现代派文学正是在两次世界大战的灰烬中产生的反思启蒙文化的文学,与“后启蒙”文化孕育的流行文艺互为雅俗,更具有反抗性和挑战性,最能吸引“独孤一代”的“新文青”。试想,如果这些“新文青”能在以“西方文学现代派、后现代派传人”自命的“纯文学”作家那里找到某种共鸣,怎会不如见父兄,心悦诚服?但事实上是,那些文学理念当时是舶来的,此后依然是“不及物”的。那些“凌空蹈虚”的“纸上空翻”恐怕也只有在“纯文学”神话的麻醉下,在作协体制的支持下,才能孤芳自赏多年。当“新文青”自立门户,“先锋文学”这些年在语言革命、叙述革命中积累的文学经验也无以传承。其实,“纯文学”被网络文学一方称为“传统文学”还算是客气的,因为只有被继承的传统才可称为传统,否则只能叫“博物馆艺术”。

最后,“背对读者”,自弃“文化领导权”。

“纯文学”的口号是“背对读者写作”,从“文学场”的理论解读,“以输为赢”正是“小众文学”的生存逻辑甚至生存策略[33]。然而,“小众文学”的蜜糖,对于“主流文学”而言,却是不折不扣的砒霜。如果不是一种意识形态式的笼罩力量,我们很难想象,一直承担弘扬

“主旋律”任务的“主流文学”，为什么会在那么长的一段时间内，如此漠视读者“看不懂”的呼声，任由读者在失望中离开，并傲慢地要求读者“提高欣赏水平”。

正是这傲慢导致了违背常识的偏见。精英引导型社会的一个根本原则是，相信读者是应该被引导的，可以被引导的，也必须被引导的。但关键是如何引导。通常，一种精英价值观要深入人心需要两道“转译”，一道是由理念转译成文艺，一道是由“精英文艺”转译成“大众文艺”[34]。即使在“政治挂帅”的年代，文艺主政者还需要想方设法将革命理念灌注到群众喜闻乐见的形式中去。中国传统的“文以载道”也讲求“言之无文行之不远”。消费社会更需要“道成肉身”，消费者没有义务去“主动提高欣赏水平”，相反，他们有权利要求按照他们既有的口味和水准被满足、被吸引、被提高，被“寓教于乐”。要求大众读者像中文系学生那样精研细读“有挑战性的文本”，这样的想法既不现实也不合理。“纯文学”的傲慢是一种末世贵族式的傲慢，在消费大潮汹汹来临之际“躲进小楼”，在“去政治化”语境之下“回到自身”，实际上是自弃“文化领导权”。因为，一种不能引导“大众”的“小众”仅仅是“少数”，不再具有精英导向。

结语：如何重建“文学金字塔”？

以上对于网络文学资源脉络的清理，对于新文学传统失落原因的探讨，对于当代文学内在危机的反思，应该说，都只是为“主流文学”的建构勘察地基。在全球文化战争背景下的网络时代，真正具有“文化领导权”、代表中国“主流价值观”的“主流文学”到底是什么样貌，或许我们现在谁都无法描述，但至少，它必须是有高度整合力和创造力的，并且必然是具有中国特色的。

在这个意义上，笔者提出建构“文学金字塔”的设想。这个作为“主流文学”的“文学金字塔”应该是以重新调整定位的精英标准为导向的，整合进所有“传统的”“网络的”“体制内的”“体制外的”等各种文学资源中有生命力的力量，也为各种“小众文学”和“先锋文学”提供空间。它必须是分层、互动、开放的。所谓分层，就是要承认居于“塔尖”的“精英文学”与居于“塔座”的“大众文学”各有其读者定位和文学定律，不能以统一的标准一概论之；所谓互动，就是虽然大家各司其职，但仍有一套互通互认的价值系统，“塔尖”为“底座”提供精神参照和艺术更新，“底座”为“塔尖”聚“人气”，接“地气”。只有形成良性互动，文学才有持续性发展的动力。所谓开放，是指对相关艺术门类的开放，与影视、ACG等媒介艺术共通。再说句悲观的话，在笔者看来，未来担纲“主流文艺”主导门类的，恐怕既不是文学，也不是影视动漫，而是电子游戏。文学除了作为“脚本基地”以外，要保持自身的艺术地位，必须向精英方向发展，同时与“最先进媒介”的艺术保持互通，从而与大众保持互通。

至于这个“文学金字塔”是以何方为“基座”建构起来的，是拥有“大众”和经济资本的网络文学一方，还是拥有“精英”和政治资本的“主流文坛”一方，这就要看双方博弈的结果了。近几年，我们可以看到双方都在积极动作[35]，这个博弈的过程会让我们真切地体会到,“主流文学”是一个“斗争和谈判的场所”。这里需要提出的是以学院派为代表的文学批评精英力量的占位问题。今天从事当代文学批评的研究者大都是读启蒙经典长大的,深受法兰克福学派等精英理论的洗礼,对于以网络文学为代表的大众流行文学,在外批评易,入场介入难。然而,不入场就没有话语权。未来的“主流文学”不管以哪一方为“基座”,都必然要以拥有大众的网络文学为“底座”,不理解网络文学就无法真正参与“主流文学”的建构。目前在这个场域内,政治、经济、大众的力量都很强大,最缺乏的就是文学精英力量。一方的弃权只能让其他力量增大“控制场内特殊利润”的机会。也就是说,对于当代文学研究者来说,理解网络文学,积极参与“主流文学”的建构,是时代向我们提出的新任务。如果从国家文化战略的角度来看,这也是一种责任担当,是对“感时忧国”的五四传统的精神继承。

【注释】

①据新华网报道,截至2011年末,全国网络文学用户达1.94亿,网络文学作者达一百多万人,每年有三四万部作品被签约。

②庄庸:《新文艺,新时代》,待发。

③侯小强(盛大文学CEO):《网络文学到底是不是主流文学?》,载《新京报》2009年2月11日。

④2008年7月盛大文学成立后,高调开启了一系列活动,如2008年底的“30省作协主席小说巡展”,2009年3月的“首届全球华语原创文学大展”,6月与《文艺报》合作召开的“起点中文网四大作家”研讨会,7月与鲁迅文学院合办“网络文学作家培训班”,等等。主动向官方示好的并非盛大一家,2008年11月“中文在线”也通过同中国作协旗下《长篇小说选刊》合作,开展“网络文学十年盘点”的活动,该活动动用了全国二十余家纯文学刊物的编辑力量读稿评分,巧妙地完成了网络文学学术性活动的“体制化”操作。尽管在最初的对接中难免迂回摩擦,网站的主动攻势还是有力地撬动了主流文坛。

⑤[法]弗雷德里克·马特尔:《主流——谁将打赢全球文化战争》,刘成富等译,商务印书馆2012年版。

⑥[美]约翰·费克斯:《理解大众文化》,王晓钰、宋伟杰译,中央编译出版社2001年版。

⑦[美]约翰·费克斯:《粉都的文化经济》,陆道夫译,收入陶东风主编《粉丝文化读本》,北京大学出版社2009年版。

⑧指将自己认同于粉丝的学术研究者,或将自己认同于学术研究者的粉丝。

⑨“介入分析”与其说是概念,不如说是一种研究态度和文化实践,即更积极地接近和参与文化研究对象的态度。参阅2011年6月北大中文系韩国留学生崔宰溶博士答辩通过的博士论文《网络文学研究的困境与突破——网络文学的土著理论与网络性》第三章第一节“土著理论和介入分析”。

⑩[法]皮埃尔·布迪厄:《艺术的法则——文学场的生成和结构》,262—270页,刘晖译,中央编译出版社2001年版。

⑪参阅拙文:《传统文学生产机制的危机和新型机制的生成》,载《文艺争鸣》2009年第12期。

⑫2008年7月,盛大文学有限公司成立,在起点中文网之外,又收购了晋江原创网、红袖添香网,宣称要打造“网络文学的航空母舰”;此后又收购了小说阅读网和潇湘书院;2009年收购榕树下;

2010 年初其官网信息宣称,已占据国内网络原创文学 90% 以上的市场份额。

⑬侯小强(盛大文学 CEO):《网络文学到底是不是主流文学?》,载《新京报》2009 年 2 月 11 日。

⑭典型的代表是《北京文学》1998 年第 9 期以“好看”为宣言的改版,见以编辑部名义发表的改版公告:《我们要好看的小说——〈北京文学〉吁请作家关注》。

⑮[斯洛文尼亚]斯拉沃热·齐泽克:《斜目而视:透过通俗文化看拉康》,13 页,季广茂译,浙江大学出版社 2011 年版。书中通过对一个短篇小说《黑屋子》的分析,来阐释“幻象空间”是如何发挥作用的。“黑屋子”是一个空洞,一个屏幕,一个供人投射欲望的“幻象空间”。

⑯“小白文”是在网络文学中非常火爆尤其在“网游一代”中极受欢迎的一种文类,与其说是一种文类,不如说是一种写作风格。“小白”有“小白痴”的意思,指读者头脑简单,有讽刺也有亲昵之意;也指文字通俗、意思浅白。“小白文”以“爽文”自居,遵循简单的快乐原则,主人公往往无比强大,情节是以“打怪升级”为主,所以“第二世界”的内部逻辑不甚严密,基本属于“低度幻想类”幻想文学。

⑰“耽美”(たんび)一词最早出现在日本近代文学中,为反对“自然主义”文学而呈现的另一种文学写作风格,日文发音“TANBI”,本义为“唯美、浪漫”之意,耽美即沉溺于美,一切可以给读者一种纯粹美的享受的东西都是耽美的题材,BL(Boy's Love,即男—男之爱)只是属于耽美的一部分。但就目前而言,我们提及耽美大多指的是与 BL 相关的文化现象,“耽美”也就被引申为代指男性之间不涉及繁殖的恋爱感情。这种感情是“女性向”的,不仅作者和受众基本是女性,而且对立于传统文学的男性视点,纯粹从女性的审美出发,一切写作的目的都是为了满足女性的心理、生理需求。

⑱我们现在常用的“同人”这一概念,来自日文“DOUJIN”的发音,取其“由漫画、动画、游戏、小说、影视等作品甚至现实里已知的人物、设定衍生出来的文章及其他如图片影音游戏等创作”之含义;在英文中,“同人文”通常被称为“粉丝小说”(Fan-fiction),字面意思为粉丝创作的小说。维基百科将其定义为“Fans 以原著的设定和人物创作的故事”。“同人”从来就不单指“耽美同人”,但“耽美同人”是“同人”作品中的很大一个分支。

⑲[斯洛文尼亚]斯拉沃热·齐泽克:《意识形态的崇高客体》,42 页,季广茂译,中央编译出版社 2002 年版。

⑳引文来源:http://www.occupywallst.org/article/today-liberty-plaza-had-visit-slavoj-zizek/

㉑比如,中国首个“类型文学概念读本”《流行阅》的创刊卷里,有一篇署名 dryorange 的文章《YY 无罪　做梦有理》,见夏烈主编《流行阅》,新世界出版社 2008 年版。

㉒“爽”和“YY”的含义都很复杂,需要从上下文的语境中理解。简略来说,“爽”不是单纯的好看,而是一种让读者在不动脑子的前提下极大满足阅读欲望的超强快感,包括畅快感、成就感、优越感,等等。“YY”即汉语“意淫”的拼音字头,发音为“歪歪”。此语源于曹雪芹的《红楼梦》,意指在不通过身体接触的前提下,视觉所见后通过幻想达到心理极大满足的行为。网络用语中的“YY”不一定和性有关,泛指一切放纵幻想的白日梦。

㉓实际上,在他们的内部又有细分。如“80 后”分“85 前”和“85 后”,“90 后”分“94 前”和“94 后”,用他们自己的话说,“85 前”的“80 后”更像“70 后”,“94 前”的“90 后”更像“80 后”。

㉔自 1980 年 12 月中央电视台引进第一部国外动画《铁臂阿童木》以来,中国开始有了能够看着日本动漫长大的第一代人,即“80 后”。事实上,日本的御宅文化起源于 20 世纪 80 年代初期,而耽

美文化虽早在60年代初就已在日本兴起,但直到90年代后期才进入中国大陆,因此当下真正带有“宅腐”属性的网民大多于1985—1995年出生。参见肖映萱:《“宅腐”挺韩——“85—95”的逆袭》,载《网络文学评论》总第3期,花城出版社2012年版。

㉕“宅男”概念起源于日本“御宅”(おたく)一词,原指对ACG具有超出一般人的了解程度、鉴赏能力、游戏技能的人群,这一概念经由台湾再传入大陆,意涵发生了一些变化,泛指不善与人相处,或是整天待在家,生活圈只有自己的人群。“腐女”是“腐女子”的简称,源自日语,由同音的“腐女子(ふじょし)”转化而来。“腐女”与“耽美文化”有血缘关系。“腐女”就是对“耽美”情有独钟的女性,通常是喜欢此类作品的女性之间彼此自嘲的称谓。“宅腐”,也作“腐宅”,可作“腐女”和“宅男”的合称,也可理解为兼具腐、宅两种属性。宅腐并不排斥,就是说,有“宅男”,也有“宅女”,有“腐女”,也有“腐男”。

㉖2011年秋季学期,笔者在北大中文系开设的“新世纪网络文学研究”讨论课上,做了一次特别的调查,请同学们说出对自己的“三观加一观”(人生观、世界观、价值观,我特意加上审美观)影响最深的艺术作品(不局限于文学,包括影视动漫,但我也强调可以包括最经典正统的文学作品)。结果令人惊诧,对“85后”的学生,尤其是接近“90后”的学生,影响最深的是日本动漫。他们的核心价值观,包括那些正面积极的价值观,如勇敢、忠诚、友谊,都是日本动漫给他们的。中华文艺里唯一能够对他们产生深切影响的是金庸。夸张一点说,如果没有金庸,中华文艺全军覆没。

㉗异托邦(Heterotopias)是福柯晚年提出的一个概念。王德威教授曾借用这个概念分析中国的科幻小说,非常有启发性。按照王德威的归纳,“异托邦”指的是我们在现实社会各种机制的规划下,或者是在现实社会成员的思想和想象的触动之下,所形成的一种想象性社会。它和乌托邦(Utopia)的区别在于,它不是一个理想的、遥远的、虚构的空间,而是有社会实践的、此时此地的、人我交互的可能。参见王德威:《乌托邦,恶托邦,异托邦——从鲁迅到刘慈欣》,《文艺报》2011年6月3日、6月22日、7月11日连载。

㉘如侯小强就在《网络文学到底是不是主流文学?》一文开篇时称:“很多人喜欢把纯文学和网络文学以对立面的方式放到一起,网络文学甫一出现,便是如此,直到现在网络文学走过十年之路,成为准主流文学,仍然有很多人如此。最近在想这两者之间的关系,有了豁然开朗的感觉:纯文学从始至终根本就是个伪概念,被读者认同的文学才是主流。”载《新京报》2009年2月11日。

㉙贺桂梅:《“新启蒙”知识档案——80年代中国文化研究》第六章,“‘纯文学’的知识谱系”,北京大学出版社2010年版。

㉚如笔者认为目前网络文学中最有“大师品相”的作家猫腻就在《间客》一书的后记中称“我最爱《平凡的世界》”,是其学习的两大样板之一。

㉛2006年10月,郭敬明主编的《最小说》创刊(长江文艺出版社);2008年6月张悦然主编的《鲤》创刊(江苏文艺出版社);2010年7月,由韩寒主编的《独唱团》(山西书海出版社出版,华文天下文化图书有限公司运作发行)经千呼万唤终推出创刊号后停刊;2010年12月由笛安主编的《文艺风赏》、落落主编的《文艺风象》创刊(长江文艺出版社)。此外,2011年3月,“70后”安妮宝贝主编的《大方》创刊(十月文艺出版社,新经典文化有限公司);2008年10月饶雪漫主编的《最女生》创刊(万卷出版公司,万榕书业);2009年4月蔡骏主编的《谜小说》创刊(新世纪出版社)。

㉜白惠元、范简:《豆瓣阅读:网络时代的“纯文学”移民》,《网络文学评论》2012年总第3期,花

城出版社 2012 年版。

㉝[法]皮埃尔·布迪厄(Pierre Bourdieu):《艺术的法则——文学场的生成和结构》,刘晖译,中央编译出版社 2001 年版。

㉞参阅孟繁华、程光炜《中国当代文学发展史》(修订版)第三章第一节中,关于延安"文化领导权"建立的过程中,"新文学"如何被"转译"成人民群众喜闻乐见的"民族化的革命文艺"的论述。北京大学出版社 2011 年版。

㉟网络文学一方,近年来有两个"精英苗头"的动向特别值得关注。一个是出现了具有"大师品相"的精品,如获 2010 年起点中文网年度作品的《间客》(猫腻),参阅拙文《在"异托邦"里建构"个人另类选择"的幻象空间》,《文艺研究》2012 年第 4 期;一个是前文谈到的豆瓣网 2011 年底推出"豆瓣阅读",尝试"网络时代的'纯文学'移民"。"主流文坛"一方,除中国作协的一系列举措外,2011 年广东、浙江两个省作协也有突破之举,广东作协创办了国内第一个网络文学研究刊物《网络文学评论》,浙江作协启动了全国首个"西湖·类型文学双年奖"的评选。两项举措都旨在打通精英批评通向网络文学的研究通道。

(原载《南方文坛》2012 年第 6 期)

获奖词:

本文学术视野开阔,具有强烈的时代感。作者把目光伸向当下中国科幻小说的内部,条分缕析,对此类型文学的人文内涵做了精细的阐释,充分肯定了此种文体的进步与成就,并寄予更高的期待。论文学术感觉敏锐,论述通达雅正,是一篇有洞见的用心之作。

当代中国新科幻中的人文议题

刘志荣

近两年来,中国的新科幻小说越来越超出科幻迷的小圈子,而进入到严肃的文学阅读与研究者的视野[①]。其中的原因,与中国科幻本身质量的大幅度提高有关系。而从传统文学和人文学的视野看,则会注意到,中国新科幻本身大幅度地涉及一些永恒的也非常前沿的人文学议题,同时在艺术上也有许多的探索和实验。自从玛丽·雪莱以来,科学与人文的关系,在科幻小说中几乎成了一个历久弥新的话题,而科学的人文后果,在科幻小说的第一代大师,譬如 H.G.威尔斯那里,也已经出现了范围广泛和让人难忘的表现。在 20 世纪中期以后的文学和电影里(譬如小说领域冯尼古特的《五号屠宰场》、电影领域库布里克的《2001 太空奥德赛》与塔可夫斯基的《索拉里斯》《潜行者》等),科幻越来越多地讨论一些尖端而深入的人类境遇的问题,本身也越来越成为严肃艺术和实验文学的一部分。在这种情况下,中国的新科幻出现了哪些新因素?涉及哪些人文学议题?对其思考与表现又达到了何种深度?有无明显的缺陷与可再进一步的余地?凡此种种,都是摆在评论者面前不容回避的问题。本文将择取在中国富于盛名的三位科幻作家王晋康、刘慈欣、韩松的几部作品,尝试对此进行分析[②]。

一、民族寓言的叙述

我们的讨论可以从一个貌似不那么富有新意的地方开始,那就是:科幻与现实的关系——这个论题似乎不太富有吸引力,却可以给我们的讨论一个冷静和具有重量的压舱物,对于讨论经常会想入非非、飞到太空乃至异度空间的科幻小说来说,这种冷静和具有重量感的现实态度可能尤其必要。

一个新来的观察者阅读中国新科幻小说,可能会有些吃惊地立刻注意到中国新科幻与历史和现实的紧密关系,以至于很多新科幻小说,几乎可以说是"现实主义的"或富于"现实主义"素质的,尽管其中当然不缺乏科幻小说必不可少的假定性的设置和情境。"现实主义"在这里,首先指的是对于实际发生的历史和现实的关注、批判和反省,中国新科幻被引入严肃文学界时,最初就是这样被推介的[③]。这当然出于策略的考虑,却也不乏文本的支撑,事实上,中国新科幻中确实有不少具有历史和现实反思与批判色彩的作品。例如,王晋康的《蚁生》,想象在"文革"的背景下,一个痛恨人类的自私和堕落的知青,用从蚂蚁身上提取出的一种激素,喷洒到人身上以产生一个蚂蚁式的"共产主义社会",可以说为"反乌托邦"的写作提供了一个中国式的范本,其与实际发生过的中国历史的互文性作用,更使得这部作品可以很容易被当作历史寓言来读解。与《蚁生》的历史反思相比,韩松的《我的祖国不做梦》,则直接可以看作对当下中国现实的特定方面的寓言——在这部令人惊悚的小说中,经常感到疲乏和精力不振的主人公,有一天突然发现一种怪异的现实,在新技术(药品和微波发射)的控制下,整个国家都在夜晚放弃了睡眠,为了某个目的在梦游状态下不倦地工作[④]。全国人民都被操纵着放弃了"梦想"的权利。而只有在"梦游"状态"工作"的权利,小说中的某位要人对维护"做梦的权利"的主人公说:"可是,世界上很快就不会有你说的那种地方了。……全世界都要推广梦游,但却有更宏大的目标,不单单是考虑某一国的经济增长了。"

熟悉当代西方文论的读者可以立刻从此类写作联想到弗雷德里克·詹明信关于"民族寓言"的论述[⑤]。詹明信曾经认为,第三世界国家的文学都可以作为"民族寓言"来解读,"第三世界的文本,甚至那些看起来好像是关于个人和利比多驱力的文本,总是以民族寓言的形式来投射一种政治"[⑥],这种解读用来解读中国新科幻中那些具有历史和现实寓言色彩的作品特别合适。在这类文学中,个人的权利、欲望和生存状态,与整个国家主导性的思想和观念息息相关,以致其间似乎不存在发达资本主义文化在政治与诗学、欲望与权力,总而言之是公众领域与私人领域之间的区分。然而,某种进一步的追问、界定和辨析仍是非常有必要的:这一类文本讲述了什么样的"民族"?是何种性质的"寓言"?我想指出一个现象:在中国新科幻和其他幻想文本中,"药"都是一个频繁出现的富有意味的象喻,譬如说《蚁生》中的"蚁素",《我的祖国不做梦》中的"去困灵"和改变人脑状态的社区微波技术——后者也可以被看作一种"药",读者还可以联想到现居北京的香港作家陈冠中的带有一定科幻色彩的政治幻想小说《盛世》中的药品——被相关机构添加在自来水中"第 N 代的 MDMA","温和、不会上瘾、无副作用,服用后心情特好,觉得世界充满爱,想跟人拥抱,向别人倾诉心里话",从而完全忘记历史上的悲剧事件和现实的阴暗一面,而沉浸在"盛世"的幻觉之中。自卢梭以后,科技发展可能导致悲剧性的人文后果,就成了哲学和社会科学反复不断讨论的主题,而自玛丽·雪莱的《弗兰肯斯坦》及威尔斯的《莫洛医生的岛屿》以后,对生命的控制可能产生的噩梦般的后果便成了科学幻想中不断出现的主题,而从扎米亚京、赫胥黎、奥威尔以来,技术的发展可能导致极端专制的政治社会的出现,则逐步形成了在20世纪人类文化历史上具有重要地位的科幻写作中的“反乌托邦”类型,中国的此类科幻写作可以说为之提供了一些中国式的范本——在此类文化脉络的梳理中,顺便也可以通过溯源的方法指出,用“药品”控制社会此一想象,早已见于赫胥黎的《美丽新世界》中的药物“唆麻”,以及一系列的试管培植、制约限定(Conditioning)、催眠暗示、巴甫洛夫条件反射训练法等。新科幻中“药”的想象也可以回到现代中国文学的语境中进行讨论,此一语境中有一系列发达的关于“药”“病”和“医疗”的隐喻[⑦],并且,此类隐喻通常都指向精神性的缺陷以及对之的“治疗”,“病”“药”和“医疗”的隐喻明显指涉某种特定现代性的思想和现实改造方案。然而,“药”既可有“治疗”的作用,又可有“麻醉”“上瘾”的作用和误用、滥用,前者如詹明信分析过的鲁迅小说《狂人日记》和《药》中暗含的隐喻,后者则如老舍小说《猫城记》中的“迷叶”。然而,相比20世纪上半期中国文学中更多偏向于前一类隐喻,当代中国新科幻中的“药”的隐喻含义明显接近于后者,在具体喻指上则显然会使人联想到晚清到当代中国历史和现实中一系列宏大的现代改造方案,事实上正是对中国现代化前期此类建构理性主义思想和话语的反思——如果说这仍是一种“民族寓言”的话,它们所反思的正是前一个阶段的现代化论述制造的“民族寓言”——可以说是一种关于“民族寓言”的“民族寓言”。

对现代化前期的建构理性主义的反思,正是20世纪80年代以来中国文化界逐步产生(在当时不无超前性)的反思意识,在过去“反乌托邦”想象极不发达的中国,新科幻中的此类写作不但有着增添体式的作用,更在与中国历史和现实的互文性中有着某种思想解放的作用。然而,如果说现代化前期流行的是各种乌托邦的想象,现代化后期则必然流行各种反乌托邦的想象,当代中国新科幻中的这种写作虽然在具体语境中不乏针对性和尖锐性,放在已有很长历史的世界“反乌托邦”想象的背景下,所取得的成绩只能说是中平。不过,中国新科幻中,真正具有实验性质和狂暴想象力的写作,走得远远比此更远,涉及的思想议题也要远为深入。

二、想象一种宇宙政治学

民族寓言的书写本身已可以说具有政治性,不过,中国新科幻中的许多政治性想象,不一定像前者那样具有现实历史所指,而更多思想实验的性质——我们应该庆幸,这种实验是在虚拟空间进行的,因为许多危机被表现得非比寻常,许多的对治方案和选择也远远超出了现今人类的道德底线[⑧]。

我们可以先接触一个不太极端的例子——刘慈欣写于1989年的第一部长篇小说《中国2185》,初步感受这种实验和想象的性质。在一个信息技术极端发达并且使得全球人类生活的方方面面都被串联到一个巨型信息互联网的未来社会中,过去时代“奇理斯玛”式的政治领导人在赛博空间复活,会出现什么样的政治后果?刘慈欣在《中国2185》中,设想了一种在不太遥远的将来貌似并非不可能实现的三维信息扫描技术,在存储空间无限扩大的背景下,一个莽撞的年轻人即可潜入“伟大领袖”的纪念堂,将之扫描存储为一个电脑软件，并使之在赛博空间中以思想实体的形式复活。这样复活的思想实体如何面对已然发生巨大变化并与传统道德观格格不入的新时代？这本身就是一个让人悚然并产生无数极端想象空间的主题。刘的处理却有别出心裁之处，他把复活的毛看成一个具有宏阔的历史视野和成熟的政治眼光的思想存在，泰然面对时代的变化[9]，却让同时复活的另一个较为平庸的政治家因对现实变化的不满而在信息空间中发动了一场叛乱：他以惊人的复制速度在信息空间自我复制，并以之创造了一个“华夏共和国”，从保守道德观的角度向现实世界宣战。由于人类的政治、经济、军事乃至日常社会生活的方方面面都被连接到信息空间之中，对信息空间的控制和支配所发生的暴乱，几乎使得现实世界的危机达到不可收拾的地步。更由于此种病毒式的扩散危及全球网络，其他竞争性的国家向中国发出战争威胁，使得整个国家处于毁灭的边缘，性情温和的未来中国的女性执行官对此几乎无法处理，最后不得不以拉断电网的极端方式使得叛乱湮没到虚拟空间之中。已被视为历史存在的思想在当下现实中复活，会导致什么样的政治后果？这在当下乃至未来一段时间的中国，仍是一个令人不安的现实性问题，在这个意义上，这部小说也可以纳入“民族寓言”的框架下进行讨论——然而，这部小说有远远超出于此的地方，譬如信息技术的发展以及人类对之的依赖和愈加紧密的联系，可能导致在将来的现实生活中造成某种失控的危险乃至严重的政治后果，这不仅是中国的，也是一个具有世界性意义的问题，这也使得刘慈欣的这部写于二十二年前的小说即使在当下仍具有某种前瞻性的意义。

刘慈欣在中国被称为“技术主义者”，并且是现下世界范围内非常少见的那种“技术乐观主义者”（尽管在理工治国的中国并不少见）。他经常会从此种角度在传媒上发表一些在当今世界上会令人觉得非常“政治不正确”的意见——譬如他从技术的角度指出环保不可能解决人类发展所导致的资源短缺问题，更有前途的解决方式是继续发展航天技术以向太空索取资源[10]——技术确实可以解决一些问题，譬如说帮助我们把人类行为领域的一些基本限制弄清楚，在此不必对之过分苛责。然而，从技术出发，最后总归会碰到一些非技术可解决的问题——尤其是涉及人文领域的意义和价值问题，后者并非可以全然忽略。刘慈欣的技术主义的优点和缺点在他那些带有思想实验性质的政治想象小说中都表现得非常明显：优点是技术主义的思维和风格使得框架简化、脉络清楚、焦点集中，缺点则是无论如何对人类意识和精神的复杂性认识不足、表现不够。这些优点和缺点，都集中表现在最近几年把他推到声誉巅峰和争论漩涡中的“地球往事三部曲”《三体》中。

长达八十余万字的三卷本小说《三体》，有着非常宏伟的抱负——刘慈欣不但要想象在外星的威胁下人类社会几百年的变迁历程，而且要把人类的视角从太阳系引至整个宇宙，从而想象一种“宇宙政治学”（小说中称为“宇宙社会学”）。关于“宇宙政治”的想象，西方过去主要体现在基督教思想家和文学家的论述和想象中（如奥古斯丁的《上帝之城》和但丁的《神曲》），现代科学发展起来以后，已是一个日益淡化乃至近乎消失的主题；东方则主要体现在佛教经典对“他方世界”的描述和由此发展出的通俗文学的想象中（如《西游记》等），现代以来也几乎消失。基本上，一提到“政治学”和“社会学”，人们的反应都限制在现实世界已知的地球人类之中,这从想象力和思维的开阔性上看,无论如何是一种退守。人类与其他星球智能生命接触可能构成的政治关系以及宇宙性的政治原则到底会是如何,如今只能在科幻领域得以想象和推测,而刘慈欣抓住了这一主题,无论如何,这在视野和胸襟上都是值得称道的。就小说技术处理的角度来说,《三体》也有很多值得称道之处:刘慈欣一直具有这样一种才能,即非常熟练地运用讲故事的艺术,一步一步把读者从很普通的人类生活领域,带入浩瀚无垠的星系和太空乃至对整个宇宙的命运的思考和关注之中——只是这一次更为精彩,其汪洋恣肆的表现近乎炫技,仅从科幻小说的角度看,无疑是一部上佳之作。问题在科幻之外,作为小说骨架的社会科学的设定架构("宇宙政治学"或"宇宙社会学")太过简单,并且在展开中也充满悖论和矛盾,这使得这部小说虽不无特色和洞见,却更加清楚地显示了技术主义的矛盾和限度。

先说特色和洞见。《三体》之中,引入了某种非常具有东方特色的政治谋略,近乎把《三国演义》式的政治思维,引入宇宙空间的政治博弈之中,这也赋予了科幻小说这一从西方引进的文类某种中国特色。而罗辑引入宇宙中的其他可能存在的力量的打击威胁,以形成恐怖平衡,吓阻三体人对地球的入侵,此一谋略背后的思维方式,实际上也运用了中国古代五行学说中的"五行相克"之次——事实上,"面壁""破壁"的设置,近乎"保密""解密"的思维方式,尤其涉及东方政治思维不透明的特征。而《三体》中的政治洞见,则尤其体现在小说中人类面对危机时的错误的政治选择上。刘慈欣对人类随着文明的发展可能带来的政治性弱化一直有一种担心,在《三体Ⅲ》里,他让这种弱化直接表现为一个女性形象(又是"政治不正确"),并让她做出两次错误的政治选择:第一次,她被选为接替罗辑掌握恐怖平衡的"执剑人"角色而由于内心的慈悲不能履行职责,结果此种软弱的和平主义立刻引来了战争,使得地球人类几乎陷入任人宰割的命运;第二次,她遵守太阳系联邦的法律,避免冒险,而断然中止了引力驱动的光速飞船方案,但以后的情节证明这是人类逃生和进行安全声名的唯一可行方案,这一错误选择的结果,使得整个太阳系在"黑暗森林"打击中彻底毁灭。刘慈欣在《三体》中的描述,几乎完美地符合德国政治法学家卡尔·施米特颇富争论性同时又不断被提起的两个洞见:"政治就是划分敌友"(《政治的概念》)和"主权就是决定非常状态"(《政治的神学》)[11]——尽管没有任何证据证明刘慈欣了解施米特的思想和学术界对之的争论,很可能他的此种思想只是得自前一个时代的广泛流传的论述,譬如毛在前一时期广为人知的论述——"谁是我们的敌人,谁是我们的朋友,这个问题是革命的首要问题。"(《中国社会各阶级的分析》)这对于已经日益沉浸在和平与发展中而经常会忽视政治判断失误会导致严重的现实后果的今天的人们来说,无论如何是一种提醒。

然而,这些谋略和判断,基本都局限在技术层面(军事技术和政治技术),其中的种种方案和推演,是"政治术",而非"政治学"。技术层面涉及的问题是何种行为方式最为有效和最为有利,却不能解决行为的价值和目的,后者已然涉及意义领域,意义领域的问题并不能用技术性思维来处理。对此的混淆导致《三体》中想象的宇宙范围内的文明之间的行为的唯一目的是生存，而最有价值的行为则是能获得最优生存机会的行为。这种想象主要体现在其中的“黑暗森林法则”里，它作为书中的“宇宙社会学”的基本的公理性假设，构成了全书的基础，尤其是Ⅱ、Ⅲ两卷情节展开时的动力。“黑暗森林法则”包括两条公理：“1.生存是文明的第一需要；2.文明不断增长和扩张，但宇宙中的物质总量保持不变。”（《三体Ⅱ》首章）两个重要概念是“猜疑链”和“技术爆炸”：“猜疑链”的核心是星际文明之间，由于距离太远和互相提防不可能交流，从而导致陷入猜疑的循环；“技术爆炸”概念的核心，则是因对他方文明未来技术实力发展的可能性充满警惕，从而导致互相之间在生存竞争中充满敌意。在这两条公理和两个概念描述的宇宙图景中，所有的文明都处于类似“囚徒困境”的生死博弈中，因此不可能建立任何互信的关系。任何暴露身份的文明，都会立刻遭到来自其他方面的攻击。“黑暗森林法则”构成了小说第二卷中的“黑暗博弈”和第三卷中的“黑暗打击”的基础，如果它们不成立，整部小说的逻辑会立刻动摇，而两个公理和两个概念中的任何一个动摇，则整个“黑暗森林法则”都不能成立。事实上，中国已经有社会学领域的年轻学者撰文指出，从构建“公理”出发来建立体系，几乎是社会学“史前阶段”的思维方式，而“黑暗森林法则”中的两条公理和两个概念，从社会学上看，都不能成立[12]。反驳者可以说，“黑暗森林法则”涉及的实际上是政治学，更是推广到广阔宇宙空间中，不能仅仅用地球上的思维来类比，然而，这个学者的基本判断仍是站得住脚的：只要“是与人类一样有精神觉悟，有自由意志的生物”，“‘宇宙社会学’就一定会涉及意义问题，绝对不可能用数学来解决的”，所谓“‘宇宙社会学有清晰的数学结构’，其实只是理工科背景人士对于社会的一种幻想（不客气地说是无知），跟宇宙不宇宙倒没什么关系”[13]。

“黑暗森林法则”还有许多技术上的缺陷和矛盾[14]，不过我们暂时忽略这些细节，仅从逻辑上指出：技术性思维建构的“黑暗森林法则”，到最后也必然要接触到意义和价值问题，从而使得单纯技术思维的逻辑不能自洽。事实上，在《三体Ⅲ》之中，出现了一些意味深长的含混：从太阳系出走的人类，在有了宇宙性的视野之后，他们的思维第一次从宇宙性的角度看问题，从而发现，在这一整体尺度上，每个人的命运都和整个大宇宙的命运息息相关，因而必须对整个宇宙的命运进行关注，在此，他们的思维已然超出了“黑暗森林法则”范围，或者说，从“黑暗森林法则”出发，也必然推出超出这一体系的结论——后者事实上已经是一种越过仅仅关注自身生存的超越性思维。小说中的宇宙环保主义者“归零者”以及号召大家从偏安的人造小宇宙向大宇宙返还物质以促使整个宇宙开始新一轮循环的“宇宙回归运动”，其行为准则已然不是“黑暗森林法则”，而正是这一法则在整体空间中不能自洽的证明，而一旦有了关注整体的超越性思维，其可能的政治行为方式就必然会包括联合，“黑暗森林法则”就必须从另一角度进行修正——人类道德领域的自我牺牲和奉献精神，等等，从整体的尺度看（即使仅仅是在实用主义的意义上），也便获得了其不能抹杀的价值。

事实上，刘慈欣的叙述在此不无含混犹疑：他让程心的慈悲和守法成了毁灭太阳系的错误的政治选择,却同时也让她成为除了早已逃离的太空舰艇外唯一幸存的两个地球人之一,并让她逐步目睹整个宇宙的图景,也让她最终加入到“宇宙回归运动”之中——这可能也暗示了,在局部的政治危局中会成为问题的道德价值,从全局看却具有毫无疑义的意义,也注定了“黑暗森林法则”不可能是全宇宙尺度的行为准则。鉴于“黑暗森林法则”必然导致整体的毁灭,看不出与我们同等或仅仅在智力上比我们高明的其他宇宙智能生命何以不能推出这一简单的结论。而事实上,从小说最后透露的信息可以看出,这仅仅是宇宙处于堕落状态时的行为准则(从十一维的高维时空堕落到四维),犹如一个“失乐园”中的故事片段,而回归运动企图重启宇宙以重回十一维的“宇宙田园时代”,则犹如一种“复乐园”的努力——这也说明了“黑暗森林法则”可能像小说第Ⅰ卷的“三体游戏”一样,仅仅是小说世界中最表面的信息,背后其实还可以也可能暗藏了巨量信息等待发掘。而从极端技术主义的思维角度出发,最终也会推导出“宇宙命运”和“个体对于宇宙的责任”这样的超越性的问题,这再一次说明,对于像人这样的具有自由意志的智能生命来说,意义问题与生存问题至少同样重要——如果不是更重要。

中国学者江晓原和刘兵指出,《三体》中的“黑暗森林法则”可以看作对“费米悖论”的一个可能猜想,以及对科学界“人类是否应该主动寻找外星人”的争论的一个回应[15]。刘慈欣也解释说这仅仅是小说的“设定”,而并非宇宙政治的真相[16]——事实上这一真相为何,谁也不能说清楚,鉴于我们现在完全没有任何外星生命存在的可靠证据,这基本上仍是一个假设性的问题——但他同时又认为这对人类的天真会是一个提醒:“我……相信外星文明是存在的,但从对人类文明负责任的角度看,我们对与外星文明的接触应该持谨慎态度。也许文明的道德准则真的是随着其科技的先进程度而上升,也许宇宙间真的有统一的尊重生命的价值观,但在这些最后被证明前,我们还是先做最坏的打算。”[17]这是相对稳妥、持平和公允的见解。

不过,仅从文学角度来看,对于牵涉到意义和价值的人类行为和人文、社会科学领域的文化积累了解不够,还是给刘慈欣的写作带来了思维、想象力和深度、厚度上严重的遗憾。科学与人文的失衡,不仅在刘慈欣这里是如此,在科幻创作领域,其实是普遍的问题。这也导致了同样处理“宇宙社会学”问题,并且同样涉及“宇宙社会学”可能是比“宇宙物理学”更为基本的学科这一设想,刘慈欣的《三体》远比最初提出这一设想的波兰科幻作家莱姆的《宇宙创始新论》要简单[18],也比古代宗教典籍和文学作品的想象要简单得多……对于人类精神财富尤其是人文营养的汲取,中国新科幻其实还可加强。

从另外一个角度看,《三体》也完全可以做心理分析式的解读,混沌、未知、黑暗、不确定的“三体世界”,乃至宇宙性的“黑暗森林图景”,既是外部宇宙的不确定和混沌的喻象,同样也是人类内心潜意识的阴暗、狂暴、不确定的一面的喻象,如同小说的情节发展所指出的,这二者同样是毁灭的力量。事实上,这也暗示了走出“黑暗森林”体系,除了小说中大力渲染的生存斗争的道路外,至少同样潜藏了一条向内行进的精神觉醒的道路。从最根本的层面看,《三体》中的“黑暗森林图景”,涉及生命对于死亡和虚无的恐惧,而生存与死亡,存在与虚无,是最根本的哲学和宗教问题——雅斯贝斯曾经指出,在此方面的突破,是人类“轴心时代”哲学突破的核心内容[19],而唯有立足于此,我们的文明才能一面保持对未知的敬畏,一面心胸坦荡地追求有意义的生活;单纯向外开掘的技术性的思想不足以语此,毋宁说,技术性、实用性的思维,已经日益显示出其幽暗的一面,并且自身造成了人类生存日益深重的困境……

三、阴影、洞穴、废墟和迷宫

“黑暗森林图景”本身可以看作一个迷宫,《三体》可以看作在这个迷宫中的一种摸索和寻路。而在营造迷宫方面,韩松的《地铁》走得更远,这部在形式上刻意营求的作品带有先锋文学的文本实验性质,其文学世界也从科幻文学常见的线性结构,逐步接近现代主义以降文学中常见的迷宫结构。

《地铁》由五部于不同时间写成的中篇小说组成,却是一个有机的文本整体。第一部《末班》,写一个小公务员每天上下班乘坐地铁,偶然发现末班地铁上乘坐着的都是毫无知觉的乘客,突兀而至的小怪人则将之装入玻璃瓶中拖至隧道深处的幽冥之中,他在试图逃避又情不自禁探索真相的矛盾中逐步接近似真似幻的未知区域,最后自己也被装入玻璃瓶放在单位的窗台上。第二部《惊变》则描写在一列停不下来的地铁上,时间的流逝也迅速加快,车中的乘客则逐渐退化——从文明退化到更为惊悚的物种退化。爬出列车的攀岩者企图找到使列车停止的方法,却在终点悚然地发现地铁正行驶在宇宙之中,在“一个充满星星的弯曲隧道中前进哩”,他回到车厢,结果被已然退化为“长着人头的蚂蚁般的小家伙”吞噬。第三部《符号》中,一群来自地面的探险者,企图来到地下探索不断失事却又保持着神秘面貌的地铁新系统,他们在其中逐步迷失,看到很多怪异的风景。等他们再走到地面,他们熟悉的世界却已变得面目全非,且似乎被外星来的异类生命占领。他们再次重返地下,目睹了许多由失事地铁中的乘客变形的异种生物,自身也逐渐变形。小说的最后,在毁灭性的背景下,整个宇宙似乎变成了一个轨道系统……第四部《天堂》中,在地下世界中生活的各个部族(地铁失事后的乘客在黑暗中进化出的各个已与人类相去甚远的部落,包括机车和老鼠进化出的智能生命)在地下的土壤和洞穴中盲目穿梭,其中尚存有模糊记忆的“人类”历尽万难重回地面上的“天堂”,然而他们回到地面时,不但被仍生活在地面的“天堂人”看作异类,而且整个地面世界,似乎已被老鼠进化来的“鼠语者”所占领。第五部《废墟》中,在与异类斗争中失败的人类迁居小行星,他们派出一对少男少女借观光之名赴地球上人类的遗迹公园探查人类失败的真相和遗失的知识,然而他们不但失败于异族的堵截之中,也迷失于层层叠叠的信息系统的迷宫。在最后,鼠族告知幸存的真相探索者,实际上连异族也早已灭绝,遗留下来的只有层层叠叠的迷宫,甚至连老鼠也不存在,一切的一切,只是虚空……

韩松的《地铁》,阴森鬼魅,实际上科学的因素已经非常之淡,而更多带有奇想的色彩,小说的大部分(尤其三、四、五部)充斥着阴暗的形象以及丰富的象征、隐喻和各种失却上下文的能指符号,情节破碎离奇,结构层层叠叠,实际上并不适合重述。小说的人文色彩也非常淡薄,尤其在小说的进展中,书中的“人物”亦越来越远离正常人类的范畴,除了退化与演变出的各种异种生命外,乃至书中的重要“人物”甚至主人公也并非通常意义上的自然人——如《符号》中的卡卡乃是C公司把其大脑记忆复制再移入流水线上生产的人工义体的再造人;如《废墟》中的“雾水”和“露珠”,跳车丧生,实际上去完成任务的是“全息分子拷贝机”复制的替代形体。比起《蚁生》《我的祖国不做梦》乃至《中国2185》中的人文关怀和人性色彩来说,《地铁》描述的,几乎是一个“非人”的世界。

关于《地铁》的议论也林林总总,鬼魅色彩啦,后现代风格啦,日本因素啦——仅从科幻和人文关系的角度观察,我们可以说,《地铁》可以看作技术时代的暗影和人类处境的寓言,尽管对之做了极端化的处理。譬如说第一部《末班》中的“小怪人”,自然可以从“‘鬼’的现代性”[20]之类的角度论述,却也可以看作技术时代的幽暗面的一个象喻和鬼魅式的显形。地铁在当代中国无疑是现代化的一个标志性的符号,这被发展主义赋予光环的符号,一向展示的是其光鲜亮丽的一面,却会在不经意间显示出其幽暗和脱离人类掌控的一面来。这种暗影在后面几部中,逐渐演化为退化、失序、废墟和洞穴组成的迷宫:在第二部《惊变》中,失控的地铁犹如一个现代性进程的象喻,一向与发展主义联系在一起直线式行进的进化论,不知不觉地在彻底失控中演变为彻彻底底的退化,被裹挟其中的人类,不但没有获得梦寐以求的进步,反而连自身也从文化和形态上退化、变形,脱离控制的地铁象征着的一往无前的现代性进程,也从直线形态分岔、变形乃至弯曲——向上飞跃到星空,逐渐显现出有演化为把人类困缚于其中的迷宫的趋势……到了《符号》《天堂》《废墟》之中,那些探险和迷失的人类,果然落入了迷宫之中,而且一旦进入,就再也摆脱不开,找不到返回或脱困的出路,直到自身也发生畸变,迷失于退化之后的异形与失落的符号构成的“迷魂阵”之中,或者结成各种部族徒劳寻索,却永远失去了“天堂”与“拯救”,最终在地狱般的处境中面对毁灭与虚无……

除了可以读出明显的“迷宫”结构和象喻外,《地铁》中也可以读出典型的柏拉图哲学中的“洞穴隐喻”——只是这是一个降格和贬抑制式的“洞穴隐喻”的变体。例如,《符号》中的探险者进入地下世界探索真相,犹如下降到“洞穴”,他们在“洞穴”之中迷失再走向地面,发现已非熟悉的世界,犹如进入另一个“洞穴”之中;《天堂》之中地下世界的幸存者,凭借残存的记忆徒劳探索、寻觅地上的“天堂”,非常类似于洞穴隐喻之中“走出洞穴”的上升过程,他们徒劳地寻索,发现拯救的无望,也犹如从一层洞穴上升到另一层洞穴之中——而无论是“洞穴”还是“迷宫”,在《地铁》中都不是单层的结构,洞穴之外还有洞穴,迷宫之外还有迷宫,直到整个宇宙变成层层叠叠的洞穴和迷宫,沦为彻底的废墟和虚无……韩松对现代性的悲观,可谓深入骨髓。迷宫式的结构,是现代和后现代文学中非常普遍的结构,80年代的先锋文学,将这种结构引入中国文学之中,韩松的科幻写作则与之气味投合,声息相通。

韩松的迷宫没有出口。现代对技术思索最深的哲学家海德格尔,指出技术的背后是一种新的思想范型，这种思想范型把世界化为图像进行把握、规划、改造与征服，最终却必然走向对人自身进行规划、改造与征服，世界图像的时代乃是世界暗夜的时代，围困于技术之中的人没有出路[21]。韩松对现代的悲观，清清楚楚地描绘出了一幅技术废墟之中没有出路甚至人自身也会异化的阴暗图景。这样的图景在对现代性充满乐观的时代是无法表现出来的，只有在经历了建构式的现代理性主义的磨难、技术的幽暗面也日渐凸显之后，文学中才有可能描绘出来。不过追溯到远古，世界文化中到处可见迷宫的图像，在西方文化中，它尤其是一个原型性的意象。有迷宫，就有走出迷宫的途径，有弥涅斯的迷宫，便有阿里阿涅斯的线团……即使是在现代主义的迷宫中，无论是艾略特笔下的“荒原”，还是乔伊斯的“都柏林”，也都未放弃走出迷宫、寻求拯救的希望……致力营造没有出口的迷宫，也许是因为心灵仍然窒碍于现代性的“洞穴”之中吧。在古典时代的哲学中，“洞穴隐喻”可以解释为走出意见的洞穴，看到“至真”的范型，企图彻底反思现代性的现代哲人施特劳斯重提“古今之争”，并且把此看作走出洞穴的必由之路[22]——这条道路是否畅通，只有走过才能知道，因为还有施特劳斯提醒我们注意的“第二层洞穴”的危险，而尚未尝试此路之人，纵或看到了深重的暗影，也必然被束缚在现代性构成的第一层洞穴之中。

四、叩问生命

在当代中国新科幻的著名作品中，我最喜欢的，不是刘慈欣阴暗浓郁、雄浑宏伟的《三体》，也不是韩松妖艳诡异的《地铁》，而是王晋康质朴无华却切中要害的《生命之歌》。王晋康的科幻小说关注的中心是生命，风格一向简单朴素，他却可能是中国新科幻作家中最有人文情怀的一位。事实上，他在《蚁生》中对自由意志的尊重，就说明他没有被 20 世纪中国流行的科学主义冲昏头脑，而持守着某种人性的尊严。

《生命之歌》这篇篇幅不长的短篇小说，形式有着古典作品的素朴，关心的却是至关重要的生命本质问题。现代分子生物学研究早就发现 DNA 结构可以转化为音乐，并且发现一些重要的生命功能可以在 DNA 结构中定位，然而，确定生命与非生命的本质区别的生命本身的生存欲望，却仍是现代科学的一个难题（是否真有可能解决，也在未知之列，在我看来几乎不可能解决）：《生命之歌》中的科学家孔昭仁对此提出了一个猜想——我不知道科学界是否提出过类似的猜想，如果有，那也一定是一个天才的猜想——他摆脱现代分子生物学研究 DNA 功能时单一密码精确对应的观念，认为这一功能可能存在于 DNA 结构的次级序列中，并经历千辛万苦，从成千上万种生物的 DNA 结构中总结出了这一序列，将之转化为音乐——这一设想如果实现的话，那可能是宇宙间最了不起的咒语、世界上最伟大的音乐：

> 乐曲时而高亢明亮，时而萦回低诉，时而沉郁苍凉，它显现了黑暗的微光，混沌中的有序。它倾诉着对生的渴望，对死亡的恐惧；对成功的执着追求，对失败的坦然承受。乐曲神秘的内在魔力使人迷醉，使人震撼，它使每个人的心灵甚至每个细胞都激起了强烈的谐振。

然而,这一“上帝的秘密”为人类所掌握却并不一定是幸事,因为这有可能让非生命,比如说机器人,转化为生命,从而对人类的生存造成威胁——这部小说更了不起的地方也就在这里,他让这个老人家二十年如一日保守这一秘密,承受世人的笑骂——如果说前者仅是一种科学的智慧,后者则是意识到自己的责任的更为成熟的政治的智慧。直到后来的莽撞者在他残留的笔记的字里行间的启发下,重新揭示了这一秘密,并重新在机器人身上实验,却启动了这位老人埋藏在机器人身上的自毁装置因而不幸丧生。被修复的机器人获得了人类对生的渴望,对死的恐惧,以及对繁衍的向往,还有欺骗和诡计,在“他”的弹奏下,生命之歌再一次响起,“他”企图借助电脑将之转化为软件,以通过互联网的传递迅速繁衍一个具有自我意识的机器人种族。关键的时刻老人再次出现,毁掉了电脑,解开了谜底,却因秘密一再被解开而在灰心沮丧中放弃了守护的责任,直到他的女儿从事件中觉醒,重新接过了守护这一秘密的重任……

启蒙运动以来的现代智慧,是一种“解密”的智慧,“保密”的古老教诲日渐被遗忘,直到如今愈发变得形迹可疑——这一古老智慧的被遗忘,已然和仍在为人类带来愈来愈多的困境和难题——把现代科学的智慧和古老的政治智慧结合在一部小说中,王晋康几乎是凭借着惊人的直觉触及列奥·施特劳斯重提的自然哲学与政治哲学的关系问题,在很大程度上,他可能得益于仍然浸淫在中国文化和日常生活中的古老智慧的熏陶,也使得我们的科幻小说,终于在一些关键的问题上能够切中肯綮,说出要害。

单纯从科学猜想上说,生存欲望对应于DNA的次级结构,可能是一个了不起的猜想,但从哲学上来说,这还远远是一个比较低的层次——仅仅是到了关键的门槛,而尚未登堂入室。譬如从佛家唯识学的角度看,对生存欲望的考察,此仅仅触及第七识末那识的自我执着心,此上与此外,尚远有境界。由末那识而起的执着心,既是众生自我意识的来源,却也是主客二分和众生烦恼痛苦的根本,泛泛而言,即刘慈欣的《三体》中构建的“黑暗森林体系”,其基础也便是建立在这一根本执持之上。事实上,如果意识到生命的神秘远远超出我们现有的了解,我们也会不由得发出类似于《三体》中逃逸到太空的人类第一次接触到多维空间时的惊叹:

方寸之间,
深不见底。

外部空间如是,人类的心灵和精神空间尤其如是——就是古往今来人类伟大的精神创造,也只不过是从这个空间中生发出的一粒微尘,“寄蜉蝣于宇宙,渺沧海之一粟”,实在没有什么值得过分的骄傲与得意。从科幻出发,穿越民族寓言、政治论述、技术废墟,重新沉思生命的永恒和神秘,我们回到了人类精神刚刚觉醒,哲学、宗教、科学和艺术浑而未分的原点,仰观宇宙之大,俯察心灵之微,恢弘广大,深不可测……恢复了那种最初的惊奇。

【注释】

①标志性的事件可能是2010年7月12—13日复旦大学中文系与哈佛大学东亚系联合在上海举办的“新世纪文学十年——现状与未来”国际研讨会上,该次会议为“新科幻”设立了讨论专场;以及2011年8月22日在上海召开的第二届“今日批评家”论坛,则以韩松的《地铁》作为主要的讨论文本。“新科幻”的命名,主要是指20世纪80年代以来中国科幻中“打破传统的科幻文类成规、具有先锋文学精神的写作”,此类写作与50—70年代中国科幻写作中的乐观主义想象有明显的区别。参见宋明炜:《弹星者与面壁者——刘慈欣的科幻世界》,载《上海文化》2011年第3期。

②需要说明的是,对于科幻小说,笔者的兴趣基本局限在H.G.威尔斯一路的集科幻与人文于一体的类型,尤其关心科幻文学独有的想象和视野中表现的人类的可能境遇以及科学的人文后果。尽管科幻涉及科学与文学两种充满张力的元素,从文学读者和人文学者的眼光看,如果把小说、戏剧、电影等看作制造幻象的艺术,则科幻在其中并不能算例外,其中采用的已知的和假定的科学元素,则可以视为叙事虚构艺术历史上一种新的实现“叙述可信性”(或曰“现实化”)的手段——事实上,从形式主义文论的角度看,经常争论的“科幻”与“奇幻”的区别,可能仅仅在于此种“现实化”手段的不同,尽管若进一步考虑的话,则会发现此种区别背后,实际上包含了不同的世界观。——从这种角度看,科幻小说中几乎注定要出现叙事艺术传统中的种种主题、模式和神话结构,也几乎注定要涉及种种永恒的人文议题,只不过将之表达得更为富于时代性和更为尖锐而已。当然,与传统文学和人文学者一样,最有创造性的科幻作家也可能提出一些全新的思想和议题,尤其是在科学与人文交界的领域,不过与真正富于原创性的作家与学者一样,这类科幻作家,同样是凤毛麟角——然而真正的挑战其实也就在这里。科幻,当然也可以从科学读者的眼光来读,也就是观察其中是否有合理的或富于启发性的科学假设或思想。但纯粹科学读者的眼光,则显然超出了笔者的能力范围。

③在2011年7月于上海召开的“新世纪文学十年——现状与未来”国际研讨会上,中国的科幻作家韩松以及同时身兼科幻作家和研究者身份的飞氘,在介绍新科幻写作情况时,就是从这一角度切入的。

④为了增加此种情境的不可忍受和令人反感的程度,韩松为此增添了一个富于中国特色的虽不乏低级趣味却是富有成效的情节:主人公从梦游中醒来,发现某些另类的个人被处在梦游状态的人群消灭,而自己的妻子则在梦游状态被送到达官贵人的房间取乐。具有讽刺色彩的是,韩松在小说中写到:梦游解决了对一贯自由散漫的中国人的“管理”难题,因此成了强国战略的有效部分,而此种技术是中国特有的,并令外国政府感到一定压力。

⑤这一思路受到现任教于美国威斯理安大学的吴盛青教授在“新世纪文学十年——现状与未来”国际研讨会上与笔者的谈话的启发,笔者在下文对之有所辨析与修正。

⑥弗雷德里克·詹明信:《处于跨国资本主义时代中的第三世界文学》,见《晚期资本主义的文化逻辑——詹明信批评理论文选》,张旭东编,陈清侨等译,523页,生活·读书·新知三联书店、牛津大学出版社1999年版。

⑦参见黄子平:《病的隐喻与文学生产》,见《“灰阑”中的叙述》,上海文艺出版社2001年版,及其他中国学者的论述。

⑧这与科幻独有的大尺度和思想实验的视角有关,此种视角必然超出现今人类的道德认知。

参看刘慈欣2011年在香港书展名作家讲座系列中的演讲:《用科幻的眼睛看现实》。

⑨应该说,这不仅仅是一种回避,从刘慈欣的作品中欣赏的危机状态中的政治德性来说,他可能会对毛抱有某种由衷的敬意。

⑩参见刘慈欣2011年在香港书展名作家讲座系列中的演讲:《用科幻的眼睛看现实》。

⑪主要是经由刘小枫等学者的努力,施米特的思想在20世纪末被引入中国,这在中国同样引起了广泛的争论,同时也被不论是左派还是右派的学者暗暗吸收。

⑫⑬参看此位网名"风间隼"的学者撰写的评论:《社会学大战外星人——论〈三体〉中的"宇宙社会学"》,http://book.douban.com/review/2019571/。文中提出的基本驳论是这样的:牵涉到类似人这样的智能生命,就有意义的问题,生存并不必然是文明的第一需要;文明自身有运行的成本,经常自身就是自身的敌人,也因此并不必然处于不断的增长和扩张之中;"猜疑链"用来描述人类社会过于高估了猜疑,用在宇宙社会中则过高估计了文明与文明之间的了解,两个互相完全不了解对方实力的文明相遇,不首先发动攻击才是最佳的选择;"技术爆炸"只是由人类近五百年的经验而得出的推论,很难说是在宇宙文明中都是普适的,并且技术的扩张对人类自身的生存是福是祸也很难说清楚。

⑭譬如说,似乎没有理由类推,高维空间的生命和我们有完全一样的生命需要、理解和行为法则,这必然也导致对第一公理的怀疑,而刘慈欣对此并无适当的解释和保留;此外,"宇宙中的物质总量保持不变",也并非一个具有坚实科学基础的假设;此外,也有读者指出:"交流的不可能"是导致类乎"囚徒困境"的黑暗博弈的原因,而《三体》中三体世界的"智子"和来自遥远星系的"歌者",就已打破了这一假设,使得小说内在的逻辑也不能自洽(见疯狂钻石:《〈三体3〉:高潮遍体,BUG永生》,http://www.douban.com/group/topic/16747899/)。事实上,没有交流就没有故事(战争也是一种交流的极端方式),只要有交流,猜疑链就必然被打破,"黑暗森林法则"就不能成立……

⑮江晓原、刘兵:《人类不要做黑暗森林中的傻孩子——〈三体II·黑暗森林〉》,载《文汇读书周报》2008年8月1日。

⑯参见《东方早报·上海书评》记者黄晓峰的采访:《刘慈欣谈科幻世界与人类命运》,http://www.dfdaily.com/html/1170/2011/6/5/613565.shtml。

⑰参见《华商报》记者吴成贵的采访:《只有科幻能对人性"严刑逼供"——江晓原、刘慈欣问答》,载《华商报》2011年4月29日。

⑱江晓原:《宇宙:隐身玩家的游戏桌还是黑暗森林的修罗场?——从莱姆〈完美的真空〉到刘慈欣的〈三体〉》,载《新发现》2011年第2期。

⑲参见雅斯贝斯《历史的起源与目标》第一章第一节《轴心期的特征》的论述,魏楚雄、俞新天译,华夏出版社1989年版。

⑳飞氘在第二届"今日批评家"论坛上的发言。

㉑[德]海德格尔:《世界图像的时代》,见《林中路》,孙周兴译,上海译文出版社2008年版。

㉒与施米特一样,列奥·施特劳斯的思想在中国也由刘小枫、甘阳等学者引入,引起了年轻一代对古典学术的强烈兴趣,施派学术的不循常径同样也引起了范围广泛的争议。

(原载《南方文坛》2012年第1期)

获奖词：

作者在大量阅读的基础上，归纳了非虚构女性写作这一新的女性写作现象，并从学理角度讨论了这一新的女性写作现象的意义，显示了作者的学术敏感，女性学者深切入微的论述，使文章具有了一定的学术深度。

非虚构女性写作：一种新的女性叙事范式的生成

张 莉

我觉得自己要从人群中把这些女工淘出来，把她们变成一个个具体的人，她们是一个个女儿、母亲、妻子……她们的柴米油盐、喜乐哀伤、悲欢离合……她们是独立的个体，她们有着一个个具体名字，来自哪里，做过些什么，从人群中找出她们或自己。

——郑小琼《女工记》[①]

或许，我所做的只是一个文学者的纪实，只是替"故乡"，替"我故乡的亲人"立一个小传。……对于中国来说，梁庄不为人所知，因为它是中国无数个相似的村庄之一，并无特殊之处。但是，从梁庄出发，你却可以清晰地看到中国的形象。

——梁鸿《中国在梁庄》[②]

在今天，一个自认的好人总不能什么也不做，总不能继续束手待亡。哪怕多数人在侧目观望，认为我做的这些全无意义，渺小微弱，甚至是飞蛾扑火。如果它完全是徒劳，也要让这徒劳发生。

——王小妮《上课记》[③]

当女性写作遇到非虚构

对于女性文学叙事特点，有许多看法已趋于共识：看重自身经历，强调身体感受和内心经验；叙述破碎、含混、不清晰；注重细部而欠缺宏观视野和社会意识。——中国的女性写作如何寻找突破的空间，如何在"个人"与"社会"、在"我"与"世界"之间寻找到恰切的位置？这是自现代文学发生至今的九十多年的时间里,女性写作一直要面对的问题。

2006 年,林白借助《妇女闲聊录》修正了某种已被固定成型的女性写作经验,作为 90 年代女性文学的旗帜性人物,她以"低于大地"的姿态忠实记录乡村女人木珍言说的有关王榨村凋敝而触目惊心的一切。这是林白个人、也是当代女性文学从闺房到旷野的重要转变。"假如说《妇女闲聊录》开辟了女性书写的新空间的话,那么不是它提供了某种新的结论,而在于它探寻了一种思路:个人言说、知识分子观念乃至宏大叙事,这些原本被言之凿凿地看作是女性文学书写特色或者是与女性文学背道而驰的东西,现在有了被重新定位的可能。"④

2010 年第 2 期,《人民文学》杂志开设新栏目"非虚构"。何为"非虚构"？编者认为它区别于我们通常所说的"报告文学"或"纪实文学",它涵盖范围广阔,不仅仅是传记,"诺曼·梅勒、杜鲁门·卡波特所写的那种非虚构小说,还有深入翔实、具有鲜明个人观点和情感的社会调查,大概都是非虚构"。在杂志看来,"今天的文学不能局限于那个传统的文类秩序,文学性正在向四面八方蔓延,而文学本身也应容纳多姿多彩的书写活动,这其中潜藏着巨大的、新的可能性"⑤。杂志的呼吁很快得到写作者们的积极响应。从 2010 年第 2 期设立"非虚构栏目"至 2012 年第 5 期,《人民文学》先后发表了近二十篇非虚构文本,由女性作家创作的非虚构作品《梁庄》(梁鸿)、《上课记》(王小妮)、《羊道·春牧场》《羊道·夏牧场》(李娟)、《盖楼记》《拆楼记》(乔叶)、《女工记》(郑小琼)一经发表便引起了巨大的社会反响。——虽非有意,却是实情,《人民文学》非虚构作品产生了一批别具性别意识的非虚构女性写作文本。

这些文本关注中国社会的热点问题:乡村问题、大学校园、工厂女工、被拆迁族群,女作家们为当代中国勾勒了细微、具体、震动人心的真实图景,她们弥补了《妇女闲聊录》留下的空白,这是关于新的女性文学叙事范式的实践。这些实践包括:如何将个人经验与社会热点问题进行紧密结合,勾勒震撼人心引人深思的"中国之景";如何通过"有意味的细节"将个人经验转化为集体经验使之具有"公共意象";如何通过强调每一个个体及家庭对社会建设的重要性,进而重构壁垒森严的"私人领域"与"公共领域";如何将文本的性别叙事特点与女性知识分子立场与情怀结合。

当然,随之而来的问题是:为什么女性写作遇到非虚构文本时能产生如此诸多引起读者共鸣的作品？非虚构与女性写作的结合是否偶然？在非虚构文体与女性写作之间隐藏着何种关联？

非虚构文体的开放性为女性写作如何摆脱"自传式""个人化"的写作习惯提供了发展方向。当强调关注社会现实的非虚构文体与强调个人化叙事的女性写作相遇,个人经验与集体经验出现"交叠",非虚构文体本身具有的对"真实性""亲身经验"的强调与女性写作中对"个体经验"及细节的重视使非虚构和女性写作的结合产生某种奇妙的化学反应,这最终成就了《人民文学》栏目里一个个独具意味的"中国之景"。——非虚构女性写作文本的大量涌现使"非虚构"写作具有了中国特色,也意味着中国当代文学及女性文学都借此重新返回了当代社会的公共言说空间。

从“我的世界”到“我眼中的世界”

在今天的中国,我们为什么对非虚构情有独钟?——读者不是对报告文学或纪实文学这种文体不满,而是对它长期以来的写作姿态和方式不满,在今天的中国,它没有能满足我们对现实的渴望,现实太光怪陆离,而我们渴望自己的困惑获得疏解。作为读者,我们希望知道那些地下的隐秘和暗藏,我们希望看见我们不能用肉眼看见的那部分,我们不希望看到被打包和被代表的声音,我们希望看到作为个体的那些痛苦和伤心——这些痛苦和疼痛不是被利用的,不是被剪接和处理的,这些痛苦伤心和困惑也是不能用天平和数字来衡量的。我们渴望我们的文字不要苍白、失真、作假、“被整容”。我们希望我们看到的一切纪实类作品都是“非虚构”的。更重要的是,我们渴望看到作家作为一个人去倾听、去书写和去理解我们身在的现实。

“非虚构”栏目的设置回应了这样的“渴望”。所谓“非虚构”,面对的是虚构,强调的是与虚构的不同,强调的是它与虚构的不搭界,与失真的、苍白的、没有生命力的文学写作类型不搭界。正是对“非”字的强调,这一文体焕发了另外的语义指向,也刷新了我们关于艺术创作与现实世界之间关系的想象。“这个词包含着一种争夺的姿态。争夺什么呢?争夺真实。它是把有些在这个时代困扰着我们的问题放到了台面上:文学如何坚持它对‘真实’的承诺?小说在这个时代是不是在这个问题上面临极大的困难?小说失去的那部分权威性在相当大的程度上是由于小说家而未必是由于小说这个体裁。我们常常明显感觉到作者缺乏探求、辨析、确证和表达真实的足够的志向、诚意和能力。希望通过‘非虚构’推动大家重新思考和建立自我与生活、与现实、与时代的恰当关系。”⑥

非虚构栏目里的这些文本,都是由“我”为视点的有关现实热点问题的书写,都在试图思考“我”与“现实”、“我”与“时代”的关系。《梁庄》是发轫之作,作为一名大学教师,梁鸿讲述了她所见到的二十年来故乡发生的变化。这部非虚构作品引发了社会对农村问题的广泛关注,获得了包括文津图书奖在内的多部奖项。《盖楼记》《拆楼记》是非虚构小说,乔叶讲述了“我”和姐姐一家亲历的拆迁,她尽其可能地还原了我们这个时代纷繁复杂的“拆迁”语境。《女工记》中,郑小琼以诗歌及手记的形式对每个作为个体的女工生活进行了还原。《上课记》则是诗人王小妮自2005年以来任大学教师的教课手记,她温和而耐心地倾听青年人的困惑与痛苦,并诚实记录下来。

使用“我”来讲述个人亲见是这些非虚构作品的共同特点,这似乎也是近百年来自传式女性写作的惯用模式。自传式写作是非虚构写作的一部分,但自传与非虚构的写作目的和表达方式有明显差异。以“我”为叙述者的非虚构更强调的是“我”眼中的世界,而非“我”的世界。在自传式女性写作中,“我”是主角,世界的一切都是以“我”为主,因而《一个人的战争》《私人生活》中与“我”有关的一切是:我的内心、我的身体、我的情欲、我的爱情、我的性、我的男人、我的忧郁、我缺席的父亲、我乖僻的母亲、我的女友们……在自传式女性写作的视野里,是厚厚的密不透风的窗帘,是暧昧的卧室,暗自生长的龟背竹……一切都是围绕“我”展开的。而在非虚构写作中,“我”不是主角,“我眼中的一切”才是我的主要叙述对象,它指的是:我的乡亲们的生活,我同事们的悲欢,我的学生们的苦闷,我姐姐一家的困难……

写作者面对世界的态度也是不同的:自传式写作是内视的,是倾听自我声音的;而非虚构写作则是向外的,是倾听他者之声的,非虚构写作中的“我”都是开放的,她愿意和世界交流。——以“我”的视角书写“我”眼中的世界,虽然带有“我”的认识、理解、情感,但最终的写作目的是渴望“我”眼中的世界被更多的人所知晓,即渴望“个人经验”转化为“公共经验”。在非虚构写作的视野里,“我”是大地,是活生生的现实的一部分。

“我的故乡”“我的村庄”是《梁庄》写作的起点,终点则是“我眼中的乡村世界”“我眼中的乡土中国”——梁庄的一切是“我”的,但更是“我们”的,无论是出发点还是落脚点,梁鸿都在试图绘制“中国之景”。这种创作意图使文本中具体的个人际遇具有了清晰的指向性。《今天的救救孩子》讲述了一个少年强奸了八十二岁老太的故事。最初,这故事基于个人经验的讲述:“起初听到这一事件时,我本能地对王家孩子有一种同情的心态,那么年轻,正值青春,这样的事情又是在怎样压抑和冲动的情况下所做的呀。但又的确是他,以残忍的手段杀害了一个古稀老人。”[⑦]紧随这段话的是叙述人在村庄里的走动:“我在村庄里转悠,那一座座崭新的房子、巨大的废墟、肮脏的坑塘,还有水里的鸭子、飘浮的垃圾,组合成了一幅怪异的景象,让人有种说不出的感受。”[⑧]叙述人的行走过程,是带领读者共同观察的过程,是逐渐使读者将“我的村庄”认同为“我们的村庄”的过程,陌生而荒芜的风景与震动人心的命案同构了一幅古怪的普泛意义上的“乡村”景象。

与“走动”几乎同步,个人的叙述视角也随之抽离出来,变成一种整体认知:“道德感在乡村深深地埋藏着,他们对王家少年的态度显示了乡村对原始古朴道德的尊重,因为这与他们善良的本性不相符合,与乡村基本的运行方式也不符合。……没有人提到父母的缺失、爱的缺失、寂寞的生活对王家少年的潜在影响,这些原因在乡村是极其幼稚且站不住脚的。而乡村,又有多少处于这种状态中的少年啊!谁能保证他们的心灵健康呢?”[⑨]叙述人忧心忡忡的讲述中,“王家少年”的故事溢出了“梁庄”的边界,王家少年不再仅是王家少年,梁庄也不再只是我的梁庄。当然,叙事人还使用了“今天的救救孩子”作为此一章节的标题,个人记忆与中国现实的缩影的重叠,个人感慨与五四时期鲁迅的《狂人日记》的衔接都使这个有意味的场景不仅仅进入了当下的“公共领域”,还承担了进入现代中国历史叙述的“公共话语”功能。

有意味的细节:个人记忆与集体记忆的同构

立足于公共记忆的唤回,《梁庄》中书写了许多个人记忆,那是站在那些受伤害的、边缘的立场的讲述,这也是女性写作中的常用视角。选取“有意味的细节”是重要的,在梁庄,“我”看到六七十岁的老人又当爹,又当老师、校长,内心极为复杂。叙述人说:“我反复启发父子分离、家庭割裂、情感伤害所带给孩子的那种痛苦和悲剧感(这一启发甚至有点卑鄙),芝婶总是重复一句话,那有啥门儿,大家都是这样子。”[⑩]这是启蒙与被启蒙姿态都很明显的段落,让人想到鲁迅《故乡》中“我”面对“闰土”时的神情,但,芝婶毕竟不是闰土,她并不喜欢将自己的命运上升到某种高度,她不想抱怨。这是叙述人试图将个人境遇勾勒为“集体境遇”时遇到的困难。不过,虽然个人叙事向公共叙事的滑行过程出现障碍,但是叙述人“村庄女儿”的身份弥合了这样的裂缝。她是这个村庄三十多年来的“在场者”,是芝婶的晚辈、邻里,她有足够的理由理解并心疼她:“但是,当看到芝婶注视孙子的眼神时,那疼惜、怜爱的眼神,你又会有一种明显的感觉,芝婶绝不是没有意识,她只是把这种疼痛、这种伤感深深埋藏起来。她没有抱住孙子整天哭,也没有对哭泣的儿子过分表示安慰,因为在乡村生活中,她们必须用坚强来对抗软弱。”[⑪]不是外来的闯入者,而是村庄的晚辈、亲人,这样的视角和身份使“我”注定不会被村庄人拒斥,个人经验与“在场感”为梁庄故事的可信性打下了坚实的基础。

相较于《梁庄》中的知识分子气质,《拆楼记》中的叙述人是拒绝启发和启蒙的。作品中有位叫小换的妇女,她拆楼拆得很早,她宁愿听话地赶快拆迁也不贪恋眼前抵得过无数年低保费之和的赔偿金,因为她绝不愿放弃任何与“公家饭”亲近的机会。这样的算账方式令人震惊。另一个细节是,公务员们在饭桌上说起在给某个钉子户家女主人提出的最后要求是:“我拆下的旧窗,你们得给我买走!”这让如临大敌的拆迁者深觉可笑。《拆楼记》中的个人体验和个人感受是重要的,是否站在被拆迁者立场是理解这段文字的关键,而恰好叙述人的姐姐一家正在面临拆迁,“我”意识到,这两位妇女并不是不会算账,而是因为以往的生活经验告诉她们,只有吃亏保平安才是底层农村生存下去的法则。那么,她们只能算、不得不算在外人看起来极“可笑”的账目。《拆楼记》里的两个细节讲的是个人经验里被拆迁户们的“怯懦”和“愚蠢”,却“于无声处”凸现了此时代的集体经验。

有意味的细节,并非是报告文学或纪实文学为塑造典型人物、展开事件所着意寻找的那种细节;在这些非虚构文本中,“有意味的细节”指的是最触动人内心深处的场景,这些细节常常是心痛与难过互相缠绕,“性别立场”和“阶层认同”相互指认,成为此时代被高度隐喻化的集体经验。这是一首关于“讨薪者”的诗:“她们跪在厂门口举着一块硬纸牌/上面笨拙地写着‘给我血汗钱’。”[⑫]“讨薪”是当代中国人并不陌生的画面与场景,它们常常出现在报纸、网络和电视上,已经成为当代人的“公共记忆”。《女工记》中的场景,不仅有讨薪者们的“跪讨”,还有观看者——数天前,这些观看者是这些讨薪者们的老乡、工友、朋友,甚至是上下工位的同事,可是,在此刻:“她们面无表情地看着四个跪着的女工/她们目睹四个工友被保安拖走　她们目睹/一个女工的鞋子掉了　她们目睹另一个女工/挣扎时裤子破了　她们沉默地看着/跪着的四个女工被拖到远方　她们眼神里/没有悲伤　没有喜悦……/她们面无表情地走进厂房”[⑬],工友们的“面无表情”触动了郑小琼的内心,“她们深深的不幸让我悲伤或者沮丧”[⑭]。

另一细节出现在曾经工友的办公室,郑小琼亲见了她对下属的变脸:“唉,没有办法,我也不想这样,但是她们笨死了。这些打工仔……”[15]“然后她数落她嘴中的打工仔的偷懒等恶行。当她说着这些,在那一刻,我觉得我们有着清晰而巨大的差别,我只是她嘴中所说的那些打工仔的一个,而她只是曾经的打工仔,此时,我们站在两个不同的立场之上。”[16]一如梁鸿的村庄女儿和大学老师的双重身份有助于她将“个人记忆”转化为“集体记忆”,女工和诗人的双重身份帮助了郑小琼。“我”与工友姐妹无疑是私人关系,但更有工头与打工仔关系的隐喻。郑小琼的讲述既不是对现实场景的空洞图解,也不是道德训诫式的崇高叙事,而是立足于个人的内心情感的自然流露,它感染读者重新认识个体与社会之间的关系。当然,这两个细节也表明,郑小琼身上有天然的性别立场,这种性别立场使她的写作更为深刻而敏锐,一种对性别关系的复杂认识正在郑小琼的文本中形成。《女工记》中,每个个体都是具体的,但合在一起又变得面容模糊——“中国女工图像”越来越清晰地显现在文本深处。

重构“私人领域”与“公众空间”

与生俱来的性别/边缘立场帮助这些写作者使她们获得了独一无二的“显微镜”,借助于那些“有意味的细节”,她们的个人的体验、个人的思考闪现出“集体性”/“公共性”特征,进而形成了“公共经验的共同体”。但是,进一步的问题是:仅仅通过边缘立场、个人体验方式就能将“个人经验”转变为公共经验吗?使大众读者认同女性写作者的立场的深层次原因是什么?

这些作家都有共同的内在视点,她们将个体放置于“家庭”“社会关系”的框架中去理解和认识,她们将每一位工人、农民、被拆迁者、大学学生还原为社会关系中的人、每个家庭的重要成员,她们将人作为“社会人”去理解和认识。——“家庭”是这些女作家将个人经验转化为集体经验的中间地带。

在大众媒体中,工厂女工的其他社会关系通常被忽略和简化了。郑小琼《女工记》对女工的理解不是孤立的,她将她们还原到现实的社会关系网络中,这个网络的最基本单位是家庭。女工不仅仅是女工本人,还是作为女友、作为女儿、作为妻子、作为母亲的女性。可是,她们却无法过属于“社会人”的基本生活,无休无止的劳作使她们不得不成为流水线中的“零件”而不是成为有血有肉的“人”。“天天上班,加班,睡觉,丈夫在另外的一个工厂,有丈夫跟没有丈夫一个样。……上班是流水线,下班是集体宿舍。没有家,没有丈夫,儿女在电话线的那一端,家隔在几千里的地方。”[17]还原为“家庭”成员是重要的,它唤起了读者最基本的人道主义情感:那站在流水车间里的每一位工人,都是家庭里的重要成员:父亲、母亲、丈夫、妻子、儿子、女儿,这是最基本的、超越政治和阶级的具有普世价值的情感,也是最能直击读者内心的情感。

一如《梁庄》中对少妇春梅的凝视。春梅正值青春,丈夫在煤矿打工,长年不归,她思念、猜疑、无处解脱,最终精神恍惚,留下了“我不想死,我想活”的遗言撒手而去。春梅的情欲之伤,是她和丈夫的共同苦闷:“人们在探讨农民工的问题时,更多地谈及他们的待遇问题,却很少涉足他们的'性'问题。仿佛让他们多挣到钱就解决了一切问题,仿佛如果待遇好些,他们的性问题就可以自觉忽略不计。可是,难道成千上万的中国农民,就没有权利过一种既能挣到钱又能夫妻团聚的生活吗?"⑱夫妻团圆、性问题,这是个人的伤痛,也是家庭的伤痛。当村庄为无数家庭之痛所困,岂不是国家之忧伤?从家庭出发对农村问题的理解角度也是最能引发读者共鸣的。

这些非虚构文本的魅力在于由普世情感引发共鸣,而非对真相的私密性窥探。当然,对于文学作品的接受过程,读者从不是消极同化者,他们常常有能力也有热情对文本进行积极处理。这些文本之所以引起轰动,还在于作家的内在立场与社会内在的热情相一致。在当代中国,很多人已经隐约意识到城市化进程在不断地摧毁和挤压农村的发展空间,摧毁着一个个农村家庭的幸福和祥和,《梁庄》像一面镜子一样验证了这样的判断和理解。这就是《梁庄》何以比《妇女闲聊录》的影响力更为广泛的原因,前者更符合大众读者对农村的情感上的认知、理解,更能唤起读者内心最为朴素的情感。

是否习惯于从"家庭"立场考虑问题似乎是男女性别差异使然。男性惯于关注"国家大事",喜欢从"宏观角度"讨论问题,他们也往往会将家庭与国家问题分为"家事"与"国事"、"私人领域"与"公共领域"。女性则不同,她们通常没有这样的分类,无论何种问题,她们都喜欢从家庭、个人角度理解,也往往从最细微处感觉世界,这是女性面对世界的独特之处。因而,女性眼中,私人领域与公共领域也并非截然分明。一如在这些非虚构文本中,几乎每一位女性书写者理解"社会问题"时,都本能地采用了"家庭"视点。《拆楼记》中"我"和公务员们的饭局场景最值得玩味。以前,作为个体,她会听着饭桌上的"段子"哈哈一笑,可是,当她作为被拆迁者家属身份、站在姐姐一家立场上时,饭桌上所有对拆迁户智商的调侃在她眼里都变成了权力的高高在上。《上课记》中,当王小妮嘱咐她的学生放暑假回家的火车上要记得让钱"贴着肉"时,这不是老师的职业道德使然,而是她站在父母的立场去叮嘱他们。《上课记》打动读者之处在于作家既将学生们视为作为社会个体的青年,也将每一位学生视为一个个家庭的不可匮缺的成员。

这些非虚构文本通过将女性/个体还原为社会个体的方式使农村、工厂、拆迁等社会问题重新回到我们的视野中,也使写作者的个人经验有效地转化为集体感受。这也表明了这些女性写作者对于个人的理解和认识:个人的生存并不是个人化生存,家庭是我们对个人身份认同的重要基础。通过立足并强调个人之痛与家庭之伤,这些文本最终成就了对国家之忧的勾勒,也对壁垒分明的"私人领域"与"公众空间"秩序进行了重构。

作为女性的叙事人

王小妮、梁鸿、乔叶、郑小琼、李娟等并不是传统意义上的女性写作者,她们中也没有人承认过自己是女性写作者,但,这些文本所构造的独特的真实的社会"风景"都是通过一位女性的眼睛来完成的。"看"是意味深长的行为,它经过观看主体的过滤、吸收、删减,用什么样的方式,用什么样的视角,站在何种立场上观看,对文本呈现的风景起着决定作用。这些文本中的性别立场是强烈的,对性别身份的直接体认使她们书写的风景具有了独特性。尤其令人印象深刻的是,当这些写作者们试图书写一位女性眼中的“世界”和“现实”时,她们所要谋求的,不是对“个人记忆”的重写,而是希望经由“个人记忆”来重构“公共记忆”;她们所强调的,也不是这些声音、场景的“边缘”与“偏僻”,相反,她们试图在文本中生产出独具视点的公共议题,她们渴望个人的关注点能与“社会关注点”衔接。

这并不是指点江山的激扬文字,而是对社会责任恰如其分的承担。郑小琼说:“我并非想为这些小人物立传,我只是想告诉大家,世界原本是由这些小人物组成,正是这些小人物支撑起整个世界,她们的故事需要关注。”[19]作为女性作家,她们对于个人的社会责任也有深刻的反省:“在记录和写作的过程中,也是审视反省自己的过程,从一节课的准备到一个学期的终止,不断地自我调整修正,从一个传统施教者的角色渐变成一个讲述倾听讨论观察者的角色,这变化丝毫没有被动性,我想只有这样才可能更接近一个今天意义下的好老师。”[20]

她们都具有社会责任感和忧患意识,《梁庄》出版后改名为《中国在梁庄》,无论是书名还是作家本意,都是试图使“梁庄”与“中国”之间形成同构关系,作家试图将梁庄作为“乡土中国”的“微缩景观”。尽管以往的女性写作在试图进入公共领域时也都使用家国同构的方式,但在《中国在梁庄》中,令人感到新鲜和陌生的是,那位具有忧患意识的叙事人是位女性,虽然在文中她的父亲和兄长都出现了,但他们显然是在辅助她完成一项有意义的调查工作。作为家园和归宿,梁庄/中国不仅仅属于父兄,也属于女儿、母亲和姐妹。梁鸿的大学教师身份使她不是羞怯的、“低于大地的”倾听者和记录者,她的交流带有思考性、引导性和主导性——女性叙事人在这里具有强烈的主体意识,她忠实于个人经验并立志将个人经验转化为公共情感,她渴望更多的群体能与她一同观看这个“梁庄”并与她产生共鸣和互动。这是对作为国家及社会主体的女性写作者身份的重建。《梁庄》《女工记》《拆楼记》引起的社会反应充分表明了这些女性特征的文本早已成为“公共领域”的“热点文本”,这是女性写作的一次僭越,是女性叙事有意与公共议题之间寻找结合点的书写实验。

这些非虚构女性写作者虽未公开宣布自己的女性意识和女性立场,但从她们的行文中可以看出,这些作家面对自己的女性身份是坦然的,她们认识到女性进入世界和感受世界的方式是独特的,这些非虚构作品强调的个人经验、家庭立场即她们信任连绵的、情感的、直接的体验和感受的体现,她们认识到这些特点往往能帮助女性作家超越民族国家、政治身份、阶级立场等壁垒森严的框架,接触到事物更为核心的部分。世界在这些女作家眼里不是被作为观察对象而存在的,而是作为体验对象。她们珍视她们面对世界时的敏感和疼痛感,并毫不遮掩地表现了出来。——非虚构女性写作文本的写作经验表明,敏感、细腻、强调内心感受和直接经验、强调情感和细节并不是女性写作的缺点,如果运用得恰到好处则恰恰是其优长。

非虚构女性写作文本将具有性别意味的写作视角与具有性别特征的文本叙事进行了

内在的贯通和转化，它们在个人经验与集体经验之间的紧张地带发挥了独特的作用。这些文本中独属于女性叙事美学的部分需要被重新认知。事实上，新一代女性文学研究者们逐渐意识到，对于女性文学来说，性别分析一方面可以作为一种质疑不公正的性别文化/格局的力量；另一方面，“女性文学有没有在文学特有的叙事层面形成自己的特点，性别分析是否可以在美学的层面上展开，等等，在很大程度上，也成为‘性别’是否能够成为文学分析有效范畴的重要内容之一”[21]。正如上文所分析的，非虚构女性写作整合了女性写作中独特的写作特点：细节、散文化、经验式呈现，在这些文本中，那些动人的细节、情感的饱满度是我们阅读其他慷慨激昂的非虚构叙事所不能给予的。

——这些文本中的女性身份是重要的吗？如果将写作者们的女性身份隐去，文本还会受到如此的关注吗？这些问题或许没有标准答案，但这样的提问方式将使我们重新理解作为女性的叙事人在这些非虚构文本中所起到的重要作用。

结语

将 2010 年以来出现的非虚构文学创作热潮放置于中国当代文学发展史脉络约略可以看到某种轨迹：20 世纪 80 年代以来的中国文学叙事是与文学启蒙有关的，作家们喜欢将自己的个体经验上升为国家经验讲述；90 年代则是与公共经验的断裂时期，写作者们以强调个人的、身体的、物质的、日常的、破碎的经验来抵抗 80 年代对文学公共记忆的图解。——如何将个体经验与集体经验进行有效的转化，如何将文学重新唤回到社会公共空间，这是近几年中国文学面临的内在困境，恐怕也是 2010 年 10 月《人民文学》发布“行动者”非虚构写作计划的目的。此计划要求作者对“真实”的忠诚，要求作品具有较高的文学品质；特别注重作者的“行动”“在场”；要求作家“以‘吾土吾民’的情怀，以各种非虚构的体裁和方式，深度表现社会生活的各个领域和层面，表现中国人在此时代丰富多样的经验”。《春牧场》《冬牧场》《拆楼记》《女工记》等即此写作计划资助的作品。——这些非虚构文本的出现不仅仅意味着新的女性文学叙事范式/美学的生成，也意味着当代文学在寻找重新回到公共空间的可能。

当然，尽管目前《人民文学》“非虚构”栏目取得了广泛的社会影响，但内在的问题与疑难也应该意识到。首先，非虚构作家该如何理解“现实”与“真实”，如何处理现实中的“真实”与文学表达中的“变形”？其次，本论文提到的这些非虚构作品几乎都是忠于个人经验式的“呈现”，这是今天非虚构写作的优势，也可能是桎梏。——写作者是否应该只满足于个人经验或把目下的现实呈现出来？非虚构写作如何避免对“现实”的流水账式、表象式的记录？对非虚构写作“呈现”的理解与追求是否会影响中国当代非虚构写作的进一步发展？非虚构文本是否应该提供认识世界的方法、深刻反思和反省社会与自身的方法？对现实的忠诚“呈现”是当下非虚构写作的新起点，但不应该是终点。非虚构写作不应该只是现实的镜子，还应该是现实的放大镜与显微镜。如何更为深刻地为读者提供理解与认识世界的方法，如何帮助读者深入了解与认知我们的社会与自身是目前非虚构女性写作面对的新高度,也是整个非虚构文体写作面临的挑战。

【注释】

①⑫⑬⑭⑮⑯⑰⑲郑小琼:《女工记》,载《人民文学》2012 年第 1 期。

②⑦⑧⑨⑩⑪⑱梁鸿:《中国在梁庄》,4、52、52、4、61、61、102 页,江苏人民出版社 2010 年版。

③⑳王小妮:《上课记》,3—8 页,中国华侨出版社 2011 年版。

④㉑董丽敏:《性别、语境与书写的政治》,223、207 页,人民文学出版社 2012 年版。

⑤《人民文学》2010 年第 2 期卷首语。

⑥李敬泽:《非虚构:文学的求真与行动》,载《文学报》2010 年 12 月 13 日。

(原载《南方文坛》2012 年第 5 期)

获奖词：

本文从鲁迅的语言细节入手，对鲁迅及其同代作家的语言成就进行整体估量，由此论及当代中国的语言现状，颇具新意创见，尤其具有明显的现实意义。行文清通畅达，从容不迫，亦是可称道之处。

鲁迅与当代中国的语言问题

郜元宝

关于鲁迅的语言问题，我算是谈得比较多的一个[①]，但远没有谈透。倘若鲁迅研究还有值得深入探索的空间，语言问题应是其中荦荦大端。这里仅就近年思考所得，再作四点补充。

一

首先，从语言细节入手把握鲁迅，本来就是鲁迅研究一个需要加以认真清理和总结的学术传统。

鲁迅的读者和“鲁研界”一开始就注意到鲁迅的语言魅力，并在不同的学术背景下进行不同方式的研究。

1919 年 5 月 1 日出版的《新潮》杂志一卷五期傅斯年的《随感录》提出“内涵的文章”（impressive）和“外发的文章”（expressive）这对概念，我在 90 年代写的那篇《“胡适之体”与“鲁迅风”》中介绍过，认为傅斯年这对概念“至今仍不失为理解胡鲁文体风格的一个参考”。所谓“外发的文章”，主要指中国传统的八股与策论，其方法是“代圣人立言”，从一个现成的题目推演开去，貌似清楚利落，实际并无独立思想，自然也就谈不上语言的独创。后来周作人在 30 年代对八股、策论研之颇详，他和傅斯年一样也认为这种文章格式乃是中国文学的正统，亟须批判，却又轻易撼动不得，唯其如此，才需要冷静下来好好研究，以促使国人临笔为文时有所自觉。傅斯年没有清楚地指出在新文学运动中谁的文章以“外发”为主，我认为新文学发动之后，继续写“外发的文章”而取得巨大成功的当首推胡适。胡适“外发的文章”在思想内容上与八股、策论不同，写作手法却一脉相承。关于“内涵的文章”,傅斯年说“《新青年》里有一位鲁迅先生和一位唐俟先生是能够做内涵的文章的”,在他看来鲁迅和唐俟(鲁迅当时一个笔名)是新文学以来唯一会写“内涵的文章”的作者,这话貌似绝对,却点出了鲁迅在文章修辞上的特殊性。这些问题我在《“胡适之体”与“鲁迅风”》中多有论述,现在也并无什么新见。

1925年,胡适给顾颉刚编辑的《吴歌甲集》写序,次年作《海上花列传》考证,都热情肯定“方言文学”,并附带谈到《阿Q正传》如果用绍兴方言来写,一定更精彩。胡适从五四时期语言争论所包含的一个侧面——方言土语——的角度提出了对鲁迅小说语言的批评,未必符合鲁迅自己的语言策略,却可以引起我们对鲁迅心目中的“方言文学”的兴趣,据此可以继续研究鲁迅在自己的著作中如何处理方言的问题。比如我们可以思考一个触目的问题:鲁迅在《阿Q正传》中究竟让阿Q及其周围人说什么话?鲁迅为什么会有这样的语言策略?最近,一定程度上响应着广州、上海两地“方言保护”的呼声,文学界和语言学界也重新提起“方言文学”的问题,有人引用胡适、刘半农、张爱玲等关于“方言文学”的鼓吹而赞同在当代文学创作中继续现代作家的这一未竟之业,却很少关注鲁迅对这个问题的不同思考与实践。其实在现代文学中,不同意“方言文学”的大有人在,鲁迅、郁达夫、茅盾、钱锺书、吴组缃等作家对此不仅有文学创作的实践,也有理论的阐发。如果说“方言文学”是中国文学语言的一套“现代方案”,那么这套“现代方案”从一开始就有分歧,需要仔细加以辨析,方可知道现代作家完整的想法,而对当代文学的方言问题获得比较理性的认识②。

1935年4月,郁达夫在《〈中国新文学大系散文二集〉导言》中有一大段对周氏兄弟“文体”的评论,引用率一直颇高,其中谈到“鲁迅作文的秘诀”,主要引用鲁迅自己在《两地书》中对许广平说过的话,就是竭力抓住论敌要害,攻其一点,不及其余。郁达夫将这方法概括为“寸铁杀人,一刀见血”,“辛辣干脆,全近讽刺”。这主要是对鲁迅论辩方式的描述,兼及语言风格。郁达夫在风格学层面描绘鲁迅文章给他的印象,初看似乎和语言文字无关,但风格学范畴往往正是语言文字细节最终抵达的境界,一定的风格学描绘有助于我们反过来研究作家字句层面的经营,尤其“全近讽刺”一语,我觉得最能启示我们理解鲁迅语言与整个中国文学之语言背景的疏离关系以及由此产生的独特魅力,这个下文还会谈到。

1935年9月,李长之在《鲁迅之杂感文》一文中说:“谁都知道鲁迅的杂感文有一种特殊的风格,他的文字,有他的一种特殊的方式。倘若说出来,就是他的笔常是扩张又收缩的,仿佛放风筝,线松开了,却又猛然一提,仿佛开水流,却又预先在下流来一个闸,一张一弛,使人的精神有一种愉快。读者的思想,先是随着驰骋,却终于兜回原地,也即鲁迅所指定之所。这是鲁迅的文章之引人的地方,也是他占了胜利的地方。”鲁迅用什么方法取得这种效果?李长之认为,秘诀就是鲁迅对“转折字”的妙用:“他用什么扩张人的精神呢?就是那些:‘虽然’‘自然’‘然而’‘但是’‘倘若’‘如果’‘却’‘究竟’‘竟’‘不过’‘譬如’‘而且’……,他惯于用这些转折字。这些转折字用一个,就引人到一个处所,多用几个,就不啻多绕了几个弯子，这便是风筝的松线，这便是流水的放闸。可是在一度扩张之后，他收缩了，那时他所用的，就是：'总之'……"此外，鲁迅还会用一种"紧缩用的补充。他这种补充，所凭借的是他的精神贯注，思想的迅捷，文章不论跑多远，风筝放开去吧，线总可以索回来"[③]。李长之是有意识地提倡从语言文字角度研究中国文学、同时也有意识地反省五四白话文理论之偏失的敏锐的批评家和理论家，他关于鲁迅杂文"转折字"的说法很有启发性，尽管未能深入展开。

鲁迅逝世那年，周作人迅速发表的《关于鲁迅之二》也论及鲁迅语言，特别提到鲁迅因为感染章太炎的"文章复古"思想，并因亲炙章太炎而获得的"小学"训练，使鲁迅产生了"一种文字上的洁癖"。周作人还具体分析鲁迅在文章上如何消除最初受到的严复的影响，转而倾向于章太炎，但后来又认识到"复古的无谓"，终于走向白话文创作的过程[④]。这都为鲁迅语言的研究开辟了一条有迹可循的道路。

蔡元培 1938 年为《鲁迅全集》作序，谈到鲁迅的天才，特别拈出"用字之正确"，言简意赅，高屋建瓴，诚为不刊之论。鲁迅在世时，邢桐华、黎锦明、陈子展等都曾说过鲁迅是"文体家"，虽然并不为鲁迅所首肯，但他们在鲁迅研究中不约而同凸显语言的重要性，这一研究和批评的导向是值得重视的。

郭沫若在他不多的认真谈论鲁迅的文章中也曾具体分析过鲁迅与庄子在用语上的关系[⑤]。郭沫若的文章启发了许多学者如许寿裳、钟敬文、台静农、唐弢以及后来张向天、周振甫、王瑶等研究鲁迅小说、杂文和旧体诗的用语同中国古代作家的关系[⑥]，并旁及鲁迅许多"今典"与外国文学的联系（如关于《自题小像》中"神矢"的争论）。这种研究一直不见系统的成果，但也不绝如缕。

1939 年 8 月，叶公超在重庆《中央日报・平明》上发表了一篇题为"谈白话散文"的文章，认为"中国文字的特殊力量，无论文言或白话，多半是寄托于词语上的，西洋文字的特殊力量则多半从一句或一段的结构中得之，有时词语的力量也可以运用到相当的程度，但终不及句段的力量来得可观"。叶公超认为，"文言几乎全部得力于语词，白话文却不尽然，但仍以语词的力量为显著，鲁迅的文章就是一例。他的力量就在语词里……他的好句子也多半是一个或几个语词构成的，短悍、锋锐、辛辣、刻毒——所有他文字的特色都埋伏在他的语词里"[⑦]。

叶公超这个看法触及新文学中一个普遍被忽视的语言问题。在叶公超之前，周作人早就于五四退潮之后不久就开始认真反省胡适之白话文理论的偏颇，其中主要一条就是讨论旧的"国语文"的传统如何继续为新的白话文所用；新文学家应该如何妥当地继承中国文学数千年来因为使用汉字而造成的种种修辞技巧的问题，周作人更是念兹在兹。郭绍虞 20 年代末紧接着周作人的思路开始具体研究"赋"对中国文学语言的影响，30 年代中期以后郭绍虞的中国文学语言研究自成一格，他的《中国诗歌中之双声叠韵》（1934 年）、《中国语词之弹性作用》（1938 年）、《中国语言所受到文字的牵制》（1946 年），深入阐述了中国文学如何受中国文字的限制以及中国作家如何利用这个限制而在文字上造成种种修辞方式,和1942年出版的朱光潜的《诗论》彼此呼应,可说是当时对中国文学语言所展开的最有系统、最见深度的研究。周作人、郭绍虞、朱光潜都对胡适之白话文理论有所补正,叶公超的文章比较简略,但他和朱光潜一样,明确以中西方文学的语言文字的比较为参照来讨论中国文学的语言问题,并明确将这种中西文学语言差异论运用于鲁迅身上,显示了他作为一个批评家而超越学者的地方。比较起来,周作人、郭绍虞和朱光潜谈了许多中国文学的语言问题,却一再忽略了最不应该绕过的杰出的新文学的语言实践者鲁迅。

叶公超强调鲁迅善于炼字,忽略了鲁迅在句法上杂糅欧化与古文传统的苦心经营,类似李长之所分析的"转折字"的问题,叶公超就未曾顾及。从先秦两汉古文到六朝骈文,再到唐宋八大家的古文运动以及桐城派古文,包括明清两代登峰造极的八股策论,历来作者在"句法"上无不殚精竭虑,以求超胜,而历代"文论"对此也有精深钻研。鲁迅的语言,无论小说、诗歌、杂文,都并没有离开中国文学这个力求在句法上争奇斗艳的传统,而且这个传统在受到西洋和日本文学的刺激之后,在鲁迅身上更有所发扬,比如"我因为常见些但愿不如所料,以为未必竟无所料的事,却每每恰如所料的起来,所以很恐怕这事也一律"(《祝福》)。这样一句完整的由"因为……所以"统领而内部极富转折变化的长句,不正是叶公超所谓西方文学之所长和中国文学之所短的语言现象吗?

但叶公超的偏颇不为无因,他单独强调鲁迅炼字之讲究,这在五四以后受欧化影响而日益依赖日趋僵硬和单一化的语法构造的白话文世界,仍然具有纠偏作用,尤其可以矫正片面追求句法效果而不知练字的偏颇,而此偏颇愈到后来便愈加成为中国文学语言积重难返的一大弊端。

1949年以后,从文学语言角度研究鲁迅的文章不计其数,但都比较零散,且囿于风格学描述,很少落实到具体字句和篇章结构的分析。1982年出版的孙玉石先生《〈野草〉研究》有专章谈"《野草》的语言美",还在附录中考察鲁迅修改《野草》的细节,以此"蠡测"鲁迅的语言艺术,稍见系统性。陕西人民出版社1986年出版的李国涛先生《STYLIST——鲁迅研究的新课题》一书更加全面地研究鲁迅语言的前后期联系,该书将许多学者和作家对鲁迅语言的零星研究做了一个初步总结。

以上简单回顾了五四以来各个时代有关鲁迅语言的代表性论著,略窥前人在这方面的耕耘。今后如要更深入地研究鲁迅语言,应该首先梳理和反省五四以来相关的研究成果。鲁迅并非孤独的语言探索者,他的语言实践总是针对当下语言环境而发,因此梳理和反省五四以来有关鲁迅语言的研究传统,有助于我们更深切地理解鲁迅是在怎样的语言环境中进行他的语言探索的。

二

其次,语言问题在鲁迅那里乃是由无数语言细节组成的基本方法论。

从语言角度研究鲁迅,这个思路并非什么人的独创,而是在新文学运动内在肌理中自然而然产生的。鲁迅这一代作家进入文坛，首先面临着如何在语言上杀开一条生路的问题，他们不像古代作家那样在相对稳固和封闭的语言环境中写作，而是亲手发动了一场史无前例的语言革命，并在这场革命所开启的变动不居的汉语现代化浪潮中创作，因此他们每前进一步，都跟语言文字上的筹算有关。

所以研究鲁迅的语言，固然离不开对语言细节的把握，但又不能始终停留在语言细节上。语言问题在鲁迅那里乃是由无数语言细节组成的基本方法论。

对此鲁迅有很清醒的意识，他在文章中谈论语言的地方真可谓俯拾即是，但他所有针对语言的谈论都并不局限于语言。鲁迅谈论语言文字问题，总是习惯性地牵涉到对自己的文学理想直至整个中国现代文化建设的理解，而当他谈论自己的文学创作和现代中国整体文化问题（包括某些具体艺术门类）时，也会很自然地谈到语言问题。

比如陶元庆的绘画就令他想到白话文的“欧化语体”，虽然他并不打算用“欧化语体”来“比拟”陶元庆“内外两面，都和世界的时代思潮合流，而又并未梏完中国的民族性”的画风，但还是敏锐地指出了这二者之间毕竟有相通之处：

> 并非“之乎者也”，因为用的是新的形和新的色；而又不是“Yes”“No”，因为他究竟是中国人。所以，用密达尺来量，是不对的，但也不能用什么汉朝的考虒尺或清朝的营造尺，因为他有已经是现今的人。我想，必须用存在于现今想要参与世界上的事业的中国人的心里的尺来量，这才懂得他的艺术。[8]

这就不只是谈陶元庆的绘画，也不只是谈“欧化语体”，而是讨论包括陶元庆的绘画和“欧化语体”在内的整个中国现代文化建设的材料、方法和评判标准的问题了。

又比如，谈到上海市民爱看西方电影和文学对非西方文化中“奇特的（grotesque），色情的（erotic）东西”的描写时，鲁迅认为中国马上也要或已经被西方文艺家们如此这般地描写了，因此他提醒国人“要觉悟着被描写，还要觉悟着被描写的光荣还要多起来，还要觉悟着将来会有人以有这样的事为有趣”[9]。“被描写”是现代中国文学、电影乃至一切文化领域的基本格局，在文学和学术上，“被描写”首先就意味着缺乏语言的自主性与独创性，一切都是借用他人的名词术语来描写和谈论自家的事，结果就造成了一种不是自己来描写也无法描写自己的遮蔽性的“被描写”的语言。鲁迅的文学，某种意义上就是在反抗“被描写”的现代命运中创造出来的一套切合中国社会文化的自己描写和描写自己的语言。胡绳认为，要学习鲁迅，重要的一条就是学习鲁迅的文体，而学习鲁迅的文体就不可避免要学习鲁迅杂文的文体，而鲁迅杂文的文体的意义不限于杂文，也启示着我们从杂文中所包含的“许多极好的论文”来学习一种“中国化的文体”，以“争取学术的中国化”：

> 那些论文是写得如何地细致，生动，近人情，是迫着读者不能不读下去，而且不能不心服的。这些论文中没有抽象空洞的话，没有学者的炫弄，没有陈腐的八股，这是真正中国化的文体。为了消灭八股，争取学术的中国化，鲁迅文体是必须学习的！[10]

胡绳这篇文章将有关鲁迅语言的讨论从文学领域明确带到理论和学术领域，这样一来，鲁迅语言、鲁迅文体一下子就获得了普遍的方法论的意义。学习鲁迅的文体，不仅有助于现代文学的道路的确立,也有助于我们建立中国化的学术语言。

对此胡风也有类似的表述。他认为善于学习外国进步学术文化的鲁迅并不直接搬用和依赖外国的概念,鲁迅和晚清以来中国的许多思想运动的领导人物全不相同,“那些思想运动者只是抓住了一些‘思想’,容易记住也容易丢掉,而鲁迅却把思想变成了自己的东西。思想本身的那些概念词句几乎无影无踪,表现出来的是旧势力望风崩溃的战斗方法和绝不被旧势力软化的战斗气魄”,这后一点,胡风概括为鲁迅所特有的“现实主义的战斗精神”,而“现实主义的战斗精神”在语言上的表现,就是把外国进步思想化为自己的血肉,不只是仅仅“抓住”那些思想的体系或字句,甚至“思想本身的那些概念词句几乎无影无踪”[11]。竹内好说鲁迅一生都反对“抽象思维”,也就是反对借助现成的概念和思想体系来论述一切现实问题的机械的做法和同样机械的文风,竹内好的见解,可以和胡绳、胡风的说法相互发挥。

这是一个大问题,尤其看看今天中国文学和中国学术无不深深陷入“被描写”乃至“看不懂”的深渊,回头再读鲁迅的文章,包括重读境界不及鲁迅而在反抗“被描写”的精神上常有相通之处的其他现代作家和现代学者的著作,他们的思想学术的自觉和语言自觉的连带关系,就昭然若揭了。

再比如“历史中间物”这个说法,现在差不多已经被很多学者当作鲁迅研究的一个基点,但他们有意无意忽略了鲁迅“在进化的链子上,一切都是中间物”(《写在〈坟〉后面》)这句话,鲁迅本来是讲他自己的语言的。把鲁迅讲他自己的语言的一句话拈出来作为他的思想基点,之所以显得比较自然,就因为鲁迅整个的思想和文学都可以回转到语言层面而获得确定的了解。学者们做完第一步工作之后,就“得意忘言”,这种现象,或许正说明了今之学者已经处于言/意分离的境地,他们只知道追求“意”,追求各种应时应景的学说、真理、话语,却丧失了逞心如意的言。他们和鲁迅最大的不同,就是他们的每一步举措往往都并不关乎他们的语言,他们如胡风所说,是“坐着概念的飞机去抢夺思想锦标的头奖”[12]。这样的乘客没有自己的语言,他们的皇皇巨著,在生活的土地上行走的人都“看不懂”。

又比如在讨论知识分子何以自处时,鲁迅也常常回到语言,把知识分子的问题转化为语言问题。反之亦然,在讨论现代中国合宜的语言策略时,又将语言问题转化为知识分子的道路问题,具体来说就是转过来讨论知识分子应该如何在语言中自处,如何在众多的语言选择的可能性中踏上一条适宜的道路。比如,他看到有些貌似激进的知识分子“希图大众语文在大众中推行得快,主张什么都要配合大众的胃口,甚至于说要‘迎合大众’,故意多骂几句,以博大众的欢心。这当然自有他的苦心孤诣,但这样下去,可要成为大众的新帮闲的”。他认为知识分子应该“不看轻自己,以为是大家的戏子,也不看轻别人,当做自己的喽啰。他只是大众中的一个人,我想,这才可以做大众的事业”[13]。这就从大众语问题很自然地延伸到知识分子与大众的关系这个现代中国的根本问题上来了。

鲁迅许多杂文对国民性的批判,对现实政治的讽刺,往往也是对表现国民性和现实政治的某些关键的语言现象的讽刺与批判。比如他对大家熟视无睹的一句通常的“国骂”煞有介事的研究[14]，对中国式的“宣传语做戏”的针砭[15]，对文坛、政界和民间各种“豪语”的大打折扣[16]。有些杂文，看似仅仅简单分析了几个常见字眼，就令人豁然开朗，仿佛一下子看到这些字眼背后长期隐蔽着的事实真相。比如他对“来了”一词巧妙的透视[17]，从别人所谓“杀错了人”过渡到他自己所谓“看错了人”[18]，从成语“三思而行”转到实际上的“一思而行”[19]，以及对报纸和口头上常见的一些动词“爬”“踢”“撞”“冲”“揩油”“推”“吃白相饭”的分析[20]，往往由表及里，披文入情，对这些词语包裹着的习以为常的糊涂、愚昧、悖谬予以无情揭示。有人说中国是“文字国”，鲁迅认为倒不如说是“文字游戏国”，“一切总爱玩些实际以上花样，把字和词的界说，闹得一团糟”[21]，所以他的习惯于“咬文嚼字”并非学究式的斤斤于字句的表面，而是希望透过字句这一层来“鉴别灵魂”，暴露国人玩弄“文字游戏”时的用心所在，但因为中国国民性和国民的灵魂就寄寓在这些看似极普通的字句之中，鲁迅的精神批判和现实批判，实际上就不得不经常从字句入手，不得不表现为一种漫无边际的日常性的语言的搏斗。鲁迅的语言，往往表现为一种不屈不挠的语言的搏斗。超越中国的语言文字来研究中国，或者另外生造一套学术语言来讨论中国问题，这是鲁迅从来未曾设想的方法。也因为如此，离开鲁迅的语言来研究鲁迅的思想方法，就必然成为空中楼阁。

在国内鲁研界，确实有不少人注意到鲁迅的语言，而把鲁迅的语言问题上升到方法论高度，还要等日本学者木山英雄《从文学复古到文学革命》翻译成中文之后。木山以章太炎和鲁迅两代作家为例来追溯“白话取代文言”的历史过程，是到目前为止把鲁迅的语言问题提到方法论高度并分析得最透彻的一篇大著。但这篇文章的着重点是章太炎而非鲁迅。鲁迅的语言问题毕竟要在新文化语境中考察才更加充分。我在 20 世纪 90 年代对“胡适之体”和“鲁迅风”进行过比较研究，认为这是对现代汉语发展的两种不同的筹划，可惜在研究界并没有引起什么认真的呼应。所以木山之后，如何把对鲁迅语言的细节考察上升为考察鲁迅的基本的方法论，应该还有继续讨论的学术空间。与此同时，又必须防止一种偏向，就是把从鲁迅语言那里得来的某种认识无限拔高，上升到脱离鲁迅语言的哲学和政治的方法论高度。

三

如何将我们对鲁迅语言的研究提升为对鲁迅及其同时代作家的语言成就的整体估量？

由于对鲁迅的语言问题认识得不够充分，一些关心鲁迅的中学语文教师、鲁迅研究者、现代文学研究者和一般文学爱好者似乎都抱定一个共识，认为鲁迅的语言处在过渡期，是“中间物”，所以不能算成熟的现代汉语，很多地方不规范，比如文白夹杂，多用外文词，还带有南腔北调的痕迹（没有很好地处理书面语与方言口语的关系），总之不符合今天成熟、规范的现代汉语标准。这种说法比较流行，鲁研界却一直拿不出满意的答案，不能不算是一个遗憾。

其实优秀作家的语言对后代的意义,不完全是建立一种典范,它也可能主要是在探索多样的可能性——这当然也可以在建立典范的意义上来理解,但这个意义上的典范就截然不同于静止的标准和规范了。要从现代作家典范的白话文作品中总结现代汉语书面语的语法规范——关于普通话书面语的这个定义,很容易误导人们将现代作家(比如鲁迅)作品在语言上的价值狭隘地理解为单单为后世建立静止的语法规范,而忽略了他们的作品留给后人的启示或许主要是探索语言发展的多样可能性。换言之,把"典范"理解得太死,等同于"规范",就会很容易"发现":有典范意义的鲁迅的作品在语言上反而往往显得不够规范,而一旦有这个"发现",就又会单向地以后来的"规范"核准先驱者的"典范",结果只看到"典范"不合"规范",看不到"规范"对"典范"的狭隘化认识,其必然的结论,就是认为鲁迅语言还不够成熟。

优秀作家的写作总是创造性的,其主要的努力方向是探索新的语言的可能性,初衷并不是要设立一套僵化的规范。比如鲁迅翻译的时候,希望不改变外文原著的句法结构,用"直译"的方法来创造汉语本来没有的表达,而非迁就汉语固有的习惯。他说自己的翻译"大抵连语句的前后次序也不甚颠倒"[22],"文句大概是直译,也极愿意一并保存原文的口吻。但我于国语文法是外行,想必很有不合规范的句子在里面"[23],鲁迅好像预感到后来会有人从"不合轨范"的角度来狭隘地理解他的语言探索!比如他翻译的《小约翰》里有这样一句:"上了走向那大而黑暗的都市即人性和他们的悲痛之所在的艰难的路了",他承认这很"冗长而且费解",但申明此外别无更好的办法,"因为倘一解散,精神和力量就很不同。然而原意是极清楚的:上了艰难的路,这路是走向大而黑暗的都市的,而这都市是人性和他们的悲痛之所在"。显然,鲁迅不是不会像梁实秋等人那样"打散",令译文通俗易懂,符合汉语固有的习惯,只是他不愿放弃直接模仿原文文法可能带来的效果。这样处理可能"不合轨范",但在探索汉语新的可能性上却具有典范意义。所以今天看来,鲁迅的语言也许并不规范,却比所谓规范的现代汉语或许更有生命力。

这一点很多人没有认识到。今天的汉语越来越狭窄,跟鲁迅那个时代的汉语的丰富性相比,"进化"之中有了许多"退化"的迹象。

一般研究鲁迅的语言,往往强调它的继承性和借鉴性,即强调鲁迅如何从文言文、古代白话文或翻译中汲取语言养料。特别在翻译语言的研究上,王宏志《重释"信达雅"》以及其他一些学者的论著已经取得了相当的成绩,但这都还是就鲁迅谈鲁迅,至于把鲁迅放在整个中国现代文学语言的历史中考察,这个题目还远没有做完。

比如今天汉语写作的现状,一方面好像越来越趋同,在书面语表达当中越来越缺乏个性,所有的用语好像都是古人或现代人用滥了的;但另一方面,特别在网络上,我们的语言又越来越芜杂,缺乏确定性。很多网络语言要去问使用的人才知道确切含义。这是很奇特的语言景观。网络对口头语和书面语的影响都很大,许多人已经不能离开网络语言说话了。现代汉语显然又在经历一场暴力冲击。鲁迅的语言经验还能介入对当前一些语言现象的分析吗?

鲁迅那时候没有网络,但鲁迅及其同时代作家的语言实践和今天的网络语言也有一比,就是巨大的互文性和群众参与性。许多新的表现法都是在彼此激发、互相模仿的情况下生成的,在新文学高涨时代也有过类似网络时代的那种语言狂欢。区别在于鲁迅及其同时代作家据以“狂欢”或“游戏”的语言资源很丰富。他们从小就读古书,后来又读外文,之后又很自觉地背负起创造新国语的使命。他们还有一个贡献,就是把口语和方言的因素吸引进来。总之,诚如朱自清给《中国新文学大系诗歌卷》所写的选编感言所说的,新文学初期作家们是在运用各种语言资源来学习新语言、寻找新世界。

朱自清把现代文学的语言定位成一种学习型语言,非常高明。大家都在学,没有人依靠一种现成的规范语言,每个人都是法自我出,法由我立。这固然很芜杂,不规范,但背后是丰富,是勃勃的生气。而且我们看现代文学那些中等水平以上的作家异常芜杂的语言也并没有太多的失误,太多的不合文法之处,或有意无意拿母语开玩笑的地方。今天的网络语言似乎也很丰富,日夜“孳乳”,但背后其实是匮乏,是创造力的匮乏,也是真正的规范的缺失。

有些网络语言虽然流通面广,但缺乏有根据的创造,起初尽管大家兴奋不已,但时过境迁,留下的只是空虚。比如“给力”,“神马都是浮云”,十四亿人口的大国为这几个小小的词语游戏兴奋不已,不是很大的羞辱吗?这些词一旦流行,就把别的词冲掉了,而实际上这些“新词”又并没有多少东西,就因为新鲜,来自网络,才如此受欢迎。“给力”跟过去也一度流行的“带劲”“来劲”有什么本质区别(王蒙不是还有一篇题为《来劲》的小说吗)?把“什么”变成“神马”,语音上是有一点可以琢磨出来的滋味,好像更加满不在乎,好像比北方方言里头的第四声“嘛”更进了一步,但和平常的“什么”相比,究竟有什么不同呢?充其量,都是因为精神上空虚和语言上荒疏,才让这些小花样、小捣乱乘虚而入。

关键是这些小花样、小捣乱的语言资源很有限,是在吃老本,在日益枯竭的语言资源中姑且翻几个小筋斗。再举一例:现在许多网络写手不仅喜欢“自铸伟辞”,也喜欢给自己起一个“艺名”,往往都是从某一本古书上抄来,但与他们主要依赖的当下语言格格不入,其功能无非在于吸引眼球,榨取一点与自己渐行渐远的文言文传统的剩余价值,所以这些“伟辞”和“艺名”就好比网络作家的语言实体上的零星小补丁、小点缀而已。

相比之下,现代作家的语言资源不仅是他们积极争取而来的,他们还努力将积极争取得来的语言资源融入新语言,也就是融入他们正在创造的白话文之中。他们向域外伸手去争取(不一定是英文,还有别的语言,德文,俄语,日语……),像古代“拿来”,目的都不是为了点缀,不是为了吸引眼球,而是试图洋为中用,古为今用,丰富汉语的固有表达法和表现力,比如鲁迅所仰慕的、所推重的日语的“幽婉”,德语(西文)的“严密”,以及他所谓“没有相宜的白话,宁可引古语”[24],等等。

向域外“拿来”的同时,现代作家也向古代“拿来”,并且琢磨如何让文言文和古代白话文适当地进入新的“文学的国语—国语的文学”,也就是复活一度被胡适之宣布为“死文字”的东西。这方面鲁迅的成就最为突出。鲁迅如何化用文言文？许多人注意到他作品中文言因素很多,但进一步要问鲁迅是如何运用这些文言因素,就不很清楚了。我觉得,郁达夫所谓“全近讽刺”,或许可以用在鲁迅和文言文的关系上。瞿秋白看到鲁迅多用文言,就说鲁迅有一种“用文言做本位”的倾向[25],其实他没有意识到鲁迅很可能是以“全近讽刺”的态度和方法将文言请进白话文,用看不见的加引号的方式来使用文言。这样鲁迅就不会让自己完全站在他所使用的文言的立场,更不会将自己完全消融于文言所代表的那个世界。不管他的文言运用得如何纯熟,和白话文结合得如何巧妙,鲁迅与笔下的文言总是保持一段距离。

鲁迅使用文言,和周作人使用文言,就有明显的不同。周作人至少是一部分身体完全站到了他所使用的文言所牵连着的那个世界里去了。周作人文章里头的文言因素可能并不比鲁迅多,但周作人并非在“全近讽刺”的意义上使用文言,而是不加改变地将文言(尤其是文言里最不容易融入白话的虚词)硬生生地加入他的“絮语”式的白话文,因此尽管周作人主观上希望他的文章更质朴、更浅白,但由于这些文言虚词难以消化,结果就令其“絮语”式的白话文比鲁迅的文白夹杂的白话文更加难懂。往往一些原本浅显的道理,被周作人组织进一长篇充满文言虚词的“絮语”,反而显得文艺暧昧,令人难以把握,甚至因为无法轻松地追随他的文理思路而昏昏欲睡,而鲁迅的“宁可引古语”,目的反倒是为了文意显豁,“希望总有人会懂”[26],这和他在翻译中“时常加些新的字眼,新的语法”一样,并不回避一定的难度,但是“以偶尔遇见,而想一想,或问一问就能懂得为度”。鲁迅的结论是:“必须这样,群众的语言才能够丰富起来。”[27]

我过去也同意瞿秋白的有关“用文言做本位”的说法,甚至进一步认为鲁迅在对待文言的态度上有巨大矛盾,亦即在写作实践上继续使用文言,而在意识形态的宣告中不停地诅咒文言(比如《二十四孝图》开头那段文字),现在看来,我的看法需要修改了。这其实只要一读《狂人日记》主体故事的白话文和小序的文言文,就可以更清楚地获得理解。小序所用的文言文不就是“全近讽刺”的借用吗？其中所暗含的讽刺精神,不是完全可以和主体故事使用的白话文所显示的狂热的呐喊和批判精神相得益彰吗？

陈子展在分析鲁迅晚年的系列杂文《“立此存照”》(共有七篇,均收入《且介亭杂文末编》的“附集”)时认为,“立此存照”本来是汉魏以来民间契约书的惯用语,鲁迅只是“借用”,“故意用在不甚切合的地方,又好像很切合,出人意料,令人意会,所以有趣,好笑。这个凡是善于讥刺诙谐的作家,每每欢喜用这类修辞的手法。又,这种借用似乎也是引用辞格的一法,我以为不妨称为借引”[28]。陈子展建议用“借引”这一特殊的名称来命名鲁迅这一修辞手法,似乎尚未意识到这种手法在鲁迅著作中的普遍性和更加根本的意义。

鲁迅对于夹杂在白话文里的文言采取“全近讽刺”的态度,这一点,许钦文较之陈子展,似乎看得更加分明。许钦文举《肥皂》中和四铭同属“移风文社”的卜薇园的那句“那到不然,而熟知不然!”为例,认为这正如阿Q的“多乎哉不多也”,“只要识得文句,读了以后总免不了捧腹大笑”。为何“捧腹大笑”？不就是因为感到了这其中的讽刺效果吗？许钦文进一步解释说，“或者以为采用这种半文言的句子，对于普及大众语是不对的，但应该明白，鲁迅先生在写《肥皂》的时候，文言还很通行。而且同这题材关系密切的读者，本是大半识得文言的。如今论文学，文字浅固然是个重要条件，但在碰到什么敌人就用什么手段应付的战士，原没有固执几点的必要”㉙。

鲁迅对文言有感情，这是毫无疑问的，但他清醒地意识到这感情好比伤酒之人对酒的依赖，未曾伤酒的青年人自然不必效法㉚。酒（文言）是他依恋但又是他憎恶的，他对文言的讽刺是自嘲，也是对他所憎恶的文言世界的攻击，是“碰到什么敌人就用什么手段应付”的那种“即以其人之道还治其人之身”的策略。

另外就是口语和方言土语问题。以鲁迅为代表的现代作家把方言文学和国语文学的张力推到了极致。到底在多大程度上吸收方言？要口语化到什么地步？他们花了很多工夫去摸索。

四

最后，就是如何从我们对鲁迅及其同时代作家语言成就的整体估量出发，转向对当下汉语写作的思考。

在触及当代作家语言问题时，我经常会连带谈到现代作家的语言经验，这也许过于迂腐，但今天的青年作家还有几个真正熟悉现代作家的语言经验？今天的汉语写作并不完全是在现代作家造成的现代汉语书面语的成就上往前走，而是在“70后”“80后”“90后”作家的应试教育和相应的语言环境出发，在这里面翻一点筋斗，做一点花样。这种“创造”所凭借的资源如何可想而知，所以当下文学的创造性缺乏不值得奇怪，也不必去责备——我们自己就身处其中。但是，如果把自己所处的语言现实加以美化，不懂得先驱者们筚路蓝缕的勋业，就很无聊了。有人甚至说汉语写作到今天才是最成熟的。回头看看历史，说这话的人是应该要倒吸一口凉气的。

从五四那一代作家开始的语言方面的学习还远远没有也不能结束。我们还在学习，还应该继续学习。只有保持一种积极的学习姿态的语言才是有生命力的语言，在语言上自我封闭、自我美化的态度最要不得。研究鲁迅的语言，可以帮助我们获得一种语言的自觉，如果这样，鲁迅研究便可以有效地介入今天的语言现实了。

谈到“拿来”，自然就想起翻译。现在翻译的人单纯做翻译，而且是利用现成的语言来翻译，不像鲁迅他们那样通过翻译来丰富汉语的表达。不仅如此，他们还嫌弃别人翻译得不好，要“重译经典”，结果在翻译语言上不进反退。时下盛行的各种“经典重译”，不一定完全出于商业考虑，还有一种立足当代的语言狂妄。他们认为现代作家的翻译不够好（不够规范），必须由他们来重译。

有趣的是鲁迅也主张“重译”，写了许多杂文为“重译”辩护。鲁迅对那时候的“重译”很宽容，不同意许多人苛求“重译”，因为在他看来，“重译”会获得不同的语言体验。在这一意义上，他不仅赞成多多地“重译”，还支持“转译”，即在条件不具备时可以不从原文出发,而由第二、第三种语言的译本进行中文翻译。从不同的语言的译本出发翻译同一部作品,也会有意想不到的语言体验。今天“转译”几乎没有了,更多的是“重译”,但这种“重译”目的并非丰富汉语的表达,而是性急地抹杀他人的译本,取而代之,所以很少有新的译本真正后来居上,或别具特色。

还有一种情况:某些“独家翻译”也未能获得语言上的崭新体验和创造。比如林少华译村上春树,日本学者藤井省三先生认为太汉化了,要么添油加醋,要么使日本语来就范汉语,这就失去了作为外语翻译的特有精神。我们现在的翻译所使用的汉语国语固化和狭窄化了,已经很难容纳另一种语言精神。所谓“规范”的汉语,既不能容纳我们的先辈像鲁迅的现代汉语,也无力容纳西方或日本的语言。

这说起来还是一种不学之累。不学习就不懂谦虚,就认识不到我们的语言有待完善的地方,我们的语言也就因此失去弹性,容易变得固化和僵化。

就文学语言来说,一个富有朝气的创造性的文学时代,必须是敞开来学习的时代。东西方的大作家们都不仅仅活在当代,在语言上他们可能还活在几千年传统之中。杜甫、韩愈、苏东坡这些人就是。杜甫很绝,“无一字无来历”,他的诗歌经常追念先辈,从诗骚到汉魏,“读书破万卷,下笔如有神”。当代中国文学家,或者是和文学家一起工作的批评家、研究家们,有没有这种学习的姿态和学习的广度与深度?如果没有,就谈不上语言的反省,因为你没有参照系。随便说当代语言不好,还只是一个假设。假设不建立在对比的基础上就容易空洞。不掌握一种外语,没有对方言的敏感,没有对古汉语、对现代作家语言的熟悉,冷不丁地说今天的语言不好,“汉语危机”,要改变,要走出危机,试问怎么改变?怎么走出危机?

但这也并非说,前辈作家们已经把语言资源吸收到极限,我们已经没有多少新的资源可以开掘了。我的意思只是说,我们今天还没有清醒地意识到我们的语言环境,从而有所作为。我们不仅要像鲁迅那样去开掘,去到处“拿来”,不能坐享其成,满足于利用现代作家为我们争取的资源,我们还要清醒地认识到我们的语言环境,而思有所应对。有时候即使最糟糕的语言环境也有可能变废为宝,开掘出意想不到的语言空间来。

所以在向域外、向古代学习和拿来的同时,还要在当下的语言环境中开辟生路。备受诟病的今天的语言也并非一无是处。我这里说的不是一个伦理的、政治的或美学的批评,而是说我们首先要承认这是我们的语言现实,不承认是不诚实的,结果也不会利用。

有人因为鄙夷当下语言环境,干脆别转身来学习写古文,比如模仿《金瓶梅》《红楼梦》的语言,模仿外文,或拼命鼓吹“方言写作”。这种离开和回避当下语言环境的凌空蹈虚之举,不会有什么好结果。

相反,我倒看到一些比较聪明的作家,善于“利用”备受争议的当下语言环境,加以反省或对象化,很有一种变废为宝、化腐朽为神奇的样子,像王蒙对过去意识形态语言的戏仿,像阎连科对同一种意识形态语言的跟王蒙有所不同的处理,都有点别开生面的意思。

在这意义上,我觉得台湾作家因为没有经过革命语言的洗礼,跟大陆语言相比,他们的语言就缺乏一种置身历史之中的自我挣扎的痕迹,缺乏一种血色。他们更多是书斋里出来的古代汉语或现代国语的混杂品,比如余光中的散文和诗歌,还有朱天文、朱天心姐妹的创作。在大陆一度受到推崇的胡兰成,包括叶落归根、更多承袭现代国语文传统的木心的作品,也可作如是观。

向域外、古代、现代寻找资源固然重要,但不可脱离当下语言现实。所谓正视当下语言现实,包括正视我们语言的不足,并进一步考虑到:是否有可能从自己并不满意的当下语言现实中汲取一份源于生活的活力?

比如卡夫卡,他是犹太人,曾为奥匈帝国臣民,之后又变成捷克国民,但他写作时不得不用简单的德语来写作,这本身就是一种反抗与挣扎,所以他的简单的德语反而道出了一种现代人的体验。同样,我们很多作家到国外去用简单的英语写作,或者外国人用简单的汉语写作,都面临这种反败为胜的可能性,关键看你是否有意识地去争取。这有一个前提,就是他们必须对自己的语言处境有充分自觉。你到了国外,你不得不用简单的语言写作,拿出你的浑身解数。同样的情况是否也可能发生在扎西达瓦、阿来等非汉族而是用汉语言文字的少数民族作家的写作中?

我觉得在这一点上,不仅鲁迅对文言文的疏离化的使用,可以作为一笔共同的遗产,为今天各路作家所继承,而且鲁迅与他的时代的语言现实的整体联系,也足以启发我们理解当前的语言环境,从而设计我们自己的语言策略。鲁迅疏离化地运用他所熟悉而又极端警惕的文言文,所以他反对施蛰存等人鼓励青年作家从《庄子》《文选》中寻找词汇;但与此同时,我们并没有太多地听到鲁迅抱怨他那时代的语言现实,他对章士钊、林语堂、刘半农、章太炎、施蛰存、瞿秋白等人的语言主张的反驳与商榷,主要针对主观的语言领悟,而非客观的语言现实。相反,他对无论如何的语言现实和语言资源都是主张积极利用,比如他对被胡适之宣布为"死文字"的文言文的利用,又如他对被守旧者污蔑为"引车卖浆者流"的群众语言的"博采"——他利用文言文却不是简单地站在"文言本位",他"博采"群众语言但主张必须有所提炼和改造——甚至和他对待文言文一样,也是有所疏离、有所批判的(比如国骂"他妈的")。

今天经常听到有关"汉语危机"的哀叹。其实"危机"并不单方面来自客观的语言现实,好像只是外面的语言败坏了,与我无关。"危机"首先来自主观上对客观语言现实的领悟和对待方式,来自主体内在的语言能力。

伟大作家的语言艺术建立在自觉的语言疏离和语言投入相互交织的语言意识上。他们对包括母语在内的一切语言的热爱都不只是单纯的沉湎和敬谨接受,而是有所疏离的沉湎,有所沉湎的疏离,是灵魂的安逸和不安的纠缠在语言上的呈现。对于他们,诚如海德格尔所说,"语言是存在的既敞开着又遮蔽着的到来",他们终身热衷真切的语言体验必然包含的这种持续不断的矛盾与挣扎。什么时候回避了这种矛盾与挣扎,委身于某种现成的语言"规范",那么语言的探索和创造也就停止了。

2012-6-18 写

2012-7-10 改

【注释】

①参考笔者所著《鲁迅六讲》(增订本),第三篇《心生而言立》,第六篇《反抗"被描写"》,北京大学出版社2007年版,以及《汉语别史——现代中国的语言体验》,山东教育出版社2010年版。

②详见拙作《方言、普通话及中国文学南北语言不同论——从上海作家说起》,载《文艺争鸣》2010年第10期;《"文学的国语"怎样炼成——〈围城〉的语言策略》,载《学术月刊》2011年第1期。

③该文后来收入1936年上海北新书局出版的《鲁迅批判》,此处引自郜元宝、李书编《李长之批评文集》,104—106页,珠海出版社1998年版。

④周作人:《关于鲁迅之二》,原载1936年12月1日《宇宙风》半月刊第30期,168页,此处引自河北教育出版社2002年版《周作人自编文集·瓜豆集》。

⑤郭沫若在《庄子与鲁迅》中指出"鲁迅爱用庄子所独有的词汇",主要根据鲁迅早期几篇文言论文,该文写于1940年底,载1941年4月20日《中苏文化》半月刊。此处引自《鲁迅研究学术论著资料汇编》(第3卷),594页,中国文联出版公司1989年版。

⑥许寿裳仿照郭沫若文章专门写过一篇《屈原和鲁迅》,从鲁迅的几首旧诗中统计鲁迅使用屈原的词汇的情况,见《亡友鲁迅印象记》,此处引自《许寿裳回忆鲁迅全编》,12—13页,上海文化出版社2006年版;台静农、钟敬文、张向天、周振甫等人主要也把语词的考察集中于鲁迅的旧诗。

⑦陈子善编:《叶公超批评文集》,73—74页,珠海出版社1998年版。

⑧鲁迅:《而已集·当陶元庆君的绘画展览时》。

⑨鲁迅:《南腔北调集·未来的光荣》。

⑩胡绳:《学习鲁迅的文体》,原载1939年11月1日《读书月报》(重庆)一卷九期。此处引自《鲁迅研究学术论著资料汇编》(第2卷),1227页,中国文联出版公司1986年版。

⑪胡风:《关于鲁迅精神的二三基点》,写于1937年10月17日,原载1946年10月18日《希望》。此处引自《鲁迅研究学术论著资料汇编》(第4卷)。胡风从"现实主义的战斗精神"和与之相适应的语言文体的双重性来把握鲁迅的这一思路,在40年代末更成熟的《论现实主义的路》那篇长文中有更加详细的发挥。

⑫胡风:《胡风评论集》(中),165页,人民文学出版社1984年版。

⑬鲁迅:《门外文谈》。

⑭鲁迅:《坟·论"他妈的!"》。

⑮鲁迅:《二心集·宣传与做戏》。

⑯鲁迅:《准风月谈·豪语的折扣》。

⑰鲁迅:《热风·"来了"》。

⑱鲁迅:《伪自由书·〈杀错了人〉异议》。

⑲鲁迅:《花边文学·一思而行》。

⑳参见鲁迅《准风月谈》各篇以上述词语为标题的杂文。

㉑鲁迅:《且介亭杂文二集·逃名》。

㉒鲁迅:《〈出了象牙之塔〉后记》。

㉓鲁迅:《〈苦闷的象征〉引言》。

㉔㉖鲁迅:《我怎么做起小说来》。

㉕㉗鲁迅:《二心集·关于翻译的通信》。

㉘陈子展:《"立此存照"解》,载 1936 年 10 月 5 日《星洲日报》(新加坡)。此处引自《鲁迅研究学术论著资料汇编》(第 1 卷),1495 页,中国文联出版公司 1985 年版。

㉙许钦文:《鲁迅先生的〈肥皂〉》,见《鲁迅研究学术论著资料汇编》(第 2 卷),589 页,中国文联出版公司 1986 年版。

㉚鲁迅:《集外集拾遗·就是这么一个意思》。

(原载《南方文坛》2012 年第 6 期)

获奖词：

作者在论述两部小说对历史不同处理的基础上，对“历史真实”与“艺术真实”的关系做了重新思考，颇具问题意识和学术意义。从文本出发，以小见大、严谨朴素的学风，值得提倡。

真实："花非花"

——一个问题、两部小说、三点启发

李仰智

历史作为发生在过去的既往之物孤独地伫立在时间的深处，奈何再温柔地呼唤它也不会睁开眼睛与之进行哪怕仅是片刻的对话，也没有谁能插上神奇的翅膀，穿越重重山水和似水流年的阻隔，去再现一段宏大历史的真实。历史只能靠文本化才能在书写和解读的双向交流之中死而复生。然而，传统史观对历史书写的兴趣仅仅停留在政治、革命、运动和事件等外在的层面，出于不同目的的需要和不同势力的干预，原本广泛出入于历史中的一个个无限丰富的无名个体被无情遮蔽、风干和改写。历史言说的这个缺失犹如一处疮疤，在人文知识分子出于焦虑现实而激活了阐释历史热情的大背景下隐隐作痒。历史本身动荡无际，本当自由猜想和多重阐释。新题材历史小说“在对那些漏洞百出、自相矛盾的历史文献丧失了信心之后”（李锐《银城故事》），开启了那尘封已久鲜为人知的“历史的后院”，打捞出沉落在历史的遗忘之谷中那生生不息的个体生命，对个人被历史言说的忘却进行了深刻的反思和深情的追忆。

在历史与个体生命之间，历史言说的“真实”问题尤其引人思考。

一个问题："真实"如何从"历史的本体"到"历史的叙述"

“文学位于人文学科之中，其一侧是历史，另一侧是哲学；由于文学本身不是一个系统的知识结构，批评家必须从历史学家的观念框架中去找事件，从哲学家的观念框架中去找思想。”①加拿大当代著名的文学理论家诺思罗普·弗莱在这里强调了文学与历史的复杂关联。这和中国古代文论中的“六经皆史”“文史互通”可谓有异曲同工之妙。无论古今中外,长期以来文学与历史都构成了一种特殊的想象关系。历史通过文学使历史具备了更易感知和理解的审美形式;文学通过历史使文学建立了历史的观念和表达历史生活的“历史性”。同时,文学创造历史的冲动也会进一步加剧对历史的介入,历史从来都是文学不可或缺的参照和资源。有人曾说:“创造历史的最好方法就是写历史。”[②]英雄所见略同。英国著名的历史学家卡尔也说过大体相似的话:“历史是历史学家的经验。历史不是别人而是历史学家‘制造出来’:写历史就是制造历史的唯一办法。”[③]听上去,这确是极富感染力和煽动性的言辞。究其实质,这种对待历史的态度,实际上是将关注历史的焦点,从历史的“实在”“本体”和“认识”倾斜到了对历史的“叙述”。

在这里,历史文本、历史话语、历史叙事凸现出了耐人寻味的意义。历史的“文本化”成为其最为核心的关键词。但实质上,历史本身并不具文本化的可操作性,而且恰恰相反,历史的动荡不羁很大程度上限制了历史标本的制作。有史以来,历史事实上就处在这样一种两难的境地。两害相比取其轻。面对要不要历史和如何在一定程度上挽留住历史的记忆的问题,对历史通过“文本化”的努力加以企及就成了历史学家和关注历史的文学家无可选择的选择。这一点,就像詹姆逊所说的:“历史并不是一个文本,因为从本质上说它是非叙事的、非再现性的;然而,还必须附加一个条件,历史只有以文本的形式才能接近我们,换言之,我们只有通过预先的(再)文本化才能接近历史。”[④]

历史文本化的过程使历史的叙事性提到了空前重要的位置。进而,历史的叙事性使历史的真实性成为历史言说不可逾越、难以回避的终极问题。

事实上,在当代文学史演进的历程中,“真实”一直是一个剪不断、理还乱,欲说还休、欲罢不能的问题。对当代文学“真实”命题的解读,其实可以从两个层面展开,一是“写真实”,二是“真实性”。二者作为一个问题的两面,其区别是显而易见的:“写真实”是方法论,是主流意识形态为文学特别是历史写作树立的一面旗帜,是要求,是方向,也是任务。其本身和理论问题似乎关系不大,但,它事实上却充当了指导实践的并且具有强制性的“理论”和“政策”。“真实性”和方法论无关,严格来说,和意识形态的倡导是两个领域互不相干的问题。它是一个系统严密的理论范畴,其主要内涵是在价值论的意义上参与对文学艺术性的解读、判断和评估。这样两个显然是风马牛不相及的命题在中国当代文学史的特殊语境中却被戏剧性地合二为一,“经常重叠成一个一而二、二而一的理论存在,并长期纠缠不清,引发了无数次的争论甚至运动”。同时,新中国成立初期特殊的政治斗争氛围往往以文学作为政治运动的前沿阵地,同样,文学探讨和理论争端也常常以政治的、运动的方式进行最终的了断。这就使得二者不再仅仅是一个文学概念和理论命题,“更多的时候它是被当作一个政治问题对待的,这就使事情显得更为复杂化了”[⑤]。

作纵向的梳理,这个复杂的“真实”命题其历史性的发展脉络可以在简要归纳的基础上概括为一个“一波三折”的过程。新题材历史小说对“真实”这种从“历史的本体”到“历史的叙述”的转型,很大程度上就建立在这个线索的基础之上。

其第一次波折主要集中在“十七年”。事实上,50年代初,新中国成立伊始,“真实”问题就被激情未消的中国文人提上了研究的日程。肖殷的《生活的真实与艺术的真实》[⑥]现在一般情况下被公认为是新中国成立后第一篇试图从理论上正面讨论“真实性”的论文。但,这个时候关于“真实性”的论述的一个重要特征是,其对“真实性”的定义和阐发都是紧紧围绕毛泽东1942年《在延安文艺座谈会上的讲话》进行的,两者是一脉相承的关系。虽然当时的研究者已经敏锐地发现了生活真实与艺术真实之间的关联和差异,但介于知识背景和政治氛围的双重作用,并未对解放区以来关于“真实性”的理论认知构成刷新。对“真实”的理解真正具备颠覆意义的人物是一贯强调“主观真实性”的胡风。胡风的所谓“三十万言书”[⑦]把这个理论命题升级为全国全党的一件大事。事实上,胡风的“写真实”是借用了斯大林的概念,他在“三十万言书”中引用了斯大林的《论党在文学和艺术方面的政策》中的一句话:“如果艺术家真实地表现了我们的生活,那么他在生活中就不能不看到,不能不表现使生活走向社会主义的东西。”[⑧]胡风对斯氏此言非常推崇,并以此作为他的理论支撑点。但实际情况却和表象的东西有很大的偏差,斯大林的这句话是作为“党在文学和艺术方面的政策”出现的,其鲜明、强烈的意识形态属性不言自明,而且,斯氏此言是“醉翁之意不在酒”,他的核心观点并不在意生活的“真实”与否,他的“山水之间”其实已经说的很明确了,就是最终指向“社会主义的东西”。同时,“党在文学和艺术方面的政策”本身的法定性和约束力还要求,这种指向“社会主义的东西”的“写真实”是“不能不看到,不能不表现”的。这实质上和毛泽东1942年的讲话如出一辙。在这个意义上,斯、毛才是一以贯之的。胡风虽说引用了斯大林的话,实质上仅仅是技术上的意义,只是从这里引申开来,更多地说了许多自己的话,赋予了“写真实”更多新的内容。并且,胡的意思已然和斯氏的原意大相径庭,也就无怪乎后来毛泽东对“胡风反革命集团”的政治批判。胡风的“真实观”内涵十分丰富,在此不可能一一展开,就其对后续文学思潮特别是新题材历史小说构成的影响来说,有两点是至关重要的:一是胡风的“写真实”是以人为本位的,着重强调了“写真实”的主体性、主观性。他不承认脱离了主体感受的“真实”,他说:“任何内容只有深入了作者底感受以后才能成为生活的真实,只有深入了作者底感受以后才能进行一种考验,保证作者排除那些适合自己胃口的歪曲的东西,那些出于某种计算的人工的虚伪的东西(更不论那些生意眼的堕落的东西)而生发那些内在的真实的东西。”[⑨]二是胡风的“写真实”是以人为中心的,还着重强调了“真实”是写出“真实的人”和写出“人的真实”。胡风还特别提及历史和人的关系,他说:“一方面,历史是(人民)创造的,另一方面,文艺是人写的,如高尔基所说的是‘人学’。脱离了精神,就不能在真实性上写出人来。”[⑩]从这里可以非常清楚地看出,胡风的这些观点带有浓郁的西方文艺复兴以来的人本主义哲学思潮的痕迹,究其原因,似乎可以追溯到五四,和其时轰轰烈烈的个性解放的启蒙话语有着斩割不断的承传关系。

时至今日,从新题材历史小说的实践来看,胡风对“真实性”的看法依然意义非凡,在一定程度上,甚至和新题材历史小说构成了高度的契合。但,这并不是说,胡风的“深谋远虑”足以看到世纪末小说潮流的演进,相反,胡风洋洋三十万言的本意在于说明反对“社会主义现实主义”对“真实性”的机械理解,并非像批判者所言,要用“写真实”取代“走向社会主义的东西”。但,毕竟不管历史如何荒谬,胡风就“真实性”为文学理论留下了一份难能可贵的遗产。胡风的被“打倒”并没有改变“写真实”被批判的命运。1957 年,“写真实”再次被各种明枪暗箭批得千疮百孔,由于“反右”的因素,“写真实”被等同于“写阴暗面”:“右派分子叫嚣的‘写真实’,其实是‘暴露社会生活阴暗面’的代名词……我们社会的真实性就是进步和光明……‘写真实’这句口号在本质上实在和胡风的‘到处是生活’的谬论完全一样。”[11]更有甚者,把“真实”和“光明面”、“不真实”和“阴暗面”一律对等,说:一篇作品是否“真实”,绝不在于是否写了阴暗面;一篇作品没有写出光明面,才是没有写出“真实”[12]。

很显然,“十七年”之所以反复拿“真实性”做文章,实质是把文学的“真实性”意识形态化了,对“真实性”的理解不仅仅是文艺理论问题,而是一个彻头彻尾的政治问题。对此,批判“写真实”的文章说得更露骨:“所谓‘写真实’问题的提出,仍然没有离开毛泽东在延安文艺座谈会上讲话所指出来的——立场问题。”[13]“摆在文艺工作者面前首要的问题,就是站在什么立场上来看真实性的问题。”[14]“着重写真实,终归要走上路去,不是赞成党领导的社会主义道路,就是走到反对党领导的社会主义道路。”[15]这些话事实上已经说得很明白了,一句话,就是“立场”问题,文学写作是不是“真实”的,主要看是不是符合意识形态的需要,如符合就是“真实”的,如不符合就是“不真实”,其他的都是次要的。在这一方面,可以说,“十七年”围绕“真实性”展开的政治运动给新题材历史小说提供了直接的反弹力和参照系,促使新题材历史小说面对“立场论”“符合论”的真实观一统天下的局面发出振聋发聩的声音。

其第二次波折主要集中在新时期。新时期之初,似乎,随着思想解放运动和政治生态环境的日益宽松,“真实”的问题已经随着政治格局的剧变迎刃而解,“真实是文学的生命”已然成为不言自明的题中应有之意。事实上,这只能说是“真实性”问题在理论讲坛上的归位。当“伤痕”“反思”文学开始清算、抚慰“文革”的伤口,学界开始了对“真实性”新的争鸣。和“十七年”相比,这一时期对“真实”的讨论已撇开外部的缠绕掘进到理论的内部。值得一提的是,在《人民日报》的“关于文艺真实性问题的讨论”中,王蒙的一番话引出了一个至关重要的命题。他说:“文学的真实性归根结底是一个艺术说服力的问题。一部作品要感人、吸引人、教育人,首先要使人信服……文学需要真实,又不仅需要真实。文学还需要崇高的信念,深层的思索,大胆的想象;文学还需要激情,需要是非心与同情心。”[16]现在看来,王蒙的这篇文章显然没有得到足够的重视。对新题材历史小说来说,王蒙在 1980 年的这番话有一种预见性,或许新题材历史小说并没有从这篇短文中直接汲取现实而有效的营养,但在一定程度上,他的的确确言中了若干年后新题材历史小说“真实观”的一些本体特征。我理解,王蒙这几句话把“真实”和“艺术说服力”“大胆的想象”“是非心和同情心”相提并论,可以从三个方面进行解读:一是指出了“真实”其实是一种艺术说服力,即能不能让人感到真实,让人"信服"这是真实的。从接受美学的观点看,实际上是把"真实"的重心侧重到了"真实感"。二是明确指出了文学的"真实"和大胆的想象并不矛盾,这事实上是对那种机械的真实观的反动,为"真实"的可虚构性打开了方便之门,为"真实性"的构成增添了丰富的弹性。三是强调了"真实"并不排斥价值论,所谓"是非心"和"同情心",我理解其意是和意识形态同构的符合论相悖的立足于"人的解放"的人文主义的价值论。王蒙等人在新时期的思考实际上把对"真实性"的问题引向了更为深入的层面,是新题材历史小说处理历史真实的一个不可忽视的理论资源。

其第三次波折主要集中在先锋作家对"真实性"不同寻常的理解。先锋作家的横空出世使包括了"真实性"在内的许多文学观念和美学原则受到了前所未有的挑战和质疑。先锋作家从哲学精神和形式探索两个方面对传统的真实观进行了颠覆,不再遵从生活中的真实的逻辑,而是重建了一套超验的观念的逻辑,对真实和虚构做出了全新的解释。

从哲学精神上看,先锋作家彻底抛弃了所谓对生活的"真实再现",倡导"从正常中逃逸,到反常中舞蹈"[⑰],不相信"真实"的逻辑性,不承认"真实"与生活的一一对应关系,不在乎"真实"是什么,而重视"真实"可能是什么。对此,先锋作家的代表人物余华有过形象的现身说法:"由于长久以来过于科学地理解真实,真实似乎只对早餐这类事物有意义,而对深夜月光下某个人叙述的死人复活故事,真实在翌日清晨对它的回避总是毫不犹豫。因此我们的文学只能在缺乏想象的茅屋里度日如年。在有人以要求新闻记者眼中的真实,来要求作家眼中的真实时,人们的广泛拥护也就理所当然了。而我们也因此无法期待文学会出现奇迹。"他进而指出:"当我发现以往那种就事论事的写作态度只能导致表面的真实以后,我就必须去寻找新的表达方式。寻找的结果使我不再忠诚所描绘事物的形态,我开始使用一种虚伪的形式。这种形式背离了现状世界提供给我的秩序和逻辑,然而却使我自由地接近了真实。"他还说:"人在文明秩序里的成长和生活是按照规定进行的,秩序对人们的规定显然是为了维护人的正常和安全,然而……秩序总是要遭受混乱的捉弄。因此,我们置身于文明秩序中的安全也就不再真实可信。"[⑱]他还在另一篇文章里以更刻薄的语气嘲笑了文学对真实的强求:"事物总是存在着两个以上的说法,不同的说法都标榜了自己掌握了世界的真实,而真实永远都是一位处女,所有的理论到头来只是自鸣得意的手淫。"[⑲]基于此,他毫不隐讳把自己的写作称作"虚伪的作品"。

从形式探索上看,先锋作家以"元叙事"的策略建构这种"虚伪的形式",对"真实性"尝试处心积虑的破坏。比如孙甘露的《请女人猜谜》的开头一段是最上等的"元叙事"的自我表白:"这篇小说所涉及的人物都还活着。仿佛是由于一种我所遏制不住的激情的驱使,我贸然地在这篇题为《请女人猜谜》的小说中使用了她们的真实姓名,我不知道她们会怎样看待我的这一做法。如果我的叙述不小心在哪儿伤害了她们,那么,我恳切地请求她们原谅我,正如她们曾经所做的那样。"这种"元叙事"就是不断暴露叙事行为与写作活动本质的同时,在小说中谈论小说的技巧,自己揭开自己的底细,以此把读者的注意力引向创作过程本身。小说成了关于故事的故事,关于叙述的叙述,关于小说的小说,从而彻底混淆了现实与虚构的界限，表达出先锋作家们对“真实”的“似真幻觉”的理解。对此，马原曾自负地作过总结：“与利用逆反心理达到效果有关的，是每个写作者都密切关注着的多种技法。最常见的是博尔赫斯和我的方法，明确告诉读者，连我们（作者）自己也不能确切认定故事的真实性——这也就是在声称故事是假的，不可信，也就是在强调虚拟。”[20]

先锋作家对“真实性”的彻底放逐，以暴乱的姿态显示出他们否定神圣、否定权威和挑战终极的非凡意义，以及以语言的变化与浮浅的社会心理相抗衡的力量。其正面的非凡意义事实上是新题材历史小说最为直接的写作背景，为之提供了触手可及的实践经验和理论资源，很大程度上可以称为新题材历史小说面对历史进行言说时的一次激进的思想解放运动。

两部同名小说：人文关怀的在场与退场

新题材历史小说对历史“真实性”的理解深受先锋作家的影响，不再拘泥于对企图还原历史本体的讲述，而是尝试在掌握历史史料的基础上“叙述”构成历史的人和事。真实的历史人物、虚构或想象的个体事件、丰满且立体的个体体验构筑了一个可感可知的真实历史。面对虚构的真实，作者本身的人文立场、性别观念、创作意图等都对历史叙述有着重要的影响，不同的作家对同样的历史人物和历史资料会做出不同的阐释。

20 世纪 90 年代，文学写作到历史深处寻找言说资源一度成为一种时尚。在一位电影导演的组织下，文坛曾先后推出了好几部以《武则天》命名的同名新题材历史小说或电影，引起了广泛的讨论与关注。其中，赵玫和苏童的同名小说《武则天》对比鲜明，人文关怀的在场与退场给我们提供了迥异的历史场景和不同的真实感受。

本文希望通过对两部小说的对比分析，探讨不同人文立场和性别观念的作家对“历史真实”的不同理解。

对人物的处理，苏童和赵玫有本质主义与反本质主义的区别。随着女性的解放，对性别气质的传统本质主义观点已成为一种对女性的压制力量，即如波伏娃所言“女人不是天生的，是后天变成的”。性别分工并非源于生理功能，而是因文化而各异，是人为的，并不是什么与生俱来的“自然秩序”。赵玫与苏童的《武则天》的人文关怀特别是对女性的人文关怀的一个首要分野即在于此。苏童《武则天》中人文关怀的退场从宏观上看体现在言说这个历史人物之初，他似乎事先备妥一个先于存在的本质，即女人应是温柔的、母性的、依赖的、感情型的、非理性的，缺乏独立的智性。以此为基点，苏童下笔之初就已给武则天套上一副枷锁。这种对人的理解，和一味强调“凸现学术”而导致感觉麻木的学者并没有多少区别，其实还是以皇权为中心对“女人”本质的一次塑造，一次关于武则天的死气沉沉的资料收集而已，未能打开业已封闭多年的时间的效能，也未摆脱来自历史和文化因素的重负。对此，苏童自己的认识也相当清醒，他有这么一段话颇能说明问题：“《武则天》在我看来是个中规中矩的历史小说，尽管我绞尽脑汁让这篇小说具有现代小说的功能,但它最终还是人们所熟悉的一代女皇武则天的故事,不出人们之想象,不出史料典籍半步,我没有虚构一个则天大圣皇帝的欲望,因此这部小说这个著名的女人也只能落实窠臼之中。”[21]相反,对赵玫而言,女性意识十分清醒,当然她的人文关怀的在场并非造作强求,也并非刻意去追求女人与男人一般意义上的平等。在对武则天的历史书写中,她更愿意在保持与焕发女性自身特点与魅力的基础上显示一个“个人”的尊严与价值。赵玫之接近这个女人,主要是“接近她谜一般的美丽和她作为女人的毕生,接近她的每一寸肌肤和每一个心灵的角落”[22]。赵玫正是以“心灵的角落”为出发点建构了一个被历史的宏大叙事和男权主义所遮蔽压抑的女人的历史。历史不再是缺乏女性参与的叙事。赵玫在历史这个原本充满了人文性和开放性的范围里,狙击了游荡着行尸走肉的传统历史霸权话语,把一个历史人物当作一个“人”自由猜想与言说。历史因融入了女性视角成为一种更接近真实的表达。

对主体性的处理,苏童是“中规中矩”,赵玫则介入了生命体验。如苏童自己所言,他的“中规中矩”是对超验的、常识的、绝对的历史的依附,其实质是对历史的探索驻足在历史的表象停止不前,意味着对现实的、感性存在着的人的无视和否定。面对武则天,他着重于对一个陈旧的武则天在文学意义上的改写活动,反对触及灵魂的主观介入与想象。他的这种对人文关怀的主动放弃,不仅造成他再次在历史面前无功而返,把一个本来开放复杂多变的历史人物的一生归结为一种抽象、单一、封闭的存在,以排斥和漠视人的存在的价值立场而抽取了历史的丰富性和历史人物的现实性。同时,作为创作主体他也因对传统史观的怀疑与批判精神的匮乏,使自己失去了对人的灵魂的深入理解的热情,没有在历史面前实现自我的超越,使这次写作活动变成一次非人本化的历史漫步。苏童的《武则天》犹如一架蒸馏机,经过它的处理、过滤、蒸榨之后,剩下一堆历史的抽象之物,可知可亲可感的武则天却被遗忘在历史的后院无人问津。与苏童不同的是,赵玫在小说中更多地介入了个人的生命体验。应该说,用今天的笔触去驾驭那尘封的往事确实是非常困难的事情。赵玫的方式是独特的,也是性别的必然。赵玫在小说中插叙了自己写作时的感受,讲述了她在故纸堆中感到的“惶惑”,以及“被异化得失去了天性”。她说:“直到有一天,我心里想,去他的历史吧。”赵玫之于武则天更多的是尽力从一个女人的角度去诠释,从她为才人、为帝妻、为人母,又为女皇这几重角色来展开她心灵的挣扎。赵玫对此的一段独白表明了她的这种意识:“我应当设身处地地为她着想。我应当在她做出的每一个选择的后面看到她心里的真实轨迹。而我着手要写的,也该是这个伟大女人的令人震撼的心灵。于是我想到此刻如果是我被关进人间地狱般的感业寺中、被强迫着弃绝人世的一切欲念与愿望,我该怎样呢?”[23]赵玫正是以这种设身处地在言说一个她感受到的武则天,并理解了她为什么这样,又为什么不那样。武则天之于赵玫不再捉摸不透,不再遥不可及,而是像我们身边的每一个人一样,是一个真实存在的有血有肉、有七情六欲,食人间烟火的普通人。

对历史资料的处理,苏童是“不出史料典籍半步”,赵玫则是合理虚构。言说武则天的历史,进入操作环节,苏童和赵玫不可避免都要考虑从哪里出发、从什么开始。电影导演的发令枪扣响后,他们二人从不同的出发点开始奔跑,起点的不同导致二人虽然面对同一个冲刺的红线,结果却南辕北辙。出发点的不同选择同我们思考问题的方式有关。人们考察一个对象,通常情况下总要通过一个中介去接近对象本身,这种中介或者是科学知识,或者是艺术想象,也可能是主观判断。同理,人们考察历史就不免要面对历史的既有资料。苏童在技术层面上描述武则天,其出发点即传统史观对武则天的“前理解”,他自称的写作过程中的“中规中矩”“不出史料典籍半步”,注定他难以摆脱“前见”的意识形态。这种“前理解”本已非常薄弱的人文关怀在刻画人物时深刻影响到他对武则天的判断、认知和塑造。以此为基础,苏童在描写武则天时,以他一如既往富有才情的文采印证了历史典籍的“前见”。他横溢的才华成了他在相反的方向上向历史真实冲刺的帮凶。相反的是,赵玫找到一条新的起跑线,借用现象学大师胡塞尔一句话,即“回到事物本身”。赵玫出于对男人们书写的武则天的“前理解”的不满,果断地将这些“前见”连同过季的时装一起“悬搁”起来,直接面对面地注视着一代女皇武则天。此时,在赵玫眼里,和她面面相觑、四目相对的武则天不是什么女皇,也不是什么才人、贵妃、昭仪,她是一个和她一样的人,有悲有喜、有爱有恨、有情有欲。赵玫认为:她是她的朋友,当然她也是她的朋友。去蔽之后的武则天在赵玫那里获得了新的生命。在技术层面上,赵玫从此出发靠合理而有效的虚构建构了一个更合乎人性真实感受的女人的历史。应该说如今我们谈论的历史无不是文本化的历史。可以说,语言是历史存在的家。语言的诗性努力再现着历史,同时也虚构着历史。关于女性历史的建构,伍尔夫曾指出:在美国,直到 19 世纪,历史还是由男人写的,对那种由女人执笔,表现了女人观点的历史,“我们一无所知”。因此,关于女性的历史,她说:“我们所提出的问题,只有以更多的虚构来作为解答。”[24]至此,一个问题必要提及,就是这种虚构一定是要合理而有效的。苏童的做法是:“不出史料典籍半步”,就谈不上合理有效的虚构。赵玫就显得更细腻、更智慧,她在借鉴学术研究成果,对史料进行鉴别、取舍、处理的基础上,更多地通过一个人心去体味、去辨识,去通过合乎人情事理的想象,探讨一种人性的可能性、心灵的可能性和历史人物生存选择的可能性。赵玫这样做,并非把女权主义作为一个预设的前提,而是在特定的历史情境中尽量还原历史人物的心理机制,并通过自己同为女人的心灵去感知去再现一个历史女性的心路历程。于是一个被“无字碑”概括的传奇女性还原成了鲜活的有个性有欲望的女人,一段历史图景也因一个有血有肉的女人的照亮折射出耀眼的光芒。赵玫对武则天早年生活的虚构其实正是对后来心路历程的艺术诠释,让人读来合乎情理又感人至深。这些无处不在的合理有效虚构,使赵玫在历史提供的僵硬脉络中填充了鲜活的生命和真实可感的血肉。

还应该指出的是,上述观点并非以偏概全地说苏文不如赵文。我想,之所以这样,除去历史观的差异和价值观的不同,另一个主要原因是性别使然。赵玫身为女性,她和武则天因为同是女儿身,虽身在不同时空,面对的却是同样一个世界和同性别的男人,所以,在精神层面更易于接近、理解、认可武则天。那种感觉息息相通,心有灵犀,水乳交融。显然,赵玫阐释武则天的性别优势是苏童所不具备的,也不能苛求苏童去刻意“体验”武则天。“子非鱼”,他很难懂得“鱼之乐”。同理,子要写出“鱼之乐”,就要设身处地用心灵去理解“鱼之乐”。

三点启发:历史的真实性·个体生命存在·小说书写历史的单位

在以当代文学的“真实性”为线索,对新题材历史小说真实观的理论背景和创作背景做出重新解读的基础上,对两部同名新题材历史小说进行了文本细读和对比分析后,有一些相关问题的启发渐次清晰。

一、历史的真实性:企及与悬搁。对新题材历史小说的研究,历史的“真实性”是一个绕不开的关键词。历史的真实性是记录、描述、阐释历史的最高准则和追逐对象。以不同历史观为出发点的历史言说都宣称他们“真实再现了历史”,都认定自己勘探出了历史的本真状况。那么究竟什么是历史的真实呢?历史是发生在过去的一个特定时间和空间的交叉点上的事情,它作为一个既成事实,是一个客观的存在。这是毋庸置疑的。不管后世的理论如何强调主体意识的能动性和创造性,都无法完全将历史的存在予以过滤、蒸发,使之就像从来没有发生过一样。在这个意义上,德里达的“文本之外,一无所有”值得商榷。

这样的论述并不是说一切历史的、文学的文本都可以毫无遗漏地将历史真实一网打尽。恰恰相反,似水年华的流逝远比山水的阻隔更无情,由于历史总处在相距现在更为遥远的往昔,事实上历史真实本身业已模糊不清。构成历史的重要维度“时间”呈线性发展,时间是不可复原的,一如覆水难收。可以断言,生活在当下的我们,谁也无法插上一双具备特异功能的翅膀,穿越漫长的时光隧道中那不同朝代重重叠叠的山川河流,回到虚无缥缈的过去,手捧历史的文本去一一对照历史的本体追向历史的真实。或许是出于一种理论上的自觉,有的作家和理论家明确提出“历史诗学”的概念,直接介入对历史的阐释,使历史的言说抹上了重重的新历史主义的色彩。关于同一个历史人物的多个版本的同名小说《武则天》就是一个典型的范例,迥然不同、相互消解,又构成一种互动关系。从理论层面上看,赵玫和苏童的这种对历史的“叙述”方式,是并置了不同权力话语对历史真实共同实施渗透的结果。这是典型的新历史主义“历史的文本化”对历史的书写方式。这种历史观的登场和演绎在一瞬间就瓦解了穿越茫茫时空勘探历史本体真实存在的可能性。

换一种角度切入,不管是史学还是文学,对历史真实的追本溯源式的深层次思考,企图从最根本、最彻底的意义上把握历史、描述历史,都是对历史的终极追求。但是,从历史的构成和对历史的把握方式看,结合新历史主义“历史的文本性和文本的历史性”之说,这种对历史真实性的刻意追求有着深刻的内在矛盾。一是历史真实自身的“悖论”。如前所述,历史的本身状态在最终意义上具有确定性,但历史作为人类对自我的反思,只能是一定社会历史条件下的产物,事实上并不具备最终的确定性。也就是说,一定历史条件下的历史真实在另一个历史条件下被描述时,不可避免要经受书写历史的诸多时代因素的层层过滤和加工。二是对历史真实的把握方式的“悖论”。“历史的本真状态是不依人的主观意志为转移的客观存在,但人对历史存在的把握、理解和描述却注定要以人为起点。”[25]

到这里,我们会明白,为什么同一个题材会有不同的阐释。需要指出的是,即便历史有再多的版本,我们也不会相信,其中之一完全再现了历史真实。可以说,每一种历史言说都被一个视角所照亮,都有一定的合理性和真实性。当然也可以说,每一种历史的书写都距真实的历史相去甚远。正所谓“花非花”。从这个意义上讲,对历史真实的刻意追求和实证是毫无意义的,只能无限企及。所以,参照阐释学的观点,我以为对这个问题的最好办法就是“悬搁”它。

二、个体生命的存在和感悟:联通历史的存在和历史的叙述。在历史真实和文学真实之间,一个联系上述两个层面的至关重要的关键环节必然要提及,就是“人”在历史中的存在及其同时对历史的叙述。传统历史观对历史的解码体系最大的弊端在于它造成一个巨大的遮蔽,即把历史的构成物——一个个的人放逐在了历史之外。宏大的历史其实是由一个个不同的个体共同构成,失去了人的依托历史就无从谈起。同样,对历史的书写和描述亦是个人的能动的活动,是人对人本身的记忆。文学,确切地说是历史题材的小说,是人对历史进行书写和描述的一种文学的改写。二者的共同点都是个人的直接介入并以记录和创作的主体出现。于是,一个有意思的现象就相当清晰了,即历史、历史言说和历史小说写作三者有一个共同的契合点——个人的存在特别是个人的生命体验和感受。在这个意义上,三者保持了空前的默契和高度的一致,形成一个可以自由往来互通有无的平台。这意味着对历史真实探求的重心不再是历史真实是什么,而是我们以什么方式从哪个角度对历史进行阐释。就是说,历史真实我们无法完全企及,但我们可以把生命体验和感受融入历史的文本中感受到真实,并以此逼近真实。

有意思的是,书写、记录、阐释历史不可避免要依托于文字,要借助于叙述、修辞、描写、隐喻、象征等文学手段。怀特指出,“人们只有通过历史话语才能把握历史,而作为一种叙述话语,历史文本的深层内容是语言学的,诗性的,带有一切语言构成物的虚构性”[26]。在这个层面上,历史和文学这两个不同学科的壁垒被打通。怀特的“元历史”即在话语层面上探讨历史形成的本质特征,他称之为“历史编纂学”。怀特为进一步凸显书写历史者的作用,进而指出“如何组合一个历史境遇取决于历史学家如何把具体的情节结构和他所希望赋予某种意义的历史事件相结合,这个做法从根本上说是文学操作,也就是说,是小说创造的运作”[27]。基于此,怀特认为“历史作为一种虚构形式,和小说作为历史真实的再现,可以说是半斤八两,不分轩轾”[28]。我之所以在这个问题上反复纠缠,不断引用,是想更清楚地说明,历史和文学被打通后,我们对新题材历史小说“真实性”问题的探求就变成了一种文学的审美活动。

至此,在这一点上,我们找到了进入历史追问真实的大门。个人的生命存在和感悟是打开这个大门的金钥匙。如前所述,既然历史是个人的历史,是人心中的历史,那么,可以说历史就是人性,历史是否真实就看是否对人性和精神做出了解释,而“精神的表达要置于真实的表达之上”(汤因比语)。可见,历史的真实最终要落实到人的精神领域。中国社会科学出版社在其出版的《余华作品集》的出版说明中转述了余华的话:“我觉得我所有的创作,都是在努力更加接近真实。我觉得生活实际上是不真实的,生活是一种真假参半、鱼目混珠的事物。我觉得真实是对个人而言的。”可见,阐释历史时个人的在场与退场,直接决定着阅读时的真实感受,决定着历史能否在后人的阅读中获得理解、同情和共鸣。以个人的名义介入历史的言说,轻轻转动这把富有人文精神的钥匙,长年紧闭锈迹斑驳的历史之门便轰然开启,一种对历史的真实感受会扑面而来。

这时,再回过头来看赵玫和苏童的《武则天》,我们对历史就会有新的感受和思索。赵玫的小说从女性个人视角出发给我们的真实感至少来自两个层面:一是对压抑女性的外部世界的抗争与批判,二是对女人存在的内部世界的审视与反思。以往女性对自我历史的思考往往从政治、社会的意义上着手,忽略了女性是一个作为个体的人的存在,未能对女性的生命状态及命运做出本体意义上的描述。赵玫之所以能让我们感受到真实,正在于她紧扣“个人”这条主线,以此为切入点去重新观照女性的历史。赵玫《武则天》的深刻之处,也是给人更多真实感受之处,在于把被历史遗忘多时的个体生命从“历史”中解放出来,并把水落石出后的另一种更能理解的历史真相公之于众。

可见,“真实性”最终还要落实到人文主义确切说是人文关怀的理论支撑点上。人文主义是一个难以界定的概念。这个名词在含义上具有多变性,在不同的时代和不同的地方,不同的人会对它做出不同的理解。有人把它称为人文主义,也有的叫作人本主义、人道主义、人性主义,更有主张仿唯物论、唯心论而称之为唯人论[㉙]。也有论者称:“‘人文主义’与‘人道主义’两词可以通用。”[㉚]这也正说明对这个概念没有一致的理解。或许正因为此,在那场热闹非凡的人文精神大讨论中,各路诸侯纷纷披挂上阵,只见一场混战,不同的兵刃对着虚空乱砍一气,最终不了了之。但,无论如何,对人文主义大家都有一个共同的理解,即它提倡个性解放、肯定人的尊严,呼唤对个体生命的关注。我是在这个意义上引用这个概念,为了更确切有效地阐释新题材历史小说,我更愿意把它称为“人文关怀”,即在言说历史时是否以人为本,以个人化的记忆、经验、智慧和信念的视角把一个个活生生的人和生生不息的人性作为描述历史的出发点和目的地。不可通约的个体存在犹如一道分水岭,把历史真实引入不同的流向。

三、小说书写历史的单位:集体、阶级——村落、家族——个人、女人。回顾新题材历史小说的历程,个人视角的由无到隐至显和我们对历史真实的感受有一条极其相似的轨迹。我在读书时,我的导师刘思谦先生在和我们几个博士生讨论时,共同梳理、提炼了一个概念:“小说书写历史的单位。”[㉛]用这个概念重新梳理当代历史小说,其脉络走向更为清晰。新题材历史小说之前,书写历史的单位是国家、民族、阶级,体现出的历史观、价值观是以集团为本位。在当代文学发展初期,对历史的书写主要集中在革命战争题材上。

这些历史故事的最大缺失就是个人的存在。在意识形态的作用下,由于历史观的限定,这些主流历史的演义把一个个不同的人的生命歌哭排挤在历史和文学的言说之外,历史真实的无限丰富在一个单向度的层面上被无情取消。到了新题材历史小说,在新的历史观的烛照下,历史写作开始解构具有本质、规律的规定性的传统史观,书写历史的单位也逐渐转移到村落、家族,蕴涵其间的价值观也悄然变化,不再强调个人必须无条件服务于另一个庞大的存在。这个转变过程其实是对历史理性主义遮蔽的人的感性生命的去蔽与敞亮的过程,也是我们在阅读中一步一步走近真实感受的过程。遗憾的是,20 世纪 80 年代末 90 年代初,有人非常可惜地停滞了这种逼近历史真实的步伐,一头扎进历史的虚无深处游戏历史,陷于"戏说"的沼泽,乐不思蜀,难以自拔,反而与历史的真实感受擦肩而过并背道而驰。

一个可喜的、有意思的现象是:世纪之交,一批女性新题材历史小说以个人的生命感悟为突破口使新题材历史小说在另一侧异军突起。她们把书写历史的单位聚焦到最小的单位——人,有的更确切地把"人"这个范畴具体到有性别特征的女人。历史书写单位的这种"集体、阶级——村落、家族——个人、女人"的转换轨迹也是历史言说由虚幻一步步逼近真实的轨迹。这给后续小说潮流的历史言说提供了意义非凡的启示。

从生存论的意义上看,历史由两个层面构成:一是历史的表象,主要由政治、革命、运动和事件等构成,它是外在的、孤立的,呈现出纯粹的过去时态;二是历史的精神,即存在于历史中的人的精神和人心中的历史,它居于历史的深处,呈流动、弥漫状又富于凝聚力和感召力,它打通了各种时态可以在时空中随心所欲,任意往来。同时,有权对历史的表象进行整合,如同一根丝线穿起一条项链。这根丝线就是人文主义精神,它对不同的历史表象赋予新的意义并使之走出被关押已久的时间,让一个个历史人物从历史僵硬的牢笼中解放出来得以死而复生。历史言说也得以在人性上把历史的两个层面有机统一,由生存个体去感知个体生存,彰显历史的真实,并以此向历史的另一极——未来发出亲切的呼喊。

以人文关怀的名义进入历史言说彰显历史真实之说,并不是说可以以此包打天下网罗历史全部真实。其关键一点在于这个"个人"以什么价值立场介入历史的叙事,关怀历史中的人物和事件。不同的价值论会书写出不同的历史真实。这就有必要在个人言说中引入价值论。可以断言,作为历史客观存在,历史本身并不具备一定的价值和意义,只有经过价值之光的鉴别和烛照才能符合人的需求。历史存在是一个已然之物,介入的价值观则是应然之物。历史作为一个庞大的存在,并非一树一石、一土一木都符合阐释者的需求。综合冯平在《评价论》中的论述,他认为必要的价值立场会按照人的目的、人的需要建构一个价值体系,它包含了人的主体需要、信念和理想,以及对生命的价值和潜力连同人的主观能动性、创造性的基本信赖[32]。在新题材历史小说中特别是女性新题材历史小说文本中,这种价值论体现了人文立场。以此为出发点阐释历史,是将有生命的个人的存在作为历史存在的首要前提,当作家把言说历史的凝聚点放在个人这个最小的不可通约的单位上时,人的无限丰富性和人的生存之真被敞亮与烛照,历史的真面目便逐渐凸现。

历史的重重迷雾作为一个庞大的存在是引发我们解读并思索人的存在的永恒的资源。新题材历史小说“真实性”对历史写作的最大的启示是,个人是描述历史真实存在的重要刻度。个人是永远不能忘记的。

【注释】

①[加]诺思罗普·弗莱:《批评的剖析》,陈慧等译,12 页,百花文艺出版社 1998 年版。

②这是英国当代著名的政治家温斯顿·丘吉尔的一句明言,见刘昶《人心中的历史》,5 页,四川人民出版社 1987 年版。

③[英]爱德华·霍列特·卡尔:《历史是什么》,吴柱存译,19 页,商务印书馆 1981 年版。

④[美]弗雷德里克·詹姆逊:《政治无意识》,王逢振、陈永国译,70 页,中国社会科学出版社 1999 年版。

⑤吴义勤:《写真实·真实性》,洪子诚、孟繁华主编《当代文学关键词》,260 页,广西师范大学出版社 2002 年版。

⑥肖殷:《生活的真实与艺术的真实》,载《文艺报》1953 年第 2 期。

⑦⑨⑩胡风:《关于解放以来的文艺实践情况的报告》,载《新文学史料》1988 年第 4 期。

⑧[苏]斯大林:《论党在文学和艺术方面的政策》,转引自胡风《关于解放以来的文艺实践情况的报告》,载《新文学史料》1988 年第 4 期。

⑪⑭茅盾:《关于所谓写真实》,载《人民文学》1958 年第 2 期。

⑫朱慕光:《驳所谓“写真实”和“写阴暗面”》,载《文艺学习》1957 年第 10 期。

⑬骆宾基:《从王府井大街所见而想起的》,载《人民文学》1958 年第 2 期。

⑮艾芜:《谈所谓写真实》,载《文艺报》1957 年第 26 期。

⑯王蒙:《是一个扯不清的问题吗?》,载《人民日报》1980 年 8 月 27 日。

⑰李仰智:《从正常中逃逸,到反常中舞蹈》,载《河南大学学报》2000 年第 1 期。

⑱余华:《虚伪的作品》,载《上海文论》1989 年第 5 期。

⑲余华:《艺术家与匠人》,见《灵魂饭》,245 页,南海出版公司 2002 年版。

⑳马原:《百窘》,见《马原文集》第四卷,416 页,作家出版社 1997 年版。

㉑苏童:《武则天》,《苏童文集·后宫》,1 页,江苏文艺出版社 1994 年版。

㉒㉓赵玫:《武则天》,4、105 页,上海古籍出版社 1999 年版。

㉔董之林:《女性主义批评:并不奢侈的今日话题》,《中国女性文化》第 2 期,85 页,中国文联出版社 2001 年版。

㉕李仰智:《真实性:另一种解读》,载《郑州大学学报》2003 年第 1 期。

㉖转引自陈厚诚、王宁《西方当代文学批评在中国》,464 页,百花文艺出版社 2000 年版。

㉗转引自见张京媛主编《新历史主义与文学批评》,165 页,北京大学出版社 1993 年版。

㉘转引自盛宁《新历史主义·后现代主义·历史真实》,载《文艺理论与批评》1997 年第 1 期。

㉙[英]阿伦·布洛克:《西方人文主义传统》,董乐山译,1 页,生活·读书·新知三联书店 1997 年版。

㉚全增嘏:《西方哲学史》(上册),355 页,上海人民出版社 1983 年版。

㉛刘思谦等:《以个人的名义进入历史书写》,载《作家》2002 年第 4 期。

㉜冯平:《评价论》,东方出版社 1995 年版。

(原载《南方文坛》2012 年第 2 期)

获奖词：

本文依据相关资料，从性别观念的角度分析周扬对待丁玲历史问题的态度，具有一定的新意。论文条理清晰，从一个个案上升到某种普遍性思考，具有一定的人文深度和思想价值。

由对待丁玲历史问题的态度看周扬晚年的性别观念局限

李美皆

革命者的“睡觉”问题

丁玲历史问题的彻底平反，就是要推翻1980年结论中的“在敌人面前犯有政治上的错误”这句话。丁玲历史结论之所以一波三折，周扬研究学者徐庆全反复强调是由于她1943年交代的那张“纸条”的影响[①]。然而，到最后平反时，周扬强调的却只是“睡觉”问题了。周扬甚至不再提那张“纸条”，而唯独抓住丁玲与特务同居——或者直接说，与特务睡觉——不放。丁玲的历史问题，在周扬看来似乎就是一个“睡觉”问题。

周扬坚决反对丁玲历史问题平反。王慧敏说：“周扬不同意给丁玲彻底平反，我可以作证。那时贺敬之同干部局的郝逸民去征求周扬的意见，苏灵扬代替周扬表示不同意(周扬说话已不利落)，说她(丁玲)明明和特务睡觉了嘛，等等。”[②]由于有这样的态度，周扬才责怪贺敬之不站出来替他说话：“这几天我听到议论，说丁玲是叛徒，和特务同居，‘文革’中连小孩都知道。几位老大姐都非常愤怒，你怎么就不说呢。”[③]1943年9月5日的萧军日记中写道：“从纪之华口中，知丁玲已不在研究院，并说夏大姐(按：疑指夏之栩)看不起丁玲等。我说这不是同志的态度，纪说夏已经不以丁玲为同志了，因丁玲政治上已失了节。”[④]周扬所说的“几位老大姐都非常愤怒”与这则日记不知是否系同一所指，但精神上显然同出一辙。到了晚年，同居或曰“睡觉”已成了他眼中最后的也是唯一的问题，而且特意提到老大姐们的愤怒以及小孩都知道，来说明这是妇孺皆知的是可忍孰不可忍的羞耻。

其实，持这种观点的老同志并不止周扬一个人。与丁玲有多年之交的夏衍也说过同类的话[5]。夏衍是在李辉访谈时说的,李辉写道:“在同我谈到丁玲三十年代幽禁南京时期的事情时,他仍然坚持自己以往的意见,对丁玲和冯达保持夫妻关系一事耿耿于怀。他说作为共产党人,他一直不能认可这一做法,尽管丁玲为此后来遭受过磨难。”[6]

“同居”,是丁玲历史问题历次审查的内容之一。据李之琏回忆,在1956年做丁玲历史问题的审查结论时:“有的认为,这种写法太过分,丁玲被捕后继续同冯达同居并生了孩子就是叛变,怎能说她同敌人斗争?等等。持这一见解的同志还对起草人有所指责。”[7]根据当时文艺界的权力关系格局,“这一见解”不管由谁具体提出,贯穿的肯定都是周扬的意思。这也是周扬的一贯态度,“思想解放”后依然不改初衷。

袁良骏指出:“周扬的这一态度,似乎充满了‘党性’,实际充满了私心。即使50年前,二三十岁的青年女作家丁玲有那么一点‘变节行为’,难道在历经沧桑的半个世纪之后,还不能得到宽恕吗?”[8]张凤珠曾经感叹:“她是在丈夫牺牲后,白色恐怖最严重的时候参加党的,这个行动可以称得上悲壮。”[9]被软禁期间,一双儿女病体,老母、冯达也病着,精神上的重重压力,逃出以后,一次次赤裸裸的审查……丁玲一生的革命路途比周扬更为坎坷和不易,周扬何至于如此没有同情心!

李锐对丁玲是同情的。他说:“比起她半个多世纪对党的执着的爱,即使她有什么过失,又何足计较呢。党给她彻底恢复名誉,推倒一切强加在她身上的不实之词,她是很感激的。她觉得从此她可以不再受到那些若明若暗的歧视了,那些啾啾喳喳的非议也可望消除。”[10]周扬被视为新时期“思想解放”的引领者,但至少在丁玲的历史问题上,他的思想远不如李锐“解放”。正像高华所指出的那样:“周扬在晚年复出后不向丁玲道歉,揪住毫无意义的丁玲的所谓‘历史问题’不放,说明他对丁玲成见太深,气局太小,对极‘左’文化的反思尚不能跃过某些重要的‘坎’。”[11]

周扬故意在历史问题上把丁玲说得那么不堪,这不仅是对丁玲的恶毒,更是对人性的荼毒。丁玲《魍魉世界》十一章的标题是:“欺骗敌人是污点吗?”。但周扬所说的污点,并非指“欺骗敌人”,而是指“睡觉”问题。

性方面的不平等及革命洁癖

《我在霞村的时候》中有丁玲的“夫子自道”,她为女主人公取名贞贞,可以理解为一种尊严的自卫。周扬的看法却是:《我在霞村的时候》这篇小说,把一个被日本侵略者抢去作随营娼妓的女子,当作女神一般加以美化。值得注意的是,冯雪峰在《丁玲文集后记》中,却说作者所描写的这个“灵魂”,是如何如何的“丰富和有光芒的伟大”[12]。

周扬最不能容忍的,不是贞贞做了随营娼妓,而是做了娼妓之后依然可以有“灵魂”,依然“丰富和有光芒的伟大”,依然可以被“当作女神一般地加以美化”。在他看来,这个女人应该永远是一个贱人了!他不能容忍自己眼中的贱女人居然如此有骨气、如此毫无愧色、如此骄傲、如此阳光。很大程度上,这正是周扬对丁玲的感觉。她越辉煌耀眼,他的这一感觉就越强烈。

美国学者梅仪慈注意到了丁玲批判中的女性人格攻击问题:“在一九五七年开展的反右运动中,丁玲写的这三部作品(指《莎菲女士的日记》《在医院中》《我在霞村的时候》)被人从她的全部作品中抽了出来,当作重点批判的材料。人们不禁要问,批评者专门选取这三部作品进行批判是否出于一种对妇女的歧视呢?”[13]批评一开始以后,即出现了一种熟悉的模式,就是往往对于一个女作家的批判,重点不在她的作品,而在她的为人,她的个人道德品质,或者说得更清楚一些,她的男女关系。《我在霞村的时候》被说成是美化在敌军营当妓女的作品,很快就和传闻中一向没有得到证明的丁玲本人的道德行为联系了起来。她的批评者攻击她曾屈膝投敌,出卖共产党,在 1933 至 1936 年被捕期间,和一个过去的国民党特务同居。因此,她本身也有失节行为(失节,不忠诚或不贞节,这两个意思都曾用于丁玲的身上)[14]。她的谴责者又使用从小说推断个人品德的伎俩,断言陆萍便是比她出现早得多的莎菲女士的化身,而莎菲女士,这个怀着性苦闷、自私地玩弄男人的女子便是丁玲本人的化身。如此一来,通过小说人物推断作者性格的老习惯转而被用到评论男女关系上来,在这个问题上,妇女往往是最易招致抨击的。由于对她们有着比对男人更严厉的评议标准,因此,她们受到的指责便更为苛刻了[15]。

无论是在社会生活还是文学作品中,特定的性别眼镜从来没有被摘除过,而处于弱势的几乎总是女性“被看”。有人分析,两性之间不同的观念和视角才是造成“丁沈之争”的内在原因:沈从文本无意诋毁丁玲,他所犯的“错误”实际上是几乎所有旧时代的男性作家的通病,即全然站在男性的立场、以男性的眼光去审视女性,而无法真正以“换位”的方式去体验和同情女性的真实情感。这种“错误”是沈从文本人所没觉察到的,因此实际产生的阅读效果最终往往有悖于作家的初衷[16]。

当然,丁玲与贞贞仍有很大差别。在单世联看来,丁是因为身体与情感的需要而被迫和政治上有问题的“丈夫”同居,贞贞是为抗日而与日本人“睡”。不过,无论是底层愚昧的民众还是一些高级官员,对与敌人有过性行为的女性都不能原谅。共产革命改天换地,抛弃一切旧伦理,但仍然持有严格的“贞节观”:性行为只能在革命内部施行[17]。

性与意识形态与革命有着微妙的关系。正像杨光祖指出的那样:“到了延安文学、解放后的文学,性和党的文化,和国家的意识形态结合起来了,性学和革命紧密结合起来了。”“如果一个女人把性献给无产阶级革命者就很伟大,如果和反革命发生了肉体关系,这个女人就很可耻,很肮脏。所谓‘无产阶级爱情’的命题就是这样产生的。这里面就把性叙事和革命紧密结合起来了。包括《青春之歌》,林道静前面同余永泽同居,后来和江华好,江华死了就和卢嘉川。林道静是很单纯的女娃娃,从农村出来的,跑到北京来了,余永泽有文化,也是自由主义,把林道静征服了,然后余永泽说‘晚上能不能不回去,在这住吧’,他是代表自由主义的。后来林道静发现他不热爱国家,光知道读书,很自私,马上就接触共产主义了,江华就给她讲共产主义,卢嘉川给她谈革命的时候,依然没有忘记她的性别。”[18]

与周扬同为“四条汉子”之一的田汉也有与丁玲同样的情况。1935 年冬田汉被捕后也关押在南京，但为国民党演了戏，表现远不如丁玲，但周扬并没有对他上纲上线，咬住不放。1965 年，毛泽东想批判夏衍、田汉、阳翰笙，曾对周扬说："你跟这些人有千丝万缕的联系，下不了手吧。"毛只好假手林彪、康生、江青召开部队文艺座谈会[19]。

同样的情况，待遇却如此不同，原因何在？撇开宗派，潜伏在周扬心底的另一原因是：田汉没有与特务睡觉。进一步假设，即便睡了，那感觉也不一样，那是睡了敌人，而不是被敌人睡了。己方的女人跟敌人睡觉，这才是最不能原谅的耻辱。

丁玲"污点"的不可去除，就在于她是一个女共产党员，却跟一个男"特务"睡觉了；如果性别倒置过来，一个男共产党员跟一个女特务睡觉了，污点可能就小得多。

顾彬在《三访丁玲》中写到，第二次访问（北京，1983 年 10 月 31 日）：当《当代》杂志的编辑冯先生说遇罗锦是个"堕落的女人"时，丁玲好像突然敏感起来。她想知道，是不是也可以这样说一个男人[20]。丁玲的敏感显示了一个曾经的女性主义者的精神底色。冯先生对于遇罗锦的"堕落的女人"的评价，与王蒙所提到的"一个有地位的老作家兼领导曾对我说丁具有'一切坏女人'的毛病"如出一辙。丁玲为遇罗锦作辩驳，几乎等于女性的自卫。

丁玲已经敏感到，同样的事情，性别由"男"置换为"女"，性质与色彩就完全不同了。"睡觉"这样的事情尤其如此。

徐庆全强调，值得一提的是，周扬对丁玲的历史问题结论一直持这样的看法——在他晚年依然认为丁玲历史上"有污点"[21]。这是在标榜，周扬对自己的看法始终没有"变节"，忠贞不渝。但是，"一直持这样的看法"就是正确的吗？也许只能说明一直不正确。

徐庆全还强调：事实上不独周扬有这样的看法，当时的作协负责复查的人也持有同样的看法。对这些曾经经历过长期革命斗争的人来说，他们之所以认为丁玲"变节"或"政治上有错误"、有"污点"，其中一个重要的原因，是长期以来在中共党内所形成的一条评判标准。这条标准是：要求一切被称为革命者的人们纯而又纯，一旦被捕，只有"胜利或者死"，连哈姆雷特式的犹豫发问都不允许，这成为作为一个党员的唯一的人生路标，成为评价历史人物的准则[22]。他（指张光年）与周扬一样不能想象人间除了抗敌爱国的民族感情外，还有诸如丁玲这样复杂的感情[23]。

这种正气磅礴的说法，不仅是在为周扬和张光年辩护，而且是在把他们当神打造。既然不是凡人，当然不会有凡人的情感——这样解释，他们对丁玲的刁难就合情合理了。但是，他们真的有那么"超凡脱俗""神圣纯洁"吗？恐怕，就连他们自己，面对这样的说法都会感到羞赧和发窘。

周扬本人的话首先就不能支持这种说法。周扬对朋友、对亲人都说过这样意思的话："丁玲在历史上是有问题的，当时在南京，如不做一点妥协，怎么活呀？但没有当叛徒，也没有自首，最后还是到了延安，这是可以原谅的。"[24]对丁玲，他觉得是应该表示歉意的，但并不表示丁玲就完全清白[25]。周扬的话表明，他并非"除了抗敌爱国的民族感情外"，再不能理解人间还有其他"复杂的情感"。

解放初期，丁玲认为周扬的文艺思想有些右倾，表现在对文联和作协的刊物经常放弃思想领导,在创作问题上过分强调写作技巧和作品的趣味性,甚至说"即使有点色情也可以"……[26]这也可以从另一个侧面说明周扬并非那么"超凡脱俗""神圣纯洁",而且,恰恰从这样一个并不"超凡脱俗""神圣纯洁"的周扬身上,可以看见他的真性情的一面。

吴冷西曾经把毛泽东的一些谈话告诉李慎之,比如,毛说:"搞点男女关系有什么了不起的?"李慎之说,毛有一种毛式自由主义[27]。假如"纯而又纯"的周扬知道他所崇拜的毛泽东竟然会说出这样的话,该作何反应? 毛还说:"我们现在执行的是愚民政策。"[28]假如"纯而又纯"的周扬再听到这句话,又该作何反应?

周扬对于复杂的两性关系并非纯洁到不能理解,相反,他不仅能够理解,而且还曾身体力行,如解放初期一度跟某知名人士的女儿发生婚外情。

完全不必在私德上过高地要求共产党员,他们不比一般人更堕落就行了,这是底线。而一个作家的价值并不在于私德,也不见得会因私德而贬值。

其实,丁玲也有共产党员的政治洁癖,由她对谭惕吾、秦德君的态度可以见出。

据李向东《丁玲与谭惕吾》[29]:丁玲与谭惕吾1924年在北京曾有很深的友谊,后来疏远了。疏远的原因,丁玲1980年在《我所认识的瞿秋白同志》中写道:"我的感情很激动,为了剑虹的爱情,为了剑虹的死,为了我失去了剑虹,为了我同剑虹的友谊,我对秋白不免有许多怨气。我把我全部的感情告诉了谭惕吾,她用冷静的态度回答我,告诉我这不值得难受,她要我把这一切都抛向东洋大海,抛向昆仑山的那边。她讲得很有道理,她对世情看得真透彻,我听了她的,但我却连她也一同疏远了。我不喜欢这种透彻,我不喜欢过于理智。谭惕吾一直也不理解我对她友谊疏远的原因。甚至几十年后我也顽固地坚持这种态度,我个人常常被一种无法解释的感情支配着……"而谭惕吾对丁玲的态度却是:你越对我疏远,我越对你怀念(见1982年谭惕吾给丁玲信)。丁玲被软禁南京时,谭惕吾以国民党员的面貌来看她,对她仍然保持着1924年的"纯真的爱护与关心",丁玲对她也非常信任。丁玲最后离开南京时,还向谭惕吾借了二十元作旅费。

在1982年给丁玲的信中,谭惕吾写道:"一九三五年我冲破重重阻碍前去访你,也是受这种怀念的驱使。我对那些饶舌的家伙,投以鄙视,也就说明我对你的认识始终是坚定的。"但是,丁玲1943年交代材料中写的却是:(19)36年春天我母亲快回家时,谭××以与我旧识之资格来看我(女人,曹孟君朋友),并带来一个会拍照的男人,来后一定要替我母亲及孩子照像,我不准,强邀再四,我母亲和孩子都让她照了,并强替我拍照,我把脸放下来了,才未照成。后来她告诉我想写一篇丁玲访问记,我不准,我说如果要同读者见面时,我一定要以我的文章去见面,不愿你写访问记。结果她写了,发表在《妇女生活》上,并在左恭处拿了我一张以前的照像一并登在上边。这是一个阴谋,是国民党公开我的耻辱生活,谭可以断定是他们的特务[30]。为什么会做这样的交代? 李向东分析:一、对于国民党党员谭惕吾,丁玲最初心存戒虑。二、戒虑之心很快涣然冰释。三、在1943年延安审干扩大化的压力下,丁玲要跟国民党员划清界限。

新中国成立后至新时期,丁玲与谭惕吾多次见面,但一直保持着距离。1982年谭惕吾看了丁玲赠送的书中的《我所认识的瞿秋白同志》一文,明白了丁玲对她疏远的原因,热情地给丁玲写了信。但之后二人还是不来往。

丁玲的淡漠,显然辜负了谭惕吾对她的友谊。为什么会这样呢?除了王剑虹的原因,王增如的这一段话似乎是很好的注解:老太太政治上看人很严格,住同一幢大楼,且住同一单元的秦德君女士,参加过五四运动,1924 年入党,后来由于复杂历史原因失去了党的组织关系。1985 年 7 月,丁玲让王增如去她家里借一本杂志,上面有她写的《我与茅盾的一段情》,秦德君说,你们老太太看不起我,我们同乘一部电梯,她连招呼都不跟我打。

可见,丁玲也有着政治上的洁癖,对于她眼中不够根正苗红的非我族类,如谭惕吾、秦德君,保持着"非礼勿听、非礼勿视"的拒斥姿态。软禁南京时,她需要谭惕吾的友谊,所以恢复朋友关系;利用完了,又拿出共产党员的清高,不再往来。

革命性某种程度上已经把人性异化了,洁癖反映出来的是意识上的狭隘。

丁玲的"红字"与革命迷彩下的封建贞节观

丁玲如果在遭禁时选择了死,就可以成为"烈女"了,就不会遭到"同居"或"睡觉"问题的责难了。而不死,便不"烈",正如鲁迅《我之节烈观》中说:"烈的第一种,其实也只是守节,不过生死不同。因为道德家分类,根据全在死活,所以归入烈类。"[31]

沈从文在晚年与助手王亚蓉有一段关于丁玲的对话——王亚蓉:"她主要讲的誓言,就是她要被捕她就死?"沈从文:"她没讲死,只是说我决心死。结果不但不死,活得还好。"王亚蓉:"结果不但没死,还给人家生了一个小孩。您送她回湖南的照片不应该给她。"[32]这也是丁玲不做烈女而招致的非议。不看这个语境中的沈从文,真不知道他还有这么"可爱"的一面!这就好比电影《丽人行》里,丈夫质问被强奸的妻子:"你为什么不去死?!"蒋祖林在《回忆母亲丁玲》中写道:"妈妈还一边流着眼泪,一边向我讲了她在囚禁中,曾自尽明志,以死证明自己的清白,以死证明对党忠贞的情节。我听来心里非常难受,眼泪一阵阵夺眶而出。她说:'我本不想告诉你这些伤心事,现在也只有说了。'"[33]那是 1957 年夏天,丁玲被打成反党集团首要成员时。在那种千夫所指的形势下,丁玲可能也为自己没有以死明志而感到羞愧了,甚至担心儿子为自己没有以死明志而感到失望,所以,特意对儿子做了这样的"坦白"。

苏友贞认为,张爱玲对完全无辜的可怜受害者是没有太大的兴趣的,所以,在《半生缘》里,她会安排曼桢最后愿意"自甘堕落"地下嫁给祝鸿才。虽然这样的情节把曼桢的境遇写得更为不堪,却把曼桢这个角色从一个被动的受害者提升到了有某种自主权的受苦的人物。如果略去了这一节,而把曼桢写成冰清玉洁,从此烈士式地为她和世钧的爱情守节,那《半生缘》就真有沦落为一个通俗剧的危险,也绝对不是张爱玲的文学视景。曼桢是另一个张爱玲自己所谓"不彻底的人物"[34]。

别人希望丁玲是一个完全无辜的受害者。默默隐忍的牺牲者不是更有艺术感染力吗?但是,丁玲偏偏没有进入这样的角色,她把自己"写"成了一个不彻底的人物。因此,她的人性里有了许多参差对照的审美因素。否则,她还是丁玲吗?

苏友贞强调的是“被动的受害者”的“某种自主权”,而且将其视为一种提升。但在丁玲的时代,她的所作所为没有被“提升”的可能,只能是一种“沉沦”,而且,她要为自己的“沉沦”进行捉襟见肘的申辩。如果说丁玲的不落窠臼是对一种约定俗成的集体无意识的消解,她的申辩就是为这一消解付出的代价。所有对集体无意识的挑战都是要付出代价的。

丁玲要像一个钢铁战士那样坚决、大义凛然、视死如归的话,首先就不能理睬冯达,即便国民党不把他们分开,也坚决不理睬。如果只有一张床,她就坚持睡在地上。那样,就不至于发生性关系并怀上孩子,以至于给别人留下责难自己的把柄了。但是,她说:“冯达曾是我的爱人,但近几个月来,我都把他当仇人似地看待。现在,我被隔离在这阴森的高山上,寒冷不仅冻硬了我日用的毛巾、手绢、杯里的茶水,也麻木了我的心灵。我实在需要一点热,哪怕一点点。一点点热就可以使我冻得发僵的脚暖活过来,一点点热,也可以把我冻得死去的心暖和过来。这时我根本没有什么爱、什么喜悦,我整个身心都快僵了,如果人世间还有一点点热,就让它把我暖过来吧。我是一个共产党员,我到底也还是一个人,总还留有那末一点点人的自然而然有的求生的欲望。我在我的小宇宙里,一个冰冷的全无生机的小宇宙里,不得不用麻木了的、冻僵了的心,缓解了我对冯达的仇恨。在这山上,除了他还有什么人呢?而他这时只表现出对他自己的悔恨,对我的怜悯、同情。我只能责备我的心肠的确还不够硬,我居然能容忍我以前的丈夫,是应该恨之入骨的人所伸过来的手。谁知就由于我这一时的软弱、麻木,当时、以后竟长时期遭受某些人的指责与辱骂,因为我终于怀了一个孩子。”[35]这是她晚年写的,对半个世纪前自己的软弱,表示着理解,也表示着悔恨。丁玲接下来的一段告白,则让人看到一位把自己钉上十字架的母亲的伟大:“我没有权利把她杀死在肚子里,我更不愿把这个女孩留给冯达,或者随便扔给什么人,或者丢到孤儿院、育婴堂。我要挽救这条小生命,要千方百计让她和所有的儿童一样,正常地生活和获得光明美丽的前途,我愿为她承担不应承担的所有罪责,一定要把她带在身边,和我一同回到革命队伍里。这是我的责任,我的良心。哪里知道后来在某些人的心目中,这竟成了一条‘罪状’,永远烙在我的身上,永远得不到原谅,永远被指责。甚至有时还要加罪于这个无辜的女孩身上,让她从小到大,在心上始终划上一道刀口,好像她应该低人一等,她应该忍受一些人对她的冷眼和歧视。我有时不得不长叹:‘这人世实在太残酷了,怎么四处都像那个寒冷的冻僵人的冰冷的莫干山的世界呢?’”[36]

在延安,丁玲历史问题遭审查时,这个作为罪证的孩子无疑在一同示众。虽然她一无所知,受难的只有母亲。这一切,丁玲早就料到,但她从未打算退却;即便在受难之中,她对孩子也没有任何怨尤,这种担当是多么伟大!

在“反右运动”中,蒋祖慧出生的事情被一些人抓住不放,他们说丁玲如果没有叛变,敌人怎么会让她好好地生出孩子,这件事就这样成为丁玲被打成右派、反党分子、叛徒的一个不可或缺的由头。多年之后,每每想起此事,蒋祖慧都说她甚为愧疚,觉得自己对不起母亲[37]。

女儿天生就是丁玲身上的“红字”,提示着她的“污点”。一个人被迫作为“污点”符号而存在,又是多么无辜！丁玲为历史问题的彻底平反而不懈努力,也是为了给女儿的生命一个清白。

对于出现在自己笔下的冯达,丁玲经历了一个从痛恨谩骂到公允评价的过程,到了晚年,终于能够在《魍魎世界风雪人间》中平静客观地写出他。丁玲终究是一个凭良心说话的人。更重要的是,毕竟有女儿在,有外孙在,至少是要爱屋及乌的。很大程度上,她是写给女儿和外孙看的,她要让女儿和外孙明白:女儿的父亲、外孙的外祖父是一个怎样的人。这不仅是对冯达的负责,更是对后代的负责。

得知冯达自首后,丁玲坚决要与冯达分开。但是,孩子把两人永远钉在了一起,丁玲用“分开”来证明自己与叛徒的界限已经毫无意义了。何况,还要在同一个屋檐下生活,形式上无法分开;即便他们合中有分,也无人可以见证。既然分开是徒然,孩子又需要两人共同照顾,那么,任何的“坚决”,都抵不住日积月累的时间的消磨。如果丁玲没有怀孕,就算她与冯达再怎么保持两性关系,也神不知鬼不觉,无可指责,因为那是无法证明的。那些在革命年代假扮夫妻的地下党员究竟有没有真正的夫妻关系,又怎么说得清呢?张洁的《无字》中,胡秉宸与他的妻子就是在地下工作中假扮夫妻而成真的。怀孕是一个偶然,冯达对丁玲命运最深重的影响,就在于这个偶然。孩子是性关系的证明,其存在本身就是证据,就是把柄,一旦给别人掌握了这个证据和把柄,从此就百口莫辩、无可脱卸了。

周扬一直到死,都坚持认为丁玲是有“污点”的。丁玲历史问题上的“疑点”已经消除,使周扬失去了政治上的撒手锏,而“这个‘污点’,却可以洞穿女人的尊严。因为,男女同居,必然涉及女人的肉体;生出小孩,必然会像鲁迅所说的那样联想到‘性交’。在道德家眼里,不被认可的性与性交这样的隐私,是足以剥夺女人脸面和尊严的一个致命武器”[38]。

关于夏衍对丁玲这个问题的不原谅,李辉写道:是偏颇、狭隘,还是个人意气起作用,或者别的什么原因?我想恐怕不能简单归纳[39]。确实不可简单归纳,而是一种极其复杂的潜意识。这种隐身于道貌岸然、义正词严之下的潜意识,是中国文化中的劣根,发生在代表先进文化的共产党员身上,实属不该。海明威调侃她的第三任妻子、战地记者玛莎·葛尔红:“喜爱人文却憎恨人类。”周扬的“人道主义”遭遇丁玲的历史问题,也成了“喜爱人文却憎恨人类”的叶公好龙,看不出丝毫“反思”“思想解放”的踪迹,倒是证明了“异化”的依然存在。

诗人光未然(张光年)在这个问题上也是周扬的同志。在《黄河怨》歌词中,他“为遭日寇强暴而投河自尽的女同胞洒悲恸哀悼的泪水,这位女子以为玉碎了便完蛋了,而不知还有他途,连丁玲在小说《新的信念》中描写的陈老太婆也不如！她同贞贞和喜儿相比较,到底谁更有意义呢?”[40]张光年为遭日军强暴的女同胞设计的命运就是投河自尽,这可以折射出张光年的女性贞节观。张光年1958年署名华夫的文章,用“不要脸”这样的言辞来批评贞贞[41]。他晚年无非坚持了1958年的观点而已。

周作人在《谈虎集下卷·读报的经验》一文中说:“两性的关系是天下最私的事,一切当由自己负责,与第三者了无关涉,即使如何变态,如不构成犯罪,社会上别无顾问之必要……要知道这是极私的事没有公布的必要,那就好了。”[42]但是,丁玲历史问题的一次次审查,就是一次次隐私大曝光,就是一次次羞辱;甚至已成垂垂老妇,还在被“睡觉”这样的难堪所折磨。党员向党交代自己的历史问题,是不能要求隐私权的;并非只要在慎独中保证了自己的清白,就可以选择沉默。这就是党性,要做党的人,就必须接受这些;不想接受的话,就不要做党的人,就这么毋庸置疑。

一次次被迫曝光自己的隐私,如一次次被迫脱光自己的衣服,一个人身上无形中就罩上了一层不洁的色彩,丁玲对自己历史问题平反的誓不罢休,就是为了最终脱掉这层色彩。对于这层不洁的“外衣”,她已经忍受得太久太久了,绝不能穿它到坟墓。

“敌方之女”的双重困境与反抗

“从性暴力视角看的日中战争之历史性质”研究会自20世纪90年代中期以山西省盂县为中心进行了多次采访调查,发现当地的抗战损失调查中有财产、文化、民力等五个项目的损失统计,作为其中之一的人口损失统计中有被杀者、负伤者、被绑架者、饿死者、流亡者等项目,但有强奸项目的县统计极少。战犯调查中虽有强奸项目,但在三百九十四件的杀人统计中强奸仅有四件。研究会的石田米子针对未记录性受害实况的“结构”,指出:“毫无疑问,侵略的国家及其军队强制了被害的结构,但,抗日民族和国家也为了群体的生存以及群体的尊严而对于女性个人的性受害个别事件不太关心。因是‘敌方之女’,个人尊严被蹂躏的女性们,同时被看作为‘被敌人蹂躏的女人’,其本身的存在就成为群体共同名誉上的污点。”[43]

“敌方之女”自古以来就是战争掠夺的对象。对于得到一方,她们是战利品,对于沦丧一方,她们是战争损失。但与一般的战争损失相比,她们又具有更加不堪的羞辱意味,战争结束后,其他的损失可以被高高兴兴地收回,唯独她们,总是被或明或暗地拒斥。“敌方之女”的困境是双重的,她们所受到的伤害既来自敌人,也来自自己人。贞贞的不屈,是一个无辜者对于自身所遭受的不公平对待的反抗,也是一个强者对于一种强加于自身的被动性的颠覆。她以自己的傲然,给予使其有苦难言的集体无意识一记响亮的耳光。

石田还指出:“被害的女性作为个体,一直认为是耻辱的,不断自责,为了忘却而不断封闭自身,使其成为忌讳的这些记忆”,是“自己最不愿意面对的屈辱的悲哀的过去”;因此“谈到这记忆是非常不容易的过程,我一开始试图听取这些记忆时,其困难是难以想象的”;但是“女性们开始言说、面对过去,明确地认识到痛苦的责任不在自身,由此开始为了夺回自身的尊严而战斗”[44]。作为耻辱的证明,她们很难被别人正视,但她们可以选择勇敢地正视自己。丁玲写作《我在霞村的时候》,就是为了自身尊严而进行的战斗。作为一种文化反抗，丁玲毅然塑造出了贞贞这一形象，只要联想到她自身的境遇，贞贞原型的境遇，所有“敌方之女”的境遇，就会赞叹：这是何等地有力！

丁玲的《新的信念》中“老太婆”公开自己的“耻辱”使村民站起来的“信念”这一故事，与石田所说的“言说”的力量——就是，大娘们自觉认为“痛苦的责任不在自己身上”，通过言说“开始为夺回自身尊严而战斗”，并由此使周围的人获得“共有的历史认识”和“人类的同感”——相通。当时丁玲本人也背负着被国民党软禁时与“叛徒”丈夫之间有女儿的“耻辱”。丁玲会把这些与“老太婆”的形象相重合，希望建成耻辱的“言说”能受到理解、同时周围的人也能由此获得力量的社会，而写出了《新的信念》[45]。

这是当年的施虐国——日本的学者的认识，但是，作为同胞，周扬、张光年显然不想获得这“共有的历史认识”和“人类的同感”，他们只想把丁玲钉在历史的耻辱柱上示众，而自己贞洁地与她划清界限。

舒芜在《回归五四》中写道：“比起被欺骗的女人来，被强奸的更为不幸，而礼教的性道德对她们更为残酷。……周作人指出：在乱时战区内的妇女的命运大约就是两种（逃走和躲避的自然除外，）一是怕强奸而自尽的，二是被强奸而活着的。第一种自有人来称她作烈女烈妇，加以种种哀荣，至少也有一种歌咏。第二种人则将为人所看不起，如同光时代的‘长毛嫂嫂’，虽然她们也是可哀而且——可敬的。（《泽泻集·闲话四则》其三）……周作人对于被耻笑为‘长毛嫂嫂’的女人的不幸，有特别的同情，因为他有特殊的体验。”[46]这个特殊的体验就是：周作人的继祖母的家曾陷太平军中，因此，祖父辱骂她为“长毛嫂嫂”。周作人在《谈虎集下卷·抱犊谷通信》和《知堂回想录》第二、五节中都提到这件事，对继祖母报以无限同情，而对祖父则报以轻视。舒芜继续写道：“鲁迅在《我之节烈观》（此文收入《坟》里面），痛论‘逆兵’（或是‘天兵’）一来，女子或是不受辱而死，或是受辱而死，或是受辱而没有死，事后便有她的父兄丈夫邻舍，夹着文人学士以及道德家，‘七嘴八舌，议论他死了没有？受污没有？死了如何好，活着如何不好。于是造出了许多光荣的烈女，和许多被人口诛笔伐的不烈女。只要平心一想，便觉不像人间应有的事，何况说是道德。’这些话中的悲愤之火，恐怕也有与周作人相同的回忆作为燃料。”[47]

这件事给他们兄弟二人的印象实在太深了。值得注意的是，这不仅是一个丈夫责备妻子的受辱，“长毛嫂嫂”显然是当时社会上流行的一个称呼，这就特别反映出中国的性道德的残酷性不仅是家庭中的，而且是社会性的[48]。

周氏兄弟对于“长毛嫂嫂”是报以对弱者的深切同情的，鲁迅在《我之节烈观》中说：“这类人不过一个弱者（现在的情形，女子还是弱者）……”[49]丁玲虽然不是被强奸，但在那种被动的处境之中，无疑也是“被动的受害者”，是弱者。在周扬和张光年等人眼中，丁玲、贞贞之类的女性当无异于“长毛嫂嫂”，但他们却对其毫无同情。周扬是受过五四文化熏陶的人，在这个问题上却与一个清末的封建“祖父”比起来没有多大进步。以共产党员的气节之说辞来为自己封建礼教的性道德作外衣，只能说明后者已然渗入前者。

封建性道德观念的幽灵居然能够盘踞一个共产党员的头脑到生命的最后，这也说明了长达几十年的革命改造是多么不奏效。从延安开始,“改造”的真实含义就是对知识分子进行工农化改造,而革命队伍内部的封建性的改造却被忽略了。正如邢小群在《我的父亲》中所感慨的:“我反复地想过:这个社会如果连邢野(注:红色经典《平原游击队》的作者、邢小群的父亲)的‘封建专制残余’都改造不了,人们的信服将从哪里开始呢?”“共和国成立后,没有人对这支革命队伍的人施以家庭的文明伦理规范,这个被人遗忘的角落也就只能因袭传统的宗法秩序了。”[50]

革命队伍内部的互不宽容与主观故意

当然,能抱着同情和宽容的态度理解丁玲的人并不是没有,为丁玲辩护的人也不是没有。涂光群就是为她辩护的人。他说:“在我们中国历史上,我国古人,对这类复杂的情形,也是能够理解、接受的。我们中国历史上两个最有名的外交使臣张骞、苏武都是身陷敌营十数年,并且娶敌营的人为妻或生子。而在政治上,史书明确地说,他们‘持汉节不变’。东汉末年的才女蔡文姬,她在战乱中被俘,再嫁给南匈奴的左贤王,生了两个孩子。生活造成了她这样复杂的遭遇,曹操反而将她赎归,重返汉地,并再嫁董祀;对她的文学才能依然肯定。”[51]艾芜也写道:“1933年,她被捕了。押在南京,有一些传说,颇使大家不满。鲁迅还说,丁玲完了。1957年,我写了一篇批评丁玲的文章。不只是受了左的影响,而且落后于几百年前中国人民的思想。调查丁玲的一生,其中有关南京的事件,就是身在南京,心在延安。我们为这件事情而责备丁玲,岂不是落后于《三国演义》的作者和读者吗?”[52]

就算丁玲没有用“死的光荣”来证明共产党员的大义凛然,又在本质上给革命带来什么损失、造成何种伤害呢?最真实的损失和伤害,也许就是周扬们的不舒服,因为她没有做烈女。鲁迅在《我之节烈观》中写道:“首先的疑问是:不节烈(中国称不守节作‘失节’,不烈却并无成语,所以只能合称他‘不节烈’)的女子如何害了国家?照现在的情形,‘国将不国’,自不消说:丧尽良心的事故,层出不穷;刀兵盗贼水旱饥荒,又接连而起。但此等现象,只是不讲新道德新学问的缘故,行为思想,全钞旧帐;所以种种黑暗,竟和古代的乱世仿佛,况且政界军界学界商界等等里面,全是男人,并无不节烈的女子夹杂在内。也未必是有权力的男子,因为受了他们蛊惑,这才丧了良心,放手作恶。至于水旱饥荒,便是专拜龙神,迎大王,滥伐森林,不修水利的祸祟,没有新知识的结果;更与女子无关。只有刀兵盗贼,往往造出许多不节烈的妇女。但也是兵盗在先,不节烈在后,并非因为他们不节烈了,才将刀兵盗贼招来。”[53]

对待丁玲被软禁的问题,关键看她有没有做什么危害党组织和同志安全的事情,有没有什么诬蔑党、泄露党的秘密和向敌人自首的言词——1984年的平反结论就着眼于这些方面,何必盯着她跟冯达有没有性关系不放呢?革命的思维就是越反人性越革命吗?陈漱渝认为:“‘污点’,即指丁玲在被软禁期间仍与前夫同居并生下一女。对于一个革命者来说,这也许是暴露了人性的弱点罢,虽然这对夫妻是被职业刽子手强行捆绑在一起的,但如果一定要视为政治上的污点，那就只能够暴露出整人者人性的阴暗面了。”[54]丁玲没有做烈女的后果之一，就是这个“污点”最终为周扬们所利用，成为他们裁制她的重要把柄。

丁玲说，在延安时，她曾和周恩来总理谈过冯达这件事。周总理说：“你们原来就是夫妻，在当时那种具体困难处境下，可以理解。”[55]周恩来说的比较令人信服：“你要帮助那些不熟习白区情形的同志了解情况，你们原来是夫妻；那时的实际情形也是‘身不由己’嘛。而一些经历过国民党的恐怖统治、在我们党组织部门工作的同志对此是容易理解的。”[56]周恩来是在上海领导过特科工作的，所以他能够理解和体谅。

其实，丁玲对周扬的私情问题，也同样表示过不理解。丁玲曾批评周扬在私生活方面不检点，如解放初期一度跟某知名人士的女儿发生婚外情。周扬希望丁玲能对此予以理解。他说：“你是作家，你应该懂得感情。”丁玲却顶撞说：“你是领导，应该注意影响。”1956 年 8 月 17 日，丁玲又把这些意见形诸文字，向中宣部做了汇报。据中宣部机关党委书记李之琏回忆，这一材料曾印发给中宣部的部长、副部长、机关党委委员、作协党组成员和审查丁玲问题专门小组的成员。周扬对此十分反感[57]。最让周扬恼火的是丁揭露他的男女关系问题[58]。一次，在陆定一家谈话时，周扬当着部长和张际春的面质问李之琏：“你们把反党分子对我的诬蔑广为散发，这是什么意思？”[59]

1968 年，郭小川在一份材料中写道：“1957 年初丁玲写的材料中，就用‘检查’的形式，揭露了周扬在解放初期的男女关系的问题。当时我作为给丁、陈写结论的负责人，就把丁玲这个材料印发给少数负责人（我记得，只发给旧中宣部党委和旧作协党组的负责人和陆定一、张际春、周扬、林默涵们），因为，当时丁玲的所有的材料都要印发的，目的是让有关负责人了解她的动态。但是，周扬看了，大为恼火，他对我说：‘为什么要印发那样的东西呢？我现在还是中宣部副部长，还让不让我工作嘛！要看政治问题，要看一个人同党的关系嘛！’这以后他又经常讲到丁玲对党的不忠，暗示他自己的‘对党忠诚’。”[60]

周扬希望丁玲理解，因为作家应该懂得感情；丁玲却回以：领导应该注意影响。丁玲懂得感情吗？懂得。但是，她不想理解周扬。当周扬以作家思维向丁玲寻求感情理解时，丁玲却以领导思维让周扬注意影响，两个人在这一节点上发生了换位。丁玲这样做，是不是一种打击周扬的策略？周扬后来整丁玲时不放过她的历史问题，除了历史问题是最有力的撒手锏外，还因为历史问题里包含着同居、“睡觉”这样的男女关系问题，使他可以在最有痛感的地方报一箭之仇。

丁玲在《我对周扬同志的意见》中拿“生活作风”问题反击周扬，让周扬下不来台。此举当然也不够君子和“费厄泼赖”，不仅激起周扬心中原本已存的对丁玲“不贞”的瞧不起，而且使他对丁玲一旦有机会绝不手软，必用“生活作风”问题来痛打落水狗。丁玲的“污点”，当然亦可视为“生活作风”问题。周扬的恼火表达出来就是：你是什么东西！跟特务都睡，还有脸说我！就算周扬原本并非卫道士，这下也咬定了丁玲的“污点”论，一直到晚年，丁玲最后平反时，周扬仍然毫不松懈。

新时期的形势是：周扬要平反，丁玲也要平反的。一平反，大家不就差不多了吗？周扬对丁玲几十年的战果不就化为乌有了吗？这一定让他很不是滋味。所以，必须抓住丁玲最后的把柄不放。这样做的意味是双重的：即便不能在政治上独占制高点，至少也可以拥有人格上的优越感。1957 年终于把丁玲扳倒时，周扬曾得意地说：以后没有人叫你同志了，你怎么想？可是现在，他们又将成为同志了。周扬不能听任自己成为丁玲这样的人的同志，正如丁玲在第三次文代会期间对沈从文的殷勤毫不领情一样——不仅不领情，可能还觉得是一种侮辱：居然落魄到连沈从文这样的人都可以像同志一样对她了！历史问题是周扬遏制丁玲、并在丁玲面前保持心理优势的最后一个山头，周扬必须用它来将自己与丁玲区分开来。丁玲在 1979 年 3 月 28 日给郑育之的信中说，胡耀邦说得好："有些人总不愿落实，因为别人落实了，他就要落空了！"……[61]丁玲在《我在霞村的时候》中写道："尤其那一些妇女们，因为有了她才发生对自己的崇敬，才看出自己的圣洁来，因为自己没有被人强奸而骄傲了。"这话用于周扬，何尝不是入木三分！周扬就是不想丧失那份"圣洁"的优越感，就是要对丁玲的"可耻"表现出决不妥协的道德洁癖，他竭力要丁玲明白：尽管都平反了，但我跟你还是不一样的。

丁周矛盾当然非一日之寒，但在新时期，很显然，丁周关系是因丁玲的历史问题而烽烟再起的。对于丁玲的历史"污点"，周扬并不是不能理解；他的态度，根本上并非认识局限，而是主观故意，或者说，并非"认识论"问题，而是"目的论"问题。

【注释】

①指丁玲 1933 年被捕后，给国民党写过一个条子："回家养母，不参加社会活动，未经什么审讯。"这张条子 1943 年丁玲才向组织交代。

②邢小群：《丁玲与文学研究所的兴衰》，183 页，山东画报出版社 2003 年版。

③贾漫：《关于丁玲平反》，见汪洪编《左右说丁玲》，94—95 页，中国工人出版社 2002 年版。

④陈漱渝：《丁玲与萧军》，载丁玲研究会编《丁玲研究》2010 年 1 期。

⑤㉔㉕丁言昭：《丁玲传》，236 页，复旦大学出版社 2011 年版。

⑥㊴李辉：《风景已远去——关于夏衍的随感》，载《收获》1995 年第 5 期。

⑦李之琏：《不该发生的故事——回忆一九五五—一九五七年处理丁玲等问题的经过》，载《新文学史料》1989 年第 3 期。

⑧袁良骏：《丁玲：不解的恩怨和谜团》，载《粤海风》2001 年第 3 期。

⑨㊺张凤珠：《我感到评论界对她不够公正》，见汪洪编《左右说丁玲》，267 页，中国工人出版社 2002 年版。

⑩李锐：《怀丁玲》，见中国丁玲研究会编《丁玲纪念集》，62 页，湖南文艺出版社 2004 年版。

⑪高华：《革命年代》，269 页，广东人民出版社 2010 年版。

⑫周扬：《文艺战线的一场大辩论》，见徐庆全《革命吞噬它的儿女——丁玲、陈企霞"反党集团"案纪实》，359 页，香港中文大学出版社 2008 年版。

⑬⑮梅仪慈：《丁玲的小说》，179 页，厦门大学出版社 1992 年版。梅曾另文探讨过丁玲作品中反映出的男女平等的思想，见《不断变化的文学与生活的关系：丁玲作家生涯的诸方面》，载默尔·

戈德曼编《五四时期的现代中国文学》,具体内容可见该书;又可见于《论丁玲的〈我在霞村的时候〉》,载《符号:妇女社会化杂志》第二卷第一期(1976 年秋)。

⑭㊶华夫:《丁玲的"复仇的女神"——评〈我在霞村的时候〉》,载《文艺报》1958 年第 3 期。

⑯陈素娟:《从女性视角看丁玲交恶沈从文》,载《博览群书》2009 年第 3 期。

⑰单世联:《丁玲:〈魍魉世界　风雪人间〉》,http://www.maozong.com/show.aspx? id=4981&cid=65。

⑱《性爱与当代文学中的性叙事——徐杨唐三人谈》,http://wensitang.blog.sohu.com/76733105.html。

⑲㉖54陈漱渝:《周扬与丁玲冤案》,见中国丁玲研究会编《二十世纪中国社会变革的多彩画卷——丁玲百年诞辰国际学术研讨会论文集》,170、165、168 页,湖南文艺出版社 2006 年版。

⑳[德]顾彬:《三访丁玲》,马树德译(代德文 1987 年版《莎菲女士的日记》跋)。

㉑㉒㉓㉚徐庆全:《丁玲、陈企霞"反党集团"案纪实》,146、418、419、137—138 页,香港中文大学出版社 2008 年版。

㉗㉘邢小群:《七年前的一次采访》,http://www.chinese-thought.org/shgc/001237.htm。

㉙李向东:《丁玲与谭惕吾》,载上海《书城》2010 年第 3 期。

㉛㊾53《鲁迅全集》第一卷,119、119、118 页,人民文学出版社 1981 年版。

㉜王亚蓉编:《沈从文晚年口述》,185 页,陕西师范大学出版社 2003 年版。

㉝《新文学史料》1998 年第 2 期。

㉞苏友贞:《禁锢在德黑兰的洛丽塔》,43 页,生活·读书·新知三联书店 2006 年版。

㉟㊱丁玲:《丁玲全集》第 10 册,43—44、44 页,河北人民出版社 2001 年版。

㊲许江:《蒋祖慧对母亲丁玲的愧疚》,http://www.rwabc.com/diqurenwu/rw_detail.asp? people_id=7003&id=21584。

㊳苏红警:《一个洞穿了百年中国文学史的奇女子——丁玲》,http://guancha.gmw.cn/content/2008-11/05/content_856387.htm。

㊵杨桂欣:《丁玲与周扬的恩怨》,46 页,湖北人民出版社 2006 年版。

㊷转引自舒芜:《回归五四》,468—469 页,辽宁教育出版社 1999 年版。

㊸㊹㊺[日]江上幸子:《"言说"战争中性受害的"耻辱"——从对丁玲〈新的信念〉之误译和删改说起》,载丁玲研究会编《丁玲研究》2010 年第 1 期。

㊻㊼㊽舒芜:《回归五四》,465—466、467、467—468 页,辽宁教育出版社 1999 年版。

50http://book.ifeng.com/lianzai/detail_2011_04/01/5508214_43.shtml。

51 56涂光群:《丁、陈一案小窥》,见《中国三代作家纪实》,326 页,中国文联出版公司 1995 年版。

52艾芜:《有关丁玲的回忆》,见汪洪编《左右说丁玲》,21 页,中国工人出版社 2002 年版。

57 58 59李之琏:《我参与丁、陈"反党小集团"案处理经过》,载《炎黄春秋》1993 年第 5 期。

60《郭小川全集》(第十二卷·外编/1959 年前后),广西师范大学出版社 2000 年版。

61王增如、李向东编著:《丁玲年谱长编(1904—1986)》下卷,525 页,天津人民出版社 2006 年版。

(原载《南方文坛》2012 年第 4 期)

《南方文坛》2013年度优秀论文颁奖会

《南方文坛》2013年度优秀论文颁奖会
《NANFANG WENTAN》2013 NIANDU YOUXIU LUNWEN BANJIANGHUI
中国·北海
2013年11月

2013年度

评　委:陈建功　李敬泽　吴义勤　阎晶明　施战军　张燕玲

↑丁　帆

↑张　莉

↑张新颖

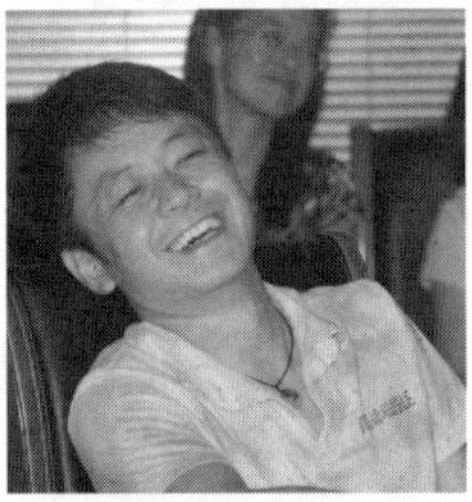

↑杨庆祥

↑霍俊明

↑黄　平

获奖词：

本文观点犀利，论析透辟。从对别林斯基的误读入手，揭示了别林斯基真正伟大之处，并以此反思当代中国文学创作和批评的职业伦理，颇具批判力度、人文担当和警醒意义，是对别林斯基200周年诞辰一份郑重的致敬，弥足珍贵。

“理性万岁，但愿黑暗消灭”：别林斯基的批评

——以赛亚·伯林《俄国思想家》[①] 读后(二)

丁 帆

我是文人，我说这话，痛苦但自豪快乐。俄国文学是我的命，我的血。

我们要什么样的生活？我们生活在哪里？为什么生活？

人性的人格我恐怕要爱得发狂了。我现在开始像马拉一般爱人类。我相信，哪怕能使极少一部分人类幸福快乐，我也会毫不犹豫，用火与剑毁尽其余。

——别林斯基

一

作为大批评家，别林斯基一直是和车尔尼雪夫斯基、杜勃罗留波夫并称为俄国革命文学批评的“三驾马车”，被我们几十年的教科书奉为正统的马克思主义理论大亨。殊不知，他和车尔尼雪夫斯基那样的斯拉夫主义者却有着本质的区别，因为他提倡的文学的理念是“人性的人格”，既非无产阶级专政的斗争哲学统摄下的文学，亦非在宗教掩盖下的伪善而空洞的文学。他更像西方启蒙以后的思想家和批评家的理念路数，虽然伯林说西方世界对他知之甚少。但是后来的苏联无产阶级文学中的社会主义现实主义理论家们竭力将他收纳进这个流派之中，且奉为祖师爷，却是一个巨大的有意性误读。

由于别林斯基核心价值理念“人性的人格”文学的释放，致使许多人会在他关怀贫困

的受压迫者的言论中抽绎出各种各样的流派归属来定位他，其实，用一种最简单的方法来概括别林斯基，我以为他就是在俄罗斯大时代历史转折关头的一名执启蒙之火炬的文学批评家。用巴涅夫、屠格涅夫、赫尔岑、安能科夫、欧加列夫、陀思妥耶夫斯基的话来说，“他是俄国知识阶层的‘良心’、是天赋灵感且大无畏的政论家；在俄国，几乎只有他是独具个性与辩才，而能将众人感受到的但无法表达或不愿表达的事情，予以清晰而严肃宣示的作家”。无疑，别林斯基之所以被几代作家和理论家所推崇，最重要的因素就是他所具备的以下几点文学批评性格特质：一是他有巨大的理性思辨能力，他的批评依靠着这一雄辩的能量而穿透一切作家作品的表层，而直达其要害；二是他的批评和政论充满着持之以恒的最基本的人性价值理念，而非随风变幻、追逐时尚、仰人鼻息、拾人牙慧的“小蜜蜂”式的评论，而是泾渭分明、坚守信仰、独具个性的“牛虻”式的批评；三是他的批评是绝不留情、绝不宽恕一切政敌和一切朋友的真性批评，代表着的是他的“俄罗斯良心”，是他视为“命”和“血”的文学事业。

鉴于此，我们就不能不想到中国这个步俄罗斯文学后尘近百年文学的历史状况了。首先，我想到的是撒切尔夫人的预言：不用担心中国会强大，因为中国不可能产生思想家。撒切尔夫人的预言虽然刻薄而无稽，但是，从某种意义上来说，自世界进入现代社会以后，我们的哲学理性之光虽尚未泯灭，但只是如星星点点的萤火虫那样飞舞着，没有强大而明晰透彻的思想理论体系支撑，我们只能永远在朦胧的黑暗中踽踽独行。反观百年的文学批评，我们之所以没有别林斯基那样真正的文学批评大家，就是我们缺乏理性的素养和眼光。

倘若一个具有理性的批评家不能或不敢说出自己对这个社会文化和对这个国家与民族文学的真知灼见，他就不可能成为真正的好批评家。在 18 世纪 30 年代，别林斯基就冲破了感情的偏见，对那种狭隘的斯拉夫民族主义的文化与文学做出了科学而理性的批判，亦如伯林对他观念的总结的那样：“俄国文化乃人工造作的外来之物，在普希金崛起之前，都不能与莎士比亚、但丁、歌德和席勒同日而言，甚至无法与伟大的写实作家如司各特和库柏(James Fenimore Cooper)相提并论。所谓俄国民族文学，无非是法国模式的二三流模仿之作所形成的一堆可怜的复制品，却也博得美名。而俄国民歌、民谣以及民间史诗比这些仿作更可鄙。至于斯拉夫主义者，他们热爱俄国的旧风俗与旧习惯、热爱传统斯拉夫服饰以及传统俄国歌曲与舞蹈、热爱老掉牙的乐器、热爱拜占庭正教的僵化物事，喜欢拿斯拉夫人的精神深度与精神财富同颓废而‘正在腐烂’(被迷信与污秽的物质主义腐化)的西方进行对照——这是幼稚的虚荣与错觉。……别林斯基高喊：要是蒙特尼格罗人明天死光了，这个世界也不会增加丝毫不幸。与十八世纪任何一个高贵的精神相比较——一个伏尔泰、一个罗伯斯庇尔——拜占庭和俄国拿得出什么来？只有伟大的彼得，而他属于西方。”无疑，作为一个革命者，别林斯基早年也是对法国文学和法国式的大革命报以热烈的拥护，以此来诋毁那种狭隘的斯拉夫民族主义的夜郎自大情绪。的确，任何一种自大而褊狭的民族主义文化和文学观念都是十分可笑和可悲的，但是，它却能够将一个国家和民族的文化和文学膨化到极其无知而可笑的地步而获得众星捧月的鼓吹!

回眸中国20世纪以来的文化和文学,何尝又不是如此悲哀呢?20世纪40年代我们的工农兵文学方向就开始把民族主义的东西夸大到了无以复加的地步,致使我们的文学一直走在黑暗的盲道上还竭力鼓吹和自诩这是一条"金光大道",我无意诋毁那一批从事工农兵文学的虔诚作家,甚至我也真诚地敬佩他们对文学的忠诚和执着,但是,他们缺乏的恰恰就是一个作家创作必须具备的素养——开阔的视野、广博的知识和独立思考的能力!赵树理的人品绝对是一流的,但是他的作品能够成为中国的一流文学吗?他的作品能够成为世界文学殿堂里的"一朵奇葩"吗?柳青是我很欣赏的一个作家,仅凭他为文学献身的精神就使当今的诸多写作所谓"农村题材"的作家的人品黯然失色,在那个大饥荒的年代里,他能够举家迁入皇甫村做一个地地道道的农民来体验农村生活,是任何标举着极"左"革命口号的作家们都不可能做到的事情,但是,《创业史》能够成为中国文学的"史诗"吗?他写出了中国农民的真正性格了吗?哪怕是肖洛霍夫《静静的顿河》笔下哥萨克农民个性的再现,我以为都没有达到,何谈为"伟大的史诗"!究其原因,就是当时无限夸张了的民族主义的文学思潮——"民族风格和民族气派"遮住了作家的眼睛,对世界文化和文学的一无所知,使那批工农兵作家走进了创作的死胡同。直至浩然从1958年开始的创作由写农村生活中的男女爱情趣事转向阶级斗争的"重大题材"的抒写,到"文化大革命"时期被捧上了中国文学创作的"第一把交椅",成为当时红极一时的"文学巨人",可谓中国文学的耻辱史。一个农民作家被吹捧得如此之高,除去彼时的政治因素外,难道我们的文学批评家没有责任吗?更值得深思的问题是,即使过去了四十多年,至今尚有批评家和文学史家还在为《金光大道》这样的作品鼓吹,这种借尸还魂的极"左"思潮正印证了那种狭隘的民族主义思潮阴魂不散的现实。

除去1949年以后培养出来的工农兵批评家外,那些从五四文学走来的批评家和作家们都是吃过猪肉和听过猪喊的大作家,但是他们都缄默了,甚至许多人都说出了违心的话。所以,我以为,在中国的20世纪中期(1949年为界)到世纪末(20世纪80年代以后)的文学中,我们是没有真正意义上的文学批评家的,不要说像别林斯基这样敢于高喊出自己见解的批评家绝迹,就连敢于说出对作家作品不满的批评家都是凤毛麟角的,因此,中国盛产的是"评论家"——那种只能钻在作家皮袍底下或是主流意识形态石榴裙下哼哼唧唧、歌功颂德的吹鼓手和唱诗班歌手,时至新世纪尚延绵不绝、流传有序。

别林斯基站在时代转折的关键时刻,对媚俗的民粹主义和蒙昧的宗教主义文化与文学思潮进行了无情的抨击,对俄罗斯的强大的斯拉夫农民意识进行了无情的嘲讽,认为这是阻遏科学进步与发展的反动力量。他甚至赞扬彼得大帝推翻沙俄封建制度的勇气,因为他认为革命须得循序渐进式的向前发展,而非完全毁灭一个旧有国家和社会的存在,所以他所提倡的是彼得大帝式的"改革"!别林斯基在给友人的信中说出的话语是值得革命者反思的。别林斯基拥护革命,但是他厌恶皮相而肤浅的革命后果——"解放了的俄国没有组织议会,只会奔进酒馆,狂欢、摔杯子,把绅士吊死,因为他们刮胡子、穿欧洲衣服。"

相比俄罗斯革命,中国革命又何尝不是一次又一次的阿 Q 式的农民革命的循环往复呢?别林斯基又反对革命,因为革命后给俄国人民带来的却是更多的思想迷茫和精神的困惑——“法国经两次革命,结果又宪政,而在这个立宪的法国,思想的自由远远不及独裁专制的普鲁士。”“德国才是现代人类的耶路撒冷。”我以为,所有这些复杂思想的形成,都是与别林斯基革命观在现实世界的毁灭有关,因为他是崇拜法国大革命的精神领袖罗伯斯庇尔的,但也从现实世界的残暴中真切地体验到了革命的荒唐性,所以他才试图拥戴有权威、有智慧、有统治能力的独裁者,才宣布“强权即公理”的合理存在。作为一个民主主义的革命者,在多如牛毛的法国革命中,别林斯基无疑是站在资产阶级革命的立场上来反对专制的,但是,革命后的许多无产者的革命行为使他产生了深深的怀疑,可惜的是,就在 1848 年的法国大革命如火如荼进行的时候,别林斯基就溘然长逝了,他看不到 1870 年的“九月革命”中人类历史上第一个无产阶级专政的政权巴黎公社的身影了,尽管这个政权是如此的短命。因此,他对后来的苏联无产阶级暴力毫无所知,也不可能有所预言,他对革命的认知也就只停留在 1789—1794 年的法国资产阶级革命上。因为他没有将法国大革命与美国革命相比较,也没有窥见 1917 年“十月革命的曙光”,所以他指望的资产阶级民主革命在俄国没有爆发,迎来的却是一场轰轰烈烈的无产阶级革命。但是他早年对马克思设计的理想中社会主义的乌托邦却是充满憧憬:“有朝一日,没有人会活活烧死、没有人会头颅落地……没有富户、没有穷人,无人是君、无人为臣……人人都是兄弟。”然而,当他晚年回顾和反省这一理念的时候说出的这样一段话却使我震惊:“我痛恨与一个可鄙的现实和解的可鄙欲望,伟大的席勒万岁——高贵的人性辩士、灿烂的救世之星、使社会脱离血腥传统的解放者!普希金说得好,‘理性万岁,但愿黑暗消灭!’现在,我认为人性的人格(the human personality)高于历史、高于社会、高于人类……天啊,想到自己这一向的主张,使我感到发烧、疯狂,悚然而惊。我如今的感受有如大病一场。”也就是说,别林斯基已经意识到从感性出发的对革命的认知是不可靠的,只有在理性烛照下对革命的辨识才是可靠而科学的结论。他渴望民主宪政,但是又看到革命后宪政的种种弊端,从而又转向开明的独裁,也就是所谓“民主独裁”。殊不知,宪政民主只有在制度与法律的保障下,在人民监督的阳光下才能充分发挥它的活力和作用,靠那种农民起义式的无产阶级革命起家,而没有建立一个有效的民主机制,就有可能导致那种循环往复的恶性政治文化下的新暴政。

为了防止出现农民革命后新的封建帝王再次还魂的政治格局,法国大革命的历史经验不仅是别林斯基那样的俄罗斯作家和批评家所要记取的历史教训,更应该成为中国作家和批评家所要确立的价值目标——革命的目的不是产生新的剥削人和压迫人的机制,不是建立一个新的少数人统治大多数人的国家制度,更不是把革命变成处决自己政敌的断头台而压制人的自由。由此,一切革命的暴力的行动都是违反人性自由追求的刽子手。所以,别林斯基才为自己的批评确立了一个批评家应该具备的人文素养——对介入社会现实生活的批评理念成为他文学批评的轴心理论:“不和谐是和谐的一个条件”。“走入社会,否则不如速死!这是我的口号。只要个人还受苦,普遍的东西对我有何意义?当人群在泥沼里打滚,孤独的天才却住在天堂里,这与我何干?我的人类弟兄、我在基督里的弟兄,只因无知,实际上就变成陌生人、敌人;即使我领悟……艺术或宗教或历史的本质,如不能与他们共享,则此悟于我何益?……阴沟里嬉戏的赤脚儿童、衣衫褴褛的穷人、烂醉的车夫、下班的军人、手夹公文包而步履蹒跚的官员、沾沾自喜的军官、倨傲的贵族——这些景象,我都无法忍受。向一名士兵和一位乞丐施舍一文钱,我居然几乎要哭出来,一路跑开,仿佛干下了不可告人的勾当,好像不希望听到自己的脚步声似的……世界如此,一个人有权利到艺术或科学里埋首自忘吗?”如此反差的社会图景和人物素描则是促使别林斯基的批评走向对苦难的揭发和对专制的抨击,这就是他为什么被称为“俄罗斯的良心”的原因,也许我们不难从中找到其清晰的中国式答案吧。

二

别林斯基一生中最深刻、最有代表性、最有见地、也是最激动人心的批评就是在他即将离开这个世界前夕所发出的批评的最强音——对果戈理的暴风雨般的批评成为他批评文字的绝唱!

果戈理是在别林斯基评论中成长起来的作家,一个一贯赞赏和培育果戈理的大批评家为什么突然会在临终前对自己一手扶植起来的作家进行最愤怒、最严厉和最无情的抨击呢?起因就是这位讽刺作家在1847年发表了一本反自由、反西方、欲求恢复农奴制和沙皇统治的小册子《与友人通讯选粹》引起了别林斯基巨大的愤怒和反弹,他在病入膏肓的最后日子里奋笔疾书,痛击果戈理“背叛真理、出卖光明”!他在1847年7月15日撰写的《致果戈理的公开信》中义正词严地宣称:“以宗教作掩护,皮鞭为倚恃,虚伪与悖德被当成真理与美德来宣扬的此时,我不能缄默。”“你,提倡皮鞭的教士、宣扬无知的使徒、捍卫蒙昧主义与黑暗反动的斗士、鞑靼生活方式的辩护士——你在干什么?瞧瞧你的立足之地罢,你正站在深渊的边上。你根据正教而阐发你的高论,这,我了解,因为正教向来偏爱皮鞭和牢狱,向来对专制独裁五体投地。然而这与基督有何关系?……比起你那班教士、主教、长老、大主教,那个以嬉笑怒骂,将欧洲的迷信与无知之火扑灭的伏尔泰,当然更是基督之子、基督肉中之肉、骨中之骨……我们的乡下教士是粗劣通俗故事的主角——教士往往无非饕餮之徒、守财奴、阿谀媚俗和寡廉鲜耻之流,不是迂腐玄学的烦琐冬烘,就是盲目无知的小人。只有我们的文学在野蛮的检查制度下仍然露出生命与前进运动的信号。之所以我这般尊崇作家的志向,之所以认为渺小的文学也能成器,之所以认为文学职业能够成为炫目的徽章而使艳丽的制服黯然失色,之所以相信一个自由作家即使才能微薄也能引起广大人民的瞩目,就是因为他们握有真理与社会正义。而出卖天资以服侍正教、独裁与民族主义的大诗人,很快丧失众望……俄国民族是对的,看出俄国作家是它仅有的领袖、辩护者,以及将它由俄国的君主专制、东正教义与民族至上的昏天黑地里解放出来的救星。俄国民族可以原谅一本劣书,但不能原谅一本有害的书。”别林斯基为何如此激动、如此愤慨？就是因为果戈理所犯下的是一个真正的知识分子不可饶恕的罪行——以人民信任名义出卖了人民的利益！助纣为虐、为虎作伥！写到这里，我想，别林斯基作为一个行将就木的人，当然是没有任何顾忌了，“只欠一死”者是毫无畏惧之心的，因为他是不再怕杀头的病人。再仔细想想，也不尽然，按照别林斯基的一贯性格，即使此时他健康良好、家庭幸福，他仍然会举起投枪与匕首刺向自己思想和精神上的敌人。因为在19世纪的俄罗斯文坛上有着一大批坚守着真理与社会正义的作家和批评家，正因为他们的存在，才构成了俄罗斯文学史中的“黄金时代”和“白银时代”辉煌的文学。这是一种有骨有血的文学——反对专制、提倡自由、渴望民主成为他们共同的母题，而作为批评家别林斯基的伟大之处，就在于他用批评的武器聚集了这一大帮作家，是他授予了普希金19世纪俄罗斯文学的桂冠，是他把包括果戈理在内的一大批默默无闻的小作家推上了俄罗斯文学史的花坛。但是，使他始料不及，也是使他极度悲哀的是，在原本以为全是同路人的队伍里竟然出现了思想的叛徒，果戈理在《钦差大臣》里嘲讽的王公贵族，却成了其笔下的德政者，这是别林斯基决不能饶恕的，他的愤怒也可能正是这个大批评家的天真之处——殊不知，知识分子群中最容易产生思想的变节者，而最可贵的却是那种道德的守持者。

同样，在中国20世纪的文学史中，我们也足见许多貌似果戈理那样的作家和批评家，问题在于，更可怕的是这些思想的变节者并非清醒地意识到自己已经成为自由民主的叛徒，已经成为某种势力的“巴儿狗”或“乏走狗”，也更罕见有人指出他们种种劣迹的本质所在——因为我们没有别林斯基！我们没有产生别林斯基的思想土壤和成长环境。尽管在整个20世纪当中，我们是吮吸俄罗斯和苏联文学的乳汁最多的国家和民族，可惜的是，我们所汲取的大量营养却往往是有毒者居多。更关键的是，我们往往是喝着他们二三流作家的乳汁，读的是被曲解了的批评家文字——像被披上了马克思主义哲学和美学外衣的“别车杜”（指别林斯基、车尔尼雪夫斯基、杜勃罗留波夫），像被斯大林主义巨人化和红色化了的高尔基……而这些人物背后真实的历史是被遮蔽着的。所以，我们却独独很少在诸如别林斯基对果戈理的批判事件中寻觅到批评的真谛——为知识分子施行补钙医治的精神手术。

我们的一部新文学史从来就是臣服于政治，臣服于权势的“歌德派”的历史，患上了严重的软骨症，就像别林斯基形容他眼里的中国（笔者认为别林斯基对中国的看法虽有偏见，但是他看到的正是鸦片战争时衰败不堪的大清帝国景象，那是一幅真实的图景，所以，这个比喻是可以成立的）那样：“像软骨病的幼童般撑在铁架子上才站得起来的国家。”不错！就因为20世纪初的五四启蒙运动没有使得中国的知识分子真正站立起来，才使得现代启蒙在民间流产，其根本原因就是知识分子的自我启蒙都远远没有完成，何谈启蒙大众呢?！这就造成了鲁迅所说的那样，在“血和污秽”来临时，许多人很快就背叛了启蒙的初衷，投向了旧体制的思想和精神的庇护所，在其势力的保护伞下或求得荣华富贵，或求得平和冲淡，或求得苟延残喘。果戈理“死魂灵”式的作家在中国20世纪的文学史之中还少吗？而一直到1949年以后历次知识分子思想改造运动中,大量的作家和知识分子真诚的思想忏悔和检讨,以及表现出的种种拙劣的政治表演,可谓给中国的文学史抹上了浓墨重彩的污秽,诸如郭沫若式的政治表演,丁玲式的政治检讨,老舍、曹禺式的政治“配合”,茅盾式的政治沉默……都是值得我们去深思的问题。即便是像胡风那样被视为阶级异己分子的政治反抗,也是值得反思的——那样的政治反抗是建立在第三种忠诚不被认可的基础之上,而非一个真正的知识分子出于人性和自由民主的普世价值立场上的思考,他虽然不缺钙,他是站立起来了,但是,他却仍然是站立在与人民和人性的对立面上的,是在“时间开始了”的价值观念河流中徜徉。那是庸众眼里的救星落幕,而非如别林斯基那样的有着独立批判思想的真正批评家的价值立场。中国新文学史上还没有一个能够如别林斯基那样发言的作家和批评家,即使民国时期有闻一多、朱自清那样有骨气的作家敢于说出真言,却也没有别林斯基那样对现代人性观和自由理念理解得如此透彻、如此具有个性特征、如此保有哲学素养的作家呈现。

别林斯基是有骨头的！难怪当别林斯基在巴黎公开宣读这封信的时候,连赫尔岑也对记下这一幕的安能科夫说“这是天才之作。我想,也是他的遗嘱兼最后的证言。”于是,伯林才以为:“这项著名文件成为俄国革命者的《圣经》!”众所周知,沙皇时代俄国的政治压迫也是举世闻名的,谁敢触碰专制的政治利益当然就不会有好下场,而陀思妥耶夫斯基却敢于宣读别林斯基的这封信,当然就因此换来了一个死罪,并发配西伯利亚。而别林斯基本人也在死去之前获得了当局迟到的拘捕令。

三

伯林认为:“最后阶段的别林斯基是人文主义者,是神学与形而上学的敌人,也是激进的民主派,更因其信念极端、言论强烈,将文学的争辩变成社会与政治运动的开端。屠格涅夫由他而归纳了两类作家:一种是具有焕发精彩的想象力与创造力,但始终停留在他所属社会的集体经验的边缘上;另一种是生活在他的社会核心里,而与这个共同体的情绪和心灵状态产生‘有机’关系。别林斯基知道——而只有真正的社会批评家知道——一本书、一个见解、一位作者、一派运动、一整个社会的道德何在。俄国社会的核心问题不是政治问题,而是社会与道德问题。聪慧且觉醒了的俄国人最想知道的是该做什么,如何过个人的生活。”无疑,19世纪下半叶的俄国作家和知识分子都在探索和讨论的大问题就是“做什么”和“怎么办”,由此而产生出了一大批文学的巨人,当然这与别林斯基的这样犀利的文学批评有着极大的关系。回顾中国20世纪的文学,我们不能不遗憾地看到这样一个事实:那就是在我们的文学思潮史当中也同样充满着社会学的文学批评,但可惜的是,它们绝大多数都是庸俗社会学的文学批评,尤其是“文革”前后的红色文学批评史,则更是充满了为政治服务的色彩,离别林斯基式的社会学文学批评相去甚远,更谈不上别林斯基这样的为“人性的人格”和“社会良心”而深刻剖析作家作品的大手笔社会批评了。究其原因,我以为从延安文学开始的文学批评是在第三国际影响下的产物,准确地说,是在

30 年代苏联文学批评指导下亦步亦趋走过来的无产阶级专政下的批评模式，因为列宁的“齿轮和螺丝钉”的理论左右着文学批评的大方向，直到“为政治服务”的本土经验的出品，我们就把别林斯基这样的以批判为宗旨的文学批评淹没了、阉割了、歪曲了，以致一直到 20 世纪 80 年代在废除了“为政治服务”的清规戒律以后，人们还喋喋不休地去批评所谓社会批判的文学批评，在提倡文学回归本位“向内转”的文学思潮下，文学的先锋性占据了上风，尽管这种文学的实验在中国文学的土壤里难以生根，但是人们终究还是没有分清为意识形态服务的庸俗社会学文学批评与真正的社会批判的文学批评之间的界限，所以，往往把别林斯基式的社会批判的文学批评也拒之门外，其直接后果就是导致中国文学批评中缺乏那种有真知灼见、一针见血的文学批评，也就不能从文学的范例中抽绎出大量的思想提供给作家和知识分子进行参照和引导，而使社会生活和精神世界失去了正确的价值和前进的方向。

中国和俄国（包括苏联时期）的现代文学史的经验教训告诉我们：一旦某个时代的文学陷入了形式主义的思潮当中，文学就会失去活力，文学就会僵化！而在为一切意识形态服务的语境里，我们正是缺少了别林斯基这样有骨血的社会批判的文学批评与之针锋相对的抗衡和协调，才使得我们的文学批评一直走在黑暗的死胡同里难见天日。中国新文学的文学批评只因没有别林斯基这样的批评家而悲悯，也因为没有认识到代表社会良心的文学批评对中国文学的重要性，所以我们才在今天仍然高喊着要“钻进象牙塔”的文学口号；当然，还有另一个极端就是完全被商品化的市场所左右，文学失去了它应有的高贵血统——这是别林斯基时代所没有遇到的新世纪病。其实这两种文学思潮都是别林斯基社会批判的批评方法所能解决的文学现实问题。

伯林一再提醒我们：“别林斯基对艺术创作过程固然不乏洞见，但他所关注的主要是社会与道德之事。他是传道家，热烈传道，却并非时时能够控制自己的语气与腔调，桀骜不驯的个性形诸笔端。尽管普希金的那班朋友——美学家、文坛当道者——本能上就畏惧这个兴奋狂热的凡夫俗子。但是，因为别林斯基在其文学上的辉煌成就使得人们仰慕和钦佩，他并撰写了大量的文学批评，这就使普希金陷入了深深的屈辱之中。然而，普希金无法改变别林斯基的天性，也无法改变、修饰或略过他往往是看得无比清楚的真理——他所献身于的一项崇高的事业。这项事业就是：忠于不加粉饰的真理。他愿为此而生，也可以为此而死。”尽管普希金是别林斯基捧出来的代表着那个时代文学顶峰的大批评家，但是普希金和他的那班美学家朋友的尴尬和侧目是丝毫不能改变别林斯基这个从底层成长起来的文学批评家现实主义批评初衷的，因为他已经将他的文学批评上升到一种信仰的层面，而非仅仅停留在一种贵族般的伪绅士的批评方法和形式主义的层面，是任何外在的政治和人际力量都不可能改变的，除非是自身认知的改变。

然而，和其他俄国作家、批评家和思想家所不同的是，别林斯基丝毫没有斯拉夫主义的民粹思想的偏执，因为“别林斯基思想上如此热衷西方，而情感上比他任何同时代人都深刻而又痛苦地眷恋着俄国”。也就是说，别林斯基对俄罗斯民族的热爱之情并不比任何挂着民粹主义冠冕的作家和批评家淡薄,但是他把这种情感化的深切的批判意识来抵达对俄罗斯社会丰富责任感的彼岸:“他抨击、怒骂、指责最神圣的俄国机构,而不离开他的国家。”和与贵族出身的赫尔岑、屠格涅夫他们所不同的是,他们流亡国外,所持观念为先进的西方文明思想是毫不奇怪的,而别林斯基能够持有西方文明理念却是不容易的,其中一个重要的因素就是:“斯拉夫主义者与反动派都是敌人,但是,你必须在本国土地上,才能与他们作战。他无法缄默,也不愿意远涉异域。他的头脑亲近西方,而他的心、他多苦多病的身体,亲近无言的农民与小商人群众——陀思妥耶夫斯基的‘穷人’、果戈理丰富而可怕的喜剧想象世界里的居民。”读到这里,我想到了那些在20世纪80年代叱咤风云的许多文坛上的风骚人物,他们在去国后,完全割断了与祖国文化的切身体验,就不可能真切而真实地触摸到中国二十多年来文学走向的命脉,就不可能准确地体味到这个国家和民族中的人民在想什么、做什么和怎么办的困厄。

与19世纪60年代车尔尼雪夫斯基和涅克拉索夫的主张——“直接服务社会,告诉社会何事为急务、提供口号、令艺术为某项计划服务”不同,别林斯基的创作观和批评观具有强烈的道德信仰色彩,为真理而艺术,为现实世界的痛苦而文学,为人的自由、人性、人道而批评,才是他追求的终极目标,我想,如果别林斯基再多活十几年,他一定也会像批判果戈理那样去批判斯拉夫主义者的车尔尼雪夫斯基的! 因为,“别林斯基与高尔基都相信,艺术家的职责是把他才有能力看到并吐露的真理,化成自己的思想观念告诉人们……他相信,这真理必然是社会真理,所以,凡与环境隔绝、凡逃避出境者,隔绝愈深,逃避愈远,必定愈扭曲真理、背叛真理。据他所见,人、艺术家、公民,都是一体的;无论写小说、诗、历史或哲学著作、一首交响曲、一幅画,都应该是表现你的本质,而非仅表现你受过职业训练的那一个部分,而且,在道德上,你作为一个人,须为你作为艺术家的所作所为负责。真理是不可分的,你举手投足、一言一行都必须是真理的见证。没有纯属美学的真理,也没有纯属美学的法则。真理、美、道德乃人生属性,无法从中抽离;思想上的荒谬、道德上的丑恶,都不可能造就美。”在这里,伯林总结了别林斯基的批评个性的几点要素——追求崇高的真理;为人民的利益而介入文学的社会批评;坚守道德本质的文学和批评;将美学融入人性的文学批评之中。所有这些,体现出了别林斯基在本质上仍然是一个理想主义的批评家。

诚然,在中国20世纪的文学史中,我们也不缺乏这样有理想、有担当、有思想的批评家和文学家,但是,在文学体制的制约下,在文学制度的消磨下,这些应有的品格就远离他们的社会良心和自由心灵而渐行渐远了。当然,还有一个更重要的原因就是容易被目迷五色的各种思潮所左右,失去最终的判断力和批判力,在批评方法的选择中失去方向感,尤其是在无产阶级专政下的阶级斗争中,革命的文学批评究竟“怎么办”成为许多作家和批评家眩惑的问题。但是,别林斯基同样也面临了这样的困惑,他为什么能够坚持自己的信念、坚持始终如一的批评方向和方法呢?“十九世纪渐进,社会阶级斗争日益尖锐明显,使得别林斯基饱受思想观念矛盾的痛苦。马克思主义者、土地改革派的社会主义者、无政府主义者”的各种观念和复杂的文坛人际关系，同样使得别林斯基十分纠结，但是，他最终还是坚持“文学与人生的关系”不可分割的批评理念，为“忠于不加粉饰的真理”而付出毕生的精力。所以，在他生命的最后时刻，他还能不顾一切地冲破统治者的政治压迫，撕掉朋友的面具，向着自己追求的真理抛出了举世震惊的《致果戈理的公开信》那样的文学批评檄文。这样清晰的理念、这样泾渭分明的价值立场、这样充满激情的批判意识，是一个批评家最宝贵的品格所在，而俄罗斯的其他批评家缺的就是这样的崇高品格，而反观 20 世纪中国作家和批评家，我们不也正是缺少这样有风骨，这样有血有肉的批评品格吗？否则，我们的文学批评也不至于在整个文学史中那样苍白无力，那样不堪一击，那样无知驯服而难有作为。

伯林在评论屠格涅夫那一章里，特别又将这位英年早逝的批评家和许多俄国当时的作家和批评家相比较，所得出的最后结论是：别林斯基是“正义与真理的寻求者”！无疑，在屠格涅夫生活的那个时代里能够如别林斯基那样从各种思潮突围出来，为自己“人性的人格”而战斗的人也是罕见的，所以伯林说：“他（按指屠格涅夫）那个时代最热烈、最有影响力的声音，就是批评家别林斯基的声音。这个穷困潦倒、肺疾缠身、家世贫寒、教育贫乏但刚正不阿、性格刚毅的人，成为他那个时代的萨伏纳罗拉（Savonarola）[③]——一个提倡理论与实践合一、文学与人生合一的火热道德家。他的批评天才、他对困扰激进新青年的社会与道德问题核心的本能洞识，使他成为那些青年的天然领袖。他的文学论著是一种殚精竭虑、不屈不挠追求人生目的的真理。”承认别林斯基是一个道德批评家似乎也不过分，不要以为在文学界一谈到文学陷入道德层面，就会被“现代性”作家嗤之以鼻是一件羞愧之事，恰恰相反，正因为我们今天的文学离开道德太久太远了，才使得我们的许多作家在商品的文学的漩涡中沉沦！像别林斯基那样去弘扬道德的文学与批评的宗旨吧，这样我们的文学才有希望。

别林斯基去世之前写出了激怒了沙皇的《致果戈理的公开信》，此时正是尼古拉一世加强俄国文学检查制度，施行残酷的镇压政策之际，对行将就木的别林斯基也发出了拘捕令，据新考，可惜别林斯基先于拘捕令而死[④]。拘捕别林斯基的理由就像伯林所描述的那样：“因为信中以格外直率宏辩之辞历驳当局、痛斥教会和社会制度，抨击皇帝及其官员的滥用权力，兼向果戈理问罪，指责他中伤自由与文明之大义，并且诋毁饱受奴役与困顿无助之祖国的性格与需求。这篇辞激气烈的名文，作于一八四七年，手稿辗转流传，远出莫斯科与圣彼得堡境外。陀思妥耶夫斯基获死罪，两年后几遭处决，大致因他在不满分子的一场隐秘集会中宣读了此信。”在中国新文学史上，因作品而罹难的作家有王实味等，因批评而罹难的有胡风等，尤其是在“文革”期间也算是不计其数了，但是，我们还是缺少别林斯基式的大家，因为我们的哲学修养跟不上，我们的文学修养跟不上，我们的道德修养跟不上。

未来的新世纪文学史中，我们的社会能够产生别林斯基式的批评家吗？！

【注释】

①[英]以赛亚·伯林:《俄罗斯思想家》,彭淮栋译,译林出版社 2001 年版。需要说明的是,此书的翻译存在许多语法逻辑不通的错误,笔者在撰写本文时,进行了部分的修订。本文中的引文只要不另注出处,即为伯林之论述。

②伯林在此特别加了一条注释:果戈理在名著《死魂灵》中立志揭露"世人闻所未闻的俄国灵魂富藏",但书未成而亡。他梦想这笔财富,盛赞农奴之美德,但他基本理想是要使农奴永保被欺辱的既有状态,这与沙皇政策殊途同归。《与友人通讯选粹》更进一步,判定农民不应该受教育,认为教士的话比一切书本更有用。

③原文的编者注:Savonarola(1452—1498),为意大利文艺复兴时期反罗马教令的宗教领袖,曾短期统治佛罗伦萨,后被火刑处死。

④原文注:晚近苏联关于这位大批评家生平的故事里,有一则说,他去世之时,当局对他发出拘捕令。杜贝尔特后来确实说可惜别林斯基先死,"我们本来要让他在牢里烂掉。"见 M.K.Lemke:《尼古拉一世(一八二六——一八五五)时代的警察与文学》。

(原载《南方文坛》2013 年第 1 期)

获奖词：

敏锐的现场感和尖锐的问题意识，使霍俊明的诗歌批评融会了学院精神与新锐热情。本文基于地方性等视角切入，对近十年先锋诗歌运动、创作历程和诸多问题进行了准确的观察和辨析，无论从材料还是角度和实际发现，都颇具新意。

“先锋诗歌”的前世今生

——从地方性知识和家族相似性的视角考察

霍俊明

“先锋”是一个时间性的历史概念，在不同的历史区隔中既具有维特根斯坦所说的家族相似性又具有变动性和发展。没有永远的“先锋派”，而也不存在一个没有先锋派的时代。《新韦伯斯特英语国际词典》对“先锋派”一词的界定是“任何领域里富于革新和进步的人，特别是艺术家或作家，他们首先使用非正统或革命性的观念或技巧”。在罗振亚看来先锋诗歌至少应该具备反叛性、实验性和边缘性①。1989 年之后中国的先锋诗歌由于进入有目共睹的“历史转变”期而变得较为弱化。随着社会和文化的双重激荡和转型，诗人的心态、精神境遇、生存状态以及写作姿态不仅发生巨大转捩，而且作为一种潮流和运动的先锋诗歌已经不具备存在的合理性空间与可能——尽管在某些诗人身上仍然程度不同地存在着“先锋”情结和相应的写作实践。或者按照葛兰西的说法这一时期的“有机知识分子”从历史舞台上消失了。这一时期的先锋诗歌由潮流而陷入一种颠踬的低迷状态，或者像程光炜所说的“90 年代诗歌很难再会产生类似 80 年代那种能指性的紧张关系了”。当然这也并非像一些人指认的那样 1989 年以降的先锋诗歌已经完全“沙化”。唐晓渡对此问题的回答比较具有说服力：“这样说恐怕是太笼统、太简单化了，我可不想让‘沙化’成为一个什么都可以往里扔的新‘粪坑’——我的意思是，‘沙化’有其特定的历史语境，而先锋诗从一开始就有自己的问题；说得理论化一点，就是它在自我建构的同时也一直存在自我解构的倾向。”②尽管指认先锋诗歌“沙化”的看法未免有失偏颇，但是连一贯为先锋诗歌鼓吹的唐晓渡也不得不承认 20 世纪 90 年代开始的先锋诗确实带有一定的戏剧性和灾难性的悲剧色彩,“事实上,当代中国向现代社会转型过程所具有的、往往以戏剧化方式呈现出来的复杂性,已经令我无法在原初的意义上使用‘灾难性’一词。这不是说灾难本身也被戏剧化了,而是说人们对灾难的记忆很大程度上浸透了浓厚的戏剧色彩”[③]。由诗人和研究者对20世纪90年代以来先锋诗歌弱化和“沙化”的观感,再推进一步就产生了“断裂”的看法。也就是说很多人认为先锋诗歌作为一种文脉已经在这一时期结束,诗人集体经历了“深刻的中断”(欧阳江河语)和“噬心的时代主题”(陈超语)焦虑症。而其中最重要的原因被指认为是政治事件的压力以及商业时代的冲击造成的乌托邦精神和精英意识的消解。当然这种压力和冲击在少数的先锋诗歌那里得到了反抗的回声,比如王家新《瓦雷金诺叙事曲》和《帕斯捷尔纳克》、欧阳江河的《傍晚穿过广场》、孟浪的《死亡进行曲》、陈超的《风车》和《我看见转世的桃花五种》、周伦佑的《刀锋二十首》等。

在阐释地方性知识和先锋诗歌之间的关系时我不是“环境决定论”者,也非“环境虚无论”者。我更愿意注意诗歌与文化地理“风水”之间复杂而深具意味的关系。海德格尔强调地理学者不会从诗歌里的山谷中去探询河流的源头,而20世纪60年代开始一直到80年代末期仍有一些诗人义无反顾地在诗歌的地方空间中不断探询精神和文化的若隐若现的“南方诗学”和“北方诗学”的源头。

1960年到“文革”,先锋诗歌在政治生活和公共空间极端挤压之后产生反弹甚至反抗,“生不逢时,寂寂无名,还有流浪,为延续诗歌的毫光,在不同方位的大地上,将受缓刑之苦的文化板块撬动,在北京的院落里,在白洋淀寂寞的村庄,在贵阳某基督教堂凋敝的楼上,在四川由门板房衔接的小巷子里,在云南的橡胶树下,在北大荒的原野,在广州修饰的珠江大桥边,在上海黑黢黢的苏州河边……一些敏感的人,一些美学幽灵,开始发动诗歌昆虫的翅膀,好像有个更深、更微观的世界正在敞开,蜜蜂嗡嗡,最先从钢铁的碾轧获得忧伤的韵律。”[④]当诗歌的导火索最终在70年代末80年代初引燃大面积的先锋诗歌热潮的时候,当年的“地下”诗人和“地下”刊物也在随之到来的新的时代语境和文学范式转换中成为时代先锋和文化英雄。而当年他们在中国大地上插队和写诗的流放者身影以及诗歌故事已经成为当代中国不多见的神话和传奇。这些当年离开各个城市到乡村中国经历了短暂的精神淬炼的一代青年此后在中国的新时期却被罩上了一层层的光环。他们曾在流放中以及“归来”之后的私人会客厅、广场、公园和大街上为此付出了不无巨大甚至惨痛的代价,甚至时至今日其中的一些文化精英仍然在异域流放。尽管时过境迁,包括北京在内的中国城市和乡村都发生了如此令人不可思议的改变和动荡,但是当年的这些青年而今已步入老年的“民间”歌手已经在诗歌的殿堂里竖起了一个巨大的音箱。一个诗歌的圣殿曾经沉落,而那些被誉为“持灯的使者”却最终照亮了一个时代夤夜的寒冷和虚无。当然,在他们被“神化”的背后我们也不能不正视时代和文化的吊诡和新的困境。这曾经流放的一代他们的文化世界和精神空间以及诗歌写作是具有差异性和多层次性的。甚至不乏因时代语境的转捩主动或被动充当了被侮辱与被损害者的时代控诉者和反思者形象。尽管其中历史的真相并非像我们今日的文学史所想象的完全是苦难和承受。换言之，重新透过历史的迷雾，我们应该重新认识这些当年的青年人的双重性甚至多层次性——他们既有先锋性、叛逆性，又不可避免沾染上了主流文化和诗学的影响。他们注定是夹缝中并不“纯粹”和“彻底”的一代！尽管他们当中的少数者确实以精神大势甚至牺牲个人的自由和生命为时代镌写了不无悲壮却印记深刻的墓志铭。

20 世纪 60 年代初到“文革”结束这一阶段的地方性是一种极其特殊的存在形态，大一统的极权政治文化正是以排斥地方性、差异性和个人性为前提的。而地方性之所以在先锋诗歌那里得到最先的呈现，这恰恰体现了先锋自身具有的与主流文化和政治规范相对立的疏离意识和反叛精神。而政治高压之下的地方性结构遭到巨大变形，换言之这一时期的地方性被整体性消弭，公共空间甚至私人空间都带有强烈的一体化特征。而 70 年代后期开始的地方性随着社会和文化语境的变化而更多呈现为一种生命意识、本土精神和语言策略。尤其是在北岛等“今天”诗人和以四川为中心的西南先锋诗歌那里，地方性是通过私人空间和公共空间的双重“解放”得以实现的。而“第三代”在整个 80 年代对地方性的强化正是通过诗歌的语言方式和文体解放来实现的，在那些狂躁、奔突、荒诞和嘶叫的文本中我们能够生动地发现诗人们的属地性格和地方癖性。如果以 1978 年为界，我们会发现前后两个阶段的先锋诗歌视域下的地方性表现有一定差异。前一阶段更为强调和偏重的是政治性、革命性、“地下性”和对抗性，而后一阶段则更为注重的是开放性和独立性以及地方性在诗歌文本中的创造意识。而在 80 年代末期徐敬亚就觉察到先锋诗歌的结束正是来自空间所遭受到的巨大挑战，“这一次我回到北方，感到的是遍地充斥的细节！物欲横流，人欲横流，这个世界把人深陷于生存的那种力量真是强大无比。在北方辽阔的土地上空，我嗅不到精密灵魂里应该浮荡出的高贵气息。我曾倾心热爱的北中国的旷达性格萎缩着，人整个儿地就被埋在汗津津的肉里，皮皱里和贪婪的毛孔里”[⑤]。

而值得注意的是就中国当代的先锋诗歌而言，尽管其“非正统”和“革命性”观念、“革新”意识和对题材禁忌、既定秩序的突破在不同的时期和历史区隔中具体的表现是有差异的，但内里仍然具有维特根斯坦所说的“家族相似性”。具体言之就是，尽管六七十年代的先锋诗歌和 80 年代的先锋诗歌都具有强烈的反抗“正统”和“主流”的革命性观念，但是前者多针对的是极权政治和僵化的“社会主义现实主义”的颂歌和战歌机制，而后者针对的则是以“朦胧诗”为代表的诗歌美学和日渐开放而又日益混乱的社会。六七十年代先锋诗歌的地方性更具有强烈的意识形态色彩和启蒙立场以及对抗精神，诗人的“自我”更多还带有代言人的特征。这可以以 60 年代初期郭世英等人的“X”小组为例说明，“一九六三年二月十二日下午五时左右，在北京大学中关园 153 号我家后门的一片苗圃中，X 社成立。这个日期公安部没有搞错。我、孙经武、郭世英和叶蓉青四人姓名都对。但我们为共同发起人，而不是我和孙经武是组织者，郭和叶是被发展对象。当时我们商定的不过是办一个名为‘X’的杂志，发表我们读书的体会和文学创作。大家用活页纸写好文章后集中在我处装订成册而已。孙经武虽然想过正式印刷出版，但也只是说说而已，并没有实践。因而说X社是一个集团,实在没有道理”,“‘X’杂志从2月12日成立到5月18日被捕共出了3期。上面发表的是我们的纯文艺的创作,主要是诗,是我们对当时流行的党文艺的不满,想闯出一条真正的文学创作的路来。在公安局抓我们之前,我们烧了许多其他材料,但这3期刊物决定留下了。因为我们认为这是纯文艺的东西。我们这么做无非是不想虚度青春年华,做一些有益的事”[⑥]。而正是因为六七十年代的先锋诗歌所带有的对抗和“异端”的色彩,这些诗人的命运大多都是悲剧性的,比如张郎郎、张鹤慈、郭世英、张久兴、甘露林、牟敦白、徐浩渊、陶洛诵、赵京兴、黄翔等不是被关进监狱就是非正常死亡。正如张郎郎后来所说的任何和“太阳纵队”沾边的人都被批斗、关押、审查,“只要和我们接触过较多的亲戚、同学、朋友,几乎无一幸免”[⑦]。四川的几个先锋诗人廖亦武、万夏和李亚伟等人被捕入狱似乎也是来自政治环境的高压。而“文革”结束之后随着时代政治和文学语境的变化,先锋诗歌和地方性也随之发生变化。换言之,70年代后期以来的先锋诗歌尽管有北岛等“今天”诗人仍然明显的政治文化色彩和反抗精神,但是到了80年代的“第三代”时期的先锋诗歌则更为强调的是真正意义上的个体与语言、形式和历史之间的多样化关系——既有冲突也有对话和融合。当然因为80年代先锋诗歌不可避免的运动性特征也导致了自身“个体”精神和诗歌话语的巨大差异。六七十年代的先锋诗歌显然更带有“地下革命”的政治文化色彩,而80年代的先锋诗歌更多是对个体意识和独立姿态的强调。这也是为什么年轻一代诗人不断挑战北岛等“今天”诗人的一个重要动因。就先锋诗歌与地方性的关系而言,六七十年体现为公共空间和私人空间相交互的特征,尤其是在公共空间里先锋诗歌和地方性都沾染上不无强烈的公众意识和泛政治化情结。尽管这些带有先锋特征的诗人反拨了以往的高压政治,但是他们的宿命在于写作和活动都挣脱不开政治时代的强大影响。

目前的批评界所指称的“先锋诗歌”大体将时间限定在“朦胧诗”以及80年代以来的“第三代”诗歌运动[⑧]。这种惯性的先锋诗歌“知识”不仅来自那些诗歌研究者,而且还在于80年代先锋诗人们自己的观念,“之所以把八十年代诗歌的主导潮流命名为先锋诗歌,乃是基于‘先锋’这个概念包含着一定的过渡性、运动性,以及破坏与探索、实验与创新等因素,它是产生世界性、经典性的伟大诗歌作品的必要前提和条件”[⑨],“残忍点说,这批所谓现代诗人也不是真格的现代派。即使是北岛也不过娴熟地运用了一些现代派的语言技巧和表现手法,骨子里仍是人性、正义、真理、爱等现实主义的母题”[⑩]。当时在很多“第三代”诗人看来先锋几乎等同于“现代派”,所以在他们看来北岛们的“现实主义”就落伍了。但是当我们将视野放在北岛那一代诗人所处的六七十年代主流诗歌的背景之下考量,尽管他们的诗歌还不是完备意义上的“现代主义”,但是足以可称为先锋诗歌了。这从多多那首带有强烈的现代主义甚至存在主义色彩的长诗《三月月末日》瞠目结舌的反应就能够体现出来。更为不同的还在于北岛一代人的先锋色彩体现为对体制的对抗色彩和意识形态性。

而笔者之所以将“先锋诗歌”的时间推移到60年代(有研究者将这一时期的诗歌称

为“准先锋诗歌”,这是多么暧昧的一个提法),不仅在于这一时期的先锋诗歌与 80 年代先锋诗歌存在着明显的历史谱系性,而且就其与当时主流文化和正统观念的反叛和对立精神、边缘(“地下”)位置以及文体实验和维护语言的差异性而言,先锋诗歌确实是从 60 年代就开始了——而不是迟至 80 年代“第三代”才出现的。甚至在一些研究者看来,夹杂着浪漫主义和现代主义特征的新月诗派、象征诗派、“现代”诗派、九叶诗派以及五六十年代台湾的现代诗都可“堪称各自时代诗歌阵营中的先遣队,只是那时从来没有人用‘先锋诗歌’的字样为后一流脉命名”[11]。这也是为什么 90 年代以来的先锋诗歌研究中设置“前朦胧诗”“朦胧诗”“后朦胧诗”概念和以“现代主义”“先锋精神”为历史叙述线索的动因。在关于“朦胧诗”的重要选本中(比如唐晓渡《在黎明的铜镜中》以及洪子诚和程光炜编选的《朦胧诗新编》)之所以除了经典性的五位诗人北岛、顾城、江河、杨炼和舒婷之外,还要涵括白洋淀诗群、食指以及贵州的黄翔和哑默等人,正是出于先锋诗歌的历史谱系性考虑。越来越多的研究者已经注意到并且把 60 年代开始的“地下诗歌”(“潜在写作”)与朦胧诗潮作为同一历史谱系予以观照和历史性考察。与此同时,60 年代开始的先锋诗歌与 80 年代的先锋诗歌二者之间不是硬性隔开彼此独立的,而是有着极其复杂的历史性关联。六七十年代以张郎郎、郭世英、食指、白洋淀诗群、贵州诗人群以及“今天”为代表的先锋诗人深深影响到了 80 年代的先锋诗歌运动。这种影响则体现为两极化的方式,或者说正体现了一种影响的焦虑。在 80 年代先锋诗歌运动中王家新等当事人就将其分为两个版块,“后朦胧诗”(“和谐型”)和“口语诗”(“反和谐型”)。前者以欧阳江河、柏桦、张枣、钟鸣、西川、海子、骆一禾、王家新、陈东东、圆明园诗派等为代表,后者则以“莽汉”“非非”和“他们”等为代表。显然“后朦胧诗”与“朦胧诗”“今天”之间具有更贴近和一致性的血缘关系,而“口语诗”则对“朦胧诗”体现为不满与反拨。而即使是这种不满与反拨也实际上体现了与“朦胧诗”的亲缘关系,比如朦胧诗强调的“表现自我”,第三代诗人的“生命诗学”和“回到个人”,90 年代先锋诗的“个人写作”以及 2000 年开始更为激进的“下半身写作”。在当时显得过于极端的沈浩波等先锋诗人那里除了“下半身”其他一切都是可疑的并且与艺术和先锋无关,“知识、文化、传统、诗意、抒情、哲理、思考、承担、使命、大师、经典、余味深长、回味无穷……这些属于上半身的词汇与艺术无关,这些文人词典里的东西与具备当下性的先锋诗歌无关”[12]。正如研究者所认为的那样“后朦胧诗就比朦胧诗更集中注意力于自我,更深地走向内心深处,开掘无意识这块内心矿藏”[13]。而在一些研究者看来,80 年代的“回到个人”和 90 年代的“个人写作”体现了先锋诗歌从“青春期写作”到成熟期写作的过渡性特征。尽管于坚和韩东等人批评朦胧诗的“自我”和“寻根”“历史感”是在诗歌之外寻找抽象的哲学、宗教和文化感、永恒感[14],但是这些 80 年代的先锋派们却犯了一个严重的毛病——脱离历史语境。对于 60 年代开始延续到 70 年后期这一特殊历史时期的先锋诗歌和文化观念而言,对于这些正处于过渡阶段的北岛等人而言,他们只能在当时的历史秩序中对诗歌和思想进行尽可能的建设,而不可能像后来的先锋诗人那样在社会开放和西方诗学全面爆炸的年代里近乎无所顾忌的“先锋”和反叛。一定程度上,北岛等人面对的还是政治,尽管他们没有将诗歌作为工具而是尽可能地进行了探索和实验。铁板一块的政治禁锢断裂之后先锋诗人们面对的则是瞬间被打开的无数多的思想和文化的窗户,而个体的可能性、诗歌语言的觉醒和花样翻新而又极其驳杂的文化观念与美学趣味都只能发生在80年代。就文化观念和语言方式而言,李亚伟和宋渠、宋炜兄弟又是如此迥异。所以,韩东高呼诗歌回到"肉体"和"诗到语言为止"只能发生在"第三代"这代人身上。80年代的西川有过这样一个极具先锋意味和行为艺术的举动。一次王家新在夜里找西川谈诗,一进门西川就拉灭了电灯而点起蜡烛,还感叹道"电灯算什么,蜡烛陪伴了人类几千年"。西川这样反对工具理性和维护"传统"的先锋行为在80年代具有普遍性。而"第三代"几乎都带有高校的背景,这个特殊的空间对于先锋诗歌的文化吸收显然有着重要推动作用。而从诗人身份上而言,北岛、黄翔、芒克等人都是"工人"。"今天"诗人和"第三代"诗人所面对的文化环境是如此的不同。1986年9月,《诗刊》社举办的第六届青春诗会在太原召开。会议期间于坚和韩东二人之间展开了一次对话,谈话中被更多谈论的就是北岛和"朦胧诗"。对话开头于坚的第一句就是"在成都有人问我,是不是要和北岛对着干。我说,我不是搞政治的"[15]。之所以"第三代"要反叛甚至"强奸"(杨黎语)"朦胧诗",其中一个重要的原因是北岛等人要表现的"自我"被指责为实际上对英雄主义和人道主义的恢复。换言之,"第三代"所要反对的就是北岛等人重新塑造"英雄"和"权威"的心理,"阳光下,那摇摇晃晃的纪念碑又重新开始稳定了。中世纪骑士的风衣,穿在了八十年代中国青年诗人的身上。表现自我伟大的人格,表现弥漫血腥的早晨那个挺拔的英雄,以人道主义和英雄主义的结合,构成了朦胧诗强大的背景。在悲愤的旗帜下,遍地种上了理想的鲜花。那个时代,似乎每一个人都从噩梦中醒来;清理着自身的忧伤,倾诉着过往的怨曲,渴求着重温旧梦。旧,旧到了极点。"[16]而"第三代"一部分诗人所要做的就是不仅要"否定英雄"还要"否定自我",就像李亚伟所说"用悲愤消灭悲愤,用厮混超脱厮混"。也正如胡冬所说:这是一群制造思想和诗歌炸弹的造反派!到了后来李亚伟等先锋诗人才终于意识到当年他们极力反对的同为"莽汉"诗人的二毛所说的"流派是陷阱,主义是圈套"[17]是有道理的。1986年冬天在喧嚣的"第三代"诗歌运动终于浓烟散尽之后,李亚伟发出如此的慨叹——"越是新奇有冲击力的东西,到头来越是容易成为圈套"。而这种后起诗人的否定心理和反叛意识与朦胧诗人否定极权政治的反叛心理本质上是一致的,只是不同历史语境下反叛的对象和重心具有差异——朦胧诗人希望在广场上扮演精英、英雄和启蒙主义者的角色,而"第三代"(一部分)就是要把人的非理性的青春期冲动和反传统的狂暴的一面塑造成新时代的标杆。作为先锋诗歌的历史谱系,"朦胧诗"和"第三代"之间存在着既对抗又对称的关系(这在"第三代"的"和谐派"和"反和谐派"那里有直接的对应),无论是从家族相似性还是从时代语境来说,二者之间既有融合也有差异。张枣当年的一首诗更能说明二者之间的这种特殊的历史性关联:"报警的铃儿置在你不再爆炸的手边/像把一只夜莺装到某条黑洞洞的枝柯/你和你的药片等着这个世界的消歇//用了一辈子的良心,用旧了雨水和车轮/用旧了真理愤怒的礼品和金发碧眼/把什么都用了一遍，除了你的自身//当你模糊的呼吸还砌着海市蜃楼/我感到你在隔壁，被另一个地球偷运/有一只手正熄灭一朵苍蝇，把它弹下圆桌和宇宙//可人家还要来恫吓你，用地狱和上帝/每礼拜叫你号啕一场，可是哭些什么呢？/透过残泪你看出一枝枝点燃了的蜡烛/好比黑白分明的棋局里过了河的卒子/或者是天翻地覆，我们已经第二次过河吧/重复一遍你的老妹妹，还要我，一个/醉心于玫瑰柔和之旋律的东方青年//黑发清癯，我们或者真是第二次相遇/在一个我越拉你，你越倾斜的边缘/请记住我：我和夜莺还会再次相遇。"（《朦胧时代的老人》）

80 年代的先锋诗歌一个明显的不足除了运动心理以及"地方主义"作祟外，另一个缺陷就是诗人普遍具有的身份装饰色彩。换言之，这些诗人把自己扮演成了痞子、市民、流氓、俗人、无赖、泼皮、莽汉、造反者和"复古主义者"，而这种身份扮演和话语类型无疑在具有一定的先锋反叛精神的同时也导致了表演性和自我消解。而无论是延续还是反拨"朦胧诗"的 80 年代先锋诗歌都体现了与六七十年代先锋诗歌之间不可分割的关系。而就六七十年代和 80 年代两个时期的先锋诗歌而言，他们在与主流和正统文学的关系上本质上是一致的，他们的反叛意识、创新精神、诗歌的"现代性"以及民刊策略和文体实验上是同构的。尤其要强调的是北岛、芒克等人创办的民刊《今天》以及黄翔、哑默等人的《启蒙》对 80 年代以校园为主体的诗歌民刊的巨大影响。80 年代的诗歌民刊不断强调着边缘性和先锋性，这与《今天》真正意义上的与官方刊物相对立的"地下"性质是一致的，"尽管非官方诗歌刊物的发行量有限，它们的重要性是不容低估的。从 70 年代末《今天》的创刊到 90 年代末的今天，非官方诗歌一直是当代中国文学实验和创新的拓荒者"[18]。而到了 90 年代的先锋诗歌强调的已经不是当年的"地下"，而是转换为"民间"，"与居主流地位以成功为目标的诗人的写作相比，民间写作的活力与成就都是更胜一筹的，它构成了九十年代诗歌写作真正的制高点和意义所在"[19]。从 60 年代开始延续到 90 年代的先锋诗歌一直就是主流和非主流、官方与地下（民间）、中心与边缘、体制与个人之间的龃龉和博弈。先锋诗歌在不同历史区隔和意识背景中的表现在于重心和程度的差异，有时更偏重于诗歌的思想主题、社会批判、历史控诉以及诗人与政治文化的关系，有时则更强调诗歌的语言、语感、形式以及观念的更新。同时更值得注意也是被普遍忽视的就是以北岛为代表的"今天"诗人以及当年的多多等白洋淀诗人在 80 年代乃至 90 年代仍然保持了诗歌的先锋精神。当一部分 80 年代的先锋诗人以反拨北岛等"朦胧诗"为大旗并自以为取得战果的时候，他们却忽视了 1984 年之后北岛等朦胧诗人自身的分化和转向，而这种分化和转向与所谓"第三代"先锋诗的精神是具有同构性的。比如北岛由以往对政治和意识形态的强烈批判转向对人生存问题的关注，多多的存在主义性质对人和时间的双重追问，芒克的口语和反讽对现实的重新介入，等等。一般的当代新诗史在叙述"朦胧诗"和"第三代"诗时更多是强调二者之间的断裂关系，即更多是从外部即"第三代"诗人的写作中去寻找言之凿凿的证词。而姑且不论朦胧诗与后此的新诗写作潮流是否就是这样简单的二元对立的关系，实际上这种写作的差异性和诗学传统的转换从朦胧诗人内部即已开始。

这当然不排除那些在70年代末和80年代初的一些有别于朦胧诗人写作的诗学变革的先声,而梁小斌正是从"朦胧诗"内部走出并对"第三代"诗歌写作有着相当影响的诗人。1986年第9期的《星星》发表的梁小斌的《断裂》就是这一转换的标志,同期刊发了评论家吴思敬的文章《痛苦使人超越——读梁小斌的〈断裂〉》。文章谈到诗人梁小斌自己已不满意自己过去的《雪白的墙》和《中国,我的钥匙丢了》等诗作,也不满于江河、杨炼等诗友的"神话"和"史诗"追求,指出必须怀疑美化自我的朦胧诗的存在价值与道德价值,自己所要写的诗是"生活流"色彩的诗。而这不正是"第三代"诗人津津乐道的不同于"朦胧诗"的美学趣味吗?而梁小斌在1985年写的《重新羞涩》和在1986年写的《洁癖》可以看作这类文本的尝试和代表。

而当历史转入90年代之后,随着政治经济文化的剧烈震荡和转捩,不仅轰轰烈烈的先锋诗歌作为运动已经结束,而且先锋诗歌所体现的激进和反叛精神也在大大削弱——"真正的先锋一如既往。当青年理论家吴亮在四年前说出这句豪迈的话时,我青春的心颇为感动。不过,我现在才感到,那时真正的考验还没有来得及全面发生。欲望和市场图腾这阴冷诱人又'体面'的食肉兽也还没有发出扑面的鼻息。"[20]无论是精神的个体乌托邦还是诗歌的理想主义与超越、创新精神都几乎消失殆尽——诗歌与时代的摩擦系数空前降低。尽管当年的先锋诗人仍在零落地写作,更为年轻的诗人们也自诩为先锋派,但是从整体性的层面而言90年代以来的先锋诗歌迎来了波澜不惊的阶段。而整体性上先锋诗歌和先锋精神的弱化(其他的小说和戏剧也是如此)又与媒体和审美的极其多元化、世俗化、庸俗化有关。多元共生的文化景观显然一定程度上会削弱先锋性,而历史上的先锋性恰恰大多时候是在文化一体化和专制化的时代(包括由专制向自由时代的过渡阶段)出现的。众多年轻一代自称"屌丝",而冯小刚则认为他们是在自取其辱又自以为荣,这恰恰体现了"先锋"残余与阶层分化的社会伦理之间的不对接状态。著名的先锋诗歌批评家陈超曾从想象力的方式、意识背景和语言方式上区分了先锋诗歌在不同历史阶段的差异,比如朦胧诗的"隐喻—象征,社会批判"想象力模式,新生代(一般意义上的"第三代")诗歌中以"生命经验—口语"和"灵魂超越—隐喻"为代表的两种差异性想象力模式,90年代出现的知识分子写作的"历史想象力—异质混成"想象力模式,而90年代末到新世纪以来先锋诗歌则进入了"用具体超越具体"的"日常经验—口语小型叙述"的想象力模式。

在2012年冬天上海的冷雨中,梁晓明送给我一本他的诗集。在扉页上他给我写下这样一句话——"我离革命已越来越远"[21]。

2013年5月于北京青年沟路

【注释】

①罗振亚:《朦胧诗后先锋诗歌研究》,2页,中国社会科学出版社2005年版。

②唐晓渡:《与沉默对刺》,221页,北京大学出版社2012年版。

③唐晓渡:《90年代先锋诗的几个问题》,见《中国诗歌九十年代备忘录》,330页,人民文学出版

社 2000 年版。

④钟鸣:《旁观者》(第 2 卷),650 页,海南出版社 1998 年版。

⑤徐敬亚:《我对中国现代诗荣誉评选的建议》,载《作家》1989 年第 7 期。

⑥宋永毅:《访"X"社张鹤慈》,http://cbwangol.blogchina.com/转载。

⑦张郎郎:《太阳纵队的死者与生者》,见金钟主编:《共产中国五十年》,90 页,香港冲天有限公司开放杂志社 1999 年版。

⑧参见徐敬亚的《崛起的诗群》《圭臬之死》以及陈超、唐晓渡、朱大可、陈仲义、程光炜的相关文论。

⑨巴铁、廖亦武、李亚伟、苟明军:《先锋诗歌四人谈》,载《作家》1989 年第 7 期。

⑩朱凌波:《第三代诗概观——献给亲爱的朋友们》,载《关东文学》1987 年第 6 期。

⑪罗振亚:《朦胧诗后先锋诗歌研究》,3 页,中国社会科学出版社 2005 年版。

⑫沈浩波:《下半身写作及反对上半身》,载民刊《下半身》第 1 期。

⑬蓝棣之、李复威:《八十年代文学新潮丛书总序》,见唐晓渡编选:《灯芯绒幸福的舞蹈——后朦胧诗选萃》,4 页,北京师范大学出版社 1992 年版。

⑭⑮于坚、韩东:《在太原的谈话》,载《作家》1988 年第 4 期。

⑯杨黎:《穿越地狱的列车——论第三代人诗歌运动(1980—1985)》,载《作家》1989 年第 7 期。

⑰李亚伟:《莽汉手段——莽汉诗歌回顾》,载《关东文学》1987 年第 6 期。

⑱奚密:《从边缘出发》,206 页,广东人民出版社 2000 年版。

⑲韩东:《论民间》,载《芙蓉》2000 年第 1 期。

⑳陈超:《变血为墨迹的阵痛——先锋诗歌意识背景描述或展望》,见《生命诗学论稿》,185 页,河北教育出版社 1994 年版。

㉑陈超:《中国先锋诗歌论》,人民文学出版社 2007 年版。

(原载《南方文坛》2013 年第 5 期)

获奖词：

论文秉持作者一贯的以学问带文学、又以文学带学问的细读方式，重现了沈从文“50年代的世界”。论述细致平和，组织严密，节点掌握极好。同时，浓郁的“历史凭吊”气息，形成了作者治学的风格和文章风骨。

“老去”的文学，“不算是学问”的学问

——沈从文在1957—1959年

张新颖

一、“我和我的读者，都共同将近老去了”

1956年提出并逐步实施的“百花齐放，百家争鸣”方针所形成的“早春天气”，一直延续到1957年。2月27日，毛泽东在最高国务会议上作《如何处理人民内部的矛盾》的讲话，以温和的口吻宣告大规模的阶级斗争已经结束，肯定了王蒙等人干预生活的作品①。沈从文列席了这次会议，并做了详细笔记。

在文艺政策“调整”的形势下，动员老作家重新拿起笔来写作，成了文艺工作的一个特别重要方面。譬如，1957年7月大型杂志《收获》创刊，《发刊词》十分突出地强调：“《收获》应该团结更多的作家，尤其是老作家们。他们在文学的大道上辛勤地工作了几十年”，接着列举了老作家的种种“优势”，然后说到现在，“他们有多少心底涌出的话语要说呵，他们有多少欢乐的感情要写在纸上呵！老作家们的个人的收获，将成为《收获》的最丰盛的果实和粮食。”创刊号发表了老舍的《茶馆》、艾芜的《百炼成钢》、柯灵的《不夜城》以及冰心的诗、沙汀的短篇、巴金谈《家》的文章、严文井的童话，等等②。

《收获》的创刊及其编辑方针，是反映时代氛围的一个例子。在这样的氛围下，我们就不难理解会发生这样的事：周扬对《人民文学》主编严文井说：“你们要去看看沈从文，沈从文如出来，会惊动海内外。这是你们组稿的一个胜利！”③不久，7、8月号的《人民文学》就发表了沈从文的散文《跑龙套》和《一点回忆、一点感想》。

中国作协要沈从文提交创作计划,3 月他起草了一份,但就是在写这份计划时,他的心思也不全在文学写作,反倒更偏重文物研究。他说"大致有两个中篇的初步准备",一以安徽为背景,一以四川内江糖房生产为背景;"又还想试再写些短篇游记特写"。接着笔锋一转,"如照目下生活方式,大部分脑子中转的,只是一堆待进行未能好好进行的研究工作,和越来越多的一些坛坛罐罐,绸子缎子,花花朵朵问题,及将来如何转用到新的生产上问题。用头脑方法不是写小说的,即拿起笔来,也难望写得出什么像样东西"。最后,他谈的还是文物研究,对工作条件之差难掩其火:"我在历博办公处连一个固定桌位也没有了,书也没法使用,应当在手边的资料通不能在手边,不让有用生命和重要材料好好结合起来,这方面浪费才真大!却没有一个人明白这是浪费,正如没有人明白这部门工作落后,对于其他部门工作影响一样,好急人!谈到这里我脑子不免有些乱起来,因为正像一辆破车子在烂泥中挣扎前行,许多工作好难推进!如善于使用人力物力,这边研究工作会作得更具体些,抽出部分时间来写作也就方便得多;这辆车子也许还可走好远的路,如总这么下去,恐怕什么都作不好,定的任何好计划也必然落空!"④

8 月,各方协调后安排沈从文去青岛休养和写作。1931—1933 年,沈从文在青岛大学(1932 年改名山东大学)教书,这座海边城市给他留下了深切的记忆和感情,那两年也是他生活得相对愉快和从容的时期。二十多年后再来这里,没有工作任务,他一下子体会到了久违的自由感:"似乎生命全部属于自己所有,再也不必为上班或别的什么老像欠债一般,还来还去又总不会完,——这里却真作到了自己充分支配自己。"他早晨五点即起床写作,"简直下笔如有神,头脑似乎又恢复了写《月下小景》时代,情形和近几年全不相同了"⑤。休养不足一个月,他就写出了三四篇文章,其中有一篇后来未发表的长文《边远地区少数民族文化与中原文化之关系》。

不过,他刚去没几天就完成的一个短篇,却被张兆和泼了冷水:"拜读了你的小说。这文章我的意思暂时不拿出去。虽然说,文艺作品不一定每文必写重大题材,但专以反对玩扑克为主题写小说,实未免小题大做;何况扑克是不是危害性大到非反不可,尚待研究。即或不是在明辨大是大非运动中,发表这个作品,我觉得也还是要考虑考虑。"⑥

"明辨大是大非运动"——全国范围内的"反右",到 8 月已经如火如荼。春天开始的"大鸣大放"还在兴头上,正风风火火地进行,形势却出乎意料地直转急下。5 月 15 日,毛泽东撰文《事情正在起变化》;6 月 8 日,中共中央发出毛泽东起草的《组织力量反击右派分子的猖狂进攻》的党内指示,《人民日报》发表社论《这是为什么?》,就此正式拉开了大规模"反右"运动的序幕。

沈从文因为在"早春天气"里拒绝了有关"鸣放"的约稿和采访,幸免此劫,但许多熟人和朋友就没有这么幸运了。从报纸上,从张兆和的信里,他不断得知谁又被揪出来了的信息:彭子冈被点了,陈梦家见了报,程应镠已逐渐交代,丁(玲)陈(企霞)问题有详细报道,批评萧乾右派言论的大会开了……在这样的氛围中,凡事谨慎就成了自然的反应,即便海边的清静让沈从文明显地感觉到体力和脑力的恢复,他又能写什么,又能怎么写呢?

内心里,他恐怕不得不承认张兆和的批评有道理,他试写的作品其实是失败的。他跟大哥信里说:“可惜的还是写短篇的能力,一失去,想找回来,不容易……人难成而易毁……”说起这点他当然会有伤感,特别是想到早年的抱负的时候:“三十年前用笔时,只想把纪录突过契诃夫。”好在他另有安心的事业:“现在又变成了半瓶醋的文物专家。而且有欲罢不能情形。聊以解嘲,也可用古人说‘失之东隅,收之桑榆’自慰。若又因此出毛病,那就真是天知道是怎么办才好了。”⑦

沈从文写信嘱咐妻子把仅有的几百元存款捐给凤凰办中学,“将来如有钱,还是得学你爸爸……许多对人民有益的事,要从看不见处去作,才真是尽心……”⑧张兆和的父亲张冀牖20年代独资兴办了苏州乐益女中,沈从文可是把自己装牙齿的钱也捐了。离开青岛前几天,沈从文去萧涤非家里吃了顿晚饭,两人是青岛大学和西南联大的同事;又一起去看望了赵太侔,青岛大学时期的旧识。

回到北京后,沈从文马上投入到故宫保和殿9月举办的中国古代织绣展览的工作中。10月,北京十三陵的定陵地下玄宫大门打开,沈从文应邀前往发掘现场,考察刚刚清理出来的服饰、丝织物等。

1957年沈从文发表的与历史文物、民族艺术相关的文章不少,有《故宫的建筑》(《人民画报》第一期)、《从一本书谈谈民族艺术》(《旅行家》第五期)、《人民时代人民艺术的成就——庆贺全国工艺美术艺人代表大会》(《光明日报》7月27日)、《古代镜子的艺术特征》(《文物参考资料》第八期)、《湘西苗族的艺术》(《民族团结》试刊号)、《埋藏了两千三百年》(《人民画报》第十二期)等,当然他写的不止这些,还有几篇未能发表的手稿。尤其让他欣慰的是,12月,中国古典艺术出版社出版了《中国丝绸图案》,署名沈从文、王家树编。这是他文物研究的第一本专书,在自存样书扉页上,他题写了几句话:“此书重要处,即大部分均系唯一图样,且多据残本复原,家树同志贡献特别多。”⑨

这一年他还有另一本书出版,引发的感受则复杂得多。还是在“早春天气”里,人民文学出版社准备出版沈从文的小说选,1957年1月他就着手搜集自己的旧作进行编选,但同时心里很清楚:“这个选集即或印出来,大致也不会有多少读者,只不过是供一小部分教书的作参考材料,同时让国外各方面明白中国并不忽视‘五四作家’,还有机会把作品重印而已。”清醒到这样的程度,自然就不会欢欣鼓舞;而想到当年写作时曾经怀有的巨大野心——“拿作品到世界上去和世界第一流短篇作家或文学史上第一等短篇作品竞赛成就”——便不能不倍增伤感:“过去看契诃夫小说时,好像一部分是自己写的。……现在来看看自己过去的写作,倒像是看别人的作品,或另一世纪的作品,也可说是‘古典’的作品了。不仅不像是自己写的,也不像是自己能够写成的。……近来北京正在上演巴金、曹禺、老舍等人的戏,很热闹,因为这些人的名字都为读者极熟习。我完全如一个在戏院外的观众,只遥遥的听着戏院中的欢笑喝彩声音,觉得也满有意思。这一切都像和我已隔得远远的,正如同大学校和我隔得远远的一样。”⑩

10月,《沈从文小说选集》印出来了,收旧作二十二篇,约三十万字。这是他1949年后第一次出版旧作,他告诉大哥这个消息,不但没有显出多么高兴,还吐了口在心里压抑了很久的不平之气:“解放后,有些人写近代文学史,我的大堆作品他看也不看,就用三五百字贬得我一文不值,听说还译成俄文,现在这个人已死了,这本文学史却在市面流行,中学教员既无从读我的书,谈五四以来成就,多根据那些论断,因此我这本小书的出版,是否能卖出多少,也只有天知道! 这也真就是奇怪的事,一个人不断努力三十年工作,却会让人用三五百字骂倒,而且许多人也就相信以为真。令人感到毁誉的可怕,好像凡事无是非可言。看到那些不公的批评,除灰心以外还感到一种悲悯心情,想要向他们说:‘你们是在作什么聪明事? 你那种诽谤,对国家上算? 你不觉得你那个批评近于说谎?’”⑪

这样的激愤,自然不会写进书的“题记”,他在“题记”里只是说,“我和我的读者,都共同将近老去了……”这句话夹在长长的文字中间,像没人会在意的一声低微的叹息⑫。

二、长子被划成“右派”,“心中十分难过”

“反右”沈从文没有摊上事,他大儿子沈龙朱却意外地摊上了。沈龙朱在北京工业学院读到了四年级,已经入了党,担任班团支部书记,“反右”刚开始时还是领导小组成员,但到暑假运动迅速发展到党内“反右”的时候,他就成了被批判的对象,1958 年初正式定为“右派”,开除党籍、团籍、学籍,转到校办工厂当钳工。这一年他才二十四岁,等到 1979 年彻底摘掉“右派”帽子,已经四十五岁了。

沈龙朱早就认为自己做到了在思想上和父亲划清界限,即使被打成“右派”,还觉得“我是党内反右的,不是外头反右,不能随便和你们说”。实在熬不住了,才在信里向父母透露自己的遭遇。有一个星期六,沈从文为苦闷却又不肯跟父母交流的儿子安排了一个特殊的会面,他邀请了刘祖春到家里来。刘祖春是凤凰人,1934 年到北京,在北京大学读书期间是沈从文家里的常客,受沈从文帮助和影响写过一些湘西题材的小说;抗战爆发后到山西、延安投身革命;1949 年任中南局宣传部常务副部长;后来调任北京市委宣传部部长,来沈从文家的时候他下放到昌平,代职县长。“父亲把刘祖春邀了来,把我弄回家。给我们创造一个机会,让我跟他吐出来,你懂吗? 我觉得这是个党的干部,应该是能够倾心说话的,而且刘祖春又是那么多年前就跟我父亲有交往。于是,我就真是把什么东西都抖出来了,一下子很多东西都放开了。”“我觉得父亲为了我,精心策划了这一招。那对我帮助真是非常大。”⑬表面上,沈从文对儿子却什么都没有说。

在《“反右运动”后的思想检查》里,沈从文写道:“许多熟人都成了右派,我思想中不免有种错觉,只担心以为我也属于右派。又家中大孩子,本来人极老实,入团多年,且已入党,在学校忽被划成右派,心中十分难过。”碰上大小运动,要求写思想检查,这已经成了惯例,沈从文写过不少这一类的东西,总是备受折磨痛苦。这一次,他以这样的话结束检查:“让我工作,头脑还担负得下。写思想检查,实在担负沉重,不知如何是好。”⑭

但检查还是会写下去。1958 年“红与专”学习期间,他又得写自我批评,还得从自己的历史谈到现实,谈到运动中的表现:“九年来,在各种运动中,我虽参加,多似乎被‘推’

着前进,而缺少自觉的'力争上游'。……越来越怕事,无能。"不但没有"做一个新国家主人翁"的态度,反而"表现出一种精神分裂退化的现象。未老先衰,而微带白痴的呆相,常反映到许多方面"。"本身已是一种'古董',人在历史博物馆中工作,求在工作中不见出'厚古薄今'的倾向,那能办得到! 那能避免!"⑮

1958 年 6 月,沈从文参加中国文联组织的第三次去十三陵水库工地访问,随后被安排到市郊八大处长安寺,写出纪实散文《管木料场的几个青年》,编入作家出版社《建设十三陵水库的人们》第二集,7 月出版。这样的文章,写得怎么样,沈从文岂能没有自知? 他跟妻子说:这种写作方法,"得先考虑写的是否真,再考虑读者,自己兴趣、文字,放在第四五以后,写出来不可免会见得板板的,或者简直就写不下去。……读者和编者要求支配作者向浅处写,一时还不能习惯。"⑯

8 月下旬,沈从文带着一批故宫和历史博物馆收藏的明清丝绸、刺绣,到杭州、苏州、南京做巡回展览,目的是贴近丝绸、织绣生产基地,为生产第一线提供古为今用的参考资料,以促进产品花色纹样的改进和提高。巡展历时三个月。回到北京后,又立即投入到故宫准备在武汉举办的文物展览做陈列设计、撰写说明的工作中。

这一年沈从文在中央工艺美院主办、9 月份创刊的《装饰》杂志上发表了两篇论文,《龙凤图案的应用和发展》(创刊号)、《鱼的艺术和它在人民生活中的应用与发展》(第二期),并担任该杂志的编委。还有一篇《谈染缬》发表在《文物参考资料》第九期。中国古典艺术出版社 11 月出版了他又一本文物专著《唐宋铜镜》。

沈从文晚年曾经讲起过 1958 年发生的一件事:"为庆祝'反右'斗争胜利,周扬在西长安街邮局对面一个饭馆里,设宴招待文艺界人士,有三十多人参加,我也去了。席间,周扬当场宣布:'老舍工作很忙,准备让他多做一点全国文联的工作。北京文联主席,想请沈从文担任。'我一听急了,立即站起来说:'这不行。我还是做我的文物工作,我是个上不得台盘的人……'"⑰

三、"不算是学问"的学问,"生命力还充沛的一种象征"

"上不得台盘",不合时宜,不懂政治而且对政治真没有兴趣,沈从文当然有这种自知之明。不过,有时候犯起"天真"来,也会让人惊讶。1959 年 1 月 3 日,苏联成功发射"月球一号"探测器,《人民日报》第二天发布特大新闻称"开创星际飞行伟大新纪元"。沈从文给大哥写信说:"全北京都为苏联卫星上天兴奋。(我觉得真是只有请求入党,来纪念这件大事,才足以表示对社会主义阵营理想全面的拥护和成功深深信心!)"⑱如何来理解他"入党"的念头呢? 黄永玉描述的情形既真切有趣,也分明地显示出,实在不必从政治上来过于复杂地理解这个"貌似"政治的想法:

> 有时他也流露出孩子般天真的激动。五十年代苏联第一颗卫星上天,当日的报纸令大家十分高兴。
>
> 我恰好在他家吃饭,一桌三个人:我、表叔和一位老干部同乡大叔。

这位大叔心如烈火而貌如止水；话不多，且无甚表情。他是多年来极少数的表叔知己之一。我十分欣赏他的静默的风度。

“啊呀！真了不起呀！那么大的一个东西搞上了天……嗯，嗯，说老实话，为这喜事，我都想入个党作个纪念。”

“党”是可以一“个”一“个”的“入”的；且还是心里高兴的一种“纪念品”！

我睁大了眼睛，我笑不出来，虽然我想大笑一场。

大叔呢，不动声色依然吃他的饭，小心地、慢吞吞地说：“……入党，不是这样入法，是认真严肃的事。以后别这样说了吧！……”

“不！不！……我不是真的要入党……我只是……”从文表叔嗫嚅起来。

大叔也喑着喉咙说：“是呀！我知道，我知道……”他的话温暖极了，生怕伤了老朋友的心。[19]

1959年，为向共和国十周年大庆献礼，北京十大建筑相继落成，历史博物馆新馆是其中之一。老馆包括端门、午门两座大门楼和两廊的大部分建筑，叫北京历史博物馆；新馆坐落在天安门广场东侧，更名为中国历史博物馆。春末，沈从文写了一篇《历史博物馆十年》，以馆方的口吻概括工作，大概是馆里让他写的，手稿原件现存历史博物馆档案室；他自己在这里也正好用去了十年岁月：“十年来作职员，一天上下班四次，得来回换车八次，每天大约即有二小时在车中挤去，总是头昏昏的，黄昏过马路时，还得担心被车撞倒，除了我自己知道这么方式使用有限生命，真是对国家一种不大经济的浪费，此外绝对没有人会想得到。”但是，“我居然还存在，真应了诗人所说‘此身虽在堪惊’！”至于工作，“忙的全是别人事情，学的又似乎永远不算是学问”[20]。

不过，这种“不算是学问”的学问，其核心和脉络越来越清晰起来。经过十年的摸索，从与种类杂乱、数量巨大的文物的广泛接触中，沈从文自己研究的重点慢慢凸显出来了，对自己的研究方法也愈发明确地意识到其特殊的意义。他给大哥写信，是不必掩饰自己的想法的：“以全国言，搞综合文物研究工作的，简直是屈指可数。‘军中无大将，廖化作先锋。’正和三十年前写短篇小说差不多，我于是又成了‘打前站’的什长一类角色，照旧戏说则是‘开路先锋’。例如绸缎研究，千百年来没有人注过意，完全近于空白点，即谈到些，也是似是而非，一枝一叶的，不着边际。这几年来机会好，条件好，摸了几万种实物，又有个综合文物基础，问题差不多就明白了。工艺美术装饰图案，过去也无人敢下手，也无从下手，这几年综合一搞，线索也有了，且因此发现了许多问题，为工艺花纹发展史打下个好基础。又从文物制度衣冠服饰上来研究人物绘画的时代，也是个新问题，再深入一步，将为这部门鉴定工作建立些新观念。总之，还是得力于文物和文献的结合和综合研究方法。新的艺术史研究工作，此后将成一门科学，是一定的。”有十年工作打底，他对研究自有信心；即便想到个人精力是否匹配的问题，他还是很骄傲地说：“一个人能够在许多新的工作中，担当披荆斩棘开荒辟土的任务，也极有意义，能这么作，精力旺盛是条件之一，至少也可证明是生命力还充沛的一种象征！有时不是真正的精力强健，倒是一种学习勇气!”[21]

历史博物馆7月下旬开始搬迁,9月底完成新的陈列布置,沈从文参与了近于战斗的繁杂工作;再加上搬迁前几个月就为设计陈列、提供参考资料而忙乱,国庆日之后又有二十多天陪同外宾分批参观,这一年的大部分精力就用在这上面了。同时另有一件事是参加中国科学院组织的历史图谱编辑工作。

故宫博物院织绣馆国庆对外开放了,实现了沈从文的一个心愿。这个馆的陈列设计是沈从文做的,一万一千多字的《织绣陈列设计》缜密而系统,得到批准后他又参与了布展。织绣馆从筹建到终于开放,沈从文付出了大量精力,可谓有筚路蓝缕之功。吴功超在1954年任故宫博物院院长不久,就聘沈从文参与故宫的有关工作;故宫档案记载,1957年拟定沈从文为织绣组研究负责人。他虽然没有正式调入故宫,但作为故宫兼职研究员,实实在在地常常来故宫上班,神武门内东侧大名堂原织绣组办公室有他的办公桌。织绣馆的建设和织绣人才的培养是他为故宫贡献突出的方面[22]。

忙乱的一年里还发表了不少文物文章:《关于文物'古为今用'问题》(四月全国政协会议上的书面发言),《装饰》杂志第三、四、五、六期上的《谈桃花》《介绍几片清代花锦》《谈皮球花》《蜀中锦》,《文物》第二、六期上的《金花纸》《谈谈〈文姬归汉图〉》,《光明日报》11月8日的《谈瓷器艺术》。

老朋友靳以去世,他写了《悼靳以》,发表在《人民文学》第十二期;另一位老朋友、也是他隔了几层的上司郑振铎出访飞机失事遇难,他写了《怀念郑西谛》,但未发表。

年底他还写完了一篇回忆录《我怎么就写起小说来》,或者是应什么刊物的约请而写,但又不知道什么原因刊物没有用。

11月中旬,沈从文把弟弟沈荃的女儿沈朝慧从老家接来北京,并作为女儿抚养。

2013年3月2日

【注释】

①毛泽东的讲话在1957年6月19日《人民日报》正式发表时有改动,标题也改为《关于正确处理人民内部矛盾的问题》。

②《收获》创刊号《发刊词》,文末有写作时间:1957年6月24日。创刊号7月24日出版。该杂志由巴金、靳以主编,出版者为人民文学出版社。

③涂光群:《沈从文写〈跑龙套〉》,见《中国三代作家纪实》,273页,中国文联出版公司1995年版。

④沈从文:《创作计划》,见《沈从文全集》第27卷,509、510—511页,北岳文艺出版社2002年版。原稿存中国作家协会档案。

⑤沈从文:《致张兆和(19570813)》,见《沈从文全集》第20卷,185页,北岳文艺出版社2002年版。

⑥张兆和:《致沈从文(19570811)》,见《沈从文全集》第20卷,183页,北岳文艺出版社2002年版。

⑦沈从文:《致沈云麓(19570822)》,见《沈从文全集》第 20 卷,197 页,北岳文艺出版社 2002 年版。

⑧沈从文:《致张兆和(19570826)》,见《沈从文全集》第 20 卷,207 页,北岳文艺出版社 2002 年版。

⑨见《沈从文全集》关于《中国丝绸图案》的编者说明,第 30 卷,2 页,北岳文艺出版社 2002 年版。

⑩沈从文:《致沈云麓(19570109)》,见《沈从文全集》第 20 卷,138—140 页,北岳文艺出版社 2002 年版。

⑪沈从文:《复沈云麓(19571103)》,见《沈从文全集》第 20 卷,220—221 页,北岳文艺出版社 2002 年版。沈从文这里所说的文学史,应该是指丁易的《中国现代文学史略》,作家出版社 1955 年初版,此后多次印行。丁易于 1954 年去莫斯科大学讲学,数月后病逝于莫斯科。此书是由在国内外讲课的讲义稿修改而成。有意思的是,这本书的英译本 A SHORT HISTORY OF MODERN CHINESE LITERATURE,外文出版社,最新出版时间为 2010 年 8 月。

⑫我们无从考察这本书的读者情况,但这样的一条信息,有点意思,不妨记在这里:这本书有个比沈从文还"老"的读者,即一贯欣赏他作品的周作人,他在 1957 年 12 月 18 日给日本的中国文学研究者松枝茂夫的信中说:"近观《沈从文小说选》,颇有废名之作风,而无其晦涩之缺点,故亦寄阅。又废名等人近亦有小说选之出版,日内亦拟寄奉。"《周作人致松枝茂夫手札》,小川利康、止庵编,广西师范大学出版社 2013 年版。其实早在 1938 年,东京改造社就出版了松枝茂夫翻译的沈从文小说集《边城》,收九篇作品;1954 年东京河出书房出版《现代中国文学全集　第八卷　沈从文篇》,译者是松枝茂夫、冈本隆三、立间祥介,收小说、散文十一篇。

⑬刘红庆:《沈从文家事》,300、301、302 页,新星出版社 2012 年版。

⑭沈从文:《"反右运动"后的思想检查》,见《沈从文全集》第 27 卷,159、161 页,北岳文艺出版社 2002 年版。

⑮沈从文:《我》,见《沈从文全集》第 27 卷,166、167、168 页,北岳文艺出版社 2002 年版。

⑯沈从文:《致张兆和(195806)》,见《沈从文全集》第 20 卷,243—244 页,北岳文艺出版社 2002 年版。

⑰凌宇:《风雨十载忘年游》,《沈从文印象》,孙冰编,128 页,学林出版社 1997 年版。

⑱沈从文:《致沈云麓(19590107)》,见《沈从文全集》第 20 卷,280 页,北岳文艺出版社 2002 年版。

⑲黄永玉:《这一些忧郁的碎屑》,见《沈从文印象》,孙冰编,221 页,学林出版社 1997 年版。

⑳沈从文:《致沈云麓(19590108)》,见《沈从文全集》第 20 卷,286、285 页,北岳文艺出版社 2002 年版。

㉑沈从文:《致沈云麓(19590316)》,见《沈从文全集》第 20 卷,301—302 页,北岳文艺出版社 2002 年版。

㉒关于沈从文与故宫的关系以及他在故宫所做的多种工作,详见郑欣淼:《沈从文与故宫博物院》,载《新文学史料》2006 年第 1 期。

(原载《南方文坛》2013 年第 4 期)

获奖词：

杨庆祥以诗人之心和诗歌之维，把欧阳江河的长诗《凤凰》重新置入现代性视野，以多重维度间形成的矛盾张力揭示作品新的内涵。以强有力的难度进入强有力的作品文本，并构成有效对话，显示了本文之精彩和作者思力之出色。

“在天空中凝结成一个全体”

——《凤凰》的风景发现和历史辩证法

杨庆祥

欧阳江河的长诗《凤凰》发表于《今天》2012年春季号“飘风特辑”，后由牛津大学出版社于2012年底出版单行本。整部长诗共19节，338行。在单行本的“序言”中，李陀对该长诗做出了高度的评价：“长诗《凤凰》的问世对当代诗歌写作具有特殊重要的意义，这个意义不只限于诗歌，还应该放在当代文化环境正在发生的重大变化中去评价和理解。”[①]长诗从徐冰的大型装置艺术雕塑“凤凰”中获得灵感，以凤凰为核心象征体，重塑现代主义诗歌的叙事视域，结构出“凤凰一般”的社会现实，进而勾勒资本逻辑、词语逻辑和历史逻辑在社会结构中的重叠互置，在反讽、驳诘、词语狂欢和欧阳江河式的历史辩证法中全景式地呈现了当下中国如“古瓮般的思想废墟”。长诗气度恢宏同时又泥沙俱下，思辨深刻但又若无所依，结构精致同时又“漏洞百出”。长诗是一个真正的综合性文本，它以诗歌的形式重塑现实，但又非常现实性地——同时也是无可奈何地——将诗歌的“猛兽”[②]驯化为一个观念中的“全体”。与此同时，又不断地对这一“全体”进行拆解[③]：从雕塑始，以反雕塑终，从时间始，以反时间终，从诗歌始，以反诗歌而终——对一个读者来说，也许不得不遵循这种正反的隐秘秩序，从解读始，以反解读而终。

一、因为大我已经被小我丢失

5

得给消费时代的CBD景观

搭建一个古瓮般的思想废墟，
因为神迹近在身边，但又遥不可及。
得给人与神的相遇，搭建一个
人之境，得把人的目力所及
放到凤凰的眼瞳里去，
因为整个天空都是泪水。
得给“我是谁”
搭建一个问询处，因为大我
已经被小我丢失了。
得给天问，搭建鹰的独语，
得将意义的血肉之躯
搭建在大理石的永恒之上，
因为心之脆弱有如纹瓷，
而心动，不为物象所动。

这是欧阳江河长诗《凤凰》中的第5节，之所以挑出这一节来开始这篇解读之文，是因为其中至关重要的一句——“因为大我已经被小我丢失了”。这是这首长诗首先值得注意的地方，如果我们已经用足够的耐心——当然也许是足够的激动——阅读完了这首机械复制时代的“飞翔”之作，我们就会发现一个有悖于现代主义诗歌传统的事实，在整个诗篇中，没有出现第一人称主语“我”。我相信这是欧阳江河的刻意为之，实际上，如果在某些诗句的前面加上“我”这一主语，这首诗也许读起来会更亲切一些。但是欧阳江河刻意地将“我”删除了，这让阅读这一行为本身变成了一个“悬空”的动作，现代诗歌阅读的基础建立在“我”与读者互为主体的原则之下，也就是说，读者通过阅读假想自己为诗歌的主体从而获得情感上的认同。但是在欧阳江河这里，因为“我”的缺席，读者将不得不寻找另外的想象的替代物。欧阳江河以这种方式来逼迫读者跟随他的诗歌一起“飞翔”，飞离原有的创作惯性、阅读惯性和想象惯性。

第一人称主语的消失意味着某一类个人的退场，现在，出现在诗歌中的场景不再是孤零零的一个人走过傍晚的广场，在那个广场里，主体的内省和自恋是主要表达的主题。现在恰好相反，广场被纷繁嘈杂的现代性的景观所“填充”：

3

身轻如雪的心之重负啊，
将大面积的资本化解于无形。
时间的白色，片片飞起，
并且，在金钱中慢慢积蓄自己，
慢慢花光自己。而急迫的年轻人
慢慢从叛逆者变成顺民。

慢慢地,把穷途像梯子一样竖起,
慢慢地,登上老年人的日落和天听。
中间途经大片大片的拆迁,
夜空般的工地上,闪烁着一些眼睛。
4
那些夜里归来的民工,
倒在单据和车票上,沉沉睡去。
造房者和居住者,彼此没有看见。
地产商站在星空深处,把星星
像烟头一样掐灭。他们用吸星大法
把地火点燃的烟花盛世
吸进肺腑,然后,优雅地吐出印花税。
金融的面孔像雪一样落下,
雪踩上去就像人脸在阳光中
渐渐融化,渐渐形成鸟迹。
建筑师以鸟爪蹑足而行,
因为偷楼的小偷
留下基建,却偷走了它的设计。
资本的天体,器皿般易碎,
有人却为易碎性造了一个工程,
给它砌青砖,浇铸混凝土,
夯实内部的层叠,嵌入钢筋,
支起一个雪崩般的镂空。

这些景观包括:拆迁的工地、急迫的年轻人、夜里归来的民工、站在星空深处的地产商、蹑足而行的建筑师、偷楼的小偷、钢筋混凝土的楼体等等。这些景观在两个层面被处理,第一个层面是在严格意义上的“写实”层面,具体的身份、场景被展示。第二个层面是在“隐喻”的层面,每一种现实的具体性都被转喻进一种隐晦的“意识形态”的批判系统,地产商由此对接上“印花税”,而金融如雪,形成“鸟迹”。资本贪婪和狡猾的本性得以暗示。从这个角度看,这些景观是“景观”与“奇观”的综合体,欧阳江河以其惯有的悖论性的语言将这两者锻造为社会性的“现实”。这种现实既不同于马克思斯大林主义的“现实”,也不同于90年代以来盛行的“日常事实”,这是一种综合的现实。它本身建立在高度象征化的“日常事实”中,或者说,“日常事实”在高度景观化的当下已经不存在了,因此,对于“日常事实”的书写应该首先破除象征化,但是这种破除又并非简单地还原,而是通过另外的象征体系予以对话、辩驳和拆解,我觉得这正是《凤凰》本质性的修辞原则。在这个修辞原则之下,一种“新现实”被呈现出来,它不仅仅是视觉意义上的,也不仅仅对应于现实中徐冰的“凤凰”雕塑，而是重新发现了诗歌、修辞和现实的对接术，并在这个意义上改写了现代主义的原则——具体来说，就是将现代主义日益内倾化的个人视域转化为一种综合性的社会视域。

视域的转化意味着“大我”和“小我”之间关系的调整。在中国的历史语境中，“大我”与“小我”有着明确的政治内涵，“大我”指的是那种大公无私、拥有“正确的”价值观和人生观（往往是非常意识形态化的集体主义和浪漫主义）的个体，而“小我”则与“大我”相对，指的是仅仅关注自我发展和自我完成，带有存在主义色彩的小资产阶级个人。欧阳江河很明显地在此借用了这两个词语的意识形态背景并获得了一种张力。但他同时又抽空了这两个词过于明显的意识形态含义，而对之进行了抽象化的处理。“大我”在这里被普遍化为一种“思想”“神”“心”，而“小我”则是“人”“人之境”，“大我”与“小我”之间的政治张力转化为一种哲学（神学）张力，这种哲学，既有一点柏拉图的意味，又有一点老子的气息，这种拼接与作为雕塑的“凤凰”形成奇特的同构。“大我”与“小我”之间的关系由此变成了“道”与“人”、“神”与“人”、“天”与“人”之间的关系。因此，当“大我已经被小我丢失”变成一种既成的前提和事实，那么，找回“大我”的方式就是“得把人的目力所及放到凤凰的眼瞳里去”，也就是将“我之眼”放到“凤凰之眼”，然后获得一个更高、更阔大、更全面的视域，“小我”由此通过凤凰找回了“大我”，在这种“凤凰的眼瞳”的观照中，“小我”获得新生。因此，“我”的缺席又是一种“我”的回归，这里面有着双重的寻找：在小我中找大我，在大我中找小我，并在一种“重瞳”（我之眼和凤凰之眼）中焕发出逼人的观察力和想象力[④]。

二、“人变成一种叫凤凰的现实”

借着“大我”“小我”重叠的观察和透视，《凤凰》中可以说有一种“风景的发现”。这种发现同样是多重的，第一重发现在于徐冰的大型雕塑“凤凰”对于中国现实的高度象征化再现，在这个庞大的雕塑中，废弃的工业原材料被锻造组装为金碧辉煌的凤凰塑像，这是工业社会“有用”与“无用”的直接美学化；而当这只凤凰在各种博览会上被展览、观看之时，它本身就构成了资本的矛盾性隐喻，它必须借助资本才能流通，但同时却在倾诉资本的暴力性和侵略性。第二重发现在于欧阳江河在观看、接触这样一个庞大的雕塑时所产生的震惊感，他可能意识到了这是一种巨大的发现[⑤]，并在这一发现之中产生了另外一种发现的冲动，他试图在这个雕塑身上发现词语叙述的可能，具体来说，是艺术行为（诗歌行为）与现实之间的关系。“从这个角度看《凤凰》，徐冰创作角度与涉及的领域远远超出了美术创作，我们应该从人类文明的角度去看。这个角度不光包括我们的审美、思想的阐释、对世界的理解，同时也包括了应该怎么从行为的角度去介入和改变这个世界。”[⑥]由此产生了第三重发现，在这一重发现里面，作为雕塑的凤凰消失了，而作为诗歌（词语）的凤凰起飞了，更重要的是，在发现词语的凤凰的同时，现实洞开，词语发现了新现实，也就是长诗第 2 节所言的——“人变成一种叫凤凰的现实”：

2

人类并非鸟类,但怎能制止
高高飞起的激动?想飞,就用蜡
封住听觉,用水泥涂抹视觉,
用钢钎往心的疼痛上扎。
耳朵聋掉,眼睛瞎掉,心跳停止。
劳动被词的膂力举起,又放下。
一种叫作凤凰的现实,
飞,或不飞,两者都是手工的,
它的真身越是真的,越像一个造假。
凤凰飞起来,茫然不知,此身何身,
这人鸟同体,这天外客,这平仄的装甲。
这颗飞翔的寸心啊,
被牺牲献出,被麦粒洒下,
被纪念碑的尺度所放大。
然而,生活保持原大。
为词(梦)造一座银行吧,
并且,批准事物的梦幻性透支,
直到飞翔本身
成为天空的抵押。

什么是凤凰一样的现实?耳聋、眼瞎、心跳停止,“它的真身越是真的,就越像一个造假”,这是一个感官遭到废弃,无法辨别真假的现实,在这样一个现实中,感官所经验到的世界未必是“真”的,因为“飞与不飞”都是“人工”。这里或许会让我们想到本雅明经典的关于机械复制时代的论述,因为“光晕”的消失,伟大的作品将变得不再有神圣的价值。而在后工业社会,因为高度发达的技术,甚至连“感觉”本身也已经真伪难辨。也就是说,“真”作为一种概念或者范畴已经完全不存在了。因为“真”的消失,所以“假”其实也就不存在了。这不仅仅是某种哲学上的诡辩术,同时也意味着欧阳江河所一贯赖以写作诗歌的修辞术遭遇到了现实性的危机,因为在以往的诗歌中,欧阳江河修辞上的反讽、悖谬几乎都建立在一种二元对立的现实结构和哲学对位中,但是,如果“真”与“假”已经完全合二为一,就像“人鸟同体”一样,那么,这种修辞术还有没有继续下去的可能性?欧阳江河没有直接回答这个问题。但我以为他已经意识到了这个危机。在词语的危机和匮乏之中他不得不借助资本的逻辑——“为词造一座银行吧”。非常有意思的是一处小小的改动,在《凤凰》的第四次修改稿中,这一句是“为梦造一座银行吧”,但是在《今天》“飘风特辑”以及《凤凰》的单行本中,这个“梦”被“词”所替换。梦是一种更感性的表达,仅仅通过“梦”并不能完成对整个资本现实的表述,虽然资本主义一直以“好莱坞梦工场”的形式向全世界批发其“黄粱美梦”,但是,“梦”最终也不得不诉之于“词”(修辞和表达),因此,“词”具有了“硬货币”的功能,现在,它可以在“银行”里被无限地复制和生产,并用来交换一切。

“为词造一座银行吧”暗示了“凤凰一般的现实”与资本的发展密切相关,与其说是人造就了凤凰一般的现实,不如说是资本的逻辑造就了这种现实。在这个意义上,“凤凰”可以被理解为一种社会性的结构。对这一社会性结构的肌理、组织进行全景式地分析叙述构成了诗歌最重要的篇幅,接下来的第 3、4、5 节从两个方面叙述了这一社会结构的两个支撑性的逻辑,一是资本本身的逻辑,这一逻辑的主体是我在上文中提及的社会化视域中的“个体”,这些个体由剥削者和被剥削者组成,他们的关系错综复杂,互相纠缠,“在金钱中慢慢积蓄自己”的“年轻人”,“慢慢从叛逆者变成顺民”,然后又“以穷途”为天梯,登上“老年人的日落和天听”;而民工则“倒在单据和车票上,沉沉睡去”,地产商则用“吸星大法”将“烟花盛世”变为自己身体的一部分。很明显,这一资本的逻辑由利润、税收、剥削、剩余价值等现世的规则构成,在这一规则中,似乎很难作出善恶的道德价值判断,欧阳江河在此保留了一种“客观化”的暧昧。但第 4 节的最末一句又留下了空间:“资本的天体,器皿般易碎,有人却为易碎性造了一个工程。”这里的疑问是谁为这个“易碎性”造了一个工程?如果天体如此易碎,又如何能将其整合起来?这正好是第二个支撑性的逻辑,即词的逻辑。词在这里是“古瓮般的思想废墟”,是“鹰的话语”。“人”通过“词”将资本的逻辑与词的逻辑结合起来,也就是说,通过“词”的象征性叙述,资本的逻辑才能找到意义,“得将意义的血肉之躯搭建在大理石的永恒之上”。资本主义正是通过“词”的象征性的叙述系统,尤其是诗歌、小说和电影等一系列艺术形式,来构建其历史的正当性和合法性。因此,“词”比“梦”更重要,也更有其功能性的作用,“词”可以移形换位,可以颠倒黑白,可以指鹿为马,在这个意义上,资本主义当然需要一座“词的银行”。通过“词”的炼金术,资本主义洗白自己,隐去罪恶,“凤凰”优美地重生:

为什么凤凰如此优美地重生,
以回文体,拖曳一部流水韵?
转世之善,像衬衣一样可以水洗,
它穿在身上就像沥青做的外套,
而原罪则是隐身的
或变身的:变整体为部分,
变贫穷为暴富。词,被迫成为物。

三、“有人在太平洋深处安装了一个地漏”

借助社会性视域的观察,呈现了多重的风景,而这种风景中最突出的是层级分明的社会现实结构,在这种结构中,因为资本和词的逻辑互为作用,它简直就成了一个“永恒的大理石般”的存在,在这样的社会存在中,即使“小我”找回了“大我”,似乎也无法击毁“词”

的银行,反而是深陷资本的内部运作逻辑之中,并参与其“易碎性工程”的涂脂抹粉。这似乎是《凤凰》第1—7节给我们的阅读感受。在这种情况下,欧阳江河完全“客观化”的诗歌叙述仿佛是这座“银行”的一名出纳员,以其娴熟而冷酷的工作方式来印证资本社会亘古不变的神话。但是,这并非欧阳江河的目的之所在,虽然这个开头显得稍微有些冗长,而转机似乎也姗姗来迟,但是,转机毕竟来了,在第八节中,我们读到了重要的信息:

8

升降梯,从腰部以下的现实
往头脑里升,一直上升到积雪和内心
之峰顶,工作室与海
彼此交换了面积和插孔。
一些我们称之为风花雪月的东西
开始漏水,漏电,
人头税也一点点往下漏,
漏出些手脚,又漏出鱼尾
和屋漏痕,它们在鸟眼睛里,一点点
聚集起来,形成山河,鸟瞰。
如果你从柏拉图头脑里的洞穴
看到地中海正在被漏掉,
请将孔夫子塞进去,试试看
能堵住些什么。天空,锈迹斑斑:
这偷工减料的工地。有人
在太平洋深处安装了一个地漏。

这一节的关键词是“漏”,八个“漏”字构成了一幅“漏洞百出”的视觉图景。“漏”是从具体到抽象的,漏水、电,也漏人头税,还漏柏拉图和孔夫子的思想。漏的对象越来越阔大,从一滴水开始,到漏地中海和太平洋。“漏”同时剧烈而势不可挡,即使将伟大的孔夫子塞进去,也无法“堵住些什么”。这是一次绝妙的讽刺,含有深刻的政治隐喻,如果说柏拉图指的是西方的什么东西,毫无疑问孔子指的是东方的什么东西,如果说当下的中国现实是朝资本主义的方向一路狂奔,因为漏洞百出而将孔子抬出来作一种意识形态上的修补,那么,“能堵住些什么”就是一个辛辣的嘲讽和讥笑,因为没有什么是完美的世界,柏拉图的西方不是,孔夫子的东方也不是,后毛泽东时代的中国特色社会主义也不是。更主要的是,无论被词语叙述得多么光鲜动人的人物、思想、世界,其实都有绕不过去的漏洞,在这个“漏洞”里面,暗含着另外的历史和另外的可能性。

于是顺乎自然地,从长诗的第10节开始,一种历史性的叙述开始。凤凰从“资本主义的逻辑”中“漏”出来了,并开始其漫长的“寻根问祖”之旅。从古人的“凤凰台”开始,历庄子、李贺、李白、韩愈,这是古典中国的凤凰图腾,带有传奇和梦幻的色彩,并与古典中国的神秘保持着一致性，这是一种古典的凤凰试图在现代飞翔的可能。然后凤凰一跃而到现代，在郭沫若的“凤凰涅槃”中终结晚清，“凤凰党人”则以“武器的批判撕碎一纸地契”，这是革命的凤凰。“去丈量东方革命，必须跳出时间”，如果跳出了时间之外，东方的革命是否会呈现出另外的模样？列宁和托派都没有见过凤凰（如果凤凰是一种历史的话，也就是说列宁和托派都不了解东方的历史），那么，马克思见过凤凰没有？答案应该是否定的，因为，更多的人只是“坐在星空读资本论”。东方的革命如果跳出了时间之外——毫无疑问，这个时间指的是由黑格尔所奠定的西方时间观——也许革命的凤凰会有新的“涅槃重生”的机会吧？那么毛泽东时代呢？北京被想象为世界的中心，凤凰被想象为所有的鸟儿，但实际情况是，“十年前，凤凰不过是一台电视。四十年前，它只是两个轮子”，是“26吋的圆：毛泽东的圆”。虽然它一直在试图开辟另外的时间和空间，并不惜为此进行文化上的大革新，但时间的强大惯性还是将它留在了历史原地：“但一辆自行车能让时间骑多远，能把凤凰骑到天上去吗？”

在整个长诗里面，这是我最喜爱的几节。90 年代以来的中国当代诗歌写作要么陶醉于修辞的锤炼，欧阳江河也一度是其中的代表；要么沦为一种过于简单的文化表演，这种表演或者以口语的粗俗来对抗虚构的“知识分子姿态”，或者在这种虚构的“知识分子”镜像中自恋自大，刻意塑造受难者的形象并以殖民主义的媚态去迎合西方对于中国的政治想象。这种种写作，都在写作行为中抽离了真实的自我和真实的历史，因为自我的视域仅仅指向自我本身，现实和历史也就对其关上了洞察的大门。欧阳江河在《凤凰》中则重启了这一大门⑦，长诗的第 10—14 节以“凤凰”为主导性的符号，几乎将整个中国历史浓缩其中。历史被凤凰激活，历史的每一次可能性都是凤凰的一次“飞翔”，这种“飞翔”越是现代，就越是艰难。凤凰的飞翔可以说是一次次的历史势能，是一次次的历史冲动，在这种势能和冲动中，历史得以辩证地完成自身。欧阳江河在这一部分展示了非同一般的历史视野，他以辩证的而非形而上学的态度去面对中国历史——尤其是中国的现代史，在这个意义上，这首长诗是一首兼具历史意识和当下性的现代史诗。正如吴晓东所指出的：“在欧阳江河的《凤凰》中，‘现象学’的阐释结构与史诗品质的追求之间具有一种同构性。而当代史诗的尝试，不仅追慕了以庞德、艾略特为代表的现代主义诗人所贡献的现代史诗的高度，而且在复杂幻变的新世纪探索了一种开放性的史诗理念。”⑧

四、“在天空中凝结成一个全体”

如果剔除出于智力优越感的炫技和对词语象征化的迷恋，《凤凰》对于历史的辩证法的书写可以说构成了另外一种逻辑，即历史的逻辑。这一逻辑区别于资本的逻辑，它以交换为原则；也区别于词的逻辑，它以修辞为原则；历史逻辑则遵循可能性的原则。以诗歌的形式来展示历史逻辑的可能性原则，这里暗示了某种“诗歌”与“历史”的天然契约关系。诗歌——尤其是长诗——必须在历史的逻辑中才有可能重新找到自己的修辞方式、表意系统和象征体系。在这个意义上，《凤凰》具有了独特的症候性，它指向一种“大诗歌”的远景,这种“大”,并非简单意义上的体量庞大,而是指通过重新疏通诗歌、历史、哲学之间的通道——这些通道一度畅通无阻,却被现代这一装置幽闭——展示具体现实的生存图景。

历史逻辑因为暗合诗歌的可能性原则(正如亚里士多德所断言的),因此隐约具有了某种反抗的冲动,这种反抗既指向历史,同时又直指当下,但这种反抗似乎被卷入一种宿命式的失败之中,或者说,借助这种不断的反抗,历史反而建立起了更稳固的秩序,更空虚但是却更“辉煌”的世界景观——在第14节,我们不无悲哀地发现,那只一再想“一飞冲天”的“凤凰”最终还是变成了徐冰重量级的钢铁怪物:

空,本就是空的,被他掏空了
反而凭空掏出些真东西。
比如,掏出生活的水电,
但又在美学这一边,把插头拔掉。
掏出一个小本,把史诗的大部头
写成笔记体:词的仓库,搬运一空。
……
凤凰彻悟飞的真谛,却不飞了。

“凤凰”在茫茫虚空中神游一番后,再次一头扎进现实的世界,对于这种情况,拥有上天下地之力、拥有“人之眼”和“凤凰之眼”的大叙述者似乎也无能为力,他只是发出了一种意味深长的感叹:“这白夜的菊花灯笼啊。这万古愁。”这一声感叹似乎颇具古意,但有经验的读者立即发现,欧阳江河在此非常巧妙地挪用了两个重要的意象,一个是白夜,它是女诗人翟永明经营的一家酒吧的名字,而菊花灯笼则来自翟永明作于1999年的一首诗《菊花灯笼漂过来》,它们构成了一种现时性的对话,当古典的意境遭遇冰冷的现实雕塑之后,当菊花灯笼漂到CBD的铁流中,会是什么样的后果呢?除了“万古愁”,还有没有其他的可能?

如果将整部长诗视作一个整体,我觉得它的结构可以概括为“正—反—合”,第1—7节为“正”,以完全客观化的视角去描写现实,第8节以“漏”为核心,可视作是一个过渡段落,第9—14节则为“反”,以辩证法的方式勾勒历史的逻辑,并在这一过程中展示可能的维度。第15节则又可以视作为一个过渡,这一过渡段首先承接上文的历史叙述,“李兆基之后,轮到了林百里”,这是已经软下来的“铁的事实”,这一事实由地产商(李兆基)和电脑商(林百里)所构成,“鹤”变成了“凤凰”,历史的可能再次回归为不可能[9]。唯一存在于当下的只是“不朽”,其原因在于“没人知道不朽的债权人是谁”,因为“不朽”没有主体,没有所属,所以它才能得以逃出时间和资本的控制。我觉得欧阳江河在这里遭遇到了深刻的历史观的分裂,非常明显他并不愿意停留在古典的“哀愁”传统中,所以只是以揶揄的方式发出轻微的喟叹。他愿意在当下为当下寻找出口。所以这一节虽然是过渡,却有复杂的纠缠在里面。一方面时间被命名为“不朽”,却又心不甘情不愿,害怕失去时间“与不朽者论价,会失去时间”,于是他采用了一种看起来很奇特的方式——“对表的正确方式是反时间”。在美国作家菲茨杰拉德的小说《返老还童》的开篇,钟表匠制作了一个逆方向行走的大钟,于是时间成为“反时间”,这是对资本主义现代时间的一种诅咒和嘲弄。在《凤凰》中,历史的秩序已然无法通过“飞翔”来予以颠倒重置,那就只有通过“反时间”的方式固守在当下,并对当下给予一种“英雄般的赞美”。这就是第 16—19 节“合”的内容,这是一种波德莱尔式的赞美⑩,赞美的对象包罗一切,有当下性,有众人和个别人,有凤凰和鸟群,有火树银花,有天空和星星,总之——是“全体”:

一堆废弃物,竟如此活色生香。
破坏与建设,焊接在一起,
工地绽出喷泉般的天象——
水滴,焰火,上百万颗钻石,
以及成千吨的自由落体,
以及垃圾的天女散花,
将落未落时,突然被什么给镇住了,
在天空中
凝结成一个全体。

这“全体”是什么?

它可能是黑格尔的以资本主义精神为主导的历史景观。

它可能是被马克思所讨论过的不断重复的悲喜剧结构。

它也有可能是柄谷行人所谓的“资本—民族—国家”三位一体的资本体系。

它更有可能是一个杂糅的后现代事实:中国和世界同尘,资本与革命盟约,凤凰与人类合体,真实与虚假同一,可能与不可能反复轮回……

2013/3/25
2013/3/26 改定

【注释】

①李陀:《〈凤凰〉序言》,香港牛津大学出版社 2012 年版。

②里尔克有名诗《豹》,威廉·布莱克有名诗《虎》,都可视作以诗歌喻猛兽的佐证。

③吴晓东指出:“《凤凰》虽然在诗艺结构上具备了一种堪称完美的完整性——一种由核心意象‘凤凰’所凝聚的完整性,但从诗歌的意识形态远景以及史诗内在的视景的双重意义上看,《凤凰》也同样是一首无法完结的诗作。”见吴晓东:《“搭建一个古瓮般的思想废墟”——评欧阳江河的〈凤凰〉》,《凤凰》单行本,香港牛津大学出版社 2012 年版。

④师力斌在《飞得起来落不下——读欧阳江河的〈凤凰〉》一文中征用李陀和苏炜《新的可能性:想象力、浪漫主义、游戏性》一文的观点,认为想象力实际上不是形象创新和思维开放的问题,而是思想力和观察力自由的问题。从而得出“作家的想象力与其思想力和自由度成正比”的观点。将“凤凰”的飞翔与诗人的自由作了非常有意思的类比。见师力斌:《飞得起来落不下——读欧阳江河

的〈凤凰〉》,未刊。

⑤欧阳江河在《“凤凰”的意义重叠》一文说:“在我看来,徐冰考虑了三方面因素:作为一个图纸上或二维平面的概念;凤凰是由工业废料品搭起来的作品,徐冰考虑更多的是工业体量感,而不是雕塑本身的空间占有和暗示性。其次是考虑作品的构成材料,这些材料全都保持生活的原尺寸大小,比如搅拌机、钢筋骨架、水泥、安全帽以及各种工具。这些被触摸过的劳动工具还保留了劳动的真实性,也包含着对劳动的一种尊重,或者是礼赞,以及种种批判性的思考:劳动和财富的关系,现代和古代的关系,艺术和资本的关系。”“这些生活中原尺寸的物体,与工业的体量感合并后,触及了我想指出的第三方面的因素,将艺术品本身做一个夸大——以纪念碑般的史诗尺寸,构成反讽的、相互抵触的、过度的比例关系。这三种因素构成了凤凰的重量以及它的体量感。所以我们不能只是从雕塑的角度考虑。这与其说是雕塑,不如说是反雕塑。”见欧阳江河:《“凤凰”的意义重叠》,载《艺术时代》2010 年第 3 期。

⑥欧阳江河:《“凤凰”的意义重叠》,载《艺术时代》2010 年第 3 期。

⑦吴晓东认为:“《凤凰》在这个意义上也构成了对二十世纪九十年代诗歌的某种超越。”见吴晓东:《“搭建一个古瓮般的思想废墟”——评欧阳江河的〈凤凰〉》,《凤凰》单行本,香港牛津大学出版社 2012 年版。

⑧吴晓东:《“搭建一个古瓮般的思想废墟”——评欧阳江河的〈凤凰〉》,见《凤凰》单行本,香港牛津大学出版社 2012 年版。

⑨根据欧阳江河的描述:“徐冰最初的方案做的是‘鹤’,这源于他一次漫步中在近距离看到的鹤,在离开地面起飞的那一瞬间的姿态对他造成的内心感动和视觉冲击。他其实是想把这一瞬间在他心理上造成的视觉和灵魂上的深深感动,转化为具体的作品。……但是后来为什么放弃了呢?因为这个作品最初的订购者是李兆基,作品本身是他为北京的财富中心这一特定建筑物的‘订货’。而鹤这个对象,在语义、象征和符号层面,与买家八十多岁年龄有着相冲突的暗示——‘驾鹤西去’含有关于死亡和归天的暗示,最后迫使徐冰放弃这一创作计划。凤凰一开始并不是他的创作构想,但这个作品与资本的关系一开始就被固定了。这个现象本身非常有意思:最后迫使艺术家改变作品创作构想的,不是艺术品的形状以及视觉的语义设计等因素,而是由于象征层面的因素造成的——所谓事先规定好的神学假定:‘驾鹤西去’。”见欧阳江河:《“凤凰”的重叠意义》,载《艺术时代》2010 年第 3 期。

⑩在我收到的《凤凰》第四次修改版中,第 13 节有一句:“这奥义的大鸟,这云中君。”这很容易让人联想起波德莱尔著名的《信天翁》。正是波德莱尔在《1846 年的沙龙》中提出了“现代生活的英雄”。但是在《今天》版本中,“云中君”被换成了“云计算”。这是一个非常有意思的改动。

(原载《南方文坛》2013 年第 4 期)

获奖词：

晚年孙犁是学界研究的热点和难点，张莉以细腻亲近的体察，从孙犁晚年读书的角度切入其精神和思想世界，通过大量的第一手资料完成了对孙犁晚年风格转变和思想心态人格的解读，是一篇具有“重新发现孙犁”意味的用心之作。

晚年孙犁：追步“最好的读书人”

张　莉

与其拆烂污，不如岩穴孤处[①]。

——孙犁

藏书家或患病者

几乎所有研究者都注意到孙犁在“文革”之后的变化：他的文字变得沉郁、遒劲、有力，写作随笔时态度分明，毫不含混；新时期笔记小说并不避讳人性之恶；与先前清新诗意的“荷花淀风格”形成鲜明比照。他与现实的关系也发生巨大改变：几乎不出席任何社会活动；不接受采访，不接受摄影和录像，不谈小说改编；不应酬不寒暄，拒绝为朋友著作友情作序。先前我们熟悉的那位谨小慎微、有清新之风的小说家从孙犁身体里消失了。孙犁变得深刻、强大、独特，丝毫不向外在世界妥协。有研究者将这样的变化称为由“老”到“新”的蜕变[②]。如果说“老”孙犁是解放区文学的优秀代表，那么“新”孙犁则对自我进行了一次主动放逐：“文革”期间他以疾病者和嗜古籍者的方式葆有个人道德操守，并不与虎谋皮；新时期以来，他则成为清醒的读史者、对优秀文化传统念念不忘者、不遗余力扶持青年作家的批评家。

也许每个人终生都在超越一个旧的自我，但孙犁的超越令人惊异。这得益于他经年累月的阅读与思考，尤其是他对古籍的深入研读，——孙犁如何以阅读古籍的方式度过“文革”时期的艰难岁月，他的神经衰弱如何被读书/史经验治愈？嗜好古籍的行为给予孙犁内心及思想深处何种触动以至于他的自我发生裂变？更重要的是，孙犁如何通过阅读古籍自我修为，成长为有独立精神立场的读书人？

某种意义上,“疾病”是理解孙犁最重要的窗口。疾病长年困扰孙犁,甚至使他在盛年停止了小说创作。只有充分了解孙犁多年的患病者身份,才会深刻认知阅读古籍之于孙犁生命的全部意义。那种被孙犁称为“惊风疾”的病患起于他“幼年体弱”,成年后不断复发。1946 年,孙犁在给田间的信中提及自己身体比以前坏;1948 年,在给康濯的信中,他再次提及身体“日渐衰弱”;最为紧要的一次则是 1956 年 3 月,中篇小说《铁木前传》即将进入尾声,他午睡起床突犯昏眩跌倒,脸颊磕破,流血不止。这次事件在孙犁一生中影响深远。从此之后,他作为小说家的黄金创作时期几乎中止,他进入十年荒于疾病、十年荒于乱离的岁月。

1956 年,孙犁四十三岁。此后三年,他的生活以疗养身体为主。饶有意味的是,治疗疾病进行休养时,也是孙犁寻找、收购旧书的开始。一个出外休养治疗“神经衰弱”者,也是一位不断收藏古旧图书的读者。当疾病有所好转回到家中,他藏书的习惯业已养成:“孙犁大批买旧书,是 1960 年从外地养病回来。除了在天津逛书摊儿,南京、上海、苏州、北京,各地方去要目录,要的就圈上圈儿,寄回去。他家的台阶上,几乎每天都有邮局送来一包一包旧书。”[③]孙犁晚年出版的《布衣文录》《耕堂读书记》(上、下)中记录了他多年的藏书目录,从《旧唐书》《史记》《前汉书卷》《后汉书卷》《东坡先生年谱》《清代文字狱档》《庄子》《韩非子》《典论》《文赋》《三国志》《颜氏家训》到《曾文正公手书日记》《能静居士日记》《太平广记》《饮冰室文集》《世说新语》等经史子集多种。据孙犁在“文革”之后的统计,有一千余种,三千多册。患病者孙犁逐渐成为一位藏书家。

虽然自称为藏书家,但书籍之于孙犁是用来阅读而非束之高阁。他有特别嗜好:为古籍“装修”。几乎每一本书他都会包上书衣,写上题目、作者、卷册,也在书衣上写下感触:他与这些书籍如何相遇,读此书时的心境,对此书的评价等。这些古籍陪伴孙犁度过了荒芜的“文革”岁月,彼时他处境艰难:“已近于身心交瘁,有些病态。远离尘世,既不可能,把心沉到渺不可寻的残碑断碣之中,如同徜徉在荒山野寺,求得一时的解脱与安静。”[④]

1978 年后的孙犁更是嗜读如命。1993 年,年近八旬的老人在一次手术康复后回家立刻大量读书并撰写笔记。在半年时间里,他遍览古籍六十余种,汇集为《甲戌理书记》,最后一篇写的是《日记总论》,对《曾文正公手书日记》等五部日记发表看法。如此旺盛的阅读和写作热情令人不解,以至于一位传记作者感叹:“我常想,是什么动力,让孙犁在八十多岁的晚年如此投入,如此刻苦和勤奋地读古籍呢?是否真如他自己所说,只是一种消遣,是一种嗜好而已?”[⑤]这位作者也作出过推想:“他曾十分佩服瞿秋白面对死亡的态度。瞿秋白就义前最大的遗憾之一,就是不能再读一遍《安娜·卡列尼娜》。孙犁的心情是否可作如是观?”[⑥]这样的解读不无道理,但我以为,如同“文革”岁月里的阅读使孙犁“死里逃生”,阅读古籍的行为也在给予孙犁一种“自我”确认,——在这位沉静忧郁的读书人眼里,只有阅读古籍才使他感受到“幸存”的意义和价值。换言之,嗜读古籍之于这位读书人而言是精神的存活,是他作为一位写作者和思考者的曲折自我实现。

需要特别指出的是,孙犁晚年精神世界变化受益于鲁迅,他终生追随鲁迅精神。在不自由的时代里,在他身上罕有地具有从新文学传统里衍生而来的自我更生能力,这最终使他成为一位清醒的、有独立思考能力的知识分子。——在孙犁长达四十年的阅读古籍行为背后,潜藏有一位胆怯、柔顺的读书人如何成长为独立、清醒、有力的现代知识分子的“良药秘籍”。

“死里逃生”的方法

孙犁的病某种程度上是心病,由精神压抑而起。孙犁心中最早笼罩的政治阴霾是“托派”问题,他曾目睹两个战友由于“托派”问题牵连而“失踪”。“土改”时期,他家中因有人在外经商且雇有长工而被定为“富农”,——在解放区工作的孙犁,隐隐认识到“自我”与“主流”意识形态之间的距离。据说,当时孙犁急于想回家看看的心情,开会时被理解为想“通风报信”,这让他感到忧闷。难以释怀的隐忧最终在 1947 年冬那次“气氛甚左”的“土改”会议上获得释放,孙犁回忆说,在那次会议上,“有些意见,不能接受,说了些感情用事的话”,这最终导致了严重的后果,“会议僵持不下,遂被‘搬石头’,静坐于他室,即隔离也”[⑦]。“这也许是身处革命队伍中的孙犁第一次感到来自革命队伍内部的异己感,导致其‘身心交瘁’的因由即由此埋下”[⑧]。

对作家而言,更直接的压力恐怕来自对其作品的批判。早在解放区时期,1948 年 1 月 10 日,《冀中导报》使用整版篇幅批判孙犁散文《一别十年同口镇》《织席记》和小说《新安游记》,这让生性敏感、对革命事业有赤诚之心的孙犁感到震惊。范围更大的批判是在他“进城”之后,1951 年 10 月 6 日,《光明日报》也用整版篇幅批判《村歌》有“小资情调”。此后,文艺界接连不断整风,对孙犁一些尚未成文的作品批判有若干次[⑨]。最终使他深受刺激的是 1953 年胡风集团案,他本以为是学术之争,在相关会议上还为朋友鲁藜说了不少好话。但只过了两天,鲁藜就在会议现场被逮捕,“我受了很大刺激,不久,就得了神经衰弱症”[⑩]。

“文革”时期的孙犁颇多磨难,有过多次轻生欲死之念:有一次是被揪斗受辱后当夜触电以求解脱;有一次想跳楼;有一次吞服安眠药;有一次想用镰刀……从鬼门关走过,“被解放”后,那些感受刻骨铭心。孙犁将那一时期的自己比喻为某一种动物,“受了伤,并不嚎叫,挣扎着回到林子里,倒下来,慢慢自己去舔那伤口,求得痊愈和平复”[⑪]。

古籍便是他所寻找到的“林子”。尽管这些收集到的图书都曾有被没收的厄运,但幸运的是 1972 年的到来,被没收的图书部分被送还,孙犁也“被解放”。这不啻久别重逢,四处搜寻而来的古书重新排列在房间,开始与他朝夕相处。孙犁又开始“包书”了,与古籍耳鬓厮磨,是享受,是隐秘的快乐。

在他那里,每部古书都有故事、有来历。孙犁寄给青年作家铁凝《海上花列传》,细细地讲述了这本书上发生过的故事。“文革”期间,他差孩子送一套自己珍爱的古籍给同在天津生活的作家老友,但没过几天后即被送回,并传话说看完了,请自己保留吧。孙犁后来恍然悟出,那个时代以古籍作礼物并不合适,对方可能怕受到牵连。这让人感到隐隐不快,如同自己的朋友受到了冷落一般。对于孙犁而言,古籍不仅仅是朋友,更是知己,毕竟遇到这些藏书时正是在最为孤独寂寞之时,——战友们四散,朋友们远去,发妻亡故,与另一位伴侣张同志相处并不愉快。能说得上话的朋友如此之少,他只有说与古籍,写在“书衣”:

一九六六年的春夏之交,犹能于南窗之下,摘抄《颜氏家训》,未及想到腥风血雨之袭来也。[12]

这又是权力之争,我是小民,不去做牺牲。[13]

昨晚为家人朗诵白居易书信三通,中有云:“又或杜门隐,块然自居,木形灰心,动逾旬月。”当此之际,又不知居在何处,身是何人。[14]

此证余已搬回原住处,然身处逆境,居已不易。花木无存,荆棘满路。闭户整书,以俟天命。[15]

黄卷青灯,寂寥有加,长进无尺寸可谈,愧当如何?[16]

昨夜梦见有人登报,关心我和我之工作,感动痛哭,乃醒。[17]

1972—1975 年间的文字偶得,简短、破碎、有如情感的明灭。其中包含非正常时代一位读书人的心路历程。这也使人意识到,在那个时代,虽然孙犁无时无刻不感受到压制,但压制并不是绝对的,他也在想方设法寻找属于他的自由表达。黑暗中行走者的低语是读书人的全部痛苦和精神寄托。它们破碎、游离于重重禁忌间的文字表达,经历了一个由曲折隐晦到尖锐的过程。最为痛切而直接的表达则是 1975 年 3 月在《河海昆仑录》书衣上写下的:

今日文化,令人惊骇:人事纷纭,毁誉交至。红帽与黑帽齐飞,赞歌与咒骂迭唱,严霜所加,百花凋零;网罗所向,群鸟声噤。避祸尚恐不及,谁肯自投陷阱?遂至文坛荒芜,成了真正无声的中国。他们把持的文艺,已经不是为工农兵服务,是为少数野心家的政治赌博服务。戏剧只有样板,诗歌只会吹牛,绘图人体变形,歌曲胡叫乱喊。

他写在书衣上的话越来越大胆,张同志 1975 年 4 月在与他分手时建议:“现在阶级关系新变化,得确信,老干部恐怕还要被抄家。你在书皮上写的那些字,最好收拾收拾。”但“死里逃生”的孙犁已经无所顾忌。人最重要的是阅读、思考、表达,不如此,多病之人如何战胜疾病;不如此,他如何确认自己不是行尸走肉?

在古籍上写下最为痛切的感言,意味着在过去建立起一个新的自我、不被现在的混乱所打扰,从而实现一种旧世界的新生,一个旧我的重生。某种意义上,那些写在书衣上的文字表明,以阅读者的名义,彼时的孙犁从事的是属于他的“文革”时代的“潜在写作”,他通过这样的写作,确立自己痛苦的在场、精神的在场、良知的在场;也通过这样的写作,他辨认自身命运,展开他与更阔大的精神世界、与那些文化先贤们更沉郁和更富有精神向度的对话。

"自我守持"

晚年孙犁对古代的一切表示出极大的热情,他热爱书法、碑抄、绘画,以及古玩。为什么要买来《世说新语》唐写本?"是为了习字。唐人写经,我已经有了几种,很喜欢这种楷法,这个写本,字更精彩,也大一些。"[18]他临摹古代书法,抄写喜爱的古籍。身外的世界已然如此,一个读书人能做的只有阅读,抄写,沉迷。这种沉迷于物的精细,正是对自己曾经热爱事物试图逃避和疏离的一种途径。年轻人送给他宋代古钱,他欣赏之后再次交回青年友人。宋钱虽然斑绿可爱,但是,"对古董没有兴趣。它们的复制品、模仿品,或是照片,对我来说,就足够了。我只是想从中得到一点常识,并没有条件和精力,去进行认真的研究"[19]。他不爱古董,古董在他那里别无他意。一如书在他这里也不是商品,他购买它们,只是因为喜爱,绝不将它们待价而沽。

在"破四旧"的年代里,《布衣文录》中所列图书,除去《鲁迅全集》之外,哪一部不是"毒草"?孙犁对它们不但不批判,反而悉心包装,爱不释手。孙犁身上不断显示着他与旧的一切的亲密关系。他追思古人故事,迷恋印刷史,讨论司马迁、柳宗元、欧阳修、蒲松龄、曹雪芹。他在思考、写作,但不使用当时的判断标准。"在黄卷青灯之下自录慰藉,似是意志消沉者之所为,但当我们设想在那样一个燔书焚典的时代里,有人竟终日手不释卷,这幅图景难道不恰好凸现出一个悲壮的身影吗?"[20]

他让人想到他的同行小说家沈从文和诗人穆旦。他们都被剥夺了用他们最为热爱的小说或诗歌形式进行表达的权利,只好用另一种途径进行"另一种表达":孙犁嗜读古籍,沈从文埋首古物研究,穆旦则废寝忘食翻译长诗《唐璜》。他们不约而同地选择沉迷于那些时人难以理解的领域,沉迷于时人眼里"无用"且"愚蠢"的工作,当然,他们也享受常人无法理解的乐趣、自由和存在感,以此表达对艺术的挚爱,对自我的坚持。

在大乱离时代,孙犁有他作为读书人的"自我守持"。朋友劝孙犁修改以往小说以期更为政治正确,他"几乎没加思考地拒绝了":"如果按照'四人帮'的立场、观点、方法,还有他们那一套语言,去篡改抗日战争,那不只有悖于历史,也有昧于天良。我宁可沉默。"[21]有人希望他写写东西,亮亮相,他当然不予理睬。彼时彼地,沉默的、多病的读书人保持自我的机会少之又少,但也并非没有。1974 年,正是"黑画事件"风口浪尖上,孙犁书房里一直挂着在此事件中有所牵连的木刻画,"一直悬挂着"[22],他内心中有他的底线:"老实讲,在这一时期,我不仅没有和那些帮派文人一较短长的想法,甚至耻于和他们共同使用那些铅字,在同一个版面上出现。"[23]他从未看过一场"样板戏",甚至连收音机"也常常不开"[24]。有人宽慰他说:"运动期间,大家像掉在水里。你按我一下,我按你一下,是免不掉的。"[25]他不回答,也不赞同,"我不知道,我如果掉在水里,会怎样做。在运动中,我是没有按过别人的"[26]……

十年之间,孙犁没有自杀成功成为"英雄",但他也从不寻找借口在昔日同行和战友身上扔下哪怕一小块石头;十年之间,孙犁"没有贴出一张揭发检举老战友的大字报";从没有"向造反派投递那种卖友求荣的小报告";更不会向"当时非常煊赫的权威,新贵,请求他们的援助与哀怜”[27]。疾病或许摧毁了一位小说家继续创作的勇气和能量,但“死里逃生”的体验使他最终选择自我修为,正如孙犁研究者阎庆生所认为的,孙犁人格的蜕变起始并奠基于“文革”之中[28]。回顾自己的“文革”岁月,孙犁自认对得起良心:“对于伙伴,虽少临险舍身之勇,也无落井下石之咎。循迹反顾,无愧于心。”[29]——看起来怯懦的、动不动就两眼一黑摔倒在地的读书人以疾病、以沉默、以“花鸟草虫”、以嗜读古籍的方式,持久进行着他的抵抗。

胆怯、疾病、不写、不听、不看,与其说是一种被动,不如说是以被动为主动表达对人生态度和立场的选择,正如叶君所言:“孙犁正是以其睿智的选择,成为那一时代知识分子群体中的卓异个体。”[30]某种意义上,嗜读古籍是孙犁面对彼时现实的最重要生活方式,——借此,作为患病者的他获得“康复”、拯救自我;借此,他使自己从他并不认同的公共生活中退出,回到四面墙壁由书籍组成的个人空间;最终,从对他所生活的那个时代的轻视与无视中,他诞生出一种对过去的热情,由此宣布对旧传统的热爱。——如果说早年的孙犁是“革命队伍里的多余人”[31],那么晚年的他则是“主流文化”的边缘人,有时候甚至与之对立,也许,在他创作的早期,游离于某种文化圈是出于无意识和艺术本能,那么,在晚年,他索性游离甚至主动对立,则出于他作为写作者和思考者的强大主体性。

研究者们都意识到老人对旧传统的热爱,也感受到他对“破坏”的心痛。那些与中华民族有关的文明需要继承,需要修复。新时期的孙犁开始发掘那些经典传统著作,重新评价,比如《唐传奇》《世说新语》《聊斋志异》,他认识到“书籍印刷,正如一切文化现象,并不都是后来居上的,它也是迂回曲折的”[32]。他推崇古代文学经典作品里的形式美、语言的简洁力量,希望重拾中国文学及中国文化的根基。“中国这些旧的文化,作为一个中国作家,一点都不懂,会闹笑话的。现在,笑话已经不少。”[33]“芸斋小说”对古代笔记体小说的形式的继承,他对汪曾祺、铁凝、贾平凹作品继承中国优秀文学传统的赞扬,莫不与他守望优秀传统的情怀有关。

胆小柔顺是通常人们对孙犁的看法,但回过头看,那二十年里,疾病的孙犁似乎比他任何同龄人活得“健康”。在一个没有英雄的时代里,他似乎只愿意做一个本分人、老实人。是不是古籍里那些对艺术、对政治、对历史的认识,使孙犁坚定地生活在他的世界?那些古籍使他不愚蠢,不谄媚,也不必在乱离之后忏悔和羞愧。那些古书籍是晚年孙犁生活的“定海神针”。

“历史上都写着中国的灵魂”

孙犁发表的那些读古籍笔记通常不长。一句一句,很少起承转合。这表明他并不迎合他的读者。他的读书笔记对读者有要求:那些喜欢轻逸的、幽默的、抖机灵的、聪明的飞扬文风的人可以直接忽略;他的文字需要读者有历史感,理解力,懂得历史皮相之下有秘密,浅表之下有另一种面容。当然,那些尽信古籍,对传统文化顶礼膜拜的读者也并不能成为他的知音,孙犁的文字中有对历史的质疑、讽刺,甚至是刻薄的批评。

曾国藩的家书真的是句句箴言？那些打开文庙的秀才们只是未能看到清廷的本来面目，他们何罪之有？有过文字狱的雍正、乾隆统治时期真的是盛世？《读〈哭庙纪略〉》中记述清初期的一件大案。在那里，孙犁看到了清代统治者的本相。天真幼稚的秀才打开文庙，集体“哭庙”期望把贪赃枉法的县太爷赶走，但时值顺治帝去世，秀才不料犯下惊扰先帝罪责。十八名读书人全部被砍头，其中包括金圣叹。事件之后，县官不但没免，反而变本加厉。

文人与政治的关系何其微妙，读《典论·论文》关于“耳食之徒”的论述，他颇多感慨：

> “逐声”就是庄子说的“吠声”，就是“以耳代目”，这种人有时被称为“耳食之徒”。他们是不进行观察，也不进行独立思考的。在我国，类似这种历史记载是很多见的。
>
> 这种社会现象，有时可形成一种起哄的局面，有时会形成一种持续很久的社会浪潮。当它正哄动的时刻，少数用脑子的人，是不能指出它的虚妄的，那样就会担很大的风险。因此，每逢这种现象出现，诈骗者会越来越不可一世，其“功业”几乎可以与刘、项相当。[34]

曹丕所记情状，哪里仅仅只发生在千年前？孙犁读史时常想到文人的操守。由因歌颂王莽而招致大祸的扬雄，他想到“文革”时期诸多文人的表现，不过，那些人后来依然过得不错，“至于那些直接间接，委曲、婉转或借古喻今，或将今比古，向‘四人帮’献媚献策的文章，戏剧，诗词，小说，多数将作为失误，用覆酱瓶。少数出自名人之手，以后是否被人写入本传，编入本集，就难说了”[35]。文人有时轻贱，有时则是“利器”。古代有一种职业叫师爷、讼棍或刀笔的，这些人能够把有说成无，把无说成有，“我劝写文章的同志，看看历朝的官方文书，特别是清朝的各种档案材料。还有皇帝的谕旨，例如雍正皇帝的朱批谕旨，是很有好处的。这不是教人学打棍子，这是一种特殊的文体，常常是关系一人或许多人身家性命的文体”[36]。

孙犁的读书笔记中多次写到对清代的认识，尤其是对雍正、乾隆时期的文字狱感慨最深：“雍、乾两朝大兴文字之狱，快一时之意，其实已使国家元气大伤，统治能力，也迅速走向下坡路，几代以后，即不能存其国家。然在当时，这两位皇帝还被誉为英明之主，这真是天知道了。”[37]看起来，历史论述并不完全真实。“历史强调真实，但很难真实。几十年之间的历史，便常常出现矛盾，众说纷纭，更何况几百年之前，几千年之前？历史但存其大要，存其大体而已。”[38]孙犁阅读古籍，不是为了疑问而疑问，不是为了批判而批判，他有分析、有鉴别。“尽信书不如无书”，孙犁对此有清醒认识。

尽管他多次说过不愿意写丑陋的东西，但大乱离时代所见所闻，读历史的所思所想，在他身上产生了深刻而显著的变化。“孙犁似乎不像许多当年在解放区文学中成长和成名的作家那样沉溺于一种极度的兴奋和欢乐之中，也没有声嘶力竭地去‘讨伐’那些曾不可一世的政客或小丑，他更没有追随风靡一时的‘伤痕文学’，去袒露那不堪回首的种种痛楚、伤疤或丑恶。”[39]他希望写出那些表象之下的黑暗，他难以忘记他所亲见的神神鬼鬼。小地痞小D之所以在“文革”期间成为头目,在于世风造就。“余曾询之有识之士,当时何以起用此人?彼云:以最卑劣之人物,管制中层以上之干部,乃是对走资派最大之蔑视。”[40]这怎不令人慨叹?“过去之革命,为发扬人之优良品质;今日之‘革命’,乃利用人之卑劣自私,反其道而行之,宜乎其为天怒人怨矣!”[41]看到人的恶,也看到运动如何激发人内心深处的恶。孙犁不得不写。“鲁迅先生有言,真正的勇士,能面对惨淡的人生,正视淋漓的鲜血。……然终于得见国家拨乱反正,‘四人帮’之受审于万民。痛定思痛,乃悼亡者。终以彼等死于暗无天日,未得共享政治清明之福为恨事,此所以于昏眊之年,仍有芸斋小说之作也。”[42]

晚年孙犁尽管一再告诉自己离政治远些,离文坛远些,但孙犁一直阅读关注中国当代文学作品,他写下大量读作品记,扶持青年作家们的成长,持续关注中国文学事业直至最后搁笔。事实上,他也从未曾离开过他的时代和他所处活生生的现实,他从未停止过关注他生活的土地:1975年他在《布衣文录》里写道:“呜呼,荆棘满路,犬吠狼嗥,日暮孤行,只可披斩而进也。”[43]1986年9月29日,他记载了收听收音机的心情:“忽闻关于精神文明之决议,正在播出。心情激动,聚精谛听。过去从未如此关心政治,晚年多虑,心情复杂,非一言可尽,慨然良久。”1989年8月27日,他写道:“今年入夏以来,国家多事,久已无心读书。近思应有以自勉,以防光阴之继续浪费。”[44]其后半年多时间里,他选择阅读《史记》,于第二年3月写成万言感想。

这位出生于解放区的革命作家深具现实情怀。在这位手不释卷的读书人心中,一位作家的情感只有与国家民生相连才值得景仰。在《我的集部书》中,他如此写道:“翻到‘亲贤臣,远小人,此先汉之所以兴隆;亲小人,远贤臣,此后汉之所以颓败’一节,掩卷唏嘘,几至流涕。汉魏文章之可贵,即在于此。身世与政治相关联,作家情感,密切国家民生,责任感很强。非同后来文人之只知哀叹自己也。”[45]

在鲁迅的传统里

1927年7月16日,鲁迅为广州知用中学学生做过一次影响深广的读书讲演。他认为最好的读书人是“思索者”和现实社会的“观察者”,“用自己的眼睛去读世间这一部活书”,从而“使所读的书活起来”。那种“最好的读书人”,正是晚年孙犁的追求目标,——既有独立思索和判断能力,又深具人文情怀的读书人。

孙犁对鲁迅的追随很早就开始了。年轻时代,他每次阅读《为了忘却的记念》都忍不住热泪盈眶。他多次抄录、油印这篇文字,给学生讲解,自己则背诵如流。晚年偶然在收音机里听到,心情久不平复。战争岁月颠沛流离,他身边一直伴有鲁迅作品。进城后有条件购买书籍时,尤其是患病期间,他严格按《鲁迅日记》里的书账寻找古籍,以经、史、子、集类别广泛购置。他为他的藏书能与鲁迅藏书有十之七八相近而深感快慰,他自述希望通过这样的方式来“以证渊源有自”,能“追步先贤”。某一次,他为一位朋友赠写条幅“如露亦如电”,之后得知鲁迅也曾书此句赠日本僧倓,深感惊喜与快慰。晚年时则不止一次感叹鲁迅先生的思想、感想、文字,“望尘莫及”。

事实上,孙犁的读书趣味深得鲁迅精神,比如喜欢读笔记和野史,对历史叙述保持怀疑。这令人想到鲁迅所言:“历史上都写着中国的灵魂,指示着将来的命运,只因为涂饰太厚,废话太多,所以很不容易察出底细来。正如通过密叶投射在莓苔上面的月光,只看见点点的碎影。但如看野史和杂记,可更容易了然了,因为他们究竟不必太摆史官的架子。”[46]越追慕鲁迅,便越对乱哄哄的现实有所疏离,对潮流文化保持距离,他显然在追求成为“不和众嚣,独具我见之士”[47],研究者们说晚年孙犁越来越像“猛士”,其实这正是孙犁“心向往之”:“我在无数事实面前,摒弃了只信人性善的偏颇,兼信了性恶论,对一切丑恶,采取了鲁迅式的,极其蔑视的态度的结果。”[48]孙犁晚年以阅读和抄写古籍度过乱离时代很难不让人想到鲁迅早年清寂、孤独的碑抄生涯,内在里,他们都借助“返古”获得精神自由。

无论怎样,对于读书人而言,最难的恐怕是行动,是“知”与“行”如何统一。读历史古籍的孙犁难免会使人想到鲁迅笔下的“狂人”:疾恶如仇,看到历史的伪善毫不遮掩地指出来……但他与狂人根本的不同在于行为方式,他有勇气和能力将“知”践于“行”。——《狂人日记》中,狂人病愈后便“赴某地候补矣”;而现实中的孙犁则宁可孤独寂寞,绝不“从善如流”,宁可“岩穴孤处”,绝不“拆烂污”。

2013/2/5 一稿

2013/2/20 二稿

2013/3/2 三稿

【注释】

①孙犁:《文虑》,见《孙犁全集》,第6卷,327页,人民文学出版社2004年版。

②㉘阎庆生:《“新”“老”孙犁的蜕变论》,载《陕西师范大学学报》(哲社版)2002年第6期。

③⑤⑥汪稼明:《孙犁:陋巷里的弦歌》,78、83、83页,大象出版社2003年版。

④⑲孙犁:《我的金石美术图画书》,见《耕堂读书记》(上),212、215页,百花文艺出版社2012年版。

⑦⑩《孙犁文集续编》,17、82页,百花文艺出版社2002年版。

⑧叶君:《孙犁的“病”》,载《天津师范大学学报》2008年第5期。

⑨关于孙犁一生遭遇相关分析参考了杉本雅子:《孙犁的“光荣”意识》,见《孙犁研究论文集》,155页,百花文艺出版社2002年版;阎庆生:《论孙犁“边缘生存”的人生哲学》,载《北京大学学报》2009年第5期;叶君:《论孙犁的“病”》,载《天津师范大学学报》2008年第5期。叶君的文章指出,1962年的孙犁有过短暂的文学创作的热情,但很快熄灭。在他看来,孙犁并非不能创作,实在是不愿意违心创作。参看孙犁:《芸斋小说》,125页,人民日报出版社1990年版。

⑪孙犁:《戏的梦》,见《秀露集》,1页,百花文艺出版社2012年版。以下孙犁作品引用,除特别注明外均出于百花文艺出版社2012年版。

⑫孙犁:《耕堂读书记》(上),28页。

⑬孙犁:《无为集》,96 页。

⑭⑮⑯⑰㊸㊹孙犁:《布衣文录》,20、14、14、50、73、124 页,山东画报出版社 1999 年版。

⑱孙犁:《买〈世说新语〉记》,见《耕堂读书记》(上),180 页。

⑳杨颉:《论世、论事和论文》,见《孙犁研究论文集》,25 页,百花文艺出版社 2002 年版。

㉑孙犁:《在阜平——〈白洋淀纪事〉重印散记》,见《晚华集》,16 页。

㉒孙犁:《画的梦》,见《秀露集》,31 页。

㉓孙犁:《文字生涯》,见《晚华集》,104 页。

㉔孙犁:《戏的梦》,见《秀露集》,5 页。

㉕㉖孙犁:《冯前》,见《无为集》,20 页。

㉗孙犁:《夜思》,见《秀露集》,67 页。

㉙孙犁:《秀露集》,257 页。

㉚叶君:《论孙犁的"病"》,载《天津师范大学学报》2008 年第 5 期。

㉛杨联芬:《孙犁:革命队伍里的"多余人"》,见《中国现代文学研究丛刊 30 年精编》,复旦大学出版社 2009 年版。

㉜孙犁:《我的书目书》,见《耕堂读书记》(上),80 页。

㉝孙犁:《和郭志刚的一次谈话》,见《如云集》,115 页。

㉞孙犁:《曹丕〈典论·论文〉》,见《耕堂读书记》(上),22 页。

㉟孙犁:《买〈汉魏六朝名家集〉记》,见《耕堂读书记》(上),242 页。

㊱孙犁:《读哭庙纪略》,见《耕堂读书记》(上),148 页。

㊲孙犁:《清代文献(一)》,见《耕堂读书记》(上),62 页。

㊳孙犁:《三国志·关羽传》,见《耕堂读书记》(上),33 页。

㊴刘慧英:《"荷花淀"的清香和人生的劫难》,见《孙犁研究论文集》,113 页,百花文艺出版社 2002 年版。

㊵孙犁:《小 D》,见《孙犁全集》,第 7 卷,185 页,人民文学出版社 2004 年版。

㊶孙犁:《地震》,见《远道集》,15 页。

㊷孙犁:《三马》,见《尺泽集》,25 页。

㊺孙犁:《我的集部书》,见《耕堂读书记》(下),347 页。

㊻鲁迅:《忽然想到(四)》,见鲁迅全集,第 3 卷,13 页,人民文学出版社 1981 年版。

㊼鲁迅:《破恶声论》,见《鲁迅全集》,第 8 卷,26 页,人民文学出版社 1981 年版。

㊽孙犁:《心脏病》,见《曲终集》,5 页。

(原载《南方文坛》2013 年第 3 期)

获奖词：

本文以一种重返历史现场的方式，回溯了“80后”作家崛起的历史，深刻揭示了这代作家目前的困境，所涉作家既有上海特色，也有代际群体的代表性，并寓同情理解于审度中。视角独特，论述客观，文字周详通达，入情入理。

个体化与共同体危机

——以“80后”作家上海想象为中心

黄　平

一切的路都朝向城市去。

——维尔哈伦(Verhaeren),《城市》

为什么要让不爱上海的人出生在上海?

——郭敬明,《生活在别处》

这个城市里已经没有梦想。

——韩寒,《城市,让生活更糟糕》

1999年3月28日，星期天，上午九时左右，上海南郊金山区亭林镇亭东村的韩仁均先生接到一个电话，对方是上海作家协会《萌芽》编辑胡玮莳，询问他的儿子韩寒为什么没有参加昨天“新概念作文大赛”的复赛。韩仁均惊讶地告诉对方并没有收到复赛通知，胡玮莳表示评委会同意把复赛的机会保留到中午之前。显然，留给韩寒的时间不多了。韩仁均大声叫醒了儿子，父子二人冲出家门拦住一辆车，以疯狂的速度驶过郊区颠簸的公路，开往六十公里外遥远的上海市区。像好莱坞电影一样，主人公在最后一刻赶到了。“新概念作文大赛”总干事、评委李其纲先生将韩寒带到补考的房间里，随手将一张揉成团的白纸丢进水杯，告诉韩寒这就是题目。一个小时以后，韩寒完成了一篇《杯里窥人》

的作文,这篇借着纸团慢慢在杯中浸开来冷嘲热讽社会对于人性污染的作文,获得了首届“新概念作文大赛”的一等奖。获奖的当天下午,韩寒在细雨蒙蒙中坐着公交车返回松江二中,在乱糟糟的宿舍里继续写作他的第一部长篇小说《三重门》。当时的韩寒很难预料到,十多年之后,第十四届“新概念作文大赛”复赛的题目是《韩寒》。

不仅是韩寒,“新概念作文大赛”召唤出一代青年作家。他们凭借“新概念”的平台成名,先后汇聚在上海这座大都会,写城市,也为城市里的读者写作。对于过去十年的中国文学图书市场而言,这批青年作家成为市场的风向标,作品一版再版,读者数以百万。拥有悠久的乡土文学传统的中国文学界,一直苦于找不到书写城市的方式,这批和“改革”同龄、出生在城市中的青年作家的作品,正在以不同的艺术方式,描摹城市一代成长中的灵魂。

对于传统的中国文学而言,这是一次深刻的断裂。文学界一般以两种方式消化这一断裂:或者将这批作家作品视为“青春文学”[①],一种不成熟的、逃避现实的、青年人写给青年人看的文学;或者视为“市场文学”,不无轻蔑地认为这是一种新的通俗文学,同时强调还有另一批“80 后”作家依然坚守着“纯文学”的传统,只是他们的名声被大众对于韩寒、郭敬明的追捧而淹没[②]。和文学界的普遍冷遇不同,这批青年作家——尤其是直面公共议题的韩寒——在海内外传媒上受到隆重对待:韩寒先后被《南方周末》《亚洲周刊》《新世纪周刊》选为年度人物,被《时代》周刊选为“全球有影响力人物一百人”,被《外交政策》选为“全球百大思想家”。2010 年 3 月 12 日出版的《纽约时报》,将韩寒视为“可能是目前在世的最受关注的作家”[③]。与之对比,有另一种声音认为韩寒、郭敬明都是“抄袭者”,郭敬明《梦里花落知多少》抄袭庄羽《圈里圈外》事件已经在 2006 年由北京市高级人民法院终审宣判,认定郭敬明抄袭成立;韩寒早期作品则被方舟子疑为韩仁均代笔,这一事件成为 2012 年的大众传媒热点,但一直缺乏有说服力的证据,也有很多人指出对于韩寒的批判,实质是基于对韩寒政治立场的不满。

在偏见、闹剧与粉丝式的追捧之外,本文尝试严肃对待这批作家,以韩寒、郭敬明为代表,历史化地考察“80 后”文学的兴起;并且以韩寒、郭敬明对于上海的想象为中心,讨论“80 后”文学如何处理不断城市化、现代化的中国,这场文学运动与当代中国的历史进程如何互相形构。和世纪初类似,上海在世纪末再次成为“新青年”的策源地。“新概念作家大赛”发生于上海,“80 后”作家汇集于上海,新一代作家开始讲述既“新”又“古老”的“上海故事”。

一、“新概念作文大赛”与“80 后”作家的出场

且回到作为“80 后”作家出场标志的“新概念作文大赛”[④]。这场比赛起因于上海作家协会《萌芽》杂志的改版,而《萌芽》改版首先是一次经济救赎。“创刊于 1956 年 7 月的《萌芽》杂志是新中国第一本青年文学杂志,刚一创刊,就获得广大读者的欢迎。创刊号发行 3600 册,一年不到就达到 20 万册,在文学界和青年读者中产生了很大影响。”[⑤]然而,

《萌芽》在办刊过程中长期伴随着资金紧张。早在 1984 年,《萌芽》就设想过针对上海中小学生午餐难的问题来组建快餐派送公司“以副养刊”,经济的窘境可见一斑。

这种困境在 20 世纪 90 年代全面市场化改革后愈演愈烈。赵长天在 1995 年接任《萌芽》主编时,杂志发行量只剩下一万多份,读者群不断萎缩。赵长天开始了第一次改革,大规模地引起“市场经济”的思路:“既然明确文学杂志是商品,那么对于商家来说顾客是上帝,对于杂志来说读者就是上帝。我们反复强调树立市场意识。”⑥延续这一思路,赵长天开始细分市场受众,“寻找”他的读者,“在那么多的杂志并存的情况下,每本杂志都要有细分的读者对象。‘青年’,还是一个太笼统的概念。经过分析和实践,最终把‘我们的读者’定位为以高中生为主体的爱好文学的青年学生”⑦。从 1996 年 1 月开始,赵长天率领《萌芽》团队开始了第一次改革,“1996 年 1 月开始的改版指导方针是摸索文学和市场的切合点。在当时青年学生对《萌芽》一无所知的情况下,我们首先考虑的是怎么吸引他们的眼球。在杂志最醒目的位置,我们不像以前通常所做的,放最好的小说,而是刊登学生关心的热点纪实作品。比如当时非常热门的申花足球明星的报道等等。读者可能是为了看自己关心的热点而买《萌芽》的,买来后,或许他们会再看看别的内容,比如小说、散文、诗歌”⑧。这次改革不算失败,但成效不大,赵长天后来回忆:“经过一年的努力,刊物销量上升了一倍。但是,两万多的发行量,离我们的目标还是很远。我们经过调查和分析,发现主要原因是杂志刊登的文章,基本作者都是中年人,这些文章和我们期待的读者的兴趣有距离。或者说我们的作者和我们的读者有代沟。我们应该多刊登年轻人自己写的文章。”⑨

赵长天的“改革”逐渐抓到了问题的关键,与其迎合“读者”,不如更有生产性地制造“读者”,通过“年轻人自己写的文章”,循环性地生产出“文本”与“读者”、“想象”与“身份”。在彼此指认、辩证共生的关系中,在青年共同体的网络中激活《萌芽》的能量。1998 年赵长天开始了第二次改革:“新概念作文大赛”。“新概念作文大赛”出台的背景,在于 1997 年爆发的“语文教育大讨论”。1997 年第 11 期的《北京文学》以《忧思中国语文教育》为题,刊登王丽《中学语文教育手记》、邹静之《女儿的作业》、薛毅《文学教育的悲哀》三篇文章,揭示语文教育严重弊端,成为轰动一时的热点话题。《中国教育报》《中国青年报》《光明日报》《文艺报》《新民晚报》等媒体纷纷转载,并就语文教育问题刊发大量评论文章。中央电视台、中国教育电视台同时跟进,制作了相关的专题节目。据当事人王丽回忆,文章发表后几个月,当时主管教育的领导人作出批示,有关部门邀请她参加了全国语文中考改革指导会议,启动了世纪末中国语文教育改革⑩。

在这样的改革浪潮中,《萌芽》顺势推出“新概念作文大赛”,邀请国内一流的文学家、编辑和人文学者担任评委,定于 1999 年 1 月 1 日起,每年举办一次,分为初赛与复赛,复赛地点设在上海。参赛对象分为三组,A 组是应届高中毕业生,B 组是除高三以外的初高中学生,C 组是除中学生以外 30 岁以下的青年人。《萌芽》就此发表《“新概念作文大赛”倡议书》,开篇就谈到“自 1997 年年末肇始,整个中国的舆论界对中学语文教育投以了极大的关注"[11]。《倡议书》认为,"中学语文教育的种种问题,概言之,是将充满人性之美和生活趣味的语文变成机械枯燥的应试训练"[12]。在《新思维 新表达 真体验——"新概念作文大赛"征文启事》中,《萌芽》将自己对于理想作文的设想,概括为"两新一真":

"新概念"旨在提倡:

"新思维"——创造性、发散型思维,打破旧观念、旧规范的束缚,打破僵化保守,无拘无束

"新表达"——不受题材、体裁限制,使用属于自己的充满个性的语言,反对套话,反对千人一面、众口一词

"真体验"——真实、真切、真诚、真挚地关注、感受、体察生活[13]

"新概念作文大赛"的倡议书与启事显而易见是对于应试教育的批判,但饶有意味的是,倡议书也表达了成为"语文奥赛"的渴望,"应该指出的是中学的许多基础学科,如数学、物理、化学都已经有了全国性的奥林匹克大赛,而惟独作为从小学到大学(包括理工科大学)都要学习的语文学科却没有与之相称的全国性大赛形式"[14]。而且,"新概念作文大赛"能够从无数作文竞赛中脱颖而出,正在于征用了体制的力量,巧妙地联合七所重点大学(北京大学、复旦大学、华东师范大学、南京大学、南开大学、山东大学、厦门大学),承诺"获奖的或入围的应届高中毕业生将进入七所著名高校重点关注范围,视其具体情况予以提前录取或优先考虑"[15],并在获奖作品选封底印上"获奖者被全国重点大学免试录取名单",由此搭建了一条保送大学的民间路径。有研究者分析道,"现在看来,'新概念'的成功离不开《萌芽》对传媒资源和教育资源的巧妙整合——创造一个极具诱惑力的承诺:进入名校深造的'直通车',即与大赛合作名校达成协议,承诺优先免试录取大赛获奖者。据悉,仅1999年第一届、2000年第二届的新概念作文大赛中,就有21名一等奖获得者被各知名高校破格免试录取"[16]。某种程度上,这种既叛逆又体制化的充满矛盾的统一,对于"80后"文学的发展有微妙而深远的影响。

更重要的是,"新概念作文大赛"所规划的"新"与"真",指向着对于"新人"的询唤——这既是《萌芽》渴望的"作者",也是《萌芽》渴望的"读者"。这里的"新"与"真"不是泛泛的说教,而是有其特定的内涵。就当时的语文教育改革而言,批判者列出了一批"不合格"的中学课文,比如《纪念白求恩》《谁是最可爱的人》《荔枝蜜》[17]。秉持左派立场的刊物不同意这一点,曾组织专辑予以辩论,尽管那类大批判的语言与逻辑值得商榷,但有一点观察是准确的:"改变教材,归根结蒂是为了改变人心。"[18]对于"新概念作文大赛",有研究者指出:"在评选过程中,'人性标准'和'审美标准'代替了'政治标准'和'道德标准'成为引导参赛者写作的标杆。……在传播在成人文学界业已成为'主流'的文学观。"[19]"人性"与"审美"提供了一种新的意识形态,这种意识形态的核心是"个人",一个去政治化的、反共同体的个人。正如贺桂梅的分析,"感性、情感、体验等个体主观经验被作为跨越人的分裂式生存的解决方式,个人可以在'审美'之中成为一个完整的主体,从而试图更为干净地撇清其与国家/社会等社会组织形态之间的关系"[20]。"新概念作文大

赛”之后，青年写作中“我”大行其道，个体的内心体验被放大到无以复加的地步。

以“个人”为核心的意识形态，构成了“80后”诞生的基点。在“关键词”的意义上考察“80后”的谱系，这一命名最早出现在2003年“萌芽小说族”丛书的宣传：《萌芽》与浙江文艺社联手再推文坛“80后”[21]。随即，2004年2月2日《时代》周刊亚洲版选择北京二十一岁女作家春树（《北京娃娃》作者）作为封面人物，在《新激进分子》（The New Radicals）的封面报道中，将她和韩寒视为中国另类青年的代表[22]。伴随着海内外大众传媒的介入，“80后”这一命名溢出了文学领域，成为出生于1980—1989一代青年的标签，构成了理解这一代青年的视角。几乎被遗忘的事实是，“80后”既起源于“80后”文学，又深受“80后”文学的形构，文学在当下中国并未边缘，只是更为隐秘地发挥着作用。正如李阳的分析：“当《萌芽》转化为中学生之间的交流媒介以后，就不仅将中学生话语解放到纸媒介中，同时也把中学生这一社会身份鲜明地生产了出来。中学生话语和身份在符号意义上构成了自足的互相生产的关系——把自己的故事不断地讲给自己。当然，所谓中学生（更流行的说法是‘80后’），与其说是一个具体的社会群体，不如说是一个被建构的文化身份。”[23]由此，“80后”文学既让“80后”一代变得可见，同时也限定了“80后”想象的可能性。

郭敬明所命名的“小时代”到来了，《萌芽》有效地迎合了一代新人的历史性登场，迎来了全方位的成功。据赵长天回忆：“新概念作文大赛之后，《萌芽》发行量直线上升，2000年达到了10万份。其后，每年以10万份增加，2005年每期平均发行50多万份。”[24]推崇“市场”的赵长天，打造了自己的市场产业链：“杂志、大赛、书系、网站、学校已经初步形成了一个萌芽产业链。”[25]在市场上大获成功之后，《萌芽》也收获了国家意识形态的肯定：“2005年，《萌芽》杂志获得第三届国家期刊奖，被列为百种重点期刊。同年，萌芽杂志社被评为上海市宣传系统第一届文明单位。”[26]这种左右逢源、皆大欢喜的结果，显示出单纯以“市场”或“国家”为视域分析当代中国都显得褊狭，无论左翼或右翼的理论，都无法充分揭示当代中国的剧变。一切坚固的东西都烟消云散了，“新概念作文大赛”与“80后”作家的登场，代表着城市化进程所构建的新主体与新文学。城市化进程推动着青年一代的主体重构，这一代“新人”的心灵印记与情感结构将在“80后文学”中显影。

二、“小时代”的上海想象

作为中国最现代的城市，上海让四川省自贡市富顺县的高中生郭敬明无限向往，在高三的作文中，他写道：“是谁说过：燃亮整个上海的灯火，就是一艘华丽的邮轮。”[27]“我的根似乎是扎在上海的，就像人的迷走神经一样，一迷就那么远。这多少有点不可思议。”[28]相比而言，“我的城市多少有些令人啼笑皆非。一句话，它是一个像农村一样的城市，一个像城市一样的农村”[29]。“新概念作文大赛”为郭敬明打开了通往上海之路，他以《剧本》（第三届预赛作文）、《假如明天没有太阳》（第三届复赛作文）、《我们最后的校园民谣》（第四届预赛作文）等作文连续获得第三届、第四届“新概念作文大赛”一等奖。2002年郭敬明考入上海大学影视艺术工程专业,开始长久地生活在上海。

作为郭敬明文学之路起点的《剧本》,编织了一个关于“社会角色”的寓言,文章设置了三个人物(左岸、右岸、“我”),代表着三种社会角色在现代社会的命运:左岸偏激、冲动,是一个摇滚乐手、诗人;右岸则是规矩温顺的职员,“每天早上坐同一时间的地铁坐同一个座位去上班”[30];“我”就像河床一样,在左岸与右岸之间,承担着生活的河流。只有在多元的、流动的现代社会,以及在现代社会中“自我”(self)的观念诞生之后,扮演怎样的“社会角色”才构成一个挑战。《剧本》这篇显得幼稚的作文,已然表现出少年郭敬明对于“社会角色”的敏感,他清醒地明了“社会角色”不过是一个文化构造物,就像说台词的戏子,带有表演性。莱昂内尔·特里林精辟地指出这一点,“真诚的观念,自我的观念,认识并展示自我之艰难的观念,开始在戏剧突然昌盛的时代兴起并困扰人类,这绝非偶然”[31]。

在《假如明天没有太阳》中,郭敬明用雕琢、抒情的文字(“安静的夜”“隐隐浮动的霓虹”“墨蓝的天壁”等等),塑造了一个“我想快点快点快点,回家”的“孩子”,伤感且莫可名状,所谓“有一种烦恼是莫名其妙的”[32]。在蝉联冠军的第四届“新概念作文大赛”中,郭敬明再次重复了这种美学策略,《我们最后的校园民谣》和校园民谣本身一样伤感,在盘点高晓松、老狼、叶蓓、沈庆等民谣歌手之后,郭敬明选择以民谣式的句子结尾:“我们最后的校园民谣,夕阳下我向你眺望,你带着流水的悲伤。”[33]

在这批早期的获奖作文中,郭敬明已经开始展现他的特长:他善于描写一类特别的“自我”,忧伤、唯美的个人主义者,或者说“精致的利己主义者”[34]。在郭敬明的小说中,个人是觉醒的,然而这种“觉醒”和外在的世界无关,指向内在的情绪与体验,“自我”到近乎自私、自恋的地步。

这样一类“脱历史”的自我,如何与当代中国的城市生活相遇——郭敬明来到上海后的小说,无论他是否意识到,都围绕这一点展开。在《幻城》(2003)所编织的唯美、空洞、自我无限膨胀的奇幻故事大获成功后,郭敬明选择休学专事写作,并于2006年成立“上海柯艾文化传播有限公司(CASTOR)”,成为“80后”作家中第一位以文化公司的方式运作文学生产、发行与推广的文化资本家。在2007年,郭敬明推出第一部描写上海生活的长篇小说《悲伤逆流成河》,这部小说是郭敬明迄今为止唯一带有“底层”味道的作品。故事发生在上海这座国际大都会的暗影里,石库门那些逼仄、潮湿的弄堂之中,讲述善良的富家子弟齐铭与弄堂里的单亲少女易遥的残酷青春。过于敏感的爱情与过于曲折的情节,摧毁了青春期的主人公,同时牢牢抓住了同样处于青春期的读者。据郭敬明自述,《悲伤逆流成河》在当年“五一”七天长假中售出惊人的一百万册。不过,无论怎样受到欢迎,郭敬明所擅长的伤感故事,在这部作品中变得过于沉重。毕竟,这个故事涉及流行的“上海故事”所需要回避的阶级差异。

郭敬明很善于调整自己,一年之后推出代表作《小时代》三部曲的第一部,《小时代1.0折纸时代》。从老城区到陆家嘴,炫目的、繁华的、流光溢彩的上海扑面而来,小说以下面这个段落开始:

翻开最新一期的《人物和时代》，封面的选题是《上海与香港：谁是未来的经济中心》——北京早就被甩出去两百米的距离了，更不要说经济疯狂衰败的台北。

每一天都有无数的人涌入这个飞快旋转的城市——带着他们的宏伟蓝图，或者肥皂泡的白日梦想；每一天，也有无数的人离开这个生硬冷漠的摩天大楼组成的森林——留下他们的眼泪。[35]

这种对于上海都市景观近乎膜拜的赞叹，贯穿小说的全书。陆家嘴的摩天楼群，作为标识何为"现代"的景观，构成了一种"物化的世界观"[36]。然而，对于摩天楼群的景观，《小时代》的主公人既是惊叹者，又是旁观者，她分享的位置是"看"。这是让她激动的城市，但不是她的城市。无论是金茂大厦还是环球金融中心，真正的持有者是国内外一流的财团。"小时代"里的人物与权贵阶层的关系只有两种：家族关系与雇佣关系，前者以顾里为代表，后者以林萧（即叙述人"我"）为代表。舍此无他，政治参与、社会运动、舆论监督、文化批判等等一概付之阙如。

郭敬明不是没有感知到这一点，只是缺乏足够的勇气正视，并且慢慢地通过文化公司的运作成为资本链条上的一环。在《小时代》中，郭敬明将"资本"的气质掩饰为"男性"气质，最多是一种"怪癖"，比如《M.E》主编宫铭不允许主编助理林萧使用逗号和句号之外的标点符号，林萧的同事告诉她，"意义在于逗号和句号可以表现出我们的冷静和有条不紊，任何时候我们都是被设定成这样的机器人！"[37]对于资本时代的冷漠法则，匮乏参与可能性的年轻一代，充满了无力感，郭敬明也诚实地表达出这一点，"财富两极的迅速分化，活生生把人的灵魂撕成了两半。我们躺在自己小小的被窝里，我们微茫得几乎什么都不是"[38]，"我们活在浩瀚的宇宙里，漫天漂浮的宇宙尘埃和星河光尘，我们是比这些还要渺小的存在"[39]。

合乎逻辑，《小时代》的故事都发生在"内景"。从上海大学女生宿舍到毕业后主人公们租住的静安别墅，从顶级写字楼到豪宅里的 PARTY，郭敬明的小说是文学版的"室内剧"，大上海流光溢彩的景观，与主人公的生活没有发生真正的关联。和第一部"室内剧"《渴望》在 1990 年饶有意味地播出一致，激荡在十字街头的能量变得衰微，一切都被吸纳到个人空间之中。和《子夜》《上海屋檐下》等上海故事将政治波澜作为故事的推动力不同，在《小时代》之中，故事的推动力依赖人物间的对话与人物爱恨关系的调整重构。

郭敬明的经典主人公，就是这种被中国特色的现代性囚居在内室中的主体，始终处于一种不成熟的状态。郭敬明将这种状态指认为"孩子"，他安于这种无法长大的状态，"一个永远也不肯长大的孩子也许永远值得原谅"[40]。郭敬明的上海想象、美学风格与叙述策略，都是围绕"孩子"而展开。在《小时代》之中，顾里、林萧、南湘、唐宛如四个同宿舍的女孩子组成了"小共同体"，以抱团取暖的方式，扮演着"大时代"的局外人，"小时代"的剧中人。然而，这种与历史疏离的态势无法持久，《小时代》三部曲结束于"胶州路大火"，郭敬明安排他的所有人物在胶州路 707 弄 1 号聚会，时间是 2010 年 11 月 15 日。在现实世界中上海同一天同一地点爆发了震惊全国的火灾，五十余人葬身火海。现实中的"上海"终于无比酷烈地闯进到"小时代"的世界中,将里面的男男女女焚烧干净。

这样一个猛烈而意味深长的结尾,提升了《小时代》三部曲的境界。在小说结尾,劫后余生的林萧离开了上海,在漫长的岁月里反复做同一个梦:阳光明亮的大学寝室,她和女伴们穿着睡衣挤在沙发上窃窃私语,"我们俩的头发都又长又黑,长长软软地披散下来,缠绕在一起,分也分不开"[41]。"上海梦"化为灰烬,宛如幻城一梦,郭敬明写完《小时代》最后一行,是否会想起自己十四岁时候发表的处女作《孤独》,这首预言般的小诗结束于这一句:"我们不知道要去哪里"。

三、游弋在"他的国"

韩寒也未必知道要去哪里,但是和郭敬明不同,韩寒的主人公永远"在路上"。"新概念作文大赛"与《三重门》的成功后,韩寒很长一段时间去玩赛车,几年内成为中国汽车锦标赛场地赛、拉力赛双料冠军,目前是中国最出色的赛车手。同时,他继续着自己的写作,连续出版《长安乱》(2004)、《一座城池》(2006)、《光荣日》(2007)、《他的国》(2009)、《1988——我想和这个世界谈谈》(2010)等长篇小说;并且以"新浪博客"为平台,从2008年开始发表一系列杂文,戏谑反讽地抨击时弊,篇篇成为社会热议的话题。社会大众所理解的"韩寒"形象,基本上是这一系列时评所勾勒出来的。

体育记者方肇曾经如此评价韩寒的赛车:"韩寒理想的赛车,就是在危险到几乎失控的边缘驾驶着自己的线路。"[42]这同样适合于描写韩寒的写作。韩寒写的是一种游弋的"公路小说",往往和道路与远方相关,描绘着不安分的青年游荡者。早在2000年,十八岁的韩寒就表现出对"远方"的向往,他在《永远的远方》一文中表示苏童的短篇小说《一个朋友在路上》是"近年来唯一一篇让我读了两遍的小说"[43]。这篇小说描写叙述人"我"的好友力钧酷爱《在路上》,大学毕业后选择做一只"自由之鸟"在中国各地漫游,"冲破围墙到外面去,去看真实的世界,去找寻你的自我"[44],这个主题显然击中了韩寒的内心深处,韩寒的小说都是"在路上"的各种变形,笔者就此曾经专门整理过:在《一座城池》中,小说第一页,"火车慢慢停下,这又是一个全新的地方",以为自己是"逃犯"的"我"和健叔在陌生的大地上逃亡;在《光荣日》中,一群青年自动放逐到远方,整部小说是一个疯狂的白日梦,"到了毕业分配的时候,这些人主动放弃了分配,跟随大麦来到了孔雀镇。一共七个人。大家坐着火车,摇摇晃晃,穿过一座山,再穿过一座山";在《他的国》中,依靠着最后一个变异的大动物萤火虫的照亮,左小龙在大雾中开着摩托离开故乡亭林镇,幻想沿着318国道穿越中国。《1988——我想和这个世界谈谈》则更为彻底地将故事场景放置在318国道,"我"从上海到西藏,横贯东西,穿越整片广袤的中国。

和郭敬明自我囚禁的脆弱与忧伤不同,韩寒的人物,表征着经历巨变的当代中国价值认同的破碎。郭敬明的人物幻想着海上繁华梦,沉醉在一系列国际品牌与商业地标带来的物质迷幻之中;出生于上海的韩寒,反而拒绝了"上海"所规约的这一切,在上海召开世博会前夕,他针锋相对地表示,"城市,让生活更糟糕"(世博会口号:"城市,让生活更美好"),在同题演讲中韩寒直言不讳"我是一个非常非常不喜欢大城市的人"[45]。如果说郭敬明一直竭力掩饰自己来自四川,努力扮演着"上海人",那么韩寒则一直强调自己就是"乡下人","我的小时候在农村度过,农村的确是个好地方,至少可以放声高歌"[46]。上海的城市景观对于韩寒也是缺乏魅力的,"如果说城市的建筑是美丽的、值得欣赏的话,我宁愿成天对着一只火柴盒看。钢筋水泥是最没人情味的"[47]。在《青春》等杂文中,韩寒表示自己关注的是"上海郊区普通人的生活",他不是从宏大叙述——比如"中国崛起""浦东模式"——开始,而是从身边的普通朋友出发,一笔一笔算起经济账,面对高昂的房价与物价,这些普通的年轻人未来渺茫。读《青春》,笔者想到的是谁也不会拿来和韩寒比较的赵树理。王晓明曾经这样分析赵树理:"他是一个要替农民算实际的生活账的作家……他也坚信,这个社会主义应该能同时在政治和身体的层面令农民信任,应该能确实地改善他们的生活。他不相信单靠描绘未来图景——无论那多么新、多么美——就能长久地打动农民。必须有实际的数据,才能支持历史的逻辑,光用文字画一条历史进步的逻辑线条,小二黑是不会长久相信的。……1960 年代,赵树理笔下再次出现了一批被称为'中间人物'的形象,他们一径低着脑袋,顽固地算着自己一家一户的小账。"[48]在《青春》中,韩寒和写《三里湾》的赵树理一样,耐心地计算着本阶级的"账目","一个月赚一千五百块""一个月可以补贴一千五""他的母亲在给人拧电灯泡,八百块一个月""但是上海郊区镇上的房子一套至少要五十万"[49]……和赵树理作为农民阶级的文学代理人相似,韩寒是属于中国正在崛起的中产阶级的作家,他对于公正、自由、民主等社会价值与房价、汽车、电影等具体问题的关注,以及通过博客与微博等网络新媒体与受众的互动与传播,都在不断强化他的中产阶级代言人身份。在一个文学丧失轰动效应的时代,韩寒的文字有如此呼风唤雨的魔力,正在于新兴的历史能量的支持。

韩寒的作品,标志着中国中产阶级的美学倾向与社会处境。这是一个尴尬的阶级,一直被期许为"公民社会"的中坚力量,但在现实中举步维艰。面对社会等级不断凝固与分化的现状,中产阶级无法克服"社会板结"所导致的参与性危机。尽管上海所代表的中国各大城市在近年来高速发展,但是中产阶级缺乏有效地分享发展果实、有效地参与自身生活的方式,由此缺乏对于共同体的认同。麻省理工学院黄亚生教授结合具体经济数据分析道:"'上海模式'可以提高城市高楼大厦的楼高和国内生产总值的统计数据,但对提升居民的实际生活水平却是有限的。此外,上海可能是中国贫富差距最大的城市之一。"[50]黄亚生就此发出严厉地批评,"世界上任何其他地方都不会像上海一样点燃如此多的梦想,也带来如此多的失望"[51]。不过,和以往的批判型知识分子不同,关于"中国向何处去"[52],韩寒没有一个确定的远景,他放弃了关于"乌托邦"的任何迷思。"如果说郭敬明的写作是'小时代'写作,韩寒则是'大时代'写作。在一个确定性可疑的世界里,以不确定的方式游弋,韩寒的杂文写作,正是一场属于这个时代的文化游击战。这里的'游击',不仅仅是比喻意义上的,更是游击的本义,在没有找到自己'根据地'情况下的游荡、回击。"[53]

这种写作对应着中产阶级在社会结构中的处境,"游弋"的状态,没有超出一百年前毛泽东在《中国社会各阶级的分析》中的论断:"那动摇不定的中产阶级。"[54]这也解释了为什么韩寒的作品是反讽性的,如琳达·哈琴指出的,"反讽成了实际抵抗与反对的某种替代"[55]。反讽开始于"怀疑",终止于"延宕",反讽从不引燃任何"革命"。反讽者不满于这个世界,又维持着这个世界,和抱怨相比,反讽者更担心崩溃。"有越大的对立在运行着,也就越需要反讽,以便操纵、控制那些自行其是、竭力冲脱的魂灵。"[56]反讽最终提供的是关于"自由"的安慰,"在《精神现象学》中,黑格尔曾就反讽所具有的知识上的价值进行过深入的阐述……黑格尔显然是说,通过这种讥讽嘲笑,精神就获得了一定程度的自由——我们把这种自由叫做疏离。如果'存在'可以被这样对待,它似乎不是完全认真的,那么精神受它的约束就比较这样,就可以无所悲伤地接受存在,必要时也可以无所怨恨地与存在打交道"[57]。在参与性危机的状态下,这种反讽所带来的"疏离感",会推出一种灰暗而快乐的"自由感"。然而,这远远不够,这会慢慢变成另一种自我囚禁,滑稽而犬儒。在《"80后写作"与中国梦》的对话中,杨庆祥认为:"如果说韩寒的抵抗是成立的,这种抵抗仅仅是在一个非常简单的意义上成立,那就是利用媒体的作用,借助舆论的力量,来满足一种即时性的发泄欲望。这些东西,无法对道德和人性的重构起到有效的作用,也难以说就推动了社会和文化的进步。"[58]

结语:重建共同体

"80后"写作,作为城市一代的寓言,归根结底是关于"中国梦"的叙述。在这个意义上,伴随"80后"文学的崛起以及深远的中国城市化进程,作为中国现代化城市的代表,上海可能凭借这种历史性的力量重新回到中国文化的中心。然而,关键之处在于,如同"纽约梦"之于美国,上海能否提供有说服力的"上海梦",并且在此基础上升华为中国的核心价值?

情况显然并不乐观,无论是郭敬明的忧伤,还是韩寒的游弋,形形色色的青年,都是无所寄托的"个人"。对于郭敬明而言,以女生宿舍所代表的"关系网络"构筑的"小共同体",无法摆脱现代的"孤独",如鲍曼的看法,"正如理查德·桑内特(Richard Sennett)反复指出的那样,共享私密往往是首选的、甚至可能是仅存的'构筑共同体'的方法。这种构筑技术,只能产生像支离破碎、游离不定的情感一样脆弱短命的'共同体',它们毫无规律地变换着目标,茫然无计地寻找永远也找不着的安全港湾;在这些共同体中,人们共享着苦恼、焦虑或怨恨,但它们都是'钉子'共同体,众多孤独的个体短暂地围绕在钉子周围,并把他们孤独的个体恐惧悬挂在这颗钉子之上"[59]。对于韩寒而言,游弋的个体最后可能走向韩寒所设想的反面,"倘若个体是公民的头号敌人,倘若个体化给公民身份和基于公民身份的政治带来麻烦,那是因为作为单个人的个体所关心的事情和他们的当务之急占据着公共空间,并宣称自己是公共空间唯一合法的占据者,把其他东西都从公共话语中挤出去了"[60]。

对于当下中国"个人"之崛起而言,社会学家阎云翔概括为"没有个人主义的个体化",他以"无公德个人"[61]指涉个人与共同体的脱嵌。一方面,这是全球性问题在中国的体现,西方学界的"共同体主义"(communitarian-ism,国内一般译为"社群主义")与"自由主义"之争,同样讨论的是如何重建"共同体"来应对个人的孤独。另一方面,这个问题带有鲜明的中国特色,如阎云翔指出的,"中国个体化的核心是个体与国家之间关系的变迁,而不是西欧那样的个人与社会关系的范畴转型"[62]。

尽管并不乐观,但就"80 后"一代而言,重建共同体的契机并非没有出现过。2008 年的汶川大地震,一般被视为"80 后"的成年礼。地震期间,数万青年志愿者从中国四面八方赶往四川,在面临余震与疾病的情况下团结一致、忘我救灾,令以往对"80 后"素有偏见的人群刮目相看,一时好评如潮。诚如当时的媒体评论:"汶川大地震,也是'80 后'的一次嬗变。地震过后,'80 后'在灾难中巍然挺立。"[63]不过,也必须指出,这不是常态的团结与认同,而是一种应激性的脆弱的团结,依赖偶然性的、高强度的自然灾害,借助现代的传媒手段所构建的情感共同体。

在政治共同体(个人与国家关系的重组)之外,就更为切近的情感共同体而言,长久而有效地维持,是否可以依赖文学的力量?林·亨特在《人权的发明:一部历史》中开篇即以卢梭《新爱洛漪丝》为例,讨论小说的移情如何使 18 世纪的读者跨越社会界限,产生情感共鸣,而这构成了人权观念之起源的心智基础[64]。同样,从"无公德个人"到"有牵挂群体",当代中国是否有可能通过文化想象的"移情",联系无所寄托的个体。且回到中国现代性的起点,据金观涛、刘青峰考证,第一个使用个人观念的是梁启超:"1895 年前中国人对现代个人观念是没法理解的。甲午前翻译的西方著作中,往往根据上下文,将 individual 译作'人人',或者译为'人',从来没有个人观念的固定而明确的译法。'个人'这个词宋代以后就在口语中存在,意思为我本人。出现在诗词里面,多指我所爱的那个人,但它不是组成社会的基本单元。有趣的是,在数据库中 1899 年前大量政治和社会思想有关的文献中却找不到'个人'这个词。该词在 1900 年前后出现,一开始意义含混不清,但明显可以感到当时个体意识开始呈现。把'个人'这个词和西方的 individual 对应起来是 1902 年,始于梁启超。"[65]"1902 年梁氏明确说'国家之主权即在个人',并在'个人'这个词下注明'谓一个人也',十分明确地表达了西方的个人权利观念。"[66]

这段话来自梁启超的《论政府与人民之权限》,有意思的是,在梁启超的上下文中,他是批评这种绝对化的个体观念的:

> 重视人民者,谓国家不过人民之结集体,国家之主权即在个人(谓一个人也)。其说之极端,使人民之权无限,其弊也,陷于无政府党,率国民而复归于野蛮。重视政府者,谓政府者国家之代表也,活用国家之意志而使现诸实者也,故国家之主权,即在政府。其说之极端,使政府之权无限,其弊也,陷于专制主义,困国民永不得进于文明。故构成一完全至善之国家,必以明政府与人民之权限为第一义。[67]

就政治共同体而言,梁启超指出应该明晰"国家"与"个人"的权限,这正如鲍曼的论断:“没有共同体的自由意味着疯狂,没有自由的共同体意味着奴役。”[68]这项议题溢出了文学的边界,暂且不论。就情感共同体而言,在同样写于1902年的《论小说与群治之关系》中,梁启超将“群治”的希望寄托在“新小说”上:“欲新一国之民,不可不先新一国之小说。”[69]梁启超的这项主张,在当时就被视为对于“无公德”的一剂良药,如安敏成指出的,“梁启超的这些想法迅速被其他具有改良思想的知识分子接纳。譬如,王钟麒便写道:‘吾国民所最缺乏者,公德心耳。惟小说则能使极无公德之人,而有爱国心,有合群心,有保种心’。”[70]

然而,今天回溯晚清,重读先贤的智慧,也要认识到我们是在“现实主义”所代表的宏大叙述瓦解之后重思“想象的共同体”。对于“80后”所代表的城市一代而言,以文学的方式重建团结,需要经过“反讽”的过滤。相比较一百年前梁启超“新小说”的展望,罗蒂在《偶然、反讽与团结》中所提出的“自由主义乌托邦”,对于当下中国或许更有针对性:

> 本书的目的之一,就是提出一个自由主义乌托邦的可能性:在这个乌托邦中,反讽主义在某种意义上具有普遍性。在我看来,既然后宗教的文化是可能的,那么,后形上学的文化势必也是可能的,而且也是同样可欲的。在我的乌托邦中,大家不会把人类团结当作是必须被承认的事实,亦即必须清除“偏见”或挖掘原本隐藏起来的内在真实,才能认识到的事实。反之,人类团结乃是大家努力达到的目标,而且达到这个目标的方式,不是透过研究探讨,而是透过想像力,把陌生人想像为和我们处境类似、休戚与共的人。团结不是反省所发现到的,而是创造出来的。如果我们对其他不熟悉的人所承受痛苦和侮辱的详细原委,能够提升感应相通的敏感度,那么,我们便可以创造出团结。[71](着重号为笔者所加)

由反讽走向团结,一种新型的人与人的关系、人与国家的关系,等待着新一代文学的勘查与激活。在最高的期待上,何谓“80后”文学,何谓“上海”与“中国”的想象,真意在此。

初稿于2012年9月
改定于2013年7月

【注释】

①陶东风:《青春文学、玄幻文学与盗墓文学——“80后写作”举要》,载《中国政法大学学报》2008年第5期。

②在中国人民大学中文系副教授杨庆祥编选的“80后”小说选中,不选韩寒、郭敬明任何作品,而是集中在甫跃辉(《上海文学》编辑)、马小淘(《人民文学》编辑)等文学体制内的青年作家。

③ANDREWJACOBS:《韩寒——写博客挑战体制的赛车手》,《纽约时报》2010年3月12日,http://www.nytimes.com/2010/03/13/world/asia/13hanhan.html? _r=1。该文由RitaLee译成中文。

④吴俊指出的,“在这里之所以要提到新概念作文大赛,主要原因就是中国当代最新的一代作家、一般称为80后的作家,是以该大赛为契机实现了群体性的崛起,而且也因此产生了自己的代表性作家”。参见吴俊:《文学史的视角:新媒介·亚文化·80后——兼以〈萌芽〉新概念作文的个案

为例》,载《文艺争鸣》2009 年第 9 期。

⑤赵长天:《从〈萌芽〉杂志 50 年历史谈起》,载《文艺争鸣》2007 年第 4 期。

⑥赵长天:《绝处逢生说〈萌芽〉》,载《编辑学刊》2004 年第 3 期。

⑦赵长天:《从〈萌芽〉杂志 50 年历史谈起》,载《文艺争鸣》2007 年第 4 期。在文章中赵长天回忆:“为了让《萌芽》杂志办得更受青年读者的欢迎,我们委托复旦大学社会学系办的一家调查公司,在北京、上海、武汉、广州、兰州五个城市,通过抽样调查的方式,作了非常详细的‘青年人阅读取向’调查,这使我们的改版更有了针对性和目标感。”

⑧⑨赵长天:《从〈萌芽〉杂志 50 年历史谈起》,载《文艺争鸣》2007 年第 4 期。

⑩王丽:《历史将记上一笔——关于〈北京文学〉与中国语文教育大讨论》,载《北京文学》2000 年第 10 期。

⑪⑫《“新概念作文大赛”倡议书》,见《首届全国新概念作文大赛获奖作品选》(A 卷),3 页,作家出版社 1999 年版。

⑬《新思维　新表达　真体验——“新概念作文大赛”征文启事》,见《首届全国新概念作文大赛获奖作品选》(A 卷),8 页,作家出版社 1999 年版。

⑭《“新概念作文大赛”倡议书》,见《首届全国新概念作文大赛获奖作品选》(A 卷),5 页,作家出版社 1999 年版。

⑮《新思维　新表达　真体验——“新概念作文大赛”征文启事》,见《首届全国新概念作文大赛获奖作品选》(A 卷),9 页,作家出版社 1999 年版。

⑯张振胜:《萌芽中的“新概念作家群”向何处去》,载《中华读书报》2004 年 10 月 27 日。

⑰参见孔庆东、摩罗、余杰等:《审视中学语文教育》,汕头大学出版社 1999 年版。

⑱凡夫:《拯救还是戕害——对〈审视中学语文教育〉的审视》,载《文艺理论与批评》2000 年第 2 期。

⑲李玮:《从“新概念作文”到“青春文学”——论当代文学生产机制作用下“青春文学”审美形态的生成》,载《山花》2010 年第 12 期。

⑳贺桂梅:《人道主义思潮及其话语变奏》,见《人文学的想象力——当代中国思想文化与文学问题》,98 页,河南大学出版社 2005 年版。

㉑陈坚:《〈萌芽〉与浙江文艺社联手再推“文坛 80 后”》,载《出版参考》2003 年第 19 期。

㉒据我的学生华东师大中文系 2010 级本科生王泽丰考证,《时代周刊》的报道从头到尾没有出现“80 后”字样,而是以“thelinglei”指代这批青年。王泽丰认为《时代周刊》对“另类”一词没有采取意译而是直接音译,意味着《时代周刊》强调中国青年的另类与美国青年的反叛不同。王泽丰重译了当年报道中一段有意味的说法:“多数情况下,‘另类’像带着电子项圈的狗,明白自己在受制之前能跑多远。没有人越过无形的栅栏。”

㉓李阳:《〈萌芽〉的转型与郭敬明的出现》,载《当代作家评论》2011 年第 1 期。

㉔参见《〈萌芽〉:韩寒在这里一举成名》,http://www.china.com.cn/book/txt/2006-10/26/content_7280479.htm。

㉕㉖赵长天:《从〈萌芽〉杂志 50 年历史谈起》,载《文艺争鸣》2007 年第 4 期。

㉗㉘㉙郭敬明:《关于〈生活在别处〉的生活》,见《左手倒影,右手年华》,211、209、211 页,上海

译文出版社2007年版。

㉚郭敬明:《剧本》,见《首届全国新概念作文大赛获奖作品选》(A卷),325页,作家出版社1999年版。

㉛[美]莱昂内尔·特里林:《诚与真》,刘佳林译,11页,江苏教育出版社2006年版。

㉜郭敬明:《假如明天没有太阳》,见《首届全国新概念作文大赛获奖作品选》(A卷),416页,作家出版社1999年版。

㉝郭敬明:《我们最后的校园民谣》,见《首届全国新概念作文大赛获奖作品选》(A卷),177页,作家出版社1999年版。

㉞参见《北大教授钱理群:北大等大学正培养利己主义者》,载《中国青年报》2012年5月3日。

㉟㊲㊳㊴郭敬明:《小时代1.0折纸时代》,4、26、5、108页,长江文艺出版社2008年版。

㊱[法]居伊·德波:《景观社会》,王昭凤译,3页,南京大学出版社2007年版。

㊵郭敬明:《四维读书之写在前面》,见《爱与痛的边缘》,93页,东方出版中心2008年版。

㊶郭敬明:《小时代3.0刺金时代》,359页,长江文艺出版社2011年版。

㊷方肇:《韩寒:最好的年代》,3页,华文出版社2012年版。

㊸韩寒:《永远的远方》,见《韩寒五年文集》(下),227页,万卷出版公司2008年版。

㊹苏童:《一个朋友在路上》,载《上海文学》1993年第1期。

㊺韩寒:《城市,让生活更糟糕——嘉定区世博论坛演讲稿》,见《青春》,103页,湖南人民出版社2011年版。

㊻韩寒:《兄弟成长于天蓝年代》,见《韩寒五年文集》(下),186页,万卷出版公司2008年版。

㊼韩寒:《来自海边》,见《韩寒五年文集》(下),185页,万卷出版公司2008年版。

㊽王晓明等:《笔谈赵树理》,载《文艺理论与研究》2008年第4期。

㊾韩寒:《青春》,见《青春》,1—3页,湖南人民出版社2011年版。

㊿51黄亚生:《"中国模式"到底有多独特?》,19、25页,中信出版社2011年版。

52来自毛泽东在《新民主主义论》中著名的设问,这构成了20世纪中国的"元问题",一代代政治家、知识分子以不同的答案予以回应。

53 58杨庆祥、金理、黄平《"80后"写作与"中国梦"》(上、下),载《上海文学》2011年第6、7期。

54毛泽东:《中国社会各阶级的分析》,见《毛泽东选集》第1卷,9页,人民出版社1991年版。

55[加]琳达·哈琴:《反讽之锋芒:反讽的理论与政见》,徐晓雯译,27页,河南大学出版社2010年版。

56[丹]克尔凯郭尔:《论反讽概念》,汤晨溪译,281页,中国社会科学出版社2005年版。

57[美]莱昂内尔·特里林:《诚与真》,刘佳林译,118页,江苏教育出版社2006年版。

59 60鲍曼:《个体地结合起来》,见乌尔里希·贝克、伊丽莎白·贝克-格恩斯海姆:《个体化》,李荣山等译,26页,北京大学出版社2011年版,。

61 62阎云翔:《中国社会的个体化》,陆洋等译,21、376页,上海译文出版社2012年版。

63参见《汶川大地震一个月回望:被地震改变的10个关键词》,载《国际先驱导报》2008年06月11日。

64参见林·亨特:《人权的发明:一部历史》,商务印书馆2011年版。

⑥⑤金观涛、黄晓峰:《金观涛谈个人观在中国的变迁》,载《东方早报》2010 年 4 月 4 日。

⑥⑥金观涛、刘青峰:《观念史研究——中国现代重要政治术语的形成》,153 页,法律出版社 2009 年版。

⑥⑦梁启超:《梁启超文集》,138 页,线装书局 2009 年版,。

⑥⑧[英]齐格蒙·鲍曼:《生活在碎片之中———论后现代道德》,郁建兴等译,142 页,学林出版社 2002 年版。

⑥⑨梁启超:《论小说与群治之关系》,见陈平原、夏晓虹编:《二十世纪中国小说理论资料》第一卷(1897—1916),50—54 页,北京大学出版社 1997 年版。

⑦⓪[美]安敏成:《现实主义的限制:革命时代的中国小说》,姜涛译,29 页,江苏人民出版社 2001 年版。

⑦①[美]罗蒂:《偶然、反讽与团结》,徐文瑞译,7 页,商务印书馆 2003 年版。

(原载《南方文坛》2013 年第 6 期)

《南方文坛》2014年度优秀论文颁奖会
《NANFANG WENTAN》2014 NIANDU YOUXIU LUNWEN BANJIANGHUI
中国·南宁
2014年11月

2014年度

评　委:李敬泽　陈建功　吴义勤　程光炜　王　尧　陈汉萍　张燕玲

↑刘锡诚

↑贺仲明

↑李云雷

↑余夏云

↑岳　雯

↑张定浩

获奖词：

作为亲历者，作者以翔实的史料还原了“现代派”风波的面貌，并反省了《文艺报》以及自己的文学观念，力求呈现历史的复杂纹理；本文作为文学史写作的一种，既是研究20世纪80年代文学一份珍贵的史料，又体现了作者“史才、史学、史识、史德”的追求，颇具文献意义。

1982：“现代派”风波

刘锡诚

“现代派”作为一种思潮

1980年第3期的《外国文学研究》（双月刊）发表叶永义的《怎样看待西方现代派文学？》，引发了一场“关于西方现代派文学”的讨论。在新时期的初始阶段，现代派思潮的兴起，主要是朦胧诗，“意识流小说”出现于文坛的时间，则稍稍往后一点。《怎样看待西方现代派文学？》这样的命题，其实是文坛上求变革，希望从传统意识和思维定式中突围出来的一个理论选择，然而，《外国文学研究》的这个讨论，并没有越出外国文学研究者的圈子，在相对比较活跃的文学创作和理论批评圈子里没有得到较多的关注，因而也就没有发生较大的影响。客观地说，这也与中国作家队伍的知识结构不无关系，作家大多不懂外语，与外国作家交往靠翻译，读外国文学作品靠译本，理论就更不用说了。

1981年的9月，中国作家协会外联部的高行健写了一本题名为《现代小说技巧初探》的小册子，由花城出版社出版。作者请老作家、老翻译家叶君健写的序。序言给这本小册子增色不少，起了画龙点睛的作用，使高行健其人其作受到文学界的刮目相看。文学界，主要是创作界，在《苦恋》事件后，进入了一个短暂的苦闷期，许多作家的思想是混乱的，苦闷的，其创作，总体说来变得暗淡了，平庸了。作家们都想走出困境，却没有找到突破口。高行健这本小册子的出版，尽管与《外国文学研究》所倡导的现代派文学讨论并没有直接的联系，但它所提供的“现代小说”的观念和写作技巧，却适应了渴望从西方文学中寻找出路的青年作家的需要。

《外国文学研究》编辑部为了结束这场长达一年多而又多少有点儿自说自话式的讨

论,在1982年第2期(4月出版)上发表了老作家、老翻译家徐迟撰写的《现代化与现代派》一文。徐文一出来,打破了寂寞,引起了文学界的关注。其所以引起热议,是因为作者很直白地把现代派和现代化直接联系了起来,认为社会的现代化必然要求文学的现代派,而我们的社会是一定要走现代化道路的,那么,现代派也就将会取代我们一向提倡和坚持的现实主义,乃至社会主义现实主义文学,而成为我国文学未来的发展方向。徐迟的这篇文章,有意无意地让他一下子扮演了自20世纪二三十年代文坛上现代派浪潮之后、在80年代历史新时期出现的又一波现代派文学浪潮的首领人物。

高行健的小册子引起了王蒙的注意。他于1981年12月23日给高行健写了一封信谈他的读后感。这封信发表在上海文艺出版社出版的大型文学季刊《小说界》1982年第2期(5月出版)上,对作者关于小说技巧和形式的阐述给予了积极的肯定:"你的书是非常有趣、有益、有启发性的,虽然我可以预料,它将引起相当激烈的争论。"

1982年7月28日,我所供职的《文艺报》编辑部召开组长以上会议,研究第10期的选题内容时,我们已经注意到并提出高行健的《现代小说技巧初探》应予评论。唐因说:"什么是文学的现代化?高行健所阐述的现代化的概念是混乱的。他认为,过去的文学是蒸汽机车,现在的文学是航天飞机!鲁迅、巴尔扎克等是小毛驴!他离开了内容谈技巧,孤立地谈技巧。在他的小说理论中,主张写感性情绪,不需要经过理性过滤,平淡的生活中自有抽象的哲理。主张作家不用研究生活的真实的矛盾,只要抓住几个寓意就够了。这显然是从西方现代主义文艺理论中拿来的观点。"党的十二大召开在即,编辑部经过多次酝酿,到了8月,已逐步形成了一个意向性的意见,要在刊物上开展关于现代派问题的讨论,并责成理论组就30年代文学中的现代派和几十年来现代主义与现实主义的斗争史加以研究,整理材料,为开展讨论做准备。

未久,《上海文学》于1982年第8期发表了冯骥才、李陀、刘心武三人的《关于"现代派"的通信》:《中国文学需要"现代派"——冯骥才给李陀的信》《"现代小说"不等于"现代派"——李陀给刘心武的信》和《需要冷静地思考——刘心武给冯骥才的信》。这三篇被誉为"寂寞空旷的天空"中大的或小的、漂亮的或"难称漂亮"的"风筝"的书信体的文章,骤然把文学的现代派问题升温为1982年中国文坛的热点。

党的十二大召开之际,在中宣部那里,把批评现代派列入了文艺界和文艺报刊宣传党的十二大的重要内容。9月3日唐因传达中宣部副部长贺敬之的布置:"最近提倡现代派的同志,是理直气壮,充满激情的。文艺界在这个问题上开展一场辩论,是不可避免的了。提倡现代派,实质上是离开'二为',离开现实主义的艺术规律,在西方思潮面前解除武装。"

党的十二大于1982年9月1日至11日在北京召开,胡耀邦代表中央作报告。该报告明确规定了党在新时期的总任务,制定了我国经济发展的战略目标、战略重点和战略步骤,提出建设以共产主义思想为核心的高度精神文明,制定了建设高度的社会主义民主的根本方针,强调要把党建设成为社会主义现代化建设的坚强领导核心。在中央"提出建设以共产主义思想为核心的高度精神文明"的方针、全党全国大力宣传的政治形势下,《上海文学》发表这三篇提倡现代派的文章,把文学家们的目光引导到关注现代派上,实在并非明智之举。三篇文章发表之后,在报刊上,批评者有之,赞同者亦有之,在文学界形成了两种对立的观点和立场。而在私下里,至少在中国作家协会的决策者中间,在现代派问题上的态度和举措上的分歧,尤其令人瞩目。

综览这个阶段在报刊上发表的有关文学的现实主义和现代主义的文章,出现了两个不同的主题或声音。党报上发表的文章,主要论题集中在坚持革命现实主义上,约略计有:《人民日报》于8月25日发表了胡采的《革命现实主义的几个问题》;《光明日报》8月29日发表了贺敬之的《做坚定的、清醒的、有作为的马克思主义评论家》;《人民日报》于9月1日发表了陈涌的《文艺评论工作要加强马克思主义基本理论的学习》;《光明日报》于同日发表了郑伯农的《要研究社会主义文艺生产的发展规律》;《人民日报》于10月13日发表了本报评论员的文章《发挥文艺在精神文明建设中的积极作用》和李基凯的《塑造艺术典型的原则不能动摇》,对一些作家评论家轻视文化的作用和对历史上的文化遗产及外来影响一味推崇的倾向提出了批评;一周后,《人民日报》又于10月20日发表了评论员文章《文艺工作者要认真学习马克思主义的基本原理》。

而在文学报刊上发表的文章,则大都是与上述《上海文学》的三个"风筝"的通信和徐迟、叶君健提倡现代派的文章讨论和争鸣的。上海《文学报》10月14日发表了外国文学研究者袁可嘉的《西方现代派文学的是与非》;11月15日出版的《文艺报》第11期发表了理迪的《〈现代化与现代派〉一文质疑》;《光明日报》12月30日发表了袁可嘉的《我所认识的西方现代派文学》;《上海文学》第12期发表了陈丹晨的《现代派与中国文学——致冯骥才同志的信》。转过年来,《文艺报》1983年第2期上发表了李准的《现代派与现代化有必然联系吗?》;甘肃《当代文艺思潮》于1983年第1期发表了刘锡诚的《关于我国文学发展方向问题的辩难》;等等。

现代派问题在文学界的升温,涉及了或者说冲击了所有的文学艺术领域。10月15日起持续三天的"现代主义与现实主义问题讨论会"在西苑饭店召开。15日上午,由翻译家、电影评论家邵牧君发言,讲题为现代主义电影问题。下午由中央美术学院教授、美术评论家邵大箴发言,讲题是美术领域里的现代派思潮。16日上午,由外国文学研究家袁可嘉发言,讲题为西方现代派。下午由翻译家、中国作家协会书记处书记陈冰夷发言,讲题为现代派在苏联。17日上午,由甘肃《当代文艺思潮》杂志主编谢昌余发言,内容是现代派思潮产生的根源与现实主义的生命力;《天津文学》副主编金梅发言,讲题是文学界的"名气危机",揭露有些青年作家忙于出入于宴会,住高级宾馆,游走于庐山、北戴河等,导致文学创作陷入低落;中宣部文艺局理论处处长徐非光发言,主题是讲现代主义是病态的文学、世纪末的文学;重庆《红岩》杂志主编张胜泽发言,讲现在文坛上灰色的东西所以多了,盖来源于现代派思潮的影响所致。总体看来,这是一个学术性比较浓的会议,虽然也有对文坛现状的批评和忧虑。

《文艺报》在现代派问题上的立场

《上海文学》发表冯骥才、李陀、刘心武三位作家关于现代派问题的通信后，立即引起了我所供职的《文艺报》编辑部的关切。以第一主编冯牧为首，包括副主编唐因和唐达成，编辑部主任刘锡诚和副主任陈丹晨，以及理论组的组长李基凯，我们这些人几乎一致对提倡现代派持批评的态度，尽管每个人的观点并不完全一致。第二主编罗荪则大体持赞同现代派的立场，尽管他并没有公开表达什么观点。

《文艺报》1982 年第 9 期发表了署名“启明”的读者来信《这样的问题需要讨论》，信中说：“读了《上海文学》第 8 期上冯骥才、李陀、刘心武三位作家关于当代文学创作问题的通信，受益匪浅。由于他们是在对高行健同志新著《现代小说技巧初探》一书的评论中，阐述了他们对一些文学观念和文学发展趋向的意见，所以就特别使我感兴趣。他们的文章中不乏引人思考的见解，当然也有使我感到困惑和忧虑的东西。”他认为，“这涉及我们的文学是走现代派道路还是走现实主义道路的问题”。

10 月 20 日，唐因、唐达成和我研究工作时，唐因提出，《文艺报》迫切需要发表一篇与徐迟商榷和评论高行健的《初探》的文章。次日，即 10 月 21 日，召开编辑部组长及以上干部会，理论组组长李基凯受命就现代派问题作了一个系统的汇报发言，涉及苏联百年来对现代派的态度与做法，现实主义与现代主义的区别与对立，当代西方文艺的现状，现代化经济建设是否一定要出现现代派，现代派的真实观，艺术技巧与内容的关系，研究介绍西方现代派文艺的目的，借鉴西方现代派成功与失败的经验等方面。这时，唐因的思考已经成熟了，当即在会上指定由李基凯执笔写一篇与徐迟的《现代化与现代派》商榷的文章。《文艺报》1982 年第 11 期开辟“讨论会”栏目，转载了徐迟发表在《外国文学研究》和《上海文学》上的文章《现代化与现代派》，同时配发李基凯以理迪笔名撰写的与徐迟商榷的文章《〈现代化与现代派〉一文质疑》，表明我们对提倡现代派是持批评态度的，至少是应该讨论的。在“讨论会”栏题下，加写了编者按说：“最近又有读者提出今年出版的《外国文学研究》第 2 期上，徐迟同志发表的《现代化与现代派》的文章，关系到我国文艺发展的方向问题，也需要进一步展开讨论，以便更有利于建设我国革命的、民族的、大众的新文艺，使我国的社会主义文艺在建设以共产主义思想为核心的社会主义精神文明中发挥更大的作用。我们认为这个建议是很好的。”①

自从粉碎“四人帮”以来，徐迟一直与中国作家协会及其领导人保持着密切的关系，备受尊重，曾为《人民文学》写作《哥德巴赫猜想》等一系列影响很大的文章，在文学的改革开放初期发挥了积极的先导作用。《文艺报》做这样的版面安排，显然是把老朋友徐迟放在了被批评的“砧板”上。这件事，很快传到了作协党组书记张光年的耳朵里，引起了他的不快。张光年在 10 月 31 日的日记里有这样的记载：“晚吴泰昌来，……说下期《文艺报》转载了徐迟提倡现代派文章，同时发了李基凯写的‘质疑’文章。我觉不妥，但这期已经付印了，听后不胜忧虑。半夜醒来，越想越不对，应当提意见。”11 月 1 日日记：“晨为《文艺报》11 期内容打电话给唐达成、孔罗荪。8 时唐来，谈考虑转载徐迟文经过。我系统地谈了几点意见,主张停印、抽换,说明这是郑重考虑的参考意见,请他向党组、贺敬之转达。如来不及,就按中宣布意见办,我保留自己意见。"11月2日日记:"唐达成来信,经向贺、冯汇报后,认为《文艺报》11期如停印,会引起震动,只好在12期补救。文艺局将邀报刊开会(打)招呼,不要同时都来批现代派。看了李基凯批评徐迟文清样,确实不好。补看了《上海文学》杂志上冯骥才、李陀、刘心武三人通信等材料,应妥善处理。"11月3日日记:"下午看了《文艺报》第10期上洪明批评文艺上现代派思潮的长文《论一种艺术思潮》。写得还好,有分析,但一开头就断定我国此刻已形成此种思潮,则估计过重了。还看了与此有关的另一篇文章。这期《文艺报》内容较丰富。"11月5日日记:"晚贺敬之来。……谈到批现代派,他表示赞成我的意见。"11月7日日记:"下午唐因来谈。表示同意我对讨论现代派问题的意见。"

笔者因于10月23日赴南京参加中国当代文学研究会第三届学术讨论会,11月3日才回京,离京后的这些日子,编辑部和作家协会围绕着批评现代派问题发生的事情不得而知。11月4日我一上班,陈丹晨就向我通报,刊物转载徐迟的文章和发表李基凯批评徐迟的文章,张光年和罗荪(《文艺报》第二主编)要我们撤下来,而贺敬之(中宣部副部长)和冯牧(《文艺报》第一主编)则不同意撤。这期刊物现已付印。从这个消息中,我体会到了问题的严重性和复杂性。在现代派问题上,领导间出现的观点分歧使事情严重化了。第二天,11月5日,中宣部文艺局长杨子敏打电话来,我接听的,讲了两个问题:第一个问题是,报告文学座谈会,要给中宣部写个报告,提出解决问题的办法,由中宣部批一下。第二个问题是,"关于现代派,也要写一个报告来,讲清为什么要组织讨论,掌握几个界限,也由中宣部批转一下"。接听了杨子敏的电话后,我旋即给《人民文学》副主编刘剑青同志打电话,转告他报告文学座谈会的请示报告由他们写的事。关于开展现代派问题讨论的报告,我们当然遵照程序去办了。但《文艺报》呈送的请示报告,中宣部是怎样批转的,因时间久远,手头又没有留下材料,记忆已经模糊了。《文艺报》转载徐迟文章和发表理迪的商榷文章这件事,也触及了或者说伤及了在文艺思想上相同、在私人关系上也一贯友好的《上海文学》编辑部,特别是主持工作的李子云[②]。于是,《上海文学》又在1983年第2期上发表了文艺界前辈夏衍的文章《致友人书》,从而大大加重了主张现代派一方的分量。然而,尽管我们十分尊重夏公,但他这篇文章中的一些观点,却是我们并不认同的。

此后,1982年11月8日,《文艺报》在新侨饭店六楼会议厅召开了"现代主义与现实主义问题讨论会"。召开这样一个座谈会,以及会议的主题,当然是按照请示报告和中宣部批示进行的。会议由冯牧主持。应邀到会者的有文学评论家兼文学界的领导:陈荒煤、许觉民(洁泯)、梁光弟(中宣部文艺局副局长);作家:王蒙、林斤澜、郑万隆、冯骥才、邓友梅、李陀、刘心武、张洁、理由、谌容;外国文学研究家:张英伦、柳鸣九、高行健。从邀请参加会议的这些人选来看,我们编辑部召开这个会议的目的,显然已经不是为了单纯的批判,而是定位为就现实主义如何发展、如何借鉴现代派文艺问题交换意见[③]。下面根据我的笔记,摘引几位作家的发言要点:

王蒙说，现代派是一个非常庞大的混合体，其世界观是唯心主义的。在艺术观上，现代派不重视生活是唯一的源泉，尤其不重视社会生活。它的特点，一是主观主义的，二是非理性的。它强调艺术的不可解释性。今天，我们要与非理性、唯心主义世界观划清界限。

李陀说，问题的焦点，集中在现实主义的发展问题上。19 世纪与 20 世纪的现实主义有何发展、有何区别？我们往往把好的东西当作现实主义，不注意它们之间有什么区别。20 世纪的现实主义吸收了很多现代主义的东西。我不同意说现实主义已经穷途末路了。新时期文学的现实主义，就有很大的发展。如果说“十七年”的现实主义比较单一化，那么新时期文学的现实主义就多样化了。

林斤澜说，现实主义要求真实地反映生活，着重客观描写。否则，就是别的什么主义了。《聊斋志异》所以雅俗共赏，是借助于一些主观抒情的东西。现实主义也要吸收一些主观抒情的东西。当然要合于民族的欣赏习惯。

邓友梅说，这几年的失误，不是现实主义多了、饱和了，而是现实主义还没有讲透。现在的情况是，说洋为中用、吸收和消化为民族的人少了。一个民族总是要不断地吸收新鲜血液。文学是否可以曲折一点反映生活？我主张兼收并蓄，各显其能。吸收最好别叫人看出是学哪一家。也可以有部分同志更多地吸收外国的，也应有更多的同志学中国古代的。

冯骥才说，我个人的创作，正处在一个苦闷期。去年、前年，创作比较沉闷。去年在《人民文学》上发表一篇谈写人生的文章，后来引起了争论，有人误解，以为写人生就不写社会问题了。

洁泯说，小说中采用意识流，属于创作手法和技巧。李国文的《冬天里的春天》里大量运用了意识流和象征主义的手法，但应该说是积极的。

《文艺报》编辑部，一方面对主张现代派的作家们的观点开展学术上的商榷和有限度的批评，坚持在“恢复现实主义传统”口号下发展起来的新时期文学的现实主义道路；另一方面，编辑部在现代派问题上的思想和措施，又得不到作协主要领导人的支持和认同。在这件事情上，我们处在了夹击中。“现代主义与现实主义问题讨论会”就是在一种特殊背景下召开的，会上的讨论并没有多么深刻，不少人的发言好似是在表态，而对于《文艺报》来说，显然就是张光年所设计的“补救”措施，给人一个“讨论”的印象就足够了。对于我们编辑部，特别是“二唐”两位副主编来说，虽然张光年的日记里记载了他们分别应召到他家里去，表示同意张光年的意见，作为补救措施的座谈会也开过了，但分歧依然是深刻的，在思想深处并没有消弭。

压力下做出退让，但并不情愿

两天后，在 11 月 10 日召开的《文艺报》的编辑部全体人员会议（讨论制定 1983 年计划）上，唐达成在评价此前召开的“现代主义与现实主义问题讨论会”时发言说：“现代派的会开过了,我很震惊。党的十二大刚闭幕,全国、全党工作要开创新局面。这个精神,在到会的作家中,一点儿都没有表现出来。没有一个人从这个角度来谈问题。与全国人民的距离太大了。他们一头栽到了'形式'里。'形式'固然很重要,但脱离了巨大的历史要求,能建设出社会主义精神文明来吗?能用共产主义精神陶冶人吗?作家们与全党全国的距离太大了。李陀的发言,与我们的分歧很大。他认为没有'形式'的大变革,文学要衰落。'文起八代之衰'。五四时代要摆脱文言文,要'打倒孔家店'。说现在'形式'束缚着我们不能表现。表现什么呢?他只从'形式'提问题,西方现代派的思想感情才符合我们的时代。所以,我们之间的分歧是深刻的。现实主义越来越衰微。近一个时期以来,作家们没有写出好作品来,很多作品写的是些闺房趣事;理论家也在提倡现代派。真正的好创作,多出在外地的扎根比较深的作家笔下。如西北的陈忠实啦,路遥啦,邹志安啦,作品如李存葆的《高山下的花环》啦……"④我的笔记中没有记下唐达成指称的李陀这段话,倒是在李陀发表于《上海文学》1982 年第 8 期的《"现代小说"不等于"现代派"》里找到了他的这个观点的完整表述。李陀说:"记得在那个会上(指 1980 年《文艺报》约集冯骥才、李陀、王蒙、张洁、宗璞、刘青峰等开的一个小会),我谈了文学形式的变革在文学发展中的重大作用问题。我有那样一句话,意思是当前文学创新的焦点是形式问题。结果这观点后来被许多文章'不点名'地进行批评,意思是不能把形式的创新说成是什么'焦点'。"唐达成对这个"现代主义与现实主义问题讨论会"的感受,其实也是我们的感受。到会的作家们在讨论现代主义与现实主义问题时,完全不涉及十二大的精神,只关注形式的变革,而唐达成的指出,可谓一针见血。后来的许多研究 1982 年现代派问题的著作和论文,也大多忽略了唐达成所提醒的文学与"巨大的历史要求"的关系这一文学发展无法回避或绕过的问题,文学毕竟是意识形态,任何时代、任何国家、任何民族,都概莫能外,想脱离"巨大的历史要求"者,无异于那些想拔着自己的头发离开地球的人。这次年底的编辑部会议讨论决定,1983 年要继续开展两个讨论:一个是现代派问题,一个是人性与人道主义问题。

12 月 4 日,在作协党组扩大会上,张光年有一个发言,批评《文艺报》对现代派的批评。因为是党组的扩大会,所以我也列席了,故而有笔记。张光年说:从版面上看,转载徐迟的文章,同时发表理迪的文章,当然是意在批评徐迟关于现代派的观点。我不是说现代派不应该批评,《文艺报》应该抓,不抓会捂成病,问题是你们对全面情况的估计不准确,是不是文艺界已经形成了一个现代派?这是一。第二,是对象的选择。徐迟的文章里固然有信口胡说,但他的创作实际却并不是这样的。他在《外国文学研究》上发表了周立波在延安鲁艺的西方文学讲稿,而且在讲稿前面写了一篇《读周立波遗稿有感》,那里面讲的是现实主义。对象选的不准,就难免造成惊慌。王蒙同志找我,求我向《文艺报》的同志们告饶,说他太狂妄了,得罪了《文艺报》的一些评论家!后来问题处理得还比较好。我们谈了几句,意见就一致了。周扬同志也认为大家一致了。由于对象没有抓准,方法就不对了,是用《时代的报告》的方法来批评现代派,我完全可以写一篇反批评的文章。我给徐迟写了信,我不是与《文艺报》为难,而是要保护《文艺报》。如果开座谈会,很可能会出现“真真假假”的效果,事实上就是那样,在会上检讨一番。会后,王蒙到我这里来,说他很满意冯牧同志的意见[⑤]。

我不知道王蒙对《文艺报》的不满指的是我们在哪些事情上得罪了他,我们甚至都没有把他发表在《小说界》上的致高行健的那封信算作提倡现代派的第四只“风筝”。其时,张光年正在把王蒙从北京市文联调来中国作协任《人民文学》的主编,他们过从甚密,这个背景我们是知道的。如果说我们对王蒙有所不敬的话,那也不过是对他发表的《夜的眼》《海的梦》等带有意识流色彩的小说,在不同情况下表示过一些非议,甚至批评,譬如在《北京师院学报》编辑部于 1980 年召开的王蒙创作讨论会上,《文艺报》的阎纲、刘锡诚,《文学评论》的何西来等人的发言,在肯定的同时,也都不同程度地对他的这一组小说表示过一些批评性的意见。1982 年在中国作协委托《文艺报》编辑部主办第二届全国优秀中篇小说评奖过程中,从全国各地借调来的评论家组成的预选读书班上,在讨论和提名优秀作品时,大家不约而同地对王蒙的作品投了反对票。当我向党组书记汇报时,张光年表现得很不高兴,当即把王蒙的《相见时难》加了进去。这些事,当然通过不同渠道传到了王蒙的耳朵里,也许就成了他对我们编辑部的不满吧。

“现代主义与现实主义问题讨论会”之后,《文艺报》与一些领导者和老同志之间的紧张关系并未因座谈会的召开而得到缓和。一方面,如唐达成在编辑部会议上的发言所指出的,提倡现代派者们闭口不谈文学与“巨大的历史要求”的关系,只讲“形式”的变革才是文学创新的焦点。另一方面,一些老同志继续向《文艺报》施加压力,如严文井于 1983 年 1 月 19 日给张光年打电话,“对《文艺报》批现代派仍然深感忧虑”;20 日,叶君健给张光年打电话称,他给高行健《现代小说技巧初探》写的序言,“据说遭到唐因点名攻击”,要来面谈,并于次日到访,“对唐因在会议上的批评表示气愤”;等等。

但唐因、唐达成并未因这些压力而改变自己的观点。据张光年日记载:(1983 年)2 月 11 日,“唐因、唐达成来谈,表示不同意夏衍文(笔者按:指发表在《上海文学》1983 年第 2 期上的《致友人书》)中对近几年来文学批评的消极评价[⑥]。我说不要这样看,我刚看完此文,固然不全面,我还认为(是)好文章。《文艺报》对‘现代派’的批评方法不对,文风不好,脱离了老、中、青作家,值得总结经验。建议抓住徐敬亚文,深入批评,不要扩大化”[⑦]。按照张光年的意思,对提倡“现代派”者不能批评,而对倡导“朦胧诗”(同样也是现代派之一脉)的《崛起的诗群》就要“深入批评”,何解?为什么对现代派进行的批评和讨论(栏题不是标明“讨论会”吗),就是用了《时代的报告》式的方法,而对《崛起的诗群》的批评,就是马克思主义的方法呢?无非是“现代派”倡导者的背后有几位文坛老人,而“朦胧诗”倡导者的背后没有这些文坛老人。这时我们这些《文艺报》的编辑们还没有转过弯来,1983 年第 2 期上又发表了李准的《现代派与现代化有必然联系吗?》,甘肃《现代文艺思潮》第 1 期上发表了刘锡诚的《关于我国文学发展方向问题的辩难》,继续对徐迟等的现代派观点进行了质疑和批评。张光年在 2 月 15 日的日记里写道:“同谢永旺的通话中,谈到《文艺报》批评'现代派',我对刘锡诚文章表示不满。"[8]对于《文艺报》来说,毕竟来自上下内外的压力太大了,冯牧、唐因、唐达成们不得不在做法上悄悄地做出退让,改弦易辙,以缓和与一些领导人和老同志的紧张关系。1983 年第 3 期,在刊物上发表了一篇支持和呼应徐迟观点的文章——尹明耀的《也谈现代化与现代派》。

中国作家协会党组副书记、书记处书记冯牧于 1983 年 1 月 15 日举行的中国作协工作座谈会上讲话,谈到关于现代主义和现实主义的这场讨论时,是这样概括的:"还有一个问题,是如何正确地批判地继承、吸收外国文学遗产、文学技巧、表现手法的问题。有的同志提出了不同的看法。我相信,提出问题和主张的同志,动机和目的都是积极的,都是想使我们的文学提高思想和艺术的质量。讨论的内容是,要不要现实主义,要不要现代主义,如何对待西方现代派、西方文学诸流派的问题。这个讨论还刚刚开始,我不认为是小题大做。我认为这个讨论是必要的。但是,这个讨论必须把它当作学术性的讨论来进行。我们反对大轰大嗡,一拥而上,一窝蜂地先下论断的不良风气,我们坚持讨论必须首先把你所要争论的对象的观点搞清楚。讨论必须是与人为善的、平等的、学术性的讨论,不能无限上纲,采取群众运动的做法,要采取正常的、百家争鸣的做法,使这些问题越辩越明,最后使我们文艺界能够在文艺方针、政策、文艺创作、文艺理论以及在其他重大问题上,取得认识上的一致,或者基本上的一致。"[9]

继而,1 月 20 日冯牧在中国文联召开的文艺理论批评工作座谈会上的发言《谈文学理论批评工作》里,关于批评现代派问题,他这样说道:"第四,发展社会主义文学和借鉴古今中外文艺,特别是当代外国文艺成果的关系。去年出现了现实主义和现代主义之争,有同志提出要'合理地'排斥现实主义,有同志把生产力同创作方法等同起来,说现实主义是蒸汽机时代的产物,这种说法显然是不科学的。革命现实主义不应当排斥其他创作方法,相反地,现实主义必须随着时代的进展而不断丰富和发展自己。现实主义的道路只能越走越宽。不能否定现实主义,也不必否定革命现实主义。文艺创作和外国文艺的关系是借鉴而不是代替。现在有些人硬把世界风行的马尔克斯的文学作品归入'现代派'的阵营,但只要读了他的作品,就会发现他还基本上是一位进步的现实主义作家。借鉴还是以我为主,在继承我国民族和革命文艺传统的基础之上,借鉴西方包括汲取西方现代派中的精华。我们主张发展社会主义的文学,社会主义文学必须有民族特点,必须和我们祖国现代化的实践密切结合。现代化与现代派完全是两个截然不同的概念。现代派是西方资本主义矛盾尖锐化的产物,它不能取代现实主义,更不能代替整个革命文艺。对于这些文艺思想的争论,要正确运用'双百'方针来解决。只有坚定不移地贯彻'双百'方针,才能使我们的队伍逐渐迅速地统一思想、统一认识,从而同心协力地为繁荣社会主义文艺创作做出我们理所应当的贡献。"[10]

同年 8 月下旬,冯牧在中国作家协会在大连举办的作家暑期读书班上作的题为《对于社会主义文艺旗帜问题的一个理解》的发言中说道:"现在有的同志提出要'合理地排斥现实主义',这实际上是要从根本上摒弃现实主义。有的同志则讲得更加露骨,干脆认为现实主义已经过时了,要用某种西方艺术为圭臬的现代主义取而代之。对这些显然是错误的主张,我们当然是不能接受的。对此,我们必须在理论上澄清是非,明辨方向。”“在探讨社会主义文艺的含义和界说时,不能不涉及目前正在广泛的范围内进行着的所谓现代派问题之争。有些同志认为,这场争论,是艺术问题之争。我不这样看,我认为,这场论争实质上是道路之争、旗帜之争,是一场要不要坚持社会主义文艺道路、要不要高举社会主义文艺旗帜之争。意见分歧的核心在于走什么样的道路和举什么样的旗帜。我认为,这场论争涉及以下一些问题:究竟是批判地、有选择地吸收和借鉴外国文艺的精华(包括西方现代派的有益的东西),还是用西方现代派的文艺来取代我们的社会主义的文艺?我国正在进行‘四化’建设,我们的文艺是走有中国特点的社会主义文艺道路,还是必须走西方现代派的道路?是坚持我国优秀的、革命的文艺道路,发展这个传统,还是全盘否定这个传统,搞民族虚无主义?是不断地丰富、积累、发展文学艺术的经验,还是以‘创新’为名、用西方现代派文艺中那些明显地违反艺术规律的所谓技巧和手段来破坏艺术规律?这三个问题是联系在一起的。如果像有些同志所主张的,我们的文艺只能走现代主义文艺的道路,我们难道能够建设具有中国特点的社会主义文艺吗?我们应该充分估计到这场争论的必要性和严肃性,不能认为这是多余的。事实上,这种争论,恐怕也是不可避免的。”⑪

从冯牧发表于 1983 年的三次关于文艺问题的讲话中可以看出,在现代派问题上,冯牧的观点没有在种种压力面前后退,也没有阴一套阳一套,他始终保持了一个文艺理论家的理论上的坚定性。

并非多余的话

2007 年出版了《王蒙自传》(第二部),笔者从其中关于现代派这桩文坛公案的文字中,发现我们做过的正确的事情和错误的东西,在王蒙笔下是这样描述的,不妨引述一段他自传里的文字:

> 当我将乔木对我的意见忠告说给周扬听的时候,周扬立即表示不同意,他说他主张更多的探索,更少的干涉。他后来到处讲“唯陈言之务去”,讲“百虑而一致,殊途而同归”,他甚至在一次发奖会上直截了当地讲王蒙,说王蒙有思想,要鼓励他的探索,不要搞得多了一个部长,少了一个诗人。以至《文艺报》的一些人对周有意见,将所谓批评周扬的“读者来信”转给周扬示威。这是以往几十年他们所绝对不敢做的。十二大后,周已经不是管文艺的副部长,而只是顾问了。但周还是在文艺界管着太多的事,讲着太多的话,他没有适时后撤。这是他不那么明智的地方。也许恰是他的鞠躬尽瘁,死而后已,成败利钝,非所计也的地方。
>
> 这里边还有一个重要的因素,就是上海。四篇小文章都发表在上海。后来夏衍写了文章,巴金老也发表了看法,都不赞成那样如临大敌地批现代派。这使得一些不大不小的领导更加不安,似乎是上海在不听招呼,不服管。他们特别不满于曾任夏公

秘书，后是《上海文学》执行副主编的李子云同志，认为是李在串连党内外的力量搞异端。几乎将李调出文艺界。

这里最闹不明白的是冯牧同志，他是最最以爱护支持中青年作家自诩的，人人都说他是一个大好人，包括气得一度两人之间不说话的李子云同志，也仍然肯定他是好人。为什么一个现代派问题他激动成了那样，说的话那样带情绪，不惜与那么多人特别是上海的同志决裂……还向一些对他持严重批评保留态度的人物求援，好像他是在只身与现代派血战，身负重伤，快顶不住了。他还发展加码，说是与中央保持一致不仅仅是政治上一致，而且必须文艺思想文艺理论上一致。他能代表中央的文艺思想吗？不太像啊。

《文艺报》的同志也不顺利，他们收获的也不是他们所需要的果实。后来，张光年同志商作协班子决定，《文艺报》改成报纸形式，冯牧改去编《中国作家》杂志。副主编唐因到了文学讲习所(后改名鲁迅文学院)主持工作。编辑部主任刘锡诚到了民间文学研究会。李基凯则不久到美国探亲，没有再回来。我私下认为，这是该时的《文艺报》向周扬叫板的后果。经过改组，这个同仇敌忾的《文艺报》已不复存在，中坚人物各自东西。

我与胡乔木同志也浅谈过这个话题，有一次谈话中胡乔木说“忧患意识”是受了现代派而且是“纳粹分子”海德格尔哲学思潮的影响，我说恐怕未必，忧患云云，更像是从范仲淹的“先天下之忧而忧，后天下之乐而乐”那里来的，但是胡坚持他的看法，他的知识太多，可能自找了麻烦(现在忧患意识作为一个正面的词，已经出现在党的正式文件中)。胡还专门对我说：“希望对于现代派的讨论，不要影响你的创作情绪。”有言在先。胡向我大骂《当代文艺思潮》，我介绍说，它的主编谢昌余同志曾经在省委主要领导(后在中央工作，地位很高)身边做过一些文字工作，他大说“荒谬”，但态度平和了些。

对这一年的批现代派，各种说法都有，如广东作家们说此事是戏内有戏，戏后有戏。

王蒙的想象力够惊人的。他把《文艺报》编辑部在现代派问题上的认识和措施，想象为我们与周扬“叫板”，而“叫板”的结果，是《文艺报》的被改组，从主编冯牧、副主编唐因，到编辑部主任刘锡诚、理论组长李基凯，“中坚人物各自东西”，“这个同仇敌忾的《文艺报》已不复存在”了。我不敢说，批现代派这件事有没有影响到作协党组对《文艺报》班子的看法和信任，并因而产生了改组其领导班子的计划。王蒙说的那个时候，我在《文艺报》工作，但我不知道编辑部的“中坚人物”中，有哪一位当时是反对周扬的，相反，我们在大的方面，大体上都同意和赞扬周扬同志的“第三次思想解放运动”的思想和理论概括，更谈不上与周扬“叫板”，因此而造成编辑部在周扬的意图下被“改组”。且不说那个时候的《文艺报》也并非所有的成员都是“同仇敌忾”、一个鼻孔喘气。我第一次知道周扬关于现代派问题的意见，是从顾骧的《我与晚年周扬师——二十世纪八十年代一桩文坛公案的前前后后》那篇文章里,但周扬在中宣部部务扩大会议上的发言,时间是1983年4月30日到5月3日,而不是1982年10月《文艺报》批评现代派的当时。周扬说:

现代派不是不要批评,问题是用什么方法好?是讨论的方法,还是批判的方法?我对某某(按:冯牧)讲过《文艺报》对徐迟的批判我不赞成。他确实没有理论,他讲话随便。他是什么场合与什么人讲的?冒失的批评会不恰当。《文艺报》(是)办得好的。王蒙到我那儿说,他感到有点压力。艺术问题还是采取讨论的方法,不要做结论的方法。艺术方法问题不要做硬性规定,让文艺家自己去讨论为好。这些问题不会涉及四项基本原则,荒谬的意见也可以通过讨论的方法加以澄清。[12]

"改组"《文艺报》编辑部的动议,其实更早些时候就有过了,不过不是已经没有实际权力的周扬,而是来自当时的中宣部长(他在一个会议上说"《文艺报》是'右派掌权'")。但那个动议毕竟没有能够顺利实现。如今,三十年后,终于在王蒙的自传中看到,由于《文艺报》的"中坚人物"在现代派问题上"同仇敌忾"地向周扬"叫板",导致了《文艺报》的"中坚人物"的被"改组",冯牧改任《中国作家》主编去了,唐因改任鲁迅文学院院长去了,刘锡诚调到中国民间文艺研究会去了,李基凯去了美国再也没有回来,未免有点移花接木、天方夜谭的味道。别的同志的被"改组"我不了解真相,不敢乱说,我自己的离开《文艺报》到中国民间文艺研究会去,却无论如何不是因为反对周扬而被"改组"走的,恰恰是周扬同志当面要我到那个由他担任主席的中国民间文艺研究会去,担任该会的书记处常务书记,做他的助手,帮他主持该研究会的日常工作的。他甚至在我到任后召开的中国民间文艺研究会理事扩大会上,当着来自全国各地的理事们的面,向大家介绍我是新来的一位文学理论家。我的过失是,当周扬同我谈话后,就认为周扬同志既然要我去,冯牧同志传话要我去,我答应了他们之后,却不懂得人事调动还需要经过我的所在单位中国作协党组的批准,就幼稚地去办了调离手续。当我一旦悟到自己的疏忽后,赶忙跑到作协党组书记张光年家中去说明情况,向他道歉,检讨无知。所幸的是,《文艺报》的"中坚人物"中,唐达成、陈丹晨不是被"改组"了,而是被提升了。前者后来当了中国作家协会党组书记,后者当了报纸版的《文艺报》的副主编。可惜的是,王蒙的这段描述,当事人冯牧、唐因、唐达成这三位《文艺报》的主编副主编,如今都已成了故人,再也不能出来发言了。如果确如王蒙在他的自传里所说的,张光年把在现代派问题上不能与他同道的冯牧以及他所领导的《文艺报》编辑部进行改组,那就是曾经与同他并肩为新时期文艺奋斗过的冯牧和他领导下的《文艺报》的所谓"中坚人物"们的宿命了。

三十年后的今天,回想当时我们《文艺报》的那几个"中坚人物"在现代派风波问题上的观点和主张,自是有值得自省的地方,譬如是不是我们办刊上操之过急,不该拿徐迟是问,把我们的主张强加在别人头上,在文学观念上不能宽容,等等。至于我个人,也许19世纪俄国批判现实主义及其作品在我的文学观念的形成上影响太大了,导致了我对现实主义的过于钟情,但我至今不认为现代主义是中国当代文学发展的方向和道路。

2013年5月19日脱稿

【注释】

①张光年:《文坛回春纪事》,401—403 页,海天出版社 1998 年版。

②冯牧逝世后,李子云写了《好人冯牧》一文纪念他,就现代派问题上观点的分歧写了一大段,表达了深情的怀念和理解。见李子云:《我经历的那些人和事》,文汇出版社 2005 年版。

③会议内容,参见报道《坚持文学发展的正确道路——记关于现实主义和现代主义问题讨论会》,载《文艺报》1982 年第 12 期。

④这段话见笔者在《文艺报》工作时期的工作笔记(第 18 本)。

⑤据笔者在《文艺报》工作时期的工作笔记(第 19 本)。

⑥不同意见,参阅顾骧:《晚年周扬》,69—71 页,文汇出版社 2003 年版。

⑦⑧张光年:《文坛回春纪事》,424、426 页,海天出版社 1998 年版。

⑨据《冯牧同志在作协工作座谈会上的讲话(1983 年 1 月 15 日)》打印稿,第 10 页。这个报告没有收入他身后出版的《冯牧文集》五卷本。

⑩冯牧《谈文学理论批评工作》,《冯牧文集》第 2 卷(评论卷Ⅱ),404—405 页,解放军出版社 2000 年版。

⑪冯牧:《对于社会主义文艺旗帜问题的一个理解》,载《文艺报》1983 年第 10 期;后收入《冯牧文集》第 2 卷(评论卷Ⅱ),501—502、506—507 页,解放军出版社 2000 年版。

⑫顾骧:《晚年周扬》,83 页,文汇出版社 2003 年版。

(原载《南方文坛》2014 年第 1 期)

获奖词：

作者选取鲁迅与赛珍珠文化差异和观察视角的不同，以赛珍珠小说的写作背景和时间节点的历史地理距离，思考其“中国故事”的成功，并提出了阅读和评价赛珍珠的方法问题，对当下中国文学有启发意义。论文运笔细腻，文思周严，是作者本人也是近年关于赛珍珠研究的一篇佳作。

赛珍珠：如何讲述中国的故事？

李云雷

1

我很早就想读赛珍珠的书，但一直没有买到。这一次，我托了人文社的朋友，好不容易才找到了一套《大地》三部曲。书的装帧印刷很精致，但印数只有3000册，难怪要买一套有这么难呢。赛珍珠的书为什么如此难买呢？我想了想，可能有三个原因，一是我国文学界对赛珍珠的评价普遍不高，茅盾曾批评赛珍珠的小说歪曲了中国农民的形象，巴金也说，“我从来对赛珍珠没有好感……她得了诺贝尔奖金以后还是原来的赛珍珠”，胡风也认为“《大地》虽然多少提高了欧美读者对中国农民的了解，但同时也就提高了他们对于中国的误会”，鲁迅对赛珍珠也颇有微词，但他也自省“……译文，或许不太可靠”，此外赵家璧、江亢虎等人都曾对赛珍珠进行过批评。二是美国文学界对赛珍珠的评价也不高，尤其是在她1938年获得诺贝尔文学奖之后，诗人弗罗斯特甚至说：“如果她能得诺贝尔文学奖，谁都能得。”福克纳也说：“情愿不拿诺贝尔文学奖，……也不愿意同辛克莱和‘中国通’布克夫人之辈得奖人为伍。”这里不乏嫉妒的因素，但同时也有文学观念的差异，赛珍珠的小说主要以中国为题材，在文学市场上也是最热门的“畅销书”，在弗罗斯特、福克纳看来，或许不能说是主流的“美国文学”，而在美国文学的传统中，赛珍珠也常与《飘》的作者玛格丽特·米切尔，以及《所罗门之歌》的作者托尼·莫里森相提并论，她们作品的畅销也影响了她们在精英文学界的评价。三是在20世纪50—60年代，苏俄文艺界与中国文艺界曾经对赛珍珠进行了批判，谢尔盖耶夫的《破产的“中国通”——赛珍珠》的中译文发表在1950年的《文艺报上》，后来中国学者还发表过《赛珍珠——美帝国主义文化侵略的急先锋》《美国反动文人赛珍珠剖析》《猫头鹰的诅咒——斥赛珍珠的〈北京来信〉》等文章，这些文章主要以政治性的观点批判赛珍珠的作品。——这样，无论在文学上还是在政治上，赛珍珠的影响都趋于式微，或许这正是她的作品在今天不易买到的原因。

赛珍珠和中国有着不解的缘分，她于1892年6月26日出生在美国西弗吉尼亚州，出生后才三个月，便随做传教士的父母来到了中国，在她前四十年的人生中，除了在美国读大学和硕士的时间，都是在中国度过的。他们一家先是住在苏北的清江（现在的淮安市），在赛珍珠四岁时迁到长江边上的镇江，赛珍珠在这里度过了她的童年和青少年时期。在美国弗吉尼亚州的伦道夫·梅肯女子学院毕业后，赛珍珠又回到镇江，一边照顾生病的母亲，一边在一所教会中学教书。后来，赛珍珠嫁给了年轻的农业经济学家约翰·洛辛·布克，跟随丈夫在皖北土地贫瘠、生活落后的宿州生活了两年半。1919年，赛珍珠又随丈夫到金陵大学任教，在南京生活了十二年，在这里的一座阁楼上，她几乎完成了所有后来获得诺贝尔文学奖的作品。1931年，《大地》在美国纽约出版，引起轰动，赛珍珠也一夜成名。1934年，赛珍珠与丈夫的关系出现裂痕，她离开南京回美国定居。次年她与布克离婚，嫁给了她的出版商理查德·沃尔什，从此她就再也没有回到过中国。

《大地》是最早为赛珍珠赢得名声的作品，在这部作品中，她讲述了一个中国农民的一生，展示了那个年代中国人的生活方式与内心世界。在我们今天看来，《大地》的故事有些奇怪，因为它所讲述的是一个农民如何变成"地主"的故事，也即是说，赛珍珠所展示的是传统中国社会的一种常态：一个贫苦的农民如何创业，如何买地，如何娶妻娶妾，最后如何成为一个大家庭的家长，以及当地有名望的地主。我们可以说，赛珍珠所描述的是千百年来中国农民的梦想和生活轨迹。但是恰恰在这个地方，20世纪中国的"新文学"有着不同的视角与思路，我想鲁迅、茅盾、胡风等人之所以批评赛珍珠，原因就在这里。鲁迅、茅盾等人的小说置身于中国内部，批判中国农村现状的不合理，强调变革，注重农村中的时代性，这与赛珍珠小说中更加注重"稳定的一面"有着鲜明的不同。从赛珍珠的视角，我们可以重新审视20世纪中国"新文学"的面向。

在《阿Q正传》等小说中，鲁迅对"国民性"有着深刻的批判，但我们可以看到，像阿Q这样的人物并非中国乡村的常态，而是一种"变态"，鲁迅所着重发掘的也是阿Q"性格"中自欺欺人与自相矛盾的因素；与之相比，赛珍珠在《大地》中把握的则是一种"常态"：传统乡村中农民王龙的"经济"生活，他对土地、女人的热情，以及"发家致富"的愿望。另外，鲁迅笔下的乡村是分裂的，他对之既满怀眷恋（《故乡》《社戏》），又带着批判的眼光（《祝福》《风波》），而赛珍珠的态度则是一贯的，她的眼光平淡而疏远，当然这与她的身份与视角有关，她并不能像鲁迅一样切身体会到中国乡村的温暖与疼痛，但她无疑也提供了观察中国乡村的一种视角。与茅盾的《春蚕》《秋收》《残冬》等"社会问题"小说相比，赛珍珠的小说并不着重于乡村中存在的时代性"问题"，而注重从主人公的人生问题去把握乡村；与沈从文的《边城》等以理想化的笔触去建筑"人性的希腊小庙"不同，赛珍珠所描述的也不是虚幻的、诗意化的乡村，她笔下的中国乡村是朴实自然的。

如果与新中国成立后中国作家的小说相比，或许更能看出赛珍珠《大地》的不同，“新文学”发生以来，中国作家几乎从未写过一个农民如何变成“地主”的故事，这在社会主义时期文学中更加明显，《红旗谱》讲述的是一个农民如何走上革命道路的故事，《创业史》《艳阳天》讲述的则是一个农民如何成长为“社会主义新人”的故事。即使在20世纪90年代的《白鹿原》中，主要表现的也是白嘉轩面临的时代风云，以及传统宗法社会在现代革命风潮中的解体。在这个意义上，我们可以说《大地》中的王龙，是白嘉轩的“前史”——正是他的艰苦创业才奠定了一个家族的地位与声望；或者说，王龙实现了《创业史》中梁三老汉的理想——这也是千百年来中国贫苦农民的愿望。但是另一方面，正如梁三老汉被称为“旧式农民”、在《创业史》中受到批评一样，在充满变革与断裂的20世纪，传统中国农民的生活方式已不可能再延续，一个农民变成地主的理想也不可能再延续，中国乡村必须在变革的世界寻找新的出路，必须探寻新的理想与新的生活方式。而20世纪的中国“新文学”，也正是在这个意义上参与了中国社会的变革过程，从鲁迅、茅盾到赵树理、柳青、浩然、路遥，他们与笔下的人物血肉相连，他们的作品与中国农民一起探索着现代化的路程，写出了20世纪中国乡村所经历的苦难、革命与梦想。

对于像我这样在“新文学”传统中成长起来的人来说，最初读到《大地》，难免会大吃一惊：一个农民的追求竟然是要成为地主？但仔细想一想，这正是千百年来中国农民的“常态”，也是绝大多数农民的真实心态（20世纪50年代中期“合作化”时期及以前）。因为在那以前，中国农民看不到别的出路，千百年来的生活习俗也塑造了他们的理想。正是在这个意义上，我们可以看到传统中国乡村是“小生产者的汪洋大海”，中国革命正是在这样艰难的环境中进行的，中国“新文学”也是在这样的环境中与中国农民的“旧式理想”做斗争的，所以中国“新文学”强调变革，注重批判，塑造理想性的人物（“新人”）引导中国乡村的改变。——尽管中国“新文学”内部有不同的流派与阶段，但在对旧式农民及其旧式理想进行批判这一点上，态度上却具有同一性。正是在这一点上，赛珍珠与中国“新文学”不同，她对待旧式农民及其理想的态度是“描述”，是以同情的笔调去贴近。在这个意义上，我们可以理解茅盾、胡风、巴金对她的批评。但是在我们今天看来，赛珍珠的《大地》的价值，恰恰在于她为我们提供了一幅不同于“新文学”的中国乡村的图景，让我们可以看到传统中国农民的生活方式与生活理想。对于我们来说，这已经是一幅陌生的图景，只有理解这一图景，我们才能理解赛珍珠，也才能更深刻地理解中国“新文学”。

如果从这样的视角去看，《大地》三部曲的另外两部《儿子》《分家》也具有不可替代的价值。《儿子》以王龙的儿子王虎为主人公，王龙的“儿子们都不是好东西；老大沉湎于空虚的放荡生活；老二当了商人和高利贷者，被金钱的贪欲淹没了；老三成了‘军阀’，祸害不幸的国家”。（诺贝尔文学奖授奖词）《儿子》主要描述老三王虎作为一个小军阀的一生，他在乱世中戎马倥偬，背叛了父辈对土地的感情，想以自己的力量成为割据一方的“强人”，他不近女色，不重亲情，严格要求自己与所属的部队，但是他并没有等到最佳的政治时机，在势力最强大的时候也不过控制了两个县城，最后他空怀着一个强者的梦想死去。

在这个小军阀身上,赛珍珠写出了她对一部分中国人的印象,他们意志坚强,但是在变化了的时代中仍坚守着传统的思维方式,于是造就了一种个人的悲剧。在中国的"新文学"中,虽然不少作品涉及军阀争斗所造成的饥馑遍野,民不聊生(如沈从文的作品等),但很少有作品以一个军阀为主人公,探讨他的内心世界与人生历程。在这一方面,《儿子》可以说给我们提供了一个独特的视角,尽管我们可以说,小说中对主人公的描述不无偏执,其中一些场面(如战争场景)也更接近臆想,而偏离现实太远。

在《儿子》中,我们可以读到不少时代性的因素,而这些在第三部《分家》中则有着更明显的体现。《分家》以王虎的儿子王源为主人公,像他的父亲王虎背叛了父亲王龙一样,王源也背叛了自己的父亲王虎,但他走的是另一条道路,他为了逃婚和躲避父亲的精神控制,从乡村逃到了一个沿海的大城市(小说中虽然没有明确提及,但我们可以感觉到是上海),从这里他又去美国留学,六年之后回来,他已告别了父祖辈的生活理想,开始追寻新的生活理想,也开始追寻真正属于自己的爱情。相对于《大地》《儿子》,《分家》所讲述的是我们更熟悉的故事,也是中国"新文学"更擅长表现的情感结构与情感冲突。事实上,在读《分家》的时候,我会不断联想到中国的作家,比如描述父子冲突与逃婚的情节,会让人想到巴金的"激流三部曲";比如写上海舞场的场景与人物,会让人想到"新感觉派"穆时英、刘呐鸥等人的作品;而写王源在美国的经历,他的自尊与自卑,他的屈辱感,他的民族情感与男女情爱的纠缠,则会让人想到郁达夫《沉沦》中的故事。——不论相似或相异,可以说《大地》三部曲为我们提供了一个观察中国的新视角。

2

但是读赛珍珠的《母亲》,却给人以另外的感受。相对于《大地》三部曲,《母亲》在文学界获得了很高的评价,《纽约时报》当时的书评指出,"《母亲》是赛珍珠至今创作的所有作品中,最具有建筑统一性和简洁有力特征的作品。简洁和力度几乎具备了强大的特质。不仅如此,赛珍珠的成就还表现在她从人类普遍价值观的角度来描述与我们自己相异的民族。"伦敦的《时代》文学增刊也认为,"赛珍珠从不曾写过比《母亲》还好的书,她凭借敏锐直觉的天赋,深入到中国农村妇女的思想、内心和精神之中,揭示了生命永恒的价值。"在 1938 年诺贝尔文学奖的授奖词中也说:"《母亲》在赛珍珠的中国女性形象中是最完美的,这本书也是她最好的一部。"

《母亲》讲述的是中国乡村一位母亲的故事,她的一生充满了苦难,可以说是旧时代中国妇女的典型与象征。在年轻的时候,她的丈夫就离家出走,一去不回,她一个人赡养着婆婆,拉扯着三个儿女生活。她艰难地支撑着一个家庭,到田里去干活,还要忍受村里人的风言风语。她的大儿子慢慢长大了,她为他娶了媳妇,但是一直没有生孩子;她的女儿幼时眼睛经常被烟熏,没有得到及时的医治,最后眼睛全瞎了,后来她嫁到了大山深处,当"母亲"半年后去探望她的时候,她刚刚死去;小儿子小时候备受宠爱,长大后却参加了革命,后来遭到逮捕,被处死,"母亲"亲眼看到了他被押赴刑场的场景,晕倒了过去。"母亲”一生中唯一的愧疚，是她在丈夫走后耐不住寂寞，与下乡收租的账房先生的一次偷情，她认为自己遭受的苦难是上天对她的惩罚。她一次次拜佛，最后她的大儿子终于生了孩子，“母亲一句话也不说，一个人也不理会，就往屋里跑，走到床前，看见了孩子，一个男孩子！像他父亲说的一般无二，张着大嘴，哭声很响，她从来没有看见过这样又漂亮又肥壮的孩子。母亲弯下腰来，把孩子抱在怀里，觉得暖暖乎乎的，很健壮。就连她自己也像又充满了新生命一样……”

小说中的“母亲”没有姓名，作者在小说中直接以“母亲”来称呼，可见赛珍珠所写的并不是中国乡村中某一位母亲，而是中国乡村中“母亲”的典型与代表，她所写的不是“个性”，而是中国乡村母亲的“共性”，在这一点上，《母亲》取得了非凡的成功，可以说是一部不可多得的杰作。在这部小说中，我们可以看到千百年来中国乡村妇女所承受的苦难，她们的生活与内心世界，小说所塑造的是一个大地母亲的形象，“母亲”像大地一样深沉厚重，也像大地一样承载着一切——苦难，灾荒，战乱与革命。但她始终坚忍不拔，“她的整个命运都体现在‘母亲’这个词中。然而，她是有生动个性的，是一个强壮、勇敢、精力充沛的人物”。(诺贝尔文学奖授奖词)在“母亲”的形象中，凝聚着赛珍珠对中国乡村妇女命运的观察与思考，她以饱含深情的目光注视着“母亲”的一生。

但是，我们也可以发现，赛珍珠的目光是隔着一段距离的，小说的视角是俯视或旁观式的，她很少能够真正深入到“母亲”的内心世界。在这一点上，我们可以将之与赛珍珠描写自己母亲的传记《离乡背井》相比较，“母亲凯丽勇敢热情，有天分，有诚恳的天性，在各种力量当中善于协调。她在悲愁和危险之中经受了严峻的考验……她甚至在内心经历了一场艰苦和连续的斗争。在她的内心倾向中，凭着她的天性，她需要比坚定的宗教信仰更多的东西。……然而，她保持着精神上的健康，保持着对生活的热爱，尽管生活给她展示了那么多的可怖之处。她懂得鉴赏人世所呈现的美；她甚至保留着她的快乐和她的幽默。她就像发源于生命心脏的一股清泉”。(诺贝尔文学奖授奖词)在这里，我们所看到的，显然是一个更具个性化的“母亲”。

当然将描写自己母亲与描写中国“母亲”的作品相比较，对于赛珍珠来说并不公平，毕竟作家投入的经验、情感是迥然不同的。在这里，我们可以将之与鲁迅描述乡村妇女的《祝福》略作比较。我们可以看到，在《祝福》中，鲁迅也描述了祥林嫂的命运，并且也着重突显了叙述者——知识分子“我”与祥林嫂的隔膜及冷漠，但是我们仍可以感受到鲁迅笔下的疼痛与反思。如果比较一下赛珍珠与鲁迅对待中国乡村妇女的态度，我们可以发现，赛珍珠的态度是简单的，是一种远距离视野下的同情，而鲁迅的态度则是“纠结”的，他的纠结在小说中以“复调”的形式表现出来——祥林嫂的人生悲剧，叙述者“我”的逃避与惶恐，以及“作者”欲说还休的复杂叙述态度。或许我们可以说，像这样复杂而纠结的叙述态度正显示了鲁迅置身其中的切身感受，而赛珍珠的“同情”虽然颇为可贵，但或许在她的内心中仍隐藏着对于异域文明的优越感。

在这个意义上，我们会发现，这部小说更像一部社会学或人类学著作，或者说，在其中隐藏着“东方主义”的内在视野,赛珍珠是在面向西方世界讲述一个中国乡村妇女的故事,正如早期人类学对低等文明的“客观”描述,意在确认西方文化作为一种高级文明的优越性。在小说中,赛珍珠虽然关注中国乡村妇女的命运,但她的目光也是“客观”的,小说中的人物仿佛生活在一个遥远的时空,作者所讲的也是一个“遥远的故事”。但对于身处“远东”的中国人来说,赛珍珠的故事未免过于简单,小说中的人物也有些抽象化——“母亲”的形象不像生活在具体生活中的人物,而是某种观念(母爱+东方)的产物。尽管某种程度的抽象化也是一种艺术化的方式,比如福克纳《八月之光》中的莉娜,或者海明威《老人与海》中的老人,——但是在《母亲》中,这种抽象化也限制了作者在艺术上做出更为丰富复杂的把握。

尽管如此,《母亲》仍可以说是一部优秀的作品,小说对中国乡村生活的场景、细节、氛围的描摹,即使在中国小说中也很少有出其右者。“在一个农家茅屋的厨房里,母亲坐在炉灶后面的一个矮竹凳上,很伶俐地向着烧火的灶口里投着干草。火刚烧着,她四下随处捡几根柴火或树叶子,再加进去一些去年秋天从山上砍下来的干草。”小说的开头,便将我们带入了母亲生活的现场,长句子所造成的舒缓的叙述节奏,很好地营造了小说的氛围,而有一种回环往复的音乐感。这种叙述语调贯穿始终,缓慢而悠长,正如“母亲”的一生。赛珍珠以诗一样的叙述方式,在平静的描摹中赞美了一个中国乡村妇女的生活,以及那包容一切的母爱。可以说在“母亲”这一形象中,凝聚了千百年来中国女性的美德,也凝聚了人类对母爱共同的赞颂。

赛珍珠的作品中虽然不乏东方主义的元素,但是我们只有历史地看待赛珍珠所塑造的中国人形象,才能对她在中西文化交流中的作用有一个公平的认识。在赛珍珠之前,在19世纪和20世纪初的欧美文艺作品中,中国人物大多是供人取笑、侮辱的丑角。1877年马克·吐温与布莱特·哈特合写了一出闹剧《阿兴!》,剧中的阿兴为白人矿工洗衣,他不但常挨打,还被骂成是“愚蠢而又可怜的畜生”。20世纪初在美国和欧洲流传最广的有关华人的文学作品,可以说是英国人罗姆创作的傅满洲系列小说,书中的傅满洲是个精明险恶的华人头目,妄想征服西方世界。傅满洲系列小说在20世纪30年代被好莱坞改编为电影,主要的情节是傅满洲兴风作浪,而苏格兰的史密斯爵士挺身而出,与之斗智斗勇,结局当然是白人最终战胜了野心勃勃的“异类”。我们可以看到,与这些作品中的中国人形象被“丑化”与“恶魔化”相比,赛珍珠在她的小说中塑造的是更为真实的中国人,在她的小说中,中国人不再是奇怪、神秘、阴险、难以理解的人种,而是同世界上任何地方的人相似,在大地上生存的人群。

根据赛珍珠小说改编的同名电影《大地》,不仅在1937年获得了奥斯卡最佳女主角奖,也极大地改变了美国人对中国人的印象。关于电影《大地》,由于影片中的主人公王龙拖着辫子,并且由西方人扮演,也受到了当时一些知识分子的批评与争议。我观看此片的直观印象,也感觉有些怪异,电影改变了原作中的一些重要情节,突出了王龙妻子阿兰的分量,是阿兰(而非小说中的王龙)得到了他们最初发家的那笔财富,王龙在电影中也没有再次纳妾，而是赶走了他的小妾荷花，与阿兰重归于好——这遵循了好莱坞的逻辑，也有利于改善中国人的形象，但却不像原作那样呈现了那个时代中国农民的生活逻辑。影片中蝗灾的场面颇为惊人，不过由两位外国演员饰演拖着辫子的中国人，确实给人以奇怪的感觉——原来他们是这样想象中国人的？——但我们也应该看到，这已是在此之前对中国人最不带偏见的表现了。

另外值得一提的是，不少美国青年正是读了赛珍珠的著作，才对中国发生兴趣，其中最为人所知的便是埃德加·斯诺和他的妻子海伦·斯诺，他们也与赛珍珠保持着长期的友谊，斯诺那本影响世界的《西行漫记》，最初便是连载在赛珍珠与其丈夫创办的《亚洲》杂志上。如果我们历史地看，从傅满洲这样邪恶的中国人形象，到赛珍珠笔下的“大地”与“母亲”，再到斯诺夫妇笔下“活的中国”，正是美国与西方文化对中国理解不断深化的过程，而在这一过程中，赛珍珠无疑占据着一个独特而关键的位置。

3

1934 年，赛珍珠回到美国后，再也没有来过中国，但她终生从事的事业一直与中国相关。1941 年赛珍珠夫妇在美国成立了“东西方协会”，通过举办具体的教育交流项目来促进东西方人民之间的相互理解。20 世纪 40 年代初，赛珍珠夫妇与作家拉地摩尔、林语堂等人一起，倡导成立一个全国性组织——“废除排华法公民委员会”，赛珍珠担任主要发言人。1943 年 10 月 22 日，“排华法”终于在出台长达六十多年后土崩瓦解。二次大战期间，赛珍珠积极支持中国人民的伟大抗日战争，她所领导的“东西方协会”聘请我国旅美表演艺术家王莹担任董事和中国戏剧部主任，王莹在白宫演出《放下你的鞭子》并高唱《义勇军进行曲》等活动，就是由赛珍珠促成并亲自主持的。在抗战高潮时期，赛珍珠还出版了小说《龙子》，讲述了一个家庭团结起来抗日的故事，揭露日本侵略者在中国犯下的种种罪行并向中国人民的英勇抗战表示敬意。1941 年，《龙子》改编为同名电影，受到急于了解亚洲战区情况的美国人民的欢迎。赛珍珠对蒋介石政权有不少批评，成为当时美国的中国问题的一个主要观察家。

赛珍珠也与不少中国作家保持着友好交往，林语堂的《吾土吾民》便是由赛珍珠作序在美国出版的。抗战结束后，她领导的“东西方协会”接待了赴美的老舍和曹禺，帮助他们了解美国社会和向美国人民介绍中国文化。赛珍珠还积极协助老舍在美国出版他的作品，她向编辑和书商们大力推荐《骆驼祥子》和《四世同堂》等作品。1945 年，为避免和《骆驼祥子》争读者，赛珍珠将自己的小说《群芳亭》推迟了好几个月出版，《骆驼祥子》也成为 20 世纪 40 年代在美国畅销的寥寥几本中国题材小说之一。

赛珍珠还向美国与西方介绍中国文化，她翻译了我国的古典文学名著《水浒传》，并将书名改为《四海之内皆兄弟》。1938 年，在诺贝尔文学奖的获奖演说中，赛珍珠讲的是“中国小说”，她说：“虽然我生来是美国人，我的祖先在美国，我现在住在自己的国家并仍将住在那里，我属于美国，但是恰恰是中国小说而不是美国小说决定了我在写作上的成就。我最早的小说知识,关于怎样叙述故事和怎样写故事,都是在中国学到的。今天不承认这点,在我来说就是忘恩负义。不过,完全为了个人的原因在诸位面前说中国小说这个题目倒是有些冒昧。还有另一个原因我觉得完全可以这样做。这就是我认为中国小说对西方小说和西方小说家具有启发意义。”在这篇演讲中,赛珍珠讲到了中国小说的传统——从神话、志怪小说到《水浒传》《三国演义》和《红楼梦》,也讲到了中国小说的地位——受到文言经典与文人文学的双重压抑,而受到普通民众的欢迎,最后她讲到了她从中国小说中所受到的启发,而这主要来自“说书人的传统”。她在演讲结束的时候说:“不,一个小说家决不能把纯文学作为他的目的。他甚至不能对纯文学了解得太多,因为他的素材——人民——并不在那里。他是在村屋里说书的人,他要用他的故事把人们吸引到那里。文人经过时他无需抬高他的嗓子。但若一群上山求神朝圣的穷人路过时,他一定要使劲把他的鼓敲响。他必须对他们大声说:‘喂,我也讲神的故事!’对于农夫,他一定要讲到他们的土地;对于老头儿,他一定得讲到和平;对老太太,他必须讲到她们的孩子;而对年轻的男男女女,他一定要讲他们之间的关系。只要这些平民高兴听他讲,他就会感到满意。至少我在中国学到的就是如此。”在这里,我们可以看到赛珍珠的小说之所以受到普通大众的欢迎,不仅在于她写作题材的独特,而且在于她受到了传统中国小说观念的影响,她是面向大众的“说书人”,而不是致力于“纯文学”的作家——像她同时代的乔伊斯或福克纳一样。

而与多年后中国获奖作家的演讲——高行健的《文学的理由》、莫言的《讲故事的人》相比,赛珍珠的演讲似乎更能代表中国小说的传统,高行健所讲的只是文学相对于政治的“理由”——“我想要说的是,文学也能是个人的声音,而且,从来如此。文学一旦弄成国家的颂歌、民族的旗帜、政党的喉舌,或阶级与集团的代言,尽管可以动用传播手段,声势浩大,铺天盖地而来,可这样的文学也就丧失本性,不成其为文学,而变成权力和利益的代用品。”而莫言则通过讲述母亲的故事强调了文学的民间传统:“我是一个讲故事的人。因为讲故事我获得了诺贝尔文学奖。”但是我们可以发现,高行健或莫言讲故事的方式都受到了西方文学的极大影响,而赛珍珠则在中国小说中寻找到了自己的叙述方式。或许这是中西文化交流中一个有趣的现象,人们只能在相异的文明才能更清晰地照见自己,也只有在相互交融中才能具有更加丰富的视野,才能形成一个作家独特的“艺术世界”。

另一方面,赛珍珠也指出:“我说中国小说时指的是地道的中国小说,不是指那种杂牌产品,即现代中国作家所写的那些小说,这些作家过多地受了外国的影响,而对他们自己国家的文化财富却相当无知。”这可以视为赛珍珠对中国“新文学”的一种批评。但是鲁迅在一封信中,也对赛珍珠提出了批评,“先生要作小说,我极赞成,中国的事情,总是中国人做来,才可以见真相,即如布克夫人,上海曾大欢迎,她亦自谓视中国如祖国,然而看她的作品,毕竟是一位生长于中国的美国女教士的立场而已,所以她之称许《寄庐》,也无足怪,因为她所觉得的,还不过一点浮面的情形。只有我们做起来,方能留下一个真相。”中国人当然更能见出中国的“真相”,但是外部的视角并非都是“浮面的情形”,如我们前面所分析的，赛珍珠对中国乡村生活“常态”的描述，便是中国“新文学”作家所没有表现的。而赛珍珠对传统中国小说的推崇，也让她难以看到传统中国文化已无能应对现代世界，中国文化只有浴火重生，才能凤凰涅槃。

在赛珍珠的作品中，也确有“浮面的情形”，比如她在 1956 年所写的以慈禧太后为主人公的《帝王女人》，虽然对慈禧太后作为一位女性与“政治家”的难处有着深切的理解，但对中国历史与宫廷政治了解的匮乏，也使此部小说略显肤浅。从我们今天的视角来看，此部小说颇似《甄嬛传》，对宫廷内部的斗争有深入细致的表现，但与之不同的是，《帝王女人》也写了朝廷之上的政治斗争，以及中国面临“数千年未有之变局”的危难，这三重压力加在慈禧太后身上，她却只能以旧的权力思维面对新的政治形势，注定是一个悲剧人物。小说对慈禧太后多有体贴，但也有不少臆测与编造，这使此部小说的艺术质量大大削弱。

1949 年新中国成立后，由于外交、政治和历史的原因，中美两国间的文化交流和民间接触全面中断。受国民党蒋介石反动宣传的影响，赛珍珠早在 20 年代对中国共产党就存有猜疑和误解，但那时在她的作品中很少有反映，到了五六十年代，我国在一系列政治运动中的失误，又通过各种渠道传入美国，其中包括一些恶意的诽谤。赛珍珠根据这些真真假假的材料写出了《暗箭难防》《银蝴蝶》《深耕记》《北京来信》《梁太太的三个女儿》等贬斥中国共产党的作品。但是赛珍珠也拒绝了台湾的多次访问邀请，她仍然希望能够前往大陆访问。1972 年尼克松政府恢复了中美邦交后，赛珍珠不顾八十高龄，向中国政府提出访华要求，并计划以新的观点写一部《红色国土》。可是在久久等待之后，接到的却是中国驻加拿大使馆发来的信，其中写道：“由于你长期以来在著作中丑化、中伤和诽谤中国人民和他们的领袖，我受权通知你，不能接受你的访华要求。”

1973 年 3 月 6 日，赛珍珠带着遗憾，离开了人世。尼克松总统闻讯后称她为“一座沟通东西方文明的人桥”，“一位伟大的艺术家，一位敏感、富于同情心的人”。赛珍珠被葬在离她的宾州住宅几百码处的一棵白蜡树下，她亲自设计的墓碑上没用一个英文字母，只是在一个方框内镌刻了“赛珍珠”三个汉字。

【参考文献】

[1]《大地》三部曲，人民文学出版社 2010 年版。

[2]《母亲》，东方出版中心 2010 年版。

[3]《帝王女人》，东方出版中心 2010 年版。

[4]镇江市赛珍珠研究会网站：http://www.pearlsbcn.org/。

（原载《南方文坛》2014 年第 3 期）

获奖词：

本文对《沉重的翅膀》的发表、引发争论等问题进行了还原，重读了“改革文学”的代表作，并勾勒出20世纪80年代前期的历史语境、社会思潮、价值立场等多种结构力量形成的复杂关联，打开理解今天中国的历史路径。作为青年学者，对未曾经历的时代及其文学有如此的洞穿，见识、气象皆显不凡。

不彻底的改革和理性的抒情

——重读《沉重的翅膀》

岳　雯

《沉重的翅膀》①是张洁的第一部长篇小说，虽然它获得了中国当代长篇小说的最高荣誉——第二届茅盾文学奖，但依然难掩其多舛的命运。这部小说发表于《十月》1981年第4、5期，人民文学出版社1981年12月出版。“在单行本中，作者对原作作了数十处修改，其中有二三十处是重要的修改。”②在历经了两年的修改后，1984年7月，人民文学出版社终于出版了第四次修订本。之所以用“终于”一词，是因为其批评、修改和出版的过程之烦难，是未曾经历过那个时代的人所不能理解的。人民文学出版社的编审何启治在访谈中回忆了这一过程：“在韦君宜的鼓励下，张洁深入生活，写出了第一部正面描写改革的长篇小说《沉重的翅膀》。韦君宜看完初稿后，让张洁作了认真修改。1981年夏秋之交，小说先在《十月》第4、5期连载，当即引起巨大反响。在一般情况下，编辑在一部书中的责任和义务都算尽到了。谁知风云突变，来自组织和上级的压力旋即接踵而至，当时北京市委和中宣部对这本书的批评意见就多达一百四十余条，有的批评很严厉，已经上纲到‘政治性错误’。在这种山雨欲来风满楼的严峻时刻，韦老太一方面反复劝说作者进行必要的修改。当时张洁已是全国知名作家，对批评意见中莫须有的部分有抵触是可以理解的，但如听之任之，可能会使一部作品从此被打入冷宫。另一方面，韦君宜又很有耐心地亲自找胡乔木、邓力群等领导同志，为这部长篇小说做必要的解释和沟通工作。这样，两年后，大改百余处、小改上千处的《沉重的翅膀》第四次修订本由人文社出版了，并获得了第二届茅盾文学奖。”③如此曲折，无怪乎张洁会说，“要详细说它，恐怕又能写出一部《沉重的翅膀》那样的小说来”[④]。获奖之后,《沉重的翅膀》在文学性上也受到了评论家的批评。“《沉重的翅膀》着力于政治角度的描写,却没能深入到文学的内核,也就无法真正表现出中国政治的特色及内涵,而仍然只能是一种表层现象的扫描。”[⑤]这种意见,在文学界极具普遍性。一部小说,不仅仅是作者的创作,也绝不仅仅是社会意识形态的直接反映,它势必要同80年代前期的历史语境、社会思潮、价值立场等多种结构力量形成复杂的关联,从而构成大写的“文本”。对这一大写“文本”的还原以及内在逻辑的考察,则是本节所要解决的问题。

一、以议论为诗

对《沉重的翅膀》的批评中,大多以其议论过多,不够精辟,影响了小说的艺术品质为主。稍举两例。《沉重的翅膀》在杂志上发表以后,陈骏涛即撰文进行评述,在肯定了“总的思想倾向是积极的,健康的”以后,认为“这部作品中有些地方涉及思想政治工作方面的问题,涉及对三十年经济建设成就估价的问题,涉及党和国家政治生活中的一些重要问题,涉及对马列主义、毛泽东思想的一些基本观点的认识问题,都有一些描写和议论,是缺乏分寸感,不够严肃和准确的,在一定程度上表现了作者的主观随意性”[⑥]。即使在修订本出版以后,时任中国作家协会党组书记的张光年在序言中也这样写道,“人物对话中议论过多,作者还迫不及待地随处插进许多议论。固然有些议论是精彩的,收到画龙点睛的效果;但是有些是不必要的,不妥当的,有的是完全错误的,因此引起严重的责难。‘你好不容易把读者吸引到你精心织造的形象世界中,读者可以同人物共喜忧了,你跟着来一段议论,把读者从情景中赶出来……你多次多次地这样折腾读者,岂不是自己跟自己过不去吗?’我终于直率地向张洁同志面谈了自己的读后感”[⑦]。几乎在同一时期对《沉重的翅膀》的评论中,都可见类似对议论过多的责难。以上所引的两种评论,可以代表对该作品的两种批评类型。

第一种主要集中在议论的“内容”上。蔡葵作为见证人,在小说发表十六年以后写的文章,似可对当年的情况约略作一回顾和说明。蔡葵说:“《沉重的翅膀》至今未见一篇批评文章,知道的只是当时个别负责人的严厉的口头批评,说作品有‘明显的政治性错误’,是‘思想战线问题座谈会后的一个重要情况’,作者‘太放肆了’等等。其实他们所根据的,只是一些从小说中摘录出来的被认为‘有些比较片面和偏激,有些是很错误的,会造成坏影响’的文字。”[⑧]根据蔡葵的文章,不妨摘引出《沉重的翅膀》中有“政治性错误”的句子。

> 当文学作为文学的时候,有人很可能会把它当成擦屁股纸,也有人一辈子不会读上一本文学书籍。当文学作为政治奉献给人们的羔羊时,却成为老幼咸宜的食品,人人都会争着咬它一口。男盗女娼、物价上涨、倒卖黄金、小孩尿床、火车误点、交通拥挤、住房困难、不涨工资……无一不是文学的罪恶。文明古国里一种不可思议的怪诞![⑨]

今天回过头来看小说中的文字,非但不出格,某种程度上还说出了部分真理,显示出了作家对马克思主义的严肃追求。然而,在一个政治意识形态垄断一切的社会里,政治话语被设定为不可触摸的"圣杯"。任何其他话语,包括文学作品,除了对此表示认同和维持,并不具有话语再生产的权力。张洁在《沉重的翅膀》里,不管是借助小说人物之口,还是直接发表关于意识形态的议论,有可能使"社会主义"遭到解构的危险。因此,《沉重的翅膀》被"规训",恰好表征出这一时期的特点,亦即在新的意识形态即将被生产出来的前夕,社会主义意识形态表现出对未来的某种焦虑。文学作品只能承担和维持,而不能破坏社会主义意识形态的内涵。《沉重的翅膀》因为触及了某种意识形态话语的"边界"不得不承担其"艰难"的命运。

第二种批评话语虽然也涉及了内容不当的问题,或者说它的核心关切是"内容",但批评的出发点是形式,即议论作为一种修辞手段是否能和长篇小说这一文体完美地结合起来。显然,按照张光年的看法,议论只会导致读者"出戏",影响了读者将小说作为一个整体的感性接受。这一看法道理何在?

布斯在《小说修辞学》一书里讨论了"议论"之于小说的意义。布斯认为,批评家们对议论的态度大多是谴责。但是议论有其特殊的作用,它可以提供事实、画面或概述,可以将一些信念灌输或强加给读者,可以把个别事物与既定规范相联系,可以用来升华事件的意义。正如布斯所说的:"以上所有各类议论,都是为提高读者对一本书的特殊要素的体验强度而服务的。虽然它们可能同样起到其他作用,但是它们主要的正当作用,是按照一种或另一种价值尺度来造成读者的判断。"[⑩]蔡翔在分析了周立波的《暴风骤雨》的结尾"参军"一节之后指出,"议论构成了这一节主要的叙述方式,而过多的议论,难免会有'概念化'的问题。但是,在小说,尤其是长篇小说,所谓'概念化'的批评,却又需要极其谨慎地使用。有时候,所谓'概念化'或者'符号化'的人物或叙述,却常常是小说最具想象力或者政治张力的地方。……一个作家,常常在生活世界和想象世界之间徘徊,他真正需要做的,恐怕正是如何在这两个世界之间设置必要的关联,这也是所谓结构的作用。因此,恐怕不能对'概念化'或者'符号化'作一般的尤其是简单化的排斥。小说首先是一个整体,它需要各种各样的叙述方式,最后完成从生活到想象的过渡、虚构乃至重新创造"[⑪]。那么,张洁为什么要插入许多的议论?其风格也由淡雅感伤一变而为激烈外露,又是为的哪般?

在《沉重的翅膀》一书中出现的议论,大致可以分为两类。一类是直接进入人物内心,允许他们自由地对小说中发生的事件作评论。其中,小说的正面人物,郑子云被更多地授予了直接议论的话语空间。另一类是作者直接站出来,对社会现象、局面进行评论。这些评论,可以在上面所引的文字中窥其风貌。考虑到这部作品完成的"现场性"(小说脱稿于1981年4月16日),几乎可以看作是对当时改革所遇到的意识形态方面的阻力的"现场直播"。正因为如此,作为"在场者"和"参与者"的作家张洁,迫不及待地要站出来,直接表达她对于十一届三中全会所开辟的政治经济体制改革的态度。所谓"越轨""出界"的言辞,恰恰来自拒绝革命理念的失落。这一点,在张洁的自述里看得再清楚不过了。张洁反复强调,"我的思想老是处在一种期待的激动之中。我热切地巴望着我们这个民族振兴起来,我热切地巴望着共产主义在全世界的胜利,让全人类生活在一个理想的社会之中。人类所受过的苦难实在太多了。作为一个共产党人,有什么权利不为这一目标的实现,而义无反顾地献出个人的一切呢?我们在入党志愿书上写过的誓词,决不是说给别人听的一种谎言。当然,要实现这一理想,也绝非易事。但我以为解决的办法也很明确,那就是坚持马克思主义,发展马克思主义"。"我要说的是,我所以写,是因为我对我们的党和我们的国家,还满怀着信心和希望,如果没有这一点,我便不再写了。"[12]事实上,这不是张洁一个人的"问题",而是一个时代的"风尚"——同一时期的许多小说都呈现了高度议论化的倾向。无论是刘心武的《班主任》,还是谌容的《人到中年》,无论是王蒙的《布礼》,还是靳凡的《公开的情书》,很难想象,如果抽掉议论部分,这些小说还剩下了什么。如何看待议论?如果将议论仅仅作为语词的修辞手法,它是可以同描写、抒情、叙事等表现手法相并置。但是,如果将抒情看作一个大的结构性装置,那么,显然,议论是这一装置中很重要的一部分。以今天的文学史眼光回头看,重要的不是议论的内容,而是议论的姿态。作家们自觉地将自己的创作整合在主流意识形态范畴内,以或讴歌或批评的方式,体现了对现代化理念的支持,回应了主流意识形态对他们的"询唤",实现了对主流意识形态的认同。由此,我们也可以理解,从各种文艺、人事漩涡挣扎过来的张光年,之所以将讨论范畴从"政治"挪移到艺术形式,某种程度上还是为了"护花",为了呵护来之不易的文学的春天。

二、空洞的悲剧英雄

《沉重的翅膀》被视为"改革文学"的代表作,其结构、情节与细节确实与"改革文学"有着基本相似之处。比如,《沉重的翅膀》中的陈咏明,不能不让人想到蒋子龙的《乔厂长上任记》中的乔光朴在雷厉风行、大刀阔斧推行改革方面不乏相同点;再比如《沉重的翅膀》中的杨小东等青年工人的形象,似乎是蒋子龙的《赤橙黄绿青蓝紫》中刘思佳的孪生兄弟。甚至,"改革文学"的叙事框架与策略都如出一辙,即都是塑造勇于改革的改革者,在同阻碍改革的保守思想的斗争中,将改革进一步推向前进。张洁不同于蒋子龙、柯云路的地方在于,在改革发生的基层单位——工厂之上,还设置了一个更高的属于政策决策层的科层体制——重工业部,改革的阻力不仅存在于一个个工厂中,在政策决策层,思想意识的改革更难以推进。或者说,较之于基层,更重要的是官僚体制的改革,那里社会的弊端更为积重难返。这也是张洁因为这部小说所受到的冲击的直接动因,倘若不是这么指向明确,就不会引得人们对号入座,也不会招致如此严厉的非议。

改革者如何去改革,操刀"改革文学"的作家有着全然不同的想象。考察"改革文学"如何改革,可以看出现代性话语、政治话语等多种力量构成的合力是如何左右文学的表达的。发表于 1979 年的《乔厂长上任记》一开篇就写道,"时间和数字是冷酷无情的,像两条鞭子,悬在我们的背上"[13]。在这篇小说中,蒋子龙是这么描述"时间"和"数字"的:"先讲时间,如果说国家实现现代化的时间是二十三年,那么咱们这个给国家提供机电设备的厂子,自身的现代化必须在八到十年内完成。""再看数字。日本日立公司电机厂,五千五百人,年产一千二百万千瓦;咱们厂,八千九百人,年产一百二十万千瓦。这说明什么?要求我们干什么?"[14]今天,经过现代性话语洗礼的研究者不难敏锐地发现其中属于"现代性"的"秘符"——"时间"和"数字"。三者之间也不难以建立逻辑关联:"改革文学"是关于"现代化"的想象,而"现代性"则大致可以看成是描述现代化过程的话语。有论者认为,"《乔厂长上任记》重申了现代的时间意识,从而再一次确认了现代性的叙事立场,因为'现代性概念首先是一种时间意识,或者说是一种直线向前、不可重复的历史时间意识,一种与循环的、轮回的或者神话式的时间认识框架完全相反的历史观'。正是这种线性的、历史的、进化的时间意识使'现代'与'古代'相分离,并循此建立起现代性叙事的所有内容"。"与对高效率的现代渴望同时凸现的,还有一个现代化后发国家的永恒的焦虑。"[15]新的理论话语确实给研究者带来了新的视野,现代性草蛇灰线地潜行于"改革文学"之中,"改革文学"在历史性地承担确立改革合法性的功能的同时,也使自身具备了"再解读"的空间。然而,如果我们将"改革文学"诞生的历史语境重新代入历史现场,就会发现事情远非那么简单。根据徐庆全的记述:"《乔厂长上任记》所写的'一九七八年六月'的事情,恰是中国在历经十年浩劫后经济百废待兴、政治上拨乱反正的时刻。此时,全国上下都有了一种'四个现代化'的意识。横向的比较使人们发现,我们经过了三十多年的奋斗,'赶英超美'不仅仍然停留在空洞的口号上,甚至比人家落得更远,连一衣带水的邻国日本,也远远地把我们甩在身后。这种强大的反差,给人们带来了尽快实现'四个现代化'的紧迫感,但也带来了盲目躁动、急于求成的情绪。某些中央领导甚至盲目乐观,再一次重演了一九五八年'大跃进'滑稽的一幕:一九七八年二月,五届全国人大一次会议通过的'发展国民经济十年规划纲要'有这样一组数字:到一九八五年,钢产量要达到六千万吨,原油产量要达到二点五亿吨,建成十四个大型重工业基地。一九七八年七月六日到九月九日,国务院召开务虚会,强调要善于利用国外资金,大量引用国外先进技术设备。在这样的背景下,一九七八年就签订了二十二个大型引进项目,共七十八亿美元,大大超过了我国当时的支付与配套能力。由于这次'跃进'以大量引进国外的技术设备和借外债为特征,因此被称为'洋跃进'。这样快的发展速度,这样多的引进设备,使大多数国人觉得,'四个现代化'就在眼前了。一九七八年'两报一刊'(《人民日报》、《解放军报》、《红旗》杂志)《光明的中国》元旦社论指出:'建设的速度问题,不是一个单纯的经济问题,而是一个尖锐的政治问题。'"[16]套用这一句式,我们也可以说,"改革文学"的"时间"和"数字",不单是一个单纯的现代性问题,而是一个尖锐的政治问题。现代性话语和政治话语相互纠缠,塑造了作家关于如何改革的一种想象。这不难理解,在刚刚确立了"把全党的工作重点转移到社会主义现代化建设上来"的时刻,关于改革的路径、方式等,从上到下,并无一个实际的操作规程,反映到"改革文学"的发轫之作《乔厂长上任记》里面,只能依据这一时期意识形态的要求，将速度和效率作为改革的价值依据。

柯云路的《新星》出版于1985年，同样被视为“改革文学”的力作而引起广泛关注。时隔六年之后，改革叙事的空间由工厂转移到了县城，意味着改革场域的扩大以及全面实施。对于古陵县如何改革，较之于他的前辈，李向南显得成竹在胸，有一整套的规划。有研究者分析比照了李向南的“改革规划”，包括了让一部分人、一部分地方先富起来的改革目标，稳定家庭联产承包责任制，“农林牧副渔同时并举”的发展方针，确保经济改革的政治正确性，配套的社会政治改革，反对官僚主义和反对腐败问题等诸多方面。“几乎1978年到1984年所有中国农村改革的政策、方针和路线都在这个‘改革规划’里面得到了体现，从政策的完整性和全面性来看，这是一份‘扩大’和‘综合’了的‘改革规划’，实际上相当于一份‘中国改革政策大全’。”“这一‘改革规划(想象)’实际上是对现实政策的严格图解，也就是说，李向南是在‘体制内’展开他的‘改革想象’，他没有越出‘雷池’一步，无非是通过他的这份‘改革规划’把1980年至1984年的农村改革政策复述了一遍。”⑰这再一次证明了“改革文学”与现实社会的政治经济改革具有某种同构性和同步性。一方面，现实主义的原则使得作家对变化中的现实亦步亦趋，想象之舟始终无法驶离现实的彼岸。另一方面，作为与现实政治勾连最为紧密的“文学主题”，使小说与主流意识形态保持完全一致，也是作家确保“政治安全”的叙事策略。

如果将“改革文学”上的作品按照进化论的观点排出一个序列，那么，张洁的《沉重的翅膀》恰好处于《乔厂长上任记》的中段，这部完稿于1981年的作品写的是1980年左右发生的事情。那么，对于郑子云、陈咏明这些改革者而言，他们被赋予的“历史使命”又是什么？细读小说，就会发现，对于人的关心和重视，如何调动人的积极性使之充分地投入到社会主义现代化建设超过了是改革者念兹在兹的问题。用小说里的话说，所谓“改革”的理念是：“无产阶级不但要解放全人类，还要解放无产阶级自己。这解放不但意味着物质上的解放，还意味着精神上的解放。使每一个人成为完善的人。”⑱那么，就面临着一个如何做好人的思想政治工作的问题。这一问题，在郑子云那里，是一个思想问题、理论问题，在陈咏明那里，则是一个实践问题。因此，郑子云的“战场”在会议室，当他激情洋溢地发表关于“人”的演说时，正是改革者形象的最好体现。陈咏明呢？仿佛是郑子云的“人学”理论的积极实践者，在曙光汽车制造厂，陈咏明的改革行动落实在对工厂生产环境的积极改善上，落实在建职工宿舍改善工人福利上，落实在调动青年工人的积极性上。似乎只要解决了人的问题，生产效率自然会提高，各种困难也自然会迎刃而解。对于一本有二十六万字之多以“改革”为中心环节的长篇小说而言，关于如何改革的书写显得有些不够。“毕竟是重工业部这样一个特殊部委的副部长，在《沉重的翅膀》这部着力表达关于经济体制改革的文学想像的作品中，郑子云的‘改革者’形象难免有些凌空蹈虚了。而实际上，郑子云作为‘改革者’的形象特征更多地来自他的改革热情……”“然而，仅仅单纯的改革热情，对于现实的改革者及改革实践来说，显然还是远远不够的。”⑲换句话说，在改革的方向和路径还不甚明确的时候，“人学”话语占据了“改革”的领域，使“改革”理念化和虚化了。此时,“改革”在文学作品中还是一个空洞的能指,还不具备实际的内容,只有在改革的政策层面发育完善之后,才具备填充所指的可能。从这个意义上说,人无法超越他所处的时代的局限。张洁所能做的,是为她的“改革英雄”注入丰盈的情感内容,使之承担抒情性的功能,为论证改革合法性提供情感支撑。

张洁的叙事策略是将改革纳入到道德化叙事的序列,即改革者是道德完善的象征,反对者则以道德败坏者的面貌出现。读过《沉重的翅膀》的读者,无不为郑子云和陈咏明所打动。郑子云是知识者的代表,他博学多识,在企业管理方面思想活跃,一身正气,两袖清风,在改革的道路上披荆斩棘。陈咏明呢,敢抓敢闯,用小说里的话说是“遇见那些聪明人绕着弯子走的事,他呢,不缩脖子,不眨巴眼,对准目标,照直地走过去”。读者迅速站在了改革的立场是因为改革者不徇私利,为的是现代化建设和人民群众。保守派则不同了。无论是部长田守诚(是“守成”的谐音吗?)还是孔祥、何婷,无不见风使舵,圆滑世故,玩弄权术,为的是一己之私。情感认同哪一方,实在是再清楚不过了。改革与保守的对抗,在此转化为道德性对抗。正是通过将改革道德化的叙事处理,小说成功地生产出了“符合社会主义政治所需要的激情”[20],改革毫无疑问成了民心所向、众望所归。这样的叙事策略我们并不陌生,李杨指出,“政治道德化是50—70年代小说使用得最为普遍的修辞方式”[21]。这是因为道德认同深植于传统的土壤中,“对‘民间’或‘传统’的借用,正是现代性知识传播的典型方式。现代政治是通过共同的价值、历史和象征性行为表达的集体认同,因而无一例外具有自己的特殊的大众神话与文化传统。在‘民族国家’或‘阶级’这些‘想象的共同体’的制造过程中,传统的认同方式如种族、宗教、伦理、语言等都是重要的资源。当这个‘想象的共同体’被解释为有着久远历史和神圣的、不可质询的起源的共同体时,它的合法性才不可动摇。也正是通过这样的方式,现代政治才被内化为人们的心理结构、心性结构和情感结构”[22]。这显示出了“新时期文学”同“十七年文学”或显或隐的关联,在“回到五四”的同时也回到了“十七年”。事实上,这一叙事策略今天依然被沿用着,成为中国当代小说在完成政治叙述过程中所严重依赖的路径。

不仅如此,张洁还为她的改革英雄营造了浓郁的悲剧气质。从《沉重的翅膀》里可以看出,郑子云是有着哈姆雷特气质的改革家,改革所遇到的旧观念的阻挠无时无刻不在困扰着他,使他忍受着精神上的痛苦。他是多么希望能在人生的征程上再跑一段啊,毕竟,“文革”实在耽误了太多的时间,然而,时不我待,时间的限制时时刻刻在提醒着他。对于郑子云,张洁有一段极其抒情化地描写,“郑子云的肩胛因为双肘撑在桌面上而高高耸起,像一头耸起翅膀,准备腾然飞起的苍鹰。他成功过,失败过,摔得头破血流。现在,他又要飞了,并不考虑自己已经年迈,也许飞不了多久,就没有了力气,越不过一座高山或一片汪洋,便葬身在崇山峻岭或汪洋大海之中。然而,那不是一头雄鹰最宏伟的墓碑吗?”[23]将要葬身大海的苍鹰形象就成了郑子云的写照而为评论者所反复引用。非但如此,改革英雄们还是孤独的,不为人们所理解的。对郑子云婚姻爱情关系的渲染证明了这一点。郑子云的妻子夏竹筠是庸俗的官太太,完全无法与郑子云进行灵魂上的交流,此外,作者还轻描淡写地指出了她在感情上完全不关心郑子云，在乎的是官太太的位置，甚至在情感上背叛过郑子云。郑子云的道德优势地位在对比中再一次得到凸显。小说中还有这样一段描写，在郑子云视察了曙光机械厂之后，陈咏明送郑子云回城：

空气里，弥漫着一种大地复苏的气息，让人想到，树枝上，芽苞正在拱出表皮；青草正在冒出地面；小虫子正从冬眠的洞穴里伸出自己的触须……很快就会有雷声和雨点。

陈咏明和郑子云走出汽车，两人一言不发地看着远方的天空。没有月亮，夜是漆黑的。

陈咏明说："冬天，星星好像离我们远一些，而夏天，星星就显得近得多，也亮得多。有月亮的时候，就看不见星星，有星星的时候，就看不见月亮。"

"你喜欢星星还是月亮呢?"

"月光下，即使穷凶极恶的东西也显得温柔了，而且还有一种朦胧的神秘感，而星空却给人一种孤独感。你会生出一种奇异的感觉，你和那无垠的苍穹是相通的。"

郑子云体味得到，人所害怕的不是受到伤害，而是受伤之后的荒凉孤寂之感。他自己呢，有多少次也是这样仰望过寒冷而寂寞的星空啊。[24]

这一段堪称典型的张洁式的抒情。大地复苏的气息，暗指改革的春天即将到来。然而，在春天将来未来的时候，改革英雄在复杂、守旧的官僚体制的社会里，所遇到的改革阻力无不让人感到"荒凉寂寞"。此时，仰望星空，恰恰暗合了康德名言："有两种东西，我对它们的思考越是深沉和持久，它们在我心灵中唤起的惊奇和敬畏就会日新月异，不断增长，这就是我头上的星空和心中的道德法则。"改革英雄将自己寄身于大自然，愈发衬托出了他们的孤独和伟大。在小说的结尾，张洁也刻意将改革者处理成失败者的形象。郑子云在与田守诚政治斗争的关口，因为心肌梗死被送进了医院，尽管改革已是民心所向(一千零六比二百八十七说明了这一点)，但是就郑子云个人的政治前途而言可谓暗淡无光。可以想见，因为身体原因，他无法以代表的身份参加十二大。即使身体允许，田守诚也会借叶知秋事件大做文章。所以，田守诚才会"比往日更加庄重地坐进小汽车，即使在这深更半夜他也衣冠楚楚，像去赴一个盛大的招待会"。在这样的预设中，"理想读者"在为郑子云的悲剧命运落泪的时候会更加憎恶反对改革的力量。

三、分裂的"共同体"

回顾文学史，我们发现，"文革"结束之后，文学以其对政治的迅捷反应记录了人们的公共生活，解释了人们所面对的社会问题，承载和宣泄了人们在饱受压抑的情绪，思考"文革"之所以产生的精神根源，引起了公众的广泛关注。这一时期的文学因此被命名为"伤痕文学"和"反思文学"。"'叙事'作为一种解释体系，将分散的、芜杂的经验纳入到整合性的知识—价值结构中，使众多片断通过组合为一个整体而呈现出终极的意义。"[25]这一时期的文学，内在本质是一致的，也确实达到了构建"想象的共同体"这一目的。到了"改革文学”阶段,虽然文学在配合主流意识形态实现了对改革合法性的论证,引导民众展开对“现代化”的想象方面功不可没,但是,在“改革文学”自身的话语层面却出现了裂痕,无法再继续承担和支撑“想象的共同体”职能。

不可忽视的是,张洁将“人的解放”作为改革者的中心话语不是空穴来风,恰恰呼应了同一时期思想界、理论界蓬勃遽兴的“人性论”和“人道主义”话语。祝东力在《精神之旅》一书中梳理了1980年前后理论界有关人性、人道主义和异化的讨论,这里不再赘述。贺桂梅提醒我们注意,“无论是80年代前期用以批判‘异化’历史的‘人性论’,还是80年代中后期的‘主体’论或‘人学’,其视野始终限定在‘人道主义’话语脉络之内。即他们都相信‘个人’是一个完整的个体,处在世界中心,并且具有自我创造的能力。这种观念首先被作为一种价值观得到普遍的认可,并作为现代化意识形态的构成部分而得到重申和肯定”[26]。即需要将作为理论的人道主义与作为意识形态的人道主义区别开。可以理解,人道主义话语最初出现是以批判以阶级斗争为纲、强调无产阶级专政的正统马克思主义为己任的,经过文学界、思想界、理论界多方合力,形成了一整套包含了“形象、神话、观念和概念”[27]的意识形态表象体系。贺桂梅进一步强调,“个人主义和人道主义话语从来就不仅仅是为了‘解放’人,而是为了重新将人组织到现代社会的制度性关系体制当中。而作为一种意识形态化的表述方式,这种人道主义话语总是只强调其作为‘解放者’的一面,而策略性地隐瞒其所构建的‘秩序’的一面”[28]。从这一角度去观照《沉重的翅膀》,就会发现许多原先隐而不显的“空白”。

倘若把以《沉重的翅膀》为代表的“改革文学”看作一个“动员结构”[29],那么,处于这一结构中的不同阶层的人们似乎并不如作家所设想的因为个人的解放而团结起来为社会主义现代化贡献力量,相反陷入了某种分裂之中。先来看群众。从表面上,由于改革提倡专家治厂、科学管理,改进思想政治工作,改变了之前“文革”导致的生产停滞的局面,改革带来的效益是十分明显的,得到了“群众”的一致欢迎。但是,在笼统的面目模糊群众之间,依然存在着“先进”和“落后”之分,其划分依据即为他们对待改革的不同态度。在小说中,李瑞林、吴国栋就属于“群众”中的落后分子。改革一拉开序幕,李瑞林这个“给别人治了二十多年‘思想病’的支部书记”也得了“思想病”。对吴国栋的描写就更充分了。当郑子云作推进改革的报告时——这也是全书作为“改革文学”的核心的部分,郑子云的改革者形象正是在这次会议过程中得到突出表现——对吴国栋作了漫画化的绘写。“最触目的是吴国栋,好像一个吃斋念佛的清教徒,不知怎么一下从天上掉进了沸腾着人间一切淫邪欲念的地狱,恐怖得几乎失常。一双眼睛,张皇无定地溜来溜去,好像要找个豁口逃将出去,好笑极了。”[30]与“十七年文学”不同的是,如果说,之前落后群众还可以通过教化或学习,完成“社会主义改造”,实现“新人”的塑造的话,那么,到了“改革文学”里,他们所剩下的空间似乎已经没有那么大了。思想僵化、知识准备不足,对于改革持拒斥态度的“群众”势必要被现代化的列车无情地抛弃。

至于欢迎、支持改革的群众呢?小说着力描写了以杨小东为代表的青年工人,认为他们是改革的中坚力量,也确实表现出了他们蓬勃有活力,积极向上的一面。不过,杨小东等人的一举一动大多是从郑子云、陈咏明的眼里“看”出来的。还是在会场,小说有这么一段描写:“他(指郑子云,引者注)的眼睛和杨小东的眼睛相遇。也不知杨小东怎么想的,脸上什么表情也没有。郑子云稍稍地挤了挤自己左边的眼睛,算是打个招呼,杨小东向他规规矩矩地点了点头。不好,怎么一进会议室,在饭馆里那么招郑子云喜欢的、生龙活虎的劲头就没有了?”[31]作者原意大概是要写出杨小东的“规矩”,但无意中透露出这样一个事实:在“改革”的决策层面,像会议室一类的空间里,杨小东是没有任何话语权的,除了被组织进“改革”的制度性关系中,作为沉默的他者,并不能“解放”自己什么。在小说中,除了没有话语权以外,看上去,他们的境况都还不错,至少,因为改革,他们获得了与劳动相匹配的物质奖赏,从精神层面实现了对自己的肯定。有研究者批评《沉重的翅膀》,“小说中,汽车厂的这些改革措施几乎是立竿见影地显示出它的改革成效来,工人生产积极性提高,企业扭亏为盈,职工福利改善。或许,这些措施的确在一定程度上触及了计划经济体制的某些弊端,如僵化的指标分配对生产的限制、不合理的资源配置所导致的资源浪费等,并因此而取得了较好的改革效应,但是,它不应该是——同时,在现实的改革实践中,它也的确不是——国有企业摆脱自身困境的灵丹妙药”[32]。这个结论没错,至今我们仍然没找到国有企业摆脱困境的灵丹妙药,但以此批评《沉重的翅膀》空疏和不切实际则是没有道理的。因为,“文革”后期中国经济已经完全处于停止状态,无论怎么改。苏联模式也好,市场化道路也罢,都会带来立竿见影的成效,实在是因为“文革”所遗留的局面太糟糕了。而且,从改革的历史经验看,改革初期绝大多数人是受益者,改革之于“群众”是公正的[33]。但是,假如把时间线拉长了看,改革终究要涉及利益再分配的问题,杨小东这样的“个人”迟早是要承担改革的“阵痛”。我们大概能料想到,杨小东们之后会下岗,会待业,会遭遇今天我们遭遇的种种问题。“人”从国家机器的控制下被解放了出来,是为了将其组织到现代化国家建设的制度关系中去,组织到市场经济的生产关系中去。“政治个人”在这一过程中被转化为“经济个人”,早晚会接受“市场经济”对“个人”的新一轮异化。那个时候,杨小东们还会这么意气风发吗?这是历史的疑问。

再来看干部。国家政权正是依靠干部来完成新型制度关系的构建,这也是《沉重的翅膀》选择以老干部郑子云作为叙事主人公的原因。在“新时期”之初,文学对“干部”的想象增添了合乎时代精神的内容。比如,对郑子云和陈咏明知识分子身份的强调就是一例。这是新的时代对干部知识化的要求在文学上的生动体现。但更多的是对“革命中国”干部想象的延续。包括对人民群众的关心,对官僚体制、特权阶级的反对等。可以说,对田守诚等僵化的保守派的塑造,包括田守诚和郑子云的权力争夺正是依据此而具备了政治合法性。当然,对改革者的英雄式的着力描绘也有可能将英雄推向神坛而与现代和民主背道而驰[34]。《沉重的翅膀》在现代干部塑造上的创造在于浓墨重彩地描绘了干部们——特别是郑子云和陈咏明的家庭生活,公共空间和私人空间展开积极互动,喻示着私人领域将要在已经开启的“新时期”叙事中打开新的面向。问题在于,干部被主流意识形态赋予了扮演“现代化”工程的决策者和思想者的角色,且这一角色通过“造神”运动愈发强化。由此,脑力劳动者(干部)和体力劳动者(群众)的分野已然成了政治叙事题中应有之义,这一鸿沟日后愈演愈烈,形成了今天阶层接近固化的现实。

最后看知识分子。在《沉重的翅膀》中,叶知秋和贺家彬代表了知识分子的形象。显然,与“十七年文学”相比,这大概是动员结构中最大程度的解码和重新编码。之前,知识分子是作为被改造的对象,知识被高度政治化和工具化。到了《沉重的翅膀》这里,知识分子的独立性被郑重提出来了。叶知秋和贺家彬某种程度上都有些不合时宜,是主流意识形态的反思者和批判者,然而无论是反思还是批判,都建立在对“马克思列宁主义”经典地位的认同基础上,可以看作是张洁对包括自己在内的一代知识分子的自况。以《沉重的翅膀》为代表的“改革文学”试图以“改革”为鹄的重新凝聚共识,构筑共同体内部“共通的感情”。然而,由于各阶层利益诉求的变化,在小说的文本上留下了许多裂纹,在为小说的再阐释打开新的空间的同时也为我们理解今天的中国提供了历史的路径。

【注释】

①本文所用的版本是人民文学出版社2012年4月出版的《张洁文集》(共11册)中的第一册《沉重的翅膀》。以下同,不再一一注出。

②陈骏涛:《评长篇小说〈沉重的翅膀〉》“附记”,载《文艺报》1982年第3期。

③何启治、柳建伟:《五十年光荣与梦想——关于编辑、出版者与长篇小说创作关系的对话》,载《当代作家评论》1998年第1期。

④蔡葵:《沉重的话题——重读〈沉重的翅膀〉》,见《沉重的翅膀》附录,351页。

⑤林为进:《历史的限制与现实的选择——重评第二届茅盾文学奖获奖作品》,载《当代作家评论》1995年第3期。

⑥陈骏涛:《评长篇小说〈沉重的翅膀〉》“附记”,载《文艺报》1982年第3期。

⑦张光年:《〈沉重的翅膀〉修订本序言》,载《文艺报》1984年第9期。

⑧蔡葵:《沉重的话题——重读〈沉重的翅膀〉》,见张洁《沉重的翅膀》附录,354、355页。

⑨张洁:《沉重的翅膀》,205页。

⑩[美]W.C.布斯:《小说修辞学》,220页,北京大学出版社1987年版。

⑪蔡翔:《革命/叙述:中国社会主义文学——文化想象(1949—1966)》,76页,北京大学出版社2010年版。

⑫张洁:《我为什么写〈沉重的翅膀〉》,载《读书》1982年第3期。

⑬⑭蒋子龙:《乔厂长上任记》,载《人民文学》1979年第7期。

⑮韦丽华:《“改革文学”的现代性叙事反思》,载《南京师范大学文学院学报》2004年第2期。

⑯徐庆全:《〈乔厂长上任记〉风波——从两封未刊信说起》,载《南方周末》2007年5月17日。转引自张伟栋:《“改革文学”的“认识性的装置”与“起源”问题——重评〈乔厂长上任记〉兼及与新时期文学的关系》,载《当代作家评论》2009年第3期。

⑰杨庆祥:《〈新星〉与“体制内”改革叙事》,载《南方文坛》2008年第9期。

⑱张洁:《沉重的翅膀》,77 页。

⑲韦丽华:《道德化的改革想象及其美学焦虑——〈沉重的翅膀〉再解读》,载《新文学评论》2012 年第 9 期。

⑳蔡翔:《革命/叙述:中国社会主义文学——文化想象(1949—1966)》,18 页,北京大学出版社 2010 年版。

㉑㉒李杨:《50~70 年代中国文学经典再解读》,146、288 页,山东教育出版社 2003 年版。

㉓㉔张洁:《沉重的翅膀》,202、169 页。

㉕祝东力:《精神之旅》,63 页,中国广播电视出版社 1998 年版。

㉖贺桂梅:《"新启蒙"知识档案——80 年代中国文化研究》,52 页,北京大学出版社 2010 年版。

㉗阿尔都塞认为,意识形态是具有独特逻辑和结构的表象(形象、神话、观念和概念)体系。参见[法]路易·阿尔都塞:《马克思主义与人道主义》,见《保卫马克思》,顾良译,227 页,商务印书馆 2006 年版。

㉘贺桂梅:《"新启蒙"知识档案——80 年代中国文化研究》,79 页,北京大学出版社 2010 年版。

㉙蔡翔在《革命/叙述:中国社会主义文学——文化想象(1949—1966)》一书第二章对"动员结构"有精彩的分析。参见蔡翔:《革命/叙述:中国社会主义文学——文化想象(1949—1966)》,73 页,北京大学出版社 2010 年版。

㉚㉛张洁:《沉重的翅膀》,202、191 页。

㉜韦丽华:《道德化的改革想象及其美学焦虑——〈沉重的翅膀〉再解读》,载《新文学评论》2012 年第 9 期。

㉝学者秦晖认为:"我国改革前体制缺少自我积累的能力,一直处于靠'剥削农民'来维持的状态,致使我国农民在旧体制下受到比苏联、东欧更严重的束缚,农民只受严厉束缚,而几乎得不到国家的什么保障。在这种情况下,经济转轨初期对于农民而言几乎是无代价的好事,套用一句老话,他们在改革中'失去的只是锁链'。改革前中国的人口 80%以上是农民,仅这一点就决定了改革前期绝大多数人是受益者。而这一'公正性'又因改革起因于'走出文革'而进一步凸显。"参见秦晖:《"中国奇迹"的形成与未来——改革三十年之我见》,中国经济网。

㉞有研究论文谈到了这一点,参见李静的《集体记忆中的历史悖谬》,张跳的《英雄神话与隐喻思维》,载《南方文坛》1996 年第 3 期。

(原载《南方文坛》2014 年第 2 期)

获奖词：

贺仲明敏锐地揭示了当前文学人物形象弱化与变异的趋向，通过对格非《江南三部曲》的独到分析，提出了优秀的个性化人物形象是文学维系与大众关系的重要内容，也是创造和保持民族个性的重要内容等观点。论文观察敏锐，立论大胆且富有启发性。

论当前文学人物形象的弱化与变异趋向

——以格非《江南三部曲》为中心

贺仲明

长期以来，人物形象都是文学的重要组成部分，甚至可以说，漫长的文学史几乎也同时就是星光熠熠的人物形象历史。但是近年来，文学人物形象失去了曾经的风采，以往那种个性鲜明、让人记忆深刻的人物形象似乎很难找到了。这种情况已经引起评论界的广泛关注。早在新世纪初，就有多位学者指出当前文学出现了"人物形象弱化"的现象[①]。此后，更有学者以"拯救文学人物"和"人物画廊关闭了"的字眼来形容当前文学中人物形象的没落局面，表达不满和忧虑的情绪[②]。显然，对于当前中国文学特别是以叙事为中心的小说来说，人物形象的存在状况，以及在未来文学中的命运和发展趋势，都是非常值得关注的问题。考虑到人物形象的塑造涉及作家创作意旨、创作方法、艺术技巧和艺术能力等方面的差异，采用全面扫描式的分析会遮蔽掉很多细微的问题症结，所以本文选择了典型个案的分析方式，希望通过对具体作品的细致剖析，透过那些具有代表意义的侧面，去探究问题的深度和方向。

一

之所以选择格非的《江南三部曲》[③]来作为人物形象分析的典型对象，有这么几个方面的原因：

首先，《江南三部曲》是近几年影响很大的系列长篇小说。在所有叙事文体中，长篇小说是最擅长塑造人物形象的一种，很多中外文学史上的优秀人物形象都由这一文体来完成,以长篇小说为对象来探讨这一问题,较之其他文体更具典型性意义。而且,《江南三部曲》的作者格非是一个严肃认真的作家,他成名很早,表现出很高的艺术才华。为了该作,格非花费了十多年心血,创作态度细致虔诚。作品也充分体现了宏阔与精致兼备的艺术效果。作品出版后,作者多次表示对该作的珍视态度,评论界也给予了广泛好评。

其次,《江南三部曲》非常重视人物形象,作品的内容、结构都与之密切相关。格非对《江南三部曲》中的人物形象倾注了很深的感情。几乎每一次对作品的访谈,格非都会重点谈论其中的人物,表达对他(她)们的喜爱和珍视之情。比如他这样谈到《山河入梦》中的姚佩佩:"读者对《山河入梦》小说本身如何评价我并不介意,我更在乎读者对姚佩佩这个人物是否有误解。这是我用心创作的人物,她的心理变化和对世界的看法同我的内心世界很难分割。"④并以"人类心灵史"来概括该作品的主旨⑤。而且,《江南三部曲》的三部作品都是以一个中心人物的生活轨迹为线索,这些人物之间又有直接的血缘关系,准确说是祖孙三代人,所以,作品在一定程度上可以看作是一部人物的史诗。人物的思想、行动,特别是他们命运的沉浮和变迁,是贯穿于每部作品的基本内容。与之相应,三部作品的情节也都是以人物为中心来进行构架,在人物命运变迁中展开故事叙述。人物内心追求与外在世界之间的巨大张力,是推动作品情节发展的最基本因素,也是作品的主要叙事线索。

文学评论(研究)是一种科学,被研究者本身的意图是论述成立的重要前提。如果研究对象的意旨本不在人物形象,却硬以人物形象来考察和评判它,就会有强人所难、郢书燕说之嫌。在这个角度上说,以《江南三部曲》为典型来考察人物形象塑造问题,是符合作品和作者基本意图,是具备合理性的。

最后,《江南三部曲》在人物塑造上做出了很多努力和探索,这些努力,也包括它的得与失,在当前文学中都具有一定的代表性意义。格非是"文革"后"先锋小说"的重要作家,"先锋"时期的格非作品以哲理、虚幻为特征,传统的人物形象塑造既非其所长,也不是他所追求的目标。进入 20 世纪 90 年代后,格非的创作发生了较大转型,突出的表现就是回归传统的故事叙述、重视人物形象的塑造。也就是说,格非是一个经历了从"先锋"到"传统"的变化型作家,在他的创作中,可以鲜明地看到从传统到现代多种文学观念和方法的嬗递变迁,也可以看到文学人物形象塑造的多元方法和前沿轨迹。

以人物塑造方法为例。《江南三部曲》的人物塑造方法既有传统的,也有现代的。传统方法如写实和描写。虽然三部作品的故事时间跨度长达一百余年,分属于不同类型的政治社会,但作品始终都以写实为基本方式,描绘了人物的具体时代生活场景,在现实再现中塑造人物。作品的描写手法运用得也很多,不乏对风物、生活场景和人物行为的描述,特别是以直叙方式展示人物对话,对人物口语进行描绘,都是传统人物塑造的重要方式。与此同时,作品也广泛采用了现代的人物塑造方法。如通过跳跃性的方式来叙述人物故事,有意识地将时空错杂,将现实与想象杂糅在一起,以及对同一事件采用多角度、多侧面的叙述,等等。传统和现代结合的典型是对人物心理的展现。作品既有传统的细腻心理描写,也有深入到人物潜意识,在现实、幻想、梦境不同层面间复杂转换的现代方式。《江南三部曲》采用的这些方法当然并非特别,但确有突出之处,其对人物的专心和着意的营造,以及描写的细致,在当前文学中都很少见到。以描写为例,当前文学流行的是故事的叙述,追求快节奏叙述和跨度大的语言,在人物语言上,作家们普遍放弃了传统的用引号的直叙方式,采用更简捷快速的间接叙述方式。

《江南三部曲》人物塑造的方式丰富多样,作品的人物形象塑造也获得了一定的成功。它所塑造的秀米、谭端午、姚佩佩等形象具有相当独特的性格气质。他们都蕴含着强烈的理想主义精神,这种精神使他们的性格充满着自我矛盾,更与外部现实世界之间构成本质上的冲突。共同的性格和一致的悲剧命运,铸就了他们集体的人物群像。在中国文学史上,这一群像的内涵是很具有创新意义的。而且,这些形象与现代中国的社会文化有内在而深刻的联系,从他们的命运和性格中可以看到中国传统文化的某些影子,蕴含着传统文化与现代文化的复杂冲突,也投射着中国社会近现代嬗变的现实印记。这些方面,使作品与其人物形象构成了不可分割的密切整体,只要一谈到这部作品,就自然会联想到其人物形象。对于一部长篇小说来说,这应该是一种值得肯定的成功。

二

《江南三部曲》在人物塑造上有很突出的努力,然而,从传统人物塑造的角度来考察,作品也存在一些比较严重的问题。大体而言,以下两方面是比较突出的。

第一,人物缺乏统一的性格为支撑,思想和行为缺乏内在的精神主导。

任何现实生活中的人,其思想行为都有基本的一致性,有时候可能貌似脱出常轨,或者会发生变化,但不管怎样,它们都会统一在一个整体之内,遵循着某种逻辑——这就是人的性格逻辑。也就是说,一个人的性格是具有基本统一性的,无论它怎么掩饰或发生变化,都有内在的核心存在,其变化发展只能建立在其内在可变性的前提之上。性格决定着人按照某种内在逻辑思维和行动,使人构成一个完整的统一体。生活如此,文学中的人物也是这样。正如黑格尔说过的:人物“必须具有一种一贯忠实于它自己的情致所显现的力量和坚定性”,“如果一个人不是这样本身整一的,他的复杂性格的种种不同的方面就会是一盘散沙,毫无意义”。[⑥]统一的性格赋予人物思想、行为以充分的精神驱动力,反过来,由统一性格主导下的思想行为,又能够进一步凸显出人物的性格特征。人物形象要做到清晰、鲜明,性格的统一性是很重要的前提。

《江南三部曲》的人物形象在这方面普遍存在缺陷。也就是说,作品人物的性格大多不具备统一的完整性,他们的思想和行为也没有表现为统一性格的精神主导。比如《人面桃花》中的秀米。作品以她的生活为中心,书写了她几乎整个的人生,但她的性格特征却并不清晰,更缺乏一个中心性格将她所有的思想行为串联成一个完整而统一的整体。因此,在作品中,你可以看到秀米做了什么、想了什么,但是你却根本不知道(也难以理解)她为什么会这么做,为什么会这么想。作品以秀米被绑架前后分为两个部分,但这两部分之间似乎是割裂的,她后来的变化在前面找不到清晰的缘由。即使在各个阶段内,她的性格和行为也缺乏统一性与合理性。比如秀米对张季元的爱是决定故事进程也密切关联人物命运的情节,但是,这种爱究竟来源于何处?她与张季元之间几乎没有任何感情交流,为什么仅仅在看了一本日记之后就会陷入那么狂热的爱情之中,乃至将整个的人生托付给他,成为他事业的追随和继承者?

同样,《春尽江南》中庞家玉也缺乏性格上的统一性,其行为也难以让人理解。作品中,庞家玉的精神身份是多元的,她似乎是一个爱和理想的追寻者,又似乎是一个事业强人、物欲的同化者,或者准确地说,她经历了从精神→物欲→精神,也就是从乌托邦幻灭到堕入物欲再到自我救赎的复杂过程。在当前中国这么一个变化巨大的时代,人的身份多元是正常的,发生较大的变化也完全可以理解,问题是任何变化都肯定有原因和契机。但作品却完全没有展示出这一点。比如,从庞家玉改名和所追求的生活方式看,与谭端午的初恋失败似乎让她的乌托邦幻想破灭了,于是转向了物质化生活,但让人奇怪的是,在与谭端午分别多年之后,一见到曾经欺骗她、让她产生幻灭感的谭端午,就毫不犹豫地抛弃了准备结婚的男友,回到了谭的身边。这么强大的感情究竟怎么产生,是源于什么?之后,在她按照新的生活方式生活,并与谭度过了多年貌合神离的婚姻生活后,她又有了顿悟式的精神救赎。我们如何理解她这么复杂的精神轮回?难道仅仅就因为一场疾病?

相对而言,《山河入梦》中的谭功达性格算是比较完整和一致的。谭功达的内心冲突,包括爱情与事业中的表现,基本上都可以统一在他的"乌托邦精神"性格特征中。但是,这仅仅指的是作品中直接叙述的部分生活,作品追忆叙述的部分与之有着严重的不一致。如在追忆叙述中我们知道,谭功达在战争时代曾经担任过中层军事指挥官,而且还颇有魄力,在著名的"大跃进"运动中还做过一些"轰轰烈烈"的傻事。但这些行为与作品直接叙述展现的人物精神气质几乎没有任何共同点,它们完全是割裂的。现实中的谭功达耽于幻想,毫无现实政治能力,性格和行为近乎梦游,这些方面如何能够与那位有魄力的军官和官员统一为一个整体?

第二,作品的情节安排不够真实和完备,缺乏生活的真切、鲜活和质朴。

早在两千多年前,亚里士多德就说过:"刻画'性格',应如安排情节那样,求其合乎必然律或可然律;某种'性格'的人物说某一句话,做某桩事,须合乎必然律或可然律。"⑦也就是说,人物的性格必须密切关联着具体的生活,符合生活的规律。只有这样,人物才能与生活的质朴自然结合起来,呈现鲜活生动的生活气息,具备生活所赋予的内在生命力,也才能具有足够的艺术感染力。

《江南三部曲》在这方面有明显的不足。作品的许多情节不合乎生活常理。以《人面桃花》为例。小说开头部分写秀米父亲的出走和失踪,对于这一事件,秀米和她的家人表现得异常镇定,既无悲戚,也无紧张。如果说秀米母亲这么做是因为她不爱丈夫,那么,作为女儿的秀米如此表现就非常不合情理了。在父母身边长到十几岁,难道与父亲一点感情都没有,面对父亲的出走和失踪能够那么理性和镇定?此外,作品还有两个重要的情节也缺乏真实性。一个是张季元死后,喜鹊将他的日记偷偷给了秀米。这是决定秀米此后人生道路的重要情节。但是,按照前面的叙述,喜鹊与秀米之间关系隔膜甚至相互存有敌意,那么,她为什么在拿到日记后毫不犹豫就交给了秀米呢?另一个是秀米出嫁时将金蝉留在家里,这也不合情理。因为既然秀米那么爱张季元,金蝉又是张郑重托付给她的重要信物,她在远嫁外地的情况下怎么可能会不随身携带呢?同样,《山河入梦》的许多情节也不真实。如作品中一个很关键的情节——洪涝灾害之前,谭功达到养猪场度过了导致政治生涯完全终结的几天生活,让人完全难以置信。作为一个曾有所作为的一县之主,面对那种大雨滂沱的天气,他难道不知道可能会导致乡村的洪涝灾害?他想不到需要与人联系一下,哪怕只给自己的秘书打一个电话?而且,整个县都大发洪水,他所在的那个养猪场难道是世外桃源,一点都感觉不到?另外,作品中被作为理想试验地的"花家舍人民公社",也很难想象处于20世纪五六十年代的社会背景下,那种中央高度集权的政治环境中,会有一个花家舍这样的世外桃源存在。

情节不真实、不完备,直接的副作用之一就是损害生活环境的真切性,因为真正的生活是自然的,是按照生活本色而质朴的方式流动着、进行着的。不真实的情节,必然会使人怀疑其生活的可信性。而且,作品在生活细节描写方面也缺乏鲜活性。它虽然广泛采用了描写手法,一些景物和生活场景描写还比较细腻,但许多生活场景描写明显不够真实和真切。如《山河入梦》描写谭功达与白小娴交往的细节,忽而疯狂,忽而理性,忽而狂热,忽而冷静,完全是依靠理念在支撑,距离生活的鲜活生动相当遥远。再如《人面桃花》的人物语言描写。如前所述,作品能够直叙人物语言,让不同身份的人张口说话,是一种值得肯定的方式。但遗憾的是,作品中的人物尽管年龄、身份、个性有别,但说话的方式、口气却几乎相同,完全不具备生活语言的口语特点,遑言体现人物的性格特征了。

这些缺陷,严重影响了《江南三部曲》的人物形象塑造。首先,它严重损害了形象的生动性和鲜明性。因为人物性格缺乏统一性,生活没有建立在真实、合理的情节和环境当中,人物的精神个性和气质就难以稳固而坚定地形成,其个性特征难以鲜明,也就不能如生活中活生生的人一样,拥有鲜活而自在的生命力,他们只能是如同模糊缥缈的影子,漂浮于作品的故事之上,不能给人以深刻的感染力,让人产生深刻的印象。所以,《江南三部曲》的人物形象尽管气质独特,但个性却相当模糊,没有成为独特的、"这一个"的个性化形象。其次,它影响到人物对时代的折射力。《江南三部曲》的三部作品都营设有具体的时代背景,让人物与现实时代相关联。但由于缺乏合理的情节安排和真实的生活细节,人物与时代的关系就不可能深入和牢固。可以说,它的人物身上确实带有时代的某些印记,但也仅此而已,他(她)不能作为时代的缩影,从他们身上也窥见不了时代的轨迹和暗流(相比之下,也许是因为时代切近,《春尽江南》的故事更真实一些,对时代的投射力也更强一些)。

三

任何作品都是作者的精神产物。《江南三部曲》人物形象塑造上的复杂表现,都与格非的文学观念和创作思想密切相关,或者说,作品在人物形象上所做的努力以及所存在的遗憾,都可以在格非个人的文学理念中找到根由。

自20世纪90年代以来,格非多次表示向传统文学回归的意图,在文学与生活的关系上,也表达了对昔日"虚构"文学观的许多否定,展示了这样的立场:"作家的禀赋和想象力、形式的转换固然可以弥补个人经验贫乏,但对于写作来说,经验或经历毫无疑问依然是最为重要的资源。"⑧从这方面说,《江南三部曲》对人物的重视和运用人物塑造的传统方法,都可以看作是格非"回归传统"文学思想的产物。事实上,从作品中我们也多少可以看出传统文学、特别是《红楼梦》的影响痕迹。

然而,格非对传统的回归并不全面和彻底,而是存在着很多的犹疑和矛盾。甚至可以说,格非对传统的回归只是部分性的、有选择性的,其思想内核并没有脱离他在先锋文学时期形成的理念。比如他近年来对小说本质的看法就不无先锋文学的印记:"首先小说是一个寓言,是一个故事,是打了一个比方。通过一个抽象的寓言,一个形式表达作家的看法。"⑨正如此,格非的"回归传统"并非传统文学本身,而只是针对符合他"象征"理念的那部分:"用具体表现抽象,用简单表现复杂,以写实达到寓言的高度。"⑩也就是说,格非的回归传统,其实更多是试图在"先锋"与"传统"之间找到一个新的平衡点,"先锋"的核心并没有被他放弃。有学者这样评论《人面桃花》是准确的:"它并没有改变从前先锋小说的形式和精神。如果说有什么变化,只是它读起来更容易,讲述也更清晰完整……"⑪而且,不只是《人面桃花》如此,整个《江南三部曲》中都可以看到强烈的"先锋文学"痕迹。

《江南三部曲》人物塑造上的缺陷与之息息相关,因为它们形成的相当部分原因在于作者主观上的有意为之。也就是说,作者本人并不认为这些是缺陷,甚至说,它们就是作者所要追求的目标。正如格非对《人面桃花》主旨的阐释:"《人面桃花》虽然披上了一件中国近代革命的外衣,但我的确无意去复现一段历史事实……我由此想到了中国历史传统中的一个个梦幻,并想赋予它一定的社会学意义。"⑫《江南三部曲》的创作主旨并不在于"事实"和"人物",而是在于探究一个梦幻,一个"乌托邦理想"的精神理念。乌托邦梦幻本身就不可能是清晰的,而且为了更好地适应乌托邦梦幻的主题,作者在艺术上也着意追求"象征"和"寓言"的书写方式(这种朦胧和迷离的叙述方式正是格非所习惯和擅长的)。如此一来,作品的人物性格不清晰统一、情节背景交代不清晰不完整,就是很自然的事情了。

不过另一方面的原因也许在作者主观意图之外——换句话说,作者也意识到自己的这一缺陷,也想努力进行弥补。这就是在生活积累上的匮乏。作品的多方面缺陷,诸如生活缺乏真切鲜活,情节不真实完备等,都与这一匮乏有直接而深刻的关联。对于自己这方面的不足,格非有清醒的认识,在谈到《人面桃花》时,他感慨过:"我有时写到旧时代的生活,根本不敢去写那个器物的,为什么不敢写,你没有那个经历,你就真的不敢写……我觉得想象力固然重要,但没有经验的基础,想象力也无用武之地啊。”[13]为此,他通过大量查阅资料等方式以图改善——对历史资料的熟悉以及将它们与现实生活进行关联,确是一种增进文学的现实和生活积累的有益方式。只是格非的努力还不够成功。之所以这样,我以为最根本的原因还是应该归咎到格非的文学理念——对于格非这样文学造诣的作家来说,能力应该不是主要问题,关键是文学理念和文学旨趣决定着他与生活之间的距离。换句话说,是从先锋文学时期即形成的、根深蒂固的“虚构”观念在影响和限制着格非,使他即使在理性上意识到了,也难以真正脱离出来,走进“生活”和“现实”当中去。

文学既是个人的创造物,同时也与时代有着密切关系。《江南三部曲》也是这样,它既体现着格非独立的个性追求,甚至与时代潮流有悖逆之处,但总体来说,它也从自己的侧面折射出时代文化和文学观念的某些影子。

首先,它折射出当前文学中人物形象地位的变迁和转向趋势。变迁的首要表现是传统的个性化人物形象呈现衰落局面。这一趋势是世界文学范围内的,也与社会整体的发展态势有关。从哲学层面说,人类社会进入到后工业时代,物质的主体性位置显著加强,人所曾经具有的中心位置旁落,其结果是作家主体精神和自我信心的严重匮乏。福柯的名言“人死了”反映的正是这一人类文化处境。从文学接受层面说,17 到 19 世纪是人类自我认识向上发展的时期,读者也期待在文学中看到人——自我的体现。但是,进入后工业社会,物质文化成为绝对主导,人们希望在文学中看到的已经不再是人,而是物质消费。从作家层面说,面对 19 世纪现实主义大师们创造出的辉煌个性化人物形象,不免产生难以超越的“影响的焦虑”,很自然地转而寻求其他方式来实现自己的突破和创新愿望。不管原因如何,总之,20 世纪中期以后,传统的个性化人物在文学创作中呈现出衰落的趋势。特别是其间出现的现代主义和后现代主义文学思潮,都普遍不再将人物塑造当作文学的中心,个性化人物形象更为作家们集体放弃。

变迁的另一表现是象征型人物形象的兴起。这类形象不再强调人物独立的个性特征,也不再强调生活真实性,甚至没有自己的性别和名字,他们的意义更在于其身上所寄寓的象征意义,传达出对时代现实的某种讽喻或批判主题。卡夫卡《城堡》《审判》等作品中塑造的约瑟夫·K 和《变形记》中的葛里高利是较早的代表。此后,这类形象大量出现,如加缪的《局外人》、萨特的《恶心》、乔伊斯的《尤利西斯》,以及米兰·昆德拉、托马斯·品钦等许多著名作家的作品等,都塑造了这类人物形象。虽然不能说象征人物与个性化人物是取代和被取代的关系,但其兴衰对比确实是比较明显的。

中国文学也清晰地体现了这一发展趋势。除了受西方文学大潮的影响,还有中国本土的原因。长期以来,特别是“文革”文学中,人物塑造被极度地异化,对“典型人物”的片面强调,导致文学中出现了许多“高大全”的虚假形象,也导致“文革”后作家们强烈反感与疏离人物形象的塑造。20 世纪 90 年代后的“新写实小说”是一个典型潮流。“凡俗化”“生活流”“平面化”特征背后体现的,正是思想上反崇高、人物形象上反典型的潮流。此后的文学更是如此,人物形象被许多作家有意无意地弃置,塑造人物的传统方法更受到普遍冷落。包括在文学理论界和评论界，也很少有人再讨论和关注人物形象问题，叙事、话语和各种时髦的文化批判概念完全取代了人物形象之类话题的位置。

其次，它也折射出当前文学疏离与生活关系的潮流。从世界文学潮流来说，与注重“再现”的现实主义相比，20 世纪中叶兴起的现代主义文学更看重“表现”和“形式”，自然会比较忽略文学与生活的关系。就中国文学而言，除此之外，还有自身历史和现实方面的原因。就历史而言，20 世纪五六十年代文学中，现实主义被片面的强化，也颇流行形式主义色彩的“体验生活”模式。这让作家们集体萌生了对“生活”的反感。从 80 年代开始，批判文学与生活关联、轻视生活对文学意义的言论不绝于耳。就现实而言，经历了惨痛的历史之后，很多作家选择了轻逸的方式来面对沉重，以规避的方式来面对生活——与直面现实相比，这种方式显然危险性更小，更能够让自己远离社会困扰——正是在这一背景下，以“想象”和“虚构”为中心、以颠覆文学与生活关系为己任的“先锋文学”轰轰烈烈地兴起，产生了广泛的社会影响。之后，作为潮流的“先锋文学”虽然衰落，但其观念依然很有影响，甚至可以说已经深入文学潮流之中。

不能完全否定作家们的选择，但是，客观来说，当规避生活成为潮流，文学与生活的关系就越来越远，作家们关怀现实的信心和能力也越来越弱。毫不夸张地说，虽然由于历史传统等方面的原因，近年来的中国文学中并不缺少写实方法的创作，但是真正立足于生活、秉持写实精神、坚持传统写实方法的作品却非常少见。更多的是迎合利益与权力、背离生活真实的虚假之作，漂浮于生活表面、以生活为点缀之作，以及完全漠视生活、局促于一己世界的狭隘之作。流风之下，是作家们认识和表现生活能力的普遍降低。作家们失去了对生活的切近和把握能力，难以进入生活的深层世界，捕捉到生活的复杂和潜流，也普遍匮乏细致再现生活、展示生活的能力。无论是描写能力，还是语言能力，都出现明显的退化趋向。

从这个方面说，格非的《江南三部曲》确实以典型个案的姿态凸显了当前文学中人物形象塑造的问题，也可以说，《江南三部曲》既有突破时代潮流的某些愿望和企图，只是遗憾的是，它最终还是为潮流所困，未能真正走出昔日的自我。

四

《江南三部曲》的人物形象塑造虽然是个案，但它背后蕴含着复杂的时代和社会因素，对这一作品的分析和认识，显然也应该放在对整个文学人物形象变迁的背景上。我个人的看法，大致在以下三个方面：

首先，我们应该宽容冷静地看待当前文学人物形象观念的变化和人物形象的新趋势。如前所述，人物形象关联着社会文化的方方面面，背后蕴含有一定的必然因素，我们应该持以宽容的理解态度。特别是对待象征型人物形象，我们更应该在理解基础上给予积极的认可。自从福斯特的《小说面面观》提出圆形人物与扁平人物的差异，人们就一直将内涵丰富作为人物形象评价的最高标准。恩格斯“典型理论”的问世，更是极大地促进了传统个性化人物形象的发展。然而,我们也应该看到,圆形人物与扁平人物的优劣比较并不能体现在所有层面上,而对“典型性”的过分强调也会对人物塑造构成某些限制,让人物丧失了更自由生长和独立生存的空间。在社会发展的背景下,我们对人物形象的审美标准、理论规范完全应该有大的发展,应该以发展的眼光来看待新的文学形象的出现。像象征型人物形象,尽管不那么生活化,也不以个性见长,但他们是对传统个性化人物的突破和创新,具有自己独立的存在意义和审美价值。比如卡夫卡笔下的约瑟夫·K 和葛里高利等形象,从传统审美要求看,也许不够典型和个性化,但他们以象征和变形的方式真实地揭示出了人类的现实生存处境,我们每一个现代人都能够在他们身上看到自己的影子,绝对是具有充分意义的人物形象,应该受到我们的充分肯定和推崇。

其次,我们应该依然呼唤文学对人物形象的关注,坚持人物形象(包括传统类型人物形象)在文学中无可替代的重要价值。这一看法基于这样两个理由:第一,正如人们习惯说的“文学是人学”,文学以反映人的生活为基本,文学(特别是叙事文学)的感染力也很大程度在于其人物形象的塑造,在于它对人物命运的关怀和对人性的揭示上。建立在鲜明、生动和真实个性基础上的人物形象,以及人对命运的顽强抗争,表现出人类的精神和力量,是人们喜爱和记住那些优秀文学作品的重要原因。这一点,即使在今天,也依然没有大的改变。我们阅读文学(特别是叙事类文学)作品,可能会有比关注人物更多的选择,但也会被人物命运所感动,被鲜活的形象所吸引。作品的成功,也相当程度要依靠人物形象的成功——在这个意义上说,我们的许多作家批判和反思政治化文学历史的初衷是值得肯定的,但是却绝对不能因此而从一个极端走到了另一个极端,将人物形象本身的意义也忽略了——在开放性的视野下,那种传统的、以个性鲜明生动为基本特征的人物形象,与现代的、象征型的人物形象各有特色,不可互相替代,而是相互补充,共同构成当前文学人物形象的基本内容。第二,文学的塑造人物,其实不仅仅在于人物形象本身,而是关系到一种文学态度和文学精神。因为文学(特别是叙事类作品)以人物为主要书写对象,如何对待这些形象,是否赋予他们以主体性,最核心的是作家的叙述态度,他是否尊重这些人物,是否具有对人的关怀。也就是说,人物的塑造问题,不仅仅是文学内部的事,它内在关联着对人的热爱、尊重等人文精神。文学史上那些优秀的作家全身心地塑造人物,正是因为他们内心中有对人物的深切关怀,在人物身上寄托了自己的情感和思想。沈从文在谈到人物塑造时有一句名言“贴着人物写”,绝对不只是在技术层面,更是在精神层面。而反过来说,这种对人物的尊重和关怀态度,既是文学人物塑造成功的前提,也是文学具有感染力的重要保证。因为正是在与作家寄托感情的深刻共鸣里,读者产生对人物强烈的感情,从而形成对文学的热爱。文学永远不可能是技术,它最大的魅力是人,最终的价值也在于人。

最后,文学人物形象应该遵循生活的原则,让人物自由地在生活中生长。也就是说,无论是塑造哪类形象,要想让人物具有生命力、实现人物形象的价值,需要遵循一定的原则。这一原则大体体现在两个方面:其一,遵循人物的逻辑原则,让人物拥有独立主体精神，具备自由生长的前提。所谓人物的主体精神，就是说文学人物形象虽然是作家的创造物，但是，人物一旦被创造，就应该具备自己的独立性格，它会依照自己的性格逻辑发展，在一定程度上脱离作者的控制。这就是为什么文学史上许多作家在塑造人物时，往往会根据人物的发展需要修改或推翻自己原来的设想，重新安排情节和人物命运，甚至会被人物所感动和影响。典型如托尔斯泰根据安娜·卡列尼娜的性格发展而改变了小说的结局，同样，福楼拜在叙述爱玛自杀时不由自主地失声痛哭。所以，在人物塑造中，遵循人物的独立性格逻辑，赋予人物形象以充分主体性，让他（她）成为真正有生命力的人，这才是人物形象塑造最大的成功。其二，遵循生活的逻辑，让人物与生活融为一个整体。生活是人物自由生长的重要基础。一方面，人物的生存背景是具体生活，他的主体性只能在生活中自在地呈现。生活的气息、完整、真实是人物生长的必要条件。所以，传统文学的人物塑造固然是非常注重对生活环境的细致再现，即使是现代主义文学，尝试对生活进行变形和扭曲式叙事，但它们也并不背离生活的一般原则。比如卡夫卡的《变形记》《地洞》等作品，以荒诞、变形的方式塑造人物，但它也是尽量遵从生活的原则，情节安排上符合生活逻辑，生活细节上追求真实。另一方面，人物只有来源于生活，与时代现实密切关联，才能真实折射更广泛大众的生存状况，对人的生存处境和意义表达关注。约瑟夫·K 的形象之所以有意义，就在于它高度集中地浓缩了后工业时代人被物质挤压的生存状况，它的价值与现实生活是密不可分的——我们可以设想一下，如果这一形象出现在 19 世纪或以前，它的意义绝对会大打折扣，甚至肯定会被时代所湮没。

所以，对于中国当代作家来说，探索和创新、先锋与象征都是必要的，但传统也不是完全没有坚持的意义，特别是对于有着优秀人物形象审美历史的中国文学来说，优秀的个性化人物形象是它维系与大众关系的重要因素，也是它创造和保持自己民族个性的重要内容。

最后再回到《江南三部曲》。我充分肯定作者格非在人物塑造上所付出的努力，甚至也不否定其人物塑造的方式——它既代表着格非突破和创新的愿望，也体现出一定的新的美学质素。我只是认为在一些外在和内在因素的束缚下，作品有些很好的愿望没有能够充分地实现，影响到其形象塑造的最终效果。当然，我写这篇文章的主要目的并不在于对作品的简单臧否，而是意图以之为镜，窥探到当前文学人物形象中更普遍的症结和问题，提供给作家们更多的借镜和反思。毕竟，文学人物形象的塑造关乎文学的整体和未来，我们期待在文学中欣赏到丰富而优美的人物形象画廊，也希望文学能够与生活、与人（大众）有更深入的关联，呈现出更丰沛的创造力和生命力。

【注释】

①张恒学：《文学人物形象：世纪之初的文学关怀——来自“世纪之交中国文学人物形象研讨会”的理论思考》，载《文艺理论与批评》2001 年第 4 期。

②汪政等：《谁来拯救文学人物》，载《上海文学》2005 年第 7 期；木弓：《文学人物画廊就要关闭

了》,载《文艺报》2013 年 4 月 19 日。

③《江南三部曲》包括格非创作的三部系列长篇小说,分别是:《人面桃花》(春风文艺出版社 2004 年初版),《山河入梦》(作家出版社 2007 年初版),《春尽江南》(上海文艺出版社 2011 年初版)。2012 年,上海文艺出版社出版《江南三部曲》的完整版。

④丁杨:《格非:好的小说一定是对传统的回应》,载《中华读书报》2007 年 2 月 14 日。

⑤格非、王小王:《用文学的方式记录人类的心灵史——与格非谈他的长篇新作〈山河入梦〉》,载《作家》2007 年第 2 期。

⑥[德]黑格尔:《美学》第 1 卷,307 页,商务印书馆 1979 年版。

⑦[希腊]亚里士多德:《诗学》,49 页,人民文学出版社 1959 年版。

⑧格非:《卡夫卡的钟摆》,176 页,华东师范大学出版社 2004 年版。

⑨《格非访谈实录——谈新作〈山河入梦〉》,http://book.douban.com/review/1115918/。

⑩格非、王中忱:《"小说家"或"小说作者"——格非、王中忱对万圣书园》,载《当代作家评论》2007 年第 5 期。

⑪张晓峰:《从〈人面桃花〉看向中国小说叙事传统回归的误区》,载《中国现代文学研究丛刊》2011 年第 12 期。

⑫格非:《重返故乡的相像性的旅途:2004 年度杰出成就奖获奖演说》,载《南方都市报》2005 年 4 月 11 日。

⑬格非:《中国小说与叙事传统》,载《当代作家评论》2005 年第 2 期。

(原载《南方文坛》2014 年第 1 期)

获奖词：

作为中国现代文学海外传播研究领域的后起之秀，余夏云以“海外中国现代文学研究译丛”为例，叙述和评析并重，讨论了西方学界研究的优势与问题、洞察与不见，及其作为“跨语际实践”的特点和不足。从界定、理解、表达和翻译四个方面探讨了如何重写现代的问题，有相当高的学术价值。

重写现代

——“海外中国现代文学研究译丛”的阅读与反思

余夏云

中国现(当)代文学在西方遭受的鄙夷和敌视，源自它的试图改变。西方本土的汉学家曾深深地向他的人民致歉，因为他所提供的中国现代文学是二流乃至三流的。这些文学已不复再向他们提供浓郁的异国情调，唯一还对他们具有吸引力的是中国的“政治美德”[①]。施耐德那首著名的诗可援以为证：

毛主席，你应当戒烟
不要理那些哲学家
建水坝，种树就好
别用手拍死苍蝇
……
你不需要炸弹
继续耕你们的田。
写写诗，游渡大江。
那些蓝色的长袍好极了。
别射杀我们，我们喝酒去吧。
等着
瞧。[②]

尽管谢和耐(Jacques Gernet)曾宣称：“人们惯常妄下结论，以为中华文明是静止不动的,或者至少会强调它一成不变的方面。这实在不过是一种错觉而已。”[③]但颇具反讽的是,同其他汉学家一样,谢和耐本人所进行的中国社会史研究,就如周蕾指出的那样,仅仅只是着眼于那些现实的、非幻想层面的议题,而非充满欲望及矛盾情感的中国世界。他们从未曾用非实用意义上的复杂度来阅读中国现代文学[④]。

不可否认,中国现代文学及其理论,曾受惠于西方,但是否这就意味着此类作品真的就此沦为西方文学的附属品、次生物,因其丧失的个性及历史,而要永远等候西方的裁决?

也许盖棺论定仍为时尚早!起自20世纪50年代,西方学界就开始有学者,特别是华裔学者展开了对中国现代文学的宏观研究,力图向西方展示中国文学自身的丰富性,挑战西方学界对中国现代文学的傲慢与偏见。其中夏氏兄弟、李欧梵、王德威等人居功甚伟,而后起的刘禾、周蕾、王斑、奚密等人更是功不可没。他们的研究成果非但在国外造成轰动,更是极大地推动了80年代以降国内的现代文学研究。

然而,尴尬的是,这些学者长期以来在国内背负着“自由主义思潮”产物的名号,他们的研究成果被视为“挟洋自重”和“二元对立”模式在学术研究上的表演。尽管有像王德威者反复强调,其研究并无意要回到理想主义式的位置,或因此玩弄解构主义式正反、强弱不断易位之游戏,而是自处于“弱势思想”,借拼凑已无可认记的蛛丝马迹,描画中国文学繁复的精神图景[⑤],但是这样的误解仍深植人心。

中国现代文学在西方遭受的不公待遇及华裔汉学家们两难的处境,正不断敦促我们对这些研究作出更为理智的分析。争辩问题莫若回到问题,重新阅读这些海外中国文学研究成果,也许是我们最好的起点。除开刘东先生主编的海外中国研究系列,由季进、王尧两位先生主编,囊括了周蕾(《妇女与中国现代性:西方与东方之间的阅读政治》)、王斑(《历史的崇高形象:二十世纪中国的美学与政治》)、奚密(《现代汉诗:一九一七年以来的理论与实践》)、张英进(《影像中国:当代中国电影的批评重构及跨国想象》)、刘剑梅(《革命与情爱:二十世纪中国小说史中的女性身体与主题重述》)等五位华人学者的“海外中国现代文学研究译丛”的第一辑,已由上海三联书店出版发行。

本文想就这五本书作集中讨论,以期回应西方学界研究中国现代文学中存在的优势及问题,洞察与不见,以及这些作品本身作为一种“跨语际实践”产物,到底存在哪些特点和不足。

一、界定现代

中国现代文学及其研究是一个开放的体系,这一点至少可以从以下三方面加以说明。第一是边界的移动;第二是新的作家、作品被不断发掘;第三则是新的研究思路及方法得到应用(这一点我将在下文专门讨论)。

就现代文学的研究范围而论,这一辑作品所论述的畛域显然突破了三十年的定义。奚密的论述把“现代”的起点放在了1917年,而其下限则被延伸到了80年代的后朦胧诗时代,其时间跨度为七十年;张英进关于当代中国电影的研究也被纳入此一领域,可见编者所理解的"现代"是意图打破以政治事件为切分的理路,而将整个20世纪乃至今天的文学作为一个整体。王斑、刘剑梅两位的讨论就直接以"二十世纪"作为限定。加之先前王德威、陈平原、陈思和等人关于"晚清""文学整体观"及"20世纪中国文学"的论述,也许我们可以清楚地领会,将晚清以降的整个中国文学实践视为现代事件,主要是想与之前的文学,即传统文学间构成一种巨大的对话关系。其意图不在断裂,而在于展示两个老生常谈的论调。

其一,就是传统与个人能力之关系。在艾略特看来,个人无法单独构成他的意义,他必须在一个同时并存的文化序列中,鉴古知今,融会贯通。亦就是要在"影响的焦虑"中实现"原创的幻觉"。而针对20世纪中国文学的跨文化语境,奚密更是提出了传统重现于现代的两种面貌。"第一,传统预先设定了现代诗人如何接受和修订外国影响的倾向。……第二,传统'面具'作为一种反讽手法,召唤传统是为了批评颠覆传统。"⑥传统既作为"偏见",同时又充当"起点"。刘剑梅关于"革命加恋爱"母题的讨论,也应看作是传统的延续和筛选,而其在不同时代、不同性别、地域作家笔下的变奏则可以解读为对传统的"颠覆"。当然,它也导出了现代文学研究的第二个观点,即文学是种族的、时代的、个人的产物。

杰姆逊(Fredric Jameson)曾经不无偏见地指出,并不存在所谓"中国现代性""印度现代性",我们所拥有的不过是"单一的现代性",即"欧美现代性"⑦。周蕾援引了三好将夫的观点,对此提出异议。她认为只需将引文中的"日本"替换为"中国",问题即可得到澄清:

> 排外主义与本质主义是以族裔为中心且运作于想象层面,本身既不恰当也毫无理据……日本文学就像任何其他的国族或地域产物一样,唯有与时空局限相关联时才得以被定义。其或许特别显著地被当成"日本的";但是在形构上却毫无形而上的神圣或绝对意义。牢记这一点是很重要的,其重要性等同于我们新近批判企图对西方准则进行去普世化和独特化的任务。⑧

这种刻意强调区别的做法,并无意要为中国文学挣一个"另类现代性"的名号,因为诚如刘剑梅指出的,对"现代性的恋物癖"本身就容易掉进东方主义的陷阱⑨。可是唯有指明中国现代文学有其独特的时空特色,才能更好地理解其丰富性。否则,人们就会理所当然地以为重述主题的出现,仅仅只是对过去文学的搬演。言外,对"另类"之强调,目的不在共时意义上的中西对抗,而在于言说历时维度上的前后更迭。

再次,从现代文学的研究对象来看,其论域越来越宽泛。一方面,它的研究已经脱离传统文本的定义,而成为多学科的文化操作。无论是张英进的电影研究、王斑的毛泽东美学讨论,还是周蕾的后殖民研究,及刘剑梅的情感社会史解读,都突破了原先的作家作品论、时代关系论,而把触角伸向广阔的社会历史文化。文学不再囿于纸质产品和传统文类,而涵盖视觉(电影、电视)、听觉(流行歌曲)、媒介(网络、电报、书信)等其他一切相关的"社会想象"。虽然,文学与电影、美学、音乐各学科间的姻媒关系早为人所重,但是,直接突破这种关联而将其囊归旗下的做法,是否又会大而无当?将文学研究等同于文化研究,是否会导致对文学独特性的遗忘,并最终带来对其合法性的质疑?这些问题或许亦值得反思。

中国现代文学研究对象的丰富,另一方面源自新的作家、作品被不断发掘出来,特别是港台作家开始进入我们的讨论视野。奚密对现代汉诗的探讨,引述了如下一批诗人,他们多数来自台湾,对一般的读者而言,都比较陌生:王小龙、黄龙杰、林泠、方旗、张错、夏宇、朱大枬、徐玉诺、杨泽、杨唤、覃子豪、商禽……应当看到,奚密之所以会做出这些选择,并非出于刻意求新,以边缘对抗主流的意图,而在于她出生台湾、受教于美国的学术背景及阅读经历。这正好回应人们对其自由主义思潮的诘问。他们的疏离与边缘,在于他们所能掌握的材料,而非主观动机。

所以,综合起来看,这套译丛所界定的"现代文学"是一个对象繁复,视野广阔,而同时又是界限游移的弹性空间,它是一切有关历史及社会的文化想象。而至于这种想象如何被解读,那就是我们的下一个问题,即如何"理解现代"?

二、理解现代

所谓"理解现代",就是如何诠释和解读这些复杂的现代文学文本,它首先是一个方法论问题。周蕾的《妇女与中国现代性》提供了最为恰切的文本例证,她的研究至少包含了视觉形象、文学历史、叙事结构及情感接受这四种批评向度,其牵涉的方法更是涵盖电影研究、文本细读、大众文化、精神分析、女性主义、叙事学等。她所关注的对象除了女性作品、作品中的女性,同时也包括了那些女性化的形象,如女性般充沛的情感(滥情的眼泪),女性化的文本(鸳鸯蝴蝶派小说),及女性化的中国。她特别强调了性别问题在中国现代表象中的重大意义。这种意义就在于它显现了中国文学的主体性,一方面既试图保持传统中国温柔敦厚的阴性气质,另一方面又试着与西方文学强硬的男性形象拉开距离。所以,她的四个章节刚好对应了四个带有主体倾向的身体行为:观看、分离、细节以及哭泣。

同周蕾一样,其他四个人的著作也广泛涉及各种理论。特别是张英进在探讨西方的中国电影研究时,罗列了一系列议题和方法,更是可以直接借来说明现代文学研究中多元化的研究思路(但他也同时考量了这些方法的能力问题):历史研究、产业研究、类型研究、美学批评、心理分析批评、女性主义批评、性别研究、文化研究。

在这些研究中特别需要指出的就是文学与历史的对话关系。王德威先生已经不止一次地论及"历史""小说"及"虚构"的问题,以为历史的迷魅与文学的记忆之间存在着一种未曾或已的增益关系:

> 历史的迷魅,文学的记忆:检视百年现代文学经验,毋宁让我们充满感喟。唯有承认历史神圣性的解体,文学阐释权的播散,我们才能以更谦卑的态度,面对萦绕历史周遭的迷魅,挖掘文学表象之下的记忆。从过去到现在,我们总已不断地在重写文

学史，但这一回，“重写”的意义不是再还原真相，而是写出真相的种种拟态；“文学史”的目标不仅是对文学史料作实证叙述，而是正视文学虚构的本命，以及由此所折射的历史光影。⑩

正是秉持着“历史本身就是叙事，而文学的本命在于虚构”的观念，我们的文学研究和文学史写作才愈发倾向于一种刘禾所谓的“散漫的、重视细节的、质感较强的”⑪特色。这种特色挑战了我们对文学作品惯常的阅读经验和主观看法。刘剑梅的研究就清楚地揭示了，在特定的历史文化语境下所形成的性别与政治之关系，远远比我们想象的更为复杂。它们既可能是相互对立的，又可以是互惠互利的，在它们之间充满了一股表演式的欲望。例如，在对“新感觉”作品的解读中，刘剑梅就从“总体历史”的大叙述中恢复出一段“分岔的历史”。借将新感觉作品放回到20世纪30年代情欲与政治的流行关系中加以讨论，她指出，在追求革命的潮流已不可抵挡的情势下，刘呐鸥、穆时英、施蛰存等人试图将革命语言挪作他用——通过改写早期的普罗文学，将令人兴奋的革命景象转变成心理符号和充沛的色情幻想，勾画了新的关于都市文化的想象性的边界，从而满足了现代读者的嗜好。这一阐释恰好就说明了惯常的解读不能说明的问题，即这些执着于都会风景和致命女性形象描写的“颓废”作家派如何会与政治紧密牵连，不但作品遭到查禁，而且自己又遇离奇暗杀。

职是之故，我们可以说，对一个重述主题的反复表演，不是简单的模仿，而是有目的的重写。这一观念同样可以用来商讨中西文学之关系，即面对西方文学的强势渗透，中国文学自身的细节何在，主体性何在。

另外，还需指出的就是文学与社会学的互文关系。虽然，此次入选的五部作品很少涉及这一方面的内容。但不容否认的是，文学社会学研究已经成为目前的大势所趋。李欧梵的都会研究，林培瑞、陈建华的鸳鸯蝴蝶派小说解读，贺麦晓的文化生产，陈平原的报刊、图像研究，姜涛的新诗发生学，都试图将文学作品看成是一种文化产品，其出版、发行、阅读、反馈的机制共同形构其在现代文学史上的独特意义。它的应用推翻了对文学本质主义的看法，同样也有力挑战了某些以讹传讹的看法。比如，还是在刘剑梅的作品中，她引述贺麦晓的观点指出，现代报刊检查制度并非人们想象的那样，完全扼杀了文学生产，而在某种程度上促进了文学的繁荣。这一观点显然缓解了政治与文学之间的对立和控制关系，展示了其新的关系。这种关系可以借王斑对革命影片中欲求与快感的分析加以说明。在王斑看来，政治并非什么压制性装置，而是一个把自己表现成艺术的生产性机构，其作用不在于否定性欲，使其屈从于政治，而是要将它提升到崇高的美学范畴中，变成刺激和鼓动民众的力量。言外，政治与情欲共谋互惠。这一点可以帮助我们反省那些二元对立的结构观念，并同时回应文学众声喧哗的论点。

三、表达现代

“如何现代，怎样文学？”这是每一位研究者都念兹在兹的问题。或有人玩弄正反易位之游戏,或有人驰骋光怪陆离之阐述,或有人搬演千差万别之理论,但归根到底都是试与故去之历史做一番记忆的搏斗,借由各种文学招魂仪式,还面目模糊的文学史以清晰的妆容。这其中“现代与文学间复杂的对话关系,大自国家神话与意识形态图腾的形成,小至文类秩序与象征体系的搬演,在在可见端倪”[12]。而此套丛书所触及的议题,亦当不外乎如下几点:一是政治与情欲的辩证法;二是地方与全球化的对谈;三是女性的正名及其协商;四是诗歌形式的现代展开。而横贯这四个议题的则是现代与传统之关系。

1.政治与情欲的辩证法 我们知道在中国,纯粹地享用个人情感是困难的,它必须放在一种更高道德体验或哲学认知中来加以表现。这或者是出于政治规划的需要,抑或是起于自我崇高化的意图,但无论如何,个体始终都被一种训导性话语所把持。宇文所安(Stephen Owen)和卜正民(Timothy Brook)两位教授的文章(论著)题目已经清楚地昭示了这一点:“享乐的困难”[13]“纵乐的困惑”[14]。个人与集体并存,公与私混生,以至于有理论家从寓言的角度,直接将其读解为一个区域性特征[15]。权且不论这样的归纳是否有效,但有一点可以肯定,那就是在中国,个人从来都只是一个起点。

而这个起点到底在多大程度上被嵌入了政治话语,这套丛书提供了四种饶有趣味的回答。其一,即是驯服。这一点我在引述王斑对革命电影的讨论时已经指出,所谓“崇高的历史形象”,就是要“我们净化并压抑一切带有人性色彩的特征,如食欲、情感、理智、感官、想象、恐惧、激情、欲望、自利等等”[16],由此,将过于世俗的人性升华成超人甚至非人。其二,则是与之截然相反的逸离和对抗。张英进在讨论电影《红高粱》时认为,影片启用了一个天真的叙事者“我”,其意图就在于对抗政治驯服,将其变为一种“去政治性叙述的策略”。因为在他看来无论是电影所选取的故事背景,展示的人物形象,还是描画的生活方式,都乖离和漠视主流话语,把它变得充分诗意化了。其三,是缝合,它主要强调的是政治与情爱之间多元的历史关系及利用表演。刘剑梅的著作借对一个重述主题的考察,揭示了此一意识谱系的生产、流变及传播过程,因前面已经多次涉及,此处兹不赘述。其四,出自周蕾的讨论,在她看来革命与言情之间还存在一种戏仿关系。她说:“鸳(鸯蝴)蝶文学提供了一个戏仿功能的绝佳例子,尤其是因为它通俗且受到边缘化的地位。在小说中,我们常常发现叙事的拼凑分裂于感伤主义与教诲主义之间、分裂于多愁善感的通俗剧与作者坦率直言的道德意图之间,这样内在的分裂性并非产生出平衡与有所节制的效果,而是搬演出现实的冲突,即使冲突双方不相互排斥。”[17]

至于政治与情爱纠结的意义,李欧梵曾借用安德森“想象共同体”的理论指出,在民族建立之初,男女间的婚恋关系孕育了新的国家想象[18]。如果所言非虚,那么起自晚明,盛于晚清,尔后又重演于朦胧诗时代的情理关系,当是国人寻求现代、构想新的国家身份之努力。

2.地方与全球化的对谈 在构思新的国家形象与文学身份面前,20 世纪中国遭遇了前所未有的危机。这种危机源自中西文化的交流与碰撞。而事实上,中西文化的交通史远自公元 1 世纪就已经开始了,但许理和(Erik Zürcher)关于佛教在中国中古早期传播与

适应的研究所表明的,恰恰不是"佛教征服中国",而是"中国征服佛教"[19]。此一情形,在20世纪则被完全改写:

我们能听到某人在提倡某主义——如成仿吾之大谈表现主义,高长虹之以未来派自居之类——而从未见某主义的一篇作品,大吹大擂地挂起招牌来,孪生了开张和倒闭,所以欧洲的文艺思潮,在中国还未开演,而又像已经一一演过了。[20]

同样是"东方遇上西方",其反差之大,不得不引人深思。这中间知识分子的心态当是一个关键问题。20世纪,梁启超、刘半农等人都试图重新启动佛教传统,但两人的小说和翻译尝试都很快被人遗忘或打压,取而替之的是西方的理论及实践[21]。这不得不让人怀疑现代中国对内对外所起用的完全是两套装置——暴力的和雌伏的。这铸就了中国现代文学精神分裂症式的身份形象。史书美就曾直言中国文学面对西方,呈现出一种分叉性策略,一方面是都会西方(西方的西方文化),另一方面则是殖民西方(在中国的西方殖民者的文化)。"在这种两分法中,前者被优先考虑为模仿的对象,同时也就削弱了作为批判对象的后者。"[22]

正是在这样一种暧昧的态度下,中国文学遭到截然相反的两种质问。一些人认为中国文学是对抗的,是次等的模拟,它力图保持差异,所以在中国,"现代"文学是不可能的;而另一些人则认为这些西化了的中国文学使其丧失了中国性,因此不值一读。中国文学在差异与共性中摇摆的两难处境,使得人们相信如果中国接受的是印度式的殖民统治,而非半殖民统治,其文学将被完全改写[23]。当然,这种情形并没发生,倒是针对上述两种质询,周蕾作出了雄辩的论述。她"非常坚定地站在第三世界、站在边缘对抗主流",指出现代中国文学,"既非中国传统也非西方传统可以独断含纳,而'中国'与'西方'之间的辩证,有着摆荡的不稳定性,因此其中所显示出来的主体性与我所书写的主体性,并不是个人主义式的主体性,这样的主体性是超越任何个人化之'意识',是历史因力所造成的结果"[24]。

另外,像张英进的研究更是将此问题作为论述的重点,多次加以讨论,如第二章第三节对"民俗研究与全球性/本土性"的描述,第三章对"跨国的华语电影:身份、民族性、国家性"的讨论,第五章对"国家、民族与历史"的协商,以及第七章"跨国想象中的全球/本土城市"。在他看来,民族身份正是建立在他者与自我持续变换的流动关系之上的,"即使一个后民族的'无国界世界'在理论上是可以想象的,本土性也还是不可避免地会找到方法在全球性霸权话语中的跨国、跨地区空间中重写自身,方法就是在面对其预测中消失——如果还不是其已被宣称的死亡——时断然声称其自身的差异"[25]。

3.女性的正名及其协商　在男性眼中,女性及其身体是一种隐喻。一方面她是千余年来宗法父权下名媛阃道的寄体,另一方面又是革命力量、都市风景的有力传递者。王德威对《潘金莲、赛金花、尹雪艳》这些小说世界中"祸水"造型的讨论,李欧梵对新感觉作品中致命尤物的考察,高列克(Marián Gálik)、陈建华对茅盾小说中"乳房之舞"的注目,以及近时郜元宝对张爱玲(李安)《色·戒》与丁玲《我在霞村的时候》的比较阅读,都足以说明这种倾向[26]。

与此不同的是,女性研究者则更偏爱生理意义上的身体。在她们看来,女性首先是真实存在的主体,而非被架空的概念。在刘剑梅对白薇小说的讨论中,她这样指出:

在鲁迅著名的小说《药》里,疾病象征着病态的中国,是一种隐喻性叙述策略;而在白薇的笔下,病着的身体,尤其是有性病的身体,是她每日必须面对的现实。……这一饱受病痛与恋情折磨的身体,是她的情人杨骚所无法编造与篡改的,也是男性作家所无法模仿的,更是任何意识形态所无法控制的。它不承载任何他人的语言,也不承载任何男性的语言,它只属于白薇式的独特的女性写作。[27]

这一认识同先前高彦颐(Dorothy Ko)在《闺塾师》、曼素恩(Susan Mann)在《缀珍录》、胡晓真在《才女彻夜未眠》中得出的结论一致。她们反复提醒我们,过去那种单纯从意识形态出发,将中国妇女一概视为父权牺牲品的论述方式值得检讨。如果在儒家的社会性别体系中,女性永远只是被侮辱、被损害者,那么中国封建社会就不可能运转得如此稳定而恒久[28]。

据此推论,我们可以说,女性与其社会、国家和男性之间存在一种协商关系。后者试图对前者加以限定,而前者却总是能通过发展某种被遗漏的限定,编织出一种主体意识。王斑关于"崇高与性别"的探讨主要论述了第一点,而周蕾对女性细节的探问则言说了第二点。他们共同引证了欧米・肖尔(Naomi Schor)关于"细节阅读"的理论。在王斑看来:

女性细节并非只是陌生人或阴谋破坏者,从外部撕破了崇高的堡垒,而是一个秘密的因素,像一枚定时炸弹在崇高的心脏里"滴答"作响。实际上,它已经被构筑到崇高话语当中了。……从男性崇高与女性细节之间的张力来看,文化就是一个克服并升华柔弱的过程。崇高是持续的守夜者,对破坏性的阴柔因素保持警惕。[29]

而警惕的方式则包括了消极的"防御"、正面的"压制"和积极的"释放"三种形式,呈现了社会性别间多元的协商关系。周蕾的讨论,关注的是细节与阴性气质间的紧密联结,她试图以细节作为问题的切入点,探究中国叙事内部矛盾的情感结构,探讨"细节"与"国族建构"间的矛盾是如何构成现代中国叙事的。通过对比巴金、茅盾、鲁迅三人与张爱玲在叙事策略上的径庭差异,周蕾指出,张爱玲作品中的细节是多层次化的,不只是对"物质肉身"的揭示;她冷漠的语言,导致了非以人类为中心的情感结构,往往透过毁坏和荒凉的描述来传达;而在角色的刻画上,她让我们重新审视了那些困于家居领域的女性,她们或被动,或恶毒,或伶俐,或孤僻,但都以其琐细的情感持续破解了社会所抱持的集体人性之梦,借将"大历史"议题推到背景之后,质疑了现代革命所寻求的"内在主体性"与"新国族"间的身份认同,表达了历史之中少为人知的认识论上的冲突,彰明了女性在协商国族观念中的主体意识。

4.诗歌形式的现代展开 "自八十年代以来,现代汉诗的形式问题一直是诗人和批评家关注的焦点,讨论不断,歧见日深,至今犹是。……比如汉语的音乐性、翻译体对诗歌写作的影响,以及如何激活古典诗词的资源,如何让当代诗歌和中国民间的优秀传统进行某着'接轨'等等。"[30]

本部分的讨论,我想集中地谈论狭隘意义上的诗歌形式,即诗歌的视觉形象,包括它的编排和结构。奚密的作品论及了这一点,在她看来,现代诗人一直在探索有意义的形式,并已经取得了相当好的成就,其中对环形结构的运用就贯穿了整个现代汉语诗史,代表了现代诗人力图塑造形式与内容一体的努力。

但是,我不得不指出的是,如果我们稍微扩大阅读的视野,这样的结论也许只能在小范围内成立。环形结构正有如古典诗歌中的回文诗、宝塔诗,是小众的诗歌实践,并不对所有人发生作用(这样的例子,还可以举出"复沓式",即每节开头重复,如柏桦的《在清朝》)。换言之,它并不像古典诗词那样在视觉上有着整饬的排列,或四行八句,五七相对,或按节填词,长短间出。现代汉诗在形式上是缺少约束的。

缺少约束一方面意味着自由,但另一面却也表现为混乱。诗人柏桦就曾诘问,一人一式,如何确立诗之为诗的独特性。诗歌必须包含某种范式,诚如江弱水所言,这一点虽不助于产生优秀的诗歌,却可以杜绝劣等的诗。事实上,我们知道寻求诗歌的现代节制,早在 20 世纪 20 年代就已经展开,闻一多所谓的"建筑美",就试图使诗的视觉形象变得整齐划一。而在刘半农早期的诗歌翻译实践中,他为了能够使得诗歌形式得到完美呈现,不惜用散文先翻一遍原诗,再将它转为传统的四字格。倘若诗意有不能明了之处,更是借添补文字或增加脚注的方式完成,极力维持了译诗的整齐匀称[31]。但是,这些主张和实验很快就遭到了胡适、周作人的批判,最后不得不被强势的"翻译体"所取代,余风所及,时至今日。

此外,像王了一用文言文译《恶之花》,梁宗岱以宋词感觉译波德莱尔,都说明新诗的现代发生并无意要回避来自形式的限制。这就回到了我们上述三个问题所共同触及的议题,即"对立"的双方存在这一种积极的协商关系。所以,闻一多说"越是魄力的作家,越是要戴着脚镣跳舞才跳得痛快,跳得好",良有以也。完全跳脱了"焦虑"影响的作家,何来"原创"的动力?每个人都是一种风格,那么又何来风格?

四、翻译现代

翻译,作为认识论意义上穿越不同界限的喻说,总是通过一种事物来解释另一种事物。而且,这种解释不是简单的假设或幻觉上的语言等值关系,它更多的是一种隐喻,它暗示了他者与自我在多大程度上能够被关联起来,并为我所用。我想,这一点晚清的翻译事实最能说明问题。因为在那里我们几乎看不到所谓的本源语和译体语之间的语际对称关系,改写、增删、挪用随意进行,以至于创造和翻译混为一谈,不能识别。当然,这个意思也就是说,翻译不单单只是一个语言或技术问题,而是更为复杂的思想史、文化史问题。有鉴于此,刘禾提出了"跨语际实践"的观点,试图重新思考东西方之间跨文化诠释和语言中介形式的可能性[32]。"她的批评是:语言之间透明地互译是不可能的,文化以语言为媒介来进行透明地交流也是不可能的。不仅如此,词语的对应是历史地、人为地建构起来的,因此语言之间的‘互译性’也必须作为一种历史的现象去理解和研究。”[33]

无疑,刘禾的观点深具启发,她使我们摆脱了一般的“西方统治”和“本土抵抗”这一后殖民研究范式,而获得了一种跨语言、跨文化的思想史研究视角。她所要考察的正是新词语、新意思和新话语兴起、代谢,并在本国语言中获得合法性的过程,不论这过程是否与本国语言和外国语言的接触与撞击有因果关系。

可以说,刘禾所进行的乃是一项具体而微的“语词考古”和“话语分析”工作,与这种“溯源法”不同,奚密的讨论则偏向于翻译中的文化误读。她质疑了叶维廉将古典诗歌意象特征与道家思想直接关联起来的做法,认为他因过分强调诗歌中的道家美学,而导致了其在汉诗英译中刻意塑造了一种“偏重意象、非论述性、字面意义、非连续性”的风格。而事实上,这种风格在古典诗歌里,并非他所强调的那样普遍和占有主导地位。奚密的论述让我们从源头上反思了翻译作为一种阐释行为,其局限到底何在?即使是存在语词的互译,那其中深层的文化结构又从何表达,这种表达又在多大程度上传递出其原初背景中的意涵?

另外,这五本书本身作为“跨际实践”的产物,在翻译的过程中又多大程度地复现了原著所要传达的信息?它们在跨越不同的政治语境到达中国之后,其中的观念又做了多大程度的修正?以及像蔡青松先生采用直译的方法,而使得译品变得晦涩难读的行为,又在多大程度上阻碍了阅读的进行和信息的吸收?此外,这一辑译丛主要集中在美国汉学界的中国现代文学研究,这是否又会使我们忽略了来自其他区域的声音?凡此种种都对随后所要进行的文学研究产生微妙的影响。

当然需要肯定的是,所有的影响都只是唤醒。季进在书的编者序中引述李欧梵的观点,认为中国现代文学的研究才刚刚开始。除了这些译著所带来的正面推动之外,季进、王尧两位先生的勉励绍介之功,亦当赞许。他们共同推动了中国学界对“现代的重写”和对文学的“再解读”。

【注释】

①[美]宇文所安:《什么是世界诗歌?》,117—118页,载《新诗评论》2006年第1辑。

②钟玲:《美国诗与中国梦:美国现代诗里的中国文化模式》,62页,广西师范大学出版社2003年版。

③[法]谢和耐:《蒙元入侵前夜的中国日常生活》,刘东译,1页,江苏人民出版社1997年版。

④⑧⑰㉔[美]周蕾:《妇女与中国现代性:西方与东方之间的阅读政治》,蔡青松译,4、3—4、85、2页,上海三联书店2008年版。

⑤[美]王德威:《被压抑的现代性:晚清小说新论》,宋伟杰译,1—65页,北京大学出版社2005年版。

⑥[美]奚密:《现代汉诗:一九一七年以来的理论与实践》,奚密、宋炳辉译,4页,上海三联书店2008年版。

⑦[美]杰姆逊:《单一的现代性》,王逢振译,天津人民出版社2005年版。

⑨㉗[美]刘剑梅:《革命与情爱:二十世纪中国小说史中的女性身体与主题重述》,郭冰茹译,4—5、119—120 页,上海三联书店 2008 年版。

⑩[美]王德威:《现代中国小说十讲》,3 页,复旦大学出版社 2003 年版。

⑪刘禾主编:《持灯的使者》,牛津大学出版社 2001 年版。

⑫[美]王德威:《如何现代,怎样文学?——十九、二十世纪中文小说新论》,麦田出版社 1998 年版。

⑬[美]宇文所安:《他山的石头记》,田晓菲译,江苏人民出版社 2001 年版;

⑭[加]卜正民:《纵乐的困惑:明代的商业与文化》,方骏、王秀丽、罗天佑译,生活·读书·新知三联书店 2005 年版。

⑮[美]杰姆逊:《晚期资本主义的文化逻辑》,516—546 页,生活·读书·新知三联书店 2003 年版。

⑯㉙[美]王斑:《历史的崇高形象:二十世纪中国的美学与政治》,孟祥春译,2、93—94 页,上海三联书店 2008 年版。

⑱[美]李欧梵:《未完成的现代性》,6—11 页,北京大学出版社 2005 年版。

⑲[荷]许理和:《佛教征服中国:佛教在中国中古早期的传播与适应》,李四龙、裴勇等译,江苏人民出版社 2003 年版。

⑳鲁迅:《〈奔流〉编校后记》(十一),《鲁迅全集》(第 7 卷),186 页,人民文学出版社 1982 年版。

㉑[捷]米列娜编:《从传统到现代——19 至 20 世纪转折时期的中国小说》,伍晓明译,6—7 页,北京大学出版社 1997 年版。

㉒[美]史书美:《现代的诱惑:书写半殖民中国的现代主义(1917—1937)》,何恬译,29、43 页,江苏人民出版社 2007 年版。

㉓[美]罗芙芸:《卫生现代性:中国通商口岸卫生与疾病的含义》,向磊译,13 页,江苏人民出版社 2007 年版。

㉕[美]张英进:《影像中国:当代中国电影的批评重构及跨国想象》,胡静译,363 页,上海三联书店 2008 年版。

㉖[美]王德威:《想象中国的方法:历史·小说·叙事》,生活·读书·新知三联书店 2003 年版;李欧梵:《上海摩登——一种新都市文化在中国 1930—1945》,毛尖译,北京大学出版社 2005 年版;陈建华:《革命与形式——茅盾小说的现代展开 1927—1930》,复旦大学出版社 2007 年版;郜元宝:《都是辩解——〈色·戒〉和〈我在霞村的时候〉》,载《文艺争鸣》2008 年第 4 期。

㉘[美]高彦颐:《闺塾师——明末清初江南的才女文化》,李志生译,江苏人民出版社 2005 年版;[美]曼素恩:《缀珍录——十八世纪及其前后的中国妇女》,定宜庄、颜宜葳译,江苏人民出版社 2005 年版;胡晓真:《才女彻夜未眠——近代中国女性叙事文学的兴起》,北京大学出版社 2008 年版。

㉚刘禾主编:《中国诗歌:困境与思考》,5 页,《今天》2008 年春季号。

㉛Michel Hockx. *Questions of Style: Literary Societies and Literary Journals in Modern China*, 1911-1937. Leiden: Brill, 2003, pp.168—170.

㉜刘禾:《跨语际实践:文学,民族文化与被译介的现代性(中国,1900—1937)》,宋伟杰等译,生

活·读书·新知三联书店2002年版。

㉝李陀:《序》,刘禾:《语际书写:现代思想史写作批判纲要》,6页,上海三联书店1999年版。

(原载《南方文坛》2014年第2期)

获奖词：

本文别开生面又饱含诗意，作者从文学内部的个人发现出发，对黄永玉新著的爱和怜悯的主题，进行了深切的解读，字里行间既洋溢才情，又呈现光泽通透的理论品质，并显示了张定浩不凡的修为和才子气质。

爱和怜悯的小说学

——以黄永玉《无愁河的浪荡汉子·朱雀城》为例

张定浩

在三卷本《无愁河的浪荡汉子·朱雀城》（以下简称《无愁河》）的卷首，有黄永玉手书的一行字：爱，怜悯，感恩。这是他的表叔沈从文对他说过的五个字，他念念不忘，预备作为自己以后的墓志铭。只是如今他先将这五个字刻在了小说《无愁河》的前面，一种伦理的自律随即悄然践行为一种审美的要求，并照亮了这位老者在人生暮年掀起的长河般的写作抱负。

"我认为的好书"，在一封写给密友露易丝·高莱的有关《情感教育》的信里，福楼拜说，"我愿意写的，是一本不针对什么的书，不受外在牵连，全仗文笔内在的力量，就像地球全无支撑，却在空中运行，书中几乎没什么主题，至少是没有明显的主题，如果可能的话……形式技巧越圆熟，同时也愈在消弭自己。形式离弃了一切仪规、定则、分寸，不取史诗而取小说，不取韵文而取散文，不承认正统，像自由意志那样自在写作。"这段话可以直接移作《无愁河》的注脚，在多重意义上，《无愁河》都更为接近于《情感教育》，而不是乍一看很容易联想到的《追忆似水年华》。在《无愁河》中，作者首先是处于一种福楼拜式的尽力"消弭自己"的非个性化状态，从而让万物先尽可能地自由呈现，而不是如普鲁斯特般、以充满强烈个性的对于隐约不明意念的执拗捕捉来探究人的内在真实。

也许这样将《无愁河》作者归属于福楼拜阵营的判断，会立刻引发质疑：在《无愁河》中，那个老年黄永玉难道不是时时刻刻都忍不住要现身吗？他难道不正是常如福楼拜所反对的那样，在叙述中忽然就直接表达自己的意见吗？比如，在写尽序子的表兄弟们熬夜

做“鬼脑壳粑粑”的开心喜乐之后,作者笔头一转,说:

> 这里我要提前说一说他们的“未来”。我忍不住,不说睡不着,继续不了底下的文章。他们没有一个人活过八年抗战,没有端端正正地浅尝哪怕是一点点的、希望的青年时代。……这一群艺术家此刻好梦正酣,离他们未来的不幸还远得很。明朝醒来,还有好多兴奋的事情等着他们。

他写序子向侯哑子学画,末了意犹未尽,一定用括号补充几句属于写作者此刻的感怀:

> (近百年的战乱,家乡子弟的凋亡,贫困、漫长残忍的文化绝灭过程中,侯哑子的风筝画作怎么还能苟存人间?……和哑子交谈,不靠心灵靠什么?在高山之巅俯览脚下幽谷,大海岩上远望迷惘的地平线,请问你所为何事?哪里有什么实体?我一辈子从不投靠幻想,却得益于三位既聋且哑的画家的教诲。)

或许,必须认识到在“自由意志”和“消弭自己”之间有可能存在的非矛盾关系,甚至某种必然的过渡,才能够理解福楼拜在《包法利夫人》的成功之后一次次向着相反方向的看似徒劳的努力,也才能够理解,老年黄永玉在《无愁河》中的一次次作者介入,并没有损耗那个逝去的朱雀城世界的自足存在。相反,因为有意识地将自我的声音从叙述中剥离出来,他得以在描写那个过往世界的时候,轻装上阵,呈现出一个听者和观者的纯粹姿态,他倾听和观看朱雀城万物的面影,当然也包括倾听和观看那个幼小的、同样以他者面目出现的自己。陶渊明说:“纵浪大化中,不喜亦不惧。”写作《无愁河》的黄永玉,也仿佛一个纵浪者,他下沉至那片生他长他的海洋深处,捕捉一切在时间和遗忘中被静静保存的气息,偶尔,他需要浮出水面,呼吸一下现在的空气,以便更为有力地折返深海。

因为所谓“自由意志”,并不单单是任一己心意而行,正如斯多葛派哲人很早就认识到的那样,能够控制自我的人才有可能是自由的。控制自己,让自己成为一个两岁的赤子、一尾鱼、一片树叶甚至一阵轻风,让自己成为男人和女人,成为万物的一分子,成为另一个人,且随时还能保持清醒的自觉,这是一种古老的生活方式,却也是现代小说书写者必备的教养。在这个意义上,因为《无愁河》在情节上的散漫就轻易指认其隶属于某种中国式的散文书写的小说传统,也只能是一种漫不经心的偷懒,它通过某种急不可耐的二分式判断,放弃了对于新事物的热烈思索。事实上,倘若《无愁河》真的值得我们珍重,绝非因为什么中国式书写或者某种类似非物质文化保护遗产般的橱窗陈列,而恰恰因为它是极具现代性的写作,是一种就在当下生成的面向世界的有力存在,一种在隐秘中绵延传承的、爱和怜悯的小说学。

拉康曾经惊世骇俗地宣称,性关系根本就不存在,存在的只是借助他人身体来达到自我享乐的过程,对他人的欲望最终不过是为了揭示自身存在的快感。同时,拉康也谈到爱,他把爱视为一种性关系不存在之后的补充,“在爱之中,主体尝试着进入‘他者的存在’,超越自身,超越自恋,从而与他人共同生存”。对此,阿兰·巴迪欧进一步说,唯有在爱中,一种迥异于性关系的、从“两”而不是从“一”出发的人类关系得以真正形成。

过去数十年的中国小说考虑最多的，是致力摆脱某种集体意识的作者自我，是在和诸如家庭、社会乃至历史之类的庞然大物相对抗中渐趋丰盈的个体自我，这种在摆脱、对抗中日益解放的自我，在带给读者一度的明亮快意之后，如今却正在朝着极度的自恋自得迈进。无论是老一辈作家，还是更为年轻的小说书写者，在他们大多数人的小说中，作者一己的意识和观念都弥天弥地，这个意识和观念或许有厚重轻薄睿智愚蠢深刻肤浅之区别，但几乎同样都是单调的，在得到了一个足够骄傲的自我之后，他们失去的是整个世界。

可以在这样的背景下，看待金宇澄的《繁花》在2013年度这个号称中国长篇小说的大年里，奇迹般的近乎压倒性的成功。相较于那些更负盛名的小说家的作品，人们在《繁花》中惊喜地听见了久违的、本真的、人的声音。在那些市井闲话和饭桌闲谈中，不断有人“不响”，在“不响”中成为安静的倾听者，倾听另一个人开始说话，即便在说完之后，他们依旧懂得沉默，让那些已经说出的人声在空气中再静静停留一会。在《繁花》中，经常出现五六个人以上的饭局对话，写过小说的人都应当知道处理这样多人对话的难度，而这种多人聚会的场景，就是平静生活中的宏大场面，我们可以说，乔伊斯在《死者》中展现的对于一次圣诞聚会场面的控制力和感受力，是可以拿来与《战争与和平》中有关拿破仑战争的大场面相提并论的。在这个意义上，我们也可以称《繁花》作者为处理宏大场面的大师。“我这辈子也没写过这么难写的东西，尤其现在正写着粗俗的对话。”依旧是福楼拜致高莱书信里的话，“旅馆一场，可能得花我三个月的工夫，自己也说不好。有时真想大哭一场，深感自己的无能。我宁可尽瘁于斯，也不愿跳过不写。一场谈话，要写五六个（开口说话的）人，好几个（别人谈到的）其他人，还有地点、景物……造句就很难。让最凡俗的人也说话斯文，说话礼貌，表达上就会失掉很多生动别致”。在有关对话造句的艰难这个问题上，《繁花》作者倒是不止一次地在访谈中讲述过心得，他讲，当他回到上海话的日常思维中，那些对话就自然而然地涌现出来。

无独有偶，在《无愁河》的序言里，黄永玉说：“在文学上我依靠永不枯竭的、古老的故乡思维。”

故乡思维是什么？正如《繁花》中有汹涌而来的上海闲话，《无愁河》中也有着澎湃热烈的湘西土语，但它们都不是类似曹乃谦式的那种凭恃方言以展现某种独特地域风情的所谓方言小说。《繁花》和《无愁河》作者们的志向，并非打造出一个为观光客和怀旧者服务的民族风情园，而是创造出一个有人歌于斯哭于斯的生活世界，一个在他们的爱中得以保存的完整的故乡。刘醒龙曾在文章里引用过一句很漂亮的话，“再伟大的男人，回到故乡都是孙子”。《无愁河》就是从一个两岁的小孙子写起，耄耋老者在写作中朝向故乡，那故乡带着无数的声光面影带着全部的存在，在他的生命中缓缓出现，他现有的生命于是暂时中断，一切重新开始，他重新成为赤子。这，是唯有在爱的时刻才得以发生和持续的行为。

性和欲望让我们时刻想到可怜和孤独的自身，即便考虑到对方的欢愉程度那也只是为了证明自己的能力，但爱并非如此。或者说，爱的写作，正是令人暂时割舍一己的孤独存在,消弭作者过于强大的自我意识,让一个人奋力去成为另一个人,从而得以真切地感受世界的差异性和复杂性;爱的写作,就是召唤那些亲爱的人来洞穿自己的生命,而不是企图凭借一孔之见去解释他者的生命。也是在这个意义上,我们有可能更好地理解布勒东的话,“艺术最简洁的表达,就是爱”。

也唯有在爱中,一个写作者才得以穿越时光的洪流返回故乡。

“他两岁多,坐在窗台上。”这是《无愁河》的开篇,或许在很多年后会成为又一种值得流传的小说开篇。他坐在窗台上,太婆在和他说话,外面的香味、雨点和太阳一点点渗进来,更多渗进来的是声音,人的声音,凌乱,嘈杂,东一句西一句,有一句没一句,又急速涌进外头来客的上气不接下气的报信声,那是爷爷要从北京回来,整个家就一下子忙乱和振奋起来。就这样,写到第32页,“朱雀城”这个词才第一次出现。这种未必刻意的安排,暗示出不同于以往全景小说或长河小说的写作态度,虽然小说第一部名为“朱雀城”,但作者没有打算从远至近、从外到内、从环境到人这般的有条不紊按部就班地推进和展现,相反,他在这里像是一个陷入爱中的人,他能听到看到感触到的,是爱人具体而微的面容、身体、动作和声音,而不是爱人的出身、工作乃至经济状况等等外在的属性,他直接进入对方的存在之中,进入那个两岁男孩的身体中。

在很多层面上,《无愁河》与《繁花》都有共通的特质。它们均不在当代中国小说现有的诸趣味当中,它们都像是一个意外,一种反戏剧性和反隐喻的、“仅仅是按照事物本来面貌给我们描述事物平静状态”的小说。此外,这两部小说里都有新的、没有被暴力和谎言败坏过的中文,有无数嘈杂且真切的活人的声音,又都有力量连通那个正在消失的老中国。并且,如前所说,《繁花》作者堪称处理宏大场面的大师,而在《无愁河》中,那些连通无数琐碎日常瞬间的,作为平静生活中的值得期待和回味的宏大欢宴,也被处理得同样出色。

但唯独在爱的层面,以及随之呈现出来的精神气质上,这两部作品又或许是不同的。《繁花》有点接近于《围城》,是中年人经历世故之后的冷眼与风趣,当然也有成熟的体谅和宽容,无论怎样,作者与他笔下的大多数人物之间,还是保持着适当的疏离,他愿意观看和倾听他们,但未必会愿意爱他们所有的人,繁花落处,隐隐的是阵阵秋意。相对而言,《无愁河》第一部则更接近于前四十回《红楼梦》尤其是大观园的部分,有少年人对于万物和众生无有拣择的爱惜,处处透着一种不管不顾的明媚春日的气息。是爱让一个老者再度年轻了吗?

他写大雪天,唐马客的家被人恶作剧地堆上一个大雪球堵住门口:

> 尤其令人振奋感动的是唐马客家堵住大门口的那一坨足足两张方桌那么高的大圆球。纯粹毫无主题,抽象到极,莹澈,光滑,迎着曦光。
>
> “起初,神创造天地。地是空虚混沌,渊面黑暗;神的灵运行在水面上。
>
> “神说:‘要有光。’就有了光。神看光是好的,就把光暗分开了。神称光为昼,称暗为夜。有晚上,有早晨,这是头一日。”

这明明白白是对唐马客门口的那坨大雪球说话的。

上帝都说话了，唐马客却是不高兴。他在屋里喊，他出不来。他不晓得，也拿不定主意应该骂娘还是应该好笑。他也不敢开门。门一打开，那么大一坨雪涌进堂屋怎么办？他“深山不见人，但闻人语响”，他干吼也吼不出所以然。门口围了很多人。

幼麟和他喊话：

“老唐，我是幼麟，要我们怎么帮你？”

“帮我查一查，是哪个狗日搞的名堂？”唐马客在屋里叫。

“要查，也是以后的事；眼前想个办法让你一家出来！”

听幼麟这么说，看热闹的人里头也有舍不得的：

“那么好的东西，毁了可惜……”

另一些人讲另一种话：

“人家家门口，也要过日子嘛！这雪迟早要融，留不住的。”

街坊们帮着把雪球铲了，唐马客走出家门，开始抒发，讲话，猜测是谁干的，一直讲，讲到，讲到，太阳出来了，那么好的太阳，那么蓝的天。

你可以想见一个快九十岁的老人怀着止不住的笑意写这些文字，在他的笔下，那些逝去的人们依旧不停在讲热闹的话，四季跟着流转，又仿佛永恒降临，一切都不曾毁灭，“那么好的太阳，那么蓝的天”。

他写朱雀城几条要紧的街，写街上的店铺，食货铺子“兴盛隆”，卖时鲜水果和烧腊的四代祖传“曹津山”，剃头铺，悦新烟店，广达银匠铺，悦升堂响器铺，布店“孙森万”，“同仁堂”中药铺……他就这么一家店一家店写过来，有些是大写意，有些是工笔细描，有些则是水墨点染，一段轶事掌故，几句买卖闲谈，三两个好玩的人物，他就这么一口气一条街一条街写下去，好放纵，好明亮。他说：

请不要嫌我写这些东西啰嗦，不能不写。这不是账单，是诗；像诗那样读下去好了。有的诗才真像账单。

那些陈芝麻烂谷子因为被春天的光芒照彻，成了诗，也就成了生命树上崭新的创造。

小说中也会记载一些黯淡烦愁的时刻。比如序子的父亲幼麟终于要离开朱雀城的闲散岁月，去外地讨生活，一帮朋友凑了雅集在细雨的夜里来送他。喝茶喝酒挨了两个小时，终于有人开始唱歌，唱《春江花月夜》和《梅花三弄》。

醉得差不多，或醉得恰到好处，或醉得一塌糊涂的人给笛声弄醒了。虽程度不一，朦胧的眼睛看着窗外的杏花；这光，这影，这颜色，这声音一起和在酒里了。剩下不喝酒的幼麟一个人清醒地守着这一群多年的狗蛋好友。

如此灿烂的夜！别醒，别醒！

……

幼麟慢慢站起来，对韩山和班鼓手得豫说：

“我来曲陈与义的《临江仙》吧！——‘忆昔午桥桥上饮，座中多是豪英。长沟流月去无声。杏花疏影里,吹笛到天明。二十余年如一梦,此身虽在堪惊。闲登小阁看新晴,古今多少事,渔唱起三更。'"幼麟用最弱的声音结尾,及至还原回到寂静的空间;笛声与班鼓、檀板也跟随轻微消失。

如此灿烂的夜。像一切过往的诗人那样,《无愁河》的作者也有力量将夜色里的烦愁在爱中振拔成可以流传的歌,一不小心,我们就和作者一样,荡在里面,陷在里面了。

让我们再来谈谈怜悯。

我们的当代文学中,常见的是高高在上的同情,是知识分子对底层充满隔膜的热诚,是衣食无虞者推开棚户区窄门的探访,是异质性的侵入、缺乏尊重的关心以及有距离的想象。在很多小说家笔下,那些被侮辱者和被损害者每每是作为一个符号出现的,代表的是社会的不公、民族的苦难、道德的缺失、时代的遭际,乃至命运的无常,而不再是一个个活生生的、同样有资格拥有各种复杂情感和卓越能力的人。譬如,我们看到那么多的读者在感慨涂自强的悲伤不是其一个人的悲伤,而是所谓时代的"集体悲伤",却忘记了这一切不过是作者精心设计的旨在催泪的苦情大戏,她把一桩桩不幸叠加在一个充满寓意的人名上面,她想当然地把卑微者和成功者的对立置换成低能和无耻的对立,她像一个丐帮首领一样,操控手下乞丐的苦难以榨取大众同情的钱币。

与之相比,怜悯,则是一种更为素朴的情感。怜悯者首先相信自己是和那个受怜悯的对象一样的人,他人触目惊心的苦难令他看清自身未被揭示的苦难,而在他人的痛楚面前,他并不敢立刻有所表示,因为自觉轻薄,他只是先深深地俯下身去,向一切深陷在悲伤中的命运低头致敬。《无愁河》里专门讲述过几个可怜的疯子,用当地的话叫作"朝神",在摊位上死乞白赖讨东西吃的"瓶怀子",温和缠绵,欺软怕硬,少年人爱逗他,却也爱听他摆龙门阵;留宿土地堂里的永远自我忧愁的罗师爷,被顽童扯着飘零的烂衣却郑重其事地警告对方小心他的沾衣十八跌;打更人唐二相,没有老婆,爱在女学堂门口显摆诗文,在夜里将转更的点子打得密透的孤单人;从大小姐沦落为讨饭婆的萧朝婆,悲苦缠身,却会剪鬼斧神工的纸花;还有发疯时会光屁股吃狗屎、正常时候却可以扎出全城最好看风筝的侯哑子……他们"常受大人调侃,小孩欺侮",却依旧努力在残缺中保持尊严,而更重要的是,整个朱雀城的人都参与到对这种人格尊严的维护之中。朱雀人会将对弱者的调侃和欺侮保持在某个适度之内,在一种素朴的怜悯心的驱使下,他们懂得尊敬一切的不幸,懂得将一切被侮辱和被损害的人视作自己的同类,而非异质性的存在。当然,《无愁河》的作者自然也同样懂得。

《无愁河》里更为浓墨重彩描绘的,是一个叫作王伯的普通女人。她长相平平,命苦,话少,经人介绍来狗狗(序子小名)家帮佣带孩子,时间不长,但主人家有难时,却二话不说背着两岁的狗狗逃难山中,一路和狗狗唠嗑,说尽平生,也说尽自己知晓的万物和人情。她有个从小玩到大的苗族男朋友隆庆,平日无往来,必要时却可相互舍命。她待人诚恳厚道,也泼辣有原则,不信命也不信理,信奉的是"莫伤天害理,也莫让人欺侮"。她多年来待狗狗如亲生,却不妨碍她有一次,在刚刚上学的狗狗为了和一个新同学要好而割弃与跛脚庆生的友情之际，站出来破口大骂狗狗：

> “你坐好！等我想一想怎么骂你。——嗯，你是个混蛋，你是个孽种！他一辈子都会恨你！他活好久就恨你好久，你一句话杀人不见血！……最欺侮他的就是你。你把他的心打碎了。碎了一地，补不起来了。——别看他小，我没脸见他。他把你白天当太阳，晚上当月亮。信服你，靠你，耐烦坐在岩头上等你一天，两天，三天……你慢慢会长大的。现在你不懂，你越大越会明白。没有比让人伤心更恶……”
>
> 王伯狠狠诅咒序子；她绝望之处是因为她明白大局无可挽回。她明白庆生和他爹这种人，在某些地方跟她一样。当弱者情感被逼到绝顶时，那令人生畏的庄严面目在凡间是难见的。

王伯夜里带着狗狗去找庆生赔礼，庆生家死活不开门，王伯挺起胸脯拉起序子往回走，“回去的路真黑”。在这时，作者竟忽然引用起《圣经》“罗马书”里的话：

> 因为我深信无论是死，是生，是天使，是掌权的，是有能的，是现在的事，是将来的事，是高处的，是低处的，是别的受造之物，都不能叫我们与上帝的爱隔绝；这爱是在我们的主基督耶稣里的。

这是奇诡奔放的转折，《无愁河》中时常可以见到这样的叙事转折，像静水深流，猛然于横转处激起浪花。这转折与那种自欺欺人的虚假安慰和刻意安排无关，这转折不是要将最卑微者擢拔成高贵，或将最柔弱的点化成刚强，而是在见到人类内在心灵和外在身份的千种差异之后，还有力量将他们拢合在一处，令他们得以在同一个、被爱和怜悯的光照亮的舞台上生活，我们在这样的转折中感受旧有成见的破碎，以及灵魂的新生。

怜悯令我们平等，令我们知晓他人是和我们同样的人，无论他是行善还是作恶，是在高处抑或低微；令我们知晓这个世界可以容纳聪明话也应当容纳蠢话，就像序子家婆批评幺舅时讲的，“有时，也要让人讲着好玩……世界上也不能光是聪明人讲话……你这人，整天不讲话，也不让人讲，也难像正经日子”。

爱，则令我们奋力探究和接受那些自己不可理解的人和事，接受另一个和自己不同的存在，无论他美丽或丑陋，富有或贫穷。爱令狭小的自我扩展，向着整个宇宙。爱令我们自由。

于是，那些怀揣爱和怜悯的写作者，仿佛是永久生存着。他清楚地看见自己生活在历史的不同时代，不同空间，黄帝大战蚩尤的时候他在，美尼斯王统一埃及的时候他也在，他在威尼斯的桥上吟诵欢歌，也在劳改农场的灯光下半睡半醒，他做过海盗、和尚、车夫、魔术士，也做过一方的霸主、落拓的书生、贫苦的农妇。他是一切人，也是一。

以爱和怜悯的名义，那个九十岁的老人，依旧在如同朝阳一般地奋笔疾书。

（原载《南方文坛》2014 年第 5 期）

《南方文坛》

《南方文坛》
2015年度优秀论文颁奖会
NANFANG WENTAN
2015 NIANDU YOUXIU LUNWEN BANJIANGHUI
中国 · 北海
2015年11月

2015年度

评　委: 王　尧　李敬泽　吴义勤　陈建功　何向阳　张燕玲
郭运德　郜元宝　施战军　阎晶明　程光炜

↑钱理群

↑张立群

↑黄德海

↑李德南

↑洪治纲

↑陈　思

获奖词：

用坚实的文本分析和学理研究，重新阐释鲁迅杂文的智慧形态和艺术方式，并由此高度肯定其当代意义。虽为演讲录，但作者立论高远而平实畅达，文章老辣而深入浅出，既具学术性和普及性，又呈现出一个“活在当下的鲁迅”形象，颇具警世和启发意义。

鲁迅杂文

钱理群

今天想和青年朋友一起读鲁迅杂文。因为我发现一个很奇怪的现象：大家读鲁迅的作品，都读他的小说、散文，这些年又比较关注散文诗《野草》，但很少人读鲁迅杂文。现在中学的语文教材里鲁迅杂文作品越选越少。但是有一个事实却不能回避：鲁迅全集里的小说、散文、散文诗只是第一卷、第二卷的一部分，第一卷、第二卷多半以及从第三卷到第八卷都是杂文，也就是说，杂文是鲁迅创作的主体。那么，忽视杂文也就涉及对鲁迅的认识和评价。学术界也确实有人认为鲁迅杂文不是文学，鲁迅由写小说、散文、散文诗到写杂文是一个选择错误，甚至是他创作力衰退的表现。所以很多人都只承认小说家的鲁迅，散文家的鲁迅，不承认杂文家的鲁迅。还有一个似是而非的说法：鲁迅杂文都是时事评论，是对当时的现实发表意见，也许当时是有意义的，但是时过境迁，随着历史的推移，他的杂文就失去意义了。很多年轻人不愿意读鲁迅杂文的理由，就是不了解鲁迅杂文的背景，就读不进去，也读不懂。但是鲁迅自己不是这么看的，他一再说，我的杂文“当然不敢说是诗史，其中有着时代的眉目”。他还说，“‘中国的大众的灵魂’，现在是反映在我的杂文里了”，看得出鲁迅是非常看重自己的杂文的。

那么，这就有一个问题——我们到底应该怎么认识鲁迅的杂文？在我看来，杂文不但不是鲁迅才华衰竭的表现，恰好是他终于找到的一种最适合他自己，以及他和自己时代关系的一种文体。我们讨论鲁迅杂文，首先要注意他的杂文和时代的关系，具体说就是要注意鲁迅杂文和现代报刊、现代传播的密切关系。鲁迅的儿子周海婴曾经这样回忆鲁迅晚年的写作：白天如果没有客人，他就在书房里遍翻各种各样的报纸和杂志。在翻阅过程中，他受到刺激，有些想法，就开始酝酿写文章。海婴最难忘的，就是鲁迅构思时的神态：

经常眯起眼睛,躺着靠着藤椅上打腹稿,反复地琢磨,不说话,这时候谁也不敢打扰他。他考虑成熟了,往往在深夜里提笔成文。有些重要杂文常常通宵达旦地写一晚上。写完以后,过两三天杂文就在报刊上发表了,而且立刻在社会上引起各种各样的反响。用我的话来说,就是有人欢喜,有人骂,还有人怕。每年年终的时候,鲁迅要把这一年的杂文全部收集起来,编辑成册,还会有个长长的序言或跋,详尽揭示杂文背后的时代背景。杂文可以说是一种报刊文体,是跟现代传播媒体紧密地联系在一起的最具有现代性、先锋性的文体。

其实,杂文很有点类似于今天的网络文学,所以大家不要觉得鲁迅的文学很神秘,他的杂文就是今天的网络文学,只不过是发表在纸质上。我曾开玩笑说,大家不要小看网络文学,说不定网络文学作者中将来就会出现一个鲁迅。鲁迅就是当年的现代传播媒体培育出来的。杂文是鲁迅作为一个现代的知识分子,通过现代的媒体和他所处的时代,中国以及世界的政治、社会、思想、文化现实发生有机联系的一种最重要、最有效的方式。鲁迅正是通过杂文,自由地出入于现代中国的各种领域,最迅速地吸纳瞬息万变的时代信息;然后作出政治的、社会历史的、伦理道德的,以及审美的评价与判断,作出自己的回应;然后又借助传媒影响,而立即为广大读者所知晓与接受,并最迅速地得到社会的反馈。随着现代媒体对现代生活日益深刻的影响,杂文就真正深入现代生活中,成为其有机组成部分。可以说,杂文作为媒体写作的一种方式,不仅使鲁迅终于找到了最适合他的写作方式,创造了属于他的文体,而且在一定意义上,逐渐成为鲁迅的生活方式。这一点,大家应该比较容易理解,在网络时代,网络写作已经成为许多年轻人的生活方式,在这方面,鲁迅应该是一个先驱吧。

当然,不是任何的媒体写作都是文学,这是我读鲁迅文学的最直观的一个感觉:同样自称是“杂文”,许多人(包括今天一些著名的杂文家)写出来的,在我看来,都只是思想政治文化学术评论,而不是文学;而鲁迅的杂文却是真正的文学。

那么这就有一个问题:鲁迅杂文的文学性表现在哪里?这是一个研究难题,坦白地说,鲁迅研究界至今还没有具有说服力的研究成果,“鲁迅杂文美学”还是鲁迅研究的薄弱领域,有很大的研究空间。同学们有兴趣,可以研究,这是一个极好的博士论文题。我自己也是在准备研究,今天说说我体会到的鲁迅杂文的一些特点。

一、鲁迅杂文类型化写作所具有的超越性

先从前面提到的鲁迅杂文不知道背景读不懂的疑问说起。鲁迅杂文确实有这样的特点:它总是对现实问题作出及时回应,有很强的具体针对性,不了解背景,就不知道在讲什么。鲁迅杂文的取材、构思的起点都是具体的、感性的、个别的现象。鲁迅作为一个文学家,对现象形态有一种特殊的敏感,他有极强的形象记忆能力,这是最能表现他的文学家特质的。但鲁迅同时是个思想家,具有思想的穿透力、联想力,从个别到普遍,由具体到抽象,提升、概括出一种社会典型现象或社会类型,从“这一个”到“这一类”。但仍保留现象

形态的生动性与丰富性,以及感情特征。这是鲁迅杂文的一个最根本的特点:它是一种"类型化的写作",是"这一个"和"这一类"的统一。它的最大特点,是"开口小而开掘深"。关键是"开掘深"。鲁迅对任何问题的开掘,都深入历史文化的深处。鲁迅所具有的渊博的知识,使得他具有很强的联想力,会想到中国的历史文化种种类似现象,所以他在解剖任何社会现实现象时,都能挖掘到历史文化的根源。所以他的杂文,不仅是"社会批评",更是"文明批评"。对中国传统文明和西方文明都有鞭辟入里的审视。另一方面,鲁迅对社会现象的开掘,又总能深入人性的深处,其中包括了对中国国民性的批判。正是这两个深度:历史文化的深度,人性的深度,就使得他所概括出来的类型,就具有了普遍性与超越性的特点。也就是说,它既是从自己生活的现实出发,具有时代性与历史性;又超越时空,一直延伸到今天、当下,具有当代性。这是鲁迅区别于其他作家的地方。

这些年很多人总想把鲁迅送进博物馆,成为"过去式"的人物,是代表历史文化高度的伟人,大家尊敬的对象,但与当代社会,和我们每一个人都没有什么关系。也就是希望鲁迅成为一个历史的存在,而非现实的存在,但要做到这一点,恐怕很难。至少我自己在读鲁迅杂文的时候,就常常觉得他还活在当下的中国。有人曾做过一个实验,他把鲁迅在20世纪30年代写的杂文摘录出来,加上一个标题:"鲁迅论21世纪中国文化",在报纸上发表以后,大家都觉得鲁迅就是针对当下中国文化种种怪象在发言。所以我说鲁迅是个"正在进行式的作家"。他的作品,特别是杂文,对正在进行的现实生活,具有很特殊的启发性。我自己在现实生活中遇到问题,就去重读鲁迅作品,总有新鲜感。鲁迅的许多精彩论述,过去读的时候因为没有这样的问题就不注意,现在带着问题读,一看,眼睛就发亮了,仿佛茅塞顿开,引发出许多新的思考。所以我有一篇演讲,题目就叫"活在当下中国的鲁迅"。

下面我们一起读读具体的作品。第一篇《爬和撞》。

这是鲁迅和梁实秋论战的文章。同学们读中学时都读过《"丧家的""资本家的乏走狗"》吧。许多人都是因为这篇文章而指责鲁迅过分狭隘,气量太小,就会骂人。我在这里愿意为鲁迅作一点辩护。这是鲁迅和梁实秋的一场论战,起因是梁实秋打上门来,揭发、暗示鲁迅这些左翼文人"拿俄国人的卢布",鲁迅则斥之以"资本家的乏走狗"。表面上好像是两个人互相骂,但分量与性质不一样。"拿俄国人的卢布",在30年代是一个政治罪名,就好像今天说你这人是拿了美国情报局的津贴,它会在政治上致对方于死地。而鲁迅指梁实秋为"资本家的乏走狗",话虽难听,但不会给梁实秋造成实质上的威胁。梁实秋骂鲁迅拿俄国人的卢布,某种程度上就是向政府告发,想借助当局的政治力量来扼杀他的论战对手。在鲁迅看来,要论战就各自讲道理,如果讲不出道理,而要借助权势来进行政治迫害,那就是"乏",是无理、无力的表现,所以叫"乏走狗"。

其实,鲁迅实际把梁实秋作为一个"社会类型"来写的。他的意图是要通过梁实秋"这一个"看"这一类"知识分子,"乏走狗"这个概括实际上有很强的生命力。直到今天,我们在文坛、学界的文人论争中,不是经常看到,一些人不作学理的论辩,而一味指控对方

“政治不正确”，这不也是想借助政治权力来压制对方，以济自己理论无力之穷吗？这就是“乏走狗”。坦白地说，我这些年经常遇到这样的认权不讲理的乏走狗，遇到这种人，我就想起鲁迅，觉得鲁迅深刻，有远见。这就是鲁迅杂文类型形象的魅力所在。

当然，这也会产生另一方面的问题：梁实秋在鲁迅的笔下，只是一种类型形象，鲁迅的论战方法是“抓住一点，不及其余”，只抓住其具有普遍意义的那一点，即“乏”的那一面，而有意排斥了这一点所不能包括的某人其他个别性、特殊性的方面（如梁实秋在散文写作和翻译上的成就），这样才能提升出一种社会类型。因此，鲁迅笔下的“梁实秋”实际上只是一种社会类型（“乏走狗”）的“代名词”，而不是对梁实秋作全面评价，更不是盖棺论定。鲁迅说自己写杂文论战，“没有私仇，只有公敌”，就是这个意思。由此而认为鲁迅是意气之争，不宽容，实在是隔膜得厉害。

刚才着重谈“乏”，现在再来说“资本家的走狗”。这是什么意思呢？“走狗”这个词有点难听，说文雅点，就是“资本主义的辩护士”。鲁迅这么说梁实秋，也是有根据的。梁实秋的原话是这么说的：“资产是文明的基础”，“所以攻击资产制度，即是反抗文明”，“一个无产者假如他是有出息的，只消辛辛苦苦诚诚实实的工作一生，多少必定可以得到相当的资产”。梁实秋这种说法显然是为资本主义的制度辩护的。鲁迅作为一个强烈评判资本主义的左翼知识分子，他要对这样的辩护言论提出反驳和批评，是理所当然的。而且，所谓“资本家的走狗”即资本主义的辩护士，也是一种具有普遍性、超越性的知识分子类型。看看今天的中国社会，这样的辩护士难道还少吗？当广东出现血汗工厂，发生工人跳楼事件，不是就有知识分子公开对工人说，资方养活你们，你们好好干就行了，将来也可以上去的嘛。何必要自杀？这不是“资本家的走狗”又是什么？当然，鲁迅坚持的是左翼的立场，今天有些读者就不一定赞成鲁迅的观点，但有一点是不可否认的：当年鲁迅和梁实秋的论争，实际上是左翼知识分子和自由知识分子之间围绕着“如何对待资本主义制度”的论争，而且今天还有意义，而绝不是意气之争。

我们今天准备读的，就是鲁迅与梁实秋论争时写的一篇杂文。但我们阅读的重点，并不在判断是非，我们感兴趣的是鲁迅和梁实秋论战时采用的方法，以及由此展现的杂文的特点。也就是说，我们今天的阅读，关心的是“怎么写”，而不是“写什么”，我们要注意的是，鲁迅写的不是一般的论辩文章，而是用杂文的思维与表达方式来写，这就很不一般，有许多可琢磨之处。

这篇文章的题目是《爬与撞》。鲁迅一开始就把梁实秋的理论概括为一种通俗、形象的说法：“从前梁实秋教授曾经说过：穷人总是要爬，往上爬，爬到富翁的地位。”应该说，这样的形象概括大体上是符合梁实秋的意思，却又将其通俗化，将多少有些含糊之处，显豁化了。

然后，就抓住这个“爬”字，展开他的想象与分析，这就是文学家的形象思维。先点破其玄机：“虽然爬得上的很少，然而个个以为这正是他自己”，轻轻一句话就揭露了这种“爬”论的欺骗性。然后，指出其内在矛盾：人多路少，十分拥挤。于是，老实人规规矩矩

"爬",聪明人就"推",踏着别人的肩膀和头顶,"爬上去"了。——鲁迅仅仅提供给我们这样一幅既爬且推的具体场景,没有一句评论,但批判之意已隐含其中,这就是用形象说话。接着是心理描写:可悲的是,大多数人仍然"认定自己的冤家并不在上面,而只在旁边",把处于同一地位的兄弟,视为妨碍自己往上爬的对手,这样的被压迫者间的相互推挤,就更显出了"爬"论的残酷性。——鲁迅依然没有多说一句话,但他的内心的愤激之情,已经力透纸背了。

鲁迅依然不动声色地继续揭露:于是,出现了"跪着的革命",还"发明了撞",真正成了相互你死我活的残杀,成了生命的冒险了。然后,鲁迅把笔拉开,讲"爬是自古有之"的历史。这就是前面所说的对历史文化的深入开掘。而这些形象的描述,都可以视为小说里的某些场景。不经意间就显露了鲁迅的小说家的笔法。而这样的拉开的多少有些知识性与趣味性的叙述,也使文章的文气稍有舒缓,而不是那样剑拔弩张。再把笔拉回现实的"爬",揭示"那些早已爬在上面的人们"的着意欺骗,暗指的就是自己的论战对手梁实秋,他的那一套"爬"论,就是这样的欺骗之词。

于是,就有了最后一句:"这样,爬了来撞,撞不着再爬……鞠躬尽瘁,死而后已。"不知道诸位感觉怎样?我读到这里,开始觉得很荒唐,有些好笑;但又突然惊醒:这难道不就是写我们自己,写当下中国人的生存处境吗?我们不就生活在这样一个"爬着、推着、撞着"的所谓"自由竞争"的社会里吗?到处充斥着那些爬上去了的"成功人士"的喧嚣,而被挤下、推下、撞下的"失败者"的呻吟,完全被世纪末的狂欢所淹没,没有人听见,更少有人如鲁迅那样关注与思考。而这样的"爬、推、撞",不也写出了我们自己的现实的处境,但我们中又有多少人愿意正视这样的现实呢?还有,当下中国思想、文化、学术界的那些市场原教旨主义者,不就是当年的梁实秋吗?我们也终于明白,当年鲁迅为什么要如此认真,甚至不惜用最尖刻的语言,和梁实秋论战,反驳他的"爬"论,这确确实实是出于"公心",绝非发泄私愤。这样,1933 年写《爬和撞》的鲁迅,就穿越时空,和生活在 2014 年的我们相遇了。

而这样的相遇,是通过杂文实现的。不妨回顾一下我们在阅读这篇杂文的心理的微妙变化:开始,我们是以旁观者的心态,来看鲁迅笔下的"爬撞图"的,只觉得图中人行为的荒唐与可笑;但慢慢地,我们就笑不起来了,内心荡漾起几分悲悯之情,以及对"爬论"鼓吹者的几分厌恶;最后文章戛然而止,而我们在回味时,却突然发现鲁迅写的就是自己,悚然而思。这就是鲁迅杂文的文学性所在:它是要触动我们的内心的。

我们再来读这篇《论辩的魂灵》。

这也是很有趣的一篇文章,鲁迅把当时许多反对改革,反对新思想的言论概括出一些诡辩式言论,并称之为"鬼画符"。这样的概括,是最能显示鲁迅杂文的功力的。当年的具体立论,已经查不出来了;但其概括出来的思维逻辑却让我们今天的读者联想起现实生活中的某些人的一些言论,不禁哑然失笑,是为"故鬼重来"也。

比如,"我读洋文……是政府的功令,反对者,即反对政府也"。——这是打着"政府"

的旗号,反对我就是反对政府,这就是此前说的“乏”,但又显得特别的“理直气壮”。这样的逻辑,在当今知识分子或网上的论争中,不是经常可见吗?还有,“我骂卖国贼,所以我是爱国者。爱国者的话是最有价值的,所以我的话是不错的。”——这回是打着“爱国”的旗号。这是当下最为时髦的论战手段,动不动就宣布论战对方是“卖国贼”“汉奸”。还有“我亲眼看见”云云,“我听说”云云,这都是无中生有的栽赃;至于“我是畜类,现在我就叫你爹爹。你就是畜类了”,这就是耍无赖了。在网络里和日常生活中,这种无赖难道还少吗?

鲁迅就是用夸张的笔调,把这种论辩术的荒诞性和霸道揭示出来,在哈哈一笑之后,其所谓逻辑就不攻自破了。不仅如此,还把诡辩者的“魂灵”勾勒出来了。这也是鲁迅杂文的特点:它不仅进行观点的论辩,更关注观点背后的逻辑,而且善于用夸张的手法揭示其荒诞性;不仅要在观念上辨别是非,更要勾勒其魂,揭示灵魂的丑恶,鲁迅杂文的勾魂术是极具战斗力的。

鲁迅杂文中还有一类比较特殊的类似格言的文体,叫“小杂感”。它是对历史和现实经验的高度浓缩,包含了相当丰富、深刻的历史思想文化的内涵和人生的哲理,却用十分简洁又十分形象的杂文语言概括出来,使人眼前一亮,同时又陷入沉思。这里面几乎每句话都可以写成一篇大论文。

我们举几个具体例子。

“曾经阔气的要复古,正在阔气的要保持现状,未曾阔气的要革新。大抵如是。大抵!”——每次读到这里都觉得这是对当下中国改革的最深刻的概括:人人谈改革,处处谈改革,改革成为一个最时髦的话题;但改革的高论背后,都有不同的利益诉求和驱动。这正是当下中国改革的根本问题:究竟要依靠谁?现在都浓缩在鲁迅这句话里了。这就是鲁迅杂文的概括力:他把最复杂的问题用一句话就说清楚了:你慢慢去琢磨吧。

“革命的被杀于反革命的。反革命的被杀于革命的。不革命的或当作革命的而被杀于反革命的,或当作反革命的而被杀于革命的,或并不当作什么而被杀于革命的或反革命的。革命,革革命,革革革命,革革……”——这有点像绕口令,但却是对中国现代历史的高度概括。

先是革命者杀了反革命,这点我们比较熟悉;然后是反革命的杀革命的;然后又是杀不革命的,革命的反革命的不革命的都要杀,互相杀来杀去。它背后有一个逻辑,就是杀反革命。但问题谁是反革命,由谁来定?是由掌权者定,说你是反革命,你就是反革命,最后连不革命也要杀,实际上就是杀异己者。你看中国的近现代历史,不就是一个不断地杀异己者的历史?鲁迅说,他写的许多文章都是看了无数的流血才写成的。《小杂感》里的这短短的一句话,就不知渗透了多少异己者的血!

“一见短袖子,立刻想到白臂膊,立刻想到全裸体,立刻想到生殖器,立刻想到性交,立刻想到杂交,立刻想到私生子。”——这里讲的是中国人的性想象力,表面上中国是最讲性禁忌的国家,其实性禁忌的背后就是旺盛的性欲和性想象力。这个我不用多说,大家都能会心一笑。它引起你对许多生活现象的联想,你本来没注意,现在经鲁迅一提醒,一点破,就清楚了。这也是鲁迅杂文的魅力。

读鲁迅的《小杂感》,可以看清楚当下中国的许多事情。前面我说"鲁迅活在当下中国",同学们可能还有些疑惑,现在大概就有具体感受了。在鲁迅杂文里,真的浓缩了许多丰富的历史经验,人生经验,正可以"鉴古而知今"。鲁迅杂文的类型化写作的意义,也在这里。

二、鲁迅的杂文思维

鲁迅杂文不仅有深邃的思想,更有独特的思维方式。读鲁迅杂文不仅要注意鲁迅讲什么,怎么讲,还要注意他怎么想;不仅要了解他的独特见解,还要了解他看世界的方法。我常常说,鲁迅的意义,就在他是中国思想文化结构里的异样的存在,另一种存在。他不仅对任何构成主流的意识形态,公认的常规、常理、常态、定论提出质疑与挑战,而且提供了另一种思维方式。因此不是所有人都喜欢鲁迅,特别是鲁迅杂文。当你对自己多年所受的教育深信不疑,对现在生活各方面都很满意的时候,你不会喜欢鲁迅,觉得鲁迅怪怪的,跟你所接受的、习惯的、认可的观念、思维方式都不一样。你本能地要拒绝他。但你一旦不满现状,对多年所受的教育产生怀疑,对现有的生活方式感到不满,想寻找另一种思路,另一种生活方式,有了打破既定秩序,冲出几乎命定的环境,突破自己的内在欲求,这时候,自然就会对鲁迅杂文里的特别的观念、思维方式、表达方式,感到亲切,就能从他的杂文里得到启示。这就是鲁迅的作品,特别是他的杂文,对于我们的意义:它是另一种存在,另一种思想,另一种思维,另一种声音,因而也是另一种可能性。

当然,你读多了,也会有不同意见,事实上,你在读鲁迅杂文时,也会时时想他讲得对不对,忍不住要和他辩论。这恰好是鲁迅所希望的。因为他对自己的观念、思维、表达也是怀疑的。他称之为"未熟的果子",他担心自己的不成熟贻害了青年。也就是说,鲁迅完全不同于总想来指引我们的自命"导师"的知识分子,他并不试图收编我们,用他的观念、思维、表达来束缚我们。他期待着和我们一起探索、思考,一起寻找、创造新的思维空间、表达空间。在我看来,这是鲁迅最为特别,也最为可贵之处。

那么,鲁迅的杂文思维有什么特点呢?

让我们来看一篇文章《夜颂》,这是一篇很有趣的文章。一开始就有一个自我命名,说他是"爱夜的人",还是"孤独者,有闲者,不能战斗者,怕光明者"——这都是当时许多人对鲁迅的攻击之词,这就更证实了前面说的鲁迅的异端性。鲁迅的重点在"爱夜"。而且又说了一番意味深长的话:"人的言行,在白天和在深夜,在日下和在灯前,常常显得两样",人只有在黑夜,才"不知不觉的自己渐渐脱去人造的面具和衣裳,赤条条地裹在这无边际的黑絮似的大块里"。这显然是一个隐喻:白日,就意味着掩饰,遮蔽;只有黑夜,才有真实。

鲁迅是属于夜的。我们前面说过,鲁迅的杂文,都是写作在深夜里,只有在这"无边无际的黑絮似的大块”的包裹下，鲁迅才感到自由、自适，写出他感到、看到的真实。于是，就有了鲁迅式的命题：“爱夜的人要有听夜的耳朵和看夜的眼睛，自在暗中，看一切暗。”我们要说的是，这应该是一个杂文家的基本素质。他要从白天的种种掩盖下看到背后的黑暗。于是，就有了鲁迅的重大发现：在“高墙后面，大厦中间，深闺里，黑狱里，客室里，秘密机关里，却依然弥漫着惊人的真的大黑暗”。我们生活在现代大都市里，早已被街道的五光十色弄得目眩神迷，有谁会看到繁华背后的罪恶，有谁会听到“惊人的真的大黑暗”里冤魂的呻吟？

鲁迅因此进一步指出：“现在的光天化日，熙来攘往，就是这黑暗的装饰，是人肉酱缸上的金盖，是鬼脸上的雪花膏。”鲁迅连用两个比喻，就是提醒人们，惊人的真的大黑暗，不是一眼就能看出的，这就有了一个识别的问题，能不能透过白天种种遮蔽，种种伪饰，看到真实的黑暗，这需要眼力，更需要智慧，也就是鲁迅说的看夜的眼睛和听夜的耳朵。可以说，鲁迅的杂文，就是用他“看夜的眼睛”看见，用他“听夜的耳朵”听见的中国真实的反映。

我们来看具体内容：鲁迅是如何看的？形成了怎样的看的方式与思维的特点？我们可以概括为四个方面。

一、往深处看，仔细看。

鲁迅说过，我看事情太仔细，我对中国人的内情看得太清楚。一个太仔细，一个太清楚，这大概就是鲁迅看事情不同寻常之处。他要关注的，也是杂文里要揭示的，是人的最隐蔽的心理状态，而且是人自己都未必自觉，即无意识的隐蔽心理。他有一种特殊的眼光，在一般人看来没有什么问题的地方，一眼看出内情，揭示出问题，让大家大吃一惊。

这就是这篇千古奇文《论“他妈的！”》。“他妈的”堪称中国国骂，每个中国人都会骂，即使不在公共场合骂，私下也会暗骂。文章里就讲到一个农村趣闻：父子一同吃午饭，儿子指着一碗菜说：“这不坏，妈的你尝吧。”父亲说：“我不要吃，妈的你吃去罢！”这里“妈的”就变成“亲爱的”意思了。

问题是，中国人全这样骂，却从来没有人去认真想想：这样的“国骂”背后，意味着什么，隐藏着什么，更不用说写成文章。在人们心目中，“他妈的”是不登大雅之堂的。但是人们忽略之处，正是鲁迅深究之处；人们避之不及，鲁迅却偏要大说特说，要“论”。“论”什么呢？一论国骂背后隐藏着怎样的国民心理；二论造成这种国民心理的社会原因。于是，鲁迅就做了“国骂始于何朝何代”的考证。这样的考证，也是非鲁迅莫为的，现在的学者是不屑于做，也想不到要做的。但鲁迅做了，而且得出了很有意思的结论。

他发现，“国骂”从古就有，但“他妈的”作为国骂，却始于晋代。因为晋代是讲门第、讲出身的。人的地位、价值不取决于你的主观努力和才能，而取决于你的出身。出身大家族就可以当大官，这就是“倚仗祖宗，吃祖宗饭”，这样的遗风于今犹存：过去是“学好数理化，走遍天下都不怕”，现在是“有个好爸爸，走遍天下都不怕”。仗势欺人，就是仗着父母、祖宗的势力欺负人。当一个人他出身寒门，受到仗势欺人的人的欺负时，他心中充满了怨气,想反抗,又不敢反抗,怎么办?就走一条“曲线反抗”的道路:你不是靠着父母吃祖宗饭吗?那我就骂“他妈的”,好像这一骂就出气了,心理就平衡了:这是典型的阿Q心理。这也可以说是一种反抗,但却是靠骂脏话来泄愤,骂一句“他妈的”就心满意足了,就忘记一切屈辱,还是眼睛一闭,天下太平了。鲁迅说,这是卑劣的反抗。

你们看,鲁迅对人们司空见惯、习以为常的“国骂”看得多细,多深,他看出了内情:一个是中国无所不在的等级制度,一个就是中国人一切倚仗祖宗,不思反抗,自欺欺人的国民性。而且鲁迅说:“中国人至今还有无数‘等’……还是倚仗祖宗。倘不改造,即永远有无声的或有声的‘国骂’。”不知道同学们对鲁迅这样鞭辟入里的分析,有什么感觉?至少以后再说“他妈的”,就会考虑考虑,有所反省和警戒吧?鲁迅这双“会看夜的眼睛”实在太厉害了,他把我们社会制度的毛病,国民心理的弱点,都看透了。

再看一篇《晨凉漫记》,这是分析张献忠杀人心理的。大家知道,中国农民起义领袖中,最喜欢杀人的就是张献忠。他到处杀人,见人就杀,不需要任何理由。鲁迅说,他就像为艺术而艺术一样,为杀人而杀人。很多人都把张献忠杀人归结为他性格的凶残;鲁迅却不满足于这样的肤浅之论,而要深究其内在的心理动因。于是他发现,张献忠刚开始和李自成争天下的时候,并不随意杀人:有一天他当了皇帝,人都杀光了怎么办?只有到了竞争失败,不可能当皇帝的时候,他怀有一种失败的报复心理,就开始乱杀人:反正将来天下不是我的,人都杀光了才好。——鲁迅就这样揭示了一种普遍的隐蔽的社会心理:一个人或一个国家处在没落的地位的时候,它会有一种疯狂的报复心理。鲁迅说有些书香门第,当家族败落的时候,他会将原来辛辛苦苦攒下来的字画在一怒之下全都烧毁:这就是一种失败者的心理。了解这一点,有助于我们认识一些社会现象:当你看到有人或者一个群体在疯狂报复和破坏的时候,你就要想到,他们看起来很强势,内心却是虚弱的,实际上已经败落了。

但这些隐蔽的心理,都是人们(特别是当事人)不去想,不敢想,更不说出来,不愿说,不便说,不敢说的。鲁迅却一语道破,就让人很尴尬,很不舒服,于是说鲁迅“毒”,有一双“毒眼”:实际就是“会看夜的眼睛”,更有一支“毒笔”:不过是写出了被着意隐蔽的黑暗的真相与内情。

二、换一个角度看。

鲁迅还有一类文章,所讨论的问题,别人已经议论过,而且讲得也很有道理,似乎没什么可说的了。但是鲁迅却另换一个角度看,就有了新发现,就说出了别人说不出来的话,即所谓“别有一番见解”。

我们来读这篇《〈杀错了人〉异议》。当时有个记者曹聚仁,写了篇文章批评袁世凯杀错了人,说他不该杀革命者,尤其不应该杀年轻的革命者。他的观点很有意思:你要杀,就杀中年人、老年人,别杀年轻人。这是五四时期流行的进化论思潮,认为年轻人比老年人更有用,老年人应该为年轻人作牺牲。当时有位著名学者钱玄同就说过:人到四十该枪毙。当时的人寿命一般六十多,到四十就活得差不多了。此时鲁迅已是年过四十,为避嫌疑,就不在这个问题上多说什么了。他主要是对曹聚仁认为袁世凯不该杀错革命者的观点,提出异议。鲁迅说,你根本不懂袁世凯。袁世凯他本来就是反对革命的,他要杀革命者,包括年轻的革命者,在他的立场上是理所当然的。他杀革命者不过是露出本相。问题是年轻的革命者(恐怕也包括曹聚仁)对袁世凯有幻想,觉得袁世凯会同情革命,因此就放弃了对他的警惕。现在他露出本相,不但不进行反思,反而惊呼其杀错了人,这真是糊涂得可以。鲁迅因此说:"中国革命的闹成这模样,并不是因为他们'杀错了人',倒是因为我们看错了人。"——这样的"异议",就不局限于对袁世凯杀革命者的谴责,而是从中总结出应该吸取的历史教训,这样换一个角度看,就深刻得多了。

三、正面文章反面看。

鲁迅说:"我的习性不大好,每不肯相信表面上的事情",常有"疑心"。这一疑心,就有了一个了不得的发现。在《推背图》这篇杂文里,他提出了一个中国人"想、说、做分裂"的问题:"有明说要做,其实不做的;有明说不做,其实要做的;有明说做这样,其实做那样的;有其实自己要这么做,倒说别人要这么做的;有一声不响,而其实倒做了的。然而也有说这样,竟这样的。难就在这地方。"

为什么会这样?由此而引发了对中国国民性的反思。鲁迅说,中国是一个会做戏的民族,所谓"剧场小天地,天地大剧场"。为什么要做戏?就因为中国人没有真正的信仰,有迷信,有狂信,但就没有坚信。中国人很少"信而从",更多的是"怕而利用"。"利用"就是"演戏"。所以中国人是"做戏的虚无党"。

"做戏的虚无党"是通过语言表现出来的,这就影响到中国人的语言表达方式。于是,鲁迅又有了一个概括:中国是一个"文字游戏国"。全世界没有一种语言像中国汉语这样具有灵活性,富有弹性。同样一件事情换一个说法就是另一个样子。比如说全世界都有失业的现象,但是中国不叫"失业",叫"待业",仿佛一叫"待业"就有希望"就业"了,内心的不满、焦虑就自然减缓了,这就有了"心理慰藉"的功能。这样的弹性语言,就最容易造成"说什么"与"想什么""做什么"分离。也就是说,中国的语言是独立于人的思想和实际生活之外的。一般来说,语言是思想的反映,但在中国语言不受思想制约;一般来说,语言要变成行动,影响于实际生活,但在中国语言可以和实际生活不发生任何关系。说中国是"文字游戏国",就是因为在中国,语言不是用来表达思想,也不准备实行,完全是为了游戏,为了宣传,说说、玩玩而已,这就是"话一句耳"。鲁迅说,在这种情况下,如果你看到某个人,头头是道,冠冕堂皇地大说一气,你如果真的相信他所说的一切,你就是一条"笨牛"。如果你不但相信,还要按着他说的去做,那你就不知道是什么了。最可怕的是,大家都知道是胡说八道,谁都不相信,其实说话的人自己也未必相信。但是大家(说话的人、听话的人)都做出一副相信的样子。这就是说,明知语言的虚伪性,还要维护这种虚伪性。因为已经形成了游戏规则。如果有一个人把话说穿,指出说的一切都是假的,那他就是安徒生童话里的那个孩子,就会有人群起而攻之,轻则说你幼稚、不懂事、扫兴,重则视你为公敌。因为你破坏了游戏规则,大家玩不下去了,就不能容你。

面对这样的文字游戏国里的“做戏的虚无党”,我们怎么办?鲁迅教给我们的办法,是“正面文章反面看”。他说,这是中国传统的“推背图”的思维方式:从反面来推测未来或现在的事情。用这样的方法,去看报纸上的文章,有时会有毛骨悚然的感觉。鲁迅举了一个例子。当时(1933年),中国正面临日本军队入侵的危险,中日关系相当紧张。国民党政府的态度自然就成为一个关键。这时候,报上登了几条消息:“××军在××血战,杀敌××××人”,“××谈话:决不与日本直接交涉,仍然不改初衷,抵抗到底”,“芳泽(日本首相)来华,据云系私人事件”。——这些“正面”消息,如果“当反面文章看”,“可就太骇人”了:原来××军并未反抗;日本当局正在派人来华招降;中国政府也有意“与日本直接交涉”,放弃“抵抗”。但这恰恰是事情的真相。

用这样的方法去读报纸上的宣传文字,确实可以看出许多被着意遮蔽的东西。鲁迅还谈到这样的经验:“人必有所缺,这才想起他所需。”鲁迅举了一个例子:“我们平时,是决不会记得自己有一个头,或一个肚子,应该加以优待的,然而一旦头痛肚泻,这才记起他们,并且大有休息要紧,伙食小心的议论”,听到这样的议论,不但绝不可因此认定他是一个“卫生家”,却要从反面看,认定他平常是不讲卫生的。鲁迅因此写了一篇绝妙的杂文:《由中国女人的脚,推定中国人之非中庸,又由此推定孔夫子有胃病》。鲁迅断定孔夫子有胃病,根据就在《论语》里一句话,叫“食不厌精,脍不厌细”,就是因为有了胃病,才会想到要吃精细一点,健康的时候,大口大口地吃,哪里会有“食不厌精”一说?这当然是开玩笑,但有它的深刻之处。这确实提供了一种看文章与报纸的方法。

鲁迅自己则依据这样的“正面文章反面看”的思维方法,对他所生活的纵横捭阖的现实政治和变化莫测的险恶人心,作出了许多极为犀利的判断。例如——

> 自称盗贼的无须防,得其反倒是好人;自称正人君子的必须防,得其反则是盗贼(《小杂感》)。
>
> 一,自称“铁血”“侠魂”“古狂”“怪侠”“亚雄”之类的不看。
>
> 二,自称“鲽栖”“鸳精”“芳侬”“花怜”“秋瘦”“春愁”之类的又不看。
>
> 三,自命为“一分子”,自谦为“小百姓”,自鄙为“一笑”之类的又不看。
>
> 四,自号为“愤世生”“厌世主人”“救世居士”之类的又不看。(《名字》)

鲁迅的这些话,就像是对当下中国社会的一个警示:这些自作正人君子状、自作狂态怪状、自作多情、自作谦虚状、自作救世姿态的人,现在是越来越多了,打开书籍、报刊、网站,几乎比比皆是。这是我们非用“会看夜的眼睛”认真辨别不可的。

四、几乎无事的悲剧与喜剧

这也是鲁迅的一大发现:“人们灭亡于英雄的特别的悲剧者少,消磨于极平常的,或者简直近于没有事情的悲剧者却多。”鲁迅还说:“中国现在的事,即使如实描写,在别国的人们,或将来的好中国的人们看来,也都会觉得grotesk(按,德语,古怪、荒诞之意)。”从人们见怪不怪的日常生活现象的背后,去发现和揭示“几乎无事的悲剧和喜剧”,这也需要有“会看夜的眼睛”。

比如说吧，走到大街上，随处可以看见人们在挤着、推着、撞着、爬着、踢着、冲着——报纸上也经常报道由此引发的各种社会新闻。但人们似乎也都视而不见，听而不闻。但是鲁迅却要引导我们仔细地看，而且要深深地想。这一看，一想，就穿透到更深层面，发现了内在的荒诞和残酷。这些街头小景里的社会现象，就成了某种社会痼疾的象征。于是就产生了《推》《“推”的余谈》《踢》《爬和撞》《冲》，以及《现代史》《“抄靶子”》《“揩油”》这两组鲁迅杂文。在我看来，这都是最典型的“鲁迅杂文”，很值得细细琢磨。在下一个问题的分析里，我们将对其中的两篇《推》和《现代史》作文本细读。

谁也不注意的，几乎无事的街头小景，在鲁迅“会看夜的眼睛”烛照下，都显露出内含的大问题、大悲剧和大喜剧。鲁迅也因此改变了我们的“看”。我们每天走在大街上，看到各种街头小景，过去都熟视无睹，不加留意。现在，是不是可以用鲁迅教给我们的“会看夜的眼睛”，重新去看一看，想一想？相信会有新的发现，新的思考，看出、写出许多“几乎无事的悲剧和喜剧”。

鲁迅还告诉我们，如何从报纸的文章里，读出其中的“滑稽味”。这里有一篇《“滑稽”例解》。鲁迅说：“在中国要寻求滑稽，不可看所谓滑稽文，倒要看所谓正经事，但必须想一想。这些名文是俯拾即是的，譬如报章上正正经经的题目，什么‘中日交涉渐入佳境’呀，‘中国到那里去’呀，就都是的，咀嚼起来，真如橄榄一样，很有些回味。”这里的关键自然是去不去想，我们因为懒于观察与思考，失去了许多读报（或看网上文章）的乐趣。很多文章的滑稽之处，不是一眼就看得出来，你细细体会，就会会心一笑。看起来最不好笑的地方，其实最可笑。就拿鲁迅举的这个小小的例子来说吧。当时报纸上有一条花边新闻，提到某个文人没什么才华，但是他当了有钱人的女婿，就在文坛上暴得大名。于是，就有人写文章嘲笑这个富女婿，说他“登龙有术”。又有人写文章为富女婿辩护，开口就说：“狐狸吃不到葡萄，说葡萄是酸的，自己娶不到富妻子，于是对于一切有富岳父的人产生妒嫉，妒嫉的结果是攻击。”我们可以感到这样的反攻有些滑稽，但似乎说不清楚；我们看看鲁迅怎么说：“这也不能想一下，一想的结果，便分明是这位作者在表明，他知道‘富妻子’的味道是甜的了。”——我们读到这里，再想一想，是不能不失声一笑的。

读了鲁迅的《“滑稽”例解》，我们是不是也可以尝试着在读报刊和网上文章时，多想一想，也许可以从中品尝出许多“滑稽味”，特别是“平淡中的滑稽”，岂不快哉！

三、鲁迅杂文表达的特点

鲁迅杂文给人印象深刻的，是其想象力和联想力。鲁迅曾说到他的写作过程：“动起笔来，总是离题有千里之远。即如现在，何尝不想写得切题一些呢？然而还是胡思乱想……总像断线风筝似的，收不回来。忽然想到……忽而想到……。”这种连绵不断的联想，实际上是对处于不同时间和空间下的极不相同的事物之间，内在广泛联系的一种发现。伏尔泰曾把想象分为“消极想象”与“积极想象”；消极想象只是“简单地保存对事物的印象”，而积极想象却是“把彼此不相干的事物联系起来”，这是一种形象改造的能力。鲁迅的杂文即这样的积极想象的典范。

我们来读鲁迅的《现代史》。这也是一篇非常奇特的杂文。

文章开头却很平实:“从我有记忆的时候起,直到现在,凡我所曾经到过的地方,在空地上,常常看见有‘变把戏’的,也叫作‘变戏法’的。”我小时候也看过,不知道大家有没有看过?接着鲁迅依然是平实地叙述——

这变戏法的,大概只有两种——

一种,是教一个猴子戴起假面,穿上衣服,耍一通刀枪;骑了羊跑几圈。还有一匹用稀粥养活,已经瘦得皮包骨头的狗熊玩一些把戏。末后是向大家要钱。

一种,是将一块石头放在空盒子里,用手巾左盖右盖,变出一只白鸽来;还有将纸塞在嘴巴里,点上火,从嘴角鼻孔里冒出烟焰。其次是向大家要钱。要了钱之后,一个人嫌少,装腔作势的不肯变了,一个人来劝他,对大家说再五个。果然有人抛钱了,于是再四个,三个……

抛足之后,戏法就又开了场。这回是将一个孩子装进小口的坛子里面去,只见一条小辫子,要他再出来,又要钱。收足之后,不知怎么一来,大人用尖刀将孩子刺死了,盖上被单,直挺挺躺着,要他活过来,又要钱。

“在家靠父母,出家靠朋友……Huazaa! Huazaa!”变戏法的装出撒钱的手势,严肃而悲哀的说。

别的孩子,如果走近去想仔细的看,他是要骂的;再不听,他就会打。

果然有许多人 Huazaa 了。待到数目和预料的差不多,他们就捡起钱来,收拾家伙,死孩子也自己爬起来,一同走掉了。

看客们也就呆头呆脑的走散。

这空地上,暂时是沉寂了。过了些时,就又来这一套。俗语说:“戏法人人会变,各有巧妙不同。”其实是许多年间,总是这一套,也总有人看,总有人 Huazaa,不过其间必须经过沉寂的几日。

小说家的街头速写,非常具体、生动、形象。但是,敏感的读者就会不满足:鲁迅就仅仅写这样的街头小景吗?这样的街头小景的描述,一般作家都能做得到。鲁迅的特别之处在哪里呢?

文章结尾才露了底,也只有短短的一句——

“到这里我才记得写错了题目,这真是成了‘不死不活’的东西。”

点睛之笔就这句话。我们这才赶紧回过头来看题目:“现代史”!这才恍然大悟:鲁迅写的哪里是街头小景,这是一篇现代寓言!再重读前面的种种描写,就读出了其中的种种隐喻,并联想起现代史上的种种事情来。

整个中国现代史不就是这样的“变戏法”?“戏法人人会变,各有巧妙不同”。从当年的北洋军阀,到后来的国民党、蒋介石,以及以后发生的种种,大家轮番变戏法,手法不同,目的却是一个:“向大家要钱”,用种种名目向老百姓要钱,维护各自利益,还要招呼周围的人不要戳穿戏法。“在家靠父母，出门靠朋友”，无数冠冕堂皇的历史叙述其实都是“朋友”写出来的，目的也只有一个：不要“戳穿西洋镜”，让戏法继续变下去。

鲁迅可以说是把变戏法的现代史看透了，也把那些一意遮蔽真相的所谓的历史学家看透了，他们都是权势者（玩把戏的主人）的“朋友”。鲁迅给自己的杂文规定的任务就是要反其道而行之：偏要戳穿西洋镜，让我们看见真实。读者也不禁要出一身冷汗，因为我们也有意无意地充当了这场“世纪变戏法”的看客！

这是典型的鲁迅联想，我把它叫作“荒谬联想”。骗人的变戏法和庄严的现代史，一边是正人君子瞧不起的游戏场所，一边是神圣的历史殿堂，两者风马牛不相及，却被鲁迅妙笔牵连，成了一篇奇文。你初读觉得荒唐，仔细想想，又不得不承认其观察的深刻。这就显示了鲁迅的想象力和联想力的个性：他最善于在外观形式上离异最远，按一般逻辑、常理不可能有任何关联的事物之间，发现内在的相通；在最高贵、庄严、伟大、神圣和最低下、荒诞、卑贱之间，找到内在的关联；在“形”最不似处，发现“神似”，在“形”的离心力与“神”的向心力之间，形成具有强烈反差的张力场，作家的想象力自由驰骋于其间，这就产生了一种奇异之美。

《现代史》把这样的荒诞联想运用得如此自如，不动声色。写法也很特别，主要篇幅都在写变戏法，最后突然反转，又戛然而止。读者心里也会有微妙的变化：开始觉得好玩，不知道写这个干吗，等到恍然大悟，就会有一种惊喜和回味无穷的感觉。现代史竟然是一场世纪把戏，这是喜剧，更是悲剧。

这样的荒诞联想，在鲁迅的杂文里，俯拾皆是。随便举几个例子。有一篇《小品文的危机》，谈到30年代把现实的危机化为“哈哈一笑”的小品文“盛行”一时，“茶话酒谈，遍满小报的摊子上”，鲁迅立即联想起“烟花女子，已经不能在弄堂里拉扯她的生意，只好涂脂抹粉，在夜里躄到马路上来了”，这样的联想显然十分不恭敬，鲁迅也就由此看出“小品文就这样的走到了危机”。还有一篇《商贾的批评》，提到一位“批评家”以冠冕堂皇的高论，砍杀杂文，却不小心暴露了自己的浅薄，无能；鲁迅也马上联想起孔雀“翘起尾巴，光辉灿烂，但后面的屁股眼也露出来了”。你看，在鲁迅联想的两端，一端是高贵者及其神圣殿堂：小品文作家、批评家，等等；另一端是世界上“最不干净的地方”：烟花女子、孔雀翘起的屁眼，经鲁迅妙笔牵连，后者越为前者所不齿，越要追摄其魂，直追至天涯海角，怎么也摆不脱。

这种联想，不但作者自身是极其严肃的，而且如实揭示了事物的本质真实，但是，“说出来么，那就是‘刻毒’”。

另外一篇写街头小景的《推》。文章也是以平实的记叙开始——

> 两三个月前，报上好像登过一条新闻，说有一个卖报的孩子，踏上电车的踏脚去取报钱，误踹住了一个下来的客人的衣角，那人大怒，用力一推，孩子跌入车下，电车又刚刚走动，一时停不住，把孩子碾死了。

这条新闻发生在两三个月前，这类事情在城市里时有发生，人们司空见惯，谁也不去细想;但鲁迅注意了,并且念念不忘,想了两三个月,而且想得很深,很广。被推倒碾死的是一个孩子,而且是穷苦的卖报的孩子。这是鲁迅最不能忍受的。因此,他要追问,推倒孩子的是什么人?衣角被踹住,可见穿的是长衫,“总该是属于上等(人)的”。这就是说,一位上等人,踹倒了一个底层社会的孩子,并导致了他的死亡。这样,鲁迅就抓住了一个“典型”,这是非要想清楚,说清楚的。

鲁迅由此而联想起,在上海马路上走,时常会遇见两种“横冲直撞”的人:“一种是不用两手,却只将直直的长腿,如入无人之境似的踏过来”,“这是洋大人”;“一种就是弯上他两条臂膊,手掌向外,像蝎子的两个钳一样,一路推过去,不管被推的人是跌在泥塘或火坑里。这就是我们的同胞,然而‘上等’的。”——这一段联想,极具形象性,无论是“踏”和“推”的动作的描摹,还是骄横神态的刻画,都非常传神,充分显示了鲁迅作为一个文学家的形象记忆与描写能力。请注意:鲁迅这里描写得尽管很具体,但又有了某种程度的概括,由个别人变成了某一类人(洋人或者上等华人)。于是,这些具体可触的描述,就具有了某种象征意味。

由上等华人又产生了“推”的联想,或者说是幻觉:“上车,进门,买票,寄信,他推;出门,下车,避祸,逃难,他又推。”——这似乎是一连串的蒙太奇动作,极富画面感。“推得女人孩子都踉踉跄跄,跌倒了,他就从活人上踏过,踏死了,他就从死尸上踏过,走出外面,用舌头舔舔自己的厚嘴唇,什么也不觉得。”——这已经是典型的鲁迅式的“吃人”幻觉;但又用了小说家的细节描写:“用舌头舔舔自己的厚嘴唇”,极具体传神,又有普遍的象征意味。然后又联想起更加可怕的场面:“旧历端午,在一家戏场里,因为一句失火的谣言,就又是推,把十多个力量未足的少年踏死了。死尸摆在空地上,据说去看的又有万余人,人山人海,又是推。”——这又是鲁迅式的“看客”恐惧,“又是……又是”,语气十分沉重。“推了的结果,是嘻开嘴巴,说道:‘阿唷,好白相来希呀!’”这是一句上海话,就是好玩的意思。这是鲁迅“看戏”主题的再现:轻佻的语气与前文的沉重感形成强烈对比。

行文至此,就自然产生一个飞跃——

> 住在上海,想不遇到推与踏,是不能的,而且这推与踏也还要廓大开去。要推倒一切下等华人中的幼弱者,要踏倒一切下等华人。这时就只剩了高等华人颂祝着——“阿唷,真好白相来希呀。”为保全文化起见,是虽然牺牲任何物质,也不应该顾惜的——这些物质有什么重要性呢!”

这是一个意义的提升:鲁迅以他特有的思想穿透力,赋予“推”的现象以更大的隐喻性,揭示了20世纪30年代半殖民地的上海社会结构的不平等:下等华人,尤其是下等华人中的幼弱者,被任意推倒践踏;而洋人和高等华人却肆意妄为,还有一些高等华人中的文人却又以“保全文化”的名义,对他们大加“颂祝”。

这样,鲁迅就通过一条谁也不注意的社会新闻、街头小景,深刻地揭示了上海半殖民地社会最本质的一个方面。这就是由小而见大,这也是鲁迅杂文的一个重要特点。

我们注意到鲁迅在这篇短短的杂文里,运用了三种笔法。一种是小说家写实的笔法,有生动的形象,细节描写,而且极富画面感。另一种是杂文家的联想以至幻觉,予小说家的写实场景,以某种象征意义和隐喻,从具体的“这一个”到更普遍的“这一类”,但又不失其具体性。最后通过思想家的鲁迅的思想的穿透力,揭示新闻背后的社会问题。而这样的思想分析和概括,又渗透着强烈的主观情感。我们不妨再读一读这段文字:“上车,进门,买票,寄信,他推;出门,下车,避祸,逃难,他又推”,这力透纸背的憎恶之情,是怎么也掩饰不住的。我们在这里看到了小说家与杂文家、思想家的统一,诗与哲学的统一。

关于鲁迅杂文的诗的因素,还要多说几句。鲁迅宣称自己的杂文“不过是将我所遇到的,所想到的,所要说的,一任他怎样浅薄,怎样偏激,有时便都用笔写了下来。……就如悲喜时节的歌哭一般,那时无非借此来释愤舒情”。这就提醒我们,要注意鲁迅杂文的抒情性。鲁迅看起来很冷静,写的是客观事物,人们也因此容易忽略鲁迅写作的主观性。其实,鲁迅的杂文确实是由某一外在客观的人事引发的,但他真正关注和表现的,却是自己的主观反应。一切客观的人事都要经过鲁迅主观心灵(思想、情感、心理等等)的过滤、折射,才成为他的杂文的题材。因此,出现在鲁迅杂文里的人和事,已不再具有纯粹的客观性,而是在过滤、折射过程中发生了变异的主观化了的,是主客体的一种新的融合。我们读者读鲁迅杂文,不仅被他的思想深刻所震撼,更触摸到了一个活生生的鲁迅,他的所见所思所感,他的心灵的歌哭。这才是鲁迅杂文真正内核,鲁迅杂文根底上是诗的。鲁迅确实说过,中国大众的灵魂都在他的杂文里;我们还要说,鲁迅杂文里更有他自己的灵魂。如果看不到和大众灵魂叠加在一起的鲁迅魂,至少是没有完全读懂鲁迅的杂文。

不只是小说的因素、诗的因素,融入鲁迅杂文;而且戏剧的因素、散文的因素,以及绘画、音乐的因素,都融入了鲁迅的杂文。像鲁迅杂文中《论辩的魂灵》《牺牲谟》就是一个人的独白,是一幕独角戏。《推》里那段“……他推,……他又推”,就有极强的画面感,是一个个蒙太奇镜头,显然有电影、绘画的因素。《夜颂》其实很接近《野草》,是可以视为散文诗的。鲁迅是有意识地把各种文体融入他的杂文,形成了一种特殊的文体特质。

鲁迅曾说过,如果我们查美国《文学概论》,或中国什么大学的讲义,都不能发现一种叫杂文的东西。中国杂文作者在写作时,也从来没有想到“文学概论”的规定,他们也并不希望获得什么文学史上的位置,而是“他以为非这样写不可,他就这样写”。这就是说,杂文是一种未经规范化的文体,我称它为“无体之文”。“无体”固然会给它的学习、写作造成困难,它不像小说、散文有套路。从另一面看,这“没有套路”,反而提供了一个特别大的自由创造的空间。“他以为非这样写不可,他就这样写”,一切出于内心自由欲念的驱动,只要能最自由地表达自己,该怎么写就怎么写,我们该怎么读就怎么读。这是一种无体的自由体式,使鲁迅天马行空的思想艺术得到淋漓尽致的发挥。

我们看到,鲁迅是那样自由地飞翔于杂文的广阔天地,进行既是现实的又是超越性的思考,无忌地出入于政治、文学、历史、哲学、地理、新闻、民俗、社会学、文化学、人类学,以致自然科学等等各门学科,无拘地表现自己的大愤怒、大憎恶、大轻蔑与大欢喜,将各种艺术形式:诗的,小说的,戏剧的,散文的,绘画、音乐的,融为一体。鲁迅正是利用杂文形式,发挥他不拘一格的想象力与创造力,进行文体实验,他几乎每一篇杂文都在艺术形式上有新的突破。在这个意义上,鲁迅杂文确实具有先锋性。这是鲁迅终于找到的一种最适合他的文体。回到开头所讨论的问题:鲁迅由写小说、散文、散文诗到写杂文,是不是才华衰竭的表现？现在看来,鲁迅恰恰是将他写小说、散文、散文诗的才能,以及音乐、美术等艺术家的天赋,都融入他的杂文创造里,可以毫不夸张地说,杂文是鲁迅思想与创作的集大成。

最后,不可不说及,但因为时间限制,更因为研究得不够,又未能展开说的是鲁迅语言的创造与贡献。这里只说一点:鲁迅杂文的语言,一方面将汉语的表意、抒情功能发挥到了极致;另一方面如同鲁迅思想是反规范的一样,鲁迅杂文的语言也有反规范的一面。他仿佛故意破坏语法规则,违反常规用法,制造出一种不和谐的"拗体",以打破语言对思想的束缚,同时取得荒诞、奇峻的美学效果。

他有时故意地将含义相反,或不相容的词组织在一起,于不合逻辑中显深刻,如"有理的压迫","豪语的折扣","跪着的造反","在嫩苗上驰骋",等等。有时又随意乱用词语。如女士们"勒令"脚尖小起来,用"一枝细黑柱子"将脚跟支起,叫它"离开地球"——这是"大词小用"。"君子远离庖厨而大嚼",于是,他"心安理得,天趣盎然,剔剔牙齿,摸摸肚子,'万物皆备于我矣'"——这是"庄词谐用"。"雄兵解甲而密斯托枪,是富于戏剧性的。"——这是"中、外对用"。还有,"原来'中国第一流作家'不过要给人破颜一笑。那么,我也来'破颜一笑'吧——哈!""连我自己将来的'大团圆'(按,即死),我就料不到究竟是怎样(即所谓如何盖棺论定),终于是'学者'或'教授'乎？还是'学匪'或'学棍'呢？'官僚'乎,还是'刀笔吏'呢？'思想界之权威'乎,抑'思想界先驱者'乎,抑又'世故的老人'乎？……乎？乎？乎？乎？"——这真是"嬉笑怒骂皆成文章",是对现行秩序(社会文化秩序、思想逻辑秩序以及语言秩序)的大不敬与随意戏弄。这样的叛逆性与异质性,正是鲁迅杂文的特质。鲁迅说他的杂文是"伪自由书",是明知戴着镣铐,仍渴望自由地思想与自由地表达自己的挣扎。一个中国独立知识分子在不自由环境下的自由写作——这就是鲁迅的杂文。

(本文系作者 2014 年 8 月 13 日在立人大学的演讲;2014 年 10 月 15—17 日根据沈嘉丽整理的录音稿修订而成)

(原载《南方文坛》2015 年第 4 期)

获奖词：

作者别具匠心地剖析了三位著名作家“晚年写作”的魅力、风格和生命活力，以独特的视角揭示出文学的个人性，即如何保持精进之态，以人书俱老之境，抵达真正意义上的“永锡难老”。文意简洁，切入细腻，论道问题，妥帖深入，显示了青年学者不凡的修为和才子气象。

知识结构变更或衰年变法

——从这个角度看周作人、孙犁、汪曾祺的“晚期风格”

黄德海

一个坚持写作的人，因身体进入晚年，由健康而至衰退；或因各种遭遇，思想上发生剧烈的震荡，以至长期维持的文字和写作风格，会发生较大的变化。在变化之后的作品里，人们有时会“遇到固有的年纪与智慧观念，这些作品反映一种特殊的成熟、一种新的和解与静穆精神，其表现方式每每使凡常的现实出现某种奇迹似的变容(transfiguration)”①，正是中国传统赞誉的“人书俱老”。另有一种变化之后的作品，却“并不圆谐，而是充满沟纹，甚至满目疮痍，它们缺乏甘芳，令那些只知选样尝味之辈涩口、扎嘴而走”②，过去中国文人称之为“苦词未圆熟”。

作家们的晚年之作，爱德华·萨义德称之为“晚期风格”(late style)。在中国现当代文学史上，很少见到作家晚年的成熟和解之作，更多的是如深秋果实经虫噬咬之后的涩口、扎嘴。涩口、扎嘴之作能被称为“晚期风格”，而不是心智灭裂后维持的死而不僵，照萨义德的说法，作品就不但要证明其作者在思想或文字上与其此前有异，还要“生出一种新的语法”③。这种晚年生成的新语法，会“撕碎这位艺术家的生涯和技艺，重新追寻意义、成功、进步等问题：这是艺术家晚期照例应该已经超越的问题”④。中国传统通常称这晚年的改变为“衰年变法”，而细按其故，变法本身往往伴随着一个作家的知识结构变更。下面即将讨论的三位作家，都在衰年变法时伴随着知识结构变更——或者两者根本上是一回事。

一

在谈周作人之前,似乎有个可能的误解需要澄清,即“晚期风格”,非即指“此风格出现于漫长人生或艺术生涯晚期、迟暮、末年之谓”,只要作品与其之前的作品“构成一种本质有异的风格”,就可以命名为“晚期风格”,因为生涯中期就会有“晚期风格的影子或种子”⑤。甚者如周作人,其生涯中后期的变化,与其生涯晚期一以贯之,因而其生涯中后期的作品,不妨就径称为他的“晚期风格”。

1932 年 2 月 25 日,周作人在辅仁大学演讲。这次连续八次的系列演讲,为后来的历史学家邓广铭(恭三)记录,周作人亲自校订后,命名《中国新文学的源流》,交北京人文书店出版。这本小书为周作人的前期文章做了个自我总结,“把文学史分为‘载道’和‘言志’两派的互为起伏,所谓‘文以载道’和‘诗以言志’”,他主“言志”而绌“载道”⑥。在文章事业的前期,周作人着意经营“自己的园地”,希望自适其志而排斥道德说教,如他自己所说,“我很反对为道德的文学,但自己总做不出一篇为文章的文章,结果只编集了几卷说教集,这是何等滑稽的矛盾”⑦。此后一段时间,周作人也常在书的前言后记中表达对自己“载道”之文的不满,“照例说许多道德家的话,这在民国十四年《雨天的书》序里已经说明,不算新了”⑧;“(《苦口甘口》)重阅一过之后,照例是不满意,如数年前所说过的话,又是写了些无用也无味的正经话。难道我的儒家气真是这样的深重而难以湔除么”⑨。

1945 年,周作人六十岁,在所写《立春以前》的《后记》中,周作人一改过往加于道德文章的反感,对“载道”文章的肯定,变得相当坚决:“民国卅一年冬我写一篇《中国的思想问题》,离开文学的范围,关心国家治乱之源,生民根本之计……个人捐弃其心力以至身命,为众生谋利益至少也为之有所计议,乃是中国传统的道德,凡智识阶级均应以此为准则,如经传所广说……以前杂文中道德的色彩,我至今完全的是认,觉得这样是好的,以后还当尽年寿向这方面努力。”⑩而在《过去的工作》中,他甚至因这一改变,更改了对过去的认知:“民国八年《每周评论》发刊后,我写了两篇小文,一曰《思想革命》,一曰《祖先崇拜》,当时并无什么计划,后来想起来却可以算作一种表示,即是由文学而转向道德思想问题。”⑪

周作人的此一转向,不妨看成他“晚期风格”的成形。此一转向固然与他事敌引起文化界的强烈反应相关,却也与他的内在思想息息相应。如王汎森所言,此一时期“周作人则专心致志于提倡一种新道德哲学”,虽然“大量写这类文字是在敌伪下做事时。这些文字可能一方面呼吁时人体恤沦陷区人民的现实感受,不要以道德高调的‘理’来评判他们;一方面又为自己的行为辩解,希望人们考虑现实景况而予以谅解。心情及用意很复杂。不过,这些言论亦与其前后思想相当一致”⑫。周作人的道德意识以及他“前后相当一致”的思想,就是他自己梳理出来的所谓“非正统的儒家”。

“非正统的儒家”想法之形成,可从周作人推崇“中国思想界之三盏灯火”开始:“鄙人……于汉以后最佩服疾虚妄之王充,其次则明李贽,清俞正燮,于二千年中得三人焉。”⑬“我尝称他们为中国思想界之三盏灯火,虽然很是辽远微弱,在后人却是贵重的引路的标识。”[14]随着认识的深入,这一思路延伸到更远的时代,周作人慢慢确立了“非正统的儒家”的说法,思维更显缜密:“禹稷颜回并列,却很可见儒家的本色。我想他们最高的理想该是禹稷,但是儒家到底是懦弱的,这理想不知何时让给了墨者,另外排上了一个颜子,成为闭户亦可的态度,以平世乱世同室乡邻为解释,其实颜回虽居陋巷,也要问为邦等事,并不是怎么消极的。”[15]“单说儒家,难免淆混不清,所以这里须得再申明之云,此乃是以孔孟为代表,禹稷为模范的那儒家思想。”[16]至此,周作人所谓的“非正统的儒家”一系,基本梳理清楚——由上古的大禹和稷肇端,中经孔子、颜回和孟子发扬,由墨子承其余绪,落实到汉之王充,延之明之李贽,清之俞正燮。在周作人看来,这是一个对中国思想有益,却两三千年隐而不彰的传统。

这个传统,核心是“适当的做人”[17],避免过与不及。其阐发,即周作人反复致意的“两个梦想”:“在不久以前曾写小文,说起现代中国心理建设很是切要,这有两个要点,一是伦理之自然化,一是道义之事功化。”[18]“伦理之自然化”,就是承认道德伦理使人从生物中脱离出来,但同时强调,这种道德伦理的崇高,不可走得太远,否则容易成为不自然的伦理观。“道义之事功化”,即反对空头道德,提倡力行,所谓“道义必须见诸事功,才有价值,所谓为治不在多言,在实行如何耳”[19]。

循此以观周作人中后期至晚年的作品,包括翻译在内,草蛇灰线,固有踪迹可寻。简而言之,即凡事强调“重情理、有常识”的一面,而不取高远凌空一端。此一原则,周作人奉行至卒。在遗嘱定稿中,周作人特别强调了对所译《路基阿诺斯对话集》的重视,“余一生文字无足称道,唯暮年所译希腊对话是五十年来的心愿,识者当自知之”[20]。持此对照周作人在《欧洲文学史》中对路基阿诺斯评价,其重视之原因,可得而明:“Lukianos 本异国人,故抨击希腊宗教甚烈,或谓有基督教影响,亦未必然。Lukianos 著 Philopseudes(《爱说诳的人》)文中云,唯真与理,可以已空虚迷惘之怖。则固亦当时明哲,非偏执一宗者可知也。”[21]在周作人看来,路基阿诺斯“疾虚妄,爱真实”的一面,及其对世间的明哲态度,正与其对“非正统的儒家”之提倡相近。

至此,或可讨论周作人的知识结构变更。他“晚期风格”之前的大部分作品,在思想倾向上,多致力文学方面,正是传统“经史子集”四部分类中的“集”部。用周作人自己的话来说,这些作品“是无用的东西。因为我们所说的文学,只是以达出作者的思想感情为满足的,此外再无目的之可言。里面没有多大鼓动的力量,也没有教训,只能令人聊以快意。不过,即这使人聊以快意一点,也可以算作一种用处的:它能使作者胸怀中的不平因写出而得以平息;读者虽得不到什么教训,却也不是没有益处”[22]。事敌之后,他的“文学小店”早已关门,自己也“由文学而转向道德思想问题”,梳理出他自己称谓的“非正统的儒家”,且文章如“经传所广说”,欲有益于世道人心。此类文字,按之传统分类,可以划归“子”部——“诸子者,先王经世之意也”[23]。至此,周作人的知识结构,已由集部而转入子部,其所著述,也由文学作品而转为拟“子”,气象已然变换,非所谓文学家所能框囿。

让人稍觉可惜的是,因种种原因,晚年周作人未能在此基础上继续更新其知识结构,最终只能株守上一个时期的思想成果。更因其竭力反对的虚妄,在他活着的时候就露出了狰狞的面目,而他也未得子部《老子》“执今之道以御今之有”之旨,不能顺天应人,以当世之道对待当世之问题,以致只好不断感叹着“寿则多辱”,郁郁赍恨而终。

二

相对于周作人,孙犁晚期文章风格变化之剧,让人咋舌。除去孙犁自己所说“十年荒于疾病,十年废于遭逢”[24]的“荒废期”(1957—1976),他前后两个阶段的差别,即由此前“荷花淀”“芦苇荡”《风云初记》的清新明媚一转而为“耕堂劫余十种”的枯槁疏简,更兼后期作品蕴含的沧桑之感,几让人有两世文章之叹。孙犁的这种晚年之变,大概更合萨义德意义上的晚期风格:“这经验涉及一种不和谐的、非静穆的(nonserene)紧张,最重要的是,涉及一种刻意不具建设性的,逆行的创造。”[25]除了当时每个人都经历的艰难时世,还有什么左右着孙犁的写作风格吗?

孙犁喜欢书,爱护书,是出名的,如他“书箴”所言:“我之于书,爱护备至:污者净之,折者平之,阅前沐手,阅后安置。”[26]此爱好,孙犁贯彻终生。从孙犁的各类回忆来看,对他壮年期的写作起支配作用的书籍资源,主要是文学作品,古典类如《西厢记》《牡丹亭》《封神演义》《红楼梦》《聊斋志异》《浮生六记》等;现代作品则是各类译作,如鲁迅和周作人的翻译、英法小说、泰戈尔作品,还包含当时流行的各类唯物史观艺术论著;新文学作品则如陈独秀、胡适、鲁迅、茅盾、废名、老舍、丁玲等人的著作;新报刊则有《大公报》《申报》《小说月报》《现代》《北斗》《东方杂志》《读书杂志》等。这一阅读序列,与新文学运动之后走上文学道路的人,并无显著的不同。

因为对书的热爱,“文革”结束之后,当大部分作家或陷入怨气冲天的回忆,或彷徨无所事的时候,孙犁却开始了一段让人心动的读书生活。孙犁晚期较早的一批文字,写在他包书的封皮上,以《书衣文录》志之。这些书,除去不多的文学作品,大宗是四部分类中的史部。文学是孙犁的“本行”,但晚年孙犁的读书爱好,发生显著的变化,如他自己所言,“我的读书,从新文艺,转入旧文艺;从新理论转到旧理论;从文学转到历史”[27]。“我现在喜欢读一些字大行稀,赏心悦目的历史古书,不喜欢看文字密密麻麻,情节复杂奇幻的爱情小说。”[28]因爱好的变化,孙犁写下很多读史笔记。其中,前四史孙犁均有涉猎,此外尚写有读《魏书》《北齐书》《宋书》《旧唐书》等的文字。另如关于《哭庙纪略》《丁酉北闱大狱纪略》《清代文字狱档》等的文章,也是关于历史著述的笔记。

孙犁读历史书让人感兴趣的地方,是他能把自己身经复杂时代领受的特殊体验,融入对历史的阅读中。如读《史记·叔孙通列传》,孙犁写道:“汉武帝时,听信董仲舒的话,独尊儒术,罢黜百家,并不是儒家学说的胜利,是因为这些儒生,逐渐适应了政治的需要。就是都知道了‘当世之要务’。”[29]读《旧唐书·魏徵传》,孙犁如此评论魏徵的直谏:“魏徵之进谏,唐太宗之纳谏,是有一定的时机的。太宗初年,励精图治,正需要有一个魏徵这样的人。这就是宋代人所说的:赶上了好时候。但魏徵说话,也是要看势头的。”[30]类似的评论,后来进一步发展为“乱”辞,即文章结尾的“耕堂曰”。如读《后汉书 · 马援传》末尾,“耕堂曰:马援口辩,有纵横家之才,齐家修身,仍为儒家之道。好大喜功……实为佼佼者。然仍不免晚年悲剧……功名之际,如处江河漩涡之中。即远居边缘,无志竞逐者,尚难免被波及,不能自主沉浮。况处于中心,声誉日隆,易招疑忌者乎?虽智者不能免矣。”[31]孙犁读史书的笔记,此类言论甚多,从不游谈无根,而是观古知今,言辞中有对历史和时代的切肤之感。

甚而言之,孙犁读文学作品及与文学写作者有关的文字,也用了读史的方法。如读《刘半农研究》中,“耕堂曰:安史乱后,而大写杨贵妃;明亡,而大写李香君;吴三桂降清,而大写陈圆圆;八国联军入京,而大写赛金花。此中国文人之一种发明乎?抑文学史之一种传统乎?”[32]又如读《东坡先生年谱》,至苏轼被文字之祸,遭妇女恚骂,孙犁感叹曰:“古今文字之祸,如出一辙,而无辜受惊之家庭妇女,所言所行,亦相同也,余曾多次体验之。”诸如此类的言论,足见孙犁观世之深,反身之切,判断问题之直截,已部分达到了“不知言,无以知人也”(《论语 · 尧曰》)的程度。

更有甚者,连孙犁晚年创作的“芸斋小说”,虽多涉人情,却也大多寥寥几笔,运笔更倾向史传,而非文学。即如几乎每篇小说末尾所缀“芸斋主人曰”,较之《聊斋志异》“异史氏曰”的就事论事,孙犁的感慨往往有纵论古今之概,让人大起苍茫之感。如《葛覃》结尾:“人生于必然王国之中,身不由己,乃托之于命运,成为千古难解之题目。圣人豪杰或能掌握他人之命运,有时却不能掌握自己之命运。至于凡俗,更无论矣。随波逐流,兢兢以求其不沉落没灭。古有隐逸一途,盖更不足信矣。樵则依附山林,牧则依附水草,渔则依附江湖,禅则依附寺庙。人不能脱离自然,亦即不能脱离必然。个人之命运,必与国家、民族相关联,以国家之荣为荣,以社会之安为安。创造不息,恪尽职责,求得命运之善始善终。葛覃所行,近斯旨矣。”[33]此类议论,不似小说的曲终奏雅,更像是模拟史传的“赞”辞。

对“芸斋小说”,孙犁有自己的持平之论:“我晚年所作小说,多用真人真事,真见闻,真感情。平铺直叙,从无意编故事,造情节。”[34]而对其晚年文字风格,孙犁《谈简要》中的话,可为夫子自道:“人越到晚年,他的文字越趋简朴,这不只与文字修养有关,也与把握现实、洞察世情有关。”[35]而这篇谈论简要的文章,发轫点是刘知几的《史通》:“夫国史之美者,以叙事为工;而叙事之工者,以简要为主。”[36]或许可以说,晚年孙犁,在文字上也开始追慕史书境界,讲究语言的质实有力,而不再斤斤于优美动人。这大概就是孙犁晚年作品让部分人觉得干枯乏味的原因。

按四部的划分,孙犁晚年读书,用力在史、集两部,尤其倾心史传,而对经部和子部,则较少措意。关于经,孙犁说:“我实在没有能从经书中,得到什么修养。”又说:“我对经书,肯定是无所成就了。”[37]关于子书,孙犁说:“读子书的要点:一是文字;二是道理。”他对子书中的“玄虚深奥之作,常常不得要领”,而对子部中的“《老子》一书,我虽知喜爱,但总是读不好”;“《庄子》一书,因中学老师,曾有讲授,稍能通解”[38],但“老实说,对于这部书,我直到现在也没有真正读懂”[39]。对列于子部的释家书,孙犁则说:“对于佛经,我总是领略不到它的妙处,读不进去。”[40]从上所言,大略可以知道,孙犁为什么读的多为史、集之书了。

在这些晚期文字里,孙犁并没有虚设高标,让自己凌空蹈虚,而是老老实实地写下自己的认识。这是孙犁诚恳面对自己的努力,因而也就保留着身上的累累伤痕,“并没有把它们做成和谐的综合。身为离析的力量,他在时间里将它们撕裂,或许是以便将它们存诸永恒”[41]。在阿多诺的语境里,这种撕裂的碎片是对全体性的否定,加深了晚期风格的深度。而在中国语境里,这种撕裂性表现,或许更是一个人向上之路的试探,达至更高的程度,撕裂的东西或许可以重新变得连续。比如,从孙犁的读书范围来看,史、集真的跟经、子有那么遥远的距离吗?

读史,孙犁的注意力主要放在列传上,其力未达世家,更没有一窥本纪之究竟,且往往因社会动荡和自身经历,对历史只做冷峻想,其中的悲愤之情,也往往稍过。我们不妨设想,如果天假以年,孙犁由史部的列传而至世家,而至本纪,而至书、表,更进而读《春秋》,则可由史至经,见到“天地不仁”生机勃勃的一面,更进一步认识自身在历史及当下的位置,从而在纷纭的史实中找到虎虎生气。而由读集部的“知人”,孙犁也可进而认识文学的整体,体会如《诗经》中不同时代、不同地位、不同人物间种种不同的情感状态,从而丰富自身的认知范围,由丰富而达致单纯,不致枯槁。

其实,孙犁这样延伸的契机已经有了,“读中国历史,有时是令人心情沉重,很不愉快的。倒不如读圣贤的经书,虽都是一些空洞的话,有时却是开人心胸,引导向上的。古人有些经验,所以劝人读史读经,两相结合。”[42]虽然话里仍有对经书的偏见,但倘若不是年老精衰、边读边忘,而是由读而爱,那么,孙犁是不是会有机会找到经、子中并非空洞而是向上的力量,达至丰富的单纯呢?孙犁是否也可以摆脱晚年予人的枯索寡恩之感,再现生命的勃勃生机呢?

三

1984年,孙犁在一篇文章中谈到汪曾祺的《故里三陈》,说自己的作品是纪事,不是小说,而汪曾祺的,却“好像是纪事,其实是小说”[43]。为什么汪曾祺的小说是小说,而孙犁自己的,却是纪事呢?我以为其中的秘密,在汪曾祺小说的抒情性。这一抒情性界定,不包括他产量不高的20世纪40年代和形势特殊的60年代作品,而是指汪曾祺复出之后,80年代末之前的小说。不管是《受戒》《岁寒三友》《大淖记事》,还是《七里茶坊》《徙》《鉴赏家》,即便其中有疼痛,也表现为淡淡的哀愁,总体上仍满含对人世的爱意,如他自己所说:“我的小说有一些优美的东西,可以使人得到安慰,得到温暖。”[44]因此之故,汪曾祺爱称自己为“中国式的抒情的人道主义者”[45]。

“中国式的抒情的人道主义”之关键,是对人的关心,对人的尊重和欣赏;其来源,汪曾祺自己归为儒家讲人情的一路。汪曾祺觉得,《论语》里的孔子是一个活人,可以骂人,可以生气着急,赌咒发誓。他喜欢《论语·子路曾晳冉有公西华侍坐》,“暮春者,春服既成，冠者五六人，童子六七人，浴乎沂，风乎舞雩，咏而归"，认为是很美的生活态度。他也爱读宋儒的诗，"顿觉眼前生意满，须知世上苦人多"，认为是蔼然仁者之言，对苦人充满温爱和同情。而其小说中淡淡的哀愁，汪曾祺也自报过家门："我买了一部词学丛书，课余常用毛笔抄宋词，既练了书法，也略窥了词意。词大都是抒情的，多写离别。这和少年人每易有的无端感伤情绪易于相合。到现在我的小说里还带有一点隐隐约约的哀愁。"[46]或许是因为20世纪80年代早中期的作品多是温熙的旧梦，汪曾祺小说中对人世的温情和隐约的哀愁达至了和谐。这一时期作品中流露出的，是"一种更新的、几乎青春的元气，成为艺术创意和艺术力量达于极致的见证"。如果没有此后的衰年变法，汪曾祺的这一批作品，凝聚了他此前对中西文学、民间文学、戏剧、甚至书画的理解，而能以饱满的笔意出之，可以称得上是他"毕生艺术努力的冠冕"[47]。

20世纪80年代中后期以来，汪曾祺陆续创作了《八月骄阳》《安乐居》《毋忘我》《小芳》《薛大娘》《窥浴》《小孃孃》等。此前小说艺术已臻完满的汪曾祺，忽然风格一变，文字由优美转为平实，即他自己所谓的："我六十岁写的小说抒情味较浓，写得比较美，七十岁后就越写越平实了。"[48]有论者将他的这一变化称为"反抒情"，认为在这些作品里，汪曾祺不再着意铺排风景来烘托人的真善美，不再抓住细节来探测人性的深度和弹性，不再编织陡转、巧合来凸显世界的善意和生命的温暖，而是更多用力于矛盾、空隙、皱褶、破碎之处[49]。对这一变化，汪曾祺自己也很担心："这种变化，不知道读者是怎么看的。"[50]此种心情，或许正是他在诗中所写，"衰年变法谈何易"[51]。

读者呢，几乎照例忽视了他此一时期的作品，关于汪曾祺的谈论，几乎牢牢锁定在他的抒情时期。后一时期的作品如《小芳》，连他女儿看了，都说不喜欢，"一点才华没有！这不像是你写的！"[52]在如此情势下，汪曾祺仍然坚持自己的选择，肯定内在有什么东西改变了。在我看来，他对纪晓岚和毕加索的认识变化，尤其富有意味。

汪曾祺认为，中国古代小说分别为两类，唐人传奇和宋人笔记。在他看来，唐传奇"情节曲折""文辞美丽"，是"有意为文"；而宋人笔记则"无意为文"，故"清淡自然"，"自有情致"[53]。汪曾祺喜欢宋人笔记胜于唐传奇，可有意思的是，对继承笔记传统的《阅微草堂笔记》，汪曾祺却常致不满，并举纪晓岚对《聊斋》的批评为据，以证纪之不懂想象："今燕昵之词，媟狎之态，细微曲折，摹绘如生。使出自言，似无此理；使出作者代言，则何从而闻见之？"[54]因此之故，汪曾祺疑心鲁迅对《阅微》"叙述复雍容淡雅，天趣盎然"的评语是揄扬过当，因他觉得此书"实在没有多大看头"[55]。

然而在《全集》失收的《纪姚安的议论》中，汪曾祺却看法大变，认为鲁迅对《阅微》的"评价是有道理的，深刻的，很叫人佩服"。并认为鲁迅对此书叙事所下"雍容"二字，"极有见地"，非他此前认为的"过于平实，直不笼统"。更有甚者，他此前觉得"叫人头疼"的议论，也改换了看法，否则，他也不会在此文标题中冠以"议论"二字[56]。此一转变，大体可见汪曾祺晚期作品中平实风格的由来。此文或许暗示着他从对《聊斋》才子气的欣赏中走了出来，对作品的阅读心态更为开通，也始重平实雍容之风。这样的转变，是对文学概念的进一步扩大,也影响了汪曾祺对非文学类著述的评价,如他读陈寅恪《柳如是别传》,就称其“是一个长篇的抒情散文,既是真实的,又是诗意的”。如此认识,将汪曾祺此前思想中分茅设蕝的想象与事实,渐渐融为一体。

汪曾祺是最早对西方现代小说有所借鉴的作家之一,所谓“我是较早的,也是有意识的动用意识流方法写作的中国作家之一”[57]。而80年代早期的创作,虽然他经常强调,“我的一些颇带土气的作品偶尔也吸取了一点现代派手法”[58],却很少在其中看到现代主义的影子了,更多表达的是向中国传统小说回归的愿望:“我给自己提出的要求是……回到民族传统。”[59]“我写的是中国事,用的是中国话,就不能不接受中国传统。”[60]上面所述关于讲人情的儒家,也是这种向传统回归的表现。而至1991年,汪曾祺忽然在给朋友的信中,斩钉截铁地说:“变法,我是想过的。怎么变……现在比较清楚了:我得回过头来,在作品里融入更多的现代主义。”[61]在一本书的重印后记中,他宣言:“我今年七十一岁,也许还能再写作十年。这十年里我将更有意识地吸收西方现代文学的影响。”[62]看了几篇拉丁美洲的魔幻小说,他也忽然文思大动,“我于是想改写一些中国古代魔幻小说,注入当代意识,使它成为新的东西”[63]。以上种种表明,现代主义已重入汪曾祺视野。

在重新引入现代主义的过程中,一个有趣的细节,是汪曾祺对毕加索看法的转变。在1986年写的《张大千和毕加索》中,他引毕加索对张大千说:“中国的兰花墨竹,是我永远不能画的”,并由此而引申,“有些外国人说中国没有文学,只能说他无知。”[64]毕加索推崇中国艺术的话,汪曾祺在不同场合引过,显然有一种对中国传统艺术得到现代巨匠认可的得意。而在去世前不久,他却忽得一梦:“毕加索画了很多画。起初画得很美,也好懂。后来画的,却像狗叫。”“晨醒,想:恨不与此人同时,——同地。”[65]破坏优美和好懂,而是鬼哭狼嚎,呕哑嘲哳,像难听的狗叫,这正是现代主义的风气,要毁灭清新完整之美。从汪曾祺晚期的作品来看,其主题的残酷设定,风格的略形简朴,荒诞感的显露,对人心和人生残酷底色的体察,都打破了他此前一个时期小说中的和谐之美。或许就像他自己写的,“现实生活有时是梦,有时是严酷的、粗粝的。对粗粝的生活只能用粗粝的笔触写之”[66]。这样的想法,不得不说与他晚年对现代性的重新认识和吸收有关。

因此之故,汪曾祺晚期作品处处留下撕扯和裂痕,“没有呈现问题已获解决的境界,却衬出一位愤怒、烦忧的艺术家……搅起更多忧虑,将圆融收尾的可能性打坏,无可挽回,留下一群更困惑和不安的观众”[67]。应该注意的或许是,在汪曾祺这里,其撕裂性的晚期风格,不只是指向一种“面对存有(Being)时的有限和无力”[68],更可能是一种因知识结构变更而带来的向上表现,从而部分打破了过往小说几成定谳的固定认识,在小说中容纳下更多的东西(比如议论),思想也走向更广阔的空间。就像汪曾祺对《阅微草堂笔记》的认识变化之后,进而有认识乾嘉之际的雄心,认为此时期“是中国的知识分子思想解放的黄金时期……他们从‘存天理,灭人欲’的理学囹圄中挣脱出来,对人,对人性给予了足有的地位……我们应该研究戴东原,研究俞理初,对纪姚安这样的学术地位并不显著的普通的但有见识的知识分子也应该了解了解。这样,对探索五四以来的思想渊源,是有益的。对体察今天的知识分子的心态，也不是没有现实意义”[69]。一个人年龄会增大，精力会不济，笔力会减退，而这种虽至衰年，仍然保持精进之态，依旧努力更新自己知识结构之举，才是让人振拔的力量，也才会有真正意义上的“永锡难老”——这或许是汪曾祺，也是周作人和孙犁，带给人们的最有益的启发。

【注释】

①③④⑤㉕㊼67[美]艾德华·萨依德(Edward W.Said)：《论晚期风格——反常合道的音乐与文化》，彭淮栋译，84、84、85、48—19、85、84—85、85 页，麦田出版社 2010 年版。

②阿多诺(Theodor W. Adorno)：《贝多芬：阿多诺的音乐哲学》，彭淮栋译，225 页，联经出版公司 2009 年版。

⑥张文江：《营造巴比塔的智者——钱钟书传》，19 页，复旦大学出版社 2001 年版。

⑦周作人：《雨天的书》，3 页，河北教育出版社 2002 年版。

⑧⑮⑯周作人：《药堂杂文》，1、6—7、12—13 页，河北教育出版社 2002 年版。

⑨⑭⑰⑱周作人：《苦口甘口》，1、64、63、13 页，河北教育出版社 2002 年版。

⑩周作人：《立春以前》，190 页，河北教育出版社 2002 年版。

⑪周作人：《过去的工作》，83 页，河北教育出版社 2002 年版。

⑫王汎森：《中国近代思想与学术的系谱》，122 页，河北教育出版社 2001 年版。

⑬周作人：《药味集》，1 页，河北教育出版社 2002 年版。

⑲周作人：《知堂乙酉文编》，70 页，河北教育出版社 2002 年版。

⑳张菊香，张铁荣著：《周作人年谱(1885—1967)》，919 页，天津人民出版社 2004 年版。

㉑周作人：《欧洲文学史》，52-53 页，河北教育出版社 2002 年版。

㉒周作人：《儿童文学小论暨中国新文学的源流》，14-15 页，河北教育出版社 2002 年版。

㉓张尔田：《史微》，69 页，上海书店出版社 2006 年版。

㉔㊴㊷《孙犁全集》第 5 卷，132、293、332 页，人民文学出版社 2004 年版。

㉖《孙犁全集》第 2 卷，369 页，人民文学出版社 2004 年版。

㉗㉙㉚㉛㉜㊲㊳㊵《孙犁全集》第 9 卷，336、210、164、422、404、120-122、128-130、130 页，人民文学出版社 2004 年版。

㉘㉝㉞㉟㊱㊸《孙犁全集》第 7 卷，198、171、238、224、223、238 页，人民文学出版社 2004 年版。

㊶阿多诺：《论乐集》，转引自艾德华·萨依德，《论晚期风格——反常合道的音乐与文化》，彭淮栋译，91 页，麦田出版公司 2010 年版。

㊹㊻55 64《汪曾祺全集》第四卷，300、286、297、84-85 页，北京师范大学出版社 1998 年版。

㊺58 59《汪曾祺全集》第三卷，301、302、289 页，北京师范大学出版社 1998 年版。

㊽㊿57 60 65 66《汪曾祺全集》第六卷，61、61、60、495、488、332 页，北京师范大学出版社 1998 年版。

㊾翟业军：《论汪曾祺小说的晚期风格》，载《中国现代文学研究丛刊》2011 年第 8 期。

51《汪曾祺全集》第八卷，43 页，北京师范大学出版社 1998 年版。

52 53 61 62 63《汪曾祺全集》第五卷，246、249、183、164、250 页，北京师范大学出版社 1998 年版。

㊹语见《阅微草堂笔记》之《姑妄听之》跋,引自《汪曾祺全集》第五卷,249 页,北京师范大学出版社 1998 年版。

㊻以上引文自汪曾祺:《纪姚安的议论》,载《中国文化》1991 年第 2 期。

㊽阿多诺:《论乐集》。转引自艾德华·萨依德,《论晚期风格——反常合道的音乐与文化》,彭淮栋译,89 页,麦田出版公司 2010 年版。

㊾汪曾祺:《纪姚安的议论》,载《中国文化》1991 年第 2 期。

(原载《南方文坛》2015 年第 6 期)

获奖词：

作者熟练地运用新批评和形式主义理论，梳理了当代先锋小说三十年与形式主义的纠葛始末，深刻辨析了中国先锋文学形式上突破创新的文化价值，以及自身面临的创作与理论困境。文章对老问题进行新思考，熔文学史方法与文学批评的明敏发现于一炉，不乏犀利，也更具理论价值。

先锋文学与形式主义的迷障

洪治纲

在中国当代文学史上，1985 年一直被视为一个重要的转折点。在这一年里，文坛上涌现了一系列极为重要的文学思潮或事件，它们包括：以韩少功、李杭育、阿城、王安忆为代表的寻根文学，以莫言、周梅森、乔良等为代表的新历史小说，以马原、洪峰、残雪为代表的先锋文学，以及由刘再复的"论文学主体性"所引发的激烈的文学理论之争。这些思潮或事件，在中国当代文学发展史中，都带着强烈的反叛性、开创性和主体性，也非常明确地体现了作家们的先锋精神。

在这些思潮或事件中，最为突出的是，很多作家和理论家都带着强烈而清醒的主体意识，进行自发的艺术探索。他们的努力目标，均体现了自身对于中国当代文学写作传统特别是现实主义一元化之圭臬的不满和变革诉求。像寻根文学对中国传统文化之根的深层反思，对西方现代文学特别是拉美魔幻主义的青睐，表明了他们既是"寻根派，也是先锋派"（李庆西语）。新历史小说不仅明确挣脱了所谓"正史"观念的束缚，还通过民间化的思维，将历史还原成普通平民的日常生活史，尤其是莫言的《红高粱》系列作品发表之后，个人化的民间想象史成为作家重构记忆的一种重要方式。而刘再复的《论文学主体性》发表之后，因其全面主张作家、人物形象和读者（包括专业读者）都应该充分发挥自身的主体性，彰显个人内心的独立与自由，从而在文学理论界掀起了浩波巨澜，争论数载而不休。

有趣的是，这些重要的文学思潮或事件，在当时或随后的几年里，并没有被学界认定是先锋文学的崛起。人们在讨论先锋时，只是将马原、洪峰和残雪等作家对形式主义的实验，定义为先锋派文学。这一耐人寻味的现象表明，在当时的文学语境中，人们对于先锋文学的认识和判断,主要还是局限于形式上的变化。或者说,先锋文学,就是有关形式主义的探索和实验。当然,到了20世纪90年代之后,越来越多的人开始不太认同这样的判断,而是更强调一种内在的先锋精神,笔者也不例外。事实上,在很长一段时间内,我都在试图重新梳理这一阶段的先锋文学,并在《小说评论》开设了三年的专栏,集中探讨了诸多有关先锋的精神内核问题。

但是,有关先锋文学与形式主义实验的纠葛,至今仍未得到很好的盘点。从最初的马原、洪峰、残雪到后来的余华、格非、苏童、孙甘露,他们都曾在形式主义的探索中,倾注了巨大的叙事热情,也奉献了诸多的艺术智慧,并引发了很多有关先锋文学的肯定性评述。这些肯定无疑是重要的,也是颇有益的,它至少让中国作家真正地意识到了"怎么写"的内在价值。然而,我们也必须意识到,从整个世界文学发展格局来看,将先锋文学的重要特质始终安置在形式实验上,其实已隐含了某些审美认知上的误区,甚至严重阻碍了我们对于先锋文学内在价值与历史作用的判断。

对这一误区进行重新反省,至少可以帮助我们全面而理性地认识两个基本问题:一是形式主义实验的意义与局限,以及它对先锋文学所产生的作用;二是更科学地理解那些当代先锋作家为什么在后来的创作中或多或少出现了变化,这种变化究竟是形式实验激情的衰退,还是原创精神的后撤?尤其是第一个问题,必须将之放到世界文学发展的大格局中,才能获得更科学的认识。

从世界文学发展的主要脉络来看,文学形式成为人们关注的理论焦点,其实只是20世纪上半叶的事情。在此之前,无论是浪漫主义、古典主义还是现实主义,人们在讨论文学时,虽也涉及风格学意义上的审美形式,或文体学意义的审美形态,但主要还是关注其内在的审美意蕴或文化内涵。而到了20世纪70年代之后,整个世界文学所关注的中心,再度转向文化研究领域,包括后殖民主义批评、女性主义批评、新历史主义批评、生态批评、信息文化批评,等等,纯粹的形式主义研究渐趋衰落。也就是说,将纯粹的文学形式作为文学研究的核心目标,并以此来评判文学作品之艺术价值,主要集中在20世纪初期至70年代这段历史时期。其中,最具代表性的理论思潮包括三种:20世纪初期的俄国形式主义批评,20世纪30年代崛起的英美"新批评",以及60年代之后涌现的结构主义批评。它们前后更替,大致来看,也可以视为形式主义发展的三个阶段,历时半个多世纪。

众所周知,在20世纪之前,人们在讨论文学的时候,主要关注的是作品的内容、作者的生活经历、作品所反映的社会历史背景等,从文学自律性的角度来看,并不是非常突出。随着现代语言学的崛起,以及象征主义和未来派诗歌的发展,一些俄国学者开始逐渐意识到,文学研究应该是一门独立的学科,必须拥有独立的价值体系和内在规律。这是一切文学阐释、评价标准以及价值取向的基础。由此,在20世纪初期,俄罗斯便出现了一种全新的文学批评思潮,即俄国形式主义批评。该思潮以什克洛夫斯基于1914年发表的《词语的复活》为标志,也以他在1930年发表的《学术错误志》而宣告结束,只有短短十六年时间。当时,俄国形式主义批评主要有两个小组:一是"莫斯科语言小组",由雅各布森于

1914 年创建,成员包括维诺库尔、布里克、托马舍夫斯基等人;另一小组是“彼得堡小组”(后来称为“诗歌语言研究会”),以什克洛夫斯基为首,成员有艾亨鲍姆、雅库宾斯基、鲍里瓦诺夫、日尔蒙斯基等人。但他们的主要研究目标都是致力创建一种全新的、能把文学研究变成科学的批评理论,并试图对文学研究对象、研究方法乃至具体的概念进行科学意义上的界定,尽可能客观化地讨论文学艺术本身,探求文学内部各因素的组合和转换规律,用威尔弗雷德·L.古尔灵的话说:“形式主义批评的唯一目的是发现和解释文学作品的形式。这种批评方法把文学作品本身看作是独立的,因此文学作品以外的考虑,如作者的生平;作者所处的时代;作品对社会、政治、经济和心理等方面的意义,相对说来是不重要的。”①

在这种理论设计下,他们提出了四个重要的文学概念:文学性、文学的陌生化、诗歌研究与叙事研究的特质、建构自律性的文学史。雅各布森就强调:“文学科学的对象不是文学,而是‘文学性’,也就是说使一部作品成为文学作品的东西。”②若不将“文学性”列为文学研究对象,文学批评不免会成为社会学、心理学、历史学和哲学等其他学科的大杂烩,文学作品也将容易成为其他学科的旁证文献。而文学作品与其他任何用语言表达的文献之差异,就在于它特殊的结构方式和表达方式,这种文学所独具的特性就是文学研究的对象。俄国形式主义批评宣称,文学是一个独立有序的主体。它独立于作者和欣赏者之外,独立于政治、道德等意识形态之外,甚至独立于社会生活之外。所谓的“陌生化”,则是指使文学作品具备文学性的手段,犹如什克洛夫斯基所说:“为了恢复对生活的感觉,为了感觉到事物,为了使石头成为石头,存在着一种名为艺术的东西。艺术的目的是提供作为视觉而不是作为识别的事物的感觉;艺术的手法就是使事物奇特化的手法,是使形式变得模糊、增加感觉的困难和时间的手法,因为艺术中的感觉行为本身就是目的,应该延长。艺术是一种体验事物之创造方式,而创造成功的东西在艺术中已无足轻重。”③在此基础之上,他们还对诗歌语言和叙事文本进行了规律化的研究,并提出了诸多的技术主义设想。

就文学的自律性而言,俄国形式主义的努力目标是显而易见的。它不仅明确地要求彻底改变文学始终处在他律性中的尴尬,倡导建构一种自律性的文学史,而且将语言、陌生化等视为文学形式的基本特质,并试图在此基础上确定“文学性”的某些内涵。因此,艾亨鲍姆说道:“在文艺学领域里,形式主义是革命运动,因为它把这门学科从古老而破旧的传统中解放出来,并迫使它重新检验所有的基本概念和体系。”④尽管这句话说得有点过头,但它的确首次提出了一个文学的基本问题,即形式问题。更重要的是,其中的很多理论,都对当时的象征主义和未来派给予了极大的支持,使诗人和作家们开始自觉地意识到了形式探索的基本方向及其重要价值。

当俄国形式主义逐渐衰落之后,“新批评”开始崛起。它萌发于 20 世纪 20 年代的英国,30 年代在美国逐渐形成,并于 40 年代成为英美文学批评的重要理论。“新批评”认为,文学的本体即作品,文学研究应当以作品为核心,对作品的语言、结构、修辞等进行认真细致的辨析,而不应过多地关注作品之外的因素,包括作者生平、社会思潮、现实背景、历史文化,等等。从“新批评”的先驱人物艾略特和瑞恰兹的见解来看,“新批评”在本质上是对俄国形式主义批评的推波助澜,进一步强化了文学形式的作用和地位。艾略特在其著名论文《传统与个人才能》中明确提出,诗人不能超越传统,“诗歌不是感情的放纵,而是感情的脱离;诗歌不是个性的表现,而是个性的脱离”[⑤],批评不应着眼于诗人,而应着眼于诗歌本身。瑞恰兹则在《文学批评原理》中详细阐述了科学语言与文学语言之间的差别,并指出科学语言追求“实证”,是能够通过实验等方法得到验证的“真陈述”;而文学语言追求“情感”,是一种只能在文学文本内部有效的“拟陈述”,它不能直接对应现实,但它使人产生联想,引起情感反应。为此,瑞恰兹进一步指出,“复义”是文学语言的必然结果,对文学语言的研究就是对其进行语义层面的普遍详尽分析。

从这里可以看出,“新批评”突出强调的是对作品的精细阐释,即详尽精微地分析一部作品中各组成部分之间的复杂关系。“体裁的差别虽然是偶然地意识到,在新批评中是无足轻重的。他们认为,任何一部文学作品——不管它是抒情的、叙事的、还是戏剧的——的基本组成部分是词语、意象和象征,而不是人物、思想和情节。”[⑥]从词语及其内部关系出发,“新批评”提出了六个方面的主要理论主张:一是语义学分析。它强调作品的意义不是天生的,而是要经过细致探究和阐释才能获得。二是作品本体论。一首诗的意义在它的内部,是由其话语层面的语法、词义、句法和修辞等决定的,不取决于诗人的谈话、书信和日记里吐露的意向,因此文学批评应当与作家传记式的研究决裂。三是含混。这是由瑞恰兹的学生燕卜荪在《含混七型》一书中提出的理论。他认为,含混是指一个单词或表现方法导致多义或歧义,并引发了不同的态度或感情。“任何语义上的差别,不论如何细微,只要它使同一句话有可能引起不同的反应”[⑦],就形成语言的含混现象。含混的作用是诗歌的基本要素之一。四是张力。它是由退特提出的批评概念,主要指语义学意义上的外延与内涵之间的有机协调,诗既倚重内涵,也要倚重外延,也就是说既要有丰富的联想意义,又要有概念的明晰性。五是反讽。当言辞的表层结构始终处于言不达意的状态,而真正的语义则在言辞意指方向的反面时,就出现了反讽。反讽作为语言修辞,在“新批评”中被提升为诗歌语言的结构原则。六是文本细读。既然诗是一个复杂的独立自足的有机体,它的内在结构具有张力,诗歌语言充满反讽、悖论和含混,那么,优秀的诗歌都值得细读,因此“新批评”极力推崇文本细读,即一种细致的语义分析。

从这些主张中,我们可以看出,“新批评”的核心理念在于,文学研究本质上就是文本研究,人们应将视野严格控制在微观的文本范围里,通过文本细读,发现作品的语言和结构之特征;其具体研究方式,包括分析语调、语法、语义、格律、音步、意象、隐喻、寓言、神话等因素,以便读者细细品味作品中的张力、反讽、悖论等诗歌要素,并揭示出作品的内在结构和意蕴。当然,新批评的缺陷也是显而易见的,特别是面对长篇小说、戏剧等叙事文本,它那烦琐的技术主义分析,其实很难实现批评的有效性。我们没有必要评判“新批评”的理论主张,由于其理论在欧美所形成的强大影响,我们可以看到,它实质上与现代主义文学形成了极其紧密的互动,并极大地推动了文学创作向形式主义方面挺进。所以,乔纳森·卡勒认为:“第二次世界大战以后,新批评受到挑战,甚至贬斥,但人们却难以全然置之不理。它的对立面不是怯怯缩缩地回避它的影响,而是根本无法回避。……无论我们宣布自己具有什么批评倾向,我们都是新批评派,因为要想摆脱文学作品的自足性、阐述作品统一性,以及‘细读’的必要性概念,实在是一件难上加难的事情。”⑧的确,“新批评”为我们带来了极为重要的文本分析思维和技术手段,也使我们更加清晰地认识到文学作品内部构成的诸多特质,但是,我们也必须承认,在“新批评”的理论支撑之下,现代主义作家在形式层面的探索热情被全面激发,并由此形成了各种实验性的文学流派。

二战结束之后,受结构主义语言学和结构主义人类学的影响,结构主义批评应运而生,并成为 20 世纪 60 年代之后最重要的形式主义批评理论。结构主义认为,整个世界是由各种因素按一定方式结合而成的有机整体,个人的作用、个人的价值只有在关系系统中才能够得到确立。它试图找出那些不仅在单部作品中而且在作品与作品之间的关系中发挥作用的结构原则,建立一些固定的模式来理解文学,以达到一劳永逸地解决文学的本质问题。罗兰·巴尔特就直言不讳地说:“叙述的形式,新生的结构主义将其作为自己的首要课题之一。”⑨在结构主义批评看来,不是作者的语言反映了现实,而是语言的结构产生了“现实”;意义的来源不是作者或读者的经验,而是那个控制个人的语言体系或结构。因此,结构主义文学批评的着眼点,不是具体的某部文学作品,而是存在于众多作品中的某些潜在的结构模式。这也意味着,它对主体论必然持以否定的态度,就像罗兰·巴尔特所言,“作者死了”,文学批评应该与作家研究分道扬镳。

作为一种直面形式的批评,结构主义与“新批评”的区别在于,后者注重对具体文本的解读,而前者强调作品系统内部要素之间的相互关系,认为“从单个的句子到词语的整体安排,每个文学的片断均能与系统的概念联系在一起。特别是,我们可以把个人的作品、文学的流派及文学的整体看成是相关的系统,把文学看成是在人类文化的大系统中的子系统”⑩。在这种理论预设中,结构主义批评对叙事学理论的形成,产生了极为重要的影响。它成功地建构了以探讨故事构成要素和构成形态为主的叙事结构研究方式,也建构了以探讨叙述活动和表现方式为主的叙事话语研究方式。前者以列维-施特劳斯、格雷马斯、托多洛夫等为代表,形成了格雷马斯的“符号学方阵”和“行动元符号方阵”之理论。后者以罗兰·巴尔特、热奈特等为代表,形成了较为系统的符号学和叙述学理论。

作为一种追求本质主义理想的批评,结构主义批评在彰显文学作品的形式方面,已经避开了俄国形式主义和“新批评”的某些琐碎化之流弊,希望从整体性上找到一些规律性的潜在结构模式。但是,从结构主义批评中衍生出来的叙事结构理论和叙事话语理论,仍然将文学的形式置于极为重要的位置,且在具体的批评实践中带着很强的技术主义色彩。虽然我们无法判别它对作家的形式实验产生了怎样的促进作用,但是,在这种理论思潮的引领下,形式问题不断受到高度关注,这是一个不争的事实。

值得注意的是,从 20 世纪 70 年代开始,有关形式主义的批评在世界范围内便日渐式微,取而代之的则是文化批评,包括新历史主义、女性主义、后殖民主义批评、生态批评和信息文化批评,人们对文学作品的关注似乎又回到其文化意义的建构之中。这也意味着,人们对作品形式的极度关注,主要集中在20世纪前半叶,而这一时期也恰恰是现代主义和后现代主义空前发展的时期,是世界文学不断突破各种观念障碍寻求反叛和创新的历史时期。在这里,一个非常有意思的问题出现了:从20世纪70年代至今,为什么世界文学中一直未能再度掀起有关形式主义的理论思潮?这个问题的背后,无疑隐含了两种新的文学认知:一是作品的形式必须是有意味的形式,它不可能完全脱离作者、社会现实和历史记忆等。文学之所以成为文学,就在于它涵盖了人与自然、人与历史、人与社会、人与人(包括自我)这四种关系,只强调文学作为一种语言形式的存在,显然是远远不够的。二是从人们对文学作品的接受史来看,包括对所有经典作品的捍卫,都是基于其精神内涵和审美意蕴,即使它们在形式上具有独一无二的开创性,这种形式也必须能够承载其特别的审美内涵。因此,如果将文学的开创性、反叛性和不可复制性等先锋精神,仅仅确立在形式层面上,无疑会陷入某种形式主义的迷障。

由于中国当代文学长期受控于现实主义一元化的审美思维,且与世界现代文学的发展始终保持某种疏离状态,因此,有关文学形式的开拓一直处于停滞状态。直到20世纪80年代,当大量西方现代文学思潮涌入中国之后,人们才意识到,文学还有如此之多的表现形式和审美形态,由此便引发了1985年的诸多文学变革的思潮。然而,人们在分析和总结这些变革性思潮的过程中,总是将先锋文学确立在那些具有开拓性的形式之上——在很多人看来,形式上没有实验和开拓的作品,未必能够称得上"先锋文学";而形式上颇有探索特点,且不管其内涵上是否有所超越,都可以明确将之定义为"先锋文学"。因此,到了20世纪90年代之后,"先锋的终结"或"先锋的转型"成为人们对中国当代文坛的一种基本描述。

必须承认,这种思维的局限性,严重制约了我们对于先锋文学的科学判断,也严重影响了我们对于新时期以来先锋文学的全面探讨。如前所述,从俄国形式主义到英美"新批评",人们之所以不断突出形式的重要性,主要是为了从自律性的角度,寻找文学作为语言艺术的某些内在规律,从而强化文学批评的有效性。尤其是到了结构主义批评中,其整体性思维中其实已暗含了形式与内容的有机统一,像罗兰·巴尔特对一般文本、快乐文本和极乐文本进行的划分,都展示了苏珊·朗格所强调的"有意味的形式"。尽管我们还无法厘清纯粹的形式主义研究之所以衰落的内在原因,但是有一点或许可以明确,无论怎样的形式创新,最终都是为了更好地表达创作主体的审美情感和思想。也就是说,任何形式的变革,都只能是并且应该是基于审美内涵表达的需求,而不是仅仅为了展示语言能指的空转。而这,也是文学批评又逐渐回到文化层面的缘由之一。

但是,如果我们借此来理性地重审以马原、洪峰等为代表的20世纪80年代中国先锋文学作家,或许可以看到,"形式的空转"其实是不言自明的。在多年的教学体会中,每次讲述马原的"叙述圈套"时,我既希望找到作者对于时间哲学的思考(如博尔赫斯那样),又期待通过重读发现其文本中所隐含的独特的意义建构,然而,在《冈底斯的诱惑》《虚构》《叠纸鹞的三种方法》《拉萨生活的三种时间》等代表作中，我能解读到的信息仍然是叙事形式上的游戏，包括元小说结构、故事迷宫以及对西藏地域事象的感知之类，很难获得更深的审美思考。同样，在洪峰的《极地之侧》等作品中，除了死亡等神秘性生存境况，能让我们津津乐道的，也是故事的迷宫结构。类似的还有格非的《褐色鸟群》《大年》，孙甘露的《访问梦境》《我是少年酒坛子》《信使之函》等。在这些公认的先锋文学代表作中，形式实验始终处于极为突出的地位，创作主体的主要心智也都投放在话语形式的处理上，而对于人的生存境况的思考却并没有多少深刻。但是，由于形式的怪异对读者阅读惯性所造成的破坏，这些作品凭借十分繁杂的结构形态最终将读者逼入“看不懂”的尴尬之境。一时间，先锋文学成为“看不懂”的作品之代名词。当然，真正的先锋因为其思想的超前性和体验的独特性，也可能会引发读者“看不懂”，但是，通过反复研读和有效梳理，人们仍然能够体会到创作主体的内在思考。而在马原等先锋创作的怪圈中，“形式的空转”最终换来的是读者的敬畏，以及敬畏之后的普遍逃离。

我以为，这是 20 世纪 80 年代中国先锋文学步入迷津的一种写照。它过度夸大了形式实验的审美价值，从而忽略了创作主体的内在精神建构，包括作家对人类存在及其精神境遇的深度思考。从唐诗、宋词到元曲，其形式的变革最终是为了更好地传达诗人的内在情思和生命体验，从不同角度恢复诗与歌的关联，并非仅仅是为了意象或节奏的游戏式组合。文学之所以不同于其他的人文科学，也是因为它能通过审美的方式呈现人类生命的丰富性和精神的繁复性，一切创造性的语言和结构，一切开拓性的意象和修辞，最终都是为了更精确地呈现人类生命之微妙，展示生命存在中诸多难以言说的真相。因此，真正的先锋本质上乃是一种精神的先锋，是作家主体思考和审美原创力的超前，是特定形式之中所包含的极为独到的精神发现，包括对人与自然、人与社会、人与历史、人与人之间关系的有效洞察。

从世界文学的发展趋势来看，文学批评回归文化研究层面，当然并非仅仅是因为形式主义批评已陷入僵局，还源于文学终究是为了人类情感与思想的审美表达，尤其是面对现代社会迅猛发展所带来的诸多的精神困境。因此，在最近三十多年中，无论是新历史主义、后殖民主义还是生态批评、信息文化批评，这些文学批评的理论锋芒，始终聚焦在人的存在境遇的思考之上。从 20 世纪 90 年代以来，中国当代作家的创作也大抵如此，单纯的形式实验日趋稀少，更多的作家都在努力将形式创新融入相关的生存思考之中，像史铁生的《我的丁一之旅》、韩少功的《暗示》、刘恪的《城与市》、莫言的《生死疲劳》和《蛙》、李洱的《花腔》等，都是如此。应该说，这些作品都体现了作家对以往创作的反叛和超越，也呈现了他们对于现实、历史与人性的尖锐思索，就其原创性而言，都属于先锋文学。如果再细细品味“个人化写作”思潮中的某些作品，以及李浩、陈家桥、蒋峰等新锐作家的创作，我们会发现，中国当代先锋文学的探索并没有停滞，先锋的火炬依然在一代代作家手中相传。只不过，他们都自觉地挣脱了马原们的形式主义弊端，更加关注精神层面的有效探索。

我曾经不止一次地说过,捍卫先锋,就是捍卫文学的未来。一个时代、一个民族的文学要有所发展,总离不开先锋作家的不断探索和尝试,也离不开理论上的不断总结和完善。先锋注定是孤独的,前无古人,后也未必有来者,成功或失败不是它要掂量的结果。尽管马原们在"形式的空转"中未能开辟一个文学的新时代,但是他们对"怎么写"的顽强探求,终究体现了某种革命性的意义,也为后来的先锋作家提供了重要的引鉴意义。

【注释】

①[美]威尔弗雷德·L.古尔灵等:《文学批评方法手册》,姚锦清等译,94 页,春风文艺出版社 1988 年版。

②[法]托多洛夫编选:《俄苏形式主义文论选》,蔡鸿滨译,24 页,中国社会科学出版社 1989 年版。

③[法]托多洛夫编选:《俄苏形式主义文论选》,蔡鸿滨译,65 页,中国社会科学出版社 1989 年版。

④[俄]什克洛夫斯基等:《俄国形式主义文论选》,方珊等译,8 页,北京三联书店 1989 年版。

⑤[英]托·斯·艾略特:《艾略特文学论文集》,李赋宁译,11 页,百花洲文艺出版社 1994 年版。

⑥王先霈等:《文学理论批评术语汇释》,323 页,高等教育出版社 2006 年版。

⑦赵毅衡编选:《"新批评"文集》,344 页,百花文艺出版社 2001 年版。

⑧[美]乔纳森·卡勒:《结构主义诗学》,盛宁译,13 页,中国社会科学出版社 1991 年版。

⑨张寅德编选:《叙述学研究》,3 页,中国社会科学出版社 1989 年版。

⑩[美]罗伯特·肖尔斯:《结构主义与文学》,孙秋秋等译,16 页,春风文艺出版社 1988 年版。

(原载《南方文坛》2015 年第 3 期)

获奖词：

作者深入昌耀诗歌创作的内部，对这个孤独的具有文学史意义的诗人及其创作给予了热切的评价和颇具力量感的定位，开掘出文学史深处精神暗河的丰富性、变动性及其与时代之间的互动关系。立论准确，深情涌动，论析及物，细读精准，不失为昌耀诗歌研究乃至诗歌研究领域少见的一篇用心之作。

文学史深处的精神暗河

——昌耀诗歌论析

张立群

出于"讲述"的需要，20 世纪 90 年代出版的多部当代文学史一般都将昌耀定位于"归来"诗群或是"西部诗歌"阵营。上述定位显然基于如下两点考虑，即一方面取决于昌耀创作的经历和"复出"的年代，而另一方面则取决于昌耀的居住地和创作题材，至于其持续的有效性则更多源于观念上的"约定俗成"。2000 年 3 月，昌耀辞世，"标志着那一代诗人受难史的结束"，并将"一部受难史推向了壮烈的高峰"①。其后，在相当长一段时间里，关于昌耀诗歌创作最权威、全面的版本，系昌耀在生命最后日子里应青海人民出版社之约勉力编辑的近九百页《昌耀诗文总集》。然而，正如诗人在"后记"中的解释："所谓'总'，并不一定指其'全'，而仅意味着只在大体上的'全'——有所汰选的'全'。"②众多研究者对于《昌耀诗文总集》的倚重，既忽视了昌耀创作的全部，又影响了昌耀研究的深入展开③。上述情况直到近年来《昌耀评传》的出版，昌耀诗文资料进一步被发掘、整理，才得到一定程度的改观④。昌耀诗歌的独特性、复杂性也由此全面显露出来：作为 20 世纪 50 年代开始写作、80 年代后期才逐渐受到重视的诗人，"边缘"的处境既是其长期游离于主流诗坛之外的原因，又是其保持创作个性、不断进行自我探索的前提，他从未介入诗界的某一流派，自然无法进行相应的归属；他是一位精神上的探寻者和孤独者，对诗歌、生命、西部、时代都有清醒而深刻的认识，他视诗为"殉道者的宗教"⑤，自觉坚守诗的理想和坚韧的品格，但其诗歌的意义和价值却注定要交给历史。

本文试图从昌耀诗歌的研究现状入手，在结合昌耀创作历程的前提下，力求通过重审以往文学史、新诗史研究的若干方面,呈现其作为"文学史深处精神暗河"的丰富性、变动性及其与时代之间的互动关系,从而在辨析某些既定结论的同时拓展昌耀诗歌的认知视野,推进其研究。

一、介入的角度:"远方"与"赶路"

在写于1988年的文章《以适度的沉默,以更大的耐心》中,昌耀曾坦言:"我不习惯给诗人划圈子,那是文学史家有兴趣的事。诗之于我,无论时代,无论诗人何属,无论'新诗潮'、'后新诗潮'、'某某代'……只有欣赏、不欣赏、不太欣赏的区分。……我只是自己独钟的诗美之仆役。我不知此外有什么'宗派'的功利。我总是基于美的直觉以定取舍,而不盲从荐举或屈从胁迫。我总是乐于保持一种自由的向度,一种可选择的余地。其实,一切事理都是以一种被选择的动态过程呈示。……我于艺术方法、风格、个性的态度仅是:暂请各行其是,衰荣听任天择。取极端说:世间并无诗名的不朽者。"⑥昌耀对于诗歌欣赏标准、诗人"归属"等一系列"独立"的看法,在一定程度上可以作为考察其诗歌创作的依据。尽管,这种"自由的向度"在文学史写作中会与整体划分、"类的归属"等具体实践经验产生碰撞,但其完全凭借"美的直觉"加以判定的态度,却启示我们可以从个性气质的角度进入昌耀的诗歌世界,进而获取新的研究进路。

关于自身的个性气质,昌耀曾在《91年残稿》(1991年6月28日)中写道:"我天性是一个活泼的人,但又本质抑郁。"联系诗友和家人的记述与回忆,昌耀留给人们的印象大致可以归结为:内心单纯、敏感,性格孤僻、倔强,渴慕自由,有生动、活泼的一面;外表木讷而羞怯,不善交际;对于诗歌,他赤诚、执着,有自己独到的见解和不懈的追求,而对于家人,他又很严厉、苛责……⑦确证昌耀性格中的"两面性"无疑会对真实、全面地认识其诗歌世界具有重要的意义。作为聚合于一个诗人身上的貌似矛盾的"两面性",其实并没有绝对的不可逾越的界限。无论相对于艺术还是生活,两者都是相通的,并随着外界环境的变化,形成独特的生命历程和斑斓的艺术世界。

1955年夏,年仅十九岁的昌耀经过长途跋涉,来到青海西宁。"那完全是我自己的选择。我本来可以上大学,但我热爱文学,特别是这种边远地区,对我有一定的诱惑力,所以我就投身到青海来了。"⑧通过昌耀后来多次在文章中谈到的"只言片语",不难得出他是一个理想化、主观性很强甚至带有某种宿命感的诗人。尽管,就外部因素来看,50年代中期全国范围内掀起的建设浪潮、"开发大西北"的号召,以及诗人邵燕祥的名篇《到远方去》和后来收入闻捷《天山牧歌》、李季《玉门诗抄》的诗作都会对年轻的昌耀产生影响,但与之相比,昌耀的主观意识无疑起到了决定性的作用。正如燎原在《昌耀评传》中指出,昌耀心灵深处有着近乎与生俱来的"'远方'情结"和"宿命性的藏区边地情结",而早年大量阅读莱蒙托夫、希克梅特、聂鲁达、勃洛克等的作品又为其确立了"一种诗人的共产主义乌托邦情结"⑨。"远方"情结显然极易和边地的异域风情、诗意憧憬结合起来,形成一股合力,不仅如此,从创作伊始(1953)就怀有"政治情结"、时以"怀有左派情感的理想主义者”[10]自居的昌耀也确然易于响应时代的召唤。

从本质上说，“远方”情结及边地想象、“政治情结”往往是和英雄主义、理想主义，为新事物所吸引、强烈的生命冲动等紧密地联系在一起的。从写于50年代中期以后的诗作来看，来到青海不久的昌耀迅速完成了角色的转换，开启了属于自己的创作。在《鹰·雪·牧人》《边城》《高车》等作品中，昌耀一面以特有的想象和表达方式，远离了当时“主流诗歌”的语言系统、思维方式和“公共标准”，一面以出色的语言创造能力呈现出对大地原生态事物的捕捉和外来文化资源的转化。这些具体的实践都为其在80年代迅速从同代诗人群落中分离出来、建构令人惊叹的语言世界打下了坚实的基础。值得注意的是，这一时期昌耀的诗歌活动已明显受到以“民谣体”著称的西班牙现代诗人加西亚·洛尔迦的影响。在1962年一份为申诉而撰写的两万多字的“甄别材料”中，昌耀曾结合《夜曲》（即后来的《边城》）等作品作如下辩解：“这可以代表我当时写作的一种倾向——唯美倾向。这是我看了戴望舒译的‘洛尔迦诗钞’后，学来的。由于形象模糊，色彩的乱涂，随意地杜撰，缺乏思想性，在许多场合下，就使人发生了误解。”[11]学习洛尔迦使昌耀诗歌追求诗艺的唯美、接续民谣传统，在自觉亲近自然风物的过程中暗合现代主义的美学风格，这一点，就创作而言，对昌耀后来的诗歌产生了无法估量的影响。而在另外一些作品中，如《鲁沙尔灯节速写（组诗）》《哈拉库图人与钢铁》等，昌耀则以浓郁的生活笔法，为时代献上了“由衷的颂歌”。对于此，昌耀在后来的一篇文章中写道：“我欣赏的是一种瞬刻可被动员起来的强大而健美的社会力量的运作。是这种顽健的被理想规范、照亮的意志。……我主张为人生的文学。”[12]一面追求自然、唯美的风格，一面欣赏积极、昂扬向上的力量，抵达边地的昌耀从创作伊始就显现出两种不同的“面相”：它们时而相互游移、时而相互重叠，共同承担着昌耀的诗歌理想和人生理想；它们都是昌耀心中的“渴求”，而“渴求”在诗人的灵魂深处从未停歇过。

若不是1957年因《林中试笛（二首）》成为“右派”，昌耀也许不会过多地将此后的创作主题倾向于自然。从50年代中期至70年代末期诗歌整体创作的情况来看，“潜在写作”（意指写于这一时期的作品都在80年代之后才得以发表）既是昌耀缓解、转移外部环境压力的重要途径，又是其渴望与时代、社会对话的重要方式，不但如此，诗人流放者的身份又使“潜在写作”在保持创作连续性、一致性的同时，成为融入受难意识和西部风物的重要前提——“我是这土地的儿子。/我懂得每一方言的情感细节。……我在沉默中感受了生存的全部壮烈。”（《凶年逸稿·在饥馑的年代》，1961—1962）“生活当然不朽”！向“远方”赶路的理想也因此而不朽：

> 夜晚我仍驰骋风中而不耐壮怀激烈，
> 袒裸胸襟付与风涛冲刷。——《雄风》（1979）

> 生之旅，原是黎明的回忆
> 与无可改悔的追求。——《生之旅》（1981）

没有后悔。

直到最后一分钟。——《巨灵》(1984)

至1987年,业已成名且年逾半百的昌耀在刚为自己的《昌耀抒情诗集》写下“再版后记”不久,便推出了长诗《听候召唤:赶路》。从时间上考察,《听候召唤:赶路》的出现与当代青年先锋诗人群创作对其产生的艺术压力有关。他以“太阳说:我召唤你。……太阳说:来,朝前走”为开端,以“我不甘落伍……我深感落伍已不可避免”为背景,刻画了“络腮胡须”的“西部寻根者”;尽管他深知“赶路的人永是天地间再现的一滴锈迹”,但“太阳沉落时永有赶路的人”;“他”曾为太阳沉落时的“归宿张皇”,但——

太阳涌动时水月隐形

我重又再生出征之勇气。

却使其看到了命运的安排。毫无疑问,此处的“赶路的人”是昌耀灵魂世界的一种外化。昌耀需要以精神突围和不断赶路的方式平息内心的焦虑,也需要以此为“契机”奔向内心和艺术的“远方”。因此,无论是“一个挑战的旅行者步行在上帝的沙盘”(《内陆高迥》)、“——诗人。男子汉。平头百姓。托钵苦行僧”(《僧人》)的身份认同,还是《远离都市》《江湖远人》的行走姿态,“远人的江湖早就无家可归”,昌耀在80年代后期的“再出发”,都可视为终生赶路、奔向不同空间之“远方”的一个明证,而其创作道路上的心灵轨迹和情感线索也由此获得一种历史的定格。

二、重审诗坛的“归来者”

在90年代出版的几种颇有影响的当代文学史(新诗史),如洪子诚的《中国当代文学史》(1999)、陈思和主编的《中国当代文学史教程》(1999)、朱栋霖等主编的《中国现代文学史·1917—1997》“下册”(1999)以及洪子诚、刘登翰合著的《中国当代新诗史》(1993)等著作中,昌耀的创作被定位为“归来者”的诗和“西部诗歌”甚至直接被定位为“新边塞诗”⑬。上述带有明确指向的书写在很大程度上可以视为昌耀文学史经典化的开始。值得一提的是,由于文体关注、篇幅含量等客观原因,洪子诚、刘登翰合著的《中国当代新诗史》已注意到“昌耀无论在抒写现实还是表现历史时,总是把现实和历史融解在自己心灵中,通过诗人心灵世界予以揭示,从而表现抒情形象的主观性、丰富性和复杂性。这是昌耀对生活的感受方式和抒情方式。在这个意义上,他跨过了与他同辈的一些诗人的艺术限度,而与后来被称为‘新诗潮’的诗人们的艺术探索取同一步调”⑭。这种对比式的描述使昌耀的诗呈现出复杂的艺术特质和认知层面上的开放性。进入新世纪以来,随着文学史观念的变化,对昌耀的评价也随之发生变化:洪子诚的《中国当代文学史》(修订版)开始“注意”昌耀诗歌从50年代开始就离开当代“主流诗歌”的“重要价值”和“哲学意识”;洪子诚、刘登翰合作的《中国当代新诗史》(修订版)虽仍将昌耀列入“‘复出’的诗人”一章中,但具体操作时却将其从原来的“‘青春历劫,壮岁归来’的一群”的一节中分离出来,单列为“昌耀、蔡其矫等的诗”，并有“在当代，甚至在新诗历史上，昌耀都是一位重要的，但其价值很难说已被充分认识的诗人”[15]的评价。而像程光炜的《中国当代诗歌史》虽将昌耀置于“第十三章西部诗和乡土诗”，但其将“昌耀等诗人的寂寞”独立出来作为“第一节”，特别是将其概括为“不属于某一诗人群体”“有自己鲜明的思想和艺术个性，能够在不断嬗变的诗歌潮流中，保持自己观察世界的独特方式和审美的自觉”[16]，则显然基于一种文学史整体流向的考察，这种出于具体结构考虑的位置安排同样也值得人们注意。

如果说当代文学史、新诗史关于昌耀评价而发生的变动，首先集中于“归来者”之歌的命名之上，那么，去除这一命名孤立的、固化的、带有政治意识倾向的关键就在于如何理解昌耀 70 年代末至 80 年代中期的创作道路以及“归来者”的命名本身。按照昌耀的说法：“我欣赏那种汗味的、粗糙的、不事雕琢的、博大的、平民方式的文学个性。……我所理解的诗是着眼于人类生存处境的深沉思考。是向善的呼唤或其潜在意蕴。是对和谐的永恒追求与重铸。是作为人的使命感。是永远蕴含有悲剧色彩的美。我大致就是这样走过来的。……因之，个人的审美感知取向实呈一有迹可寻的历史性过程。”[17]其创作道路具有内在的一致性、完整性以及相对于特定的时代背景而呈现出自传色彩（包括肉体和灵魂意义上的）是不言而喻的——而这，也正是他在“归来者”们集体登场、但很快就显得力不从心时，依然保持艺术创作力的重要原因。以写于这一阶段的“流放四部曲”为例：《大山的囚徒》（1979）、《慈航》（1980）、《山旅——对于山河、历史和人民的印象》（1980）、《雪，土伯特女人和她的男人及三个孩子之歌》（1982），既是受难者的传记，包含历经“爱与死”“记忆中的荒原”之后的“彼岸”和重生的过程及体验，又是植根于西部高原的生活“赞美诗”，这些源自个体精神世界、流放经历和具有大地品质的诗篇，使昌耀底气十足，从一开始就超越了“归来者”的界限。至此反观“归来者”的命名，将劫后余生、年龄与经历相近的一代乃至几代诗人共同纳入一个群落之下，本身就带有鲜明的历史和社会的痕迹。在时代普遍赋予“复出”之权利的过程中，昌耀的个案恰恰反衬出群体与个性之间可能存在的间隙甚或断层。

“超越”后的昌耀开始自觉追寻时代的主题。他在 1981 至 1983 年间以《划呀，划呀，父亲们！》《边关：24 部灯》《印象：龙羊峡水电站工程》《赞美：在新的风景线》等吟唱“建设者之歌”，重建诗歌与时代的对话关系；在 1984 至 1985 年间又以《寻找黄河正源卡日曲：铜色河》《旷原之野——西疆描述》《巨灵》《牛王》等进行文化与精神的“寻根”，感受“对中华民族精神文化、人民创造力、祖国观念、自然规律、历史法则”等堪称“巨灵的实体存在的真诚信仰”[18]。如果将上述创作和昌耀“复出”后的创作连结起来，那么，新时期以来文学史上“伤痕”“反思”“改革”“寻根”等浪潮无一不在他的诗歌写作中留下浓重的投影，昌耀诗歌的广度、厚度也由此可见一斑。当然，纵观昌耀这一时期的写作历程，以《慈航》《雪，土伯特女人和她的男人及三个孩子之歌》为代表的自传体长诗，无疑是最为引人瞩目的部分。通过自我的记述，昌耀将时代、大地原生态和人生不屈的探求紧密地联系在一起，体验“生命本身原已定义为一种悲剧精神的奋争”“诗是崇高的追求，因之艰难的人生历程也得而显其壮美、典雅、神圣、宏阔的夺目光彩”[19],而浓重的生命底色、殉道者心灵深处的“形而上的孤独”与近乎与生俱来的悲怆感也因此得到凸显与升华。

从80年代中期之前评论界对昌耀诗歌的反应来看,昌耀诗歌的价值以及迥别于同代诗人之处还未被充分地挖掘。1986年,几经坎坷的昌耀终于在“跨度有二十八年之遥”后出版了第一部诗集《昌耀抒情诗集》,两年后,《昌耀抒情诗集·增订本》出版。《昌耀抒情诗集》及增订本的出版使昌耀诗歌得到了集中的展现。1988年,诗人骆一禾和其夫人张玞在《西藏文学》第5期撰文《太阳说:来,朝前走》,将昌耀评价为“中国新诗运动中的一位大诗人”;“昌耀先生的诗歌作品,是中国新诗运动里那些最主要的实绩和财富之一”。1991年,诗评家叶橹在《名作欣赏》第3期发表《〈慈航〉解读》一文,认为《慈航》“是20世纪中期发生在中国大地上的一幕《神曲》”。两篇颇具代表性文章的出现,表明评论界已开始从精神、价值层面论及昌耀的诗,进而上升至新的历史高度。在这一前提下,从更为广阔的视野认识昌耀的诗已具备了主客观意义上的合理性。由此同样持动态的眼光考察文学史、新诗史的写作,出于“讲述”需要而进行的结构安排必然会在持续书写的过程中招致“重写”。

三、“西部诗歌”的辩诘

相对于“归来者”诗群,“西部诗歌”也是昌耀研究中一个值得探究的话题。结合燎原的记录,1982年5月,昌耀曾从西宁至兰州,后经河西走廊穿过祁连山峪口、返回青海,完成了一次旅游采风。由于这条线路与昌耀当年的流放地交叉重合,所以,归来后的昌耀陆续写下了几首感慨良深的作品,其中就包括《所思:在西部高原》《在山谷:乡途》《纪历》等[20]。对比当时西部诗歌的创作与理论倡导,后来被普遍视为“西部诗歌”代表的周涛、章德益、杨牧仍在创作中习惯使用“大西北”或者具体的地理概念;而批评界则刚刚开始着手设计“新边塞诗”的图景。在此背景下,昌耀直接以“西部”为诗歌冠名不能不说眼光独到:也许游历河西走廊、重温历史和现实从一开始就让他感受到“西部”不是一个孤立的、以省份划分的区域性概念,“西部”应当是一个充满厚重历史感和文化意识的整体存在,所以,他才若有所思的提到“西部”,并在后来的创作与论述中表达其辩证、统一的立场。

昌耀没有参加过“新边塞诗”的写作,他始终以边缘人的身份,书写着自己的精神自传。昌耀的“姿态”使作为“诗群”的“西部诗歌”无法成为确切的存在。有关这一点,洪子诚在其修订版《中国当代新诗史》中的结论颇为透彻:“原因其实不需细察。一个能说明问题的简单例子是,如果说有什么‘西部诗歌’的话,‘代表性’诗人当推昌耀。但昌耀一贯特立独行,从不与他人结成或名义、或事实上的‘流派’;况且,他在当代诗歌上的杰出成就,也不应以所谓‘西部诗歌’来概括。”[21]不过,从80年代至今,大量关于西部文学作品的选本、专题研究仍会将昌耀列入其中且置于显著位置。以上可以称为名不副实的实践至少需要作如下考察,即(一)昌耀的创作与西部的关系;(二)如何理解“西部”特别是“西部诗”。在此过程中,昌耀对于“西部”“西部诗”的阐述尤为重要。

（一）昌耀的创作与西部的关系　长期生活在青海的昌耀自然写出过大量地理意义上的西部作品，但以“写什么”评判一个诗人是需要甄别的，因为在“写什么”之外还有一个“如何写”的问题。首先，昌耀承认“一个人的写作有赖于一定的时代背景和生活积累”，因而，在他的笔下，“文学的青海”和“生活的青海”是不可分的。除此之外，青海壮美的自然风光，还为他的诗“注入了一种阳刚之气”，这对于昌耀诗的“风格的形成，都是至关重要的”㉒。然而，对于“文学的青海”，昌耀满意的是诸如《青藏高原的形体》《慈航》中传达出的“深切感情”。由此可知，昌耀在具体书写过程中强调的是渗透入作者血液、灵魂的西部文化精神。他曾以“西部式”作品能否感人心魄为标准，列出“一为全身心的投入，乃至全部青春的代价。一为过客的撷取”㉓两种写作态度同样基于这种精神；而从精神层面着眼于西部诗歌的创作，是昌耀可以独立于此类写作之外的前提。其次，关于昌耀的创作史，人们常常忽视昌耀诗歌的具体写作时间。正如翻开 1986 年版的《昌耀抒情诗集》，会发现其中很多诗（如《夜行在西部高原》等）都写于 60 年代、改于 80 年代，且形式排列已发生很大变化。这种在“复出”的时代修改之后发表、结集的实际情况，不仅证明了昌耀与“归来者”之间的距离，同样也能证明他与“西部诗歌”无法一致的关系。

（二）如何理解“西部”特别是“西部诗”　在 1985 年 1 月接受《当代文艺思潮》一次访谈时，昌耀曾指出：“我这样理解：‘西部’不只是一种文学主题，更是一种文学气质、文学风格。而且，不能不强调‘西部’的‘当代’概念。我所希望的‘西部文学’自然首先是指植根于大西北山川风物及其独特历史、为一代胜利的开拓者乃至失败的开拓者图形塑像的开拓型当代文学。……我宁可主张‘西部文学’是文学的一种时代精神。它敏于对一切变革作出反应。……它的存在可为中国当代文学宏构增添姿态、锋芒、锐气。”㉔昌耀强调“西部”特别是“西部文学”概念“当代”意识的说法，使“西部”从单一的地理概念中摆脱出来，从而走向了时间、空间并置的“文化西部”。后来，昌耀在一篇名为《西部诗的热门话》中，具体阐释了“西部诗”是一“共时性构成，特指新时期以来形成的以部分西部诗人的具有相类西部文化心理结构及主题含蕴的诗作或部分诗作”。秉持动态、发展的眼光，昌耀不同意以“流派”命名西部诗，而仅强调“时代激活”和“集体的选择”，“西部诗的定义也就在这一孜孜不息地追求过程之中包容了，确定而又不甚确定”㉕。

客观地说，相对于青海，昌耀是一位“流寓者”。他不同于土生土长的西部诗人，也不同于仅留下几首诗的匆匆过客。流寓者的身份虽使其无法体验还乡的过程，但却可以使其持有一种辩证的眼光，从更为宏阔的视野看待西部，进而增添西部诗歌的丰富性。“一个被某种不约而同的共同审美心理所作用的、融会了‘西部’色彩、个性的文学是极有意义的。这一倡导正反映了人们的‘西部热’、对现有文学变革的不满足。”㉖为了从“西部诗”概念一些难缠的问题中解放出来，昌耀曾引用果戈理评价普希金的话并将其中的“民族”“民族性”“民族精神”“同胞们”换作“西部”“西部性”“西部精神”“西部人”，便生动表明其不愿停留在狭窄视域而期待从更为广阔的视野理解西部的立场。他将“西部诗潮”作为时代转型期文学多元格局中的一部分，承认像当年评价“朦胧诗”式的“事实上的存在”[27],都在今天的文学史研究中得到了回响[28]。具体至诗歌创作,昌耀以“赶路者”的经历,写出了对于这片土地的深情,献给青海藏族同胞的感激、赞美和自己灵魂的栖所,“我,就是这样一部行动的情书”(《慈航》)。而事实上,频繁出现于《所思:在西部高原》《青藏高原的形体》(六首)等所谓“西部诗”中的介入者与观察者互换的视角、从容地穿梭于历史和现实的抒情主体,都见证了昌耀在80年代“朦胧诗——第三代诗歌”主潮之外独树一帜的姿态和开启新的写作空间的可能。

四、时代痛感中的“变”与“不变”

尽管,昌耀在90年代创作的“转型”已引起部分研究者的注意,但如何从文学史的角度予以看待仍是需要不断深入的课题。也许,从1985年5月算起,当时尚在“寻根”路上前行的昌耀突然写出了《斯人》这样一首出人意料的短诗,人们就已察觉出那种关于“巨灵”般博大精神的探寻,已被此刻无尽苍茫中一人独坐时的宁静和叹息所取代。此后,昌耀的诗歌写作逐渐呈现出深沉、凝重、悲凉的色调——

我们降生注定已是古人。
一辈子仅是一天。——《眩惑》(1986)

人生有不解的苦闷。
拨弦,吟以自慰,蓝色的忧郁降至深渊,
……
无话可说。——《生命体验》(1986)

生活总是一场败局既定的博弈?——《盘陀:未闻的故事》(1988)

一个新的写作阶段开始了。结合昌耀“诗所呈示的种种形态或性状必然关涉当代生活流向与社会心理背景”[29]的看法,和创作《听候召唤:赶路》时的心理状态,80年代后期的昌耀已明显感受到时代、社会给现实生活带来的变化,进而承受了写作的“变”与理想“不变”之间的冲撞与挣扎。以其后期最重要的作品《哈拉库图》(1989)为例,记忆中的一切早已凋敝,那些在当年《哈拉库图人与钢铁》中的喜悦场景和哈拉库图城堡已成为“岁月烧结的一炉矿石,/带着黯淡的烟色,残破委琐,千疮百孔”。“是这样的寂寞啊寂寞啊寂寞啊……”时间的无情和岁月的沧桑使诗人在感受物是人非的同时,产生了强烈的幻灭感和焦虑感,三十多年的边地生活一朝痛苦地凝结,昌耀为即将结束的80年代留下了一座精神的里程碑!

90年代昌耀诗歌的生存体验越来越繁复,充满了痛感。写于1990年的《头戴便帽从城市到城市的造访》是昌耀罕见的以城市为题材的作品。以一位无产阶级诗人的身份出场,“从城市到城市/我以铲形的便帽向着沿途的城市致意”;“然而那头戴便帽的一代已去往何处?/感觉眼中升起一种憔悴。/我的便帽也蓦然衰老了。/……现在我重新体验缺少激情的生活的劳累了”。现代都市生活使昌耀感受到了“歧视帽子”和生活的乏味，还有谁会记得头上曾经戴过铲形便帽的聂鲁达、勃洛克、马雅可夫斯基、洛尔迦、惠特曼以及中国的“七月派”诗人阿垅!？“硕果仅存的一代只是唯一的我们。”整首诗视角独特，以少有的轻松、快乐的笔调，自我戏谑、自我解嘲。但在诗歌深处，却明显潜含着生活氛围的变迁。“随着向市场经济转轨过程中出现的人们价值观的迷失、怅惘又可堪忧虑”，“我的后期创作也传达了可为警示的这种忧虑。”[30]“忧虑”自然与诗人的良知和一贯坚守的理想主义有关，然而，它显然又是现实和信念交战的结果。于是，诗人感受到内心“烘烤”时“自己只剩下一张皮”，“而烘烤将会继续。/烘烤啊，我正感染到这种无奈”（《烘烤》，1992）。作为多年执着苦行的“苦修者”，他无法预知“苦行中永在的播种者”，能获得“怎样的果实!”（《播种者》，1994））他以《意义空白》（1993）和《意义的求索》（1995）解读“意义”本身，而“虔敬”“追求”以及“知其不可而为之”，最终使其只能寄希望仍有一支《堂·吉诃德军团还在前进》（1993），“悲壮啊，竟没有一个落荒者。/悲壮啊，实不能有一个落荒者”。……忧虑、怀疑、困惑、无奈使昌耀90年代诗歌中呈现出前所未有的荒诞感和紧张的矛盾关系，他反复以“痛”和“怵惕”讲述岁月之伤和精神之痛，以至于为此支付的代价读来令人触目惊心——

> 我知道施虐之徒已然索取赤子心底的疼痛。
> ——如果疼痛也可成为一种支付?
> 我看见被戕害的心灵有疼痛分泌似绿色果汁。
> ——如果疼痛正是当作一种支付? ——《痛·怵惕》（1992）

理想主义者失去了他的时代，只能将时间的刀锋对准自身。深切的痛感不仅使昌耀改变了诗歌主题，还促使其借助形式的改变书写不再完整的生活。综览昌耀90年代的诗歌创作，近一半使用散文诗形式是其显著的标志之一。对于这种现象，很多人都注意到《昌耀的诗·后记》中的“我是一个‘大诗歌观’的主张者和实行者。……我并不强调诗的分行……也不认为诗定要分行，没有诗性的文字即便分行也终难称作诗。相反，某些有意味的文字即便不分行也未尝不配称作诗。诗之与否，我以心性去体味而不以貌取”的说法，但很少有人深入探究其接下来之叙述的深意：“随着岁月的递增，对世事的洞明、了悟，激情每会呈沉潜趋势，写作也会变得理由不足——固然内质涵容并不一定变得更单薄。在这种情况下，写作‘不分行’的文字会是诗人更为方便、乐意的选择。……而‘了悟’或‘世事洞明’既可能是智性成熟的果实，也有可能是意志蜕变的前因，导向冷漠、惰性、无可无不可。”[31]显然，一向充满理想、激情的昌耀只有感受到世事变化、写作理由逐步丧失的前提下，才会选择这种简单、易行，貌似完整、实则零乱、分散直至破碎的形式。他的《我见一空心人在风暴中扭打》《自审》《一种嗥叫》《灵语》《火柴的多米诺骨牌游戏》《地底如歌如三圣者》《迷津的意味》《与蟒蛇对吻的小男孩》《灵魂无蔽》《无以名之的忧怀》等等，多以梦魇的世界和冷峻、怪诞、奇崛的风格传达出心灵深处的矛盾、焦虑、挣扎与痛苦。这些充满“诗性”的文字及形式既是鲁迅《野草》经验的当代延续与再现，又是诗人相对于往日写作的一次重大偏移,而昌耀在90年代发现《野草》的“魅力”[32]及对所谓“大诗歌观”的阐释也生动地说明了这一过程。

当空间的远方已经由于年龄等客观因素抵达边界,心灵的远方依然在诗中继续;然而,当价值观念的蜕变已使心灵的远方失去了理想的居所时,诗人又当如何寻找灵魂的皈依呢?为此,除上述内容的“悲痛”与形式的“偏移”之外,我们必须还要看到《一个中国诗人在俄罗斯》(1998)以及《一天》(1993)、《毛泽东》(1993)等诗作的另类表达。通过这些堪称记忆重温、重返精神故乡的叙述,昌耀暂时缓解了90年代以来生存的焦虑和内心的困惑,并最终还原了其作为理想主义者之心灵轨迹的全部!“我……没有更改自己的人生态度,我想,在这方面,我就是我自己,我的命运是自己选择的,我是主动的,可以说,通过我的诗,我实现了对命运的嘲弄。”[33]昌耀在生命最后日子里这段话已告诉我们:从生命的层面上认识诗,是昌耀诗歌抵达生命高度的前提,也是昌耀诗歌道路具有内在连贯性和完整性的重要原因。

结束语

通过昌耀研究中若干问题的反思,我们不难看到:昌耀的创作经历使其成为一个跨代际写作的独特个案。他既不同于同一代诗人,也不同于后辈诗人,他在写作上的非凡腕力、孤独感、受难意识,以及在现实生活中的纯真、偏执,决定了他将生命融入写作和不断在艺术上超越自己的生命状态。时至今日,诸如“他的作品,即使和世界上一流诗人的诗相比,也不逊色”“他是当代为数不多的、用汉语写作最好的诗人之一”[34]的评价,已得到更多研究者和诗人的认同。从诗歌史层面探究昌耀的视角当然还有很多,比如诗人西川曾谈到的“使用古奥语汇”“让散文介入诗歌”,进而得出昌耀诗“成为现代汉语诗歌传统的重要组成部分”[35]的结论;学者易彬曾从“新诗的语言质感——从穆旦到昌耀”[36]的角度论述昌耀在诗歌史传承过程中的特有价值……这些认识和本文辨析的“归来者”“西部诗”以及90年代的“变”与“不变”、延续鲁迅《野草》的传统等不仅共同构成了一部复杂的评价史,还在相当程度上折射出昌耀虽身处边地、少与外界接触,但依然可以通过坚守内心的律令和艺术理想而成为大诗人的创作成就。他是“文学史深处的精神暗河”,可以在不同历史阶段始终保持“现代”的面貌。他“独语者”的姿态虽一度造成研究上的某些“认知盲点”,但其终生“赶路”、寻找灵魂栖居地的实践又使其不断在重读、重评的过程中,将理解和品读指向了未来。

【注释】

①沈苇:《大荒中的苦吟与圣咏》,见董生龙主编:《昌耀阵痛的灵魂——昌耀诗评》,121页,青海人民出版社2000年版。

②昌耀:《昌耀诗文总集·后记》,896页,青海人民出版社2000年版。

③从2000年至2012年大量发表的文章可知:2000年出版的《昌耀诗文总集》一直是研究昌耀诗歌的重要依据。然而,这一版本存在的问题至少包括:一、收录不全;二、没有注明昌耀诗歌前后

修改的情况(包括文章标题的更换);三、易于忽视昌耀诗歌创作的最初版本及他者的评论文章,如董生龙主编的《昌耀阵痛的灵魂——昌耀诗评》,收录评价、回忆昌耀的文章 33 篇,是昌耀研究的重要合集,但援引比例非常低。

④《昌耀评传》,燎原著,人民文学出版社 2008 年版。昌耀诗文资料的发掘、整理主要包括由燎原、班果编的《昌耀诗文总集(增编版)》,作家出版社 2010 年版,该版在 2000 年青海人民出版社出版的《昌耀诗文总集》基础上校勘、增补了大量内容。

⑤⑲昌耀:《诗的礼赞(三则)》,燎原、班果编:《昌耀诗文总集(增编版)》,365 页,作家出版社 2010 年版。

⑥㉙昌耀:《以适度的沉默,以更大的耐心》,载《诗刊》1988 年 5 期。

⑦这些文字可参见韩作荣:《诗人中的诗人》,《昌耀的诗》,人民文学出版社 1998 年版;韩作荣:《在谦卑而清澈的光亮中现身》,燎原:《昌耀评传》"代序",人民文学出版社 2008 年版;以及燎原《昌耀评传》中的相关章节,包括燎原本人及朋友、家人对昌耀的印象;西川:《昌耀诗的相反相成和两个偏离》,西川:《大河拐大弯——一种探求可能性的诗歌思想》,北京大学出版社 2012 年版。其中,西川的文章引述了昌耀的长子对昌耀的回忆文字。

⑧㉒昌耀:《答记者张晓颖问》,见燎原、班果编:《昌耀诗文总集(增编版)》,711、711-713、711 页,作家出版社 2010 年版。

⑨燎原:《昌耀评传》,38-39、31 页,人民文学出版社 2008 年版。

⑩分别见昌耀:《昌耀的诗·后记》,416 页,人民文学出版社 1998 年版;昌耀:《一份"业务自传"》,载《诗探索》1997 年第 1 辑。

⑪⑳燎原:《昌耀评传》,253、291-294 页,人民文学出版社 2008 年版。

⑫㉚昌耀:《一份"业务自传"》,载《诗探索》1997 年第 1 辑。

⑬如洪子诚的《中国当代文学史》,将昌耀放于"第十九章　80 年代的诗"中的"三　'归来者'的诗(三)",287-288 页,北京大学出版社 1999 年版;陈思和主编的《中国当代文学史教程》,将昌耀放于"第十四章　民族风土的精神升华"中的"第四节　来自大西北风情的歌唱:《巩乃斯的马》与《内陆高迥》",256-260 页,复旦大学出版社 1999 年版。该文学史还在"附录二　当代作家小资料"进行作家简介,其中有"1982 年后参与'新边塞诗'运动,是新边塞诗派主要代表之一"。386 页;朱栋霖等主编《中国现代文学史 1917~1997·下册》,在"第三十章　80 年代新诗"中的"第一节　80 年代新诗概述"提及昌耀,并将其归结为"新边塞诗"或"西部诗歌",140 页,高等教育出版社 1999 年版;洪子诚、刘登翰合著的《中国当代新诗史》,在"第八章　'复出'的诗人"之"第三节　'青春历劫、壮岁归来'的一群"中较为详细地介绍昌耀的创作,306-310 页,人民文学出版社 1993 年版。

⑭洪子诚、刘登翰:《中国当代新诗史》,309 页,人民文学出版社 1993 年版。

⑮㉑洪子诚、刘登翰:《中国当代新诗史》(修订版),140、143 页,北京大学出版社 2005 年版。

⑯程光炜:《中国当代诗歌史》,320 页,中国人民大学出版社 2005 年版。

⑰昌耀:《艰难之思》,见燎原、班果编:《昌耀诗文总集(增编版)》,377 页,作家出版社 2010 年版。

⑱昌耀:《〈巨灵〉的创作》,见燎原、班果编:《昌耀诗文总集(增编版)》,276-277 页,作家出版社 2010 年版。

㉓昌耀:《宿命授予诗人荆冠——答星星诗刊社艾星并兼致叶存政、杨兴文》,见燎原、班果编:《昌耀诗文总集(增编版)》,547页,作家出版社2010年版。

㉔㉖昌耀:《答〈当代文艺思潮〉编辑部》,见燎原、班果编:《昌耀诗文总集(增编版)》,832、831页,作家出版社2010年版。

㉕㉗昌耀:《西部诗的热门话》,见燎原、班果编:《昌耀诗文总集(增编版)》,846、849、847、849页,作家出版社2010年版。

㉘如由丁帆主编的《中国西部现代文学史》,在其"序言"及"绪论"中就使用了"文化西部"的概念并将其作为"内在标准",2页,人民文学出版社2004年版。

㉛昌耀:《昌耀的诗·后记》,423页,人民文学出版社1998年版。

㉜可分别见昌耀:《致SY》,为"致SY21封信"之一,写于1990年12月24日,其中有:"鲁迅先生的《野草》尤其值得一读,非常深刻,非常富于引爆力,汉语文的韵味隽永至极。"这封信还写出了昌耀最初阅读《野草》的时间为1990年。昌耀:《读书,以安身立命》(1994年11月28日),其中记录阅读《野草》的感受:"哲人的深刻与冷峻,不仅以语言的,而且以思维的美感形式透射出锋芒。我为自己终于没有错漏过阅读当代中国最高水准的散文诗集而称幸。"两文均收入燎原、班果编:《昌耀诗文总集(增编版)》,前者在"附录"部分,726、573页,作家出版社2010年版。

㉞韩作荣:《诗人中的诗人》,见《昌耀的诗》,2页,人民文学出版社1998年版。

㉟西川:《昌耀诗的相反相成和两个偏离》,见《大河拐大弯——一种探求可能性的诗歌思想》,109-114页,北京大学出版社2012年版。

㊱易彬:《穆旦与中国新诗的历史建构》,234—247页,中国社会科学出版社2010年版。

(原载《南方文坛》2015年第6期)

获奖词：

这是一篇有沉静之心的青年学者的认真之作。作者以深入细致的分析，全面准确评价了史铁生作品和言论中借助宗教赋予个体生命意义的写作姿态。“亲证”的角度新颖独到，颇具开拓性，对史铁生创作的总结和主题分析，具有相当高的精神质地和学术价值。

生命的亲证

——论史铁生的宗教信仰问题

李德南

20世纪70年代末，史铁生在困厄中开始写作，试图借此撞开一条活路。从那以后，写作便成为他的一种存在方式，直到2010年去世前的一天，他仍在修改、完善长篇随笔《回忆与随想：我在史铁生》。在长达三十余年的写作时间中，他先后完成了《我与地坛》《病隙碎笔》《务虚笔记》等重要作品，以充满哲思与诗性的语言筑造了一个丰赡而深邃的精神世界。

要从整体上理解史铁生的精神世界，很难避而不谈他的信仰方式和宗教观念，而要把史铁生的信仰问题说清楚，又是极有挑战性的。史铁生同时受佛教和基督教思想的影响，“昼信基督夜信佛”是他的信仰形式。史铁生并没有接受洗礼，不受仪式和制度的约束，他更认为，个人可以直接面对佛与上帝，或是直接面对宽泛意义上的神，信仰行为与“我”的具体生存经验有着直接的联系。这些都使得，史铁生的信仰行为和宗教观念显得复杂而混乱，不够虔诚，或缺乏必要的义理作为依据。有论者很早就指出：“假如你就此以为史铁生果真皈依了上帝，那就错了。严格说来，史铁生只是这么借用了‘上帝’一下，他只是借用这么个符号发泄其探求不得的苦恼，或在命运面前因无可奈何而产生的自嘲。”[①]“史铁生并不是一个严格意义上的宗教徒，但他却可称作当代中国文坛最具宗教意识的精神圣者。史铁生的宗教意识是复杂而多变的，他的众多作品不时闪烁着各种神性面孔，‘上帝’‘佛’‘耶稣’的字样点缀于作品的各个角落和空间，让人无法确切地把握史铁生的宗教意识和宗教情怀。”[②]更有学者认为，这并不是宗教信仰，而仅仅是一种“宗教性意蕴”[③]。

一、个人宗教与制度宗教的辩证

要回答诸如此类的疑问,我认为威廉·詹姆斯关于宗教类型的划分是极有启发的。按照詹姆斯在其经典著作《宗教经验种种》里提出的看法,宗教领域包含着两个方面:

> 一方面是制度宗教,另一方面是个人宗教。正如萨巴蒂埃(M.P.Sabatier)所说的,宗教的一支最注意神,另一支则最注意人。崇拜和献祭,感动神性的程序,神学、典仪和教会组织,都是制度宗教的本质要素。假如我们仅限于讨论制度的宗教,那么,就必须把宗教界定为一种外部技术,即赢得神宠的技术。反之,比较注重个人的宗教部分,关注中心是人自己的内心倾向,他的良心,他的功过,他的无助,他的不全备。虽然上帝的宠眷——无论失还是得——仍是宗教的一个本质特征,而且,神学也在其中扮演重要的角色,但是,这种个人宗教所激发的行为不是仪式的行为,而是个人行为。个人独自料理宗教事务,而教会组织,包括它的牧师、圣礼以及其他媒介,统统降到次要地位。宗教关系直接由心到心,由灵魂到灵魂,直接发生在人与上帝之间。[④]

依照詹姆斯的观点,重视人还是重视神,把宗教视为赢得神宠的外部技术还是自我省思的方式,究竟是仪式行为重要还是个人行为更重要,构成了制度宗教和个人宗教的分野。从起源上看,个人宗教则先于制度宗教。詹姆斯通过对宗教史的考察表明,宗教的出现,总是因为有宗教天才基于个人的存在境遇而产生强烈的宗教情绪并做出相应的理念表达,宗教信仰才得以萌芽。紧接着,宗教天才会通过各种形式来吸引门徒,引出一大群"同情者",而只有到了"同情者"日渐增多,强盛到以组织的形式出现之时,具有团体意向的教会机构才得以形成。也就是说,个人宗教是原生的,制度宗教则是次生的。

詹姆斯的这种考察和论断,听起来像是纯粹知识学意义上的,并无明显的价值判断。然而,詹姆斯还提醒我们注意一个事实:在教会机构强盛到一定程度,形成制度宗教后,信仰行为就会带有一种风险,那就是"政治的态度与独断辖制的欲望"极容易进入教会机构当中,从而玷污信仰的原初与纯洁。这还可能会进一步使得,"我们现在听到'教会'一词,不可避免地会想到这个或那个'教会'。对一些人来说,'教会'一词更多地暗示着虚伪、暴政、卑鄙,以及顽冥不化的迷信,因此,他们不分青红皂白,自鸣得意地声称'反对'一切宗教。即便我们属于教会的人士,除自己的教会外,并不能使其他教会免除这种普遍的斥责"[⑤]。

正是以这种对宗教史的认识为基础,詹姆斯试图对宗教信仰现象进行类型划分并给出自己的价值判断,认为要评价宗教现象的价值,重要的一点便是坚持宗教的区分:究竟是信仰"作为个人功能的宗教",还是信仰"作为制度、社团或部落产物的宗教"。詹姆斯倾向于认可个人宗教,理由是多方面的。比方说刚才提到的制度宗教的危害就是其一。个人宗教更接近信仰的原初性,也是詹姆斯着重考虑的一点。宗教与个人的亲身体验联系有密切联系,和制度宗教相比,个人宗教必然在起源上具有优先性,而且个人对自己私人命运的关怀才是宗教生活的轴心,"宗教意味着个人独自产生的某些感情、行为和经验,使他觉得自己与他所认为的神圣对象发生关系”[⑥]。

如果依照詹姆斯的类型划分，那么史铁生所信仰的，显然是一种个人宗教。史铁生在《病隙碎笔》中曾经提到：“我读书少，宗教知识更少，常发怵与学者交谈。我只是活出了一些问题，便思来想去，又因能力有限，所以希望以尽量简单的逻辑把信仰问题弄弄明白。”[⑦]“我是个愚顽的人，学与思都只由于心中的迷惑，并不很明晰学理、教义和教规。”[⑧]这带有自谦的成分，也符合史铁生信仰的实际情况。他对信仰问题的关注，首先是受原初的宗教情绪引发，然后才开始慢慢接触各种学理、教义和教规。而在获得相应的宗教知识后，有了接受制度宗教的信仰环境后，他没有接受洗礼。他依然强调，“信仰的缘由，是生命固有的谜团；于这谜团之下，求问一条人生道路（或意义）的欲望，使信仰不可避免地诞生。这也正是人——不管自称是有神论，还是无神论——终不能逃脱终极之问与信仰的原因。而后才有了种种宗教”[⑨]。“生命固有的谜团”，又必然是个人性的。个人宗教不是说不必关心佛理教义，相反，史铁生强调，“‘义’多半是纯真的热情，而‘信’必要基于智慧”[⑩]。个人宗教存在的必要，在于每个个体都有其独特性。史铁生相信这样一种观点：上帝是和每一个人直接说话的，“我不大能记住种种宗教的来龙去脉，我的信仰仅仅是我的信仰……我信什么，仅仅是因为什么让我信，至于哪门哪派实在只是增加我的糊涂”[⑪]。这就使得史铁生和詹姆斯在许多方面的观念都具有一致性。他们都强调，宗教起源于个人的体验，是在人类个体非常具体的生活领域内发生的。若信仰者为神学的教条所束缚，或者是受教会的一系列制度、仪式所限制，都会背离这种原初性，将后起之物错以为是源泉。

需要强调的是，史铁生虽然认可个人宗教，但是并没有从根本上否认宗教信仰仪式存在的必要。史铁生也经常写到自己在进入教堂、庙宇时心中能获得某种安静。在《消失的钟声》中，他曾经这样描绘第一次进教堂时的情景：那是两岁的时候，史铁生跟着他奶奶一起去教堂，看见很多的孩子在唱歌，“那样的琴声和歌声我从未听过，宁静又欢欣……那一刻的感受我终生难忘，仿佛有一股温柔又强劲的风吹透了我的身体，一下子钻进我的心中……我呆呆地站着，徒然地睁大眼睛，其实不能听也不能看了，有个懵懂的东西第一次被惊动了——那也许就是灵魂吧……”[⑫]在《庙的回忆》中，史铁生则写到五六岁进庙宇的情境：“那是奶奶常领我去的地方，庙院很大，松柏森然。夏天的傍晚不管多么燠热难熬，一走进那庙院立刻就觉清凉……现在想，大约任何声音、光线、形状、姿态，乃至温度和气息，都在人的心底有着先天的响应，因而很多事可以不懂但能够知道，说不清楚，却永远记住。那大约就是形式的力量。气氛或者情绪，整体地袭来，它们大于言说，它们进入了言不可及之域，以致一个五六岁的孩子本能地审视而不单是看见。”[⑬]

不管是关于庙还是关于教堂钟声的回忆，都可以看到，史铁生并没有否认仪式或“形式的力量”及其必要性。史铁生更直接谈到，他也一度想念这样的形式。在《消失的钟声》和《庙的回忆》中，史铁生都提到 1996 年到国外旅行而见到一所小教堂、重又听到钟声时的感受：“我和妻子在那钟声中慢慢地走，认真地听他，我好像一下子回到了童年，整个世界都好像回到了童年。对于故乡,我忽然有了新的理解:人的故乡,并不止于一块特定的土地,而是一种辽阔无比的心情,不受空间和时间的限制;这心情一经唤起,就是你已经回到了故乡。"⑭

在史铁生描述中,庙的形式似乎能给人某种庄重感,或是产生威慑的力量。他甚至认为这钟声本身就是神在说话,所以文章里指代钟声时,史铁生不是用"它",而是用"他"。"他"即是神,是神的声音通过教堂的钟声来传达,给"我"的灵魂与心灵带来洗礼。即使"我"的心灵和灵魂在尘世中被蒙蔽了或是变得麻木了,也可能借助钟声或仪式的力量而复苏,重又变得活跃。尤其是"认真地听他,我好像一下子回到了童年,整个世界都好像回到了童年"这一句,好像是在极度肯定信仰形式的力量。

史铁生并不全然否认制度宗教及其仪式的重要性。问题是,史铁生还注意到,如果没有真正的信仰作为前提,制度宗教中的仪式难免会成为一种"虚伪的形式"。同样是在《庙的回忆》中,史铁生还写到:"文革"结束后,宗教信仰上的限制被放开了,北京很多地方的庙宇在修葺后得以重新开放。然而,这并非是信仰的归位,不是宗教精神的复苏,"那更像是寺庙变成公园的开始,人们到那儿去多是游览,于是要收门票,票价不菲。香火重新旺盛起来,但是有些异样。人们大把大把地烧香,整簇整簇的香投入香炉,火光熊熊,烟气熏蒸,人们衷心地跪拜,祈求升迁,祈求福寿,消灾避难,财运亨通……倘今生难为,可于来世兑现,总之祈求佛祖全面的优待。庙,消失多年,回来时已经是一个极为现实的地方了,再没有什么犹豫。"⑮此时此刻,所谓"信仰"已带有太多的实用与功利色彩,以至于信仰成了一种"虚伪的形式"。

在日常生活中,史铁生总是一再发现制度信仰本身的问题,越来越深地体会到制度信仰和个人信仰之间可能会发生冲突,这种信仰中的悖谬,使得史铁生更愿意把信仰视为一种个人的行为。而史铁生的这种信仰方式之所以长期以来造成疑问,是因为许多人对信仰本身缺乏足够的理解。正如詹姆斯所指出的:"宗教制度是宗教的外表形式,为人所见;个人宗教则指宗教的内在意图,与某种不可见的世界联系在一起。人们辨认宗教,常常依据宗教的外部特征,殊不知,即使最简单的崇拜仪式,也为不可见的内在的宗教动机所驱使。尽管宗教的外部形式清晰可见,甚至可以触摸,似乎是实实在在的,然而,一旦离开宗教的内在方面,它便成为一个没有生命的躯壳。不光是宗教仪式方面,甚至宗教教义、学说、伦理、社会等各个层面,都远没有个人的宗教经验和行为重要。没有信徒的意念和体验,很难说有什么宗教。因此,宗教的本质部分在于个人的宗教经验,个人宗教比制度宗教更根本。"⑯也正是以类似的认识原则和价值原则为前提,史铁生的信仰才可以不局限于某种具体的宗教。他的信仰,不是以具体的教义或类属作为根本。具体的教义或类属,这种知识论层面的、制度性的因素,是相对次要的。在史铁生作品中,这种信仰本身,具有原初性。它体现为一种原初的情绪,体现为对神的意向性,比如对神的敬畏、祈祷、礼赞,等等。

史铁生的这种信仰方式其实也并不鲜见。在《因为追问,所以信仰》这篇文章中,陈朗曾提到,史铁生"受到了存在主义神学、女性神学等现当代神学的影响"[17]。但他在文章中并没有给出具体的论证。史铁生的信仰方式和看待教会、教理等等方面的态度,首先与女性神学中的薇依有很多相同之处——薇依所信仰的,也是一种个人宗教。作为一名基督徒,薇依一直拒绝受洗,也拒绝参加宗教的圣事。她选择了置身于教会之外,置身于基督徒的团体之外。如果参照制度宗教的标准,薇依的基督徒身份是成问题的——因为她的信仰缺乏形式的支撑。按照教会理论的严格规定,薇依绝不能被称为基督徒。然而,在卡尔·拉纳等神学家看来,薇依比一些在形式意义上的有基督徒之名的人更是基督徒,所坚持的是原初而深邃的信仰。薇依不能信任作为制度的宗教,只信仰个体意义上的宗教,史铁生显然也和薇依一样,希望能在个体生命实践的维度上信仰基督。他的信仰,与个体生命如此紧密地结合在一起,以至于信仰对他来说已成为一种存在方式。

二、昼信基督夜信佛:跨越教派的信仰

史铁生对教义和教派的选择,也值得我们注意。史铁生对信仰的选择,不是首先做一番知识论上的考虑,不是先从逻辑和义理的层面作出孰优孰劣的辩证,然后再选择其中一种。相反,他的选择,他对许多宗教问题的思考,总是从生存论的地基出发,与个人具体的存在困境血肉相连。他对许多宗教问题的思考,不是从某个具体的神学命题出发,或是从某部经典、某位圣人的某一句话出发,而是从自身所遭遇的存在疑难出发。他对信仰问题的思考,是与个人在生活世界中所遭受的问题同构在一起的。

在《神位　官位　心位》《病隙碎笔》等文章中,史铁生都先后提到他对宗教信仰的看法,写于2010年的《昼信基督夜信佛》一文则是他对个人在信仰观念上一次相对完整的总结。在这篇文章中,史铁生首先提到读者或友人对他在宗教信仰方面的疑惑并开宗明义地申明了自己的立场:"大概是我以往文章中流露的混乱,使得常有人问我:你到底是信基督呢,还是信佛法?我说我白天信基督,夜晚信佛法。"[18]虽然史铁生自行给出了答案,但是"白天信基督夜晚信佛法"这种信仰方式对于不少人而言依然会带来困惑。在人们通常的理解中,信仰,尤其是制度宗教意义上的信仰,总是具有排他性,信仰是否虔诚似乎也必须以唯一性作为判定的标准。然而对于史铁生来说,只有坚持佛教和基督教的兼信,才能有效缓解"我"的终极的迷茫。因为人的终极的迷茫包含着两个方面:生与死。生是与生存的意义相联系的;生,必然要与苦难、困境、有限性联系在一起。苦难是人之存在的重要构成,任何个体生命都无法获得圆满,而是和圆满有着永恒的距离。因此,个体对生存意义的追问,便不能不受困苦的牵制。史铁生之所以说白天信基督,是因为基督信仰并不回避困苦,而是将困苦本身视为生存的一部分。正如一位论者所指出的:"佛教和道家都采取了从存在论上取消生存本身的方式来解决不幸。尽可能地减少生存以避免不幸。这种方式至少有两个困难:一、减少生存或化简生存,至多减少了不幸的可能性,并没有从根本上消除不幸;二、这种方式不可推向极端,否则即消除生存本身,而消除生存本身已是一种不幸。基督精神之独特的最终原因乃在于:不是以从存在论上取消生存本身的方式来

解决不幸,而是上帝亲身成为不幸、上帝之爱成为不幸,从而使人在不幸中得到上帝的挚爱的依托和神恩的赐福。”[19]

史铁生还强调,佛也不能对苦难予以根本性的否定和消灭,“我不信佛能灭一切苦难,佛因苦难而产生,佛因苦难而成立,佛是苦难不尽中的一种信心,抽去苦难佛便不在了”[20]。在对待苦难的态度上,基督信仰要比佛家信仰积极。这种态度对于个体此在来说是有益的。在白天,在生存之时,个体总是要在世界中与他人共在,没有对苦难的肯定,没有对爱的肯定,生存便无从获得意义。

在谈到信仰中的具体的神时,史铁生也认为他们更多体现为人的希望与信心。“佛是用不着恭维的。佛,本不是一职官位,本不是寨主或君王,不是有求必应的神明,也不是可卜凶吉的算命先生。佛仅仅是信心,是理想,是困境中的一种思悟,是苦难里心魂的一条救路。”[21]信仰也区别于迷信。信仰并不是迷信,而是一个人在清醒时依然保存的坚定信念,是一个人乃至人类的知其不可为而决不放弃的理想。它的根源在于人对自身的存在本源的向往,在于对生命价值的反观与追寻。有信仰的人往往对自己生存的困境与局限有清醒的认识,但又依然不厌弃自身,不因为自身遭遇的困境而失去信心,变得绝望。

史铁生不能认同佛教(学说)的地方,还在于它否定人的欲望。“流行的佛说(我对佛学、佛教所知甚微,故以‘流行的’做出限定)相信,人生之苦出自人的欲望,如:贪、嗔、痴;倘能灭断这欲望,苦难就不复存在。”[22]然而人类,甚至是世界本身,正是由欲望所构成的。人是受欲望的驱使而在时间中展开自身,是带着欲望而在社会中不断地选择自身的存在可能性,进而成为自己。正是欲望使得人以个体的形式存在,没有欲望,便没有差别。没有欲望,世界将变成为一潭死水,甚至世界本身也不可能产生,“我”也必然无法存在。也正是欲望让“无中生有”成为可能,欲望是“第一推动”。任何人类个体,都免不了是欲望的化身。和无生命的机器相比,人所多出的,也不过一份欲望。因此,消灭欲望的欲望和行为,绝不是普度众生,而只是消灭众生。如果没有欲望,便不会有生成。人可以在某些时候减少或压制消极性的欲望,却不可能全然没有欲望。存在之真理的诞生,澄明之境的出现,不是通过消灭欲望来完成的,而是意味着,应该把欲望引向过程——努力的过程,创造的过程,生命的一切过程。过程意味着不完善,甚至意味着痛苦,然而,只要“我”能永远对过程感兴趣,让目的和过程能够保持一种有张力的平衡,那么欲望本身就是正当的、合理的。在其生命的晚期,史铁生依然执着地肯定欲望的意义,“六十年过去了,我总是不能满意于种种依靠灭欲来维系的信仰”[23]。

威廉·詹姆斯曾经指出,个人宗教比制度宗教更原始,因为个人宗教在最初的意义是和信仰者本身的存在疑难有关的。“个人宗教,至少在某种意义上,证明比神学或教会中心论更根本。教会一经建立,便间接地依存于传统。可是,无论哪个教会,其创立者的力量最初都来源于他们个人与神的直接感通。不仅基督、佛陀、穆罕默德这等超人的创教者如此,而且一切基督教派的组织者都莫过于此。所以,连那些仍旧坚持个人宗教残缺不全的人,似乎也承认它是最原始的东西。”[24]史铁生也持类似的说法,只不过他同时借助了一些物理学或哲学的概念。他曾经指出:“哪种文化也不是‘第一推动’,哪种宗教也都不是‘绝对的开端’,它们都是后果,或闻天启而从神命,或视人性本善为其圭臬。‘第一推动’或‘绝对的开端’,只能是你与生俱来的、躲不开也逃不脱的面对。惟在此后(无论是对于个人,还是对于人类)才有了生命的艰难,精神的迷惘,才有了文化和信仰,理性和启示,或也才有了妄念与无明。倘不是从这根本的处境出发,只从寺庙或教堂开始,料必听到的只是人传。”[25]由此可见,史铁生无意于追求佛教和基督教在起源上的先后问题,但是在应对生的问题上,在确立存在意义的层面上,基督信仰较之其他宗教的信仰是具有优先性的。这正是史铁生所说的基督教对于个体在白昼的存在更有意义的缘由。

然而,个体此在毕竟还有一个根本性的问题需要应对,那就是死亡。海德格尔甚至认为,此在的存在,说到底是“向死而生”。史铁生之所以在信仰基督之外还要信佛教,就是因为佛教的一些理念能使人更好地面对死亡的问题。“昼信基督夜信佛”之所以是可能的,也是必需的,则是因为生与死是互相牵连的,是个体存在的两个基本面向。

如果要求每个人都采取这种信仰方式会显得奇怪,对于史铁生个人而言,这种方式却无可厚非——正如詹姆斯所说的:“我们当中,没有哪两个人面临同样的困难,我们也不应期望他们求得相同的解决方法。每个人都从自己特殊的视角出发,考虑一定范围的事实和麻烦,而且必须用独一无二的方式应付它们……神圣不可能仅仅意味一个德性,必定意味一批德性;不同的人倡导不同的德性,因此,都可能发现有价值的使命。每种态度只是人性全部信息的一个音节,所以,需要我们全体把它的意义完整地拼写出来。”[26]这也意味着,一个人可以选择信仰“一个德性”,也可以选择信仰“一批德性”。而不管是信基督还是信佛,两者的内在精神又是同一的,说到底,信仰是个体在面对无从更改的永恒生命困境而持有的不屈不挠、互爱互助的精神[27]。佛理与教义的融合和滋养,也使得史铁生获得了真正意义上的存在的勇气和信心,从而面对眼前的一切苦难。

三、作为生命实践的信仰及其意义

说到底,宗教信仰在史铁生那里是作为一种人生实践而存在的。人之所以需要信仰,是因为人生来就是一种会追问存在意义的有限之在,是因为宗教是与人之存在的局限、困境和疑难联系在一起的,“宗教一向是在人力的绝境上诞生,我相信困苦的永在,所以才要宗教”[28]。

为什么说信仰是在人力的绝境上诞生?史铁生在《我之舞》等作品中关于“我”与“世界”的阐释确证了一点:任何的人类个体——“我”——都是一种有限之在。不单生命是有限的,而且认识能力也是有限的。“我”只能是生活在一个没有绝对确定性的“世界”之中,或者说,每个个体在生存论-存在论意义上的“世界”都是有限的。这种对人的理解,与近代哲学所确立的人学观念有很大不同。在西方,自从笛卡尔以“我思故我在”的命题为中心建立近代主体形而上学哲学,人便被坚定地理解为是一种理性的动物。从理性的角度来理解人,理解人性,成为至关重要的运思方式。理性被视为人不同于其他存在物的特点。这种认识论上的差别更导致了价值论上的扩张,人自诩为高于其他存在者的存在者,是自然的立法者,是自然的主人。经由理性,人被摆置于世界的中心。经由理性,人似乎就能认识一切。史铁生却反对这种运思方式。在他看来,人固然拥有理性——他把人的理性能力称之为“智力”,但理性本身是有限的。人不可能完全通过理性来完全认识世界,控制世界,控制自己的命运。

正是因为看到了理性的局限,史铁生才越加看重信仰的意义。“惟在人智、人力无望解除的困苦(残缺、欠然、原罪)面前才有信仰的生成。”[29]这种对理性与信仰的追问、思索,最终所触及的,是人性的根本命题。史铁生并不否认理性对个体存在和生活世界的意义,却同时看到了信仰的不可或缺。他之所以不那么重视知识或制度层面的宗教信仰,而强调个体与上帝的直接面对,为的只是直面存在:“我不相信一个深陷歧途的人或族,其信仰的源头没有问题;我相信一切结果都必与其初始条件紧密相关。”[30]信仰的“初始条件”是什么?是“我”的独特和唯一,即每个个体的具体处境都是不一样的,会有不同的感觉偏差,并且这种处境是不断变化的。信仰必须立足于这些基本的前提才有效。史铁生所反对的,也不是知识的思辨性质,相反,他强调信仰离不开义理整全的、周密的思辨,否则,就可能因为误听他人的言传身教而陷入一种盲信。他对制度宗教的警惕,也与此不无关联。

史铁生对信仰的强调,还与他从存在论的、现象学的、解释学的视野看到“我”是一种“动中之在”有关系。人类个体并非生来就是有意义的,也并未获得属于自身的本质,而是通过行动来赋予自己的存在以某种本质。而本质的生成,意义的生成,不是单纯靠自我的力量就能完成的,而是需要有一个参照系,或者如查尔斯·泰勒所说的,需要有一个背景,一个框架。“寻求生活中的意义,试图有意义地定义自己的行为者,必须存在于一个有关重要问题的视野之中……换言之,我只能对那些要紧的事物的背景来定义我自己。”[31]

赋予存在以意义,实现存在之超越的方式有许多,泰勒提到的有“历史、自然的要求、我的人类同伴的需求、公民职责、上帝的号召”等等。至于选择哪一种,则与一个人的自我期许有关,也与一个人的在世情态、价值观念有关。响应“上帝的号召”,或者说宗教信仰的重要性在于,它是与人的终极意向、终极关怀联系在一起的。通过信仰,人这种有限之在似乎联通那无限之在,处身于绝对价值的光芒之中,“他就会因自身的局限而谦逊,因人性的丑陋而忏悔,视固有的困苦为锤炼,看琳琅的美物为道具,既知不断地超越自身才是目的,又知这样的超越乃是永远的过程。这样,他就不再是肉身的附属了,而成为命运的引领——那就是他已经升华为灵魂,进入了不拘于一己的关怀与祈祷”[32]。

史铁生对宗教信仰的作用和意义的强调,在他整个精神世界的建构中起的作用也是重大的。史铁生曾把有限性视为“我”之存在的“原罪”。“我”既非全知全能,又不能永恒地存在,而是受到时间、死亡和视域等多重的限制。基于这种认识和体验,史铁生在写作中也着力开掘个人的存在困境与意义,有时候甚至带有很重的唯我论的意味。特别是在认识论的层面上,史铁生一直是一个彻底的唯我论者。他对“我”的这种强调,也使得他的很多想法带有浓重的主体哲学的意味。然而,这些仅仅是史铁生精神世界的侧面而非全部。他所写的一切,都是无论如何与"我"有关的事物,但这个"我"始于史铁生,却不局限于史铁生自身。在他的精神世界中,个人的存在困境与人类的存在困境是相连的。他对人的存在问题的理解,既有存在论的、现象学的根基,又不乏伦理学的关怀以及宗教的超越之维。他既肯定"我"作为一个主体的意义,同时又不把"我"之外的所有人或存在物视为"客体"。

史铁生对"我"的强调,与通常所说的人类中心主义绝不能等同。他虽然强调"我"之存在的主体性,却不强调主体对客体的利用、征服或绝对的优先权。他强调所有的"我"都有主体性,都得在存在的可能性中进行决断,从诸种可能性的选择与放弃中生成。这种生成不是在一个完全与他人隔绝的境域中展开的,他者对"我"的意义,也并非全然是否定性的,而是有其肯定性的作用与意义。

史铁生所理解的"我",正如海德格尔所言,是一种时间性的存在。我的存在,离不开他者的存在。我与他者在世界之中共在。正如他所反问的:"'我'能离开别人而还是'我'吗?'我'可以离开这土地、天空、日月星辰而还是'我'吗?'我'可以离开远古的消息和未来的呼唤而依然是'我'吗?'我'怎么可能离开造就'我'的一切而孤独地是'我'呢?"[33]因此,史铁生实际上是把人理解为一种在时间中绽开的社会性存在,认为"惟当我与他者发生关系——对他们的理解、诉说、揣测、希望、梦想……我的心路才由之形成"[34]。这个我是"变动不居"的。个体的存在是在时间中生成的,也是在社会世界中生成的,不管是时间之维还是社会世界之维,都使得个体的存在是一种受造。这就把对主体性的强调过渡到了对主体间性的强调。而真正在认识论和价值论上平衡了史铁生作品中的"唯我论"倾向的,乃至于构成对人类中心主义的克服的,正是史铁生对信仰的重视。在史铁生看来,相对于上帝这一无限之在而言,人之为人只是一种有限之在。人与上帝之间,必然有着永恒的距离。人与上帝,有限与无限,构成一种永恒的参照,"一切有限之物,必因无限的衬比,而显露自身的不完备。而无限呢,又因其自身的无边无际、无始无终,而永无完备可言"[35]。人作为一种有限之在,固然可以不断地自我超越,却不可能抵达无限,更不可能取代上帝,或成为上帝那样的角色。由此可以看到,史铁生肯定个人存在的具体、唯一与意义,但又没有陷入"唯我论"的境地。

史铁生的宗教信仰天然地与存在的意义问题连接在一起。他试图借助宗教赋予个体生命以意义。信仰于他,体现在一种情感态度,体现为"我"对世界、对具体生存境遇而做出的反应。史铁生的信与言,均丰富了我们对人性的理解,敞开了存在本身的丰富性。他的所思所信所行指证了一点:每个个体意义上的"我"都可以根据自身的具体处境和生命实践的需要,在信仰中自我超越,通过信仰的方式来克服困难,走向十字架的真,走在通往神性的途中。

【注释】

①石杰:《史铁生小说中的宗教精神》,载《中国人民大学学报》1994 年第 1 期。

②谭桂林、龚敏律:《当代中国文学与宗教文化》,95 页,岳麓书社 2005 年版。

③胡山林:《论史铁生小说的宗教性意蕴》,载《河南大学学报》(社会科学版)1996 年第 5 期。

④⑤⑥㉔[美]威廉·詹姆斯:《宗教经验种种》,21、242、22、15、21—22 页,尚新建译,华夏出版社 2008 年版。

⑦⑧⑨⑩㉒㉕㉙㉚㉜㉞史铁生:《病隙碎笔》,92、98、420、369、93、149-150、356、358、102、326 页,人民文学出版社 2011 年版。

⑪⑱㉓㉗史铁生:《昼信基督夜信佛》,66、3、55、17 页,人民文学出版社 2012 年版。

⑫⑬⑭⑮⑳㉑㉘史铁生:《我与地坛》,24、51—52、25、59、314、313、280 页,人民文学出版社 2011 年版。

⑯尚新建:《宗教:人性的展现——论威廉·詹姆斯的〈宗教经验种种〉》,收入许志伟主编:《基督教思想评论第 1 辑》,308 页,上海人民出版社 2004 年版。

⑰陈朗:《因为追问,所以信仰》,收入许纪霖等著:《另一种理想主义》,88 页,凤凰出版社 2011 年版。

⑲刘小枫:《走向十字架的真》,190 页,华东师范大学出版社 2011 年版。

㉖[美]威廉·詹姆斯:《宗教经验种种》,355 页,尚新建译,华夏出版社 2008 年版。

㉛[加]查尔斯·泰勒:《本真性的伦理》,51—52 页,程炼译,上海三联书店 2012 年版。

㉝史铁生:《务虚笔记》,487 页,人民文学出版社 2011 年版。

㉟史铁生:《扶轮问路　妄想电影》,79 页,人民文学出版社 2011 年版。

(原载《南方文坛》2015 年第 4 期)

获奖词：

陈思从年度小说现状出发，以扎实的文本细读为例证，对“80后”创作中呈现出的种种精神面貌进行了描述，无论是对小说世界中所呈现出的世俗世界和同质化的逃离，还是精神上的叛逆、思想上的焦虑，都做了精到的分析。文章写法从容，分析精准，学术文风颇具才情。

“生活”的有限性及其五种抵抗路径

——以2014年短篇小说为例谈“80后”小说创作现状

陈　思

美国小说家罗杰·泽拉兹尼(Roger Zelazny)曾有一部短篇小说《此处有龙》。在一个群山之中的小国，国王和臣民始终与世隔绝。皇家绘图师吉伯林先生足不出国门，为图方便，按祖传伎俩在地图上所有未知的地方用花体字写下“此处有龙”。由于地图上国家被各色残暴的喷火巨龙团团围住，臣民们以为处处有龙，只能待在家里，小王国就在绘图师因为偷懒而划定的范围内运转。好在官僚体制成熟，臣民忙于案牍与吹牛，谁也未曾真的想要做出任何规矩之外的行动。一直到国王在女儿生日那天突发奇想需要焰火，委派第四参事前去搞一头“会喷焰火、中等体型的龙”来，皇家绘图师的把戏才被拆穿，世界的一部分真实地形才展现在人民面前。

我们不妨将这部讽刺短篇当作中国小说家创作危机的隐喻：每一个小说家都要面对生活的有限性，人人都有在稍微偷懒的时候变成“皇家绘图师”的危险。第一个方面，在全球化、现代化和后社会主义政治经济局势下，中国社会正在快速发生多个层次的变化，个人相对于快速变化的环境变“小”了。第二个方面，文学与作家已经变得十分专业化，作协、期刊、学院提供了舒适、安定的生活环境，我们很难想象如赵树理那样先熟悉20世纪30年代中国华北财税制度实际运作方式，才写出《催粮差》这样的小短篇；或者如柳青在长安县皇甫村那般工作多年，才写就《创业史》；更不用说如同狄更斯、巴尔扎克、麦尔维尔、海明威那样，上天入地、转换多种身份，看到当代生活的每一个层面。第三个方面，资讯发达的时代快速带来对生活的覆盖，泛滥的学院话语和各色公知再插上一脚，这些叙事不断重复对世界的陈词滥调,历史和现实的褶皱被这把大熨斗烫平。情色反腐、征地拆迁、村干部霸道、城管执法不公、政治小道消息、土改暴力、"文革"秘闻,再加上心灵鸡汤、洒上几点"感动中国"的泪水……我们被包围在群山之中,而偷懒变得好容易:于是鹅毛笔一挥,此处有龙!

生活的有限性已经构成了考验和挑战全体作家独立性、敏感性、技术性和意志力的大背景。这一点,对于文坛主力军之一的"80后"作家群体来说尤其紧迫。作家针对这一背景的抵抗方式各有不同,其欲望与姿态亦耐人寻味。我们不妨借用这一背景作为理解当下"80后"年轻作家创作的前提,对其创作路径给予逻辑上的说明。

一、出逃的企图

一般而言,"80后"作家的生活阅历相对狭窄同质化。"求学—上班—结婚—生子"是他们相对接近的轨迹。工作的单位大多是政府部门、部队、国企、外企,更多地在报刊、媒体和学院。或许在这些作家的经历中,"生活"就等于领导与同事之间的钩心斗角、飞短流长、经济压力、观念差异、职称考评、代际冲突,等等。因此,在这批作家笔下往往出现了一种对被命名为"日常生活"的特定都市生活世界的拒绝。

比如文珍的短篇《银河》(《中国故事·虚构版》2014年第9期)。从早期的《第八日》《动物园》《色拉酱》到最近的《衣柜里来的人》《银河》,那个秩序、庸常、琐碎、市侩的世界里,总是飞翔着那些脆弱的精灵,她们要精致的生活,要对当下时间永恒之美的发现,但又不敢颓废放荡,甚至不敢口吐脏字,对这个世界所做的最大革命无非是"一场说走就走的旅行"。

《银河》里处理的还是"向死而生"的问题。两位主要人物都在银行工作。银行(及其内包的金钱、规矩、市侩、虚伪、家长里短、流言蜚语)是我们世界的象征秩序。两人都是生活中唯唯诺诺、毫不起眼的小角色,小城市或乡镇长大,父母也都能力平庸,个人资质中等,打卡、上班、"房奴"。剩女"我"与已婚的老黄发生了心灵感应,在人群中找到彼此——另一个不合格的"普通人"。可是为什么要做"普通人"?然而他们又成为不了魔鬼或者英雄,创造性也欠缺,连偷情亦被捉奸,而且,竟然可笑到私奔。幸好旅途本身还算风光旖旎。各种动听的地名与异文化纷至沓来,库尔勒、托克逊乡、轮台、龟兹博物馆、昭怙厘大寺、库车河,看千年的壁画、巴扎的风情,在沙漠中恐惧被抛弃,夜宿拜城,逃离丑陋的阿克苏,穿越民丰县、柯坪县、巴楚县、阿图什市、喀什来到帕米尔高原,抵达终点塔县。虽然看似过足了"生活在别处"的瘾,但现实生活的脚步实际早从后面追上他们的越野车。老黄的手机不断响起,他率先做了逃兵,不断悄悄和妻子张梅联系。大家心知肚明下面的故事无非是计划回程,飞速收拾生活的狼藉。两只大行李箱此刻变得无比的可笑。但"我"不愿回头,执意让这场爱情与私奔的英雄剧目终止在塔县——就终止在赛马会。盛大的场合,最适合做一场轰轰烈烈的葬礼。"我"迎向奔腾的马蹄。

更进一步看,"爱情"其实不是故事的主角,而是故事借以对抗世界的工具。"我"与老黄与其是真心相爱,不如说是惺惺相惜。但这种同为弱者的命运与共的相依感,使老黄的退缩背叛变得更不可忍。“我”的死亡使得小说最后跳出爱情小说的限度。文珍世界的宽度和深度因此增强。

同样拒绝日常生活的还有蔡东。2014 年《收获》第 5 期“青年作家小说专辑”,发表了她的《我们的塔希提》。麦思与春丽是发小,春丽打来电话,不堪忍受琐碎工作的她竟然鼓起勇气辞去公职,从留州到深圳去“写点东西”。撕裂感深深攥住了麦思,她完全能够体会春丽的痛苦,因为从研究所被调整到资料室的她早已深谙个中滋味。独自旅行、周五不坐班的时光、崇光百货大“血拼”、对精致生活器皿的挑选,这是麦思从密不透风的生活中解脱出来的避难所——当然是暂时的。麦思的丈夫高羽同样“生活在别处”,让他从当下的生活中解脱出来的方法简单一些,一个永远对妻子上锁的抽屉,以及在足球经理游戏中所向披靡的“斯托克城队”。本来夫妻两人已经与不堪忍受的生活达成了平衡,春丽的介入就像一枚催化剂,用小说的话,是如同“一只浑身带电的深海生物”,让丈夫高羽萌生出逃的念头。反过来看,女主人公麦思始终都在贯彻一种更踏实和更少戏剧化的“行动”——她不像文珍笔下的人物那样“说走就走”,不过是因为她想得更透彻,早就看见前路茫茫。

同样走不掉的还有春树。短篇《超级月亮》(《青年作家》2014 年第 12 期)同样刻画了一个危机当中的小说家。她与周围的世界格格不入,而格格不入的原因恰是她的“真诚”。以她看似执拗单纯的真诚之眼看去,世界与人群如此庸俗虚伪市侩,我们真是只好逃到美国去。此时此地的日常生活是不值得过的,那么当我们问问主人公,理想的生活又是什么样的:她也只能够说出“美国”“军队大院”和“学院精英”这样苍白的符号。毕竟小说中的那位小说家没有真正的行动力,她的“真诚”(比如结尾处那一场纵火)无法掩盖她对理想的向往只是一种姿态。

那么,如果真的从日常生活断然出走了,又怎么样呢?七堇年的《夜阳》(《收获》2014 年第 5 期)像某种纤细花哨的织物,里尔克、Fernando Pessoa 的诗、马德里 Parque del Buen-Retiro、1881 年的阁楼、星点残雪堆在街角、飞机缓缓划过天空、里斯本的大海、深渊上血红如日的月亮……一个厌倦了平庸的生活与丈夫的中国女生,远赴西班牙马德里,在车厢遭遇扒窃的时候被一位后来才知道患有躁郁症的葡萄牙女作家所救;在同居之后,她终究无法忍受女艺术家的“不平庸”,迅速从那样动荡激烈的生活中退场。在“叶公好龙”的女主人公面前,一面是平庸的生活、崇拜成功学的丈夫,另一面是十五岁被渔夫咬掉乳头的女同性恋者、躁郁症者、在冰淇淋店打工的“女作家”、炽烈的爱人、绝不平庸的 Nox。女主人公在平庸和不平庸的道路之间,搁浅了。

“娜拉出走之后”的命题,始终没有得到解答。即使主人公拥有娜拉所不具备的种种能力,也不可能在日常生活之外发现一个诗意而又安稳的空间。“出逃—落网”似乎是这批女作家笔下主人公的共同命运。

二、焦虑的表演

一旦对“生活”全部定义发自“北上广”与“职场、媒体、单位、学校”这样的小圈子,生活自然就变成面目可憎的“秩序”。出逃注定是悲剧性的,因为一种新的整全生活很难从无根的反日常生活的情绪反应当中诞生出来。由于丧失了在秩序之外想象新生活的能力,一些同样感受到“娜拉困境”的作家转向内心情绪的表达。内心,又断难完成对创作的长时间输出,她们焦虑着。一旦对于写作自身的焦虑俘虏了她们,这些聪明的“老灵魂”还会趁势将这种对写作资源枯竭的焦虑转化为写作资源本身。

周嘉宁、张悦然的创作中,出现了一系列“失败艺术家”形象。张悦然《动物形状的烟火》(《收获》2014 年第 5 期)里,主人公林沛是一个穷困潦倒的艺术家,最致命的一点是他的灵感荡然无存、泯然众人。小说从林沛受邀参加宋禹的跨年派对开始叙述。带着隐秘的兴奋与重新受宠的期待,林沛在派对上遭到无情的打击。非但宋禹对他不理不睬,他所见到一个又一个女孩,如今都投入了他人怀抱,甚至连往日画室前台小姐颂夏都咸鱼翻身,开了自己的画室。报复心让他必须从晚会上带走些什么,于是他看中了在别墅中不受欢迎的养女。谁知,他的“动物形状的烟火”的把戏早就被恶童识破,自己成为晚会的最大笑柄。原来艺术家没有了“创造力”这样的任性资本以后,竟是如此焦虑可怜。

周嘉宁《让我们聊些别的》(《收获》2014 年第 1 期)最具有症候性。小说选入了 2014 年短篇小说集《我是如何一步步毁掉我的生活的》。“我”在小说中是一位得了抑郁症的女作家——“我”无论如何都“写不出来”。“写不出来”源于“我”无法与周遭日常生活建立意义关联。一直对女作家施加压力的经纪人天扬与始终霸道成功的男作家大澍,向“我”灌输各种宏大叙事,在男人的眼中,“好故事”才是文学的真谛。而“我”下意识觉得虚伪,他们的“故事”只是一种关心地沟油的虚假“悲剧”。“我”焦灼地想要证明自己,却找不到属于自己的“故事”,又羡慕他们所具有的锐利的攻击性。于是在向外的“羡慕嫉妒恨”与向内的懊悔、愧疚、怀疑、自责在心中形成不断扩大和纠结的漩涡,这个漩涡吞噬着她所有的行动力和自信心。沉溺在这一漩涡中,“我”丧失了作家基本的敏感性——错过了发生在身边的露露的死。当“我”觉得她只是一个“二十岁出头肥嘟嘟的女孩,穿着荷叶边短裙,露出一截藕色的大腿”的时候,“我”已经彻底丧失与日常生活建立联系的希望,变成了一块“迟钝的旧橡皮”。

必须提醒的是,这种焦虑感自身变成文学表现的对象时,可能沦为一种表演。为表演焦虑而表演,为表演焦虑而焦虑。表演性会抽空真正的改变与行动,因此不能真正解决焦虑问题,更不能真正跨越“有限的生活”的地平线。

在此基础上,“焦虑”书写很容易滑动到和明星制挂钩的、以作家形象作为卖点的“真人秀”。比如,我们可以看到小说家对海明威、菲茨杰拉德、伍迪·艾伦等如今成为流行文化一部分的艺术家形象的模仿与盗用——要知道“写作的焦虑”早已成为这些 20 世纪时尚代言人笔下的俗烂主题了。到了这样的时刻,最迟钝的读者也会发现这种从庸常生活当中出逃的姿态,无非是另一种讨好庸常的手段而已。

三、理论的激荡

成熟的作家总是追求一种穿透生活本质的深度结构。而这种思辨色彩的形成还有更切实的原因：如果日常生活无法进入写作，而内心又缺乏足够持久的输出能力，"80 后"作家的阅读与知识结构使其中某些人更容易与理论话语产生联系。这一写作倾向未来的发展尚未明朗，毋庸置疑的是学院教育使得一种与西方理论更高级的互文形态成为可能（这方面"80 后"小说家拥有远超前辈的优势）。

王威廉出生于 1982 年，曾在中山大学攻读人类学系和中文系，获得现当代文学博士学位，也是首届"紫金·人民文学奖"的得主。王威廉对于人与人之间的暴力关系有着格外的敏感（比如他的"法"三部曲《非法入住》《合法生活》《无法无天》）。这一次《当我看不到你目光的时候》（《十月》2014 年第 6 期）的切入点选在"看"与"被看"的关系。我们将他的作品作为这一现象的代表。

小说以某种非现实的逻辑开始——未来社会中，一名照相馆摄影师在感化女犯的过程中体会到了视觉装置所带来的主体权力与快感。"我"本是照相馆的摄影师。政府规定主人公必须道德感化一名女杀人犯，其罪名是将男友禁闭在一间满是摄像头的房间内造成其死亡。女犯住到"我"家，这种亲昵温馨的关系并没有让"我"放松警惕，而是令"我"对杀人动机产生了兴趣。女犯讲述了其父亲及其男友怎样先后沉浸在看与被看的快感之中，以及男友如何在屏幕前发现自己的渺小可憎，而被从快感模式中无情抛出，就此虚无绝望，自杀身亡。"我"逐渐被女犯反向"感化"，开始产生对"看"的自觉意识。通过镜头，我瞬间变为大他者，镜头中的客户在大他者的目光下开始面目绯红，享受被看的快感，将自己嵌进了大他者规定的欲望客体的位置。新的主体被成功询唤出来。

小说中的"看与被看"，灵感来源于法国哲学中的"凝视"理论。"凝视"（gaze）既可以被彻底抽象地理论化，又可以进一步放置在特定历史当中去描述人对人的监视及控制。前者肇始于科耶夫 1933—1939 年在巴黎所做的黑格尔精神现象学讲座——这一讲稿经过施特劳斯高足布鲁姆翻译整理出版，其中就以恋人之看来佐证其主体理论，座上三位听众萨特、梅洛庞蒂、拉康后来都在各自的拓扑学发展当中延伸了肇始于科耶夫的理论雏形，暂不细表。后者——历史地考察观看关系的脉络，最为人熟知的自然是辈分再小一些的福柯，而后殖民领域大名鼎鼎的萨义德对东西方关系的比附也来源于此。一般通俗理解的主体对客体的看，涉及一种爱欲、控制和将对方物化的倾向。

那么，有可能从暴力的构成性的视觉关系中挣脱吗？小说的态度是基本悲观的。理论上，第一种对于这种凝视的破坏方式是回看（gaze back），通过目光的对视来脱出掌控，从而使对方经由窥探所积聚起来的虚假（爱欲）主体，瞬间破灭成灰。这是萨特在《存在与时间》中提供的路径——小说中的女孩跑到了房间之外，抓住了正在通过窥视自己获得性快感的男友，从而破坏了他的欲望及根据这一欲望构成的主体。可是，问题来了——挣脱之后的空虚感和无意义感是无法承受的，存在/实在界本身向他敞开，他却要重新回到欲望和主体之中。"看"之途被堵死，他由是必须通过"被看"来重新获取身份与欲望。他奢望一个“性”致勃勃的大他者,通过它的眼睛能够看见自己千娇百媚。于是恳请女友充当看者,而自己扮演欲望对象。可是一旦让他/它站到大他者的位置上凝视自己,他发现想象中的自我并非千娇百媚而是如此卑琐可笑,他看到了自身的盲点,其存在的灰败性——进而感应到大他者的性无能和空洞性,其想象主体也就瞬间破灭成灰。当其存在的无意义性第二次向这位不幸的男人现身,他选择了自杀。萨特或许还是会说他是懦夫,一个无法承受存在之无意义、不敢直面其存在的懦夫——他不能“去—存在”(to-be,as to become)。相反,按照拉康-齐泽克某些中国门徒的立场,他的死亡却是一个主体闪闪发光的事件,是对大他者的彻底拒绝。至少,自杀时刻留给世界的目光,是对这一世界当中最大的挑战——作为物的回望,总是让人不寒而栗,被凝视的物变成不能被主体/客体之分所框定的小客体 a(petit objet à),充满死本能的目光逼视我们,戳穿了我们这种植根于生本能的视觉主体内在的缺陷性。

当然这么勉强区分其实殊途同归,当小说限制在存在主义的整体进路(无论是萨特还是拉康-齐泽克一代,法国理论家某种意义上都具有存在主义的内在理路)之内时,其实世界早已经是一间铁屋子了——装不装摄像头,懦夫还是烈士,倒还是其次。小说另一个漏洞或者说缺憾在于,女性似乎从这套视觉—欲望—主体装置之中被轻易地豁免掉了。

唯一使人担心的是,一旦脱离了现实经验的土壤,进入与理论话语的近身调情,小说如何能够提供比理论更丰富的东西?写到这里,笔者又不禁想起,这样一篇小说会不会正在期待上文这样充满西方理论的凝视,而笔者是不是又恰好一步步陷入这种凝视的快感当中了呢?也就是说包括笔者在内,很可能已被小说文本所感化,自觉充当了理论大他者眼中的欲望客体。

四、情绪的升腾

生活的有限性并不必然带来体验和感官的有限性,恰恰是感受/体验的有限性需要被打破。是的,对生活的感受是已经被历史限定的。感觉被不同的结构(话语知识型)组织起来的时候,就“先天”地被赋予了形式。结构会形成对感觉的压抑,无法进入结构的感觉被放逐。那么,对于历史形成的话语形式的拆解与重新探索,使得文学同步承担了解放感官、发现感官并促成认识进步的任务。于是我们永远需要一些小说家,让线条挣脱轮廓,让色彩挣脱对象,用一种“情”(affect)的能量打破认识的网格,摧毁对于“对象”(object)的刻板印象。

甫跃辉的《坼裂》(《十月》2014 年第 4 期),情绪核心在于站在满是裂纹的冰湖时那种即将下沉的黑暗、冰冷、无望之感。这种精雕细刻的无望感,是小说能够从众多文本当中脱颖而出的原因——小说的情节和人物反而不再重要。作品开始不久提到“灯光浮油一样凝在地面”,但这样黏稠、烟熏火燎而颇有虚实辩证性的感觉其实并不是小说的主调。小说还是很空灵很纯粹的爱情小说。开头就轻柔飘忽,颇有流动感,两位主人公顾零洲和易沄的名字也是轻烟一样。小说“本身”的逻辑很简单,这是一场悲凉的告别仪式,在第七个城市，婚外情走到了尽头，沉重的压力令男主人公终于欲振乏力，而女主人无非是生孩子之前最后疯狂一把。小说先预设了离婚之不可能，然后强调了维系婚外情的艰难与无力。这样，《拆裂》说的是现实压力之下婚外情的沉没——读者于是感到绝望无奈与撕心裂肺的双重包夹。

甫跃辉这篇小说美中不足的地方在于思考力的故步自封。他太执着于呈现轻薄，因此愿意将所有伦理拷问都屏蔽在男女主人公流云般的生活之外。我个人想将思辨与伦理的维度重新放入作者设置的结界之内，为小说打开额外的两个扇面。

第一个可供打开的层次：爱情之消逝。我个人更偏好罗兰·巴特式的命题：主人公对于爱情的消逝既绝望又无奈，而任何挽回的企图都不可避免地导向失败。根据甫跃辉着力制造的爱情信条，看似男女主人公分手的原因还是来源于外部的社会压力，而实际上男女主人公又都清楚，激情的给养就是危险与禁忌。小说隐藏的一个悖反命题为：压力恰恰是欲望的动力。他们打一枪就换一个地方——当代“婚外情”带上了这些仪式，就带有19世纪小说中“通奸”式的郑重其事。他们怕被发现，于是只能宅在宾馆做爱。但做爱变成超量的做爱，又变得程式化。于是渴望安定、渴望暴露在光天化日之下，因为安定变成了一种非常态，从而是可欲的。可是即使暴露在光天化日之下，比如看场电影《一代宗师》，难道爱情就能够继续漂浮吗？话说，“通奸”的感情如何维持？“通奸”会不会变心，即在对配偶的背叛之后会不会对自己千辛万苦得到的情人进行又一次的背叛？他们心中满腹狐疑，可是这些满腹狐疑又以海誓山盟来掩饰。可是他们分明是厌倦了海誓山盟才走到了一起，于是他们在挣脱枷锁的过程中被枷锁追上了。渐渐感到腻味的两个人，聪明地在腻味之前完成了体面的结束。毕竟，爱情如同自在之物，随时会从生活看不见的裂痕里咔嗒一声就掉入深渊。无论是宾馆里、情人黏腻的汗味里、漫长两地分居的形迹可疑里、突然瘫软松脱的身体里、还是日常的关怀中，总会听见冰湖碎裂的咔嗒声。

仅仅这样子这篇小说好像还有些单薄。我个人会再附加第二个层次，离别的结尾处也许还可以再处理出一个反讽的维度：爱情主题真的存在吗？顾零洲背对冰湖大声复诵《一代宗师》，这些种种纷至沓来的情绪意象，岸上那被生离死别击倒的身影，这些所谓爱情的经典场景，难道不是欲望驱动下的一次角色扮演？我们似乎也可以这么理解：男主人公诸多心念百转，只是因为女主人公很心机地说了一句“不做爱”，于是非要再次得手不可；而做爱之后的诸多疲沓空虚，以及伴生而来的离别戏码，或许预示了他们下一次在另一个城市的旧戏重作——《一代宗师》里不是有一句屡遭吐槽的“念念不忘，必有回响”吗？由是，小说的伦理立场便不会显得固执而单一。

一部以情绪为塑造对象的小说，有可能走向三个方向：情绪的烈度、特异性与复杂度。尽管这样的区分十分粗疏，柏格森大概不会同意这种以外在空间性的思维方式去臆断人类的内在的绵延性的方式，但简而言之，小说所唤起的情绪如果无法达到某种凛冽与澎湃的能量值（比如某种纯粹的恐怖或者崇高感），那么至少应当形成与常情的差异和距离，或者应该拥有多多少少显得饱满丰富甚至彼此冲突的层理。做到这种程度，生活就开始变得“无限”了。

五、辩证的思想

真正的思想,不是通过逃离生活,而是通过与生活的纠缠产生的。逃离生活的“思想”,是抽象,更是虚妄。既然我们要求作家为世界提供精神养分,那么这种养分必然是一种活生生的精神史。这种对精神状态的呈现与诊断,就必须建立在与当下活的、带有血肉温度的经验的批判性思考的基础上。思想,尤其是文学中的思想,并不来源于学院派的“理论见解”,而是直视日常生活、对其进行“辩”与“证”的超克的结果。

正是在这个意义上,马小淘的《章某某》(《收获》2014 年第 5 期)提供了一种活生生的思想。小说通过一个动荡不安、空心的人格典型章某某,描述了一种本身充满毛病的伪“理想主义”。章某某不断地换名字,生活在自己为自己搭建的小世界里,恋爱受辱、求职受挫、辛辛苦苦为了自己的“理想”努力着。她对于自己的可笑毫无自觉意识——用斯洛文尼亚学派的拉康主义新锐理论家 Alenka Zupancic 的话说,成为“摧不垮的 id”。章某某最大的理想是当“春晚主持人”,而这一理想的根基其实只是来源于小县城里儿童节目主持人带来的“虚荣”。最终“梦想撑破了胶囊”,她在嫁作商人妇之后念念不忘自己的“理想”,被送进了疯人院。

小说太容易被完全归为一部《涂自强的个人悲伤》式的作品,比如书写底层青年如何在大城市的物欲横流中被磨蚀了理想信念,随后同流合污,最后难以承受自身的堕落而陷入疯癫的煽情故事。这种解读显然既低估了马小淘对于底层青年的区分能力,又高估了“涂自强”对于底层青年的概括力和理解力。试想章某某如果遇到又土又木讷的涂自强,一定会第一时间嗤之以鼻吧。细看去,叙事者对于章某某绝非一味感伤的怜悯与同情,而始终带有着俯视的视角——尤其是小说前半段的讥消与讽刺、后半段对于章某某不再犯傻的怅然若失。谁说这种目光一定是认同与羡慕?作者用这样的叙述距离要戳穿的是,章某某不是“小镇普通青年”的神圣化身,而是一种病态“小镇文艺青年”的标本。试想,章某某是《狂人日记》里的狂人,抑或更接近于《阿 Q 正传》里的阿 Q 呢?马小淘对于章某某倒是带有同情的,但那是鲁迅对阿 Q 的同情。

章某某不断改名,说明她始终对于自我、对于理想缺乏一个由内而外、再由外而内的坚实认识,并从中获取行动的循环能量。她的行为是极度空壳的,细看她的“奋斗”轨迹,听风就是雨,也是随波逐流,人云亦云。表面看上去她是“坚定”的,是“文艺”的,实质上是“心灵鸡汤”和“成功学”堆砌出来的。她是多么“上进”啊。在城镇化高速发展中,中国三线城市生产出的“文艺青年”一方面无法融入当代都市物质文化生活,受挫之后以“文艺”作为自己的心理保护和应激反应;另一方面其理想是被给予的,既空洞脆弱无法支撑他们走远,又充满杂质要他们很快向物质生活投诚。也就是说,这种“坚定”的理想主义是随时可以放弃并被金钱逻辑所俘虏的空壳理想主义。章某某的悲剧在于她始终没有获取“自我意识”——她没有反过来意识到自己“意识”(理想主义)的可笑性。当许许多多小说家甚至评论家、理论家都在大力讴歌“理想主义”的时候，马小淘的文本以一种隐微而豁然的方式，重新向我们提出了对“什么是真正的理想主义”的质问，从而交付给我们一种真正对生活大胆辩证的“思想”。

六、结语：继续前行，抑或“此处有海蛇”？

生活的有限性植根于我们存在的被规定性，尤其可被视为作家共同面对的大背景。对于一些“80后”的年轻作家而言，由于生活阅历更为狭窄和稀薄，他们对“生活”的定义也就相对接近“北上广”的上班族。“从日常生活出逃”变成她们的集体选择，背对生活之后的“焦虑”又成为她们的表演。另一些“80后”作家转向更为学院化的资源，比如“与理论话语形成互动”。尽管学院话语尚未对小说本身构成穹顶一般的宰制，然而今后这一方面的影响必然愈演愈烈。有些年轻作家并未选择正面以头撞墙，而是在文学世界之内试图创造出一种少见的“情绪”，搅扰我们的感官方式；但是，更让人赞赏的某些作家对我们生活的边界做出了勇敢的跨越，对于空心的伪“理想主义”做出了反常识的探讨，提供了一种以直面生活的写作来对抗生活有限性的可能。

不幸的是，生活的有限性，是不断生成的。我们一旦突破世界的边界，一条新的地平线就会重新出现。当我们回看近年来成名作家的小说创作，不仅是阎连科的《炸裂志》、方方的《涂自强的个人悲伤》、余华的《第七天》这些长篇作品，包括王蒙的《杏语》、刘庆邦的《琼斯》、须一瓜的《贵人不在服务区》、鲁敏的《徐记鸭往事》、盛可以的《弥留之际》、范小青的《南来北往谁是客》等短篇创作，也一定程度陷入了惯性写作之中。我们必须不断提醒自己，因为一旦停止了前进的脚步，又将回到那个绘图师的命运中。

作为全文的结尾，我们可以参考一下美国小说家泽拉兹尼《此处有龙》的结局：

一条真龙贝尔奇思终于忍无可忍，狠狠教训夜郎自大的国王与信口雌黄的绘图师之后，抓起皇家绘图师四下飞行，指点脚下江山，逼他一一标在地图上，不许他从此以龙为借口、胡乱偷懒。于是，国家走向开放，国王开始鼓励贸易，人们纷纷走出小国同其他国家学习交流。

可是有一天，国王开始琢磨地图的四角，发现都是海洋，他召来皇家绘图师：陆地边界的海之外有什么东西？

> 吉伯林先生拂了拂胡子（他的胡子又完好如初了），用了很长时间研究地图，然后他拿起羽毛笔，大笔一挥（用花体字），在所有水域的边缘处写道：
>
> 此处有海蛇。

（原载《南方文坛》2015年第5期）

2016 年度

评　委:白　烨　李敬泽　李　洱　陈建功　张燕玲
郭运德　郜元宝　施战军　程光炜

↑南　帆

↑李兆忠

↑张清华

↑项　静

↑黄平

↑季　进

获奖词：

小资文化共同体是当下文化的一个核心问题，作者从阶级谱系与文化视角，深入剖析了小资产阶级为了更多的文化自由，在文艺创作中占据"一个中心位置"的奥秘，对老问题的新论述，颇具新意。南帆理论功夫深湛，论析问题深入彻底又丝丝入扣，文风雅正，平和坦然；在视野、义理与辞章上，显示了作者炉火纯青的学术功力。

小资产阶级：阶级谱系与文化共同体

南 帆

一

作为一个通俗的社会学概念，"小资产阶级"历史短暂，内涵清晰，各种版本的辞典、百科全书可以查到大同小异的解释。然而，令人惊奇的是，这个概念的活动范围远远超出了社会学。20 世纪相当长的一段历史时期，"小资产阶级"成为各种非议、批评乃至贬斥的万能代码，频繁露面于党派政治文件、个人品行鉴定、知识分子内部的激烈争辩以及文学批评之中。从狂热的"左派"幼稚病、激进的无政府主义到傲慢的待人接物、过分醒目的奇装异服，从面对血污产生的惧怕和软弱、公众场合不逊地口出狂言到抽象的人道主义主张或者田间插秧之际伺机偷懒，所有的不良倾向无不可以纳入"小资产阶级"的辖区。许多时候，"小资产阶级"边界不清，覆盖的面积伸缩不定。作为咄咄逼人的阶级武器，这个概念拥有惊人的杀伤力，"小资产阶级"所形容的阶级异己乃是严厉地批判、制裁甚至肉身清除的对象；作为日常的流行词汇，这个概念仅仅包含轻微的谴责，甚至潜藏了某种隐蔽的得意，似乎许多人曾经患有这种文化感冒，不足为奇。

这个社会学概念并未深刻地介入西方文学批评史。西方马克思主义社会历史批评学派的视域之中，"小资产阶级"并非一个举足轻重的范畴。这个概念大规模登陆中国现代文学滩头的时间是 20 世纪的 20 年代末期。当时，郭沫若、成仿吾、冯乃超、李初梨、蒋光慈、钱杏邨等作家共同倡导"革命文学"。由于缺乏合格的激进姿态，鲁迅、茅盾、郁达夫等遭到了严厉的谴责。这时，"小资产阶级"作为一个火药味十足的政治贬义词出场。到了 20 世纪 40 年代的延安整风，这个概念再度集中启用。《在延安文艺座谈会上的讲话》

这一份文献之中，毛泽东关于知识分子小资产阶级习气的论述逐渐成为经典论断，并且主宰了未来数十年的文学批评运思。50 年代至 80 年代，各种遭受非议的文学作品多半被敲上“小资产阶级”的戳记。更大的范围内，这个概念如同一幅大幕隔开了思想史上的众多传统剧目。不论是儒家的修、齐、治、平、陆王心学，还是近代的康有为、章太炎、梁启超，各种曾经活跃的思想命题纷纷退出了历史舞台。相对于这个带有现代意味的翻译新词，那些佶屈聱牙的文言迅速地沦为迂腐的陈年旧事。

考察表明，“小资产阶级”入主文学批评之后，若干特征愈来愈明显。首先，作家的身份界定——而不是文本解读——成为文学批评的首选动作。如果说，浪漫主义文学批评的围绕轴心是作家的生平，那么，“小资产阶级”聚焦的是作家的阶级血统。一种普遍的观念逐渐形成：所谓“文学性”并不重要，重要的是作家是否拥有充当革命队伍中坚分子的资格。只有无产阶级的作家才能完成无产阶级文学；小资产阶级仅仅是革命的“同路人”，可能在某些关键时刻分道扬镳，绝尘而去，他们无法如实地再现工农革命的壮观景象。20 世纪 50 年代之后，作家的阶级血统与固定的美学观念逐渐锁死：一个小资产阶级的作家必定借助文学的靡靡之音挑衅无产阶级，正如文学之中的非无产阶级思想必定是来自敌对阵营的暗箭。

这种情况之下，“小资产阶级”的鉴别与认定迅速地成为一个重大问题。因此，文学批评的另一个特征是，愈来愈倾向于将作家思想意识的某种状态作为“小资产阶级”的首要标志。传统的阶级划分涉及经济结构、生产关系和生产资料的占有，然而，小资产阶级分子的特征往往被形容为狂热、颓废、纤弱、左右摇摆、自以为是、过于丰富的内心和个人主义式的孤傲，如此等等，总之，当“小资产阶级意识”频繁露面的时候，一个社会学概念不知不觉地遭到了精神分析学的置换。

尽管阶级分析是马克思主义擅长的解剖利器，但是，马克思与恩格斯为数不多的文学批评并未对作家的阶级血统表示超常的兴趣。他们更多地将文学置于“历史”和“美学”的矩阵之中，精辟地描述作家的阶级身份与相对独立的美学如何形成复杂的双轴互动。作为一个文学批评的范本，恩格斯在致玛格丽特·哈克奈斯的著名信件之中分析了巴尔扎克的文学成功与贵族阶级世界观之间的巨大矛盾。恩格斯深刻地指出：“不错，巴尔扎克在政治上是一个正统派；他的伟大作品是对上流社会无可阻挡的衰落的一曲无尽的挽歌；他对注定要灭亡的那个阶级寄予了全部的同情。但是，尽管如此，当他让他所深切同情的那些贵族男女行动起来的时候，他的嘲笑空前尖刻，他的讽刺空前辛辣。而他经常毫不掩饰地赞赏的唯一的一批人，却正是他政治上的死对头，……这样，巴尔扎克就不得不违背自己的阶级同情和政治偏见；他看到了他心爱的贵族们灭亡的必然性，把他们描写成不配有更好命运的人；他在当时唯一能找到未来的真正的人的地方看到了这样的人，——这一切我认为是现实主义的最伟大的胜利之一，是老巴尔扎克最大的特点之一。”①现实主义的伟大胜利——事实上，恩格斯获得这个精彩命题的分析路线与阶级血统的鉴定相反。恩格斯并未简单地将文学塞入阶级血统的框架；相反，他论证的恰恰是美学的强大反弹如何挣脱了阶级血统的局限。

对于文学批评说来,“小资产阶级”遭受的讨伐甚至远远超过了“资产阶级”。这显然由于小资产阶级的微妙位置。作为革命的铲除对象,无产阶级对于资产阶级的深仇大恨始终如一。许多时候,革命阵营甚至不屑于与资产阶级深入论战,战士们从事的是“武器的批判”。相对地说,小资产阶级构成了一个令人烦恼的理论麻烦。革命领袖的心目中,小资产阶级仍然栖身于革命阵营,弃之可惜。他们可以在革命的大潮之中奔走相告,呐喊助威,从事某种文化动员工作。但是,小资产阶级仅仅徘徊于革命阵营的外围,并且与资产阶级接壤。一旦气候适宜,他们可能悄无声息地滑过边界,坠落变质。因此,革命阵营对于小资产阶级心情复杂,态度暧昧。小资产阶级具有某种危险的腐蚀性,必须严加防范,否则他们可能蛀空革命大厦;小资产阶级时常表现为冒险盲动,以革命的先锋自居,必须识别他们隐藏于狂热表情背后的个人主义根源;小资产阶级意志薄弱,口是心非,极为可能在形势不利的时候临阵脱逃,甚至反戈一击——叛徒往往比对手更为可憎,因此,革命领袖必须时刻发出警告,提前阻止这种情况的出现。由于这些或显或隐的观念和想象,小资产阶级遭受的鞭挞愈来愈严厉,终于成为一个可耻的存在。

二

不论“小资产阶级”概念最初出自哪里,马克思、恩格斯《共产党宣言》的表述具有不可比拟的权威。因此,革命阵营对于“小资产阶级”的界定通常会追溯至《共产党宣言》的这一段话语:

> 在现代文明已经发展的国家里,形成了一个新的小资产阶级,它摇摆于无产阶级和资产阶级之间,并且作为资产阶级社会的补充部分不断地重新组成。但是,这一阶级的成员经常被竞争抛到无产阶级队伍里去,而且,随着大工业的发展,他们甚至觉察到,他们很快就会完全失去他们作为现代社会中一个独立部分的地位,在商业、工业和农业中很快就会被监工和雇员所代替。[②]

一个举足轻重的概念通常运行在特定的理论场域,并且与另一批概念形成复杂的关系网络。除了概念与实体的联结,概念与概念之间存在的“表意链”同时介入了理论的表述。[③]这个意义上,“小资产阶级”并非精确地指称某些固定的社会成员——仿佛他们拥有某种相对于这个概念的“本质”;事实上,“小资产阶级”与相邻的另一批概念——譬如“资产阶级”“无产阶级”等等——形成的相互制约、相互平衡同时隐蔽地限定了这个概念的涵义。《共产党宣言》的著名论断深刻地再现了历史赋予这些概念的彼此关系:资本主义的持续发展正在使阶级对立简单化,整个社会日益分裂为两个敌对的阶级,即资产阶级和无产阶级。尽管二者之间仍然存在广阔的中间地带,但是,两大敌对阶级的强大压力必将瓦解这个地带的独立状态,置身于这个地带的小资产阶级亦将随之分化。因此,数目庞大的小资产阶级并不稳定,他们要么成为资产阶级的后补,要么跌落到无产阶级的行列。后续的革命领袖基本沿袭了这种观点,他们对于小资产阶级两重性的描述可以视为这种观

点的延伸——列宁曾经反复地谈论过这种两重性:

小资产阶级生来就是具有两面性的,一方面,他趋向于无产阶级与民主主义,另一方面,他又趋向于反动阶级,企图阻止历史行程。容易被专制制度的种种试探和诱惑手段所欺骗,它能为了巩固自己的小私有者的地位而和统治阶级结成同盟来反对无产阶级。

——《俄国社会民主主义者的任务》

(小资产阶级)这种动摇决不是一种偶然现象。这种动摇是由于小生产者的经济地位的实质而必然产生的。一方面,小生产者受压迫,受剥削,他们不由自主地要反对这种状况,争取民主,实现消灭剥削阶级的想法。另一方面,他们是小业主。农民身上存在着业主(如果不是今天的业主,那也是明天的业主)的本能。这种业主的私有者的本能促使农民脱离无产阶级,使农民幻想和渴望有出头之日,自己成为资产者,固守着自己的一小块土地,固守着自己的一堆粪便(如马克思愤慨地说过的),和整个社会对立。

——《俄国社会民主工党第五次代表大会》

小资产阶级的革命主义,也就是口头上来势汹汹,夸夸其谈,妄自尊大;实际上则是分离涣散,毫无头脑,空洞无物。这就是小资产阶级动摇的两大"流派"。

——《新时代,新形式的旧错误》

小资产阶级的动摇不是偶然的,而是必然的,是由小资产阶级的阶级地位产生的。

——《论革命的两条路线》[4]

毛泽东的《中国社会各阶级的分析》理所当然地论及小资产阶级。这篇发表于 20 世纪 20 年代中期的名著清晰地罗列了当时的中国阶级谱系:地主阶级和买办阶级,中产阶级,小资产阶级,半无产阶级,无产阶级,还有为数不少的游民无产者。小资产阶级位列第三,与半无产阶级共同被称之为"我们最接近的朋友":

小资产阶级。如自耕农,手工业主,小知识阶层——学生界、中小学教员、小员司、小事务员、小律师、小商人等都属于这一类。这一个阶级,在人数上,在阶级性上,都值得大大注意。自耕农和手工业主所经营的,都是小生产的经济。这个小资产阶级内的各阶层虽然同处在小资产阶级的经济地位,但有三个不同部分。[5]

毛泽东用风趣的口吻叙述了小资产阶级内部的三部分人的特征:第一部分有"余钱剩米",经济地位靠近中产阶级,因而惧怕革命。他们属于小资产阶级的右翼;第二部分勉强保持经济自给,他们不愿意贸然参加革命,亦不反对革命,这一部分大约占据小资产阶级的一半;第三部分处于下行压力之中,"瞻念前途,不寒而栗",他们是小资产阶级的左翼。《中国社会各阶级的分析》之中,地主阶级和买办阶级是国际资本主义和帝国主义的附庸,中产阶级指的是民族资产阶级,小资产阶级和半无产阶级皆为革命阵营争取的对象——现今的理论划分之中,民族资产阶级更多地归结为资产阶级;中产阶级或者半无产阶级均以小资产阶级统称。

革命阵营对于小资产阶级的评价,很大程度上即是中国共产党——无产阶级革命先锋的代表组织——对于这个群体的考察:小资产阶级将在革命形势之中扮演何种角色?《中国共产党第二次代表大会宣言》认为,中国共产党必须引导“工人和贫农与小资产阶级建立民主主义的联合战线”[⑥];1927 年的第五次代表大会断定,没有无产阶级的联盟,小资产阶级无法找到自救的革命路径,因此,“五四运动最重要的建树,就是小资产阶级在客观上(不是自觉的),趋向于无产阶级去了”[⑦]。然而,第六次代表大会的《告全体同志书》提出“坚决反对各种非无产阶级意识”,肃清“小资产阶级意识”是极其重要的一项内容——“尤其要坚决的反对小资产阶级的意识”,“全党的同志,应坚决的起来奋斗,肃清一切小资产阶级的意识”[⑧];从极端民主化、机会主义、个人意气到雇佣革命、消极怠工等十种现象均是小资产阶级意识的症候。如果说,考察小资产阶级扮演什么角色的依据是他们在经济结构之中的位置,那么,“小资产阶级意识”似乎相当程度地抛开了经济结构而构成某种独立的精神现象。《告全体同志书》指出,“小资产阶级意识”的来源并非仅限于“小资产阶级出身”,许多无产阶级成员和农民也染上了这种政治顽疾。因此,清除弥漫于各个角落的“小资产阶级意识”成为革命阵营内部数十年反反复复的政治运动。

20 世纪 40 年代,毛泽东的《在延安文艺座谈会上的讲话》又一次肯定了小资产阶级的革命身份:“城市小资产阶级劳动群众和知识分子”是革命的同盟者;“小资产阶级文艺家在中国是一个重要力量。他们的思想和作品都有很多缺点,但他们比较地倾向于革命,比较地接近于劳动人民。”尽管如此,毛泽东还是又一次对文艺之中小资产阶级顽强的自我表现提出了严厉的批评。“由于自己是从小资产阶级出身,自己是知识分子”,因而仅仅对同类人物表示兴趣:“他们的灵魂深处还是一个小资产阶级知识分子的王国。”但是,毛泽东同时指出了阶级出身之外的传染源:“无产阶级中还有许多人保留着小资产阶级的思想”——换言之,这是一种跨阶级的精神流行病。[⑨]如果联系毛泽东相近时间的讲演《反对党八股》,这个观点更为明朗:

> 主观主义、宗派主义和党八股,这三种东西,都是反马克思主义的,都不是无产阶级所需要的,而是剥削阶级所需要的。这些东西在我们党内,是小资产阶级思想的反映。中国是一个小资产阶级成分极其广大的国家,我们党是处在这个广大阶级的包围中,我们又有很大数量的党员是出身于这个阶级的,他们都不免或长或短地拖着一条小资产阶级的尾巴进党来。[⑩]

可以从阶级谱系之中看到,小资产阶级仅仅逗留于资产阶级和无产阶级的过渡地段,左右不明,软弱涣散,用列宁的话说,这是一个“没有固定阶级特性”的群落。可是,为什么小资产阶级文化如此活跃,并且时常大面积侵入无产阶级的精神领域,左右逢源,甚至轻而易举地俘虏许多声名显赫的革命中坚分子?一个缺乏自己的旗帜和理论纲领的骑墙派为什么会突然成为不可忽视的主角?

这如同一个奇特的社会谜团。

三

多年之前，我已经察觉这个奇特的谜团，并且在《五种形象》这本著作之中给予初步的阐述：

> 这是一个不得不面对的奇怪问题：小资产阶级为什么隐藏了如此巨大的美学能量和吸附力，以至于反复纠缠，屡禁不绝？许多时候，资产阶级和无产阶级都可能对小资产阶级产生奇异而隐秘的好感。相对于无足轻重的阶级地位，小资产阶级似乎占据了一个文化的中心位置。如果说资产阶级陷于物质再生产的循环而分身乏术，那么，小资产阶级似乎赢得了更多的文化自由。除了忧虑时政、恐惧革命的不安和惊惧，小资产阶级意识还同时包含了许多生产资料占有方式所无法解释的内容。阶级地位与文化之间的不对称表明，后者是一种奇特的话语——小资产阶级话语。⑪

我同时意识到，传统的解释似乎对于小资产阶级文化的美学能量视而不见。犹豫不决，患得患失，迷惘感伤，这些文化性格的特征通常被追溯至小资产阶级的经济地位——他们小心翼翼地维持脆弱的现状，生怕不断下滑的收入可能打破跻身于资产阶级的幻梦。然而，这种观点是否忽略了小资产阶级复杂的心智结构，所谓的犹豫云云不是也可以视为这种心智结构的另一套语言形容吗？此外，小资产阶级文化性格的另一些特征似乎与经济地位并不相称，例如冒险，激进，狂热，不无幼稚的革命理想或者强烈的平等诉求，如此等等。总之，经济决定思想意识的阐释视野无法完整地覆盖小资产阶级的基本状况，某些剩余的特征令人困惑。

作为某种社会共同体的划分单位，“阶级”的含义、划分依据以及阐释的有效程度无不存在争论。“社会学家经常首先借助社会阶级这一概念来描述个人身份、人际关系和社会制度”，这是一个扼要的表述。⑫马克思主义学派无疑是这个概念的倡导者和捍卫者。马克思主义学派认为，经济地位、生产资料的占有程度决定了不同的阶级归属，精神意识、文化、政治制度和政权的执掌无一不是各种阶级关系的显现。对于阶级概念的质疑来自不同的方向，例如股份公司分解了资产阶级，劳动阶级分化为各种阶层，社会平等减缓了劳动阶级的贫困化，如此等等。⑬各种观点之中，文化教育有助于消弭阶级距离的声音不绝于耳。某种程度上，经济地位与文化水平甚至构成了不同的社会学标准——何者更为适合社会成员的分类？一批身价过亿的企业家、一批流水线上的工人会比一批理工科博士拥有更多的共同情趣吗？——所谓“博士”显然是一个“文化阶层”。

没有多少证据表明，经济地位或者生产资料的占有丧失了作为阶级首要标志的意义，但是，人们有理由认为，文化的意义正在持续地增加；愈是接近现代社会，这种倾向愈是明显。如果说，原始社会低下的生产力迫使人们不得不首先考虑生存的经济条件，经济优势可以轻而易举地转换为政治优势和文化权威，那么，现代社会逐渐削弱了这种趋势。高度发达的科学技术带来了生产力的大幅度提高，物质财富的急速积累造就了人类生存方式的急剧改观。整个社会的视野之中，温饱问题占有的比重持续下降，以至于人类可以匀出更多的精力从事精神的生产。这即是文化愈来愈兴盛的历史原因。作为这种兴盛的伴随物,各种文化机构不断成熟。宗教机构、学院和大学、形形色色的研究团体、极其发达的大众传媒、独树一帜的企业文化乃至带有地域风情的城市风尚无一不对各种文化群体产生了强大的催生和塑造作用。

这种认识显然有助于重新解读小资产阶级。

《五种形象》曾经指出:“许多时候,‘中产阶级’与‘小资产阶级’这两个概念可以互相指代。”[14]通常,二者均是指称资产阶级与无产阶级之间的中等人群,他们的经济地位以及收入状况十分接近。然而,当考察的聚焦指向文化层面的时候,二者开始出现巨大的差异。中产阶级意味了成熟、可靠、拘谨、克制;为了维护现有的社会地位,尽量避免各种冒险扰乱兢兢业业的财富积累规划;他们循规蹈矩,安分守己,包括对于正统机构发布的文化经典唯唯诺诺。由于中产阶级的保守主义倾向,他们时常被视为一个社会的稳定成分。一个流行的社会学观点是,以中产阶级为主体的橄榄型社会很少出现大规模的动荡和骚乱。换言之,这一幅中产阶级标准像的描述原则严格地遵循经济地位决定文化趣味以及精神意识的程序。革命领袖分析的阶级谱系之中,小工业家,小商人,手工业者,乃至自耕农均属这个方阵。可是,令人意外的,另一些经济地位相仿的群落具有远为不同的表现,例如称之为小资产阶级的那一批人。某种程度上,小资产阶级的激烈与不安分恰好与中产阶级的刻板平稳相反。如何解释这种状况——这是经济决定论的失效,还是因为另一些重要因素尚未进入考察的视野?

我企图重新考虑文化的价值——考虑文化如何左右小资产阶级的形成,以及二者之间存在何种隐秘的互动关系。

四

布尔迪厄认为,“阶级”的考察必须与线性思想决裂。他反对单向的因果决定,即使是经济资本这种意义重大的因素。在他看来,阶级是一个多维的社会空间,阶级是由资本、性别、年龄、种族、收入、教育水平等诸多相关属性之间关系的结构决定的。[15]这个意义上,文化因素可能由于某种结构而成为阶级建构围绕的轴心。许多时候,布尔迪厄将文化因素形容为类似于经济资本的“文化资本”;文化资本之于阶级的聚合功能可以与经济资本相提并论。这时的文化仍然是经济基础的衍生物吗?——文化可能多大程度地超越经济地位的限制,甚至产生与之抗衡的组织模式?不论布尔迪厄“文化资本”扩大的文化自主权存在多少争议,这个概念至少有助于将“小资产阶级”从普遍的中产阶级之中提取出来。

“在高度分化的社会中,文化资本是某种形式的权力资本,布尔迪厄通过把经济分析的逻辑扩展到表面上非经济的商品与服务而把它理论化了。他的文化资本概念包括了各种各样的资源,比如语词能力、一般的文化意识、审美偏好、关于教学体系的信息以及教育文凭等。他的目的是想表明(在这个术语的最广泛的意义上)文化可以变成一种权力资源。”根据戴维·斯沃茨的概括,布尔迪厄所说的文化资本通常以三种形式存在:首先,这是一种培育形成的文化能力，例如一个人对于音乐、艺术作品或者科学公式的理解。这种理解可以轻易地“挪用”或者“消费”文化产品。漫长的培育显然已经将这种文化能力赋予个体；因此，这种文化资本以“身体化”的形态存在。当然，所谓的培育必须承担相当数额的成本开支，许多贫困的家庭无力承担。这个意义上，文化差异内在地包含了阶级差异。文化资本的第二种形式是某种客观化的实物，例如书籍、艺术品、科学仪器等等；第三种形式来自机构和制度，布尔迪厄主要指教育文凭制度。在他看来，高等教育系统对于现今社会阶级结构的再生产具有决定性的意义。[16]

尽管布尔迪厄相信，文化资本对于经济的依从并未彻底改变，同时，文化资本的代际传递远比经济资本更具风险，但是，他的观点仍然显示了文化资本与经济资本的“历史性”对抗。正如戴维·斯沃茨犀利地指出的那样，文化资本对于工人阶级内部的分化不敏感[17]——或许，文化资本的多寡并非工人阶级内部分化的首要原因，然而，这个概念与小资产阶级情投意合。如果说，作为中产阶级内部一个相对特殊的群落，“小资产阶级”多出了一点什么，那么，文化资本提供了独特的解释。从叛逆的激情和冲动、社会公平正义的关注、痛陈时弊的批判到天真幼稚，多愁善感，犹豫退缩，从超出了经济利益的出格之举——这些出格之举时常诱导他们迅速接近波澜壮阔的革命——到某些严峻时刻所扮演的逃兵形象，这些特征的描述无不曲折地溯源于文化资本：溯源于文化教育造就的求知欲与真理的探索，溯源于革命书刊的阅读和理论分析能力的形成，溯源于庸常生活的厌倦和浪漫情趣的向往，也溯源于相对优裕的家境如何削弱乃至扼杀许多人铤而走险的意愿和勇气。

许多时候，这个群落获得一个通用的称谓：知识分子。小资产阶级知识分子已经是一个约定俗成概念，没有多少人对于二者的衔接表示异议。

“小资产阶级知识分子”的约定俗成同时证明阶级与文化之间的紧密联系超过了人们的通常想象。布尔迪厄倾向于认为，阶级不存在某种“实体主义”的内容；阶级身份来自各种社会共同体之间相互“关系”的建构，这显示了现有的阶级之间存在的对立性质；[18]然而，如果说阶级斗争的常规领域被设置为经济、政治领域，那么，布尔迪厄的相当一部分精力在于考察，这种对立性质如何显现于符号领域。他的《区分——判断力的社会批判》很大程度上即是描述“趣味预先作为‘等级’的特别标志起作用”。布尔迪厄开宗明义地解释他的意图：

> 存在着一种文化产品的经济，但这种经济有一种特定的逻辑。为了摆脱经济主义，应该指出这种逻辑。要做到这一点，首先要致力于建立文化产品的消费者及其趣味在其中产生的条件，同时要致力于描述将这样一些产品据为已有的不同方式——这些产品在一个特定的时刻被视为艺术品——以及描述被视为合法的占有方式形成的社会条件。

诚然，无论是日常生活方式还是艺术领域的审美，“趣味”的区分并非源于某种无可争辩的本能。所以，布尔迪厄继续指出这种“趣味”的描述如何与“阶级”的概念相互衔接:“科学考察反对将合法文化方面的趣味看作是天赋的超凡魅力观念,它指出文化需要是教育的产物:调查证实,所有文化实践(去博物馆、音乐会、展览会,阅读等等),以及文学、绘画和音乐方面的偏好,都与(依学历或学习年限衡量的)教育水平密切相关,其次与社会出身相关。”[19]简而言之,布尔迪厄并未放弃个人修养、文化趣味以及家庭出身与经济条件之间千丝万缕的关联,但是,这并不妨碍一个结论:某些以“趣味”为轴心的文化共同体可能完整地出现于历史舞台,并且显现出相对统一的特征和意志,小资产阶级知识分子即是一种典型。

现在可以将话题转移到一个新颖的方向了:小资产阶级知识分子的革命冲动、特殊能量 以及他们置身于革命阵营遭遇的种种尴尬问题,这些情节无不可以追溯至一个重要原因——这个文化共同体与阶级共同体的复杂联系。

五

不论知识分子卷入哪些阶级的纷争,各方的利益冲突无不显现为理念的冲突。知识分子长于论辩,他们的主要工作是阐述各种利益背后的理念依据,而不是以暴力夺取利益本身。必须指出的是,知识分子通常并非为自身辩护,他们的辩护对象是利益的合理拥有者。知识分子的称号并非授予那些仅仅拥有某种知识的专业人士,知识分子必须关注公共事务,阐述公理,承担一个社会的良知,勇于而且善于发出批判的声音,这是19世纪末法国“德雷福斯”事件之后形成的传统。所以,爱德华·W·萨义德这一段话曾经赢得了广泛的赞叹:

> 我认为,对我来说主要的事实是,知识分子是具有能力“向(to)”公众以及“为(for)”公众来代表、具现、表明讯息、观点、态度、哲学或意见的个人。而且这个角色也有尖锐的一面,在扮演这个角色时必须意识到其处境就是公开提出令人尴尬的问题,对抗(而不是制造)正统与教条,不能轻易被政府或集团收编,其存在的理由就是代表所有那些惯常被遗忘或弃置不顾的人们和议题。知识分子这么做时根据的是普遍的原则:在涉及自由和正义时全人类都有权期望从世间权势或国家中获得正当的行为标准;必须勇敢地指证、对抗任何有意无意地违犯这些标准的行为。[20]

然而,我曾经对知识分子的崇高操守表示某种疑惑:所谓知识分子并没有选修某种特殊的道德课程,为什么他们可能拥有如此高尚的人格?人们甚至遇到一种广泛的舆论:完美的人格是知识阶层的独特徽记。然而,“人们无法否认,同样存在愿意承担这种使命的军人、政治家、企业家甚至补鞋匠。严格地说,任何一个公民都有承担这种使命的义务”。我宁可认为,知识分子不是一个拥有特殊人格的道德团体——他们甚至远不如宗教团体。另一方面,知识分子屡遭迫害的原因更多地由于他们的知识,而不是处世气节。除了一套系统的科学话语,大多数知识分子并没有显示出多少神秘的禀赋。因此,我对于知识分子人格范式的考察最终恰恰即是追溯至这一套科学话语。尽管科学话语存在不同的学科类别差异,但是:

这种话语的基本规则是统一的。进入这个话语系统首先必须遵循理性原则。这个话语系统内部,人们有义务坚持真理,怀疑权威,宽容异见,舍弃独断和迷信。为了有效地保持上述特征,这个话语系统通常在逻辑、论证、追问——而不是想象或臆测——的轨道上运行。众所周知,这种理性原则是科学工作者的纪律,所有服从这一话语系统的都不能任意违背。事实上,这也就是知识对于知识主体的基本规定。许多知识分子的性格原型——例如理性、严谨、精确乃至刻板、保守——无不可以在这种基本规定之中得到解释。[21]

当然,由于科学话语的不断成熟,这些守则逐渐扩大,并且演变为各种场合相对固定的机制。刘易斯·科塞在《理念人》之中概括了知识分子活动的八种制度化环境:“沙龙和咖啡馆;科学协会和月刊或季刊;文学市场和出版界;政治派别;最后是波希米亚式的场所和小型文艺杂志。”[22]沙龙摆脱了宫廷社会的限制,沙龙和咖啡馆共同为知识分子的各种聚会提供了场所和平台;科学协会等科学社团形成了科学家与大众的沟通,有助于科学家成为常识渊博的知识分子而不是狭隘的专家;科学杂志的印刷使知识分子超越了直面接触的限制从而获得广阔的传播媒介;图书市场帮助知识分子脱离贵族庇护者,同时造就了整个社会更高的文化水准;对于那些反叛型的知识分子说来,波希米亚场所的存在是一个回旋的空间。总之,从知识伦理到逐渐成熟的学术机制,客观地追求真理和坦陈真理成为知识分子职业人格之中一个愈来愈清晰的表征。即使转身面对专业学科之外的社会历史,这些守则仍然构成知识分子发言的主要动力及其风格。换言之,尽管小资产阶级的利益诉求与中产阶级类似,但是,当他们以知识分子身份出场的时候——当他们显示出曾经遭受科学话语严格训练的时候,各种主张通常必须以公理为基础。

然而,迄今为止,各个阶级的阶级意识纷纷觉醒,这个世界的普遍公理是否存在?知识分子如何获知并且赞同这种公理?卡尔·曼海姆曾经试图阐述这个问题。在他看来,只有综合种种局部的政治观点,才能在某一个高度显示出历史的总体轮廓。当然,历史的总体轮廓决非现存集团各种愿望的平均数相加,这种综合必须保存了历史的运动性质:

有效的综合必须立足于一种政治地位,这种地位将构成这种意义上的渐进的发展,即它能保持和利用大量积累起来的文化成果和前一阶段的社会能量。同时,新秩序必须渗透到社会生活最广泛的领域,必须开始在社会中自然生长,以便使其改造力量发挥作用。[23]

如果说,每一个阶级无不以宣示自己的利益为己任,那么,这种综合工作的只能交付于“无社会依附的知识分子”。他们“相对不具有阶级性,没有被太牢固地安排在社会地位上的阶层”。尽管这些知识分子分别存在自己的阶级出身和社会关系,但是,他们之间一个共同的“社会学纽带”是教育:“分享一个共同的教育遗产,会逐渐消除他们在出身、身份、职业和财产上的差别,并在各人所受教育的基础上把他们结合成一个受过教育的个人的群体。”[24]这个群体的开放和流动容纳了各种可能的观点,历史总体的综合因而得到了持续的更新。

这如同社会学给予知识分子最高的期待和褒奖——当然,这时的“小资产阶级”不再是一个阶级身份的限定。的确,当知识分子的表现拥有接受这种期待和褒奖的资格时,他们与无产阶级革命政党不谋而合;然而,当知识分子的表现再度使“小资产阶级”恢复了阶级身份的含义,双方的信任可能遭受严重破坏。

无产阶级革命政党的宗旨是摧毁剥削体系,伸张无产阶级利益。然而,正如《共产党宣言》所说的那样,无产阶级必须废除全部现存的占有方式,这是为绝大多数人谋利益的独立运动,无产阶级没有自己的私利必须保护——无产阶级只有解放全人类,才能最后解放自己。因此,无产阶级不惮于将自己的主张与全人类的普遍利益联结起来。对于知识分子说来,这难道不是历史总体轮廓的完美表述吗?还有什么比宏伟的社会政治理想与客观真理二者的统一更能打动人的?这一切激励了一大批小资产阶级知识分子争先恐后地投入革命阵营。《共产党宣言》曾经指出:“正像过去贵族中有一部分人转到资产阶级方面一样,现在资产阶级中也有一部分人,特别是已经提高到从理论上认识整个历史运动这一水平的一部分资产阶级思想家,转到无产阶级方面来了。”[25]这是文化共同体挣脱阶级共同体的生动例证之一。

然而,尽管小资产阶级知识分子心悦诚服地接受无产阶级革命政党的社会理想,二者在具体的革命实践中仍然时常出现各种差异甚至分歧。20世纪初期,启蒙主义和民粹主义的各种观念对于知识分子产生了巨大的冲击。追求个人的精神自由与拯救穷苦大众于水火,两种理念交织地回响于知识分子的内心。尽管如此,知识分子的革命更多地始于自由、平等、公正和个性解放,他们对于漫长而激烈的阶级搏斗缺乏足够的思想准备。知识分子心目中的革命带有许多浪漫的意味,“革命加恋爱”成为他们心仪的模式。对于窒息在深宅大院的一代人说来,恋爱遭遇的阻力成为社会不平等的莫大象征。因此,他们的行动必须从争取两性的自由开始。许多时候,地下接头、散发革命传单或者飞行集会与秘密恋爱拥有相似的叛逆快感。不论这些知识分子接触过多少种乌托邦理想,许多人的实践区域仅仅停留于婚姻与家庭的变革——甚至连“娜拉走后怎么办”这种实际的问题也没有赢得他们真正的严肃考虑。因此,这些知识分子往往陶醉于生活的表象及其美学效果,例如响亮而抽象的口号和价值观念,民主形式,自由辩论,蔑视礼俗的恋爱和同居,集体制造的庄严仪式感,光明磊落的坦荡襟怀,如此等等。知识分子时常疏于实际事务,天真地将阶级想象为一个同质的、纯粹的共同体,他们对于无产阶级内部的三教九流、良莠不齐惊诧不已。如同缺乏真正的阶级认识,知识分子同时缺乏夺取政权的雄心,缺乏度过革命低潮的耐心,更缺乏如何接管国家机器的筹划和精打细算。对于革命行动所不可避免的暴力、血污、无理甚至不可告人的谋略,他们久久无法释怀。一旦形势出现种种波折,这些知识分子立即显示出脆弱有余而韧性不足的品格。

毛泽东的《在延安文艺座谈会上的讲话》对于诸如此类的知识分子趣味提出了批评。虽然大多数知识分子口头上对于工农大众保持理论的尊重,但是,他们的内心仍然偏爱小资产阶级生活。他们并未蜕变为无产阶级的“有机知识分子”。毛泽东所阐述“干净”无疑是一种隐喻:“拿未曾改造的知识分子和工人农民比较,就觉得知识分子不干净了,最干净的还是工人农民,尽管他们手是黑的,脚上有牛屎,还是比资产阶级和小资产阶级知识分子都干净。这就叫做感情起了变化,由一个阶级变到另一个阶级。”[26]毛泽东期待知识分子出现触及灵魂的变化,他们所接受的不再是一个抽象的工农概念,而是真正汇入工农的喜怒哀乐。这时,知识分子才能对无产阶级产生具体的认识。知识分子必须摆脱小资产阶级那种浪漫的、漂亮的、轰轰烈烈的革命,与“手是黑的,脚上有牛屎”的工农一起从种种琐事做起。

毛泽东的心目中,“小资产阶级意识”实质上显示出对于工农大众潜在的阶级隔膜。换言之,“小资产阶级意识”并非单纯的“书生气”,所谓的文化共同体——尽管当时并没有这个概念——并非一个游离于阶级利益的避风港。如果说,文化资本的攫取从未脱离一定的经济条件和阶级身份,那么,所谓的教育或者文化知识无法剔尽意识形态。即使仅仅追溯文化的本源,小资产阶级意识仍然回到了两大阶级的夹缝之中,资产阶级的种种观念仅有一墙之隔,甚至已经相互渗透。作为一个高瞻远瞩的革命领袖,毛泽东必须及时地防微杜渐,制止小资产阶级意识的泛滥危及无产阶级的革命组织。革命阵营对于小资产阶级的警觉持续升温,批判的态度愈来愈严厉,毋宁说从中嗅到了敌对阶级的浓烈气息。尽管知识分子始终对于革命一往情深,但是,当文化资本与经济资本尚未分离之前,当二者共同被视为小资产阶级乃至资产阶级的温床之际,他们几乎无法赢得无产阶级的彻底信任。许多时候,双方的隔膜成为悲剧的缘起。

六

20 世纪 80 年代,文学批评之中的“小资产阶级”一词逐渐隐退,这显然是阶级话语隐退的附加效果。在“寻根文学”“先锋文学”或者“新写实主义”制造的文学潮汐之间,“小资产阶级”一词丧失了合适的历史语境。这个概念的再度露面大约到了 21 世纪之初。一个文化轮回完成之后,这个概念再也没有当年咄咄逼人的攻击性了,它甚至拥有了一个亲切的昵称:“小资”。“小资”指的是某些时髦的流行文化,显得另类而富有情调。这些流行文化的主人公肯定比那些奔波于工地或者流水线的无产阶级悠闲优雅,另一方面,他们又暗自鄙视那些俗不可耐的暴发户对于财富之外的主题一无所知。“小资”通常出入于酒吧、咖啡馆和艺术圈。他们的孤独、感伤以及浪漫趣味令人联想到一个世纪之前的五四新青年,然而,当年踊跃的革命气氛已经转换为优裕的消费环境。“小资产阶级知识分子”不再是一个固定的组合,“小资”仅仅是一圈装饰生活的花边,“知识分子”的传统定义正在变质。当然,“知识分子”始终是一个世界性的话题。拉塞尔·雅各比《最后的知识分子》的第一章即是慨叹知识分子的消逝,“公共知识分子的衰落”或者“知识分子都到哪里去了”的疑问不绝于耳。无论这些命题是否有些夸张,人们必须承认一个事实:历史的确出现了某些前所未有的迹象。

与五四时期不同,现今多数年轻的知识分子几乎丧失了这种理论冲动:解释自己栖身的生活。如果说,五四新青年不得不在家庭、家族、民族、国家、政党以及各种政治主张之间自我定位——如果说,这些复杂的关系网络必然指向了一个社会的公共生活,那么,现今的知识分子已经摆脱这种紧张。他们的周围社会结构稳定,各种微小的历史紊流波澜不惊,相对独立的学院成为无可争议的安身立命之处。所谓的学潮、"在路上"、"垮掉的一代"、嬉皮士或者"红卫兵"、知识青年已经是遥远的陈年旧事,20 世纪 80 年代呼啸而至的思想解放运动偃旗息鼓多时。现在的知识分子仅仅穿梭于学位、职称、图书馆或者实验室以及国际学术会议之间。有章可循的未来设计和中等水平的收入, 一个迟早到手的中产阶级身份——的确,那个似乎患有文化神经质的"小资产阶级"终于回到了中产阶级。

小资产阶级瓦解的另一个原因是,这个文化共同体围绕的教育、知识或者文化趣味正在出现某些意味深长的动向。首先,严密的学院体制降服了众多知识分子。严谨,规范,专业,皓首穷经,晦涩的术语和读者寥寥的学术期刊,长长的注释和参考书目。重要的不是尖锐的思想或者惊世骇俗的观点,而是思想或者观点的学术依据。游谈无根似乎为那些学富五车的教授所不齿。博闻强记和引经据典肯定比犀利的洞见更具价值吗? 稳重、平庸还是精神冒险? 学院体制对于后者没有多少好感。所谓的尖锐或者惊世骇俗往往卷入社会和大众,然而,学院体制的标志即是各种专业的栅栏。即使是那些貌似激进的新左派,他们仍然仅仅在若干专业术语圈定的区域驰骋。拉塞尔·雅各比甚至在《最后的知识分子》之中嘲笑过著名的左翼理论家弗雷德里克·杰姆逊:"说杰姆逊是一位精力充沛、有责任感的思想家,没有人会反对。也没有会怀疑他的天地是在大学中:大学的方言、大学的问题、大学的危机等等。以前的马克思主义者和激进批评家——路易斯·芒福德、马尔科姆·考利——从未抛弃过公众。而杰姆逊却从未去寻找过公众。他的著作是为大学的讲习班而写的。"[27]的确,那些新左派对于解构主义、意识形态话语或者大他者的各种观念如数家珍,但是,他们很少考虑放弃自己所依附的学院体制,包括学院体制规定的言行和思想方式。

必须承认,相对于五四时期乃至 20 世纪 80 年代,教育、知识乃至文化与财富的联系与日俱增。由于积极介入物质生产,工科教授理所当然地开始分享建筑业、汽车制造或者无线通信产生的巨额利润;金融专家或者总会计师掌握的知识对于现代社会如此重要,他们有理由收取令人羡慕的咨询费;大众传媒的发达甚至为那些人文学者提供各种机会,许多古典文学研究者乃至所谓"国学"专家无不热衷于在电视台或者形形色色的互联网自媒体露面,完善的传播体系正在为符号领域的淘金制造出多种可能。"文化产业"表明,传统的文化生产开始纳入经济学的产业模式。没有理由否认,大众传媒正在形成新型的公共领域,各个学科的专家可以借助电视台或者互联网与大众交换对于公共问题的观点;然而,也没有理由否认,商业逻辑可能潜在地支配专家的观点,商业与大众传媒的合谋可能对专家的知识及其表述方式形成某种压力。阿尔文·古尔德纳曾经在《新阶级与知识分子的未来》之中提醒说,"专业主义"的背后存在文化的政治经济学。他力图回到阶级的视角:知识分子拥有的教育、知识、文化会不会演变为某种"资本"? 这时,所谓小资产阶级可能脱胎换骨——阿尔文·古尔德纳所说的“新阶级”指的是“文化资本家”:“正如新阶级并非过去的无产阶级一样,他们也不是过去的资产阶级。他们毋宁说是一些靠控制那些可以生财的文化产物,而不是靠拥有金钱来谋取利益的一种新型文化资本家。”㉘

各个学科的专家与大众交换观点的时候,他们还是称之为“知识分子”的那一批人吗?知识分子之所以对公共问题品头论足,甚至不惧挑战权威,知识、理性、普遍的价值与公理赋予他们巨大的勇气。然而,后现代文化的降临表明,知识不再是一个自洽的整体,理性不再是一个至高的原则,普遍价值和公理处于瓦解状态。按照让-弗朗索瓦·利奥塔尔的说法,后现代的特征是对于“元叙事”的怀疑,每一个语言群落无不按照自己的标准运转。㉙如果说,后现代的确是一种“状态”而不是一批好事之徒的虚构,那么,修复这种文化分裂的基础还未显现。对于知识分子说来,他们的身份、批判职能以及承担的历史责任无不需要重新认识。

阶级话语盛行的时代,“小资产阶级”概念的背后存在某种经典的阶级分析——经济地位,生产资料的占有——无法化约的内容。阶级话语衰退之后,这些内容进一步浮现,解放出不可忽视的独特能量。许多时候,人们用“文化”命名这种能量。文化可能承担一种共同体的组织,一种价值理想的原则,召唤一代青年的革命冲动,派生出一套相对独立的运行机制,并且重新设计各种新型的利益——包括经济利益。许多人觉得,“小资产阶级”是一个枯竭的概念,如今可以忽略不计;然而,历史的考察可以证明,这个概念包含的阶级含义逐渐萎缩,文化能量却始终活跃,甚至变幻多端,制造种种不同的历史形式。

【注释】

①[德]恩格斯:《致玛格丽特·哈克奈斯》,见《马克思恩格斯文集》第 10 卷,571 页,人民出版社 2009 年版。

②㉕[德]马克思、恩格斯:《共产党宣言》,中共中央马克思、恩格斯、列宁、斯大林著作编译局译,52—53、37—38 页,人民出版社 1997 年版。

③[法]德勒兹、加塔利:《资本主义与精神分裂(卷 2):千高原》,姜宇辉译,253—254 页,上海书店出版社 2010 年版。

④[俄]列宁:《俄国社会民主主义者的任务》,见《列宁全集》第二卷,289 页,人民出版社 1959 年版;《俄国社会民主工党第五次代表大会》,见《列宁全集》第十二卷,453 页,人民出版社 1959 年版;《新时代,新形式的旧错误》,见《列宁全集》第三十三卷,1 页,人民出版社 1957 年版;《论革命的两条路线》,见《列宁全集》第二十一卷,397 页,人民出版社 1959 年版。

⑤毛泽东:《中国社会各阶级的分析》,见《毛泽东选集》第一卷,5 页,人民出版社 1991 年版。

⑥《中国共产党第二次代表大会宣言》,见中央档案馆编,《中共中央文件选集》,115 页,中共中央党校出版社 1989 年版。

⑦《中国共产党第五次代表大会宣言》,见中央档案馆编,《中共中央文件选集》,73 页,中共中央党校出版社 1983 年版。

⑧《中国共产党中央委员会告全体同志书》,见中央档案馆编,《中共中央文件选集》,704、708

页,中共中央党校出版社1989年版。

⑨毛泽东:《在延安文艺座谈会上的讲话》,见《毛泽东选集》第三卷,855、867、856、857、849页,人民出版社1991年版。

⑩毛泽东:《反对党八股》,见《毛泽东选集》第三卷,833页,人民出版社1991年版。

⑪⑭南帆:《五种形象》,70—71、73页,复旦大学出版社2007年版。

⑫[英]理查德·斯凯思:《阶级》,1页,吉林人民出版社。

⑬[日]渡边雅男:《马克思的阶级概念》,李晓魁译,1页,社会科学文献出版社2015年版。

⑮⑲[法]皮埃尔·布尔迪厄:《区分——判断力的社会批判》(上册),刘晖译,177—182、1—2页,商务书馆2015年版。

⑯⑰⑱[美]戴维·斯沃茨:《文化与权力:布尔迪厄的社会学》,陶东风译,88—89、92—95、168页,上海译文出版社2006年版。

⑳[美]萨义德:《知识分子论》,单德兴译,16—17页,三联书店2002年版。

㉑南帆:《知识、知识分子、文学话语》,见《敞开与囚禁》,5页,山东教育出版社1999年版。

㉒[美]刘易斯·科塞:《理念人》,郭方等译,4页,中央编译出版社2004年版。

㉓㉔[德]卡尔·曼海姆:《意识形态与乌托邦》,黎鸣等译,157、157—158页,商务印书馆2000年版。

㉖毛泽东:《在延安文艺座谈会上的讲话》,见《毛泽东选集》第三卷,851页,人民出版社1991年版。

㉗[美]拉塞尔·雅各比:《最后的知识分子》,洪洁译,185页,江苏人民出版社2006年版。

㉘阿尔文·古尔德纳:《新阶级与知识分子的未来》,杜维真等译,17页,人民文学出版社2001年版。

㉙[法]让-弗朗索瓦·利奥塔尔:《后现代状态》,车槿山译,2页,生活·读书·新知三联书店1997年版。

(原载《南方文坛》2016年第4期)

获奖词：

全文始终围绕叙事、美学和时间这几个关键词引经据典，从容论述，强调文学创作必须把个人记忆扩展为集体时间，具体而深入地分析了传统叙事的圆形结构、红色叙事的线性结构和现代叙事的多维结构的不同呈现方式，给了时间一次全新的美学观照，为叙事学开垦新意，弥足珍贵。

叙事的长度、美学与时间问题

张清华

一　时间、集体的时间，或问题的提出

时间是叙事文学中一个特别关键的、重要的因素。时间不止决定了一部小说的情节，决定一部小说的叙事长度，还会决定一部小说的美学，这是个非常有意思的现象。今天我们就尝试探讨一下时间在当代叙事当中的几种情况。作为一种修辞，作为一种叙事方面的安排，时间会有不同的形态，这几种形态分别又决定了作品的美学属性。这里我想结合一些作品，和大家一起来讨论一下这些问题。因为问题涉及的面比较宽阔、比较复杂，我尽量从理论的方面荡开些，尽量通过一些文学叙事的案例来进行讨论。

首先我想提到的是昆德拉在《小说的艺术》的一段话，他说，“在塞万提斯的时代，小说探讨什么是冒险”，他用非常短的话语梳理了小说史，“在塞缪尔·理查森那里，小说开始审视发生与内心的东西”，从文艺复兴之前，中世纪到文艺复兴的过渡阶段，小说刚刚在欧洲开始世俗化，就像中国的明代开始出现真正世俗意义上的小说一样。到了“巴尔扎克那里，小说发现人如何扎根于历史之中”，其实这个就比较容易理解了。巴尔扎克始终在探讨人和自己的时代之间的关系，以编年史的方式书写了资产阶级日甚一日地侵入到法国社会的各个领域的状况。“福楼拜那里，小说探索直指当时还都不为人所知的日常生活的土壤，精细地展开人的日常生活的描写。托尔斯泰主要是探寻人在做出决定和人的行为当中，非理性如何起作用”，实际上就是已经深入到人的无意识世界如何影响人的命运。再之后，“小说是在探索时间”，他提出来的例证就是普鲁斯特的《追忆逝水年华》，专门在一个非常密集的短暂的一个时间里面来探讨人的无意识活动，“探索无法抓住的过去的瞬

间”,而乔伊斯则是“探索无法抓住的现在的瞬间”,两个意识流大师主要就是探讨瞬间时间当中人的存在状况、人的无意识活动。昆德拉还说,“小说家不要再将时间问题局限在普鲁斯特式的个人回忆问题上,而是要将之扩展为一种集体时间之谜”——这句话可能是最重要的。他有可能是在提醒我们,不要过于盘桓沉湎于个体经验、个人的时间。一个作家写作的初衷,开始的动因有可能是个人记忆的发酵,有自己的生命经历中“不得不写”的东西,所以他很容易会把第一部小说写成个人的“成长小说”。在我看来,特别没有出息的作家大约是一生都会把自己的经验当作描写的对象——我这样说是不是有点过分?我的意思是说,一个好的写作者应该及早地胀破个人经验、个人记忆,应该迅速地穿越个人进入到历史之中,去寻找集体的经验,“集体的时间”。

我们每个人的成长经历,当然是由自己的时间经历构成的,但是如果个人的时间经历不与所谓“时代”或是公共记忆之间建立关系的话,这种个人化的东西是很可疑的。当然,伟大作家对个人经验的描写,会有一种深入毛孔的——自然也就遍及人性的一切领域的能力。因为很容易就举出例子,比如说《红楼梦》,这是一个典型的个人经验的写作,但他的个人经验和家族记忆、人性经验,同我们这个民族的文化经验,和一段历史的经验之间,是同构的,或是一个同心圆,说得直白一点,个人经验的核心,与家族记忆和整个民族的文化经验以及通常的一段历史经验之间,是同一个构造。这是最伟大的作品,那没办法。

所以某种意义上,一个作家的才华决定了他的个人经验的价值,这个才华足够大,其个人记忆、个人经验、个人时间便可以成为一切人的时间,这是了不起的。昆德拉要求作家有这样一种自觉,一定要把个人记忆扩展为集体时间,而且要解析其中的谜,一种“欧洲的时间”,就像一位老人一眼就看穿了自己经历的一生,“白发渔樵江渚上,惯看秋月春风”,就像《三国演义》开篇词里讲到的。这让我觉得昆德拉不但是一位好的小说家,而且也是一位特别厉害的理论家。作为一个作家,他对小说史、艺术史、文化史、哲学思想史的认知,其深度以及纵横裕如的那样一种能力,确乎让人赞佩。

二 圆形、轮回,以及中国传统叙事的时间形构

这就引出了一个关于“时间的现代性”的命题,我想有这样几个层面:一是时间在个体生命中的意义,即,当我们把时间作为一个小说命题和一个美学命题提出来的时候,它的现代性在哪里?现代性的含义在哪里?显然,时间作为个体生命的存在基础,首先是建立在个体经验之上的,在个体无意识世界当中,它的作用尤其重要,这和古典意义上的时间是有区别的。要知道在古典小说里面,时间通常是被处理的,差不多都已经“非个人化”了。比如说《西游记》,我们阅读《西游记》的时候,人物性格始终是没有变化的,孙悟空从一开始一直到最后,既没有衰老也没有成长成熟,他的性格是固定的;猪八戒也一样,虽然他最后也成了“佛”,成了“净坛使者”,但他的性格仍没有什么太大的变化,可以说“猪性未泯”,仍然成事不足,败事有余;唐僧也一样,从一开始就是圣人,最后还是圣人。

从大唐到西土取经的过程当中,历尽了千难万险,走了许多年,但是最后几个人物并没有老去,这就叫"传奇时间"。对此巴赫金的小说理论中有过非常细致的讨论,"传奇时间"和"物理时间"是不一样的,在传奇时间里,人物没有成长也没有变化。这通常是古典小说的处理方式。当然,古典小说也有"世俗时间",比如说《红楼梦》就是这样。但他在处理的时候,又赋予了一种更大的尺度,就是"轮回"。所谓"几世几劫",这样的尺度又使单个人的世俗时间被赋予了更为广远的属性,与永恒性。

第二个层面是"时间的公共性",即作为历史记忆的载体与本体的意义。时间不但是个人的,又是历史的和公共的,民族的,群体和人类的,是非个人的公共记忆的载体。但是时间本身在中国又是一个最为古老的命题,在中国传统文学中几乎是一个百科全书的核心和根本的命题,也是中国人"生命本体论"哲学的核心。稍后我们会讲到中国传统文学中的时间命题,它几乎是一个包容一切的命题,比如说我们中国人的伤春悲秋,登高望远,发思古之忧情,中国人慨叹宇宙,慨叹人生的有限和世界的无限,这些都是从时间出发的。这是中国人特有的美学,西方人很少,他们也感慨生命,但是他们不像我们中国人这样有"强迫症"一样的关注个体生命的冲动。

这样我们就可以引出时间的几种状况。我归纳的第一种状况,是"完整性叙事"的时间奥秘。完整性叙事主要是从中国传统叙事里提炼出来的一个说法。实际上也是在讲整体性的时间修辞问题或者是悲剧是如何诞生的之类的问题——悲剧是怎么诞生的?它源于时间的完整性。当我们讲述一个人的故事,当我讲到他阶段性的成长的完成,与相爱的人终成眷属,讲到他终于金榜题名、洞房花烛,"从此王子和公主过着幸福快乐的日子",我讲到这儿结束,那自然是一曲"青春之歌",用古老的说法就是一个传奇,"才子佳人"的传奇,从美学上也就注定了是一个喜剧,这就叫"阶段性叙事"。

一个人不可能在某一个时刻停下脚步,可是叙事却可以提前结束,我们的叙事结束在主人公的青春年少的时候,并且宣告从此王子和公主过着幸福快乐的日子,这个叙事立刻变成了一个喜剧。如果相反,我们固执地讲到最后,讲到"天长地久有时尽,此恨绵绵无绝期",讲到"一朝春尽红颜老,花落人亡两不知"的时候,那自然就变成了"长恨歌",一个完整的时间叙事。我所说的完整,是以一个个体的生命为本位的,就是讲述一个人的一生,完整的一生。

当然,由此也可以延伸为讲述一个完整的历史段落,如《三国演义》;讲述一个家族的兴衰存亡,如《红楼梦》;讲述一伙人的聚散成败,如《水浒传》……这就是一个完整的逻辑,"完整性的叙事时间"。这是我们中国人追求的一个癖好,我们讲故事喜欢从头讲到尾。《红楼梦》开头第一回里,跛足道人和癞头和尚提前就把这个从头到尾的故事用寓言的方式讲给我们了——就是"好"和"了",好是什么?是过程,了则是结束,同时也是新的开始,轮回的开始,永远是"好——了"这样一个循环。

"世人都晓神仙好,唯有功名忘不了"。这是一个悖论,神仙是不会考虑人间的利益的,但是每个人都向往神仙,但又都在追逐世间的名利。"古今将相在何方?荒冢一堆草没了”,那些荣华富贵、帝王将相们如今何在？只有一抔黄土而已。他告诉你这个世界的完整性,时间的完整性,便是这样的一个关系。“世人都晓神仙好,只有金银忘不了,终朝只恨聚无多,及到多时眼闭了”,年轻的时候在外面奔波不和家人相聚,等到哪儿也去不了——就有了这首歌,“时间都去哪儿了”,“还没好看看你,眼睛就花了”……这歌为什么感人？他就是《好了歌》的一个现代版,每个人听了以后都热泪盈眶,没办法,他就把完整时间呈现给我们,因为我们通常是不考虑完整时间的,假定我们是不死的,我们每天才像苍蝇一样经营,像蚂蚁一样搬运,去积累、去努力。可实际上在更大的哲学时间里,这些都是白费。

这种时间观的哲学基础,我们来稍加探讨。首先是先秦时期的“自然时间观”,它导致了达观的人生哲学。老子说,“天长地久”,“天地之所以能长且久者,以其不自生,而能长生”。天和地并不是自己要活,所以才能够长久地活着。所以圣人就从这永恒的事物里接收了教益和真理,“圣人后其身而身先,外其身而身存”。你先走,你先死,你去争,你历险,抢来抢去没准会惹来祸端。所以这就是老子的哲学,“无为”,以无为来应对一切,而能做到“无为而无不为”。

庄子也说,“有实而无乎处者宇也,有长而无本剽者宙也”,宇宙是如此的广大,你怎么去比？“朝菌不知晦朔,蟪蛄不知春秋。”人与自然追比是危险的和可笑的。所以孔子也回避了他学生的提问,学生问关于死的问题,孔子说“未知生,焉知死”？他很生气地回避这个问题。

但是从秦汉以后就不一样了。秦朝的始皇帝怎么死的？其实就是为了寻找长生不死之药,吃了那些有毒的“仙丹”毒死了。秦代到汉代的皇帝,一直到南北朝,都喜欢吃这些东西。鲁迅在《魏晋风度及文章与酒和药之关系》中也提到这一点。这说明他们已有切实的生命焦虑,都希望长生不死。在诗歌里面就大量地出现了生命主题,也生成了中国人特有的“生命本体论的时间观”,《古诗十九首》中说,“生年不满百,常怀千岁忧”。曹操的《短歌行》里也说,“对酒当歌,人生几何,譬如朝露,去日苦多。”到唐代,这样的一种情绪就变成了诗歌中最普遍的主题,“前不见古人,后不见来者,念天地之悠悠,独怆然而涕下”。一个诗人登上一座高台,想象一百年以前有人登上这里,曾经发思古之忧情,就像今天我在这儿登上一样,但是我已看不见他,因为他已经早就不在了;一百年以后还将有人登上这里,也同样发思古之忧情,慨叹生命短暂、宇宙无限,但是他也看不见我,因为我早不在了。

所以有一种绝望,一种在时间长河中溺毙的恐惧。这刚好是一千多年后海德格尔的一个说法,《存在与时间》里说到的,我们都是世界的“被抛掷”者,我们被父母生下来抛到这个世界上不管了,而且每个人都是必死的,所以生来就带着“烦”与“畏”,一种生命的烦恼和畏惧,所以才产生了存在感。其实一千多年以前的陈子昂,早就有了类似的体验和看法。张若虚的《春江花月夜》也是这样,个体生命在固执地追问永恒和无限。用个体生命来丈量一切,自然就出现了一种悲剧性的体验。这类诗中的完整长度的追求,其中的个体经验的完整性,一个人从生到死、有不断轮回的完整性,投射到小说叙事里面,就幻化为这样一些情况:《水浒传》里面的由聚到散,《三国演义》中的由合到分,或由分到合,《金瓶梅》中的由色入空,《红楼梦》中的由盛而衰……

这些典范的模型说起来都是很复杂的话题,我们以《红楼梦》为例,这部集大成的奇书,可以说隐喻了中国人的时间观、生命观,我们每一个人生来必将面临一个由聚到散的悲剧体验,每个人的成长经历都是这样的。为什么说"片断的时间容易产生喜剧"?当我们年轻时,想想我们整个家族的记忆,会感觉到你的身体在不断长大,世界由远而近,你可以拥抱它,拥有它,这时你的父母可能正处盛年,你的祖父祖母还都在,过去人还会有很多姨妈、姑妈、舅舅,乃至表亲与叔伯的更多兄弟姐妹——就像《红楼梦》里描写的一样,其实说到底每个人都有一部《红楼梦》式的记忆与经验,你家族的曾经的繁华会在你年龄渐长的时候逐渐离你而去,聚终将会出现散,所以悲欢离合的完整性,是一个典型的中国诗学或者是中国美学的体现。

类似《金瓶梅》这样的小说,会稍显抽象一些,讲的是"由色入空"的故事。当然这个"色"不只是欲望意义上的色,它指的是佛学意义上的色,色即万象,而"空"是世界的本体。"色和空"之间是一个表里关系,也是一个因果与轮回关系。西门庆用他全部的财富和身体作为资本,永无餍足地占人妻女,他一生就像一头发情的野猪到处糟践东西,这是色;但这个人最终将怎样?小说安排他纵欲身亡,将小说最终又变为一个训诫叙事,是为空。如果我们不将这个过程看作是一个道德化的命题,那么每个人其实都会有相似的经历:年轻时血气方刚、欲望旺盛,等到年纪大了,身体衰败,便成了"鸟之将亡其鸣也悲,人之将死其言也善",就变成了"道德文章"。这是一个中国人,我们所设想的普通人的一个生活逻辑或者生命逻辑。

《红楼梦》是集大成者,集各种完整长度于一身的典范,我把它归结为"由盛而衰"的叙事,或者也可以叫作梦模型,梦叙事。今天人们都在说"中国梦",我们说的是梦的另一个隐喻。通常梦指向两个方向,一个是无限美好,即说不出有多么美的,诸如"梦之队","梦工厂","梦幻组合"云云,夸张的是梦的不可限量、未可知性;另一端指向的则是幻灭,所谓黄粱一梦,南柯一梦,终究要破产的梦。关于梦的修辞,在汉语里面是非常丰富的,而《红楼梦》大而言之讲的是繁华之梦,一场幻灭的人间繁华之梦,宽广的楼宇、大家族的生活、钟鸣鼎食、妻妾成群这样的繁华终将落尽。

这样一个家族之梦,暗合的是个人经验中最终的幻灭感,即刚才所说的,每一个体的生命记忆中都充满了幻灭。小说的第一回就已经哲学化、纲领性地把他的时间观、历史观、生命观、美学观做了集中交代,"好一似食尽鸟投林,落了片白茫茫大地真干净",繁华之梦终将变成一个大荒凉的幻灭之梦。也就是说,必须要叙述到终了,一旦叙述到终了,那就是一个"长恨歌"式的叙事,就是"上穷碧落下黄泉, 两处茫茫皆不见"。"天长地久有时尽, 此恨绵绵无绝期。"我们其实可以把《红楼梦》和《长恨歌》这样的叙事搁在一起来讨论。我做了一个模型,整体的结构,中国传统叙事的整体结构是一个大悲剧,因为它是一个完整的时间模型,由始到终。由始到终其实就是由生到死,有聚到散,由盛到衰,由色到空……这个完整的过程一定是悲剧的结构。古典小说中最经典的部分其实都是大悲剧,中国式的悲剧。有人说我们中国人喜欢"大团圆",但事实是,中国人不只有悲剧性的世界观与哲学,同时也有自我解套的方法,就是一定要让这个世界观"轮回"起来,由此来解除他的焦虑和烦恼。从陈子昂张若虚的诗中完全可以看出,抒情者知道个体生命的短暂和必死,但又把这种死设定为下一个轮回的开始。如此,焦虑自然就缓解了。不只是对人生这样看,对历史也是,所以我们中国人可谓既深刻又达观,有什么不好?

三　线性时间、现代性、红色叙事的来源与终结

我们再来看一下当代小说中传统时间修辞的复活。我们知道革命叙事或者叫红色文学的叙事,它在很大程度上也是现代性时间观的产物。当代小说中传统时间修辞是怎么复活的?首先一个前史是新文学叙事和革命叙事的诞生,革命终结了传统叙事,我们经常讲成长、进步新生、革命,一般来说要讲的人物不断地进步,通常不喜欢要讲正面人物幻灭的故事。但在新文学中,那些有美学品质和文化根底的作品,仍然有传统叙事的影子在里面,比如说巴金的《家》。其实巴金的作品我个人并不喜欢,因为他语言有些粗糙,他年轻时代的作品让我不忍卒读。但即便如此,《家》也仍然是现代文学中最重要的作品,为什么?是传统叙事的结构,即关于大家族的衰亡的故事,或者说是《红楼梦》式的叙事挽救了他。他不过是把大家族衰败的悲剧换成了"革命到来,旧事物必然衰亡"这样的主题,作了一个置换,可是置换之后它的内核仍然是写一个大家族的衰落,这就叫"豪门落败,红颜离愁",这才是文学。你说新人的成长是文学吗?你也可以说是,但我觉得还是和豪门落败、红颜离愁那样的主题没法比,因为缺少美感。所以《家》中最具有文学性的人物还是觉新,而不是觉民和觉慧。从这个意义是说,当我们要深思什么是文学的时候,一定要回到文学的根,根在哪儿?就在特别传统和古老的东西里。当你叙述一个家族的衰亡的时候,才有中国式的诗意。写新人的成长就容易浅薄,你跳着高写,也写不了多好。从觉新的身上我们体会到生命的悲欢离合,家族的兴衰成败。到革命叙事时期,完整的时间修辞就被压抑了,作家们讲的都是片段的时间修辞,都是"青春之歌"。

革命叙事的片断性时间修辞催生着喜剧的叙事,但它的来源我们也要探究。简言之,这个来源即黑格尔的进步论,黑格尔认为时间是进步的,历史是有理性和方向的,时代是有精神的。黑格尔也是革命美学的发明者;再一个源头是达尔文的进化论,达尔文从科学的角度、生物学的角度证明了进步论的合理;还有西方的童话叙事,喜欢讲"王子和公主从此过着幸福快乐的日子";再就是浪漫主义的青春许诺与未来叙事,这是它的几个基础。

比较典型的是浪漫主义对于时间的叙述,如雪莱的《西风颂》,"哦,请听从这一篇符咒似的诗歌,就把我的话语,像是灰烬和火星,从还未熄灭的炉火向人间播散!让预言的喇叭通过我的嘴唇,把昏睡的大地唤醒吧!西风啊,如果冬天来了,春天还会远吗?"这是浪漫主义的宣语,关于未来的承诺,寒冷终将过去,世界将一片光明。这是一个典型的时

间修辞。但是按照中国人的想法,没有这么简单,春天来了,夏天也不远了,夏天来了秋天又接踵而至,秋天来了,冬天又往复循环,什么问题也没有解决,所以我们总是用另一种态度看春天,我想起南唐后主李煜的词,《乌夜啼》:“林花谢了春红,太匆匆,无奈朝来寒雨晚来风。胭脂泪,相留醉,几时重,自是人生长恨水长东。”春天带来的只有伤感和更多的灰暗情绪,什么也没有解决,春天让人更深切地感受到人生长恨水长东,这是中国人的时间观、生命观,价值观。浪漫主义这种以进步、光明作为许诺的时间观和我们是很不一样的。

接下来看这一段话,如果我不标出这是黑格尔在《精神现象学》里的一段话,你还以为是我党出台的文件或领导人的讲话呢,“我们的这个时代是一个新时期的降临和过渡的时代。人的精神已经跟他旧日的生活与观念世界决裂”,像不像“文革”的话?“正使旧日的一切葬入于过去而着手进行他的自我改造”,像不像五六十年代的革命话语?“事实上,精神从来没有停止不动,它永远是在前进和运动着,只有通过个别的征象才预示着旧世界行将倒塌。现存的世界里充满了那种粗率和无聊,可是这种逐渐的并未改变整个面貌的颓废败坏,突然为日出所中断,升起的太阳就如闪电般一下子建立起了新世界的形相。”太阳从东方升起,大地一片鲜红,旧世界倒塌了,新的世界出现了。这是黑格尔式的革命美学。

他对于马克思主义对于革命党人的影响是极为深远的,在黑格尔之前找不到这样的话语。

我们沿着这样的逻辑去找寻革命叙事来源,可以找得更古老的例子,即 20 世纪 40 年代巴赫金的《小说理论》里面讨论的古希腊的一种小说,这种小说很像是我们中国明清时代的“才子佳人”小说,这类小说往往是讲到主人公洞房花烛、金榜题名时结束,因此在美学上即呈现为一个喜剧。这样的故事在古代被叫作“传奇”,在巴赫金的笔下也叫作传奇。

巴赫金并没有读过中国的才子佳人小说,我一直认为,如果他读了中国的小说,他的理论会更高明,如同弗洛伊德没有读过《红楼梦》是一直无法弥补的缺憾一样。但我们可以看到,中国明代的小说和古希腊的小说是多么的相似:“一对婚龄男女,出身不详,带点神秘。两个人都美貌异常,又纯洁异常。他们不期而遇,一般是在喜庆佳节。两人一见钟情,势不可遏,如同命运,如同不治之症。可是他们不能马上完婚。男青年遇到了障碍,只得延缓婚期。”这是通常小说的一种必然的笔法,就是延宕,延宕以造成阅读的悬念和培养读者强迫症。

“……一对恋人各自东西,互相寻找,终于重逢。而后又失散,再相聚。恋人们常见的障碍和奇遇有:结婚前夜新娘被抢,双亲不同意婚事,而给相爱之人另择配偶,恋人双双出逃。他们启程旅行。海上起浪,船舶遇险。人奇迹般得救,复遇海盗,被虏关入囚室。男女主人公的童贞遭到侵犯。”这就是“历险记叙事”的基本模式,通常是危险反复出现,类似的叙事我们也有——《西游记》就是典型的历险记结构,“九九八十一难”中的每一次都是相似的:唐僧永远是善良而糊涂,孙悟空则聪明而急躁,总是能够一眼就识破妖魔的诡计,但又受制于唐僧,受制于他的糊涂兄弟猪八戒,猪八戒永远是帮倒忙的,而沙僧永远是无原则的和事佬。总之每一次磨难都是对上一次的重复,为什么要重复?因为这是读者心理和消费的需要,它能有效拉长故事,会让读者从中得到起伏跌宕的刺激。所有传奇叙事都是这样。

"女主角经受战争和战斗作为赎罪的牺牲,被卖做奴隶、假死、换装、认出或认不出、横加罪名、法庭审理、法庭查验恋人的纯洁和忠诚。最终证明女主人公和男主人公的童贞并未真正遭到侵犯。"法庭查验女主人公居然还是处女。"主人公们找到自己的亲人,如果他们还未出场。如同突如其来的朋友或敌人相遇、占卜、预言、梦魇、预感、催眠草药。最后小说以恋人完婚的圆满结局告终。"用他的另句经典的话来总结就是,"主人公在年轻貌美的时候相遇并一见钟情的,中间经历了无数的磨难,最后又是在年轻貌美的时候终成眷属,中间经历的无数时间是不被计算的",这就叫"传奇时间"。《西游记》就是这样,中间经历了无数磨难,但却没有写到唐僧步履蹒跚,孙悟空长了白毛,猪八戒老态龙钟,沙僧垂垂老矣。没有讲到这些,便不会有伤感在里面。

显然,中国的"才子佳人"的小说和西方的浪漫传奇是同一种叙事。它们都使用了片断的时间修辞,即一定要写到主人公洞房花烛、金榜题名然后结束。

让我们回到前面关于革命叙事的讨论,革命叙事与古典传奇中的类似叙事很像,但与更为经典的"奇书"叙事与《红楼梦》式的经典却很不一样。到 90 年代,奇书叙事的完整时间在作品中大面积地复活,90 年代小说当中出现了大量的旧趣味,同时也是尼采意义上的"悲剧的(重新)诞生"。革命小说不写悲剧,只写喜剧或正剧,而到 90 年代,最好的一批作品,比如苏童的《妻妾成群》《红粉》,都仿佛回到了传统经典的趣味——为什么这些作品会成为苏童的代表作?我想跟他小说中的老模式和旧趣味是有关系的。比如《红粉》中,我们看到作者一方面是颠覆了革命叙事,另一方面是恢复了古老的叙事,这才使得苏童一下子变成了一个不寻常的作家。不但作为一个先锋小说作家,而且还是一个有着深厚的中国文化底蕴,有着东方的美学能力的、质地的这样一个作家。如何让自己的写作获得升华,我觉得苏童是一个例子。

再看一下贾平凹,他在 1993 年出版的《废都》,我认为是一部当代版的《金瓶梅》,为什么它会成为贾平凹最具代表性的作品?因为它可以像中国传统小说致敬,可以跟中国传统小说之间打通关系,这就不是一部一般的小说了。它可以概括为"一个男人和多个女人的悲欢离合"。这样的小说你可以概括,可以涉及大量中国传统小说,包括《红楼梦》和《金瓶梅》都可以跟它发生关系,他不是设定一个主人公在当代社会生活里的那些具体处境,它是把这样一个命题还原为一个古老的母题,就是一个男权主义的无意识的母题,就是一个男人和多个女人是如何悲欢离合的这样的故事,再过一万年,也不会过时。而一个关于中国当代的改革,或者是社会变迁的一个主题将会很快过时。我们怎么样让自己的小说由现实主义的描写升华为哲学的、文化的语言,而不是一个只在现实层面上有效,在文化层面上无效的写作，而今我看到的大多数作家都是这样的作家。

再看王安忆，王安忆的《长恨歌》在 1995 年出版，这也是一部现代中国女性的悲情之歌，或一个“现代的传奇”。他的名字对应的就是白居易的《长恨歌》。王安忆无疑是用他的《长恨歌》向白居易的《长恨歌》致意的，或者说，她是存心要写一部现代的《长恨歌》。这个小说从最简单的角度可以概括为“一个女人与多个男人的恩恩怨怨”——男作家喜欢写“一个男人和多个女人的悲欢离合”，女作家当然也有权利写“一个女人和多个男人的恩恩怨怨”，这个小说就是一个掩藏着女性主义、女权主义的主题，掩藏着历史的波澜风云的小说，她把这些东西都收纳其中，他要展现的是一个女人的故事，一个生错了时代的古老的红颜薄命的故事。这样就使得一个现代的命题同时具有了传统性，或者说具有了文化品质。

《长恨歌》的成功在于——我做了一个简单的概括：首先是真正恢复了中国式的美学。即讲述了一个“完整长度”的故事，一个个体生命、一个美丽女人的一生，她的红颜薄命，她的“现代”的、不一样的红颜薄命。她的命运不再是一般意义上的古老逻辑，而是“生错了时代”的结果，她的命运与时代之间产生了一个巨大的错位：一个持有着小市民观念和逻辑的女性，却与波澜壮阔轰轰烈烈的革命的现代历史相遇，她的不幸的命运也因此而获得了丰富的内涵。然而，足够现代的主题并没有使这部小说脱离古老的美学，我们越读到最后，便越会觉得它和中国传统叙事之间，慢慢融合到了一起，产生了一种中国式的或者是东方式的悲凉、感伤的那种情境与意绪。

但上述传统主题并没有压制它现代性主题的彰显。我认为，这部小说非常生动地回应了现代中国的历史，即它在历经巨大弯曲之后回到原点的奇怪逻辑——从小说中看，中间经历的革命年代的好像是古老历史的一个余数，很奇怪，30 年代的上海是消费的，灯红酒绿的，小市民自由自在地幸福生活着的，斑斓多彩的日常生活；中间经过了一个巨大革命的神话，最终由回到了 80 年代的“改革开放”，与 30 年代如出一辙的生活逻辑。历史当然可以重回轨道，但一个女人的一生却就这样在夹缝里度过了，所谓的“长恨”在这里获得了丰富的历史内涵，获得了现代的复杂意味。

王安忆有一本书就叫《寻找上海》，这个名字起得好，一个作家和一个城市、和一个地域文化之间会互相成就，犹如老舍之于北京，张爱玲之于上海。再过很多年，假如我们要寻找上海，除了到博物馆、到老建筑和旧街道上去找，还能去哪里？假如你要找活的上海，只能到文字里去找，现代中国的上海是在哪里留存？一定是在新感觉派小说，在施蛰存、穆时英、刘呐鸥的笔下，在张爱玲的笔下，在王安忆的笔下。

四　完整时间长度、多维时间观与当代文学的复兴

还有一些与传统叙事不那么接近的，但也可以称得上是“完整时间长度的叙事”，它们往往会产生出壮美与巨大的历史内涵。这也涉及一个“中国小说诗学”的问题，如同《三国演义》一类讲史小说所生发出的巨大的历史修辞与美学一样，这类有“完整长度”的

叙事,某种程度上可以说预示了当代中国长篇小说乃至文学和“中国美学”的复兴,至少我们从中可以看出某种迹象,比如莫言的《丰乳肥臀》《生死疲劳》,余华的《活着》《许三观卖血记》,格非的《人面桃花》《山河入梦》《春尽江南》三部曲……我只是选择有限的几个例子来简单地谈一下。

首先是《丰乳肥臀》,多年前我曾给予它以一个很高的估价——“新文学诞生以来最伟大的汉语小说”,为什么这样说?我是有理由的,第一是它伟大的主题,即书写了20世纪以来中国传统民间社会被侵犯和毁灭的历史。小说中的上官家族所代表的是一个古老的民间社会,这个民间社会有其自我生长的自足的生存体系,它是一个生存系统,既藏污纳垢,又生气勃勃,它充满苦难而又充满创造力,但在20世纪,所有的政治力量都要来侵犯这个体系,革命党、帝国主义、汉奸、江湖土匪势力、现代科技、各种各样的外部力量,都来侵犯这个民间社会,最后导致了这个家族的毁灭。这个过程我将之概括为20世纪以来中国传统民间社会被侵犯和被毁灭的历史,而在我看来,这正是对于以往所有历史叙事的立场的整合与超越。

现代社会是如何在罪恶和血泊中诞生的?一个真正优秀的作家应该关注什么?我认为应该关注如此巨大的命题,仅仅关注某一个政治派别是如何胜利或失败的是不够的,他必须要关注整个历史的转折,能够从20世纪的历史中提升出这样一个主题的作家,一定是一个伟大的作家,没办法。

第二是一个伟大母亲的形象,这个形象曾备受指责,因为仅从道德意义上看她似乎是不符合传统的,她被迫通奸、被强暴,也曾主动勾引过男人,她的一生中有太多的含垢忍辱、太多枝枝蔓蔓的那种经历,但是她由此生下了九个孩子。我是把这个母亲做了这样几种解读:首先,她是一个“人民”意义上的母亲,是底层人民的化身,是被侵犯、被凌辱的对象;其次,她又是一个伦理学意义上的母亲,她保有了劳动者全部的美德,劳动、创造、忍辱负重、饱经沧桑,养育了众多的儿女,繁衍了一个枝叶繁盛的大家族;再次,她还是一个人类学意义上的母亲,一个生殖女神,“丰乳肥臀”这个不无夸张的书名,便是一个合适的人类学标签。在我看来,莫言之所以比同时代的许多作家更高明,是因为他懂得人类学,或者说他是用人类学的眼光去把握历史和人物的,因此会超越道德意义上的书写,会更真实和丰富。这样的笔法使母亲的一生在成为苦难的一生的基础上,也成为创造的一生,既是承受一切苦难,消解消化一切苦难的一生,也是一个超越于社会学的生殖之女神的一生,她因此而变得更丰富、更博大和更历史化了。

第三是伟大的结构,我称之为“星空式的结构”,母亲上官鲁氏是这个家族的核心,她和无数的苦难一起生下了这么多孩子,来弟、招弟、领弟、想弟、盼弟、念弟、求弟……头七胎都是女儿,最后她和马洛亚牧师,瑞典籍的马洛亚牧师——这是莫言的聪明或狡黠之处,他为什么不写一个英国的、法国的、意大利和德国的牧师,而是一个瑞典籍的牧师?因为他要得诺奖(笑),他要向瑞典人民致敬,他老早就有这个“野心”——杂交而生下了上官金童和上官玉女这一对双胞胎。这当然是一个寓言的安排,即中国本土的母亲和一个西方的父亲杂交的后果,其实预示的是 20 世纪中国的现代历史,中国的现代历史和文化不就是一个杂交的怪胎吗?“德先生”“赛先生”这样的西方文化观念好比是一个外来的父亲,而中国原生的本土文化则是新文化的母亲,他们互相结合生下的新文化的“杂种”——最初我们喜欢称之为“宁馨儿”,但实际却是杂种。这不就是我们 20 世纪的历史吗?每一个人都是文化意义上的“杂种”,这是莫言的理解。一个大作家对历史的认识是高屋建瓴的,不是着眼于局部。所以我说伟大的结构就是伟大的主题,这个以母亲为核心生成的巨大的放射式的“星空结构”,以母亲为中心,统领着众多的儿女,而众多的儿女又和中国现代历史所有的政治力量、外来力量之间发生关系,并最终死于这些外力的侵犯,而这就是 20 世纪中国的历史的结构。

从上述角度看,《丰乳肥臀》虽然只有 50 万字,但它的容量是极其巨大的,结构、容量和主题都堪称是新文学诞生以来最无与伦比的。我在 2000 年之前,就得出了这个看法。1995 这部小说出版之时,曾遭到无数人的抨击,许多专业的评论家都是误读的。但我在 90 年代末看过它三遍之后,我认为它就是新文学诞生以来最伟大的长篇小说。这个预言似乎是武断了一些,但是我觉得我的判断某种意义上也是有理由的。

简单地总结一下,时间在《丰乳肥臀》的叙事中的设置和作用是必要的。第一,它通过母亲这个人物贯穿了整个 20 世纪的历史。母亲生于 1900 年,死于 1995 年,而小说写作和出版的年份就是 1995 年,他用母亲的一生贯穿了一个世纪的历史,自然地成为了 20 历史的主体。第二,通过上官金童,她的杂种儿子贯穿整个当代历史。上官金童的生长史是一部当代史,当代历史中知识分子的悲惨命运,通过上官金童得以构造出来。所以我们认为这部小说其实是两部书,一部是知识分子之书,一部是民间之书,母亲代表的是民间之书,上官金童代表的则是知识分子的之书,两个主体的命运合为了一部书。

第三,通过将本来的第一章倒置,即母亲出生、成长和生育 9 个孩子的过程,放置于最后一章,使历史产生巨大的闭合感。看过原著一定会有这样的体会,觉得它非常出人意料又非常合理,小说产生了一个叙事的圆,历史出现了一个圆形的构造,就是闭合和自我循环的,这是一个很重要的特点。它的作用,一是使历史产生了整体性,并且获得了悲剧内涵,这个整体是波澜壮阔的血与火交融的历史,是民间社会被外来力量毁灭的历史,是中华民族可歌可泣可悲可叹的历史,是东方的古老农业社会的解体的历史……所以是一部巨大的悲剧。一个世纪即将过去,但截至那时一切似乎并没有变得更好。苦难伴随并且加深,这是他对历史的体认,当然和政治家和我们每一个世俗生活中人的体验并不完全一致。但从根本上说,作家应该对历史具有批判性和悲剧性的思考。其次,两部书合成了一部书,一部民间之书与一部知识分子之书的完美融合,其内在的厚度就不一样了。

另一位作家格非,写了三部重要的作品,《人面桃花》《山河入梦》《春尽江南》,统称“江南三部曲”。他写的也是 20 世纪中国的知识分子之书,知识分子发动了革命,参与了革命,但是后来却被革命,被甩出了革命的轨道,变成了悲剧人物。格非的三部曲写的都是这样的主题,他的人物大都患有类似于精神分裂症一样的病症,每一个人都有“生错了时代"的错位感,但每一个人又都是其时代的精华,他们富有思想、有理想,愿意改造社会,参与推动社会进步,可他们没有一个不是被历史甩出了中心,这个逻辑非常有意思。而且在三部曲的最后一部《春尽江南》出版以后,使得三部作品更形成了"整体修辞",也成了一个完整的结构,完整地呈现20世纪的历史,而且使之具有鲜明的轮回感。因为三部小说的主人公都是有血缘关系的,他们每一个人物都传承了他们的母亲或是外祖母的性格,以及她们的命运。

再一个例子就是余华,他的《活着》和《许三观卖血记》也都是类似的完整结构,他讲一个人物的命运一定要讲到底,讲到最后,直至其悲剧性完全得以呈现。

至此,关于第一个问题我们基本上讲清楚了,今天要讲的内容基本上也就有交代了。

最后我再简单地把第二和第三个命题介绍一下。第二是阶段性叙事的时间,我们刚才已经提到了,阶段性叙事也有古老的传统,来自童话叙事、传奇叙事,在现在被革命叙事改造以后推到极致,就变成了《林海雪原》《青春之歌》《暴风骤雨》这些小说,它们都是描写主人公成长完成然后终成眷属,皆大欢喜,革命呈现出美好前景,主人公展现出美好的未来,这样来完成叙事的整体架构。包括"文革"时期出现的小说《第二次握手》都十分典型,这就不展开了,犹如王蒙先生的《青春万岁》,革命叙事的一个重要特点就是歌颂青春,"所有的日子都来吧,让我编织你们,用青春的金线和幸福的缨络编织你们,而总有一天落后的日子都会过去,我要用金黄的菊花和黑白的彩带为你送终……"假如我们要给他进行续写,那么就会产生"完整时间修辞"和"片断时间修辞"之间的区别。其他的时间修辞,情况特别复杂。

在当代文学的技术层面,有特别值得讨论的东西,传统当中也有这种修辞,"现在将来过去时",李商隐的"何当共剪西窗烛,却话巴山夜雨时",就是"现在将来过去时",还有海子的诗歌里面写死后的情景,我把它叫作"将来过去现在时",穿梭于过去和将来之间,在红楼梦里面是很普遍的。鲁迅的《狂人日记》也是例子,马原的《虚构》当中设置了时间的圈套就是,七天之内怎么会发生了主人公和一个女麻风病患者的肉体关系,最后他又通过把这七天的故事处理成一个梦,让这七天无从谈起,小说的叙事最终就给颠覆了,作家本人"得上"麻风病的危险也被颠覆了。

因为时间关系,这些内容只能一闪而过,让大家知道有这么一些问题,我今天主要是为了打开大家对于时间要素在文学叙事当中的作用的思考,以及自觉的关注,主要是要强调,时间不只是生命之本、存在之本,也是叙事之本。叙事当中的时间是如何安排的,它不但会决定一部作品的长短,决定故事的类型,也会决定一部作品的美学属性,所以应该要好好研究。由于内容太庞杂,很多问题没有来得及展开,没有谈到位,所以不周全和不准确的地方,请大家批评指正。

(本文为2013年秋在鲁迅文学院的演讲)

(原载《南方文坛》2016年第6期)

获奖词：

黄平近年集中探讨新时期初期的一些原点性的文学问题，从发生学的角度回溯它生成与被定型化的历史。本文依然以独特的视角、以文本细读展开了新时期文学起源的一个新的面向。文章史料功夫扎实，立论平和，并潜藏着惊人的张力和对话性，显示了作者高远的学术视野和透辟的思辨力。

《哥德巴赫猜想》与新时期的“科学”问题

——再论新时期文学的起源

黄　平

一　《哥德巴赫猜想》的“前史”

陈景润第一次被树立为知识分子的典型，早于徐迟《哥德巴赫猜想》(《人民文学》1978 年第 1 期)的发表。1974 年 10 月 17 日，《人民日报》在头版发表评论《独立自主，高歌猛进——评述新中国科学技术事业的发展》，其中提到了陈景润：“就是在数学这个最古老的学科中，我国年轻的数学工作者陈景润，也把两百年前德国数学家哥德巴赫提出的‘任一偶数均可表示为两个素数之和’这样一个猜想的论证，大大向前推进了一步，取得了在世界上领先的成绩。”[①]同年秋天，陈景润被增补为第四届人大代表。而在当选为人大代表之前，作为科教文卫领域的代表，陈景润出席过 1974 年的“五一”劳动节游园欢庆、“十一”国庆节招待宴请等重大活动。

陈景润之所以享有这样的政治待遇，与 1973 年毛泽东的批示有关。1973 年春，陈景润将简化后的论证哥德巴赫猜想(1+2)的论文《大偶数表为一个素数及一个不超过两个素数的乘积之和》投到刚刚复刊的《中国科学》杂志。该文源自 1965 年冬陈景润的一篇论文，在 1965 年的这篇论文中，“陈景润天才地引进了一个转换原理，从而证明了(1，2)”[②]。论文的摘要曾在 1966 年《科学通报》上发布，但未发表详细的证明。1973 年《中国科学》发表了论文的全文。“1973 年 4 月 6 日，中国科学院《科学工作简报》第七期上发表了题为《数学基础理论研究的一项成就》一文，概括地介绍了陈景润的工作，中央的领导同志看了这份简报后,要求科学院写一较为详细的摘要。[③]"摘要于4月20日报送中央。在此期间,新华社负责科学文教报道的记者顾迈南将陈景润的事迹写成两篇内参:《中国科学院数学研究所助理研究员陈景润作出了一项具有世界先进水平的成果》《助理研究员陈景润近况》。

丁东在发表于《文史博览》2011年的一篇文章中,引用过江青秘书杨银禄的回忆,江青当时被内参上陈景润的处境所打动:"他住在只有6平方米的小小房间,屋内的光线非常暗淡。连一张桌子都没有,只有4叶暖气片的暖气上放着一只饭盒,一堆药瓶,连一只矮凳子也没有。工作时把被褥一起翻起来,当桌子用。由于房间潮湿、阴暗,空气不流通,很污浊,陈景润患了肺结核。喉头炎严重,咳嗽不止。还经常腹胀、腹痛。"[④]江青据说含泪在这份内参上做了批示:"主席,是否先救活陈景润为好?"毛主席做了相关批示,高层正式介入。1973年4月25日凌晨三点,时任中科院负责人的武衡等人赶到陈景润住处,将陈送到解放军309医院治疗。陈景润由此被树立为知识分子的典型,获得一系列政治待遇。[⑤]

江青的介入似乎让人难以理解,而且江青对陈景润格外青眼有加,在陈景润的各种传记中,都提到过中科院数学所全所大会曾经传达过江青关于陈景润的批示:"谁反对陈景润,谁就是汉奸。[⑥]"如何看待江青对于陈景润的"爱护"? 目前的评论或者从具体的人事斗争出发,指出江青是以陈景润来扳倒别的数学家;或者道德化地感叹江青虽作恶甚多,但也做过好事。笔者以为这都不是要害所在,江青及其背后的"文革政治"是从"独立自主"这个角度来阐释陈景润的数学成就的,在70年代中国"反帝"(反美)、"反修"(反苏)的国际格局中,"独立自主"意味着对于"文革道路"合法性的辩护,也牵扯进围绕1975年初四届人大的人事斗争。比如江青一派炮制的著名的"风庆轮事件"[⑦],就是打着"独立自主"的旗帜向周恩来等人发难。就在《人民日报》这篇《独立自主,高歌猛进——评述新中国科学技术事业的发展》发表当晚,"10月17日晚,'四人帮'在中央政治局会议上,有预谋地提出所谓'风庆'轮事件'崇洋媚外'问题,要邓小平立即表态,对邓小平突然袭击"[⑧]。"风庆轮事件"最后以毛主席批评江青一方而告终。

笔者梳理以上的史料,不是为江青以及"四人帮"荒唐的知识分子政策辩护,而是想指出如果不了解"文革政治"征用陈景润的这段"前史",那么很难理解几年后徐迟《哥德巴赫猜想》一文的历史内涵。从"文革政治"到"改革政治",不仅仅在于是否重视"知识",也在于对"知识"的不同理解。在"文革政治"的框架中,对于"知识"并非全然不重视,但始终强调"政治挂帅",以"政治方向"统领具体的专业探索。但是在新时期开始之后,这套逻辑被予以颠覆,"知识"与"政治"开始分离,变得纯粹化与专业化,对应于去政治的、专业化的"新人"。一言以概况的话,二者的核心差异,落实在"红"与"专"的辩证上。

从"文革"到"改革"这段历史时期,除了粉碎"四人帮"到十一届三中全会之间这两年多的过渡期外,还有一个特殊的、常常被忽视的过渡期:邓小平复出主持工作的1975年。

1975 年 7 月 18 日，中央派胡耀邦等三人到中科院主持工作，胡耀邦任中共中国科学院核心小组第一副组长（组长郭沫若）。当年 9 月在邓小平的多次指示下胡耀邦主持完成了《科学院工作汇报提纲》。这份提纲在当年十分有名，和《关于加快工业发展的若干问题》《论全党全国各项工作的总纲》一起，是邓小平复出后全面整顿的三个著名纲领，后来在“批邓”时被“四人帮”批判为“三株大毒草”。[9]这份《科学院工作汇报提纲》的主要内容有：在科学技术的定位上强调科学技术也是生产力；在政治和业务的关系上强调既有坚强的政治领导，又有切实具体的业务领导；在科学队伍上强调依靠群众队伍与专业队伍，必须充实和加强专业队伍，不能以生产斗争代替科学研究；在自力更生的问题上强调不能闭关自守，有必要从国外引进先进技术与设备；在应用研究与理论研究上，强调重视和加强理论研究工作，“理论研究”不是“三脱离”；在知识分子政策上强调把广大知识分子的积极性调动起来。在 9 月 26 日听取该提纲汇报时，邓小平专门举了陈景润的例子：“像这样一些世界上公认有水平的人，中国有一千个就了不得。说什么‘白专’，只要对中华人民共和国有好处，比闹派性、拉后腿的人好得多。现在连红专也不敢讲，实际上是不敢讲‘专’字”[10]。

邓小平富于历史眼光与策略，抓住了对于陈景润所谓“白专典型”的说法予以批判，这也是《科学院工作汇报提纲》的主体思路。这份提纲尽管在表述上努力做到周全，但在政治（“红”）与业务（“白”）的关系上倾向于业务的态度是很明确的。尽管由于 1975 年 11 月初开始的、愈演愈烈的“批邓、反击右倾翻案风”中止了邓小平的整顿工作，但是随着“四人帮”的覆灭，《科学院工作汇报提纲》的规划延续到新时期。如研究者所指出的：“粉碎‘四人帮’以后，邓小平刚开始恢复工作，就立即紧紧抓住科学和教育这两个环子，旗帜鲜明地继续 1975 年被中断的事业，使新时期科技与教育得到蓬勃发展，取得丰硕的成果。应该说，1978 年全国科学大会制定的《1978 年至 1985 年全国科学技术发展纲要（草案）》是《汇报提纲》在新的历史条件下的发展，而 1975 年整顿中的《汇报提纲》正是后来科技、文化、教育部门拨乱反正的一个先导。”[11]

“新时期”再一次征用陈景润这个知识分子典型，今天我们所理解的陈景润、所理解的知识分子形象，就来自这一次再阐释。“文革”结束后，据陈景润的传记作者罗声雄描述，陈景润一度感到不安：“‘四人帮’被铲除，他和国人一样欢欣鼓舞，但他多了一层忧虑，是江青头一个发现了他，他担心会不会受到牵连。”[12]在“十一大”闭幕后的 1977 年 9 月，陈景润给华国锋与邓小平写了一封政治表态性质的信。这封信确实如传记作者所言是“一封不必要的信”，从“现代化”的立场出发，陈景润同样受到重视。就在陈景润紧张不安的同时，中央正在筹划召开全国科学大会：“1977 年 5 月 30 日，中共中央召开政治局会议，听取中国科学院党组负责人方毅、李昌和武衡关于如何恢复和开展科学技术工作的汇报。”[13]这次会议提出准备召开全国科学大会。而在召开全国科学大会的倡议之前，全国农业和工业的会议已经先后召开，分别是全国第二次农业学大寨会议（1976 年 12 月 10 日—27 日）、全国工业学大庆会议（1977 年 4 月 20 日—5 月 14 日）。1977 年 9 月 18 日，中央政治局会议审议通过了《中共中央关于召开全国科学大会的通知》,该通知提出“向科学技术现代化进军”。

《中共中央关于召开全国科学大会的通知》发布之后,要找到合适的典型予以宣传。该通知的一项具体内容,是恢复技术职称。随即,一直是助理研究员的陈景润被直接升为研究员,成为受益的第一人。当年 10 月 4 日的《人民日报》为此发布消息:《根据党中央关于恢复技术职称的指示 中国科学院提升陈景润为研究员 提升杨乐、张广厚为副研究员》。

10 月 16 日的《人民日报》更是连发两篇介绍陈景润的文章:《不到长城为好汉》《苦战能过关——记数学家陈景润苦战攻关的事迹》。这在当时无疑带有风向标的味道,在似乎和科学领域相距遥远的文学领域,《人民文学》编辑部注视着正在发生的这一切;他们筹划着配合全国科学大会的宣传,并且将这次科学大会视为思想解放的新方向。

二 “红”与“专”的辩证法

据《哥德巴赫猜想》一文的责编周明回忆:“1977 年 10 月,《人民文学》杂志社得到一个消息,全国科学大会将要召开。科学大会的召开,预示科学的春天即将到来。我们深受鼓舞,同时也就想到了自己应负的责任和使命。作为一家全国性的文学刊物,《人民文学》如能在这个时候组织一篇反映科学领域的报告文学,读者一定会喜欢看的,同时也可借此推动思想解放,呼吁人们尊重知识、尊重知识分子。这便是我们当初一些朴素的想法。”[⑭]至于为什么选择了陈景润,周明提到了邓小平 1975 年听取《科学院工作汇报提纲》时的表态:“邓小平在 1975 年整顿期间得知陈景润的情况后说:‘中国能有 1000 个陈景润,就了不得了。’我们一致认为,就写陈景润吧!”[⑮]

写作对象确定了,下一步就是物色作者,这个人选也不难敲定,还是据周明回忆:“把这个选题确定下来以后,我们又开始考虑,请哪个作家来写比较好。这时,大家不约而同地想起了徐迟。徐迟是诗人,也是散文家和翻译家。1964 年,他曾在《人民文学》发表过一篇名为《祁连山下》的报告文学,就是写敦煌的大艺术家常书鸿的,这是一个知识分子题材的作品。而且,他写李四光的报告文学《地质之光》,也即将在《人民文学》发表。那时作家写工农兵的比较多,写知识分子的比较少,因此大家一下子就想到了徐迟。”[⑯]徐迟无疑是报告文学领域的资深作家,在《哥德巴赫猜想》之前,徐迟自 1937 年就开始发表报告文学,陆续写有《大场的一夜》(1937)、《孤军八百》(1938)、《火里的大赦》(1943)、《“今天,我长久地看着地图”》(1946)、《赫奇队长的被捕》(1943)、《谁先恐惧》(1946)、《走过那被蹂躏的土地》(1951)、《平壤被炸目击记》(1951)、《两姐妹》(1959)、《汉水桥头》(1954)、《一桥飞架南北》(1958)、《通车记》(1957)、《祁连山下》(1956 年完成,1962 年发表)、《石油头》(1971)、《地质之光》(1977)十五篇作品,写作持续近四十年,题材上涵盖抗日战争、朝鲜战争、桥梁、石油等工业建设及知识分子问题。而且《人民文学》在 1977 年已经约请徐迟写过一篇报告文学作品,据徐迟回忆,“到七七的夏天,《人民文学》

杂志社打来了长途电话，就问我，是不是可以写李四光的文章，我当时就说可以试一试”[17]。这次合作看来双方都很满意，《地质之光》交稿一个月后，徐迟武汉家中的电话再次响起。

然而，徐迟这一次有些踌躇：“《人民文学》打来了电话给我，让我写陈景润，当时，我就有点摇摆，写不写？跟家里人一说，家里就反对：这个人不能写，你别写他。湖北有一些作家也劝我：这个人不太好写，是个是非之人，数学研究所是个是非之地。到底陈景润是不是又红又专，还是走白专道路，还搞不清。”[18]所谓“是非”，徐迟欲言又止，但在当时的历史环境中有几种可能：其一，“文革”一派对于数学所的介入，以及对于陈景润的利用。其二，怎么表现“文化大革命”？其三，怎么面对“又红又专”这个毛主席对于知识分子的号召？

徐迟的顾虑有一定道理，写李四光，徐迟“当时就说可以试一试”，是因为《地质之光》这篇作品主要处理的是李四光 1947 年到 1969 年的人生经历，涉及 60 年代的只有全文最后两段，只是概括性地勾勒各地油田的建成，和政治斗争无关。徐迟关于知识分子题材的报告文学一贯的结构，是在历史的展开中交织主人公的一生命运，这种写法需要一套稳定的“大叙事”来定性“历史”，之后将主人公的生活填充其中。诚如当时研究者的概括：“《地质之光》和《生命之树常绿》是以不同社会制度下科学和科学家不同命运的新旧对比贯穿全文的。作者把李四光与蔡希陶放在与国民党黑暗统治、帝国主义和社会帝国主义的斗争中来写他们的科学活动，写出他们在马克思主义和党的阳光下的思想成长，从而使科学英雄的无产阶级本质得到比较充分的揭示。”[19]然而，在徐迟接到约稿电话的 1977 年 10 月，党的十一大刚刚在一个多月前结束，大会宣布“文革”结束，但又是“胜利结束”，对“文革”依然是正面肯定。陈景润的主要经历与成就，集中在“文革”时期。在对于“文革”的定性波云诡谲的时刻，陈景润这个争议中的人物确实不好写，隐含着不小的政治风险。

周明回忆，一位“老同志”的意见让徐迟下决心来写：“他很兴奋，但是对写陈景润，他只是说‘试试看’。我说我安排你住招待所，他说不用，我住亲戚家。两天后，他就到了北京。这时，一位老同志的意见让徐迟下定了决心。那位老同志说：‘陈氏定理，了不起啊！应该写。’这位老同志是谁呢？我事后才知道，原来是徐迟的姐夫、解放军总参谋长伍修权将军。徐迟到北京后就住在他家。”[20]伍修权是党政军界的高层领导，后在 1980 年担任军事法庭审判长负责审判林彪余党与“四人帮”，地位十分重要。他对于政治动向的把握，无疑可以让徐迟信赖。

徐迟对“政治”并不迟钝，他在 1978 年曾直接谈到所理解的报告文学：“我们做一些事情，或写一些文章，就是要解决生活中存在的思想问题，就是要解决生活中的思想路线的问题，对陈景润的热情支持和恶意诽谤，是两条路线的斗争，而且还要斗下去。”[21]“两条路线的斗争”是十一大之后常见的说法，指代“第十一次路线斗争”即党同“四人帮”的斗争。但在徐迟的《哥德巴赫猜想》中，具体的路线斗争，实则指的是如何理解“又红又专”的斗争。在《哥德巴赫猜想》中，徐迟回避了“文革”派系对于陈景润的“照顾”，同时也回避了正面表现“文革”,比较隐晦地以“他眩晕,他休克,一个倒栽葱,从上空摔到地上”表现陈景润受到的冲击。徐迟在日后的创作谈中谈到这是“闪闪烁烁地写他受迫害的情景”[22]。徐迟的这种处理是明智的,“文革”具体的人事瓜葛与整体的历史定性,都非一篇报告文学所能处理,也不应该是文章的重心所在。徐迟最终确定的角度,也即对于“又红又专”的重新理解,奠定了《哥德巴赫猜想》的历史意义。

徐迟曾经谈过如何确定《哥德巴赫猜想》的主题:“《人民日报》的元旦社论,写的一句话,为革命钻研技术,分明是又红又专,被他们攻击为白专道路,解决了我写文章的主题思想。”[23]徐迟提到的这篇社论,即《人民日报》1978年1月1日刊发的《光明的中国——〈人民日报〉、〈红旗〉杂志、〈解放军报〉一九七八年元旦社论》,该文作为元旦社论展望1978时,重点谈到“砸烂‘四人帮’的精神枷锁,来一个思想大解放”,举的例子有“四人帮”炮制“老干部”是“走资派”、反对“四个现代化”、反对“按劳分配”、将“为革命钻研技术”攻击为“白专道路”。徐迟在这篇社论中,为《哥德巴赫猜想》的主题找到了政治依据。而通过陈景润重新理解“又红又专”,这种思路接续了邓小平1975年的观点,邓小平的观点无疑将是1978年全国科学大会的指导思想。

在“改革”时代展开三十多年后,回望“新时期”起源阶段《哥德巴赫猜想》隐含的“红”与“专”的辩证法,这确乎触及了“文革政治”与“改革政治”的关键所在。“又红又专”的提法源自1957年八届三中全会上毛泽东的讲话:“政治和业务是对立统一的,政治是主要的,是第一位的,一定要反对不问政治的倾向;但是,专搞政治,不懂技术,不懂业务,也不行。我们的同志,无论搞工业的,搞农业的,搞商业的,搞文教的,都要学一点技术和业务。我看也要搞一个十年规划。我们各行各业的干部都要努力精通技术和业务,使自己成为内行,又红又专。”[24]“又红又专”提法的背景,针对的是1956年的“向科学进军”:“1956年中共中央提出‘向科学进军’的口号后,激发了广大知识分子和青年学生学习科学文化知识的热情。但1957年随着反右派斗争的扩大化,知识分子重视业务学习的言行,被认为是用资产阶级的观点来对待‘向科学进军’,把‘向科学进军’当成了追求个人名利的手段,滋长了忽视政治的倾向。针对这种状况,在1957年的八届三中全会上,毛泽东提出了‘又红又专’的口号。”[25]1958年1月,在《工作方法六十条(草案)》中,毛泽东进一步深化了“又红又专”的提法:“政治和经济的统一,政治和技术的统一,这是毫无疑义的,年年如此,永远如此。这就是又红又专。将来政治这个名词还是会有的,但是内容变了。不注意思想和政治,成天忙于事务,那会成为迷失方向的经济家和技术家,很危险。思想工作和政治工作是完成经济工作和技术工作的保证,它们是为经济基础服务的。思想和政治又是统帅,是灵魂。只要我们的思想工作和政治工作稍为一放松,经济工作和技术工作就一定会走到邪路上去。”[26]

尽管“又红又专”这个提法试图辩证对待“红”与“专”的关系,但与其说是“合二为一”,不如说是“一分为二”,强调“专而不红”的危险性,侧重以政治方向统摄专业发展,这契合于毛泽东对于“政治挂帅”的强调,以及对于“事务主义”的批判。然而,“追求又红又专的目标是正确的，但这一时期的'红专'辩论，把红与专对立起来，把那些埋头搞业务的所谓'只专不红、少红、先专后红'的知识分子，当成'白专'加以批判，并在随后的'拔白旗、插红旗'运动中被当作'白旗'拔掉"[27]。"拔白旗、插红旗"运动开始于 1958 年 5 月，这场运动冲击到陈景润，"在'拔白旗'运动中，他受到批判，被斥为'白专'。从一九五八年到一九六〇年，他曾先后多次被下放到生产单位"[28]。据陈景润传记作者描述，陈景润在 1958 年因华罗庚被"拔白旗"而被打成"小白旗"，被调离数学研究所，去大连化学物理研究所搞"理论联系实际"的工作，1961 年被调回原单位。[29]

《哥德巴赫猜想》潜在的对话对象，正是 50—70 年代"又红又专"这套论述。徐迟扭转了陈景润"白专"的形象，但不是以"文革政治"强调陈景润"红"在"独立自主"的方式，而是将"红"从"政治方向"转化到"为生产服务"："确实，他成天钻研学问，不关心政治，但也参加了历次的政治运动。共产党好，国民党坏，这个朴素的道理他非常之分明。数学家的逻辑像钢铁一样坚硬；他的立场站得稳。他没有犯过什么错误。在政治历史上，陈景润一身清白。他白得像一只仙鹤。鹤羽上，污点沾不上去。而鹤顶鲜红；两眼也是鲜红的，这大约是他熬夜熬出来的。他曾下厂劳动，也曾用数学来为生产服务，尽管他是从事于数论这一基础理论科学的。"[30]徐迟这段叙述包含着微妙的反讽，他以白羽红顶的仙鹤喻指陈景润，首先将"红"与"白"具象化，之后以下落到生活世界中的"红"（熬夜的双眼），解构了"又红又专"的"红"所指向的政治世界，把这套政治论述落实到具体的生产层面。"红"本身变得技术化了，转化为服务于生产发展与现代化建设的内在驱动力，在这个意义上，"红"与"专"的等级次序发生了微妙的颠倒。

《哥德巴赫猜想》之所以对于"新时期"极为重要，在于通过塑造陈景润这个典型，将"政治的人"转化为"专业的人"。如果说要为当代文学的"去政治化"寻找到一个标志性的时刻，那就是 1978 年 1 月《哥德巴赫猜想》的发表。契合着时代的潜流，《哥德巴赫猜想》一炮打响，1978 年 2 月 17 日的《人民日报》转载了《哥德巴赫猜想》，《人民日报》在"编者按"中说："这一期《人民文学》很快销售一空。这是一种十分可喜的现象。它反映了粉碎'四人帮'之后，全国人民非常关心祖国科学研究事业的进步，反映了以华主席为首的党中央关于向四个现代化进军的伟大号召已经深入人心，也说明在社会主义新中国，凡是有发明创造的科技工作者和工农兵群众，都会受到国家和人民的尊重，受到整个社会的尊重。"[31]《哥德巴赫猜想》之所以影响力远远超过徐迟几个月前发表的《地质之光》，在于和《地质之光》相比，《哥德巴赫猜想》介入到"文革政治"与"改革政治"的博弈，其所依赖的历史能量，并不仅限于知识分子群体的崛起，而是对于"知识"的"现代化"立场上的理解。

在《人民日报》转载一个月后，全国科学大会于 1978 年 3 月 18 日至 31 日在京召开，大会上标志性的一幕，就是邓小平与陈景润握手，这一刻意味深长。正是在这次大会上，邓小平发表著名的《在全国科学大会开幕式上的讲话》，该文是一篇极为重要的历史文献，为"又红又专"确定了"新时期"的阐释框架：

这里,一个重要的问题,是对又红又专要有正确的理解,合理的要求。

“四人帮”胡说“知识越多越反动”,鼓吹“宁要没有文化的劳动者”,把既无知又反动的交白卷的小丑捧为“红专”典型,把孜孜不倦,刻苦钻研,为祖国的科学技术事业作出贡献的好同志诬蔑为“白专”典型。这种是非关系、敌我关系的颠倒,一度在人们的思想上造成很大的混乱。

毛泽东同志提倡知识分子又红又专,鼓励大家改造资产阶级世界观,树立无产阶级世界观。世界观的重要表现是为谁服务。一个人,如果爱我们社会主义祖国,自觉自愿地为社会主义服务,为工农兵服务,应该说这表示他初步确立了无产阶级世界观,按政治标准来说,就不能说他是白,而应该说是红了。我们的科学事业是社会主义事业的一个重要方面。致力于社会主义的科学事业,作出贡献,这固然是专的表现,在一定意义上也可以说是红的表现。[32]

这段话扭转了以往对于“红”与“专”的理解,其意义不仅针对知识分子与科学研究,更是将“文革政治”的“政治的人”,转化为“改革政治”的“专业的人”,扭转了我们对于“人性”的想象,为即将到来的“现代化建设”以及背后的科层制社会,生产出对应的感觉结构。陈景润正是在这个意义上,成了“新时期”的“典型”。

三 作为“典型”的陈景润

从今天回望新时期文学起源阶段,或许很难理解为什么报告文学如此受欢迎。在当时匮乏其他媒介的前提下,报告文学与中短篇小说、话剧、诗歌一起,被征用为社会转型的表征工具。诚如柯岩在《中国新文艺大系(1976—1982)·报告文学集》导言中所谈到的:“报告文学诞生在激烈变革的年代,而此后的繁荣与发展又大都在剧烈变革的年代……因为任何一场大的社会变化之后,生活中总会出现许多新问题,新难题,迫使人们去认识,去思考,去改变,不这样生活就无法前进。”[33]而这些成为“焦点”的报告文学作品,其价值并不在于“文学性”,《哥德巴赫猜想》无论在语言和结构上都不是一流的文学作品,其平铺直叙的语言与历史流水账的结构,将自身的形式尽可能“透明化”,为所传递的政治内容服务。考察这类作品,重点在于关注作者是如何将历史的潜文本,转化为自身的主题与结构,将不可见的历史能量转化为可见的人物典型。

《哥德巴赫猜想》发表后,激起了热烈的反响:“《哥德巴赫猜想》一经问世,立即引起读者热烈反响。许多人争相购买和竞相传阅,各地报纸、广播电台纷纷全文转载和连续广播。党政军领导干部不管是喜欢文学的还是平时不太关心文学的,也都找来一遍又一遍地阅读。”[34]作为不同的历史板块碰撞的产物,《哥德巴赫猜想》这类作品往往以“争鸣”的形象出现,通过论争予以经典化,同时在论争中有效地纠正“陈旧”的观念,确定“正确”的理解。其中最重要的一次论争,发生在刚刚复刊的《中国青年》上,这也是著名的“潘晓讨论”(1980年)之前,《中国青年》组织的新时期第一次大讨论。

组织“大讨论”是《中国青年》杂志几十年来的一贯传统,如研究者所指出的:“作为一本面向青年服务青年引领青年的刊物,《中国青年》八十九年不衰的根本原因,是能够真实地反映一代又一代青年的思想实际;但她又不仅仅只是一个诚实的记录者,而是能尽早敏锐地抓住某个时期青年思想的主干,发现问题并用‘大讨论’的方式引导青年解决这些问题。”[35]有意思的是,在新中国成立后的第一期《中国青年》上,就组织过一场关乎“红与专”的讨论,议题与三十年后的陈景润大讨论庶几相似:“于 1948 年 12 月在河北复刊的《中国青年》杂志,在复刊头一年组织的第一次大讨论题目就叫《理工科学生和技术人员需要学习政治吗?》(1949 年 11 期)。形式是就北京工学院一名叫陈滨的大学生的一封来信,请读者们发表各自的看法。经过数月热烈讨论,一致认为理工科学生和技术人员必须学习政治。最充分的理由是:首先要建立为人民服务的人生观。”[36]

历史轮回颠倒,这场讨论三十年后,因“文革”停刊而在 1978 年复刊的《中国青年》,在 1978 年第 1 期(1978 年 9 月 11 日出版)上再次发起了类似讨论,以“在青年中可不可以学习陈景润?——关于红专问题的讨论”为总标题,从当年第 1 期一直持续到第 4 期(《中国青年》在 1978 年共出四期)。在第 1 期的“编者按”中,《中国青年》的编者点出了发起这场讨论的历史背景:

> 徐迟同志的《哥德巴赫猜想》一文发表后,受到各方面的赞扬和普遍的重视,也在一些青年和团干部中引起了各种意见的争论。这些争论提出了有关怎样正确认识新的历史时期对青年的要求和青年成长的一些根本性问题。[37]

讨论的具体起因,是某大学负责团工作的刘佳写信给《中国青年》编辑部,感叹现在的大学生对社会活动不那么热心了,公开宣称陈景润事迹后,更为这类不热心政治的同学提供了借口,对于陈景润能否算“又红又专”,自己感到很困惑。刘佳在这封信中发问:“编辑同志,青年处在世界观形成时期,应当引导他们向什么样的先进典型学习呢?究竟是向雷锋学习,还是向陈景润学习?这确实是值得思考的一个问题。有的同志说,雷锋和陈景润都是又红又专,都应该学。可我总觉得他俩红的不一样,提倡学习雷锋心里感到踏实,提倡学习陈景润就觉得有点理不直气不壮。”[38]

从这封信开始,《中国青年》在 1978 年第 2、3、4 期上连续发表系列文章予以回应。第 2 期发表万贵生《我们需要的是革命实干家》、虞建华《要做到红的基本要求是不容易的》、石岩《魂要附体》、李庆堃《从“不要干扰”谈起》、吉云《学习陈景润没有普遍意义》、崔进甫、孙旅、云兆林《蓝天万里谈红专》;第 3 期发表李尚杰《我所了解的陈景润》、溪畔《在红专问题上正本清源》、罗小年《怎样看陈景润的红》;第 4 期发表周忠铉《天安门事件和又红又专》、纳群《“学而优则仕”析》、季旋《学习先进典型不受行业的限制》、刘宜升、张历才《读了李尚杰同志的文章以后》。以上这十三篇文章近乎一边倒地站在陈景润这一边,论证的框架也颇为相似,笔者举几个例子予以说明。

在万贵生《我们需要的是革命实干家》一文中,作者将陈景润与北京百货大楼特级售货员张秉贵、上海第二十七织布厂青年女工毛信贤等并举,强调“工作一丝不苟”“技术精益求精”的重要性,认为这代表着“革命的实干”;虞建华《要做到红的基本要求是不容易的》一文,作者本人就是副食行业的售货员,强调"为人民服务"要落到具体行动之中;而这种思路,正是石岩的《魂要附体》标题所指向的,"红"所代表的"魂"必须依附到"专"所代表的"体","空谈政治,不务实际,对革命事业是毫无用处的"。其余文章,基本也是这一路数的展开。

在这种论述框架中,陈景润所指向的"专",经历了多重置换与升华:"专"不仅意味着专业技术,而且被升华为一种人格向度。售货员、纺织女工的"专"之所以和陈景润的"专"并举,在于他们分享着共同的"职业伦理"。诚如汪晖在《科技作为世界构造和合法化知识》中的分析,"职业伦理从普遍的道德体系中分化出来,逐渐成为主导性的伦理原则"[39]。"专"在其基本含义上,本来和"红"所指向的政治伦理不处于同一个层面,不构成直接的博弈关系;但是当"专"被转化为"职业伦理"后,构成了对于"政治伦理"的一种解构。"专"与"红"的地位发生颠倒,"专"成为对于"红"的评判,政治理想必须落实于专业岗位的技术化实践,否则就是与"实干"对应的"空谈"。在这个意义上,技术转化为一种至高的评判尺度:"现代社会之所以被看作是一种独特的、区别于其他历史社会的技术社会,恰恰是因为在这个社会中,技术不再是技术或者说超越了技术的范围,而成为社会生活的理性和最为权威的合法性资源。"[40]

由此可见,1978 年的这场讨论,以陈景润为典型,实则为"现代社会"与相匹配的"新人"的历史出场开辟道路,陈景润形象是属于"改革时代"的第一个"社会主义新人"形象。这一新人形象与这场讨论,不仅是对于上文所引的《中国青年》1949 年的同类讨论的翻转,也是对于 1963 年毛泽东在《中国青年》题词"向雷锋同志学习"后的"雷锋热"的翻转。诚如刘佳在信中的困惑"可我总觉得他俩红的不一样",他还无法预见"雷锋"进入新时期后,将逐渐变得像另一个"陈景润":雷锋精神被转化为"全心全意为人民服务""岗位学雷锋、行业树新风",螺丝钉精神被认为是"像一颗螺丝钉,紧紧拧在工作岗位上"。[41]不同的阐释维度,对应着不同的认知框架,"特别是职业伦理概念,意味着对于内在世界的认识工具的态度,特别是对社会劳动领域的社会互动的态度"[42]。在雷锋那里跨越个人主体的、以劳动为互动纽带的社会交往,回卷到个人主体的"界限"之内,转变为主体之间的有偿交换的交往。而这种主体类型被嵌入到高度专业化的社会结构里,主体交往对应着社会结构的运作法则,这基本上是一种理想化、模型化的市场经济的想象。在这个意义上,陈景润作为典型所指向的"专业的人",近似于哈贝马斯在《作为"意识形态"的技术和科学》一文中所分析的"目的—手段—关系"合理性的驱动的成果,其在未来进一步的发展,无疑是"经济的人"。

结语　新时期的"科学"问题

经由陈景润来激活"科学",首先是工业化建设的需要,当时领导人的讲话多次提到这一点,"我们要实现现代化,关键是科学技术要能上去"[43]。"四个现代化,关键是科学技术的现代化。没有现代科学技术,就不可能建设现代农业、现代工业、现代国防。没有科学技术的高速度发展,也就不可能有国民经济的高速度发展”[44]。其次,就当时的政治格局而言,知识分子群体与老干部群体等是新时期重要的政治支撑。更重要的是,“科学”在某种程度上还起到一种新的意识形态的功能。就在刊发“在青年中可不可以学习陈景润”同一期的《中国青年》复刊号上,头条是以“本刊特约评论员”的名义发表的评论《破除迷信 掌握科学》,将林彪和“四人帮”的行径视为“现代迷信”:“二十世纪六七十年代,世界上许多国家都在搞科学技术现代化,而林彪和‘四人帮’却在我们国家搞了十年现代化迷信。”[45]破除现代迷信的办法,则是“掌握科学”(这里的科学也包括社会科学)。这如汪晖所分析的:“科学及其引发的自然观的变化不仅支配了我们关于自然的知识,而且也规划了我们对于社会和我们自身的认识。”就此汪晖引述拉维茨对于“科学意识形态”的分析:“丁·拉维茨概括所谓的科学的‘意识形态’,即科学家和非科学家都具有的科学概念,他认为这种意识形态历来具有三个成分:科学作为对工业具有重要意义的技术,科学作为有其自身价值的知识形式,和科学作为摆脱独断状态的一种手段。”[46]

在“青年中可不可以学习陈景润”这场讨论结束的时刻,1978 年第 4 期的《中国青年》发表《为四个现代化多向自然科学学习——学习毛主席给青年同志的两封信》,将“科学”与“政治”并举,直接提出“少谈些政治”,这大概是“去政治化”最早也最直接的表现:

> 需要注意的是,毛主席特别强调“趁着年纪尚轻,多向自然科学学习,少谈些政治”。这对于我们这一代青年来说,更具有重要的现实意义。因为自然科学正在日益广泛地应用到社会生产的各个部门中去,深刻地影响着社会生活的各个领域。如果对自然科学茫然无知,即使熟读革命导师的革命理论,也难于在深入研究和切实解决国际国内的较为复杂的新的社会现象和社会问题方面有所成就。[47]

该文所摘引的毛泽东的这封信,系 1941 年 1 月 31 日毛泽东写给毛岸英、毛岸青的信。当时毛岸英、毛岸青在苏联伊凡诺沃市上学,这封信主要以指导孩子读书为主,并随信寄去一大包中文书籍。信中将“科学/政治”对立的段落,原文如下:

> 唯有一事向你们建议,趁着年纪尚轻,多向自然科学学习,少谈些政治。政治是要谈的,但目前以潜心多习自然科学为宜,社会科学辅之。将来可倒置过来,以社会科学为主,自然科学为辅。总之注意科学,只有科学是真学问,将来受用无穷。

这是新时期起源阶段常见的合法性论证的方式:有选择地重新刊登领导人的讲话、信件或诗词,以此为现实政治服务。比较著名的有《文艺报》1978 年第 7 期、第 8 期重新发表陈毅《在全国话剧、歌剧、儿童剧创作座谈会上的讲话》、《文艺报》1979 年第 2 期重新发表周恩来《在文艺工作座谈会和故事片创作会议上的讲话》。和周、陈的讲话相比,毛泽东的这封信并不知名,以往的研究付之阙如,但其重要性不遑多让。《中国青年》通过以上的“摘引”,经由对于“文革意识形态”的批判,确立以“科学”为代表的新的意识形态,诚如哈贝马斯的分析:“那些已经经不起检验的合法性被新的合法性所代替,而新的合法性一方面产生于对世界的传统的教义解释的批判,而且要求科学性;另一方面,它们保持着合法性功能,从而使事实上的权力关系不受到分析,而且不被公众意识到。从狭义上讲意识形态首先是这样产生的;它代替了传统的统治的合法性,因为它要求代表现代科学,而且从意识形态批判中取得了自身存在的合法权利。意识形态从本源上讲同意识形态批判是一回事。”[48]

这种新意识形态不同于科学主义、机械论之类狭义的科学意识形态,而是指向一个理性化的社会结构与“理性人”的出场,我们往往以“现代化”过于粗略地描述这一过程,而且往往集中在工农业生产的技术与制度层面。还是哈贝马斯的分析:“科学和技术的合理形式,即体现在目的理性活动系统中的合理性,正在扩大成为生活方式,成为生活世界的‘历史的总体性’。马克思·韦伯曾经希望使用社会的合理化来描绘和解释这个过程。”[49]

倘或我们以“现代化”框定与解释新时期的历史进程,那么新时期文学的起点,要归于徐迟的《哥德巴赫猜想》、落在陈景润这个人物形象上。在《哥德巴赫猜想》发表后的一系列新时期获奖作品中,一个不约而同的模式,就是革命青年在“现代化”的号召下从“革命小将”转变为“专业能手”,比如出色的售票员(《窗口》)、农业专家(《满月儿》)、质量检查员(《醒来吧,弟弟》)等等。[50]经历这一番历史的转轨与人性的转移,新时期文学开始成为新时期重要的“新人”生产体制,正是在这个意义上,一个“文学”的时代到来了!在陈景润之后,蒋子龙的乔厂长已经在上任的路上——如果说陈景润对于“专”的迷恋归于一种怪癖式的数学天赋的话,那么乔厂长即将面对的,就是如何有效地驱动“专业的人”,这无疑将涉及“管理”问题,“专业的人”背后的制度化设计开始显影;而“管理”在无法征用“红”(政治信仰)作为有效手段的前提下,开始将驱动力下移到人的物质的与情感的欲望层面,并且将民族国家自身的发展转化为历史目的。乔厂长之后,人的欲望在叙事层面不断狼突豕奔,在超阶级的人性层面与民族国家层面寻找美学上的确证。“美学”慢慢变得重要,“美学”渐渐以“美的历程”的方式被民族化、历史化,同时超阶级的、合乎“普遍人性”的“共同美”的提法开始出现……陈景润那仿佛和历史全然无关的数学公式背后,“新时期文学”拉开了大幕。

初稿于2015年6月
改定于2016年1月
上海二三书舍

【注释】

①新华社记者:《独立自主,高歌猛进——评述新中国科学技术事业的发展》,载《人民日报》1974年10月17日。

②王元、潘承洞:《陈景润——生平与工作简介》,载《数学学报》1996年第4期。

③王丽丽、李小凝:《陈景润传》,146页,新华出版社1998年版。

④丁东:《让江青流泪的陈景润》,载《文史博览》2011年第3期。

⑤顾迈南:《当年采访数学家陈景润》,载《百年潮》2009年第8期。

⑥王丽丽、李小凝《陈景润传》,林承谟主编《陈景润的故事》,罗声雄《一个真实的陈景润》都提

到了这一细节;此外,在著名数学家王元的《华罗庚》一书里也提到了这句话。

⑦参见王年一《大动乱的年代》(人民出版社 2009 年版)中《“风庆”轮事件和长沙诬告》一节。

⑧王年一:《大动乱的年代》,376 页,人民出版社 2009 年版。

⑨代表性的批判文章,可参见北京大学、清华大学大批判组:《回击科技界的右倾翻案风》,载《红旗》1976 年第 2 期;中国科学院大批判组:《一个在科技界复辟资本主义的纲领——批判〈科学院工作汇报提纲〉》,载《中国科学》1976 年第 4 期。

⑩中共中央文献研究室编:《邓小平思想年谱(一九七五—一九九七)》,19 页,中央文献出版社 1998 年版。

⑪程中原:《1975 年整顿中的三个著名文件》,载《当代中国史研究》1995 年第 1 期。

⑫罗声雄:《一个真实的陈景润》,107 页,长江文艺出版社 2001 年版。

⑬袁振东:《1978 年的“全国科学大会”》,载《世界博览》2008 年第 10 期。

⑭⑮⑯⑳㉞周明:《春天的序曲——〈哥德巴赫猜想〉发表前后》,载《百年潮》2008 年第 10 期。

⑰⑱㉑㉓徐迟:《关于报告文学问题的讲话》,载《武汉师范学院学报(哲学社会科学版)》1979 年第 3 期。

⑲郁源、邹贤敏:《报告一个历史新时期的到来——评徐迟的报告文学集〈哥德巴赫猜想〉》,载《武汉师范学院学报(哲学社会科学版)》1978 年 Z1 期。

㉒徐迟:《写了〈猜想〉之后》,载《中国青年》1979 年第 1 期。

㉔毛泽东:《做革命的促进派》,见中共中央文献研究室编:《建国以来重要文献选编》(第十册),532 页,中国文献出版社 2011 年版。

㉕㉗李庆刚:《20 世纪五六十年代“红专”问题的讨论》,载《当代中国史研究》2012 年第 1 期。

㉖毛泽东:《工作方法六十条(草案)》,见中共中央文献研究室编:《建国以来重要文献选编》(第十一册),40—41 页,中国文献出版社 2011 年版。

㉘李尚杰:《我所了解的陈景润》,载《中国青年》1978 年第 3 期。

㉙罗声雄:《一个真实的陈景润》,73—74 页,长江文艺出版社 2001 年版。

㉚徐迟:《哥德巴赫猜想》,载《人民文学》1978 年第 1 期。

㉛参见 1978 年 2 月 17 日《人民日报》转载《哥德巴赫猜想》时的“编者按”。

㉜㊹邓小平:《在全国科学大会开幕式上的讲话》,见《邓小平文选》(第二卷),91—92、86 页,人民出版社 1983 年版。

㉝柯岩主编:《中国新文艺大系(1976—1982)·史料卷》,4—6 页,中国文联出版公司 1986 年版。

㉟㊱韩春丽:《思想的足音(二)——〈中国青年〉思想变迁史(上)》,载《中国青年》2012 年第 11 期。

㊲《在青年中可不可以学习陈景润?——关于红专问题的讨论》“编者按”,载《中国青年》1978 年第 1 期。

㊳《在青年中可不可以学习陈景润?——关于红专问题的讨论》所附的刘佳的信,载《中国青年》1978 年第 1 期。

㊴㊵㊷汪晖:《科技作为世界构造和合法化知识》,见《死火重温》,246、193、207 页,人民文学出

版社2000年版。

㊶陈阳:《青年典型人物的建构与嬗变——〈人民日报〉塑造的雷锋形象(1963—2003)》,载《国际新闻界》2008年第3期。

㊸邓小平:《尊重知识 尊重人才》(1977年5月24日),见《邓小平文选》(第二卷),40页,人民出版社1983年版。

㊺本刊特约评论员:《破除迷信 掌握科学》,载《中国青年》1978年第1期。

㊻汪晖:《现代中国思想的兴起》(下卷 第二部《科学话语共同体》),1397页,三联书店2015年版。

㊼本刊评论员:《为四个现代化多向自然科学学习——学习毛主席给青年同志的两封信》,载《中国青年》1978年第4期。

㊽㊾[德]哈贝马斯:《作为"意识形态"的技术和科学》,李黎、郭官义译,56、47页,学林出版社1999年版。

㊿黄平:《再造"新人"——新时期"社会主义现实主义"调整及影响》,载《海南师范大学学报》2008年第1期。

(原载《南方文坛》2016年第3期)

获奖词：

这是一篇向逝世50周年的傅雷先生的致敬之作，学者李兆忠文章笔法老练，材料运用巧妙，以一种无缝对接的叙述风格，解剖并还原了一段历史公案，对于我们认识错综复杂、真伪交织的中国现代文化史不无裨益，既提出一个颇具学术空间的问题，又体现了作者品人论事的雅正文风，难能可贵。

傅雷与刘海粟

李兆忠

刘海粟是中国现代美术史上如雷贯耳的艺术大师，傅雷是著名的翻译家、《傅雷家书》的不朽作者。他们之间的关系阴差阳错，扑朔迷离，其丰富的内涵耐人咀嚼，足以参悟五味杂陈、泥沙俱下的中国现代文化史。遗憾的是，由于各种原因，迄今出版的所有傅雷、刘海粟的传记书籍未能就此关系作出令人信服的深刻的阐述。因这个缘故，本人不避浅陋，写下此文，求教海内方家。

傅、刘的关系经历蜜月、疏离、绝交、复和四个阶段，终于“文革”爆发，傅雷愤而辞世，告别混乱癫狂的世界，年仅五十八岁；刘海粟忍辱负重，迎来第二个生命的黄金时代，长命百岁，功成名就。本文从“绝交”切入，解读两位文化名人的内心世界和他们的恩怨纠葛。

一

关于傅、刘的绝交，傅雷本人有确切的文字记录。在1943年9月1日致黄宾虹的信中，傅雷提及刘海粟，明确表示“此公与之不相往来已近十载”，而在写于1957年“反右”运动中的《傅雷自述》中，两段文字解释了原因——

其一：“一九三三年九月，母亲去世，即辞去美专教务，因(一)少年不学，自认无资格教书，母亲在日，以我在国外未得学位，再不工作她更伤心；且彼时经济独立，母亲只月贴数十元，不能不自己谋生。(二)刘海粟待我个人极好，但待别人刻薄，办学纯是商店作风，我非常看不惯，故母亲一死即辞职。”

其二：“一九三七(实际应为一九三六——笔者注)年夏，为亡友张弦在上海举办‘绘画遗作展览会’，张生前为美专学生出生之教授，受美专剥削，抑郁而死；故我约了他几个老同学办此遗作展览,并在筹备会上与刘海粟决裂,以此绝交二十年。”①

(略作说明:刘海粟是当时上海私立美专的校长)以上两段文字显示了傅、刘由“辞职”而“绝交”的内在递进关系:刘海粟办学的“商店作风”,导致了张弦的死亡;张弦的死亡,是刘海粟“待别人刻薄”的结果。值得一提的是,傅雷写这些文字的时候,“绝交”一事已过去二十余年,并与刘海粟恢复了礼节性往来。

张弦生前是上海私立美专的教师,1936 年 8 月回浙江青田省亲时突然去世,死因一说精神错乱溺水而死,一说因急性肠炎不治而死。他的死,对傅雷的打击极大。据傅雷与刘抗当时的通信,1936 年 8 月 19 日晚,身在南汇老家的傅雷获悉张弦病危的消息,顿时“毛骨悚然,浑身发冷”,第二天接到噩耗,悲恸之情,无以言喻,发出“呜呼,痛哉!”的悲鸣,信中特地询问:“校方对他有何表示,大师(指刘海粟——笔者注)又如何?虽说一死皆空,但我还想知道知道世情冷暖。”明显流露了对美专掌门人刘海粟的疑虑。而据 1936 年 8 月 28 日傅雷致刘抗的信函,傅雷于一周前(即 8 月 20 日)就给刘海粟去信,提出四条建议:一、在报上刊登一条张弦去世的新闻,让他数年来的桃李得悉;二、筹备一个遗作展览会;三、设法替他卖掉些作品,所得款作为遗孤的教育费;四、设法叫博物馆购藏他的一张作品,却一直没有得到回复,令他甚为诧异。②这些似乎印证了刘海粟“待别人刻薄”的商店作风。于是,在张弦“绘画遗作展览会”筹备会上,傅雷与刘海粟发生了激烈的冲突,从此绝交将近二十年。

傅雷为何如此替张弦打抱不平?张弦是一位才华出众、性情沉默、与世无争的艺术家,与傅雷是莫逆之交。在 1936 年 12 月 6 日致刘抗的信中,傅雷引苏东坡的两句诗“与君世世为兄弟,更结来生未了缘”,表达了对张弦之死的沉重慨叹,其中这样写道:“我茕茕独立,既无伯叔,终鲜兄弟,复寡朋友!然而这仅有的几个剖腹交也还不能长久相聚,尘世荒凉落漠一至于此!”随后写出以下披肝沥胆的知心话:“你我相交先后已达六载,然到今岁方才透入你的内心。交友而欲相契已大难,相契而欲互参洞府尤难。况互参洞府,有时更须他种血泪的代价来换乎!倘张弦尚在,我恐尚不能尽窥你的肺腑,言之尤潸然欲涕!可怜的朋友,但愿这颗艺术家的灵魂在天上永永得到和平与安息!”③1936 年 10 月 14 日,由傅雷及友人筹划的“张弦遗作展”在上海大新公司四楼开幕,傅雷写下《我们已失去了凭藉——悼张弦》一文,对张弦“孤洁不移的道德力”,对艺术“忠诚不变的心志”,还有融合东西的高超艺术手法给予高度的评价,最后作者这样慨叹:“我们沉浸在目前臭腐的浊流中,挣扎摸索,时刻想抓住真理的灵光,急切的需要明锐稳静的善性和奋斗的气流为我们先导,减轻我们心灵上所感到的重压,使我们有所凭借,使我们的勇气永永不竭……现在这凭借是被造物之神剥夺了!我们应当悲伤长号,抚膺疾首!不为旁人,仅仅为了我们自己!仅仅为了我们自己!”④

然而同是当事人的刘海粟,对“绝交”却有完全不同的解释。在《傅雷二三事》中,刘海粟这样回忆——

> 不久我和他为一件事,整整十年没有往来。

傅聪很小，傅雷不让他上学，自己教他文化，请上海乐团一位意大利学派的专家教指法，乐团指挥兼提琴家教乐理，每天要傅聪练习钢琴。傅雷听觉灵敏，听出差错就打，这一点我很反感，劝他说："小孩子应当上学，过集体生活，让他全面发展，这样打太不好了。"

傅雷说："我教训自己的儿子你也要管么？"

"你用瓷盆子砸在孩子鼻子上，留下一个疤，这太过分了，我为什么不能管？"

"我偏不服你管！"他的声调提高了。

"你这样做要后悔的！"

……

自那次分手之后，我一直怅然若失。想到傅雷没有人谈心，一定会很寂寞。幸而黄宾虹、林风眠两位先生常去看他。一般的人，他不肯与之往来。

一九五六年冬天，我忽然接到傅雷的电话说："我来看你。"

"来吧！我们全家欢迎你！"我激动得热泪夺眶而出。

他真的来了，一切和好如初。⑤

然而，傅聪学弹钢琴，受老爸虐待的那几年（约1940至1943年），正是傅、刘绝交，而且又是刘海粟避祸南洋那几年，可见以上的讲述纯属虚构，而且从情理上讲，这种故事也无法成立。

同样，在口述实录的《沧海》三部曲《背叛》卷中，刘海粟对傅雷的辞职给出另一种解释：美专学生的伤害导致了傅雷的离去，不经意间又扯出了自己。刘海粟这样讲述当时情形："傅雷的脾气本来就大，那天他也发疯了，骂我！一个劲地骂个不歇，说我在关键时刻置朋友的死活不顾。我也不生气，同他说道理。在那种情形下我就是去了，除了陪你一同死，什么作用也起不了，但他实在是给学生斗争坏了，蛮不讲理，什么事情都给你弄出来骂。什么巴结权贵、重利忘义，办学校纯粹是商店作风，嘟嘟嘟吼一大套。"接下来，刘海粟这样为自己的"商店作风"辩护——

在那个时代，要想在中国的社会树立起一个美术专门学校的旗帜，实在是一件非常不容易的事情。美专刚刚创办那几年，困难大极了！困苦颠沛，冷漠寂寥，根本谈不上外界的同情与帮助，全靠自己硬撑着。……在几乎没有收入的情况下维持一个学校，困难大极了！后来慢慢好一些，学生渐渐开始多了，但老师也要随着多聘，校舍也要扩大，入不敷出啊。办学校不可能赚钱，运气好，能够少赔一点就不错了。所以说，从办这个学校的头一天起，经费问题就一直逼迫着我，你没有办法不精打细算。我跟他们每一个老师也是都说明白的，这里只能解决基本的生活，要赚更多的钱，你们要另外去想办法。我从来不骗他们的，都是同他们说明白的。但是有一点也要实事求是讲，他们出去兼职，现在叫第二职业第三职业，我从来不反对，能给的方便我尽量给。像温肇桐，他本来不过是农村的小学图画老师，我把他请到美专来，聘他做教授，有了这个头衔，他再出去找兼职就方便多了。傅雷那天骂我办学商店作风，给老师的工资太低,待遇刻薄。一个私立的学校,没有任何政府拨款,一分钱一分钱完全是靠自己筹集,当时候又正逢乱世,老实不客气讲,能够支撑到最后这个局面已经是很不容易了。⑥

美专学生打傅雷的事发生在1932年11月。当时学生要罢课,上街宣传抗日,傅雷坚持上完课,两者起冲突,混乱中傅雷挨了拳头,后学生中有人出来阻止,风波自动平息。刘海粟强调这件事,本意是为自己开脱,无意中却透露了傅、刘决裂的另一个因素:刘海粟关键时刻明哲保身,不为朋友两肋插刀,令傅雷大失所望。其中傅雷痛骂刘海粟的那些细节,置换到张弦“绘画遗作展览会”筹备会上,正好吻合。

看得出,刘海粟很不愿意承认被傅雷绝交一事。事实上,在刘海粟晚年所有傅、刘关系的讲述中,都是情同手足、相濡以沫的故事,其中更有傅雷对他的崇拜。从这些讲述中,人们自然无法想象绝交这种事。从维护友情的角度看,刘海粟这样做可以理解,从诚信的角度看,这种做遮蔽了历史真相,故不可取。

平心而论,傅雷对刘海粟的指控或许不无过头之处。作为一所私立美术学校的校长兼老板,刘海粟自有他的难处,有他自己的立场和考虑问题的角度,倒是傅雷,有可能“站着说话不腰疼”。身份地位的不同,导致了不同的立场和话语逻辑。傅雷终其一辈子,都是一个独立的知识分子,一个坚守书桌的精神个体户,而刘海粟则庞杂得多:画家、老板、文化名流、社会活动家,多种身份集于一身,正是这种庞杂的身份,加上纵横捭阖的能量,使他在革故鼎新的民国初年大有作为,年仅十七,没有学历,毫无西洋美术知识背景,就斗胆办起图画美术学校(上海私立美专前身),在林立的同类学校中脱颖而出,成为一所当时大名鼎鼎的美术学校。借助美专这个平台与天纵之才,刘海粟在中国现代画坛纵横驰骋、声誉鹊起的同时,不可避免受到正人君子的诟病。傅雷指责的待人刻薄的“商店作风”,对张弦之死的冷漠反应,其实是刘海粟的常态表现,不足为奇。刘海粟并不是慈善家,在他眼里,张弦只是上海私立美专的一名受雇的普通教员,如此而已。然而在傅雷眼里,张弦却是一位能在坎坷潦倒中保持完美人格的艺术家,是他不可缺少的精神“凭借”。在对张弦的价值认同上,傅、刘的差异之大,不可以道理计。唯其如此,张弦的死才成为傅、刘绝交的爆发点。

二

然而,在此之前傅雷与刘海粟却有一段不同寻常的“蜜月期”,事情于是变得很微妙。

这个“蜜月”产生于特殊的时空——著名的世界艺术之都巴黎,瑰丽的塞纳河、罗浮宫、瑞士莱芒湖,构成它的背景,时间在1929年至1931年之间。

1929年春,刘海粟以教育部“特派驻欧洲研究员”的身份来到法国,其时傅雷就在巴黎大学听课。经友人介绍,傅雷成了刘海粟的法文老师、翻译。

在刘海粟《欧游随笔》的文章中,傅雷的身影频频出现:1929年夏刘海粟率家人前往瑞士,傅雷亲自赶到火车站接应,下榻友人白格郎的山间别墅中,此后一个多月,他们置身湖光山色,写生采风,谈艺论道,其乐融融,傅雷还拍下刘海粟摘苹果的照片,称“这是阿尔卑斯山刘海粟偷苹果的纪念”(《瑞士纪行》)。1929 年 9 月 28 日晚上,刘海粟、傅雷、张弦等人聚集一堂,热议法国秋季沙龙的盛况。就是这时,傅雷替刘海粟填写了该年度法国秋季沙龙的出品志愿书,第二天早上,陪同刘海粟冒雨送画到熙熙攘攘的秋季沙龙办公室,申请者编号为 7611,一个月后,刘海粟意外地接到了秋季沙龙入选通知书(《1929 年的秋季沙龙》)。1929 年 10 月 2 日,刘海粟、傅雷、张弦三人在观摩“现在巴黎画派展览会”时,获悉艺术大师布尔德尔逝世的消息,先是震惊,继而惆怅,傅雷说:“法兰西艺术界蒙丧。”刘海粟补充说:“那是,不但是法兰西艺坛的损失,也是全世界艺苑失了曙光。”两天后他们一起去布尔德尔在巴黎的工作室出席丧仪,瞻仰大师的遗容,傅雷走在前头,负责交涉。⑦另据刘海粟晚年回忆:在罗浮宫临摹德拉克洛瓦的代表作《但丁的小舟》时,傅雷为他做了大量案头工作,将此画的创作背景调查得一清二楚,使临摹工作顺利进行;1931 年春,他应德国法兰克福大学邀请办画展,作中国画学的演讲,傅雷根据他的授意,写出洋洋洒洒的《六法论》,使讲演圆满成功。⑧

在《瑞士纪行》中,刘海粟这样写道:“我们要了解艺术家的口味与天才,他的所以爱好某种对象,某种色彩,表现某种感情的原因,一定要在他所处的时代、环境,以及当时一般思想中去找。为了解一件艺术品,必须要把当时艺术家的概况,周环和生活的情形极详密地考察出来,只要翻开艺术史的各重要时代,便可发见艺术之诞生与绝灭的原因。”⑨这些论述与法国美学家丹纳《艺术哲学》中的“种族、时代、环境”理论非常接近。当时傅雷随身携带这本《艺术哲学》,天天研读,做翻译的准备。他们的交谈中肯定少不了这个话题,刘海粟急用先学,将丹纳的理论吸收到自己的文章中。

傅、刘当时的“蜜月”之情,傅雷在《刘海粟》一文中有更充分的表达。文章一上来,就引述李尔克论罗丹功成名就之后的寂寞那一段话。这一来,无形中就将刘海粟置于“中国的罗丹”的位置。接着这样写道:“一个真实的天才——尤其是艺术的天才的被误会,是民众落伍的征象。在现在,我且不问中国要不要海粟这样一个艺术家,我只问中国要不要海粟这样一个人。”文中以法国汉学家赖鲁阿及德、法两国对刘海粟艺术的高度评价而感“惶恐愧赧”,进而这样发问:“我们现代中国文艺复兴的大师还是西方的邻人先认识他的真价值。我们怎对得起这位远征绝域,以艺者的匠心为我们整个民族争得一线荣光的艺人?”最后,作者发出祈祷:“阴霾蔽天,烽烟四起,仿佛是大时代将临的先兆,亦仿佛是尤里乌斯二世时产生米开朗琪罗、拉斐尔、达・芬奇的时代,亦仿佛是 1830 年前后生产德位克洛瓦、雨果的情景;愿你,海粟,愿你火一般的颜色,燃起我们将死的心灵,愿你狂飙般的节奏,唤醒我们奄奄绝望的灵魂。”

文中还描写刘海粟在巴黎的生活场景,一个艺术求道者的形象呼之欲出——

我有时在午后一两点钟到他寓所去(他住得最久的要算是巴黎拉丁区 Sorbonne 街十八号 Rollin 旅馆四层楼上的一间小屋了),海粟刚刚从卢佛宫临画回来,一进门就我和谈他当日的工作,谈 Rembrandt 的用色的复杂,人体的坚实……以及一切画面上的新发现。半小时后刘夫人从内面盥洗室中端出一锅开水,几片面包,一碟冷菜,我才知道他还没有吃过饭,而是为了“物质的压迫”连“东方饭票”的中国馆子也吃不起了。[10]

傅、刘“蜜月期”中,有一件事不能不提,就是傅雷与一位名叫玛德琳的法国少女的恋爱。经过这次恋爱,傅雷不只体验了东西方两性文化的巨大差异,也度过一场人生危机。在这个过程中,刘海粟扮演了重要的角色,从某种意义上可以说,他对傅雷有再生之恩。

作为这场恋爱的目击者,刘海粟日后这样讲述:“开始是法国女郎玛德琳比较主动。这位女郎会弹会唱,略通绘画,喜欢探索艺术,但理解上并不深刻。傅雷的人品、学问,很快使玛德琳倾倒;年轻的傅雷,穿着当时艺术界流行的服装,打着花式领结,留着长长的头发,昂首天外的神态,颇有中西合璧的风度,更使玛德琳这位法国女郎所迷醉。玛德琳一头金发,皮肤白皙,眼珠有如地中海的海水一样碧蓝,与傅雷谈起话来,就像塞纳河中的流水声响一样喁喁不绝。两人频繁接触当中,感情逐渐炽热起来。尽管傅雷早就爱上了朱梅馥,但现在面对有着共同爱好的玛德琳,他觉得,这位迷人的法国女郎,要比表妹可爱多了。”[11]于是,热恋中的傅雷头脑冲动,竟给母亲写了一封信,声称自己另有所爱,要求解散与表妹朱梅馥的婚约。这种事情在当时很平常,也很时髦,具体到傅雷又非同一般。傅雷四岁丧父,二弟一妹相继夭折,独苗仅存,母亲含辛茹苦,把他培养成人,在他身上寄托了全部希望;还为他早早订下一桩青梅竹马、日后证明完美无缺的婚事;又以慈母非凡的胸怀,忍受空巢的孤独,送他到法国留学。现在,母亲要是看到这样一封忤逆的信,会有什么样的结果?傅雷不敢想下去,没有勇气去寄这封信,将此事委托给刘海粟。凭过来人丰富的人生经验,刘海粟将信压了下来。果然,傅雷与玛德琳的恋爱很快出现危机,正如刘抗描述的那样:“一边热情似火,披肝沥胆,另一边却意马心猿,别有怀抱,始终唱不出一曲合欢调来。”[12]傅雷无法接受玛德琳的轻浮风流,玛德琳也无法忍受傅雷过分的感情要求,为此两人不断发生摩擦,终于闹到无法收拾的地步。一天,傅雷脸色苍白,手里拿着一枝手枪,情绪激动地跑到刘海粟处,称玛德琳又有别的男朋友,自己太痛苦了,不想活了。刘海粟静观事态,趁机拿走傅雷的手枪,然后开导他:“难道你就为她活着吗?这又何苦?当初也是她先追你的,你尽可处之泰然。”傅雷终于说出了心里话:“我是在自讨苦吃,谁也不怨,扪心自问,没有对不起玛德琳的地方。我之所以想自杀,只因为上次的信给母亲的打击太重了。如果表妹寻死,老人家还活得成么?”刘海粟这时拿出那封信,傅雷眼睛一亮,心里石头落地,感激之余,痛哭地自责:“我究竟写一封什么信啊,我对不起她们!”[13]

值得注意的是,傅雷自己不敢去寄信,而是委托给刘海粟,表明他对刘海粟有一种特殊的信任,其中包含微妙的情愫。傅雷四岁丧父,没有兄弟姐妹,孤儿寡母相依为命,母亲极端严格甚至扭曲的家教方式,造成他峻急的性格,而峻急的背后,却是对亲情之爱尤其是对父爱与兄长之爱的渴望。刘海粟比傅雷年纪大一轮,人情世故练达,而且极为欣赏傅雷的才学。他的出现,正好填补了这个空白。当艺术求道者的刘海粟与父兄的刘海粟相重叠时,他便成为傅雷崇拜的偶像,由此催生《刘海粟》这篇高调颂文。

三

青年时代傅雷真诚而冲动的气质,在《刘海粟》一文中表露无遗。时过境迁,作为后人,我们可以看得比较清楚:刘海粟担当不起如此高的褒奖。后来的刘海粟证明这一点。

刘海粟 1929 年春赴法,那是他第一次出访欧洲。这位国内大名鼎鼎的"艺术叛徒",现代中国美术史上横空出世的天才,此时只缺少一样东西:到西天取经加冕。在那个"全盘西化"的时代,出洋留学几乎是每一个中国知识精英必不可少的选择。条件好的去欧美,亲炙原汤原汁的西方文化,条件差的去日本,通过日本学西方,之前刘海粟曾两度出游东瀛,却因各种原因无缘亲炙西方本家。是年他已三十三岁,从西天取经的角度看,为时有些晚,他的同行兼竞争对手林风眠、徐悲鸿,早已学成回国,在国内美术学界占据要津,对他构成不小的压力。因此,这次欧洲之行对他来说意义非同小可。

刘海粟没有辜负这次机会,丰沛的艺术天赋和过人的胆魄,加上朝圣者的身份与文化心态,使他变得格外的虔诚和谦卑,艺术能量由此得到极大的释放。短短两年半时间里,创作油画四十幅,临摹西洋名作二百余幅,游历考察法、瑞、意、比、德五国的艺术,连续两年出品秋季沙龙,在巴黎克莱蒙画院举办展览,被法国汉学家赖鲁阿誉为"现代中国文艺复兴的大师",其中《卢森堡之雪》被法国政府收藏。

刘海粟此行有如此丰硕的收获,与傅雷的鼎力相助是分不开的。晚年刘海粟一谈起那段经历,必提傅雷,大加称赞:"现在要找一个写文章的秘书不容易啊,像傅雷就很好!对美术、音乐都非常懂。现在这样的人没有了!这个人知识渊博极了!旁征博引,非常严谨!"[14]事实上,在当时的留法学子中,像傅雷那样既精通法语又了解欧洲文化并有深厚中国传统文化功底的人,属于凤毛麟角。胸怀大志的刘海粟能在法国遇到傅雷,实是他的幸运。这里有两件事应补充:其一,刘海粟的《卢森堡之雪》被法国国家美术馆收藏,是傅雷向法国教育部美术司积极活动的结果;[15]其二,1931 年 7 月,应法国美术杂志 *L Art Vivant* "中国美术专号"之约,傅雷以法文撰写《现代中国艺术之恐慌》一文,介绍中国现代美术的发展状况,刘海粟被推为中国现代美术的开创者。这两件事对刘海粟名扬国际画坛,奠定他在国内画坛"大师"的地位,起了重要的作用。

傅雷结识刘海粟时,年仅二十一岁,作为一名初出茅庐的文学青年,面对刘海粟那样的艺术大腕,中国新文化运动的风云人物,产生崇拜之情很正常。此时的刘海粟,出于朝圣的心态和取经的需要,面对西方艺术众神表现出的刻苦学习精神,可谓一生绝无仅有,正是这种求道者的表现,令傅雷深深感动,而刘海粟豪放的气魄,汪洋恣肆的能量,也令傅雷倾倒,因此将他视作中国现代美术的开拓者,在他身上寄托了自己所有理想。

细读《刘海粟》,字里行间不难感受到一种被催眠的状态,那是"中国梦"(即中国现代美术的理想)与刘海粟个人魅力结合的产物。涉世未深、美术知识尚浅的傅雷,此时尚无能力窥测刘海粟的艺术底蕴。其实,刘海粟的油画即使再好,严格地说,也是学徒的模仿,是"印象派"及"后印象派"的翻版,欧洲同行出于绅士风度及文化上的优越感,对远道而来的徒弟夸奖一番,也是情理之中。个别评论家发几句高调的赞语,只代表个人的看法,并不值得当真。年轻的傅雷当时未能看破这一层,凭着一腔热血,将刘海粟当作"现代中国文艺复兴的大师"。然而,真正面对刘海粟的作品时,傅雷除了援引徐志摩献给刘海粟的"力"和"大"的赞词,加上自己引申的"自信力"和"弹力"之外,再也说不出什么有意思的话来。傅雷原本有自己的批评话语,往往烛幽见微,切中肯綮,如他评论塞尚那样:"所谓浮浅者,就是缺乏内心。缺乏内心,故无沉着之精神,故无永久之生命。塞尚看透这一点,所以用'主观地忠实自然'的眼光,把自己的强毅浑厚的人格全部灌注在画面上,于是近代艺术就于萎靡的印象派中超拔出来了。"⑯可谓字字珠玑。这表明,刘海粟的作品并没有给傅雷提供阐释的灵感。在催眠的状态下,傅雷只能人云亦云,发出一些空洞的赞词。

同样,读《现代中国艺术之恐慌》一文,亦可感觉到耸立于后的刘海粟的高大身影。文章陈述中国艺术的危机状态:腐朽的国粹派(四王的徒子徒孙),无力的革新派(吴昌硕、陈师曾),时髦的现代派(林风眠),空洞的普罗派,在混乱无序中冲折消耗;所幸的是,还有刘海粟及他主持的上海美专的存在,尤其是刘海粟,几乎成了中国画坛的中流砥柱,文中这样写道:"一九二四年,已经成为大家公认受西方影响的画家刘海粟,第一次公开展览他的中国画,一方面受唐宋元画的思想影响,一方面受西方技术的影响。刘氏,在短时间内研究过欧洲画史之后,他的国魂与个性开始觉醒了。"⑰——读到这里,几令人怀疑此文是否出自刘海粟的授意。可以肯定,此文深受刘海粟的影响和诱导,因为其中"众派皆非、唯刘独是"的意思非常明显,而这绝不可能出自美术圈外、一介文青的傅雷,只能出自雄心勃勃、立志执画坛牛耳的刘海粟。(若干年后,傅雷以实际行动纠正了这种看法,比如对林风眠的高度评价;对与吴昌硕、陈师曾一脉相承的黄宾虹的大力推崇,也可证明这一点。)就像《刘海粟》那样,《现代中国艺术之恐慌》不经意间为刘海粟作了"托儿",但文中对东西方美术差异性的阐述,对中国绘画美学特性的阐述,却是独具慧眼,上升到文化哲学的高度,由此开启傅雷打通中西画学,构建中国画学体系的学术研究之旅。

四

1931 年 8 月中旬傅雷与刘海粟一起乘坐法国"香楠沙号"邮轮回国, 于 9 月 18 日抵达上海码头,时值"9 · 18"事变爆发,举国上下一片震惊。

刘海粟一归国,便有一系列举措,将"载誉归来"渲染得轰轰烈烈,其中包括发表《东归后告国人书》,筹备大规模的"刘海粟欧游作品展览会",编辑出版《世界美术集》等。其中《世界美术集》的编辑出版,在中国美术界堪称破天荒的事件,这是第一部由中国人编辑出版的世界美术集。它共分七集,第一集特郎,第二集刘海粟,第三集凡 · 高,第四集塞尚,第五集雷诺阿,第六集马蒂斯,第七集莫奈。刘海粟亲自编定其他各集,却将第二集留给傅雷。此举一石三鸟:既避了嫌,又提携了后进,还借了傅雷的生花妙笔塑造自己的形象,充分显示了刘海粟做事的老到。尚处"蜜月期"的傅雷并未发现此中奥妙,欣然接受,并写下《刘海粟》作序言。

刘海粟如此高调地“载誉归来”，尤其是将自己放进《世界美术集》第二集，迫不及待跻身世界绘画大师的行列，做得有点出格，引起人们的反感和非议是自然的。1932 年 10 月 15 日“刘海粟欧游作品展览会”在上海开幕，盛况空前中，传出刺耳之音，徐悲鸿开始发飙，由此引发两位艺术大师长达半个世纪的恩怨争斗。起因是，曾今可在报上撰文，称刘海粟不仅是中国的伟大艺术家，也是世界的伟大艺术家，国内画家大半出自他的门下，包括徐悲鸿在内，云云。这篇文章彻底激怒了徐悲鸿。在 1932 年 11 月 3 日的《申报》上，徐悲鸿刊登个人启示，痛斥刘海粟掌门的上海美专为“野鸡学校”，声明自己从来不是“刘某之徒”，还抨击刘海粟游欧是“流氓西渡，唯学吹牛”。对此刘海粟以牙还牙，在隔日的《申报》上发表《刘海粟启示》，称徐悲鸿为“艺术绅士”，并言“美专二十一年生徒遍海内外，影响所及，已成时代思潮，亦非一二人所能以爱恶生死之”。11 月 19 日徐悲鸿再次在《申报》上刊登《启示》，教训刘海粟“绘画之事容有可为，先洗俗骨除骄气，亲有道用苦功，待汝十年。我不诬汝”。

耐人寻味的是，在这场恶语相向的艺术宗派争斗中，作为刘海粟的密友，傅雷保持了沉默的态度，而没有像梁宗岱那样撰写长文千里迢迢声援刘海粟。其时，傅、刘的“蜜月期”将告结束，接踵而至的，是美专学生与傅雷发生冲突，刘海粟袖手旁观事件，十个月之后，傅雷不顾刘海粟的一再挽留，坚辞上海美专。显然，傅雷此时已看到了这位“中国文艺复兴大师 ”的另一面，开始与他保持距离。而有意思的是，徐悲鸿对刘海粟的抨击之语：“唯学吹牛”，“先洗俗骨除骄气，亲有道用苦功”，与绝交多年后傅雷对刘海粟绘画的批评（见下文），竟是不谋而合！

以“刘海粟欧游作品展览会”的成功举办为标志，刘海粟在中国画坛的声誉达到了顶点。然而刘海粟并不以此为满足，而是再接再厉，为第二次的“载誉归来”作积极的准备。1933 年底，刘海粟以中国画坛第一人的姿态，带领中国绘画走向世界，与冤家路窄的徐悲鸿前脚后跟，在欧洲各国展开激烈的角逐。国内媒体有关中国绘画轰动欧洲的报道，引起文坛旗手鲁迅的关注，在致吴渤的信中他这样写道：“‘刘大师’的那个展览会，我没去看，但从报上，知道是由他包办，包办如何能好呢？听说内容全是‘国画’，现在的‘国画’，一定是贫乏的，但因为欧洲人没有看惯，莫名其妙，所以这回也许要‘载誉归来’，象徐悲鸿之在法国一样。”[18]另外，在致青年作家姚克的信中，鲁迅这样感慨：“中国的环境，与艺术最不利，青年竟无法看见一幅欧美名画的原作，都在摸暗弄堂，要有杰出的作家，恐怕是很难的。至于有力游历外国的‘大师’之流，他却只在为自己个人吹打，岂不可叹。”[19]

五

傅雷与刘海粟一绝交就是十八年，直到 1954 年才恢复来往，但这种来往仅限于起码的礼仪应对。[20]这十八年，人世沧桑，中国社会经受了巨大的苦难与动荡，文化人经受了前所未有的严峻考验。傅雷恪守知识者与爱国者的良知（日伪统治时期，傅雷蛰居上海，东不过黄浦江，北不过外白渡桥，为了不向日军弯腰），孜孜矻矻，探索中国文化艺术精神，终于成为一代翻译巨匠,学贯中西的美学家。刘海粟一如既往,以绘画为社交的利器,广结达官名流新贵,营造自己的名山事业,在民族斗争的激流险浪中审时度势,趋利避害,左右逢源,最后留下"落水文人"的争议。[21]

在1954年9月20的"黄宾虹画展"会场上,傅雷与刘海粟意外相见,这是时隔十八年后他们首次见面。不久在全国美展华东分展中,傅雷看到了刘海粟的作品,引发感想,记录在1954年10月19日致傅聪的信中——

伦伦的爸爸在黄宾虹画展中见到我,大为亲热。这次在华东出品全国的展览中,有二张油画,二张国画。国画仍是野狐禅,徒有其貌,毫无精神,一味取巧;画的黄山峭壁,千千万万的线条,不过二三寸长的,也是败笔,而且是琐琐碎碎连结起来的,毫无生命可言。艺术品是用无数"有生命"的部分,构成一个一个有生命力的总体。倘若拿描头画角的匠人功夫而欲求全体有生命,岂非南辕北辙?那天看了他的作品,我就断定他这一辈子的艺术前途完全没有希望了。我几十年不见他的作品,原希望他多少有些进步,不料仍是老调。而且他的油画比以前还退步,笔触谈不到,色彩也俗不可耐。可见一个人弄艺术非真实、忠诚不可。他一生就缺少这两点,可以嘴上说得天花乱坠,实际上从无虚怀若谷的谦德,更不肯下苦功夫研究。[22]

这是长达二十三年之后,傅雷对刘海粟的艺术创作所作的评价。与《刘海粟》一文相比,反差之大,令人难以相信出自同一人:"野狐禅,徒有其貌,毫无精神,一味取巧,骗人眼目","他一生就缺少(真、诚)这两点",批评之严厉,无以复加。而从"原希望他多少有些进步,不料仍是老调"这句话,可看出傅雷已修正了"蜜月期"对刘海粟的评价。

傅雷对刘海粟的评价由此定格。七年之后,在1961年7月31日致刘抗的长信中,傅雷纵论中国绘画的美学特征,再次直言不讳地批评刘海粟。在谈及中国画线条的特色,"扬州八怪"流于野狐禅,吴昌硕的金石学功夫与白石老人的"婀娜妩媚的青春之美"之后,这样写道:"至于从未下过真功夫而但凭秃笔横扫,以剑拔弩张为雄浑有力者,真是自欺欺人,如大师即是。"在推崇石涛、梅清的线条表现力,强调在古典中"泡"的重要性时,这样回应刘抗的看法:"来书以大师气魄豪迈为言,鄙见只觉得其满纸浮夸(如其为人),虚张声势而已。他的用笔没一笔经得起磨勘,用墨也全未懂得'墨分五彩'的nuances(细腻)与subtilite(微妙)。"在论及中国画的"虚实""空白"之后,傅雷再次对刘海粟作出批评——

国内洋画自你去国后无新人。老辈中大师依然如此自满,他这人在二十几岁时就流产了。以后只是偶尔凭着本能有几幅成功的作品。解放以来的三五幅好画,用国际水平衡量,只能说平平稳稳无毛病而已。如抗战期间在南洋所画斗鸡一类的东西,久成绝响。没有艺术良心,决不会刻苦钻研,怎能进步呢?浮夸自大不是只会"故步自封"吗?近年来陆续看了他收藏的国画,中下之品也捧作妙品;可见他对国画的眼光太差。我总觉得他一辈子未懂得(真正懂得)线条之美。他与我相交数十年,从无一字一句提到他创作方面的苦闷或是什么理想的境界。你想他自高自大到多么可怕的地步。[23]

或许有人觉得傅雷的批评过于严厉，甚至近于“酷评”。也有学者就此提出异议，认为傅雷对刘海粟的评价前后反差太大，自相矛盾，绝交一事影响了傅雷对刘海粟公正客观的评价。[24]笔者却认为，所谓自相矛盾，那只是表象，本质上并不矛盾；与其说绝交影响了傅雷对刘海粟的评价，不如说是傅雷的人格精神和美学思想的成熟，修正了他对刘海粟的评价。须知，傅雷写《刘海粟》一文时年仅二十三岁，人格修养和艺术修养尚未达到炉火纯青的程度，之后经过二十多年的磨炼和中西美学的深度博弈，尤其是与艺术大师黄宾虹长年的切磋交流，傅雷潜入中国绘画的艺术堂奥，练就一双火眼金睛。在这种严格的艺术眼光审视之下，刘海粟的绘画不能不显得浮浅空洞平庸。而最重要的是，傅雷的这些批评完全超越了个人的私情，上升到真理原则的高度，正如他在回信中写到的那样：“以私交而论，他平生待人，从无像待我这样真诚热心、始终如一的；可是提到学术、艺术，我只认识真理，心目中从来没有朋友或家人亲属的地位。所以我只是感激他对我友谊之厚，同时仍不能不一五一十、就事论事批评他的作品。”

或许有人会产生疑问：傅雷是个学者，不能挥毫作画，而刘海粟却是中国现代美术史上如雷贯耳的艺术大师。那么，傅雷对刘海粟艺术上的评判是否精准？

前中央工艺美院院长张仃是刘海粟的老朋友，画坛公认的大家，刘海粟曾为他的《房山十渡焦墨写生卷》题跋。作为张仃的忘年交，笔者曾就刘海粟的绘画几次请教过他，耐人寻味的是，老先生每次都沉默不语，只说刘海粟的书法不错。据笔者与张仃多年的接触，在艺术问题上老先生从不说违心话，他的沉默，即保留，这是他作为一个美术院校领导特有的批评方式。另据美术史家陈传席研究：李可染在上海美专读过书，却从不承认刘海粟，更不提刘海粟是他的老师。[25]笔者仔细查阅了《李可染论艺术》一书，其中果然没有一字提到刘海粟，也不提上海美专，却专文论述了林风眠，称他是“一位真正的艺术家”，并骄傲地宣布“林先生是我的恩师”[26]，林风眠当年是国立西湖美专校长，李可染曾在那里读过两年研究生。从学历的角度看，无论林风眠还是刘海粟，都是李可染的老师。据李可染年表记载：1925 年，十九岁的李可染上海美专毕业，“毕业创作以王石谷派细笔山水中堂名列全校第一，校长刘海粟为之题跋”[27]。李可染是齐白石、黄宾虹的接钵弟子，为人谦和谨慎，从艺认真踏实，以“苦学”精神著称于画坛。他不愿意承认刘海粟是自己的老师，其意尽在不言之中。张、李两位画坛君子对刘海粟绘画的沉默与疏离，其实印证了傅雷的眼光。

众所周知，所谓艺术大师，是“德、才、学、识、胆”通力合作的结果，缺一不可。刘海粟虽才、胆过人，其他方面却存在缺陷，尤其是在“德”上，傅雷对他的批评，主要集中在这一点，从待人刻薄的“商店作风”，到自欺欺人的“没有艺术良心”。刘海粟耗费大量时间精力结交达官贵人名流，忙于社交应酬，无暇钻研艺术，导致艺术功力不足，“用笔没一笔经得起磨勘”。这是“德”不足影响到“学”。而“学”的不足，势必又限制“识”，使得刘海粟“一辈子未真正懂得中国画的线条之美”。我们不得不承认，傅雷的批评极为中肯！

六

傅雷对刘海粟的以上“酷评”仅限于亲友的书信中,因此很长时间不为世人所知,直到21世纪初才公之于世。刘海粟于1995年去世,因此可以肯定,他生前并不知道傅雷对自己的如此评价。笔者很想知道,假如刘海粟有知这一切,他会作何想?这剂猛药会不会对他产生振聋发聩的作用?

看来不会。

其实,对傅雷这位“相濡以沫的好兄弟”的内心世界,刘海粟一点都不了解。这从刘海粟对傅雷之死的认识上可以充分证明。在他看来,傅雷在“文革”中自杀,是因为“经不起磨难”[28],是“性格在特殊环境下畸形发展的必然结果”[29]。笔者认为:傅雷之死包含沉痛而深邃的内涵,其中既有“士可杀,不可辱”的尊严,也有士大夫面对强大皇权“死谏”的勇气,也有近代知识分子为真理殉道的精神,傅雷之死,奏出20世纪中华民族一曲浩大无边的悲歌。岂是刘海粟所认为的那样!

而最令人哑然的是,刘海粟晚年竟在《从傅雷在法国说起》一文中编出这样的故事——

> 一九六六年八月中旬,傅雷虽已被点名批判,但他仍然襟怀坦荡。竟然打电话给夏伊乔,说:“学生在破坏文物,把珍贵的文物都当‘四旧’来破坏,简直是胡闹!”
>
> 夏伊乔急忙说:“傅先生,你还是多保重自己,这个时候,你还能提什么意见!”
>
> 傅雷在电话里说:“我还平安,请放心。请海老多保重,千万不要为我操心。这种情况,维持不了很久的。等过去了,我要花几年的时间,写他的传记。”[30]

事实是,一九六六年八月中旬,面对混乱癫狂的世界,傅雷去意已决。同年八月十二日写给儿子儿媳的家书透露了此中消息——

> 生活中困难重重,我们必须不断自我“改造”,向一切传统的、资本主义的、非马克思主义的思想、感情与习俗作斗争,我们必须抛弃所有旧的人生观和旧的社会准则。
>
> 对于一个在旧社会中生活逾四十年,满脑子“西方资本主义民主反动思潮”的人来说,他(毛)的“自我改造”自然是一项十分艰巨的任务。我们正在竭尽所能、出尽全力去满足当前“无产阶级文化大革命”加诸身上的各种要求……[31]

傅雷以反讽的话语对愚昧专制的文化激进主义发出深沉的抗议。三周以后,面对愈演愈烈的革命闹剧,傅雷镇定自若,留下一纸千钧遗书,从容离去。

其实,刘海粟一辈子都在拿傅雷当自己的“托儿”,甚至连他的去世,都纳入个人的琐屑的欲望而加以利用,由此可见其骨子里的庸俗,对名利的贪婪。他对傅雷的所谓“好”意味什么?此刻昭然若揭。

傅雷与刘海粟属于不同的人格,一为谦谦君子,灼灼赤子;一为江湖豪杰,玩世大家,有着全然不同的人生目标、艺术态度和精神品位。对于刘海粟来说,绘画其实不是目的,做画界的皇帝才是他的终极目标。正如他坦白的那样:“别人骂我狂妄,批评我太爱表现自己，其实我就是要树立一个艺术的宗教！九龙戏水天下旱，这么大的国家，这么多的艺术家，不能没有一个中心，一个权威。”[32]因此，他不可能像凡·高那样，对艺术之神怀有真正的虔诚之心，而只是将艺术当作征服的对象，凌驾其上，成为画坛中心，接受所有艺术家的朝拜。正是这种狂妄自大的念头，迷乱了刘海粟的神志，使他逞才使气，纵笔横扫，难入艺术的堂奥。不妨读一读他的题跋：“愚画无师并无法，不为形役，不求合矩，但求笔与物化，心与物游。”(《峦树草堂》)“兴酣入纸，运笔纵横，自觉越写越精彩，忘了规矩而点画狼藉。”(《重湖接屋水迢迢》)“二三十年愚展画德荷法。七月，避暑瑞山，偶遇雨辰，四山蓊翳，衣袖间蓬蓬出云，仙境也。泼墨成此图，一扫唐宋元明清之画为快。”(《瑞士烟雾》)[33]这是何等的忘乎所以！

当年傅雷目光如炬，看出刘海粟“二十几岁时就流产”。艺术史上这种夭折的天才并不个别，原因有很多，缺乏虔诚的艺术心却是主要的。艺术之神是嫉妒的，容不得追求者别有怀抱；艺术之神是严厉的，需要艺人付出全部辛苦；同样，艺术之神也是公正的，付一分心血，得一分回报。这一切傅雷心领神会，奉若神明。对他来说，艺术与真理一体二面，进入艺术之门，真诚是第一把钥匙，“有了真诚，才会有虚心，有了虚心，才肯丢开自己去了解别人，也才能放下虚伪的自尊心去了解自己”。因此，“艺术家一定要比别人更真诚，更敏感，更虚心，更勇敢，更坚忍，总而言之，要比任何人都 less imperfect！(没有缺陷)”[34]。在 1965 年 2 月 20 日致傅聪的家书中，傅雷这样写道：“艺术也是一个 tyrant(暴君)，因为做它奴隶的都心甘情愿，所以这个 tyrant 尤其可怕。你既然认了艺术做主子，一切的辛酸苦楚便是你向他的纳贡，你信了他的宗教，怎么能不把少牢太牢去做牺牲呢?”[35]读了令人悚然。而在 1959 年 10 月 1 日的家书中，傅雷告诫傅聪另一个不无严酷的艺术真理：“真正的艺术家，名副其实的艺术家，多半是在回想中和想象中过他的感情生活的。唯其能把感情生活升华才给人类留下这许多杰作。反复不已的、有始无终的、没有结果也不可能有结果的恋爱，只会使人变成唐·璜，使人变得轻薄，使人——至少——对爱情感觉麻痹，无形中流于玩世不恭；而玩世不恭的祸害，不说别的，先就使你的艺术颓废……”[36]

行文至此，再看傅、刘的“绝交”，便有豁然开朗之感。孔子曰：道不同，不相为谋，此之谓也。中国现代文化史上有两种著名人物，一种是天马行空的豪杰(如康有为)，一种是脚踏实地的君子(如王国维)。他们一正一偏，一实一华，一真一伪，在风雷激荡的历史进程中，扮演了不同的角色，起了不同的作用。刘海粟无疑属于前者，傅雷则属于后者。如果说傅雷是中西文化深度融合后生成的“璧”，刘海粟则是中西文化浅表混合后产生的“瓦”，其价值不可同日而语。在当下中国社会文化思想混乱失序、主体性沦丧、艺术伦理崩溃的背景下，我们格外需要傅雷那样的先贤充当定海神针！

谨以此文纪念傅雷逝世五十周年。

2016 年 6 月 10 日定稿

【注释】

①《傅雷自述》,见《傅雷文集》文学卷,4、8页,安徽文艺出版社1998年版。

②以上引述均出自《傅雷书简》,生活·读书·新知三联书店2001年版。

③《傅雷书简》,22页,生活·读书·新知三联书店2001年版。

④《我们已失去了凭藉》,见《傅雷文集》艺术卷,227页,安徽文艺出版社1998年版。

⑤刘海粟:《傅雷二三事》,见《黄山谈艺录》,104—105页,福建人民出版社1984年版。

⑥简繁:《沧海》三部曲第一部《背叛》,250—251页,人民文学出版社2000年版。

⑦以上引述均见刘海粟《欧游随笔》,东方出版社2006年版。

⑧刘海粟的原话为:“当初在法国他给我做秘书,我要去德国演讲,随便同他谈了些我的思想,几句话,他把它发挥成功一篇大文章。后来再修改加工,成了一篇《六法论》。”见简繁:《沧海》三部曲第一部《背叛》,140页,人民文学出版社2000年版。

⑨刘海粟:《欧游随笔》,74页,东方出版社2006年版。

⑩《刘海粟》,《傅雷文集》艺术卷,211页,安徽文艺出版社1998年版。

⑪刘海粟:《傅雷二三事》,见《黄山谈艺录》,106页,福建人民出版社1984年版。

⑫金圣华编:《傅雷与他的世界》,41页,三联书店(香港)有限公司1994年版。

⑬刘海粟:《从傅雷在法国说起》,见《存天阁谈艺录》,中国青年出版社2007年版。

⑭简繁:《沧海》三部曲第一部《背叛》,140页,人民文学出版社2000年版。

⑮《傅雷自述》中这样记述:“一九二八年在巴黎认识刘海粟及其他美术学生,常为刘海粟任口译,为其向法国教育部美术司活动,由法政府购刘之作品一件。”

⑯《塞尚》,《傅雷文集》艺术卷,205页,安徽文艺出版社1998年版。

⑰《现代中国艺术之恐慌》,见《傅雷文集》艺术卷,221页,安徽文艺出版社1998年版。

⑱鲁迅1933年11月9日致吴渤的信,见《鲁迅论美术》,264页,人民美术出版社1982年版。

⑲鲁迅1934年3月24日致姚克的信,见《鲁迅论美术》,245页,人民美术出版社1982年版。

⑳据傅雷家的保姆周菊娣回忆,20世纪五六十年代,刘海粟仅在过年时到傅雷家做客,平时没有来往。参见叶永烈:《解读傅雷一家》,金城出版社2012年版。

㉑参见荣宏君:《世纪恩怨——刘海粟与徐悲鸿》,同心出版社2009年版。

㉒《傅雷家书全编》,134页,江苏文艺出版社2014年版。

㉓《傅雷书简》,29—36页,生活·读书·新知三联书店2001年版。

㉔参见吴作用《傅雷与视觉艺术》一文中“傅雷与刘海粟”一节,中国美术学院博士论文文库。

㉕见陈传席《画坛点将录——评现代名家与大家》中《新山水画的高峰——李可染》一文。生活·读书·新知三联书店2005年版。

㉖李可染:《一位真正的艺术家》,见《李可染论艺术》,115页,人民美术出版社1990年版。

㉗王雪春、王勇主编:《百年可染纪念文集》,凤凰出版传媒集团凤凰出版社2007年版。

㉘刘的原话是:“傅雷很有学问,很懂,但是他经不起磨难,自杀了,很多古人很有学问,但是遇到一点困难就灰心了。”见《沧海》三部曲第一部《背叛》,199页,人民文学出版社2000年版。

㉙㉚《存天阁谈艺录》,203、203页,中国青年出版社2007年版。

㉛《傅雷家书全编》,788 页,江苏文艺出版社 2014 年版。

㉜简繁:《沧海》三部曲第一部《背叛》,145 页,人民文学出版社 2000 年版。

㉝以上题跋引自谢海燕主编《刘海粟》画册中的刘海粟年表,江苏美术出版社 2001 年版。

㉞㉟㊱《傅雷家书》,92、252、123 页,生活·读书·新知三联书店 1981 年版。

(原载《南方文坛》2016 年第 5 期)

获奖词：

村庄里的中国，进入非虚构，是去蔽，也是新的遮蔽。项静以独特的视角，从三位人文学者纪实文本为例，深入揭示出城乡二元结构中乡村中国生活的困境，表达了作者深切的时代之思。本文既是老话题的新收获，也反映了因案例选择的个人性而制造新遮蔽的可能性，唯此，文章更具学术张力。

村庄里的中国：城乡二元化结构中的“返乡”文学

——以近年人文学者的非虚构写作为例

项　静

2016年春节黄灯的《一个农村儿媳妇眼中的乡村图景》①在微信圈广泛传播，破败的乡村形象和凋敝的图景成为被广泛传递的文学意象；2015年春节王磊光的《一位博士生的返乡笔记：春节回家到底看什么》②在网络和媒体上造成刷屏效应，引起了在文化界和媒体传播深远的“返乡”话题；这个话题还可以往上继续追溯到2010年梁鸿写作的《中国在梁庄》③和2013年的《出梁庄记——梁庄在中国》④两部非虚构文学。这三位写作者都从事中国现当代文学文化研究，都有农村生活的经历，他们的写作带着人文知识分子的深切关怀和问题意识，以某个村庄作为个案，是他们由城市返回乡村的社会观察记录，并且由对当代文学的反思和人文学者对当代中国的经历和认识而形成的一种特殊的写作形式。近年来，由媒体、知识界所形成的对乡村社会的关注以一种社会调查、观察和个人经验相结合的方式呈现，并且衍生了大量的返乡日记、返乡观察，也收获了超越一般文学写作的社会关注。他们的写作以及由他们的写作所激发的集体主义式的写作现象中包含着复杂的社会、政治、经济、文化的信息。文学以什么方式去呈现今天的村庄，不仅仅是一个文学与现实的问题，其中所牵涉的经验真实与艺术真实、虚构与非虚构、具体与抽象等问题，也是观察当代文学的一种方式。

“返乡”文学是我自己的一个粗略的命名，主要是指近年来在出版、传播特别是新媒体上出现的返乡观察、返乡日记的写作现象，这种写作容易唤起熟悉的“少小离家老大回，乡音未改鬓毛衰”的朴素古典情怀，也有沈从文《湘行散记》中久别返乡的细节之爱和对故乡现状的隐隐担忧，更重要的是现代知识分子对乡村社会发展进程，对城乡二元化结构下的农业、农村、农民问题的呈现和思考，当然还有他们自身城市生存焦虑的折射。这类写作以个人记忆和亲历为经，以社会问题和考察记录为维，以非虚构的方式呈现出自己返乡所观察的乡村生活，其中夹杂着现代人的怀旧、乡愁以及对整个时代、社会和国家发展隐忧的复杂感情，有一种深切的情怀，期冀引起社会的关注和期望一种乡村世界的变革和改造。钱理群先生在《20 世纪中国的五次乡村运动》一文中有一个总结，[⑤]在 20 世纪的百年历史中，中国知识分子、中国青年有一个“前仆后继”地奔赴农村，走向民间的文化传统。“五四”的先驱者（以李大钊的《青年和农村》为倡导的新村运动）是第一代；30 年代的共产党人和乡村建设派是第二代；到延安去的青年知识分子是第三代；新中国成立后五六十年代的知识分子是第四代；“文革”中的知识青年则是第五代。这五次“到农村去”运动，是中国知识分子寻找真理，探索生活的价值和意义的方式，背后也有各种政治经济的推动力量。而与这五次返乡运动相关的文学记录和文学作品，也都在当代文学史上留下了自己的印记，比如与知青生活密切相关的“寻根”文学，乡村成为一种活力和美学。“返乡”文学是知识分子返乡、试图反哺乡村的衍生品，既是知识分子的个人行为，也是百年知识分子传统的延续，在由文化和文学所塑造的城乡关系世界中，“返乡”即是知识者的实践行动，又是非常重要的写作动力。

一

黄灯的《一个农村儿媳妇眼中的乡村图景》以婆家兄弟姐妹的生活为例，讲述了一个农村家庭在社会发展进程中的变故和遭遇，2008 年金融危机、政府拖欠工程款、信仰危机所导致的价值观混乱、基层执行计划生育的粗暴和失责等，给这个农家带来种种无声的悲剧，悲剧通过各种渠道渗透到他们的日常生存，并且由一个小家庭而影响到整个大家庭。这个农村大家庭面临先天的劣势，和整个社会发展的大势断裂，改革开放无数的财富和机会，几乎都没有流到他们的生活中去，他们内心的伤痕和波澜没有获得疏通的渠道，面临一种天聋地哑的困境，这是对政府治理和城乡规划提出的质疑。另一个问题是针对乡村的未来，回馈乡村，何以可能？呼吁建设一种更为持续发展的城乡关系，弥合撕裂的社会，给这些社会底层的人以上升的通道和一种健康的有安全系数的生活。王磊光的返乡笔记主要讲述农村生活的现状和个人见闻，比如最重要的是农村生活的“原子化”，他所记忆中的农村原有的那种共同体已经消失，人与人之间不再像原来那样有着密切的关系和交往，不再像过去那样每到过年时相互串门，集体上街玩等等。婚姻市场化，房子车子成为炫耀和社交的媒介，知识无力感等标志的乡村社会的世俗化，急功近利，攀比成风，这也是乡村内空之后的种种不良风气现象。梁鸿对于农村的观察更为宏阔和细致，她从梁庄内外展开，呈现了梁庄在城市化进程中出现的问题：留守儿童的无望，养老、教育、医疗的缺失，自然环境的破坏，家庭的裂变，“性福”的危机，建设的流于“形式”，进城打工的梁庄人流转组合，他们的尴尬和智慧，精神困境和生存艰难等。

三位作者共同之处在于他们都是在展示村庄里的中国,它的物质与精神世界目前是什么样的生态,为什么会是让人深感凋敝落后的面貌,以及在担忧村庄的未来在哪里。在他们的作品中,除了这些活生生的人和事,还有一个隐形的主角——村庄,村庄作为一个当代文学形象由来已久,"在30—40年代之交的'民族形式'大论争之后,村庄这一乡土中国社会的最小单位,开始成为中国作家书写的重要对象。某种程度上甚至可以说,在40—70年代的文学中,存在着某种'村庄'为主体的文学叙事范式……40—70年代表现中国农村的土地改革和社会主义改造运动的诸多小说中,自然村落几乎总是被作为叙事的主体,并且在现代农民主体、乡村共同体与社会主义理想之间,构造出一种不同于启蒙立场的书写形态"[⑥]。新时期以来的文学里,何士光的《在乡场上》、贾平凹小说《腊月正月》《鸡窝洼人家》、路遥的《人生》《平凡的世界》等小说中,村庄未必是故事的主角,但那个有未来前景、有生气、有活力、有尊严的小世界,是一切改革和人生故事的"乡场"。而今天的"返乡"文学中,无论从自然景观还是社会景观上看,村庄都已经累累伤痕,不复旧日光彩,有批评者把对它们的呈现称之为"新伤痕文学",而在这种文学意识形态里,村庄几乎已经成为恶托邦的代名词。

关于农村、村庄凋敝的叙述,非常自然的一个反应就是,农村曾经繁荣过吗?梁鸿也承认,"如果说从历史的长河来看,梁庄始终没有什么大的变化,一代代人生命的更替,命运有时像一种轮回,而农民始终在中国社会结构里处于相对底层的位置"。近百年来在中国的发展进程中,从经济角度讲,农村相对于城市一直是贫困的,虽然曾出现过50—70年代政治上翻身的时代。这几部非虚构作品关于今天村庄生活的观察基本都有一个时间线索,建立一种叙事,首先需要把杂乱、偶然、无序的日常生活放进时间线条中,这些作者的童年时代记忆,大部分都是80年代的农村,这也是他们叙述的起点和隐形的参照系。《中国在梁庄》开头梁鸿回到梁庄做长期停留,"从二十岁出外求学到现在,每次回家我都只是短暂停留,这次我终于可以长时间地和他们(家人)在一块儿生活,一起重温过去的温馨,回忆过去的那些艰难岁月"。路途遥远颠簸,囊中羞涩都没能减少生活的美好记忆,少年时代骑自行车走过乡村公路,"沿河而行,河鸟在天空中盘旋,有时路边还有长长的沟渠,青翠的小草和各色的小野花在沟渠边蔓延,随着沟渠的形状高高低低一直延伸到蓝天深处,有着难以形容的清新与柔美。村庄掩映在路边的树木里,安静朴素,仿佛永恒"。接着,青春年少回忆中的唯美画风陡转回到现实的千疮百孔,马路变成高速,给村民们的生活带来改变,近在咫尺的两个村庄要绕道才能过去,村民不谙交通规则,经常发生悲剧。"乡村的生态被破坏,内在机体被损伤并没有纳入建设前决策者的考虑范围。高速公路,犹如一道巨大的伤疤,在原野的阳光下,散发出了强烈的柏油味和金属味。"王磊光《博士返乡日记》里对乡村个人原子化的分析也是基于童年记忆的对照,小时候"我和我的众多表哥,小时候一起上山捉鸟,下河摸鱼,关系好得不得了,但这一二十年来,他们一直在外打工,我一直在外读书和工作,一年最多在过年时见一次,平均下来每年还没有一次,因为他们不是年年都回家。拜年的时候,大家也不再像过去那样,在亲戚家吃饭喝酒聊天,甚至留宿一晚,现在大家都骑着摩托车拜年,去亲戚家匆匆走一遭,放下东西,客套几句,就要离开了”。这是一个非常明显的友情、亲情变化的图示。黄灯也有类似的表述:“在我记忆中,故乡虽然说不上富裕,但绝对是一个山青水秀,人情味极浓,而且有着良好风气的地方。记得上世纪八十年代在农村总是流行‘严打’,但‘严打’的对象从来就没有在故乡这块土地上出现过。但最近几年,我却深刻地体会到故乡变了,故乡烂了,烂到骨子里了,只要一踏上故乡的土地,谁都能感受到这块土地的无序、污浊和浮躁!”⑦

三位作者对于故乡的美好印象和青少年时代的记忆,应该都在 20 世纪 80 年代,文学叙述除去故乡和童年的浪漫想象之外,也可以在学术研究中找到支撑。根据曹锦清的研究⑧,农民自己认为“80 年代农民的日子最好过”,1978 年到 1980 年持续提高粮食收购价格,大概提高了百分之五十到百分之百,而城市的供给价格一分都没有变化。这是中央在 20 世纪 80 年代对农村第一次做出让步,也是国家第一次对农民进行财政转移支付。那时东南沿海和中部地区的城乡接合部,大量的农民投身乡镇企业,农民也因此获得了一定的工商业收入。20 世纪 80 年代,一个重要的农村现象就是农民都盖起房子来了,这一时期资本没有大量进入农村,也没有中西部地区的大规模的人口转移和打工潮,基本在一个稳定的社会结构之内。高晓声有一篇小说《李顺大造屋》,李顺大从旧社会到新社会几经周折,又重新燃起造屋的梦想就是在 1977 年,并且最终实现,这是那个时代农民生活开始好转的一个注脚。路遥的《平凡的世界》里孙少安的盖房子和办窑厂大概都是在这个时间段内,1982 年家庭联产承包责任制实行之后,双水村的第一能人孙少安用机器办起了砖瓦窑,并且第一家在村里修正了一院新地方,村里其他人也纷纷开始搞副业,有一种欣欣向荣的景象。孙少平与田晓霞谈起自己要为父亲盖新窑洞的愿望实现了,“窑洞的好坏,这是农村中贫富的主要标志,它直接关系一个人的生活尊严……对我来说,这却是实现一个梦想,创造一个历史,建立一座里程碑!这里面包含着哲学、心理学、人生观,也具有我能体会到的那种激动人心的诗情”。这个时段的村庄叙事修辞,都是与“尊严”“梦想”连接在一起的,比如何士光的《在乡场上》,一个怯懦没有尊严的农民终于可以挺直腰杆说话了,他的自信和尊严是建立在土地上,耕种出来的粮食成为他的立身之本,几乎是只属于那个时代乡土文学叙事的一种光荣与梦想。无论是现实中的还是文学中的 20 世纪 80 年代农村,都有黄金时代的色泽,当然这是改革故事带来的“光芒”,它允诺了未来的平等和财富,也是叙事中的“时间”意识形态的副产品。

相对来说,20 世纪 90 年代的村庄在三位作者的作品中没有如此明确的文学形象,观察笔记直接面对的是 90 年代城市化、市场经济加速现代化的后果,也就是以文学的方式所形成的颓败修辞。90 年代国税、地税分开,国家政策向城市倾斜,设立经济特区,计划生育政策等是真正造成目前困境的源头,都是难以用文学的方式予以呈现的,改革故事的主旋律中,对未来的美好幻想,先富带动后富的远景想象,都在把这些正在进行中的问题后置化。在 80 年代和今天两个时间段的对比中自然会产生震撼的体验,而为什么会避开中国农村社会发生巨大转折的 90 年代,也很容易找到解释。一方面 90 年代这些写作者的时间被求学读书、找工作等事情占据,另一方面也是从乡村进入城市的中产阶级前身们奋斗积蓄的时期。如果有一种凋敝、落后的叙事,更应该属于90年代中后期,而不是今天;根据各种政策的解读可以看出,今天的社会已经在实行对农村的各项回补政策,比如留守儿童保护、大病医疗、基层政治改善、惠农补农政策等,也的确产生了一些效果。这就是文学叙述与现实之间的错位,带有原罪意识的叙事很容易强化因果对比,叙述与真实的关系进入更复杂的地带。

二

从空间上看,这三位作者叙述的村庄故事都发生在中国欠发达地区,都是中国的劳务输出大省的乡村,三农问题比较突出。而且三个叙述者又身处中国最发达的上海、北京、广州,大都市生活的社会遭遇和个人经验,都会对这种观察的结果产生影响。在发达地区与欠发达地区的乡村中间还有一个巨大的空白地,比如县城、地区市、省会城市等,如果以上述城市为参照,乡村是不是适合凋敝的修辞?许多欠发达地区的县城同样也在凋敝之中,在城市化进程中同样也是凋敝的国土,并且在共同承受市场经济带来的两极分化和无法分享改革财富的尴尬。在产业升级中被抛弃的小城市,比如学者潘毅[9]的田野调查中,以煤炭为主的小城市同样陷入没有生机活力的困境,面临着乡村生活中类似的天聋地哑局面。如果我们把乡村世界的空间范围放宽,在劳务输入省份比如江浙沪农村,教育、养老、信仰、人际关系、风俗等的观察可能是另外的结论。

这是个人经验讲述与普遍性,个人讲述与真实性问题之间的一个缝隙,代言人、启蒙者或者行动者等写作者一度拒绝的知识分子角色会在叙事的后台再次侵扰。梁鸿应该早就意识到了这个困难,特别强调了个人叙事的特殊性,她拒绝请命者的角色,强调回到故乡和写作首先是自我疗愈:"我终究只能也更愿做一个旁观者。我更习惯于一个人悄悄在生活中行走,感受着世间万物压过来的痛苦和充实。我喜欢分析、体味这世间万物的复杂、混沌和难以辨解,喜欢走向那杳无人迹的林中小路,它能带我通向幽深之地,虽然那幽深之处可能什么也没有。我始终只能做一个写作者和研究者。"这当然是一种自卫式的宣言,新伤痕文学、展示苦难、僵硬的传统现实主义编码方式都是内心的禁忌,而介入的题材又无法挣脱此类问题的纠缠,也让我们看到了20世纪90年代文学写作中最重要的文学概念"个人"的影响,回到"个人"可能是逃避那些难以厘清的诸如个人叙事与国家、社会、政治、意识形态、群体等等关系的一种方式。

"返乡"文学的出现与发酵效应远远超出个人叙事的范围,它与新媒体的出现几乎是同步的。青年学者沙垚在农村社会与新媒体关系[10]的论述中,提出与农村生活相对应的三种媒体,广播、电视、手机客户端,分别对应了农村社会生活的三种方式,集体主义、家庭联产承包责任制(从集体走到个体)、市场经济下农村社会大面积人口流动。三种媒介方式跟农村生活发展甚至是整个社会的发展都有一个对应的关系,它们的出现标志着农村生活的深刻转变,既改变了乡村内部生活的方式,也改变了文学和媒体对农村生活的修辞、想象和呈现方式。智能手机是2010年左右开始在中国登陆，iPhone在国内的大面积普及是在2010年末到2011年初;2011年1月21日，微信正式推出，跨平台、拍照发给好友、发手机图片、移动即时通信等功能极大地改变了人们日常交往和接受信息的方式。传播方式的改变，对今天的文学写作也是一个契机，《博士返乡日记》《一个农村儿媳妇眼中的乡村图景》都是在微信平台上获得广泛传播的。新媒体的出现，带来的一个最直接的反应是所有人对所有人的传播，而不再是文学内部的感受和传播方式，并且有一个模糊的大众群体加入进来，就像王朔在《一切都变了》里所说的，"人民的汪洋大海"。这两篇作品在新媒体传播中都属于"10万加"(微信传播中指阅读量10万人以上的文章)，在一份当代文化研究微信公号提供的读者批评中，我们能看到各种读者群体的反应，有批评质疑，也有深切认同的，更多的是借此引发自己的回忆和观察。编码和解码的过程中，每一个人都会加入自己的思想、情感和偏见，传播中的形象和情感可能已经不是编码者的本意，如果有一个本质意义上的真实，这恰恰是一个脱离的过程。

新媒体对于具有社会公共性的话题、知识、形象和感情都会呈现发酵式的传播，"返乡"这个意象中所蕴含的社会意义、人情伦理、情感想象都要大于一般"故事"，写作不再是灵感和编码，而是带上了"审视"的聚焦性质，并且由于"这一次"写作强化和凸显了今天的"真实"。我们非常清楚写作者们都不是第一次返乡，在中国"春节"的节日效应中被固定在被观看者的位置上，这已经不是一个简单的写作问题，而且要考虑其中的传播性和被放大的效应。

"返乡"作为一个日常生活行为，当它成为一个传播中的文学行为的时候，可能跟许多外在因素联系在一起，比如春节，这个节日本身所包含的各种文化文学沉积和现代转折，以及其中所折射的现代人类意识都是其背后的内容。春节原本就是农耕社会的节日，祭祀众神、祭奠祖先、除旧布新、迎禧接福、拜望乡邻亲戚、祈求丰年，彰显着人与历史、与乡里、与天地的关系。但实际上，人们的日常生活感受和秩序与春节的仪式之间失去了有机联系，传统的乡村意象(食物、风俗和仪式感)和我们正在经历的生活失去了真实关系。而我们的部分文学文化生产的意象与当代正在进行的社会转折之间也失去了有效的互动联系，正在生产一种文化保守主义，比如黄灯和梁鸿都对当代的写作表达了不满。

"返乡"文学获得广泛的社会关注，非虚构写作方式是一个非常重要的因素，这些作品在传播中一个重要评价就是"真实"。在现实主义对真实性的诉求中，假定了作品直接产生于对生活的描摹，在文本与现实之间存在者理想的对应关系。这个问题的正当和过时，以及它的矛盾性在文学中几乎是一个陈旧的话题。而在当代文学中呈现一个真实的乡村，也几乎一直是现实主义文学一直的诉求，尤其在面对乡村社会的巨大转折之时，追随社会变革，切中时代的中心，捕捉到世道人心几乎是当代文学不变的追求。当非虚构以高于现实主义小说的"真实性"出现的时候，其实是在宣布异议和不满，呼唤一种新的真实观。非虚构的写作方式就是在如此情势下兴起的，《人民文学》非虚构栏目的宗旨[11]是，以"吾乡吾土"的情怀，以各种非虚构的体裁和方式，深度表现社会生活的各个领域和层面,表现中国人在此时代丰富多样的经验。要求作者对真实的忠诚,注重作者的"行动"和"在场",鼓励对特定现象、事件的深入考察和体验。非虚构文学到底如何获得自己的新颖性和吸引力,我们可以把它放置在20世纪90年代以来关于乡村书写的实践中做一个对比。

20世纪90年代以来出现了大量的三农问题专家、学者写作的有针对性的专著,诸如陈桂棣、春桃《中国农民调查报告》、温铁军《三农问题:世纪末的反思》、贺雪峰《新乡土中国》、吴飞《浮生取义》等,在这些著作中我们可以看到所有今天非虚构文学作品中呈现的问题:城乡二元结构、养老、留守儿童、乡村教育、情感和精神的困顿等,并且这些著作都在知识界产生过影响,三位写作者的非虚构作品几乎都汲取了这些研究成果的营养。而这些学术专著与非虚构写作的区别就是,后者更接近虚构作品的写作方式,大量生活细节的呈现,真实可靠的故事,经过选择的人物形象,它们组合而成的强大现实感和共鸣感,"类似于悲剧,在读者的心中实现了一种情感的仪式化涤荡,尤其是当读者对书中人物满怀同情(怜悯)和为再现的故事欷歔不已(恐惧)之时"⑫。无论从叙事风格,还是对读者的期待上,后者都是我们这个时代所缺少的艺术形式,一种由"真实"的形式功能所带来的力量,既能够满足大量在城市出生、成长的个体,欲了解乡村中国的愿望,又能给那些农村出身,进入城市生活的大量城市中产阶级以经验和认识上的认同感,获得精神满足。

众多现实主义农村题材的文学与非虚构作品相比,往往现场感不强,农村只是一个题材,没有真正体现和关注农民的生活。这可能也是文学的一种意识形态性,像梁鸿所批评的自己原来的写作,与天空大地没有关系,是一种不及物的写作,它的关注点在于审美、形象甚至是形式,隐匿作者的情感和倾向,制造模仿生活的假象,人为制造了文学与历史、社会学、人类学的脱钩。而非虚构写作一个很大的贡献就在于作家的经验、感受、关怀和焦虑可以直接表达,这正是这种文体的力量所在。这种写作有点类似中国传统的"赋",是一种铺张的"描写"方式,从各种可能的角度去逼近描述的村庄,而不受某种文体规范的限制。黄灯的文章中谈到湖北作家陈应松,一个多年在湖北大地奔走,书写了大量底层社会生活的作家,他的小说中大量的生活景观整体上来说与这三位作者非虚构文本中的乡村图景并无太大差别,"但因为是纯粹的文学作品,读者和作品之间天然有一种艺术虚构性带来的隔膜感,或者说,不信任感,因为文学作品,尤其是小说,首先就是一种虚构的文字"⑬。黄灯的回答是一种同义反复,却也朴素地表明虚构这种文学形式与期待中的读者、社会生活之间的隔膜。而农村题材的电影、电视剧自20世纪90年代中后期开始几乎让位给城市题材,近几年具有话题性的《乡村爱情》《老农民》《马向阳下乡记》等,所使用的依然是习惯性的思维方式或者大众流行文化的思路,缺少的是对当下农村生活的认真表达和关注。农村、农民、农业、留守儿童、养老、城乡二元对立,大众关注度特别高的话题经过电影放映机制、商业考虑等之后,在影视剧中只有经过修饰的真实,在现实中无解的问题,在电视剧中可以通过虚拟的方式轻松地获得解决。

"作为语言的外在之物,'真实'及其力量最终成为无法再现、最多只能被指涉的东西。不是它们的再现,而是它们对想象世界的作用——非神秘化的图景——构成了作品。因为,文本之中的'真实'在一个层面上可被理解为拒斥和限制,而在更深的层面——作为'不可命名之物'——却构成了意义确定性的威胁。"[14]而"返乡"文学对乡村世界的呈现几乎都在塑造自己"意义的确定性",比如对村庄世界的判断,这种确定性既来自于现实,也来自于叙述本身。当非虚构以对"真实"的更高要求开始,却辗转达到一种确定性时,这个真实的限度是需要质疑的,因为真实必然构成对意义确定性的威胁。

三

与强大的真实性相呼应的是叙述者所表现出来迷茫修辞与理想主义情怀的消失。黄灯一直在追问的"回馈乡村,何以可能?"王磊光写道:"越看,对乡村的未来越迷茫。"20 世纪的中国知识分子、青年学生前仆后继到农村去、到民间去,尽管农村落后的现状并没有得到根本改变,但无论是官方的提倡还是知识分子群体自发的运动,都有一种理想主义情绪。值得深思的是,这些非虚构作品几乎都没有使用这种对于知识分子来说十分便当的思想资源。为什么理想主义情怀消失?一方面是对自己所从事的文学和写作方式的怀疑,一方面是面对从国家整体现代化进程中落在后边的乡村故地的无力感。"返乡"文学的写作初衷,按照黄灯的说法,"首先自然是情感的冲撞,其次,最重要的是理性的求索",而"返乡"文学造成的一个后果,落后与凋敝成为今天审视农村的主流价值视角,这又是一重悖论。

从乡村的现实来分析,经济意义上的乡村概念已经基本瓦解,也就是说仅仅从土地的投入和产出来看,无法满足乡村人口生产、生活的需要(高价经济作物除外)。一个更复杂的乡村社会,目前还在经历动荡、分化,期待着转型和变革。作为一种人际关系、人情社会的乡村依然存在,并且延伸到城市。梁鸿有一段对梁庄的描述非常有代表性,梁庄是一个有机的社会网络,并非只是一栋栋房屋。每一个人和另一个人有关,彼此互为所属。在当代社会,他们也利用这一互为所属的关系以"扯秧子"的方式进入城市,并在城市的边缘建构一个个"小梁庄"社会。刘绍华的《我的凉山兄弟:毒品、艾滋与流动青年》[15]有一个例子,这是一部以四川大凉山地区的彝族村落为主的田野调查,其实也是当代中国偏远乡村曲折迈入现代化进程的一个缩影。90 年代末期,海洛因在利姆引发的艾滋病毒传播情形已达令人担忧的地步,政府不得不介入,英国国际开发总署与中国政府在凉山开展大规模的艾滋防治计划,这个计划后来被证明是全盘失败。因为本地诺苏人独特的文化逻辑,使得他们对艾滋病患者毫无歧视,并且有着强烈的互助传统,使得艾滋病患者及毒瘾者容易获得亲属在情感上和经济上的支援,本来是可以加以利用的优势;然而由于一贯的傲慢和官僚体系的僵化,永远自上而下推行政策,永远忽视乡村社会原有的能动性和经验,结果,旨在对抗艾滋污名化的措施,反而使得诺苏社区开始恐惧和歧视艾滋病。乡土中国的地域文化、传统文化在抵御灾难和危险的时候,依然有它的力量。

怎样叙述村庄里的中国,又不制造新的遮蔽?或许柳青的文学传统依然有其价值。

柳青的“返乡”,并没有把写作看作一项神圣的事业,不仅仅是寻找题材,而是自觉地把它放置在整个社会发展的事件中。《创业史》中梁生宝的行动——无论是公共性的为集体买稻种、领导合作化,还是爱情——都和整体的结构密切相关,集体和国家是梁生宝意义的来源,梁生宝领导的合作化事业是集体和国家建设的重要环节,个人、集体、国家三者构成了紧密互动的整体。这当然是一种理想化的乡村社会发展模式,但是这种叙事把村庄世界放在一个具有流动性的社会发展结构中。“村庄”不是单纯的审美对象或者聚焦对象,而是当代中国发展、转折和困境的重要组成部分。从社会学的角度来看,乡村不是一个单独的问题,不解决农村的问题,就无法应对今天中国面临的经济困难,继续扩大的城乡差距,陷入拉美化的处境的危险。另一个极端是全部城市化,鼓励农民工以十几年的收入为代价进城买房,拉动经济增长,这势必造成乡村世界的荒芜,除此之外,一个农村人的城市化从费用的角度讲就代价极大,无论对农民、农村、城市,还是对国家来说都是沉重的负担。许多社会学研究都在指出农村有巨大的市场和消费能力,如果不解决农村的未来规划问题,给予他们一个未来,这个市场消费能力就不会存在。村庄作为一个具体的叙事对象,以其细节、真实不断回到具体化的语境中,而作为抽象的“中国”是悬空了的,越具体越无法想象一个有效的共同体,并且在其运转机制中看到这个村庄的价值。

村庄里的中国,不能被叙述成一个封闭空间里的文学意象,也不是一个和城市无关的话题,而是一个事关当代中国进程的话题。另外,作为自然主义的乡村无论是作为文学形象,还是乡村现实,都是人类天性中永恒追随的部分。虽然乡村自己也面临环境破坏,但是与大地的接近,与自然的亲近是人类永远的怀乡病。构建开明、敦厚、合理的社会和人生,乡村是其重要的一部分。“叙述之虚假性的一个主要部分似乎在于,它假定生活是容易理解的因而是能够控制的,叙述的本质是解释,它会情不自禁地告诉人们事情是怎样的,它们为什么会这样。”⑯村庄里的中国一旦进入叙述的领域,无论是用什么方式,很难避免制造新的遮蔽,但非虚构的写作方式不仅提供了有关村庄里中国的一种描述,还提供了一个重新审视当代乡土文学的角度,并且提示我们无论是乡村的现状还是我们对乡村世界的呈现都遇到了新的问题,一个深刻转折、混沌不明、变动不居乡村世界对于文学形式也提出了新的要求。

【注释】

①黄灯:《回馈乡村,何以可能》,载《十月》2016 年第 1 期,由当代文化研究微信公号 2016 年 1 月 27 日推送。

②王磊光:《一位博士生的返乡笔记》,澎湃新闻,2015 年 2 月 17 日推送。

③梁鸿:《梁庄》,载《人民文学》2010 年第 10 期,改名《中国在梁庄》,江苏人民出版社 2010 年版。

④梁鸿:《出梁庄记》,花城出版社 2013 年版。

⑤钱理群:《20 世界中国的五次乡村运动》,微信公号:思想史,2016 年 2 月 22 日。

⑥贺桂梅:《村庄里的中国:赵树理与〈三里湾〉》,载《文学评论》2016 年第 1 期。

⑦黄灯:《故乡:现代化进程中的村落命运》,载《天涯》2006 年第 4 期。

⑧曹锦清:《土地制度与三农问题》,载《书城》2014 年第 5 期。

⑨潘毅、吴琼、文倩、邓韵雪:《煤矿工人的"中国痛"》,载《南风窗》2013 年第 18 期。

⑩沙垚:《新媒体对于乡村意味着什么?》,破土网,www.groundbreaking.cn,2016 年 2 月 5 日。

⑪《"人民大地 · 行动者"非虚构写作计划启事》,载《人民文学》2010 年第 11 期。

⑫[美]安敏成:《现实主义的限制》,姜涛译,18 页,江苏人民出版社 2011 年版。

⑬郭春林、黄灯:《让学术落地——〈一个农村儿媳眼中的乡村图景〉对话录》,澎拜新闻,www.thepaper.cn/news Detail-forward_1429895,2016 年 2 月 5 日。

⑭[美]安敏成:《现实主义的限制——革命时代的中国小说》,姜涛译,17 页,江苏人民出版社 2011 年版。

⑮刘绍华:《我的凉山兄弟:毒品、艾滋与流动青年》,中央编译出版社 2015 年版。

⑯[美]莱昂内尔 · 特里林,《诚与真》,刘佳林译,134 页,江苏教育出版社 2006 年版。

(原载《南方文坛》2016 年第 4 期)

获奖词：

中国文学的海外传播和影响是当下的热点课题。作者从《解密》译本海外热的现象出发，借用布尔迪厄的文化场域理论和丹穆若什的世界文学理论，将中国文学的"走出去"视为一个复杂的流通过程，精到分析了《解密》在非汉语市场获得商业成功的原因。文章写法从容，论述颇见才情和功力。

论海外"《解密》热"现象

季 进　　臧 晴

2014 年，麦家长篇小说《解密》的英译本 Decoded 在英语世界出版。随即，小说的西班牙语、俄语、法语、德语、意大利语等 33 种语言的译本也陆续出版，在西方形成了一股强势的"《解密》旋风"。《解密》的英文本在美国亚马逊的榜单上，一度达到了世界文学排行榜的第 17 位，在阿根廷雅典人书店文学类作品的排行榜上，西班牙语版的《解密》也曾攀升到第二位，短短几天内销售了上千册。一夜之间，《解密》成了国际性的畅销小说，打破了中国小说在海外难以商业化出版的困境。这个描写天才式的红色间谍最终被国家安全所异化的传奇故事在西方世界一夜蹿红，其速度之快、势头之猛是出乎所有人的意料的。1949 年以来，中国政府为实现"中国文学走出去"曾作出了巨大的努力，20 世纪 50 年代初即创办了《中国文学》(Chinese Literature)，几经改版，先后经历了增设法文版、改为月刊等不断翻新，最终于 21 世纪初悄然停刊；相关的"熊猫丛书"等，尽管投入了大量人力物力，其反响寥寥也是不争的事实。现在，《解密》的成功似乎让始终停滞不前的中国文学对外传播看到了希望，创作界、评论界和出版业将其上升为"麦家现象"，希望能因循规律，带动中国文学的国际梦。

事实上，在《解密》受到西方读者欢迎之前，麦家在本土即是一位成功的畅销书作家。自 2002 年以来，包括《暗算》《解密》《风声》在内的各种麦家作品，累计销量早已达到惊人的数字。毫无疑问，麦家小说不同于主流创作的可读性是其赢得读者的关键因素，但其在畅销排行榜上的长盛不衰主要还是得益于作品被改变成影视作品并获得了巨大成功。有研究统计显示，《暗算》在 2003 年最初上市后表现平平，随着柳云龙执导的电视剧《暗算》

在 2005、2006 年火爆荧屏后，小说的销售量呈现出井喷的态势。[①]此后，随着谍战小说、谍战剧的不断升温，借助《风声》（改编自麦家《风声》，2009 年）与《听风者》（改编自麦家《暗算》中的“听风者”一章，2012 年）的上映，麦家作品在图书产业板块中的收益也一路上涨，达到了炙手可热的地步。

但是，《解密》在西方世界的火爆与本土的情形大不相同，《暗算》《风声》等影视剧火则火矣，却还远未达到走向世界的地步。在西方市场“畅销性”这一维度上作出巨大贡献的，主要是包括译者、出版商、媒体等在内的一系列非文本因素的市场运作。正如布迪厄“文学场域”理论所指出，文学场域中的每一个参与者，包括作家、文学研究者、评论家、文学译者等等，都在利用自己的力量、即文化资本制定策略，其在场域斗争中的最终结果决定了艺术作品的面貌。

《解密》在世界文学界的成功首先得益于其英语版译者米欧敏（Olivia Miburn）。麦家自称，《解密》在国际市场的亮相与成功“是机缘巧合，或是运气”，是“自己在合适的时候遇到的合适的人”。[②]米欧敏是一名专攻古代汉语的英国学者，2010 年，在韩国首尔国立大学任教的她赴上海参观世博会，在返韩的机场书店里，她买了麦家的两本小说《暗算》和《解密》，大为欣赏，于是出于“奇文共欣赏”的初衷，她逐步将小说翻译给她的爷爷——一位曾在二战期间从事密码破译工作的情报专家来读。尔后，她将陆续译成的 8 万字交给了她的大学同学、新生代的汉学家和翻译家蓝诗玲（Julia Lovell），得到了后者积极的反馈并被推荐给了英国企鹅出版公司，一举奠定了《解密》在海外出版界的地位。

在这个颇具传奇色彩的故事里，米欧敏扮演了相当重要的角色。一方面，作为一名译者，米欧敏的翻译是相当成功的，几乎所有的海外评论都注意到了高水平译文对《解密》走红的重要作用，特别是洋溢在字里行间的古典韵味给了“给英语读者带来了中国文学的宝藏”。[③]英国《独立报》就曾以具体语句和段落为例，剖析了其是如何“原汁原味地保留了古代汉语的韵味”，并进而称赞“米欧敏的翻译堪称中英对接的最高典范”[④]；《中国日报》（美国版）也指出译者“创造了流利而优雅的翻译”，鼓励其进一步翻译麦家的其他作品。[⑤]另一方面，作为一名欧美汉学界的学者，米欧敏间接促成了《解密》的入选“企鹅经典丛书”，这也是继曹雪芹《红楼梦》、鲁迅《阿 Q 正传》、钱钟书《围城》、张爱玲《色戒》以后入选的首部当代中国文学作品。也正是由于“企鹅经典丛书”的名牌效应，《解密》很快被有着“诺贝尔文学奖御用出版社”之名的美国 FSG 出版公司签下美国版权，其西班牙语版本也被挂靠在行星出版集团名下进行出版，其所被纳入的“命运”丛书（Destino）囊括了一大批诺贝尔文学奖得主的代表作，其起点不可谓不高。

也正是由于重要出版机构的介入，《解密》打破了长期以来中国小说在海外难以商业化出版的困境，正如蓝诗玲曾指出，“译介到海外的中国文学作品大多并非商业出版而属于学术出版，这使得中国文学作品始终被置于学者研究视域而难以走近普通大众”，[⑥]而《解密》从一开始以就已进入了以“畅销”为目标的市场化运作。例如，FSG 出版公司在 2013 年签下美国版权后，曾派了一支摄影团队从纽约飞到杭州，和麦家一起用了整整一个星期,花费数十万为《解密》的发行量身定制了一部预告片,[7]并为其制定了长达8个月的推广计划。行星出版集团在西班牙语版《解密》上市之际,在马德里的18条公交线路连续投放了40天的车身广告,极为耸动地打出了“谁是麦家?你不可不读的世界上最成功的作家”的推荐语,[8]更邀请著名作家哈维尔·希耶拉(Javier Sierra)参与《解密》的发布会,并将容金珍比作西班牙人所熟知的堂吉诃德,还安排另一位知名家阿尔瓦罗·科洛梅(Álvaro Colomer)在巴塞罗那的亚洲之家(Casa Asia)与麦家展开对话。[9]随着《解密》的全球走红,国内的出版机构迅速与国外出版商联手,自2014年6月开始,浙江出版联合集团和浙江省作家协会依托麦家作品的海外出版机构,在英国、美国、西班牙、德国、法国等十多个国家进行了长达一年的巡回推广,组织各种文学沙龙、文学之夜、媒体和读者见面会[10],其投入人力物力之巨、时间地理跨度之大,开创了中国图书对外推广的新纪录。

在《解密》的一系列市场推广过程中,出版机构不但趁着“斯诺登事件”的东风,更有意利用了其所引发的社会恐惧心理与反思心态。2013年6月,斯诺登将美国国家安全局关于棱镜监听项目的秘密文档披露给了《卫报》和《华盛顿邮报》,引起了轩然大波。在互联网时代,谁可以逃脱监控的天罗地网、所谓隐私是否有可能只是人们的幻想等等都触动着人们的神经。《解密》此时亮相世界文坛,恰似卡勒德·胡塞尼在美国“9·11”事件后推出《追风筝的人》,用文学的想象满足了人们对现实问题的好奇与担忧。正如《纽约时报》评论所指出的:“斯诺登事件爆发后,美国情报部门对全世界大规模实施监听、侦听这一耸人听闻的事件公之于众,人们对麦家的作品顿时又有了新的认识和感受,其现实意义不容置疑”,并暗示容金珍的故事很可能来自于作者本人的经历,“这位作家今年50岁,已是知天命之年,在他17年的戎马生涯中,相当一部分时间在不为人知的秘密情报部门度过,与军队掌握最高机密的密码专家打过交道”[11]。无独有偶,在西班牙语版《解密》的作者介绍中,出版商也使用了相似的手法,“他当过军人,但在十七年的从军生涯中只放过六枪”,“他曾长时间钻研数学,创制了自己的密码,还研制出一种数学牌戏”,[12]引发了读者强烈的好奇心。对于这一历史契机,麦家并没有回避,而是积极回应,在面对王德威“如何看待‘斯诺登后’的全世界这个现象”的问题时,他直接将容金珍与斯诺登进行比较,指出“他们都是为国家安全这份至高神职修行的,异化的人,不同的是,前者为此感到无上光荣,情愿为此自焚以示忠诚,后者则恰恰相反。他们是一个硬币的两面,背靠背,注定要在两个心向背的世界里扮演者一半是英雄一半是死敌的角色”[13]。麦家将来信与回信一并公开,作为小说的新版前言公之于众,本身就表明他自己的立场。

可以说,《解密》在西方世界的畅销是作者、译者、出版机构、评论界等各方面合力的结果,而这种合力的机缘,实在是可遇而不可求的。

经由现代出版机制的操作,一部小说可以迅速进入尽可能多的读者的视野,成为一部“畅销书”,但读者对它的接受与小说最终走向经典化仍有赖于文本自身的因素。在《解密》登陆英语文学界之初,众多媒体都给予了肯定性的评价,美国《纽约时报》《华尔街日报》《纽约客》,英国《每日电讯报》《卫报》《泰晤士报》《独立报》等主流媒体都给予了极高的评价。《华尔街日报》在一个月内连续三次报道麦家，英国《经济学人》周刊在封面写出“一部伟大的中文小说”，《纽约时报》的观点颇具有代表性，认为麦家对革命故事叙述的擅长和对红色间谍英雄的塑造使得小说呈现出“一种新的紧张感”（a new sense of urgency）[14]。

这种紧张感对西方读者而言并不陌生，可以直接与其侦探小说（detective story）的文学传统相对接。在类型文学发达的英语文学界，侦探小说是一种源远流长的文学传统，始于爱伦·坡（Edgar Allen Poe）于 1841 年发表的《莫格街谋杀案》，经由近 200 年的发展，成了一直备受欢迎的类型文学，从柯南道尔（A.Conan Doyle）的《福尔摩斯探案》，阿加莎·克里斯蒂（Agatha Christie）的《尼罗河上的惨案》到约翰·迪克森·卡尔（John Dickson Carr）的《三口棺材》，侦探小说已经形成了固定的模式：开头是某一件神秘罪案的发生，经过侦探的几番侦查、与罪犯斗智斗勇之后，最终以案件侦破而告终。侦探小说常用的一条原则是，表面上看来令人信服的证据，其实是毫不相干的。同时，通常的套数是，那些可推导出问题的符合逻辑的答案的线索，在侦探得到它们并通过对这些线索的符合逻辑的解释而推断出问题的答案的同时，也清楚地呈现在读者面前。冷战后，随着人们对间谍和阴谋题材的兴趣增加，传统的侦探小说、犯罪小说衍生出间谍小说、警察小说等等，形成了西方流行文学中一支强大的谱系。究其根源，小说中的悬念构成了吸引读者的一大元素，并随着商品化的发展固定为可读性的重要来源。

在这个意义上说，《解密》恰到好处地契合了西方侦探小说的传统。此前，麦家因其作品在本土的走红而被冠以“谍战小说之王”“特情文学之父”的称号。前者虽然将背景设在我国特定的历史时期，但其构成要素基本与侦探小说如出一辙，只是不同于其对侦探个人形象的突出，谍战小说往往以群像人物出现，从而彰显民族内涵与历史意义；后者则聚焦我国 20 世纪 50 年代中后期的历史事件，侧重人物的政治立场，往往以共产党地下组织突破美苏情报机构或国民党、台湾当局的特务间谍为结局。然而，不论《解密》究竟更靠近哪一个类型，小说在特定历史背景下对悬念的运用是毋庸置疑的。小说开篇以“1873 年乘乌篷船离开铜镇去西洋拜师求学的人，是江南有名的大盐商容氏家族的第七代传人中的最小……”开场，待读者渐渐进入老黎黎和小黎黎的世界后，作者笔锋一转，将故事转移到了 N 大学，开始讲述一个数学天才和他同样具有传奇色彩的洋老师希伊斯的故事，直至小说用近半篇幅完成了“起”和“承”的部分后，故事才徐徐拉开帷幕：“从那以后，没有人知道金珍去了哪里，随着吉普车消失在黎明的黑暗中，犹如是被一只大鸟带走，带到另一个世界去了，消失了，感觉这个新生的名字（或身份）是一道黑色的屏障，一经拥有便把他的过去和以后彻底隔开了，也把他和现实世界彻底隔开了。”[15]读者这才恍然大悟，原来“容金珍干的事是破译密码”，而所谓“解密”方才正式登场。

如果细细分析，可以看到《解密》蕴含了不少独到的元素，契合了西方读者的阅读趣味。首先，对多个学科领域的综合运用吻合了西方读者的阅读习惯。小说《解密》融合了包括密码编译术与破译术、数学公式的推导、计算机编程的方法、天文历法、无线电等诸多内容,这类横跨自然科学与社会科学的创作以令人耳目一新的方式让国内读者耳目一新,但英语读者对此却并不陌生,他们对具有智力挑战因素文本的热衷与丹·布朗(Dan Brown)、007 系列等阅读传统是一脉相承的。其次,《解密》中对于中国传统民间奇人异事的渲染也极大地引起了西方读者的兴趣,比如小说一开篇就谈及的“释梦术”,由玄而又玄的容家奶奶的故事奠定了小说诡秘的色彩,又比如希伊斯与容金珍在棋道上的较量,两人在不动声色中你来我往、见招拆招,提前演习了密码斗争场上的“化敌为友”和“互为出入”,这些颇具神秘色彩的传统文化使得文本在最大程度上满足了英语读者的东方想象。此外,《解密》所涉及的国家安全、秘密单位、“文革政治”、第二次世界大战、抗美援朝、冷战以后的国际形势等问题恰恰是此前中国文学海外传播的盲点,拓展了西方读者所熟悉的农村生活、当下社会问题等中国文学题材。

除了这些独到元素外,小说的叙事手法也功不可没。小说运用了大量游戏性和迷宫性的叙事方式,而这正是师承自对中西文学都具有重要影响的阿根廷作家博尔赫斯。麦家坦言,博尔赫斯的创作于他有着特殊的意义,在初遇其作品时,“但没看完一页,我就感到了震惊,感到了它的珍贵和神奇,心情像漂泊者刚眺见陆岸一样激动起来”[16]。麦家的情况并不特别,正如马原的小说总是以“我就是那个叫做马原的人”开头,马尔克斯与博尔赫斯可谓是一代中国作家共同的精神母亲。一方面,正如现有研究所指出的,麦家小说与游戏性的关联深得博尔赫斯作品的精髓[17],文本通过中国化的情节设置与故事内核极好地消化了这一舶来品,展现出对缜密叙事逻辑的无尽追求和对诡秘氛围的精心营造。另一方面,这种游戏性与迷宫式的叙事手法正是与文本对人生终极问题的追问紧密相关的。从类型上说,博尔赫斯的《小径分岔的花园》是一部侦探小说,但其之所以为经典,是小说中余琛对自我价值的探寻,以及祖孙两人跨越时空的对人生意义的哲思,麦家的《解密》也不外如是。小说的高潮出现在容金珍阴差阳错地遗失了最为重要的笔记本,在高度紧张与极度疲惫的冒雨寻找中,他似乎得到了神谕:

> 因为只有神,才具有这种复杂性,也是完整性,既有美好的一面,又有罪恶的一面;既是善良的又是可怕的。似乎也只有神,才有这种巨大的能量和力量,使你永远围绕着她转,转啊转,并且向你显示一切:一切欢乐,一切苦难,一切希望,一些绝望,一切天堂,一切地狱,一切辉煌,一切毁灭,一切大荣,一切大辱,一切大喜,一切大悲,一切大善,一切大恶,一切白天,一切黑夜,一切光明,一切黑暗,一切正面,一切反面,一切阴面,一切阳面,一切上面,一切下面,一切里面,一切外面,一切这些,一切那些,一切所有,所有一切……[18]

而当笔记本最终被寻回的时候,读者发现其中并没有什么了不得的大秘密,而只是一些对人生奥义的感悟,将其与这段呓语相对照,才发现所谓的“发疯”恰恰是他开悟了久久叩问的问题,那是关于人生、关于宇宙、关于人性的终极意义。

由此可见,《解密》从涉猎范围、背景设置到叙事手法上都可谓正中西方读者下怀,其总体的风格也可以被概括为“神秘”。小说中的人物,不论是具有主人公光环的天才少年容金珍，还是昙花一现的配角希伊斯、小黎黎，都是令人捉摸不透的缥缈形象，似乎每一个人的背后都有着一股神秘的力量，而对神秘力量的顺应或挑战也推动着他们卷入命运的漩涡。正是在对这些"神秘"的探索中，小说触碰到了勇气与恐惧、孤独与充实、大义与私欲，而读者对这些人性矛盾面的共鸣恰恰是不分国界、无关中西的。

《解密》的成功，让我们再次看到了丹穆若什所说的"世界文学"的合理性与可能性。哈佛大学的丹穆若什教授在其专著《什么是世界文学》中提出："世界文学是民族文学间的椭圆形折射"；"世界文学是从翻译中获益的文学"；"世界文学不是指一套经典文本，而是指一种阅读模式—— 一种以超然的态度进入与我们自身时空不同的世界的形式"[19]。在丹穆若什的定义中，"世界文学"具有相当的流动性，它甚至不是各国文学在全球语境下会最终交汇并走向的"美丽新世界"或者说"终极体系"，它更像是一种文化的中介，以相当个人化的阅读来理解他者的文化。这种对文学的整体性和连续性所做的解构，一方面证实了所谓的"文学"可能是一些散点化的存在，它并没有一以贯之、起承转合的宏大历史，更遑论世界史；另一方面也说明所谓的"世界文学"不过是一个长时段的建制过程，而非目标。为此，他在结语中启用了"如果有足够大的世界和足够长的时间"这个标题。

《解密》所彰显的与西方文学传统和西方读者想象相吻合的面向，使得它在西方的翻译、传播、接受获得巨大成功，成为丹穆若什所说的"世界文学"的文本，它通过翻译，让西方读者进入到了遥远中国的历史时空，折射出中国文学的独特光芒。需要特别指出的是，丹穆若什的"世界文学"观念之下，依然存在非常多元化的区域、国别经验，《解密》中的中国元素本身就是一个极具张力的存在。正是因为这些多元元素，才使得"世界文学"不至于成为平面化的混杂身份、混杂历史的概念。在这个意义上，海外学者提出"华语语系"的观察，试图通过不同的"声音"（phone）来辨识纷繁的主体，《解密》中的中国声音成为海外读者定位麦家的重要依据。当然，我们也必须看到，中国当代文学走出去的关键是优秀的翻译，而很多时候，翻译恰恰最容易摧毁多音部的建制，当《解密》和莫言、苏童、王安忆、余华等人的小说，一起被标准化的现代英语或法语推向世界之际，往往伴随着时空距离、中国色彩的损失。如何在翻译实践中，最大限度地转换和传达小说的内容、措辞、风格，甚至意义，《解密》的成功为我们提供了很好的范例。《解密》的成功启示我们，"世界文学"概念不是霸权层面的，更多只是技术层面的。一方面文学既不是不可译的，它可以拥有本雅明所说的"来世"，作家作品的传播，也十分有助于民族文学间的交流互动，文化壁垒的消除；但另一方面，我们也无需把中国文学地位的抬升，乃至跻身世界文学之列的期望，仅仅寄托在翻译上，没有被翻译或者在翻译中失利的作品未必就不具备"世界性"。真正能够推动当代文学走出去的，也许应该还是文学程式、阅读习惯、地方经验、翻译实践等各种因素的合力使然。

【注释】

①熊芳：《"麦氏繁华"：麦家小说及其改编作品畅销原因探析》，陕西师范大学硕士毕业论文，

2013 年。

②陈梦溪:《麦家谈作品受西方青睐:这其中有巨大的偶然性》,载《中国日报》2014 年 3 月 24 日。

③Christensen, Bryce. "Decoded" The Booklist 110.8(2013):22.

④The Independent, October 28, 2014.

⑤Davis, Chris. "Cipher this: Chinese novel explores cryptography's labyrinth." China Daily USA 2014-5-8:2.

⑥胡燕春:《提升当代文学海外传播的有效性》,载《光明日报 · 文化评论周刊》,2014 年 12 月 8 日。

⑦陈谋:《解密麦家笔下的"斯诺登"为何被西方青睐》,载《成都商报》2014 年 2 月 25 日。

⑧高宇飞:《麦家:西方不够了解中国作家》,载《京华时报》2014 年 6 月 25 日。

⑨张伟劼:《〈解密〉的"解密"之旅——麦家作品在西语世界的传播与接受》,载《小说评论》2015 年第 2 期。

⑩沈利娜:《在偶然与必然之间:麦家作品缘何走红全球》,载《出版广角》2014 年 8 月下期。

⑪Tatlow, Didi Kristen. "A Chinese Novelist's World of Dark Secrets." International New York Times Asia 2014-2-21:12.

⑫张伟劼:《〈解密〉的'解密'之旅——麦家作品在西语世界的传播与接受》,载《小说评论》2015 年第 2 期。

⑬麦家:《前言:答王德威教授问》,见《解密》,北京十月文艺出版社 2014 年版。

⑭Tatlow,Didi Kristen."A Chinese Novelist's World of Dark Secrets."International New York Times Asia 2014-2-21:12.

⑮⑱麦家:《解密》,127、212 页,北京十月文艺出版社 2014 年版。

⑯麦家:《博尔赫斯与我》,载《青年作家》2007 年第 1 期。

⑰张光芒:《麦家小说的游戏精神与抽象冲动》,载《当代文坛》2007 年第 4 期。

⑲[美]丹穆若什:《什么是世界文学》,查明建、宋明炜译,309 页,北京大学出版社 2014 年版。

(原载《南方文坛》2016 年第 4 期)

情怀依旧(代跋)

30年多前即20世纪80年代,只要张口谈到文学理想与理想的文论期刊,我定会意气风发,挥斥方遒;今天再提,我以为这份理想的核心在于"坚持"。因为期刊的形态在于多样化,同行们都做着各自理想的富有个性的期刊,犹如杂花满山,有海棠一株。而能成为耀眼的那支独秀,我以为是来自对各自编辑理念的坚持,而坚持并不容易,坚持来自情怀。

"情怀",这种含有某种感情的心境,于我,过滤着滚滚红尘的喧嚣与浮华,并令我沉静,直至宁和安然。是的,一个人喜欢做一件事,比如文学编辑,自然便与之有一种难解的心境,或曰情怀。此时的情怀,其实就是理想与感性,就是生活,是生活的态度、认识、修为和方式。尤其为人做嫁衣的杂志编辑,工作时需处理枝枝节节,仿佛是雕虫小技壮夫不为,其实处处是学问,而且大多不是课堂学问,而是实践中的捉摸与会心。一篇文章,一期杂志,经没经编辑之手,"活细不细",明眼人是看得出来的。此时的理想与情怀,便体现在这一工匠精神上了。日复一日,年复一年。

于是,情怀于我,首先是率性与理想主义,它决定了感性多于理性,决定了以心境生象,即情怀大于逻辑。其次是女性情怀,热烈温婉、专一坚韧。从1987年1月开始做编辑,1996年接任《南方文坛》主编,当即改版。20年的改版,有11年是在没有办刊经费(只有2万元办公经费)的艰难条件下,争取各方支持完成的,尤其是2001年开始的与广西师范大学出版社合作办刊的7年。居然30年过去了,依旧一副"少根筋"的率性,以及埋头认真不知魏晋的懵懂样;还常常不谙世故出牌,另类的律动带来许多麻烦。然而因为专业的精神与情怀的支撑,却总能过去,并以此为当代中国提供学术而鲜活的文学现场,催生作家与批评家的共同成长,为当下的文学生态和社会生态做出积极的建设。只要还在场,就不会停下默默前行的步伐,坚持,坚持,再坚持。

20年改版之路,我们在文学坚守和刊物艰守的情境中,向读者展示了我理想的文论杂志蕴涵的信念、智识乃至心性精神,其中包括女性面对纷扰"难得糊涂"的率性。这个时代有情怀的人总会选择自己的灵魂,惟此,才可能面对功利浮躁的世界,明白自己需要什么,做怎样的人;明白杂志的理想状态:就是一如既往地珍惜文学,一如既往地坚持专业精神。

于是,2010年结集出版《能不忆南方——〈南方文坛〉年度优秀论文奖文集(2001—2009)》之后,便有了这本《依然忆南方——〈南方文坛〉年度优秀论文奖文集(2010—2016)》。两书完整收录了本刊从2001年开启的年度优秀论文奖的获奖论文、评语和每年的评委名单。年度奖缘起于2000年10月南京书市,当时《南方文坛》与广西师范大学出版社签约合作办刊。签约时,钱中文、南帆、陈晓明、王彬彬、王干、苏童、毕飞宇等20多位专家见证了签约仪式和评年度优秀论文奖的倡议。2001年度首届优秀论文奖颁奖仪式,首届评委谢冕、陈思和、白烨三位先生,以及国内近50位著名评论家出席,一时堪称批评界的盛事。从此,我们一直坚持这样的评选程序:首先由编辑部初选若干篇目,提交评委独立审读终评,以邮寄投票方式评出6篇获奖论文,并以得票多少排序。同票,取年轻作者。此评奖方式持续了16年,先后有十余位国内名家以独立和认真的评委工作,支持了这个评奖;先后有96篇优秀论文支撑了这个奖项,多是些被转载的有影响的文章,其中2011年度张新颖的获奖论文,荣获第六届鲁迅文学奖。因为评委们的公正公开,尤其扶掖青年新锐,《南方文坛》年度奖被业内誉为"中国文学批评的一个重要奖项"。

于是,每年的深秋,都是《南方文坛》的时间节点,既充满仪式感,又意味着一年的回望,也意味着新年的重新出发,更意味着光荣与梦想、感恩与致远。

本书依然记录了这个成长过程。感谢作者的精耕、评委的法眼,感谢读者的宽容,还感谢广西文化发展专项资金、广西文联、广西师范大学出版社的坚实支持,支持也来自他们的情怀。

一如《能不忆南方》。

为此,草木葱茏,南方美丽。

是为跋。

张燕玲

2016年仲秋